Sara Douglass
Der Sternenhüter

## Zu diesem Buch

Als der kleine Sohn der schönen Bogenschützin Aschure zum Erben des Axtherrn ausgerufen wird, erfährt Faraday von der Untreue des geliebten Freundes. Großmütig gibt sie ihn frei und erlebt von ferne, wie er den Wiederaufbau des Landes Tencendor vorantreibt. Derweil fürchtet ihr Gemahl Bornheld das Schwinden seiner Macht. Gnadenlos läßt er Dörfer niederbrennen und tötet all jene, die sich als Anhänger des Sternenmannes bekennen. Schließlich zieht er erneut gegen Axis, den verhaßten Rivalen, zu Felde. Ein Duell Bruder gegen Bruder scheint unausweichlich. Doch wie wird der Kampf enden? Und wem gedenkt Axis sein Herz für immer zu schenken – der großmütigen Faraday, die in unglücklicher Ehe gebunden ist, oder der geheimnisvollen Aschure, deren Herkunft im Dunkel der Legende verborgen liegt?

*Sara Douglass,* geboren 1957 in Penola, Südaustralien, arbeitete zunächst als Krankenschwester und studierte danach Historische Wissenschaften. Nach ihrer Promotion war sie Dozentin für Geschichte des Mittelalters an der La Trobe University. Inzwischen lebt sie als freie Schriftstellerin in einem viktorianischen Cottage in Bendigo – unter einem Dach mit ihrem Hausgeist Hanna Wolstencroft. Von ihrem Zyklus »Unter dem Weltenbaum« liegen alle sechs Bände auf deutsch vor.
Weiteres zur Autorin: www.saradouglass.com

Sara Douglass

# *Der Sternenhüter*
UNTER DEM WELTENBAUM 4

ROMAN

Aus dem australischen Englisch von
Marcel Bieger

Piper München Zürich

Von Sara Douglass liegen in der Serie Piper vor:
Die Sternenbraut. Unter dem Weltenbaum 1 (6523)
Sternenströmers Lied. Unter dem Weltenbaum 2 (6524)
Tanz der Sterne. Unter dem Weltenbaum 3 (6525)
Der Sternenhüter. Unter dem Weltenbaum 4 (6526)

Ungekürzte Taschenbuchausgabe
Dezember 2004
© 1996 Sara Douglass
Titel der Originalausgabe:
»Enchanter. Book Two of the Axis Trilogy«
(Zweiter Teil), HarperCollinsPublishers, Sydney 1996
© der deutschsprachigen Ausgabe:
2003 Piper Verlag GmbH, München
Umschlagkonzept: Büro Hamburg
Umschlaggestaltung: Nele Schütz Design, München
Umschlagabbildung: ZERO-artwork
Autorenfoto: Stephen Malone
Satz: Satz für Satz. Barbara Reischmann, Leutkirch
Druck und Bindung: Clausen & Bosse, Leck
Printed in Germany   ISBN 3-492-26526-X

www.piper.de

Auch diesen Band des Zyklus *Unter dem Weltenbaum* widme ich Lynn, Tim und Frances. Ein Lächeln und ein Gruß seien Johann Pachelbel zugedacht, dessen sehnsuchtsvoller Kanon in D-Dur mich beim Schreiben begleitete.

Dieser Roman ist der Angelpunkt, und er soll an Elinor erinnern, die zu einer Zeit starb, als sie und ich noch viel zu jung waren.

> Courage my Soul, now learn to wield
> The weight of thine immortal Shield.
> Close on thy Head thy Helmet bright.
> Ballance thy Sword against the Fight.
> See where an Army, strong as fair,
> With silken Banners spreads the air.
> Now, if thou bee'st that thing Divine,
> In this day's Combat let it shine:
> And shew that Nature wants an Art
> To conquer one resolved Heart.
>
> Andrew Marvell,
> *A Dialogue Between The Resolved Soul,*
> *and Created Pleasure*

# WAS BISHER GESCHAH

In einem fernen Land lebten einst vier Völker friedlich nebeneinander, bis die Bruderschaft vom Seneschall den Alleinanspruch ihres Gottes durchsetzte und die drei nichtmenschlichen Völker nahezu ausrottete. Danach waren die Menschen endlich die alleinigen Herren der Welt.

Eine uralte Weissagung lebt jedoch fort. Sie besagt, daß eines Tages zwei Knaben geboren werden, Söhne des gleichen Vaters, aber verschiedener Mütter. Der eine ein dämonischer Zerstörer, der andere der Erlöser der Welt – sofern es ihm gelingen sollte, die verfeindeten Völker zu vereinen.

Axis, ein ungestümer junger Adliger, verfemt und verachtet als königlicher Bastard, hat seine Eltern nie gekannt. Trotzig verteidigt er seinen Platz in der höfischen Gesellschaft Achars. Auf der Flucht vor seinen Alpträumen stößt er auf den Wortlaut einer uralten Prophezeiung, den seltsamerweise nur er entziffern kann. Nach und nach vermag er die Hinweise zu deuten und ahnt, daß er als Werkzeug einer göttlichen Macht ausersehen ist.

In unversöhnlichem Haß stehen sich Axis und sein Halbbruder Bornheld gegenüber: Bornheld, ein Königsmörder und Thronräuber, Axis, gesellschaftlicher Außenseiter und Anführer der legendären Axtschwinger. Noch dazu lieben beide die junge Faraday, die den Weisungen der Prophezeiung gemäß die Ehe mit Bornheld eingegangen ist. Sie fristet ein freudloses Dasein am

Hof, und nur die Hoffnung, doch noch von Axis befreit zu werden und für immer mit ihm vereint zu sein, hält sie aufrecht.

Dann aber nimmt eine andere Frau immer größeren Raum im Herzen des Axtherrn ein: Aschure, die Meisterschützin mit dem zauberischen Wolfsbogen. Sie ist nicht nur geschickt im Umgang mit der Waffe, sondern auch von betörender Schönheit und besitzt magische Kräfte, deren Herkunft sie nicht kennt. Im nächtlichen Rausch des höchsten Festes von Achar vergißt Axis alle Schwüre und läßt sich von Aschure zum Geliebten erwählen.

Doch wer ist Aschure wirklich? Und wie lautet der gefährliche Handel, den Axis mit der Torwächterin zur Unterwelt abgeschlossen hat? Die folgenden Kapitel heben den Schleier wundersamer Geheimnisse ...

## DIE PROPHEZEIUNG
## DES ZERSTÖRERS

Es werden erblicken das Licht der Welt
Zwei Knaben, blutsverbunden.
Der eine, im Zeichen von Flügel und Horn,
Wird hassen den Sternenmann.
Im Norden erhebt der Zerstörer sich,
Treibt südwärts die Geisterschar.
Ohnmächtig liegen Mensch und Flur
In Gorgraels eisigem Griff.
Um der Bedrohung zu widersteh'n,
Löst das Lügengespinst um den Sternenmann,
Erweckt Tencendor und laßt endlich ab
Von dem alten, unseligen Krieg.
Denn wenn es Pflug, Flügel und Horn nicht gelingt,
Die Brücke zum Verstehen zu finden,
Wird Gorgrael, folgend seinem Ruf,
Zerstörung über euch bringen.

Sternenmann, hör mir gut zu!
Deine Macht wird dich töten,
Solltest du sie im Kampf einsetzen,
Eh' sich erfüllt, was geweissagt ist:
Die Wächter werden auf Erden wandeln,
Bis Macht ihre Herzen verdirbt.
Abwenden wird sich ein Mädchen voll Gram
Und entdecken die Alten Künste.
Ein Weib wird selig umfangen des Nachts
Den Mann, der den Gatten erschlug.

Uralte Seelen, längst schlummernd im Grab,
Im Land der Sterblichen werden sie singen.
Die erweckten Toten gehen schwanger
Und werden das Grauen gebären.
Eine dunklere Macht wird sich erweisen
Als Bringer des Heils.
Und strahlende Augen von jenseits des Wassers
Erschaffen das Zepter des Regenbogens.

Sternenmann, hör zu, denn ich weiß,
Mit diesem Zepter vermagst du
Gorgrael in die Knie zu zwingen,
Sein Eis zu zerbrechen.
Aber selbst mit der Macht in Händen
Wird dein Weg niemals gefahrlos sein.
Ein Verräter des eigenen Lagers
Wird sich wider dich verschwören.
Verdränge den Schmerz der Liebsten,
Nur so entgehst du dem Tod.
Haß heißt die Waffe des Zerstörers.
Doch hüte dich, es ihm gleichzutun.
Denn Vergebung ist der einzige Weg,
Tencendors Seele zu retten.

# 1
## VERGESSENE SCHWÜRE

Axis starrte ins Feuer, um beim Prasseln der Scheite und der sanften Melodie des Sternentanzes zu entspannen. Die Müdigkeit von der letzten Nacht, als er mit einer Patrouille zurückgekehrt war, steckte ihm immer noch in den Knochen. Angetrieben von einem Skräbold waren immer neue Scharen von Geisterwesen durch die Wildhundebene geschwärmt, um die Stärke der Rebellenarmee festzustellen. Die Verbände der Skrälinge waren nicht groß, sie kämpften dafür aber um so härter und erbitterter. Seine Patrouille hatte einige Verluste hinnehmen müssen. Bald bliebe ihm nichts anderes mehr übrig, als mit einer starken Abteilung in die Ebene vorzudringen ...

Verdammt! Er wollte doch nicht mehr, als mit seiner Armee nach Süden zu marschieren ... mitten ins Herz des Königreiches hinein, um Bornhelds anmaßender Herrschaft über Achar ein Ende zu bereiten.

»König!« schnaubte der Krieger und trank Wein aus seinem Kelch. »Ich kann mir nicht vorstellen, daß mein Bruder einen brauchbaren König abgibt.«

Rivkah sah von ihren Näharbeiten auf. Der eine Sohn saß auf dem Thron, der andere wollte unbedingt dorthin. Sie schüttelte sich und fröstelte in der kalten Luft. Trotz des warmen Wassers des Lebenssees machte sich mittlerweile auch in Sigholt der Winter bemerkbar. Vor allem nach Sonnenuntergang wurde es empfindlich kühl. Axis' Mutter ließ ihre Blicke kurz zu den anderen hinüberwandern, die vor dem Kamin in der Großen Burghalle saßen. Bei früheren Gelegenheiten hatten die meisten sich nur ungern hier versammelt. Aber jetzt, da Axis, der Sternen-

☆ ☆ ☆ 11 ☆ ☆ ☆

mann, wieder zurück war, erschien es ihnen recht, sich abends vor dem Feuer einzufinden.

Axis hatte während der vergangenen fünf Wochen ununterbrochen gearbeitet. Sigholt hatte sich in dieser Zeit von einem Rebellenlager mit unterschiedlichen Gruppen in den Grundstock eines künftigen Königtums verwandelt. Im Herzen dieses neuen Reiches stand er selbst, und über ihm wehte das Banner mit der blutroten Sonne. Rivkah wünschte, diese geradezu magische Zeit würde niemals enden. Acharíten und Ikarier arbeiteten zum erstenmal seit tausend Jahren zusammen, und gemeinsam wirkten sie für den Sternenmann.

Ihr Blick wanderte über die Gruppe. Morgenstern und Sternenströmer hatten sich entschuldigt, weil sie alte Freunde in der Luftarmada besuchen wollten. Ogden und Veremund beugten sich über ein Buch, das sie in der Küche unter einem Mehlfaß gefunden hatten. Neben ihnen schnarchte der alte Reinald leise vor sich hin. Er saß kerzengerade auf seinem Stuhl und war dennoch eingeschlafen. Und was immer Aufregendes die beiden Mönche in ihrem Buch entdeckt hatten, den alten Koch hatte es in tiefen Schlummer entführt. Vermutlich hatte Reinald das Buch so langweilig gefunden, daß er es als Stütze unter das wacklige Faß geschoben hatte. Jack ließ sich nirgends blicken. Wahrscheinlich befand er sich wieder auf einsamer Wanderschaft durch die Gänge der Festung. Der Ärmste suchte immer noch nach Zecherach, hoffte weiterhin, irgendwo einen Hauch ihres Dufts zu erhaschen oder den Nachhall ihrer Schritte zu hören.

Rivkahs Blick wurde sanfter, als sie Aschure entdeckte, die zu Füßen ihres Sohnes saß. Ihre Schwangerschaft konnte sie kaum noch verbergen, aber das hielt sie nicht davon ab, weiterhin zu reiten und mit den Bogenschützen zu üben. Allerdings hatte sie Belaguez seinem Herrn zurückgeben müssen und war jetzt auf ein sanfteres Pferd umgestiegen. Heute verbrachte sie ihre Mußestunden damit, den Wolfen und seine Pfeile zu reinigen. Neben ihr befanden sich ein Lappen und eine Schüssel Wasser. Immer wieder strich der Krieger ihr übers Haar. Vermutlich sorgte er sich, weil sie sich nicht schonte, aber er ließ es sich nicht

☆☆☆ 12 ☆☆☆

anmerken. Das einzige Zugeständnis, das er ihr hatte abringen können, bestand darin, daß sie seit einigen Wochen nicht mehr mit den Patrouillen ausritt. Er hatte unerbittlich darauf bestanden und ihr erklärt, er wolle nicht, daß sie unterwegs unter irgendeinem Busch ihren Sohn zur Welt brachte. Aschure war beleidigt gewesen, und die beiden hatten sich gestritten, aber Axis hatte nicht nachgegeben.

Fünf der Alaunt hatten sich rings um ihre Herrin ausgestreckt und nahmen die Wärme des Feuers in sich auf. Die Hunde folgten Aschure wie Schatten. Ständig hielten sich ein paar aus dem Rudel in ihrer Nähe auf, und selbst die anderen waren nie fern. Als die junge Frau noch auf Patrouille geritten war, hatten alle fünfzehn Alaunt sie begleitet. Ihr war das recht gewesen, denn die Hunde töteten genauso leise und wirksam wie ihre Pfeile. Rivkah schüttelte den Kopf. Aschure schien wirklich einen Hang zum Kämpfen eigen, weswegen die Awaren sie nicht bei sich hatten aufnehmen wollen; aber jetzt hatte sie im Einsatz für Axis damit wohl ihre Bestimmung gefunden.

Auf der anderen Seite lag Belial halb in einem Sessel. Er tat so, als würde er vor sich hin dösen, aber aus den Augenwinkeln betrachtete er unablässig Axis und Aschure. Rivkah war aufgefallen, daß Axis häufiger die Schultern hängen ließ, seit die Schützin in seine Gemächer gezogen war. Überhaupt verbreitete er eine Aura tiefer Traurigkeit um sich, die er selbst in fröhlicheren Momenten kaum abzulegen vermochte.

Rivkah hörte über sich das Rascheln von Gefieder. Axis' Schneeadler hatte sich auf einem der Querbalken der Halle niedergelassen, wo er die Nacht zu verbringen pflegte. Tagsüber flog er hoch über den Urqharthügeln, fing Mäuse und Kaninchen oder war für den Krieger in irgendwelchen besonderen Aufträgen unterwegs. Axis weigerte sich beharrlich, irgendeine Frage zu dem Vogel zu beantworten. Aber seine Mutter hatte ihn bei mehreren Gelegenheiten dabei beobachtet, wie er leise und freundlich mit dem Adler sprach, wenn dieser auf seinem Arm saß. Zwischen den beiden schien eine besondere Beziehung zu bestehen, die Rivkah aber nicht ergründen konnte.

☆ ☆ ☆  13  ☆ ☆ ☆

Unweit von ihr hatte ein Mann Platz genommen, dessen Blicken sie schon den ganzen Abend ausgewichen war. Magariz. Aber jetzt sprach Rivkah ihn doch an, hob den Blick jedoch nicht von ihrem Stickrahmen.

»Fürst?«

»Prinzessin? Was kann ich für Euch tun?«

»Edler Magariz, als ich hier eintraf, verspracht Ihr, mir von meinem ältesten Sohn Bornheld zu erzählen. Würdet Ihr dieses Versprechen nun einlösen?«

Axis wandte den Blick von seiner Liebsten ab und starrte Magariz mit kalten Augen an. Aschure legte ihren Bogen hin, und auch Belial betrachtete nun nicht mehr die beiden, sondern den Fürsten. Sogar Ogden und Veremund beendeten ihre Debatte.

Magariz schaute den Krieger unsicher an, aber der winkte nur ab: »Um meinetwillen braucht Ihr Eure Zunge nicht im Zaum zu halten.«

»Prinzessin«, seufzte der Fürst. Wie und wo sollte er denn beginnen?

»Nachdem ich einige Zeit bei der Palastwache gedient hatte, schickte Priam mich in die Dienste Bornhelds. Er war gerade Herzog von Ichtar geworden. Vor zehn Jahren übertrug er mir das Kommando über die Feste Gorken. Ein abgeschiedener Ort mit wenig Freude ...«

»Was, Ihr habt in der Palastwache gedient?« entfuhr es dem Krieger.

Der Fürst lachte. »In meinen beiden letzten Jahren in Karlon war ich sogar ihr Hauptmann. Warum wollt Ihr das wissen? Kennt Ihr mich vielleicht noch aus jener Zeit?«

Axis konnte gerade noch einen überraschten Fluch unterdrücken. Magariz hatte also in der Palastwache gedient, als er selbst als Knabe im Turm des Seneschalls aufgewachsen war. War Jayme im Palast beschäftigt, nahm er den Jungen gelegentlich mit, und er durfte dann dort im hinteren Teil der Anlage spielen. Der Fürst und er mußten sich dabei mehrfach begegnet sein. Wahrscheinlich hatten sie sogar miteinander gesprochen. Ein furchtbarer Verdacht stieg in ihm auf: Sollte Magariz am

✩ ✩ ✩ 14 ✩ ✩ ✩

Ende Wolfstern sein? Der Verräter in seiner nächsten Umgebung? Der Sternenmann nahm einen hastigen Schluck. Die Vorstellung beunruhigte ihn beinahe ebenso sehr wie Morgensterns Verdacht, Aschure sei in Wahrheit der Zauberer.

Der Fürst aber lächelte, als er Axis' weit aufgerissene Augen sah. Er konnte ja nicht wissen, welche Gedanken dem Krieger gerade durch den Kopf gingen. »Ja, Ihr wart ein rechter Wildfang, mein Freund, und habt ständig Streiche ausgeheckt. Einmal habe ich Euch im Stall dabei erwischt, wie Ihr gerade versuchtet, allen Pferden dort mit einer langen Schnur die Beine zusammenzubinden.«

Der Krieger zwang sich zu einem Grinsen. Als Kommandant von Gorken hatte er natürlich freien Zugang zum nördlichen Ödland gehabt. Zur Schneewüste und damit zu Gorgrael ... Nein, nein, nein, er mußte sofort damit aufhören, in jedem Freund einen Verdächtigen zu sehen. Bei allen in seiner Umgebung nach Spuren von Verrat zu suchen.

Magariz, der noch immer nichts von Axis' innerem Aufruhr ahnte, legte Rivkah kurz eine Hand auf den Arm. »Verzeiht bitte, Ihr wolltet ja eigentlich etwas über Euren Erstgeborenen erfahren. Nun, Bornheld ist ein eher düsterer Mensch. Obwohl er oft hart wirkt, versucht er doch immer, gerecht zu handeln. Der neue König übt große Selbstdisziplin, bemeistert sein Leben und weiß sehr wohl zwischen Gut und Böse zu unterscheiden. Als ich noch mit ihm zu tun hatte, versuchte er stets, das Richtige zu tun. Und damit meine ich nicht meistens, sondern buchstäblich immer. Man kann ihm eine verengte Sichtweise auf gewisse Dinge nachsagen, aber so ist er nun einmal erzogen worden. Bornheld kann nicht lieben, doch das liegt sicher daran, daß er niemals selbst Liebe erfahren hat.«

Rivkah legte sehr nachdenklich ihre Näharbeiten zur Seite.

»Er ist furchtbar eifersüchtig auf Axis«, fuhr Magariz fort, »und das trübt seine Urteilskraft. Aber auch dafür gibt es Gründe. Prinzessin, er glaubt, Ihr hättet Axis' Vater geliebt, nicht aber den seinen, und ihn, Bornheld, im Stich gelassen, um mit Eurem Geliebten zusammenzusein.« Rivkah wollte aufbegehren, aber Magariz wollte jetzt alles zur Sprache bringen und ließ sie deshalb nicht zu Wort kommen: »Als Ihr dann, nach offizieller Lesart, bei der Geburt des Kindes Eures Buhlen gestorben seid, fühlte er sich endgültig und unwiderruflich von Euch verlassen.«

Rivkah konnte ihren Tränen keinen Einhalt mehr gebieten und schluchzte auf, als sie verzweifelt in ihr Nähzeug griff und sich an einer Nadel stach. Doch schon beherrschte sie nicht mehr der Kummer, sondern vielmehr die Frage, von wem der Fürst da redete – nur von Bornheld oder auch von sich selbst.

»Euer Sohn neidet Axis auch dessen Charme. Denn davon besitzt er wenig und den wird er auch nie erwerben. Oh ja, Bornheld ist sich immer schon des Umstands schmerzlich bewußt gewesen, daß es ihm an jeglichem Charisma gebricht … Deshalb vermutet er auch, daß Axis der bessere Feldherr von ihnen beiden sei. Dabei glaubt Bornheld doch, daß Feldzüge das einzige seien, worauf er sich versteht. In Gorken mußte der damalige Herzog miterleben, wie sein Stiefbruder täglich mehr die Herzen der Soldaten gewann – das hat ihn natürlich tief getroffen. Sehr tief sogar, wie Ihr Euch vorstellen könnt. Und heute wird Bornheld von Eifersucht geradezu zerfressen, weil sein ungeliebter Halbbruder auch noch der Sternenmann ist, der Held, der laut Prophezeiung Achar erretten wird.«

Magariz bemerkte jetzt, welche Bestürzung er mit seinen Worten auslöste, und fragte sich, ob es klug sei, mit seiner Schilderung fortzufahren. »Und dann beschäftigt ihn natürlich auch noch das Rätsel Faraday«, sagte er langsam. Der Krieger und Aschure verhielten sich ganz ruhig, um kein Wort zu verpassen. »Ich weiß nicht, ob ihm bereits bewußt geworden ist, daß die junge Edle, seine Gemahlin, in Wahrheit Axis liebt. Wenn ja, dann dürften Bornhelds Eifersucht und Zorn kein Maß mehr kennen …« Der Fürst leerte seinen Pokal und wünschte, er hätte geschwiegen.

»Hat der neue König irgendeine Schwäche?« fragte Belial. »Ich meine eine, die wir für uns nutzen könnten? Was fällt Euch dazu ein, Magariz?«

☆ ☆☆ 16 ☆☆ ☆

»Abgesehen von seinem Groll auf Axis? Nun, ich würde sagen, sein größter Fehler besteht darin, zu sehr in eingefahrenen Bahnen zu denken und sich von einmal eingeschlagenen Wegen nicht mehr abbringen zu lassen. Er ist so, wie er ist, und kann sich und seine Art nicht ändern. Die Unaussprechlichen werden für ihn immer Feinde bleiben. Bornheld kann in ihnen einfach keine möglichen Verbündeten sehen. Im Grunde ist er ein bedauernswerter Mensch, denn die Welt verändert sich rings um ihn herum, und das kann er nicht verstehen oder nachvollziehen.«

»Bornheld bedauernswert?« grollte der Krieger. »Ein unverstandener Mann? Erzählt das einmal Freierfall, dem Bornhelds Schwert von hinten das Herz durchbohrte. Ihr selbst wart Zeuge dieses Mordes, und nach Euren eigenen Worten hat Euch diese feige Tat endgültig dazu bewogen, Euch auf meine Seite zu stellen. Der neue König hat sein Leben verwirkt. Versucht jetzt nicht, ihn in den Farben eines Märtyrers zu malen, dessen Welt vom Untergang bedroht ist!«

»Genug!« schrie Rivkah und erhob sich ruckartig. Stoff und Stickrahmen fielen von ihrem Schoß und landeten auf dem Boden. »Jetzt reicht es! Ach, hätte ich doch nie nach meinem Erstgeborenen gefragt!«

Sie drehte sich auf dem Absatz um und lief zur Tür. Axis und Aschure wollten ihr folgen, doch der Fürst hielt sie mit einer Handbewegung zurück. »Das ist allein meine Schuld«, erklärte er und hinkte der Prinzessin hinterher.

Kurz vor der Tür konnte Magariz sie abfangen und hielt sie an den Händen fest. »Rivkah, es tut mir sehr leid. Ich habe wohl nicht sehr sorgfältig auf die Wahl meiner Worte geachtet. Wenn der Eindruck entstand, ich würde voreilig urteilen, dann bitte ich deswegen um Verzeihung. Aber die vergangenen Jahre waren ...«

»Ich war eine so schlechte Mutter und bin eine so treulose Frau«, flüsterte sie, als hätte sie ihn gar nicht gehört. »Ihr hattet recht, mir vorzuwerfen, ich hätte andere im Stich gelassen. Ich habe es mir selbst zuzuschreiben, wenn ich dessen beschuldigt werde.«

»Rivkah!«

»Searlas habe ich nie geliebt, aber das wißt Ihr sicher.«

»Ja, das ist mir schon lange bekannt.«

»Und ich wollte ihn auch nie heiraten.«

»Ja, auch das weiß ich, aber ...«

»Deswegen war ich ihm auch nicht wirklich untreu, als Sternenströmer auf dem Turm landete, nicht wahr, Magariz?«

Er schwieg und senkte den Blick.

»Nur Euch war ich untreu, Fürst. Ihr habt nie wieder geheiratet, aber ich habe Euch zweimal betrogen. Das erste Mal mit Searlas und das zweite Mal mit Sternenströmer. Die beiden Söhne und die Tochter, die ich geboren habe, hätten eigentlich Eure Kinder sein sollen.«

»Rivkah, Ihr wißt, daß ich nie von Euch erwartet habe, daß Ihr unser beider Eheversprechen haltet. Nicht nach dem, was geschehen ist.«

Sie blinzelte, um die Tränen aus den Augen zu zwingen. Jetzt war es zu spät, um die Fehler zu weinen, die sie vor dreißig Jahren begangen hatte.

»Ich frage mich, was die Menschen wohl sagen würden, wenn sie wüßten, daß Ihr mein wahrer Gemahl seid. Nicht Searlas, nicht Sternenströmer, sondern Ihr.« Damit war es gesagt.

Zum ersten Mal seit vielen, vielen Jahren ließ Magariz seine Gedanken zu der Nacht vor so langer Zeit in Karlon zurückwandern. Rivkah war damals eine ungestüme Fünfzehnjährige und er ein ähnlich unbesonnener Jüngling von siebzehn. Das Mädchen kam in sein Gemach gestürmt und war außer sich vor Wut. Ihr Vater, König Karel, hatte sie gerade Searlas, dem Herzog von Ichtar versprochen. Rivkah wollte das Vorhaben der beiden Männer durchkreuzen und flüsterte Magariz ihren Plan ins Ohr. Daraufhin flohen sie durch schlecht beleuchtete Gänge und unbewachte Türen in eine kleine Kapelle in einem der weniger vornehmen Stadtviertel. Ein alter Mönch, der nicht viel fragte, nahm das Gold, das Rivkah ihm in die Hand drückte, und traute die beiden auf der Stelle ...

Der Fürst erinnerte sich auch noch an das, was danach geschah. Er hatte seine Braut in sein schmuckloses Zimmer im unteren Teil des Palasts geführt, wo sie dann beide, schüchtern und verlegen, ihre Unschuld verloren hatten.

Aber am nächsten Tag machte Karel seine Drohung wahr und schickte seine Tochter nach Norden, damit sie dort den Herzog heiraten sollte. Was hätte der Jüngling schon tun können? Wenn er auf seine Rechte gepocht hätte, wäre die heimliche Trauung ans Tageslicht gekommen und das Leben der beiden womöglich verwirkt gewesen. Und würde er schweigen, würde er Rivkah damit für immer verlieren. Und da er noch so jung war, blieb ihm nichts anderes übrig, als um seine verlorene Liebe zu trauern. Zwei Jahre später, als Rivkah vermeintlich bei der Geburt ihres zweiten Sohnes im Kindbett starb, zog Magariz sich in seine Kammer zurück und weinte. Er schwor sich, daß er seine einzige Liebesnacht mit Rivkah bis zu seinem Lebensende hochhalten wolle. Als ihr unehelicher Sohn an den Hof kam und unter der Obhut von Jayme aufwuchs, nahm Magariz jede Gelegenheit wahr, mit dem Kleinen zu spielen. Lange Zeit fragte er sich, ob Bornheld sein Sohn sein könnte. Aber Rivkahs Erstgeborener sah Searlas bald wie aus dem Gesicht geschnitten aus. Später dann war er in seinem Innersten dankbar dafür, nicht auch noch mit Bornheld eine weitere Schuld auf sein Gewissen geladen zu haben.

Rivkah löste jetzt ihre Hände aus den seinen und zerriß damit den Strom seiner Erinnerungen. »Wir können die Vergangenheit nicht zurückholen, Fürst, und wir sollten uns nicht den Kopf darüber zerbrechen, was hätte sein können. Auch vermögen wir heute nicht einfach so weiterzumachen, als würde unsere Ehe immer noch bestehen – falls wir das überhaupt wünschen sollten. Also lassen wir die Vergangenheit, denn es gibt ja immer noch eine Zukunft.« Sie lächelte. »Seit Aschure nun bei Axis nächtigt, liege ich nachts kalt und allein im Bett. Bislang hat es niemand in dieser übervölkerten Burg gewagt, meine Nachtruhe zu stören. Meine Kammer befindet sich in einem Seitentrakt, mein lieber Fürst, und solltet Ihr Euch eines Nachts einmal verirren, werdet Ihr meine Tür gewiß nicht verschlossen finden.«

Damit verließ sie den Raum.

☆ ☆ ☆ 19 ☆ ☆ ☆

# 2

## VERHANDLUNGEN

Sie hatten sich im großen Kartenraum der Burg eingefunden –
Axis, seine Befehlshaber, sein Vater und seine Großmutter – und
starrten auf Arne, der erschöpft und mit eingefallenen Wangen
eben von einem dreitägigen Ritt zurückgekehrt war.

Vor vier Tagen war Arnes Patrouille in den südlichen Urqharthügeln auf acht Reiter aus Jervois gestoßen. Newelon hatte sie
angeführt und ihm eine Botschaft für den Krieger mitgegeben.

»Ein Waffenstillstandsabkommen?« sagte Axis jetzt. »Was
haltet Ihr davon, Belial?«

»Bornheld will uns nur ausnutzen«, entgegnete sein Leutnant
gleich. »An seiner Nordostflanke ist er schwach, und da hofft er,
wir nehmen ihm die Arbeit hier ab und hindern Gorgrael daran,
aus der Wildhundebene auszubrechen.«

»Das habe ich auch so vor, mein Freund«, grinste der Krieger,
»genau das will ich auch. Der Appetit der Skrälinge auf unsere
Streifen wird mit jedem Tag größer.« Die wachsende Sorge, daß
die Geisterwesen den Sperrpaß besetzen und seine Versorgungswege kappen könnten, bereitete ihm so manch schlaflose Nacht.

Er verschob aber fürs erste die Schwierigkeiten in der Wildhundebene auf später und wandte sich an den Fürsten: »Ihr
kennt Bornheld am besten von uns allen. Was, glaubt Ihr, hat er
wirklich vor?«

»Als erstes würde ich antworten«, erklärte Magariz ohne
Zögern, »daß er sich auf seine militärische Vernunft besonnen
hat und das einzig Richtige tut. Ich an seiner Stelle hätte nicht
anders gehandelt. Der König kann es sich genauso wenig wie Ihr
erlauben, einen Zweifrontenkrieg zu führen. Da sollten wir lie-

☆ ☆ ☆  20  ☆ ☆ ☆

ber für die Dauer des Winters einen Waffenstillstand schließen, als uns gegenseitig zu zerfleischen und Gorgrael durch unsere erschöpften Reihen spazieren zu lassen.«

»Eigentlich wollte ich in diesem Winter in den Süden vorstoßen«, entgegnete der Krieger. Dabei wußte er in seinem Inneren längst, wie aussichtslos es sein würde, dieses Unternehmen vor dem Frühjahr zu beginnen. »Und ich habe auch wenig Lust, mich mit Bornheld an einen Tisch zu setzen anstatt ihn mit meinem Schwert zu durchbohren.« Er betrachtete den Schneeadler, der sich auf einer Fensterbank niedergelassen hatte. Wie lange würde er warten müssen? Wie lange noch? Die Tage kamen und gingen in rascher Folge, und die Torwächterin zählte eifrig mit.

Der Sternenmann trat ans Fenster und schaute nach draußen. Eine dünne Wolkenschicht zog trotz der Wärme des Lebenssees über Sigholt dahin. Nachdenklich nagte er an seiner Unterlippe und war froh, daß niemand seine beunruhigte Miene sah. Konnte er einen langwierigen und mörderischen Bürgerkrieg vermeiden, indem er seinen Bruder bei ihrem Treffen am Nordra im Zweikampf besiegte? Nein, er durfte ihn nicht dazu herausfordern, solange Faraday nicht anwesend war. Sie mußte Zeugin von Bornhelds Tod sein.

»Arne, hat Newelon irgendein Wort über Faraday gesagt? Wißt Ihr, ob sie sich noch in Jervois aufhält?«

Plötzlich war es ganz still geworden, und Aschure drehte mit gesenkten Augen den Kopf weg. Beherrschte die Edle seine Gedanken so sehr? Wenn sie nachts im Bett lagen und sanft in den Schlaf hinüberdämmerten, stellte er sich dann vor, statt ihrer Faraday in den Armen zu halten? Wenn er sie streichelte, glaubte er dann, den weichen Körper der anderen zu liebkosen?

Caelum regte sich so unruhig in ihr, als spüre er das Leid seiner Mutter.

Arne runzelte die Stirn. »Nein, er hat nichts von ihr gesagt. Aber Faraday ist die Königin, Axis. Da wird sie sich kaum an der Front aufhalten.«

»Ihr habt natürlich recht ... ist ja auch nicht so wichtig ...« Der Krieger wandte sich wieder an seinen Kriegsrat: »Also, meine Freunde, Bornheld möchte sich mit uns dort treffen, wo die Hügel und der Nordra aufeinandertreffen. Auf halbem Weg zwischen Sigholt und Jervois. Sollen wir die Einladung annehmen und mit ihm in Verhandlungen treten? Oder müssen wir uns in jedem Fall darauf gefaßt machen, daß er uns in einen Hinterhalt locken will?«

Magariz zuckte die Achseln. »Wir haben einen entscheidenden Vorteil, Oberbefehlshaber, die Luftarmada nämlich. Deren Aufklärer können das Gebiet gründlich erkunden, lange bevor Bornheld seine Falle zuschnappen lassen kann. Davon abgesehen, ziehen wir durch hügeliges Land. Der König hingegen muß sich über offenes Land nähern. Welche Falle könnte er uns da schon stellen?«

»Bornheld könnte Axis weit von Sigholt entfernt im Süden bei Verhandlungen festhalten«, wandte Aschure ein, »und zur gleichen Zeit einen Teil seiner Armee heimlich zu unserer Festung schicken, um sie zu erobern.« Die junge Frau hatte sehr bestimmt gesprochen. Morgenstern beobachtete sie genau. Ihr Mißtrauen gegen die Schützin hatte nicht abgenommen, im Gegenteil. Welch bessere Tarnung könnte Wolfstern wählen, als die einer äußerst anziehenden Frau, die jeden Sonnenflieger vor Lust den Verstand verlieren ließ?

Axis ging nicht auf ihren Tonfall ein und widersprach: »Nein, ich glaube nicht, daß Bornheld einen größeren Verband unbemerkt in großem Bogen nach Norden schicken kann, um unsere Burg anzugreifen. In den Ruinen von Hsingard treiben sich zu viele Skrälinge herum. Die würden auch eine größere Truppe anfallen. Ehe sich Bornhelds Soldaten versehen hätten, wäre die Hälfte von ihnen schon in den Bäuchen der Kreaturen gelandet. Und alle anderen Zugänge in die Urqharthügel werden von unseren Truppen abgeriegelt. Unsere ikarischen Freunde beherrschen dort den Luftraum. Ich schätze also, die Festung dürfte während meiner Abwesenheit sicher sein.« Er schwieg einen Moment und fuhr dann langsam fort: »Also werde ich mich zu dem Treffen begeben, zu dem mein Bruder lädt. Er möchte bestimmt meine Truppenstärke feststellen und ich die seine.«

☆ ☆ ☆  22  ☆ ☆ ☆

Unvermittelt lächelte der Krieger und ließ damit den ganzen Raum heller erscheinen: »Wißt Ihr was, meine Freunde, ich glaube nicht, daß Bornhelds Befehlshaber so fest und unverbrüchlich hinter ihm stehen wie die meinen hinter mir. Aschure?«

Sie hob den Kopf. »Ja?«

»Ich unterstelle Euch Sigholt während meiner Abwesenheit. Und auch den Großteil meiner Armee.« Er wollte fortfahren, stutzte aber, als er ihre wütende Miene bemerkte.

»Axis, ich habe nicht vor, hier zu bleiben!« brach es aus der jungen Frau hervor, ehe ihr bewußt wurde, was sie da eben gesagt hatte. In ihrem hochschwangeren Zustand konnte sie einen so weiten Ritt nicht auf sich nehmen. Und wenn sie dennoch darauf beharrte, würde Axis sie empfindlich bestrafen, so wie alle anderen, die Befehle verweigerten. Daß sie das Bett mit ihm teilte, wäre überhaupt kein Entschuldigungsgrund. Und abgesehen davon, dachte Aschure erbittert, hat er ja doch nur Faraday im Sinn. Axis' Gesichtsausdruck vermittelte glaubhaft rasenden Zorn. »Ja, Oberbefehlshaber«, entgegnete sie daher jetzt, »ganz wie Ihr befehlt. Aber ich werde Euch meine Alaunt mitgeben. Nehmt sie ... bitte.«

Der Krieger lächelte: »Ich nehme nur vier Pärchen. Die anderen sollen Euch weiterhin Gesellschaft leisten.«

Sie verspürte wie eine hauchzarte Berührung seine zauberische Stimme: *Damit Ihr und unser Sohn es in der Nacht sicher und warm habt, während ich fort bin.*

»Magariz und Belial«, wandte er sich in forscherem Ton an die beiden, »wir müssen noch festlegen, wen wir mitnehmen, welche Route wir wählen und, am allerwichtigsten, welche Bedingungen wir stellen. Vielleicht können wir aus dieser Sache ja noch den einen oder anderen Vorteil herausschlagen.«

Axis sah jetzt seinen Vater und seine Großmutter an: »Ich möchte euch über die Rückkehr meiner Boten aus Smyrdon in Kenntnis setzen. Ihr Bericht hat vollauf das bestätigt, was ich bereits wußte. Haben wir uns verstanden?«

Morgenstern und Sternenströmer wußten natürlich genau,

☆ ☆ ☆ 23 ☆ ☆ ☆

was er damit sagen wollte. Axis hatte einige Soldaten in das Dorf im Norden von Skarabost geschickt, um zu überprüfen, ob Aschure tatsächlich dort geboren und aufgewachsen war.

Sternenströmer lächelte seinen Sohn erleichtert an, aber Morgensterns Miene blieb unverändert. Der Krieger spürte, daß auch diese Auskunft nichts an ihrem Mißtrauen zu ändern vermochte.

*Wenn ich nach den Verhandlungen mit Bornheld zurückkehren und Aschure tot am Fuß der großen Treppe von Sigholt vorfinden sollte, Morgenstern, werdet Ihr auch sterben. Das schwöre ich Euch!*

Die alte Ikarierin erbleichte. Noch nie hatte jemand sie so bedroht. Aber Axis hielt seinen Blick fest auf sie gerichtet und ließ sie seine Macht spüren, bis ihr schließlich nichts anderes übrigblieb, als nachzugeben und zu nicken.

Nun sah der Sternenmann Sicarius an, der abwartend an Aschures Seite saß. *Sorg dafür, daß ihr während meiner Abwesenheit kein Leid geschieht.*

Der Leithund heulte kurz und wedelte mit dem Schwanz.

Die junge Frau aber senkte nachdenklich den Kopf. Was hatten seine Boten in Smyrdon herausfinden sollen?

# 3
## IN KARLON UND
## WEIT DARÜBER HINAUS

Als Faraday aufwachte, war es noch früher Morgen. Seit ihr Gemahl nach Jervois abgereist war, erschien ihr das Leben wieder sehr viel lebenswerter.

»Habt Ihr angenehm geträumt, meine Liebe?«

Die junge Frau drehte sich herum und lächelte Yr an, die frisch gewaschen und bereits angezogen auf der Kante des mit Seide bezogenen großen Bettes der Königin saß. »Ich habe von Axis geträumt, liebste Freundin ... Er war hier und hat mich stürmisch geliebt.«

Die Katzenfrau tat, als sei sie zutiefst schockiert. »Ihre Majestät träumen doch wohl nicht von einem Geliebten!«

»Doch, Yr, und das jede Nacht.« Sie stützte sich auf ihre Ellenbogen. »Ob er wohl auch, wenn er im Bett liegt, von mir träumt? Erfüllt ihn der Gedanke an mich ebenso sehr mit Leidenschaft wie mich der Gedanke an ihn?«

Faraday lachte kurz auf, setzte sich hin und versuchte, den Krieger aus ihren Gedanken zu verscheuchen. »Also, Erste Hofdame, klärt mich darüber auf, auf welche Pflichten ich mich heute freuen darf.«

Das Leben einer Königin bestand nicht aus Müßiggang und Nichtstun. Fast täglich mußte sie Gäste empfangen, Diplomaten wollten umworben sein und sie mußte ihre Aufmerksamkeit Beschwerden von Kaufleuten und den Wünschen von Bittstellern widmen. Daneben erwarteten sie endlose und zum Sterben langweilige Empfänge oder Zeremonien zu Ehren irgendeines obskuren Bündnisses oder Vertrages. Und zusätzlich mußte sie sich mit Jayme oder Moryson zusammensetzen und sich die Zukunftsaussichten des Seneschalls und die religiösen Lehren des Wegs des Pfluges anhören. Letzteres empfand Faraday als besonders unangenehm. Mit ausdrucksloser Miene und verschleiertem Blick ließ sie dies alles über sich ergehen und dachte währenddessen an die Mutter und die Schönheit und Erhabenheit ihres Heiligen Hains. Manchmal belustigte sie sich auch mit der Vorstellung, wie Jayme wohl mit einem Hirschgeweih auf dem Kopf aussehen würde.

Damit nicht genug, mußte eine Königin auch all diese Empfänge, Feste und sonstigen Ehrenpflichten in juwelenbesetzten Gewändern, Schals, Armbändern, Halsketten und Schuhen und einer Krone auf dem Kopf durchstehen, die zusammen mindestens noch einmal soviel wogen wie sie selbst und ihr den Schweiß den Rücken hinunterlaufen ließen.

Die Katzenfrau lächelte in sich hinein, wußte sie doch, wie sehr Faraday ihre Amtspflichten haßte – aber auch, wie gewissenhaft sie sie alle erledigte. Selbst eine Königin hatte ihre Arbeit zu tun, und wie die Dinge sich auch entwickeln würden, die Edle war fest entschlossen, dem Volk von Achar nach bestem Wissen und Gewissen zu dienen. Der gesamte Norden des Landes hatte sich in ein Schlachtfeld verwandelt, aber hier im südlichen Karlon fuhr man weiterhin mit den gewohnten Ritualen und Traditionen fort, als sei nichts geschehen.

»Euch erwartet unverhoffterweise ein Morgen ohne Pflichten, meine Liebe. So befielen den Botschafter der Hügelinseln schlimme Magenkrämpfe, und er sieht sich noch nicht in der Lage, seine Privattoilette zu verlassen. Er bittet Euch tausendmal um Vergebung und läßt sich entschuldigen. Zumindest meine ich, das seinem Gemurmel durch die Tür entnommen haben zu dürfen.«

Faraday lachte laut und schob sich zur Bettkante vor.

»Fleurian, der Baronesse von Tarantaise, wuchs über Nacht ein Pickel auf dem Kinn, und sie schämt sich seiner so sehr, daß sie Eure huldvolle Einladung zum Frühstück leider absagen muß. Und um zum Abschluß dieser Liste menschlichen Ungemachs zu kommen, der Obermeister der Metzgergilde, der Euch in der Stunde vor dem Mittagessen treffen wollte, hat sich letzte Nacht bei der Zubereitung eines Lammschmorbratens zum Diner seiner Gemahlin den Daumen abgehackt, der in der Kasserolle landete.« Yr fügte grinsend hinzu: »Der Lehrjunge, der mir die Entschuldigung seines Meisters überbrachte, versicherte mir, das Gericht würde dennoch gereicht.«

Faraday konnte es kaum glauben. Seit sie Königin war, hatte es so ausgesehen, als sei jeder Augenblick ihres Tages verplant. Und nun stand ihr ein ganzer freier Morgen zur Verfügung.

»Wie würden Eure Majestät gern die freien Stunden verbringen? Mit Lesen? Schlafen? Süßigkeiten naschen? Oder soll ein junger Bursche aus dem niederen Adel Euch vorführen, welche Wunderwerke eine Männerhand mitunter bewirken kann?«

»Schlagt so etwas nicht einmal im Scherz vor! Ihr wißt, daß ich Süßigkeiten nicht ausstehen kann.«

Die Katzenfrau lachte. Ihre Freundin hatte schon seit Monaten nicht mehr gescherzt. »Der Morgen gehört ganz Euch, Liebste. Nutzt ihn, wie immer Ihr möchtet.«

»Yr«, begann Faraday, »ich fürchte, die Magenkrämpfe haben mich gerade auch erwischt. Am besten teilt Ihr dem Hof mit, daß die Königin heute morgen indisponiert sei und mit ihrem Erscheinen nicht vor dem Mittagessen gerechnet werden könne.« Die Heiterkeit schwand aus ihrer Miene. »Und richtet Timozel das gleiche aus.«

Als der König dem Jüngling erklärt hatte, als Faradays Ritter sei sein Platz unverrückbar an der Seite der Königin, war Timozel so in Rage geraten, daß er Bornheld laut widersprach.

»Mir ist gleichgültig, was die Visionen Euch gezeigt haben«, entgegnete Seine Majestät in einem Anflug von Zorn. »Euer Platz ist an der Seite der Königin!«

Trotz seiner offensichtlichen Enttäuschung darüber, fern der Front in Karlon bleiben zu müssen, hatte Timozel Bornhelds Befehle getreulich befolgt und war seiner Herrin seitdem tatsächlich nicht mehr von der Seite gewichen. Schlimmer noch, Faraday konnte ihn nur mit Mühe davon abhalten, neben ihrem Bett Wache zu stehen, während sie schlief. Sie wußte auch, daß

✫ ✩ ✫ 27 ✩ ✫ ✩

ihr Gemahl Order erlassen hatte, ihm jeden ihrer Schritte zu melden. Offenbar hegte er einige Befürchtungen über die kühnen Absichten mancher seiner Höflinge, die für ihren lockeren Lebenswandel bekannt waren. Ob nun aus Gehorsam gegenüber dem König oder aufgrund seiner Hingabe an seine Ritterspflichten, Timozels düstere Anwesenheit und mürrische Art lagen zu jeder Stunde des Tages wie ein schwerer Schatten auf der Königin.

»Der Heilige Hain?« flüsterte Yr.

»Ganz genau«, antwortete Faraday ebenso leise. »Ich brauche dringend neue Stärkung, Frieden und Freude sollen mich erfüllen.«

Das smaragdgrüne Licht umhüllte sie, und Energie pulsierte durch ihren Körper. Faraday legte den Kopf in den Nacken, schüttelte ihr langes Haar, bis es ihr locker über den Rücken fiel und schwebte durch das Leuchten zum Heiligen Hain. Monate, viel zu lange schon, war es nun her, seit sie zum letzten Mal den Weg dorthin genommen hatte. Faraday hatte schon fast vergessen, wie gut es sich anfühlte, wenn die Macht sie durchströmte, wenn Liebe und Frieden all ihre Zweifel und Ängste fortspülten. Das Licht vor ihr veränderte sich. Aus Schemen wuchsen Schatten und aus diesen Gestalten. Dann spürte sie unter ihren Füßen den Grasboden, der sie zum eigentlichen Heiligen Hain führen würde.

Faraday erreichte ihr Ziel. Das Gewisper des Windes liebkoste sie bei jedem ihrer Schritte, und undeutliche Gestalten huschten durch die tiefen Schatten der Bäume. Der Hain mit all seiner Macht flößte ihr keine Angst ein, genausowenig wie die Augen, die sie aus dem Dunkel der Bäume beobachteten. Niemand wollte ihr hier etwas Böses tun. Das Heiligtum wünschte ihr nur Stärke, damit sie in ihrem unruhigen Leben zur Ausgeglichenheit finden konnte.

Dann traten auf einmal fünf der Geheiligten Gehörnten aus dem Dickicht. Der mit dem Silberpelz, der sie bei ihren früheren Besuchen begrüßt hatte, legte ihr jetzt sanft seine Hände auf die

✫✫✫ 28 ✫✫✫

Schultern. Sein Hirschhaupt näherte sich ihrem Gesicht, und seine feuchte Nase strich über ihre Wange.

»Faraday, Baumfreundin. Wir haben uns solche Sorgen um Euch gemacht, mußten wir doch all Euren Kummer mit ansehen. Wir möchten ihn gerne mit Euch teilen.«

Übergroße Dankbarkeit erfüllte die Edle, und sie fühlte sich unendlich geborgen, weil nicht nur Yr, sondern auch diese Wesen über sie wachten. »Danke«, sagte sie nur ergriffen und trat vor, um die anderen vier zu begrüßen.

Danach kehrte sie zu dem Silberpelz zurück. »Habt Ihr in Euren Visionen vielleicht auch Axis gesehen, Geheiligter?«

Der Hirschmann legte den Kopf in den Nacken und schüttelte leicht das Geweih. Seine ganze Haltung hatte jetzt etwas Abweisendes angenommen. Faraday befürchtete schon, ihn mit ihrer Frage beleidigt oder aufgebracht zu haben. Die anderen vier Gehörnten murmelten kurz aufgeregt und schwiegen dann wieder.

»Ich habe ihn nur gesehen, während er sich in Awarinheim aufhielt«, antwortete der Silberpelz dann, »denn ich habe nie bewußt nach ihm Ausschau gehalten.«

»Und, geht es ihm gut?« wollte Faraday wissen.

»Ja, es geht ihm gut«, bestätigte ihr der Geheiligte. »Er hat mit den Awaren und Ikariern zusammen am Erdbaum Beltide gefeiert ...« Der Hirschmann zögerte einen Moment. »Mittlerweile beherrscht er auch seine Kräfte und Fähigkeiten und hat sich zu einem ikarischen Zauberer entwickelt. Er forderte die Awaren auf, sich ihm anzuschließen. Die Ikarier haben das bereits getan. Aber die Waldläufer weigerten sich.«

»Was?« rief Faraday erschrocken.

»Die Awaren warten auf Euch. Ohne die Baumfreundin wollen sie nichts unternehmen. Deswegen seid Ihr die einzige, die die Waldläufer an die Seite von Axis Sonnenflieger führen kann – wenn dies Euer Wunsch sein sollte.«

Wie kann er nur so etwas sagen? dachte Faraday. Natürlich wollte sie dem Krieger die Awaren zuführen. »Denkt er denn manchmal an mich?« fragte sie unsicher. Sie haßte sich zwar dafür, wollte es aber unbedingt wissen.

☆ ⋆ ☆  29  ⋆ ☆ ⋆

»Er denkt jeden Tag an Euch und spricht auch zu seinen Freunden von Euch.«

Und betrügt Euch mit seinem Körper, vielleicht auch mit seinem Herzen, fügte der Silberpelz in Gedanken hinzu. Soll ich Euch auch mitteilen, daß eine andere seinen Erben in ihrem Leib trägt, was doch eigentlich Euch zustünde, Faraday Baumfreundin? Nein, wie könnte ich das?

»Vielen Dank, Geheiligter, nur ...« Die junge Frau zögerte, und der Hirschmann legte ihr wieder eine Hand auf die Schulter.

»Sprecht nur ohne Scheu, wenn Ihr etwas von mir erfahren möchtet, Baumfreundin. Wenn es in meiner Macht steht, werde ich Euch helfen.«

»Geheiligter, Ihr lebt in einer magischen und verzauberten Welt. Erstreckt sich diese über den Hain hinaus?«

Einer der jüngeren Gehörnten trat vor. »Sie erstreckt sich so weit wie die Eure, und enthält genauso viele, wenn nicht noch mehr Wunder.« Seine Stimme klang tief und musikalisch, und in ihr hallten Macht und Geheimnisse wider.

Die Edle sah ihn erstaunt an.

Der Silberpelz trat zur Seite und nun lag der Weg wieder frei vor ihr. »Das alles steht Euch offen, Baumfreundin. Wandert so weit und wohin Ihr wollt. Wenn Ihr hierher in Euer neues Zuhause zurückkehren möchtet, braucht Ihr nur an diese Lichtung zu denken und findet Euch schon auf ihr wieder. Und vom Heiligen Hain kennt Ihr gewiß den Weg zurück in Eure eigene Welt.«

Damit verschwanden er und die vier anderen Gehörnten.

Lange stand Faraday auf der Lichtung und sah sich um. Die Sterne zogen ihre Bahn und erinnerten sie an Axis. Er hatte sein Erbe angetreten, aber ob er bei all seiner Arbeit auch noch die Zeit fand, an sie zu denken? Sie breitete ihre Arme aus und tanzte auf dem Gras, als sei er bei ihr. Schon bald, so hoffte die Edle, würde er nicht nur im Traum, sondern auch in Wirklichkeit das Lager mit ihr teilen.

✩✩✩ 30 ✩✩✩

Nach einer Weile spazierte Faraday inmitten der Bäume und blieb stehen, um sich verwundert umzusehen. Von der Lichtung aus hatte der Wald undurchdringlich gewirkt. Doch nun entdeckte sie, daß die Stämme weit auseinanderstanden. Sie ragten so hoch hinauf, daß man unwillkürlich an Säulen denken mußte, die eine Kuppel halten. Und wenn die Edle den Blick zum Laubbaldachin hob, erschien er ihr so weit entfernt wie das Himmelszelt selbst. Faraday erlebte in diesem Wald das gleiche wie damals Aschure, als sie zum ersten Mal nach Awarinheim gelangte. Die Weite, das Licht und die Musik an diesem Ort überwältigten sie.

Die Edle konnte endlich ihren Blick von den Wundern des grünen Daches lösen und schaute nach unten. Überall wuchsen zu Füßen der Bäume zierliche Sträucher mit exquisiten Blüten. Und zwischen den Stämmen ergingen sich Wesen, wie die junge Frau sie selbst im Traum noch nicht gesehen hatte. Igel mit Hörnern? Pferde mit Flügeln? Stiere aus purem Gold? Vögel mit Diamantenaugen? Kleine, äußerst bunte Drachen hüpften von Ast zu Ast, und eine Familie blau- und orangegefleckter Panther ergötzte sich im nahegelegenen Fluß. Nixen und Wassergeister huschten scheu zwischen den Zweigen hin und her, und im kristallklaren Wasser ließen sich Fische mit silbernen Flossen erkennen.

Als Faraday ihre Wanderung wieder aufnahm, veränderten sich die Formen und Farben und hielten neue Wunder für sie bereit. Gletscher und Gebirgszüge, Ozeane und Gärten, Höhlen und Wanderdünen – in dieser neuen Welt ließen sie sich alle Seite an Seite finden.

Und beim dritten Schritt fand sie sich im Wald wieder, der sich freute, sie wiederzusehen, und ihr Liebe und Geborgenheit schenkte.

»Was kann ich für Euch tun?« fragte Faraday leise. »Was soll ich für Euch tun?«

Das Licht verwischte, und eine Lichtung breitete sich vor ihr aus. Darauf stand ein hübsches Häuschen mit weißen Wänden, gelbem Dach und roter Tür inmitten eines Gartens, der von einem weißen Jägerzaun begrenzt wurde. Irgend etwas an dem Garten erschien dem Mädchen merkwürdig, aber bevor sie genauer hinsehen konnte, öffnete sich schon die rote Tür, und eine unglaublich alte Frau trat heraus.

Sie trug einen Umhang, so rot wie die Tür, hatte aber die Kapuze zurückgeworfen, die ihren kahlen Schädel sonst bedeckte. Die papierdünne Haut spannte sich über ihre Wangen. Darunter waren überall die Knochen zu erkennen. Die hohe Stirn ließ auf Klugheit und Wissen schließen. Den Eindruck vollkommener Häßlichkeit milderten aber die Augen. Tiefe Seen von Violett, die fast kindlich in die Welt blickten.

Die Uralte streckte zitternd eine Hand aus. »Willkommen, Kind der Bäume. Schaut Euch ruhig meinen Garten an. Wollt Ihr eine Weile bleiben?«

Faraday wollte schon zustimmen, als sich das Licht um sie herum plötzlich smaragdgrün färbte. Bevor sie noch etwas tun konnte, flog sie schon aus der zauberhaften Welt der Wunder hinaus, wieder hinein in die schmerzliche Wirklichkeit der Welt von Karlon.

»Tut mir leid, daß ich Euch zurückrufen mußte«, sagte Yr in schroffem Ton, »aber die Mittagsstunde ist längst vorüber, und die Königin muß sich dem Hof zeigen.«

Als die Energie von Faraday abließ, wimmerte Ramu und löste sich langsam aus der Embrionalstellung, in der er sich seit fünf oder sechs Stunden befunden hatte.

Die beiden Wächter hatten recht damit gehabt, daß die Macht der Edlen ihn stets erreichte. Nur hatte er sie noch nie so stark wie eben gespürt. Mit jedem Schritt, den Faraday tiefer in den Wald hinter dem Hain hineingegangen war, hatte er stärkere Schmerzen bekommen, bis ganz Awarinheim von seinen Schreien widerhallte.

Der Magier wußte, was mit ihm geschah. Aber der Übergang durfte nicht so gewaltig und so schmerzhaft vonstatten gehen.

✩ ✩ ✩ 32 ✩ ✩ ✩

Und war er nicht noch viel zu jung für die Verwandlung? Er hatte doch hier noch so viel zu tun, so viel zu tun.

»Faraday«, flüsterte er, »Baumfreundin, wo steckt Ihr? Was tut Ihr gerade? Wohin geht Ihr?«

# 4

## AN DER GUNDEALGAFURT

Sie würden sich am letzten Tag des Frostmonds treffen, an der Gundealgafurt am Nordra. Sobald der Fluß das Verbotene Tal verlassen hatte, weitete sich sein Bett, und er strömte langsamer und ruhiger. Auf der Höhe des Tailem-Knies war er dann flach genug, um von einem Reiter durchquert zu werden.

Axis lagerte mit seinem Gefolge am südlichen Ausläufer der Urqharthügel, ein paar Meilen von der Gundealgafurt entfernt. Er führte etwas über tausend Berittene mit sich, hauptsächlich Schwert- und Lanzenkämpfer, und dazu drei Pelotone von Aschures Bogenschützen nebst zwei Geschwadern der Luftarmada. Der Hauptteil seiner Armee war in Sigholt zurückgelassen worden. Von der Festung wurden einige Patrouillen zum Sperrpaß und in die Urqharthügel entsandt. Der Krieger führte gerade genug Soldaten mit, um Bornheld davon überzeugen zu können, daß er es mit einem starken Gegner zu tun habe, ohne ihm aber schon seine wahre Heeresstärke zu zeigen. Der Anblick der tausend Reiter und der mehreren Hundert ikarischen Flieger, die den Luftraum darüber beherrschten, sollte den neuen König zu der Überzeugung bringen, daß er sich einen Angriff lieber zweimal überlegen solle. Bei den bevorstehenden Verhandlungen würde es nicht nur zu Wortschlachten kommen – auch die psychologische Kriegführung spielte eine gewichtige Rolle.

Axis hob den Kopf, als Belial durch das Dämmerlicht auf ihn zukam.

»Bornheld dürfte bald hier sein. Wie fühlt Ihr Euch denn, Sternenmann?«

»Als säße ich bei einem Bader, um mir einen Zahn ziehen zu

lassen«, grinste der Krieger. »Ich kann wirklich nicht behaupten, daß ich mich darauf freue, mit meinem Bruder an einem Tisch zu sitzen. Der Austausch von Artigkeiten und Höflichkeiten wird mir sicher schwerfallen.«

Sein Leutnant lachte. Er wußte genau, daß Axis dem König lieber mit dem Schwert in der Hand gegenübertreten würde. Aber er sagte sich auch, daß die beiden Armeeführer sich morgen kaum lange damit aufhalten würden, sich gegenseitig nach dem werten Befinden zu erkundigen.

»Die ikarischen Aufklärer sind zurückgekehrt.«

»Und was haben sie zu melden?« fragte der Krieger nervös.

»Bornhelds Gefolge hat sein Lager im Süden in der gleichen Entfernung von der Gundealgafurt errichtet, wie wir im Norden. Wenn beide Seiten morgen in aller Frühe aufbrechen, dürften sie sich am Vormittag an der Furt begegnen.«

»Ich möchte keine Reisebeschreibung hören!« gab Axis barsch zurück. »Wie stark ist die Streitmacht des Königs?«

»Er hat ungefähr fünftausend Mann dabei«, antwortete Belial rasch, um den unduldsamen Krieger nicht noch mehr aufzubringen. »Im wesentlichen berittene Schwert- und Lanzenkämpfer. Aber die Aufklärer haben auch einige Bogenschützen erspäht.«

»Sind unsere Ikarier entdeckt?«

»Nein, bei Nacht können sie mit ihren schwarzen Uniformen und schwarzgestrichenen Flügeln unmöglich ausgemacht werden. Diese hübsche Überraschung dürfte uns also bleiben.«

Wie zur Bestätigung der Worte des Leutnants fiel in diesem Moment Weitsicht vor ihnen aus der Nacht. Er lächelte, als er die Verblüffung auf den Mienen der beiden Männer bemerkte. Dann aber sagte er sich, das erschrockene Zusammenzucken des Kriegers zeige nur zu deutlich, wie sehr ihn die morgigen Verhandlungen beschäftigten.

»Oberster Befehlshaber«, salutierte der ikarische Offizier, »Aschure hat aus Sigholt zwei Fernaufklärer gesandt, die vor Eurem Zelt warten.«

Aschure? Axis sah Belial an. Beide drehten sich wortlos auf dem Absatz um und liefen zum Lager.

☆ ☆ ☆ 35 ☆ ☆ ☆

Der Krieger schlug rasch die hintere Klappe seines Zeltes auf und drängte die beiden Vogelmenschen hinein.

»Was bringt Ihr für Kunde?«

»General«, begann Staffelführerin Federflug, der man die Anstrengung des weiten Flugs ansah, »ich bringe Euch zwei Nachrichten, und keine davon dürfte Euch erfreuen. Sechs Tage nach Eurem Aufbruch kehrte eine unserer Patrouillen aus den östlichen Urqharthügeln zurück und meldete dies: Die Armee der Skrälinge, die sich in der Wildhundebene gesammelt hat, hat sich in Richtung Süden in Marsch gesetzt. Aschure hat sechs Geschwader Ikarier und eine starke Abteilung Berittener zum Sperrpaß geschickt, um sie dort aufzuhalten.«

Axis sah seinen Leutnant und Weitsicht, der sich ihnen angeschlossen hatte, besorgt an. »Sie ist aber nicht selbst mitgeritten, oder?«

»Nein, Oberster Befehlshaber«, antwortete Federflug. »Aschure ist sich ihrer fortgeschrittenen Schwangerschaft bewußt und verläßt die Burg daher nicht. An ihrer Stelle führt Arne die Streitmacht an.«

Der Krieger atmete erleichtert auf. Dennoch barg die Meldung ihren Schrecken und band ihm bei den bevorstehenden Verhandlungen die Hände. Jetzt war er dringend auf einen Waffenstillstand angewiesen. Ebenso sehr wie Bornheld. Beide würden sie sich in diesem Winter einer solch starken Bedrohung durch die Skrälinge ausgesetzt sehen, daß ihnen keine Zeit mehr blieb, sich untereinander zu bekriegen. Nun gut, dachte er, besser er erfuhr jetzt von dem Vordringen der Geisterkreaturen, als während oder nach den Verhandlungen.

Magariz stürzte atemlos ins Zelt, und der Sternenmann berichtete ihm rasch von den Neuigkeiten. »Sollte nicht wenigstens einer von uns Arne zu Hilfe eilen?« schlug der Fürst dann vor. »Die Kämpfe am Sperrpaß werden bestimmt hart.«

Axis zögerte. »Arne führt genug Offiziere mit sich, die seine Befehle weitergeben und umsetzen können. Die Geschwaderführer der Ikarier sind mittlerweile bestens ausgebildet. Sobald der Waffenstillstand unter Dach und Fach ist, ziehe ich mit diesen Truppen hier hinauf zum Paß. Weitsicht kann Arne mit seinen Luftkämpfern schon in einem Tag erreichen.« Er wandte sich nun wieder an die Staffelführerin. »Und die zweite Hiobsbotschaft?«

»Neue Bauern sind aus dem oberen Skarabost eingetroffen. Schmutzig, am Ende ihrer Kräfte und voller Furcht. Gerüchte haben sie in Angst und Schrecken gesetzt. Ein gewisser Graf Burdel ...«

»Ja, ja, der Herr von Arkness. Weiter.«

»Also, dieser Graf soll mit einer starken Streitmacht durch den Süden von Skarabost ziehen. Jeder, der die Prophezeiung des Zerstörers weitergibt, wird von ihm gepfählt oder ans Kreuz genagelt. Angeblich soll er ein ganzes Dorf mitsamt seinen Bewohnern in Brand gesteckt haben, in dem die Prophezeiung besonders verehrt wurde. Jeder, der Euren Namen im Munde führt, muß sterben. Genauso empfiehlt es sich auch nicht, anders als mit Abscheu die ›Unaussprechlichen‹ zu erwähnen.« Sie verzog bei diesem Ausdruck das Gesicht. »Gleichfalls hat jeder sein Leben verwirkt, den Burdel dabei erwischt, nach Norden zu Euch fliehen zu wollen. Panik hat das Land ergriffen, und der Tod hält dort blutige Ernte!«

Axis war bei diesen Worten blaß geworden. Burdel würde nicht aus eigenem Antrieb diese Strafexpedition begonnen haben. Bornheld steckte bestimmt dahinter, hatte den Grafen dazu angestiftet. Vermutlich auch mit heimlicher Unterstützung des Seneschalls. »Verwünscht sollen sie sein!« murmelte er vor sich hin.

»Was können wir dagegen unternehmen?« fragte Belial.

»Im Augenblick gar nichts«, murrte der Krieger unzufrieden. »Rein gar nichts. Wir sind an Sigholt gebunden, weil die Skrälinge nach Süden ziehen. Und ich fürchte, der König und der Graf wissen genau um unsere Nöte. Verdammte Bande!«

Doch Axis gewann seine Fassung zurück und fragte Federflug noch einmal: »Aber Aschure geht es gut?«

Seit er die Festung verlassen hatte, vermißte er die junge Frau so sehr, daß ihm selbst die Lieder des Sternentanzes keine rechte Freude mehr bereiten wollten.

☆ ☆ ☆  37  ☆ ☆ ☆

Bornheld saß auf seinem schweißglänzenden Fuchs und schirmte die Augen gegen das grelle Licht ab. Sie hatten noch vor Einbruch der Dämmerung das Lager verlassen und standen nun hier, gut hundert Schritte vor der Furt. Wo blieb Axis? Lebte sein Bruder überhaupt noch? Wo lag seine Rebellenarmee?

Fünf Reiter aus seinem persönlichen Gefolge standen in einer Reihe hinter dem König. Und hinter ihnen hatten sich die fünftausend Reiter, die ihn begleiteten, ordentlich in Reih und Glied aufgestellt.

Von den fünf Männern aus seiner persönlichen Bedeckung wirkten nur Ho'Demi und Moryson unbeeindruckt und gelöst. Gilbert saß mit sichtlich schlechter Laune auf seinem Roß. Gautier gab sich fahrig und nervös. Herzog Roland rutschte auf seinem Sattel hin und her, um eine Position zu finden, in der ihn das Geschwür in seinem Leib nicht gar so arg schmerzte.

Ein Schrei von hinten ließ alle herumfahren. Bornheld wendete sogar sein Pferd. »Was um alles ...« begann er ungehalten, ehe er in die Richtung blickte, in die ein Soldat aus der ersten Reihe aufgeregt zeigte. In den Himmel nämlich. Der König schaute in die hochfliegenden hellgrauen Wolken und erstarrte, als er erkannte, was den Mann so in Erregung versetzt hatte.

Hoch über ihnen kreisten einige hundert Flugkreaturen. Vollkommen schwarze Gestalten, wie man sie sonst nur in Alpträumen sah. Bornheld wußte gleich, um wen es sich bei ihnen handelte: Um die vermaledeiten Vogelmenschen, mit denen sein verräterischer Bruder schon auf dem Turm von Gorken gesprochen hatte.

Mittlerweile verrenkten alle die Hälse, um einen Blick auf die Flugwesen zu werfen. Der Häuptling der Rabenbunder erkannte in ihnen natürlich gleich Ikarier. Er war nie einem von ihnen begegnet, hatte sie aber gelegentlich dabei beobachtet, wie sie aus den Eisdachalpen kamen und über die Eiswüste segelten. Die Vogelmenschen stiegen nun für Axis in die Lüfte? Ho'Demi senkte den Blick und suchte den von Inari und Izanagi, zwei der Ältesten seines Stammes. Sie saßen nachdenklich in der ersten Reihe auf ihren Rössern. Axis mußte wahrlich ein mächtiger

✮ ✩✩ 38 ✩ ✩✩

Mann sein, wenn sogar die Ikarier seine Sache unterstützten. Der Häuptling fühlte Erregung in sich aufsteigen. Vielleicht sollte er sich diesen Herrn doch einmal genauer ansehen.

Neben dem Barbaren murmelte Gilbert Übellauniges vor sich hin. Die Unaussprechlichen breiteten sich also schon im ganzen Königreich aus! Möge Artor selbst diesen Axis in die Würmergruben des Nachlebens verbannen. Für sein Bündnis mit diesem Abschaum hatte der Krieger nichts weniger als die ewige Verdammnis verdient. Und wir? Wir hätten schon viel früher zuschlagen müssen. Wer konnte ermessen, welchen Schaden der verstorbene Priam bereits mit seiner wahnhaften Prophezeiungsbesessenheit angerichtet hatte?

Moryson versetzte der Anblick der Himmelskreaturen ebenso in Aufregung wie alle anderen auch. Aber im Gegensatz zu den meisten anderen wußte er seine Gedanken wohl hinter einer undurchdringlichen Miene zu verbergen.

Der Häuptling schaute nun nach vorn und suchte das Ufer des Nordra nach den Rebellen ab. Und tatsächlich, dort ritten in breiter Front tausend Reiter über die Ebene heran und strebten auf die Furt zu, von der sie noch etwa fünfzig Schritte entfernt sein mochten. In der Mitte der Reihe hielt jemand ein prachtvolles Banner in die Höhe – eine blutrote Sonne auf goldenem Grund.

»Bornheld!« krächzte der Rabenbunder.

Der König folgte Ho'Demis entsetzten Augen und bellte dann seinen Truppen einen Befehl zu.

Zwei Reiter hatten mittlerweile die Flußmitte erreicht. Das Wasser spritzte den Rössern bis hoch zur Brust.

Der Oberste Heerführer spähte genauer hin, um festzustellen, wer sich ihm da näherte. Beide trugen von Kopf bis Fuß Schwarz und ritten Rappen. Das paßt ja zu diesen verderbten Menschen, dachte Bornheld grimmig. Es kostete ihn große Anstrengung, die Rechte vom Schwertgriff fernzuhalten. Aber hinter sich hörte er, daß seine Soldaten bereits ihre Klingen zogen. Der König setzte sein Pferd in Bewegung, um auf die beiden Boten zuzureiten, und winkte seinen Begleitern, ihm zu folgen.

✩ ✩ ✩ 39 ✩ ✩ ✩

Als die Reiter aus dem Fluß stiegen, erkannte Bornheld sie endlich und verzog das Gesicht. Axis' Leutnant hatte also den Ausbruch aus Gorken ebenfalls überlebt. Und natürlich mußte auch dieser verräterische Fürst dabei sein! Aber wo steckte ihr Herr und Meister?

Magariz und Belial hielten zehn Schritte vor ihm ihre Rösser an. Beide trugen identische Uniformen. Auf ihrer Brust prangte eine rote Sonne mit goldenem Schein und sie war umringt von kleinen goldenen Sternen.

»Euer Majestät«, begann Axis' Leutnant ohne Umschweife, »Ihr habt uns eine Botschaft geschickt, und wir sind gekommen. Was ist Euer Begehr?«

»Wo bleibt er?« verlangte Bornheld zu erfahren. »Wo steckt mein mißratener Bruder? Oder hat er inzwischen das Zeitliche gesegnet?« Er richtete den Blick auf den Fürsten. »Ich freue mich zu sehen, Magariz, daß Ihr unbeschadet aus Gorken entkommen konntet. Das verschafft mir das Vergnügen, Euch persönlich mit dem Schwert durchbohren zu dürfen.«

»Dieses Vergnügen wäre ganz auf meiner Seite«, entgegnete Bornhelds ehemaliger Festungskommandant. »Zu dumm nur, daß ein anderer ältere Rechte darauf hat.« Hoch über ihnen schrie ein einsamer Schneeadler.

»Genug jetzt davon, Herr«, sagte Belial. »Wollt Ihr nun mit uns in Waffenstillstandsverhandlungen treten, oder nicht? Je länger Ihr hier tatenlos herumsitzt, desto mehr Gelegenheit erhalten die Skrälinge, Eure Verteidigungsstellungen bei Jervois Mann für Mann niederzumachen. Ich möchte doch bezweifeln, daß Ihr Euch noch mal erlauben dürft, so viele Soldaten wie in Gorken zu verlieren.«

Der König verzog den Mund. Die Männer, die er oben im Norden verloren hatte? Doch wohl eher die Opfer des Verrats durch Axis und die beiden Männer, die er hier vor sich hatte. »Wenn der Krieger noch lebt, werde ich mit ihm allein verhandeln, nicht mit einem seiner Subalternen.«

»Mein Oberster Befehlshaber bleibt zurück«, erwiderte Belial, »bis ich mich wirklich davon überzeugt habe, daß ihm hier kein Verrat droht. Warum haben zum Beispiel Eure Soldaten ihre Schwerter gezogen?« Er zeigte auf sich und Magariz, die beide unbewaffnet erschienen waren. »Euer Majestät, solltet Ihr Euch tatsächlich so schwach und verwundbar fühlen, daß Ihr fünftausend Mann mitbringen müßt, um zwei Unbewaffneten gegenüberzutreten? Ich bitte Euch, nehmt Euren ganzen Mut zusammen. Ich verspreche Euch auch, Euch nicht an den königlichen Hals zu springen und mich mit Euch hier im Uferschlamm zu wälzen.«

Bornheld lief ob dieser Schmähungen dunkelrot an. »Gautier«, befahl er nach hinten, »sorgt dafür, daß die Männer ihre Waffen wieder einstecken und sich zweihundert Schritte zurückziehen. Vielleicht fühlt sich mein Echsenfreund von einem Bruder dann sicherer und zeigt sich endlich.«

Als sein Leutnant sein Pferd wendete und zu den Fünftausend ritt, deutete Bornheld auf die Ikarier, die hoch über ihnen am Himmel kreisten. »Und wie steht's mit Euren Flugechsen dort in den Wolken? Wenn ich die Höflichkeit aufbringe, meine Soldaten ein gutes Stück weit zurückzuziehen, dann solltet Ihr mir die gleiche Ehre erweisen.«

Belial winkte zum Himmel hoch, und die Vogelmenschen kamen langsam herunter und trieben zu den nächsten Hügeln hinab. Zwei von ihnen landeten jedoch an der Furt.

»Was soll denn das?« grollte der König, und seine Finger zuckten am Zügel.

»Ich sorge nur für gleiche Kräfteverhältnisse«, erwiderte Axis' Leutnant. »Und von der anderen Seite des Flusses kommt jetzt noch einer. Doch seht selbst.«

Nach wenigen Momenten gesellten sich die zwei Vogelmenschen zu den Unterhändlern des Kriegers. Ein Männchen und ein Weibchen, erkannte der König, beide in schwarzen Uniformen und mit dem Emblem des Sternenmannes auf der Brust.

Und noch eines dieser Wesen flog zu ihnen heran. Doch dieses trug keine Uniform. Seine Flügel prangten silbern.

Bevor der König etwas sagen konnte, kehrte Gautier zurück und schrie: »Da, Herr! Schaut nur!«

Bornheld sah zu der Rebellenstreitmacht am anderen Fluß-
ufer hinüber. Ihre Reihe öffnete sich in der Mitte, dort wo das
Banner wehte, und ein Mann erschien auf einem silbergrauen
Roß. Er trug ein Langhemd vom gleichen Gold wie auf seiner
Fahne, und der König erkannte deutlich die rote Sonne auf der
Brust.

Axis.

Der Krieger trieb Belaguez zu einem gestreckten Galopp an,
während zwei große Hunde hinter ihm herrannten. Als der
Hengst in den Strom gelangte, konnte man Roß und Reiter vor
lauter aufspritzendem Wasser nicht mehr sehen. Einen Herzschlag später tauchten sie daraus wieder hervor. Das Pferd
schwamm zügig durch die trägen Fluten. Eines Tages werde ich
mir diesen Hengst holen, schwor sich Bornheld.

Die Hunde folgten Belaguez mit bewundernswerter Leichtigkeit durchs Wasser. Über ihnen war ein Schneeadler aufgetaucht, der sie zu begleiten schien.

Ho'Demi betrachtete die Szene aufmerksam, und Freude
stahl sich in sein Herz. Der Mann, der da heranritt, sah wie ein
wahrer König aus. Die Alaunt dienten ihm ebenso wie der Adler
oben in den Lüften. Die Ikarier hatten für ihn ihr Kriegsschwarz
angelegt, und über seiner Armee wehte weithin sichtbar sein
Banner. Kein Zweifel, das konnte kein anderer als der Sternenmann sein.

Axis hielt Belaguez kurz vor der Gruppe an und ließ ihn die
letzten Meter im Schrittempo zurücklegen. »Bornheld«, grüßte
er tonlos, als er mit seinem Hengst stehenblieb. »Seid Ihr gekommen, um Euch mir anzuschließen, wie es die Weissagung
vom Zerstörer verlangt? Ich sehe, Ihr tragt mittlerweile die
Krone von Achar. Somit liegt es in Eurer Macht, das Land vor
unnötigem Blutvergießen zu bewahren. Wollt Ihr unter meinem
Banner kämpfen, um Gorgrael zu vertreiben und Tencendor
wiedererstehen zu lassen?«

Bornheld knurrte, er schien eingeschüchtert. Sein Bruder
leuchtete hell wie eine Sonne und verbreitete die Aura von ungeheurer Macht. Aber ich bin doch der König, mußte er sich immer

☆ ★ ☆　42　☆ ★ ☆

wieder versichern, der rechtmäßige Thronfolger und von legitimer Geburt. Ich halte hier die Macht in den Händen und nicht dieser erbärmliche Gesetzesbrecher und Vogelfreie. Aber mit seinem Mut und seiner Selbstachtung kehrten auch der Haß und die Abscheu wieder zurück. Warum begünstigte Artor Axis mit all dem, was doch nach dem Erstgeburtsrecht ihm, Bornheld, zustand?

Bevor dem König etwas Passendes eingefallen war, steuerte der Krieger bereits sein Pferd zu den Fünfen, die Bornhelds Gefolge bildeten.

»Gautier.« Axis nickte dem Leutnant nur kurz zu und trabte weiter.

»Herzog Roland.« Diesmal klang seine Stimme nicht so kalt und ablehnend. Er hatte den Herzog immer gemocht und geachtet. Deshalb erschreckte es ihn auch zutiefst, als er entdecken mußte, wie zusammengekrümmt dieser im Sattel saß. Und erst seine gelbliche Gesichtshaut. Axis streckte die Hand aus, um sie Roland zu reichen. Aber da riß Bornheld hinter ihm sein Pferd herum.

»Tut mir leid, Axis«, sagte der Herzog, »aber das kann ich nicht.«

»Gilbert.« Die Stimme des Kriegers hatte zu ihrer Härte zurückgefunden. »Ich hätte gedacht, das viele Herumreiten in der frischen Luft hätte Euch eine reinere und rosigere Haut beschert. Daher kann ich nur vermuten, daß Eure verderbten und schlechten Gedanken Euch mit einem solch schlimmen Ausschlag entstellen.«

Rote Flecken erschienen auf Gilberts pickliger Haut, und Axis setzte seine Inspektion fort.

Den nächsten Mann kannte Axis nicht. Offenbar ein Rabenbunder und, seinen Gesichtstätowierungen nach zu schließen, einer ihrer Häuptlinge. Der Krieger sprach ihn nicht offen, sondern in Gedanken an.

*Wer seid Ihr?*

»Ho'Demi«, erklärte der Angesprochene, »Häuptling der Rabenbunder.«

☆ ☆ ☆  43  ☆ ☆ ☆

*Und Ihr reitet für Bornheld?*

Diesmal gelang es Ho'Demi, ihm unbewußt in der gleichen Weise zu antworten, worüber er sich selbst am meisten verwunderte. *Mein Volk lebt ebenso wie ich, um der Prophezeiung zu dienen. Seid Ihr der Sternenmann?*

Der Krieger sah ihm offen ins Gesicht. *Ja, der bin ich. Aber wenn Ihr doch der Weissagung dient, warum habt Ihr Euch dann dem neuen König angeschlossen?*

Ho'Demi überlegte kurz und sagte dann: *Bis zu diesem Moment wußten wir nicht, wer Ihr seid oder wo Ihr Euch aufhaltet. Doch nun habe ich, und damit auch mein Stamm, Gewißheit. Ich werde nach den Verhandlungen nach Jervois zurückkehren und mein Volk in Euer Lager führen.*

Axis warf ihm einen warnenden Blick zu. *Seid auf der Hut. Verhaltet Euch äußerst vorsichtig. Wenn Bornheld argwöhnt, daß Ihr ihn verlassen wollt, dann ...*

Aber der Rabenbunder sah ihn ganz ruhig an: *Ich weiß, was Ihr meint. Er wird erst etwas von unserem Aufbruch bemerken, wenn wir schon längst fort sind.*

Der Sternenmann lächelte leise. *Dann seid mir willkommen, Häuptling.*

Die anderen verfolgten verwirrt, wie der Rebell und der Rabenbunder sich eine ganze Weile anstarrten. Irgendwann schien Axis dem Blick Ho'Demis nicht mehr standhalten zu können. Er wandte sich von ihm ab und ritt zum letzten in der Reihe.

»Moryson ...« sagte Axis langsam. Vor ihm saß der Mann, den er einmal, nach Jayme, mehr geliebt hatte als alle anderen auf der Welt. Doch heute verabscheute er sie beide und fürchtete ihre Schliche.

Der Erste Berater des Kirchenführers blieb ganz ruhig. »Axis, ich habe eine Nachricht für Euch, vom Bruderführer.«

Der Krieger zog die Brauen hoch. Sicher keine frohe Botschaft der brüderlichen Liebe.

»Jayme läßt Euch durch mich ausrichten, daß Ihr aus dem Haus Artors ausgestoßen seid und nicht mehr auf Seine fürsorgliche Hand hoffen dürft. Der Seneschall hat Euch exkommuniziert, womit Eure Seele dazu verdammt ist, auf ewig durch Finsternis zu wandeln, bis Ihr Euer Tun widerrufen und ausreichend für Eure Sünden Abbitte geleistet habt. Schwört Eurem unheiligen Bündnis mit den Unaussprechlichen jetzt und hier ab, Axis, dann mag es Artor in Seiner Gnade gefallen, Euch zu vergeben.«

»Artor ist der Gott der Lüge und der Täuschung«, erwiderte Axis. »Der Seneschall bedient sich dieser Lügen und steigert sie hundertfach, um sich die Herzen und den Geist der armen Menschen von Achar untertan zu machen.« Er legte eine Pause ein, ehe er hervorstieß: »Richtet dem Bruderführer von mir aus, daß Rivkah lebt. Sagt Jayme, daß ich ihn und Euch meiner Mutter eines Tages ausliefern werde, damit sie Euch das vergelten kann, was Ihr ihr angetan habt. Euer Mordanschlag ist mißlungen, Moryson. Rivkah lebt!«

»Sie lebt?« rief Bornheld fassungslos. »Meine Mutter ist noch am Leben? Moryson, was meint Axis mit diesen Anschuldigungen? Was habt Ihr Rivkah angetan?« Sie sollten einen Mordanschlag auf seine Mutter verübt haben? Aber das konnte doch nicht sein!

»Er lügt!« zischte der Erste Berater ihm zu. »Laßt Euch nicht von seinen Worten verwirren. Eure Mutter starb unter furchtbaren Schmerzen, als sie diesem Bastard dort das Leben schenkte. Axis will doch jetzt nur einen Keil zwischen uns treiben.«

Der Krieger drehte sich zum König um. »Sie hat den feigen Anschlag überlebt, Bornheld, und sogar noch ein Kind zur Welt gebracht. Darf ich Euch Eure Schwester Abendlied vorstellen?«

Der Oberste Heerführer starrte fassungslos die Kreatur an, auf die sein Bruder deutete. Das sollte seine Schwester sein? Dieses Wesen hatte violette Augen und feine Gesichtszüge wie alle aus ihrem Gezücht, und es trug schwarz bemalte Flügel. »Ihr seid niemals meine Schwester.«

»Glaubt mir«, gab die Kreatur schnippisch zurück, »mir ist das auch nicht lieb. Ihr habt meinen Vetter gemeuchelt, Bornheld, und dafür wird Axis, so hat er es mir versprochen, Euch töten. Für meinen Geschmack kann er das überhaupt nicht früh genug tun.«

»Sie besitzt das Temperament und die Rachsucht der Ikarier«, erklärte der Krieger. »Wenn ich mich nicht damit beeile, Euch Eurem gerechten Schicksal zuzuführen, wird Abendlied sich, so steht zu befürchten, eines Nachts in Euer Gemach schleichen. An Eurer Stelle würde ich Wachen aufstellen, die auch den Himmel im Auge behalten und ebenso in den Schatten nachsehen, die sich auf den Gängen und in den Ecken bilden.«

Damit stellte Axis ihm den männlichen Ikarier vor: »Dies ist Weitsicht, der stellvertretende Kommandant der Luftarmada, die unter meinem Befehl steht. Ach ja, die Luftarmada sind die Flieger, die Euch heute morgen bei Eurem Erscheinen vom Himmel begrüßten.«

Bornheld spürte, daß er bei diesem Treffen immer mehr ins Hintertreffen geriet. »Axis ...« wollte er anheben.

Aber der Krieger fuhr fort, als habe er den Einwand gar nicht vernommen. »Belials Züge sind Euch ja vertraut, und Magariz dürfte Euch ebenfalls kein Unbekannter sein. Obwohl ich vielleicht hinzufügen sollte, daß Ihr den Fürsten wohl doch nicht ganz so gut gekannt habt, wie Ihr vielleicht meintet. Er besitzt nämlich ein viel tieferes Ehr- und Gerechtigkeitsgefühl, als Ihr das aus Eurer Umgebung gewöhnt sein dürftet.«

Damit kam Axis zum letzten in seiner Gruppe. »Und dieser hier ist mein Vater, Sternenströmer. Vielleicht erinnert Ihr Euch ja dunkel an ihn.« Bei den nächsten Worten ließ der Krieger seinen Bruder nicht aus den Augen. »Ihr weiltet nämlich auch auf Sigholt, versicherte mir Sternenströmer, als er Rivkah oben auf dem Turm verführte. Aber womöglich habt Ihr auch gar nichts bemerkt, weil Ihr ja damals noch ein Säugling wart.«

Bornheld hatte es vor Abscheu die Sprache verschlagen. Es würgte ihn regelrecht. Seine Mutter hatte sich mit einem solchen Ungeheuer eingelassen? Nein, das konnte nur gegen ihren Willen geschehen sein. Die Flugechse hatte Rivkah vergewaltigt! Keine Frau seines Landes würde sich von einem solchen Monstrum auch nur anfassen lassen.

✩ ✩ ✩ 46 ✩ ✩ ✩

»Ihr wart ein solch ermüdendes Kind«, erklärte Sternenströmer im Plauderton, und der König erkannte zu seinem Entsetzen, daß Axis von ihm die Augen und die Gesichtszüge hatte, »da wundert es mich wenig, wenn Ihr Euch als Erwachsener zu einer ebenso ermüdenden Persönlichkeit entwickelt habt. Axis, ich bin seiner überdrüssig. Wir reden später, ja?« Damit breitete der Ikarier die Schwingen aus, stieg auf und flog davon.

»Auch mir wird das hier langsam lästig, Bruder«, erklärte der Krieger. »Wenn ich recht unterrichtet bin, seht Ihr Euch in diesem Winter der Bedrohung durch ein großes Heer Skrälinge gegenüber. Deswegen zieht Ihr es vor, daß ich mir bis zum Sommer Zeit lassen soll, Euch endgültig den Garaus zu machen.«

Axis' Worte trafen den König in der gewünschten Weise, und er konnte sich nicht länger im Zaum halten. »Ich habe mehr als genug Soldaten, um Sigholt mit Euch und Eurer Rebellenbande bis auf die Grundmauern niederzubrennen und auch noch die Skrälinge mit blutigen Köpfen heimzuschicken!« In seinem Zorn erhob er sogar die Faust gegen Axis.

Erschrocken sprangen Roland und Belial hinzu, rissen die beiden Brüder auseinander und redeten eindringlich auf sie ein.

Moryson jedoch verzog bei dem Ausbruch keine Miene. Dafür betrachtete er eingehend die beiden Hunde, die mit dem Krieger gekommen waren. Beide warteten ein Stück hinter den Unterhändlern der Rebellen und beobachteten ihn.

Axis verwünschte sich, als sein Leutnant ihn daran erinnerte, daß Sigholt, ach was, ganz Achar nicht überleben konnte, wenn die beiden Brüder jetzt gegeneinander Krieg führten. Ob er denn schon vergessen habe, daß die Skrälinge vor den Toren stünden? Was sei denn bloß in ihn gefahren? Der Krieger mußte sich eingestehen, daß er die Beherrschung verloren hatte, als er Auge in Auge vor seinem verhaßten Bruder stand.

Ein Stück weiter versuchten erst Roland und später dann Gautier, den König zu beschwichtigen. Sie beschworen ihn, daß er Sigholt nicht angreifen könne, ohne die Stellungen bei Jervois empfindlich von Soldaten zu entblößen.

Schließlich lenkte der Sternenmann als erster ein: »Bornheld, unsere Gefühle füreinander werden bis zum nächsten Frühjahr warten müssen.«

Er schwieg, und nach einer Weile entgegnete der König finster: »Der Winter bevorteilt Gorgrael, und wir wollen doch beide dasselbe. Achar soll gerettet werden, und keinem von uns dürfte es recht sein, wenn es dem Zerstörer in die Hände fiele. Also gut, ich werde Euch bis zum Frühling nicht vernichten. Damit steht Euch der ganze Winter zur Verfügung, Euch auf unseren Kampf vorzubereiten.«

Axis blieb ruhig. »So beschließen wir für die Dauer des Winters einen Waffenstillstand, Bruder, und werden gemeinsam die Geisterwesen zurückschlagen.«

Bornheld nickte. »Bis zum Taumond. Bis dahin sollte ich Gorgraels Heer vernichtet haben, und dann wende ich mich endlich Euch zu.«

Die beiden ritten aufeinander zu und besiegelten ihren Pakt mit einem Handschlag. Doch sie griffen so fest zu, bis sie die Knochen des anderen krachen hören konnten. Und weder der eine noch der andere ließ sich etwas von dem Schmerz anmerken.

»Waffenstillstand bis zum Taumond, Bornheld. Mein Wort darauf.«

»Und auch mein Wort darauf.«

»Graf Burdel sengt und mordet sich durch den Süden von Skarabost«, erklärte Axis nun; die beiden ließen sich noch immer nicht los. »Ruft ihn zurück.«

Sein Bruder lächelte kalt. »Ich bin der König, nicht Ihr. Der Graf versucht nur, die Ordnung in einer völlig verwahrlosten Provinz wiederherzustellen. Was er in Skarabost zu erledigen hat, dürfte Euch nichts angehen.«

»Es betrifft mich dann, wenn Burdel Unschuldige umbringt«, entgegnete der Krieger. »Vielleicht teilt Ihr ihm ja durch einen Boten mit, daß ich ihn eines Tages für jeden Erschlagenen, für jede verbrannte Hütte und für jedes geraubte Huhn zur Rechenschaft ziehen werde. Ach und noch eins, Bruder. Mich verwunderte es doch sehr, daß Ihr so unerwartet plötzlich auf den Thron gelangt seid. Als ich Priam zum letzten Mal sah, wirkte er noch gesund und munter.«

Ein Schatten tauchte kurz hinter Bornhelds Augen auf, und Axis dachte: ›Aha, da stimmt irgend etwas nicht. Doch die Sache muß vorerst ruhen. Eines Tages wirst du aber für alle Morde bezahlen, die du auf dich geladen hast.‹

»Bis zum Frühjahr, Bruder«, beschied ihn der König. Der Krieger verbeugte sich kurz vor ihm und wandte sich dann an die Männer in Bornhelds Gefolge. »Roland?« Diesmal erwiderte der Herzog seinen Gruß. »Moryson und Gilbert, wenn ich im Frühling gegen den König marschiere, komme ich auch, um dem Seneschall das Handwerk zu legen.« Gilbert verzog höhnisch den Mund, aber Moryson sah einfach durch Axis hindurch. Der Krieger blickte zum Schluß noch den Häuptling an: *Ich hoffe, ich muß nicht bis zum Frühjahr warten, um Euch und die Euren bei mir zu sehen.*

Ho'Demi suchte seinen Blick. *Wenn der große Winterschnee kommt, haltet nach uns Ausschau.*

Axis wendete Belaguez und pfiff die Hunde zu sich. »Meine Herren«, verabschiedete er sich und jagte dann auf seinem Hengst zurück zum Nordra. Belial und Magariz folgten ihm, während Weitsicht und Abendlied sich in die Lüfte schwangen.

☆ ☆ ☆  49  ☆ ☆ ☆

# 5
## JULTIDE

Immer noch so müde, frierend und schmutzig wie zu der Stunde, als er sich hingelegt hatte, kroch Axis mühsam aus seinen Decken. Auf der Bettkante sitzend nahm er die Schüssel mit dicker Gemüsesuppe entgegen, die Belial ihm reichte. Der Krieger hatte das Gefühl, schon eine halbe Ewigkeit gegen die verwünschten Geister ins Feld zu ziehen und sich mit ihnen eine Schlacht nach der anderen zu liefern.

Axis hatte auf Aschures Warnung geachtet und war von der Gundealgafurt nicht auf kürzestem Weg nach Sigholt zurückgekehrt. Statt dessen hatte er seine tausend Reiter und die beiden Geschwader Ikarier durch den Südposten der Urqharthügel auf die Wildhundebene und damit mitten in die Hölle geführt.

Große Scharen von Skrälingen waren tief in die Ebene vorgedrungen. Vier Tage brauchte er, um bis zum Sperrpaß vorzustoßen. Die Abteilung, die Aschure dorthin geschickt hatte, mußte bis dahin allein mit den Angreifern fertigwerden. Axis' Truppe stand jetzt seit mittlerweile drei Wochen ununterbrochen im Gefecht, und nur langsam konnten sie die Geister bis in die Zentralebene zurückdrängen. Der Krieger mußte immer neue Verstärkungen aus der Festung anfordern, bis dort nicht mehr als ein Peloton Bogenschützen und hundert Speerträger zur Verteidigung übrig waren. Die gesamte Luftarmada befand sich mittlerweile bei Axis, und für die Ikarier hatten sich die ersten Einsätze zu einer wahren Feuertaufe entwickelt.

Aber die Luftkämpfer hatten sich wacker geschlagen. Gorgrael hatte nur einen Skräbold mit seinen Truppen an die Front der Wildhundebene geschickt, und der blieb wohlweislich hinter den eigenen Linien. Eiswürmer tauchten diesmal nicht auf, und den Ikariern hatte in der Luft niemand etwas anhaben können. Und so regneten ihre Pfeile auf die Feinde herab. Dennoch mußten sie auf der Hut sein. Denn die Wolken hingen mitunter so tief, daß auch die Vogelmenschen nicht sehr hoch aufsteigen konnten. Gorgraels Kreaturen machten sich einen Sport daraus, unvermittelt nach oben zu springen und die eine oder andere Flügelspitze, die etwas zu tief gelangt war, zu packen und herunterzuzerren. Der Sternenmann verfolgte das mit Beklommenheit. Auf diese Weise hatte er bereits ein Dutzend Luftschützen verloren.

Die Berittenen schlugen sich nicht so gut, obwohl viele unter ihnen bei Gorken ausreichend Erfahrung im Kampf gegen die Skrälinge gesammelt hatten und es ihnen nicht am nötigen Mut mangelte. Die Geisterwesen rannten in schier unübersehbarer Zahl über die Wildhundebene heran. Wenn Axis sich nicht auf die Luftarmada hätte verlassen können, wäre die Schlacht wohl mit ebenso großen Verlusten verlorengegangen wie die in der Stadt Gorken. Arne hatte bislang dennoch die Stellung am Paß erfolgreich halten können, und nachdem der Krieger mit seinen Truppen zu ihm gestoßen war, konnte er seine Reihen ordnen und daran denken, zum Gegenangriff überzugehen. Zusammen mit den eintreffenden Verstärkungen aus Sigholt gelang es dann schließlich auch, Gorgraels Scharen Stück für Stück zurückzutreiben.

Hierbei stellte sich auch heraus, wie gut Aschure mit ihren Bogenschützen trainiert hatte. Ihre Pelotone wirkten fast so verheerend unter den Skrälingen wie die Ikarier. Axis setzte Aschures Truppe überall dort ein, wo die Lage brenzlig geworden war. Jeder ihrer Schützen vermochte zwölf Pfeile in der Minute abzufeuern. Über zweitausend Geschosse regneten dann auf die Geister nieder, und kaum einer davon verfehlte sein Ziel. Doch nach mehrtägigem Kampf stellte sich heraus, daß die Bogenschützen nicht mehr über ausreichend Pfeile verfügten. So mußten sie nächtens auf dem Schlachtfeld ihre Geschosse einsammeln, um für den nächsten Tag ausreichend versorgt zu sein. Der gewitzte Skräbold befahl seinen Skrälingen schließlich, bei jedem Rückzug so viele Pfeile wie möglich mitzunehmen. Oft entwickelten sich dann Gefechte um den Besitz dieser Geschosse, und nicht immer gingen diese für Axis' Soldaten erfolgreich aus.

Vor Gorken hatten die Kreaturen sich noch nicht sehr viel zugetraut und sich eher darauf verlassen, in Massen vorzustürmen. Wenn sie dort von einer unerwarteten Seite oder in der Flanke angegriffen wurden, waren sie gewöhnlich auseinandergestoben und hatten ihr Heil in der Flucht gesucht. Ihre Panik hatte sich dann auf andere Truppenteile übertragen, und so hatte aus der Flucht einer Einheit die eines ganzen Flügels werden können.

Ganz anders jedoch die Skrälinge in der Wildhundebene. Sie griffen mutig an und schienen auch sonst mehr Selbstbewußtsein gewonnen zu haben. Der Krieger mußte schon befürchten, daß Gorgrael, wenn ihm ausreichend Zeit zur Verfügung stände, seine Truppen in ein unüberwindliches Heer verwandeln könnte.

Doch heute ließen sie sich immer noch töten. Nur die Sterne mochten wissen, welcher Bedrängung sich Bornheld vor Jervois gegenübersah. Denn der Zerstörer hatte sicher nur einen kleinen Teil seiner Armee in die Ebene geschickt und griff mit seiner Hauptmacht den neuen König an.

Axis gab Belial die leere Schüssel zurück. Sie saßen in einem zu dünnen Zelt in einem hastig aufgeschlagenen Lager am Fuß der östlichen Urqharthügel, ungefähr zehn Meilen vom Eingang zum Sperrpaß entfernt.

»Ich frage mich, wie die Skrälinge den Nordra überqueren wollen«, brummte der Krieger, »falls sie ihn irgendwann mal erreichen. Ob Gorgrael irgendeinen teuflischen Plan ausgeheckt hat? Oder hat er seinem Skräbold einen Beutel Kupfermünzen mitgegeben, um mit seinen Kreaturen die Fähre nehmen zu können?«

Belial mußte bei dieser Vorstellung grinsen, wurde aber rasch wieder ernst. »Die braven Bürger von Smyrdon würden dann eine unangenehme Überraschung erleben: Daß es nämlich weitaus schlimmere Wesen gibt als die Unaussprechlichen.« Weder er noch Axis hatten genug Zeit, um sich auch noch um die schwerfälligen Dorfbewohner in Aschures Heimat kümmern zu können. Viele der Flüchtlinge, die nach Sigholt kamen, hatten unterwegs die Fähre bei Smyrdon genommen. Die artorfürchtigen Bürger dort erzählten den Skarabostern natürlich eifrig Schauermärchen und machten ihnen weis, daß sie in der alten Festung nur finsterste Verdammnis finden könnten. Schließlich sollten sich dort Unaussprechliche in gewaltiger Zahl herumtreiben. Aus irgendeinem bislang unbekannten Grund blieb Smyrdon weiterhin eine Hochburg des Seneschalls. Die Dorfbewohner wollten nichts von der Prophezeiung oder den darin erwähnten Personen wissen. Der Krieger hatte diesen Ort nicht mehr aufgesucht, seit er vor einem Jahr auf dem Weg nach Gorken hier durchgezogen war.

Wieviel ist doch seitdem passiert? überlegte Axis jetzt. So unglaublich viel. Das hübsche Mädchen, das mich damals in der Mondhalle so ungehörig offen angestarrt hat, sitzt heute als Königin auf dem Thron. Einmal glaubte ich, mich unsterblich in sie verliebt zu haben – doch ist das, was ich heute für Aschure empfinde, nicht viel mehr? Ach, ihr Sterne, was soll ich nur tun? Was soll ich Faraday sagen, wenn ich eines schönen Tages wieder vor ihr stehe?

Er zwang sich, an etwas anderes zu denken. Eine Begegnung mit Faraday lag noch Monate entfernt.

Vielleicht könnte er ja jetzt, da sie die Skrälinge zurückdrängten, einen kleinen Ausflug nach Sigholt unternehmen. Sicher würde es ihm gut tun, Aschure wiederzusehen, mit ihr zu reden und sich von ihr die Zweifel und Ängste vertreiben zu lassen.

Dem Krieger war es nicht gelungen, seine Zauberkräfte so erfolgreich gegen die Masse der Feinde einzusetzen, wie er sich das gewünscht hatte. Der Ring vermochte ihm durchaus Lieder anzuzeigen, mit denen sich Gegner töten oder niederringen ließen. Doch sie waren so stark und verlangten derart ungeheure Mengen an Energie vom Sternentanz, daß Axis dabei fast selbst zu

✫ ✫ ✫ 53 ✫ ✫ ✫

Schaden gekommen wäre. Orr hatte ihn gewarnt, daß manche Melodien für ihn noch zu gefährlich seien. Der Krieger müsse erst viel mehr Macht anhäufen und Erfahrung sammeln, ehe er auf diese Lieder zurückgreifen könne, ohne sich dabei selbst umzubringen. Der Sternenmann begriff spätestens jetzt, was der Charonite damit gemeint hatte. Eine Melodie, mit der es Axis gelungen war, vierzig oder fünfzig Geisterwesen auf einen Schlag zu vernichten, hatte ihn so ausgelaugt, daß er danach stundenlang erschöpft gewesen war. Ihr Sterne, steht mir bei, dachte er in jenen Tagen des öfteren, wenn ich je gezwungen sein sollte, noch mehr Kraft gegen die Geschöpfe Gorgraels einzusetzen!

Daraus klug geworden, setzte der Krieger seine Kräfte fortan nur noch sehr sparsam und höchstens im Krisenfall ein. Etwa dann, wenn die Skrälinge an einer Stelle der Schlachtlinie durchzubrechen drohten oder seine eigenen Soldaten bei einem Vorstoß zu weit vorgedrungen waren und Gefahr liefen, vom Rest der Front abgeschnitten zu werden.

»Werden unsere Reihen halten, Belial?« fragte Axis. Er kauerte auf seinem Feldbett und sah seinem Leutnant dabei zu, wie er sein Schwert reinigte und die Klinge einölte. Der Anblick beruhigte ihn. Während der erstem Kampfwoche hatte niemand Gelegenheit gehabt, sich um den Zustand seiner Waffen zu kümmern.

Belial zuckte die Achseln, ohne von seiner Arbeit aufzusehen. »Wahrscheinlich. Ich glaube nicht, daß Gorgrael weitere Truppen durch die Eisdach-Ödnis heranschicken wird. Wir stellen hier doch ohnehin nur einen Nebenkriegsschauplatz dar. Wenn die Skrälinge hier scheitern, wird das den Zerstörer kaum um den Schlaf bringen. Und wenn sie durchbrechen, um so besser. Sein strategisches Hauptziel ist jedenfalls Jervois. Falls der Gegner hier keine nennenswerten Verstärkungen erhält, müßten wir die Kreaturen eigentlich abwehren können.«

Ein Schweigen trat ein. Während Axis darüber nachdachte, wie es wohl an Bornhelds Front aussehen mochte, starrte Belial auf das Feldbett seines Freundes und fragte sich, wie er ihn wohl am besten von dort fortlocken konnte.

☆ ☆ ☆  54  ☆ ☆ ☆

»Glaubt Ihr, Gorgrael weiß, daß ich hier bin?« fragte der Krieger schließlich. Aber es war ihm anzumerken, daß er mit seinen Gedanken ganz woanders war.

»Bestimmt. Ihr habt schließlich Eure Zauberkräfte gegen seine Schoßhündchen eingesetzt. Da der Skräbold kaum mit großen Siegesberichten aufwarten kann, wird er das gewiß gemeldet haben.«

Axis wog Belials Worte ab und fragte sich, ob er wirklich leise Kritik am Gebrauch seiner Magie herausgehört hatte. Die Sache beschäftigte ihn deshalb so sehr, weil es ihm ziemlich zusetzte, wie vergleichsweise nutzlos seine besonderen Kräfte gegen die Skrälinge blieben.

Der Leutnant bemerkte, wie es hinter der Stirn seines Freundes arbeitete, mißverstand es aber: »Wenn Gorgrael inzwischen von Eurer Anwesenheit erfahren hat, und davon sollten wir ausgehen, wird er sich bestimmt mit großer Neugier alles von seinem Skräbold berichten lassen. Und jetzt frohlocken.«

»Was genau meint Ihr denn damit?« Belial spielte doch wohl nicht darauf an, daß er der Sternenmann war und Gorgrael wußte, was die Prophezeiung über den Retter Tencendors zu sagen hatte?

»Axis.« Der Offizier klang sehr müde, und sein ganzes Sehnen richtete sich auf das Bett, von dem der Krieger einfach nicht aufstehen wollte. »Wenn Ihr dem Zerstörer jetzt schon wirklich gefährlich werden könntet, würdet Ihr bereits vor der Festung stehen, in die er sich verkrochen hat, und das Tor eintreten. Aber das tut Ihr ja eben nicht. Gorgrael will Achar überrennen, bevor Ihr Gelegenheit gefunden habt, alle Völker hinter Euch zu vereinen. Aber nach dem, was Ihr bislang geboten habt, braucht er Euch noch nicht sehr zu fürchten.«

»Bei Euch laufe ich niemals Gefahr, Schmeicheleien und übergroßes Lob zu hören, was? Ihr findet doch stets die unverblümten Worte, um mich daran zu erinnern, wie wenig ich doch erst vollbracht habe.«

»Nun, dann sollte ich Euch vielleicht auch daran erinnern, daß Ihr immer noch auf dem Bett sitzt. Dabei bin ich schon längst mit Schlafen an der Reihe. Wenn Ihr also die Freundlichkeit hättet ...«

Er kam nicht weiter, weil Axis in diesem Moment laut stöhnte und sich die Hände an den Kopf preßte. »Sternenströmer, ich höre Euch. Ich höre Euch ja! Nun beruhigt Euch erst einmal!«

Belial sah den Freund verwundert an und beobachtete ihn aufmerksam, während er mit seinem Vater in Verbindung stand. Der Ikarier war noch während der Verhandlungen an der Furt nach Sigholt zurückgekehrt ... Wenn er sich jetzt meldete, konnte das nur bedeuten ... Was war in der Festung vorgefallen? Griffen etwa die Skrälinge an? War Aschure etwas zugestoßen? Der Leutnant saß kerzengerade auf seinem Hocker, und tiefe Sorgenfalten gruben sich in sein Gesicht.

»Bei den Sternen!« Der Krieger sprang auf und erbleichte unter der Schmutzschicht auf seinem Gesicht. »Belial, das Bett ist Euer. Könnt Ihr die Front allein gegen die Kreaturen halten?«

»Was ist denn geschehen, Axis?« rief der Offizier und hielt den Freund am Arm fest. »Was ist über Sigholt gekommen?«

»Aschure! Ihre Wehen haben eingesetzt!«

Belial sah mit einem Mal uralt aus. »Aber die sind doch noch viel zu früh. Aschure ist erst im achten Monat.«

»Ich weiß!« Der Krieger wirkte noch nervöser als sein Leutnant. »Ich weiß. Sagt mir nur, ob Ihr auch ohne mich die Skrälinge abwehren könnt. Immerhin dürft Ihr Euch auf Magariz und Arne verlassen. Und dann sind da auch noch Weitsicht und die Luftarmada.«

»Ja, ja, natürlich«, murmelte Belial ungeduldig und ließ seinen Freund los. »Wir werden das schaffen. Aber Ihr braucht Tage bis zur Festung, selbst wenn Ihr in gestrecktem Galopp reitet! Wahrscheinlich trefft Ihr nicht vor ...«

»Da steht mir noch eine andere Möglichkeit offen. Versorgt bitte Belaguez.«

Plötzlich war da ein Hauch von Musik in der Luft, und von einem Moment auf den anderen war von Axis nichts mehr zu sehen. Der Leutnant starrte auf die Stelle, wo Axis eben noch gestanden hatte.

✩ ✩ ✩  56  ✩ ✩ ✩

»Warum muß ich mich immer um seinen Hengst kümmern?« murmelte er, ließ sich auf das Feldbett nieder und stützte den Kopf in die Hände. Bei all den Sorgen, die er sich jetzt machte, brauchte er gar nicht erst zu versuchen, sich schlafen zu legen.

Hoffentlich war mit Aschure alles in Ordnung!

Die ersten Wehen trafen die junge Frau, als sie gerade von ihrem Morgenspaziergang zurückkehrte. Stöhnend blieb Aschure stehen und preßte die Hände an den vorgewölbten Leib. Dieser Anblick erschreckte den Steg, und er rief ihr so laut seinen Gruß zu, daß die ganze Garnison davon erwachte und alle halb angezogen und mit der erstbesten Waffe in der Hand herausgestürzt kamen, weil sie glaubten, die Festung sei von Feinden umringt.

Aschure hatte vor Verlegenheit ein grimmiges Gesicht aufgesetzt und sich mit aller Würde, die sie aufzubringen vermochte, in ihr Gemach zurückbegeben. Die halbe Burgbesatzung tuschelte hinter ihrem Rücken.

Jetzt saß Rivkah ganz ruhig in einem Sessel, während die werdende Mutter vor Wehenschmerzen nicht still sitzenbleiben konnte und unruhig auf und ab lief – wie gewöhnlich gefolgt von Sicarius. Die anderen Alaunt waren in die Küche ausquartiert worden, während Sternenströmer und Morgenstern sich draußen auf dem Flur sorgten.

Das frühe Einsetzen der Wehen stellte an und für sich kein Problem dar. Bei Erstgebärenden kamen Kinder öfters früher als erwartet. Aber Axis war nicht zugegen, und bei der Geburt eines Ikariers mußte zumindest ein ikarischer Elternteil anwesend sein, um mit seinen Worten dem Kleinen zu helfen, auf die Welt zu kommen.

Die Kinder der Ikarier waren bei ihrer Geburt viel aufgeweckter als Menschenkinder, aber auch sensibler. Die Wehen, wenn die Gebärmutter sich um sie herum zusammenzog, erschreckten und verwirrten kleine Ikarier. Und wenn sie dann noch spürten, daß ihre Mutter Schmerzen litt oder Angst vor der Geburt hatte, konnte sie das durchaus in Panik versetzen. Deswegen sollte der Vater zugegen sein, um mit dem Kind zu reden, es zu beruhigen und es dazu zu bringen, die Geburt nicht zu fürchten, sondern sich einfach vom natürlichen Ablauf leiten zu lassen. Wenn der Vater nicht dabei sein konnte, glaubte das Kind in seiner Panik, um sein Leben kämpfen zu müssen, verdrehte sich und wehrte sich nach Kräften gegen den Druck im Mutterleib.

Rivkah wirkte nur äußerlich ruhig, denn in Gedanken durchlebte sie noch einmal die Geburt von Axis; sie war über alle Maßen schwer gewesen, weil Sternenströmer nicht bei ihr hatte sein können. Sie hatte schreckliche Schmerzen erlitten, und das hatte den kleinen Jungen in noch größere Panik versetzt. Er hatte sich im Bauch Rivkahs so verdreht, daß man ihn fast nicht hatte herausbekommen können. Seine Mutter wäre daran beinahe elendig zugrunde gegangen.

Das wollte Rivkah der jungen Frau natürlich nicht wünschen. Wie lange brauchte Axis wohl, um hierherzugelangen? Würde Aschure tagelang auf ihn warten und dabei vor Schmerzen und Ermattung fast vergehen müssen?

Eigentlich hätten auch Sternenströmer oder Morgenstern für Axis einspringen können. Aber weil Aschure bislang nicht zugelassen hatte, daß die beiden mit Caelum redeten, würde der Kleine ihnen nicht trauen. Vermutlich würde sogar die gegenteilige Wirkung eintreten. Das Kind bekäme es angesichts der Fremden noch mehr mit der Angst zu tun. Und dann vermochten selbst Zauberer der Gebärenden kaum noch zu helfen.

Rivkah nagte an ihrer Unterlippe, während sie zusehen mußte, wie Aschure in ihrem losen Leinennachthemd unablässig hin und her lief und sich mit den Händen das Kreuz hielt. Die Wehen mußten heftiger geworden sein, und das bekam der kleine Caelum natürlich mit. Aber dieses Unbehagen war nur ein schwacher Abglanz dessen, was den beiden noch bevorstehen würde. Als Rivkah vor ein paar Minuten noch einmal vorgeschlagen hatte, Sternenströmer oder Morgenstern hereinkommen zu lassen, hatte Aschure sie nur wütend angefahren, die beiden nur ja draußen zu lassen.

Und als kaum jemand mehr damit rechnete, flog unvermittelt die Tür auf, und Axis trat ein.

✰ ✰ ✰ 58 ✰ ✰ ✰

»Aschure!« Der Krieger stand mit drei großen Schritten vor ihr und zog sie in seine Arme. Beide lachten und weinten gleichzeitig. Rivkah konnte auch nicht mehr an sich halten und ließ ihren Tränen freien Lauf. Sie wischte sie jedoch rasch wieder mit dem Handrücken von den Wangen, umarmte ihren Sohn, klopfte ihm auf den Rücken und strich ihm die zu langen Haare aus den Augen.

Endlich konnte der Krieger sich von seiner Liebsten trennen und sah sie verwirrt an. »Ich hörte, Ihr lägt in den Wehen, aber ...« Er sah seine Mutter an, so als könne sie ihm erklären, warum Aschure sich nicht schweißgebadet im Bett befand und mit jedem Atemzug darum rang, ihr Kind zur Welt zu bringen.

Beide Frauen lachten über seinen Gesichtsausdruck. »Die Wehen nehmen einige Zeit in Anspruch, mein Sohn«, erklärte ihm Rivkah schließlich, »und unsere junge Freundin hier befindet sich noch im Anfangsstadium.«

Doch dann legte sich ihre Heiterkeit, und sie nahm Axis beiseite, um ihn über eine ikarische Geburt aufzuklären.

Elf Stunden waren inzwischen vergangen. Noch eine Stunde fehlte bis zum Morgengrauen. Alle hatten die Hoffnung auf eine schnelle und leichte Geburt längst aufgegeben. Aschure lag halb aufgerichtet und gegen Axis gelehnt im Bett. Sie hatte die Augen geschlossen, das Haar hing ihr schweißverklebt ins Gesicht, und sie wartete darauf, daß die nächsten Wehen ihren ganzen Körper durchzucken würden. Der Krieger flüsterte ihr ermutigende Worte ins Ohr, während seine Hand auf ihrem Bauch ruhte. Er spürte Caelums Angst um die Mutter und Furcht vor der Welt. Mutter und Kind fürchteten sich gleichermaßen. Axis konnte nicht mehr tun, als ihnen immer wieder gut zuzureden.

Er küßte sie noch einmal auf die Wange, flüsterte ihr ein paar liebe Worte zu und konzentrierte sich dann auf seinen Sohn.

*Caelum, ich weiß, daß Ihr Angst habt, aber Ihr dürft nicht gegen Eure Mutter ankämpfen. Bald werdet Ihr geboren sein, und dann habt Ihr allen Schmerz und alle Furcht hinter Euch gelassen.*

Zur Antwort erhielt er natürlich keine fertigen Sätze, sondern nur Eindrücke: *Angst ... tut weh.* Mehr als Furcht und Schmerz erfuhr er von seinem Kind nicht.

Axis hob den Kopf und suchte den Blick seiner Mutter. Sie lächelte ihm so zuversichtlich wie möglich zu. »Alles wird gut, mein Sohn, das dürft Ihr mir ruhig glauben. Das Kind befindet sich in einer günstigen Lage, und Aschure hält sich natürlich sehr tapfer.«

Morgenstern hatte es irgendwie geschafft, in den Raum zu gelangen. Aschure besaß längst nicht mehr die Kraft, sich gegen die Anwesenheit der alten Ikarierin zu wehren, und darüber war Rivkah sehr froh. Sie konnte die Unterstützung von Sternenströmers Mutter dringend brauchen, galt sie doch bei den Vogelmenschen als erfahrene Hebamme.

»Ja, Aschure macht wirklich alles richtig«, bestätigte Morgenstern jetzt ihrem Enkel. »Und Ihr selbst findet für Euren Sohn genau die richtigen Worte.«

»Aber er hat solche Angst«, wandte der Krieger traurig ein und mußte daran denken, wie Rivkah unter seiner Geburt gelitten hatte. Hatte er sich damals ähnlich gefürchtet wie Caelum jetzt? Höchstwahrscheinlich.

Aschure stöhnte, als die nächsten Wehen ihren Leib sich aufbäumen ließen. Axis zuckte zusammen, als er kurz darauf den Kleinen wimmern hörte.

Er strich wieder über den Bauch der werdenden Mutter. Caelum spürte das, und die Berührung von seines Vaters Hand beruhigte ihn sehr.

*Mein Sohn, Ihr dürft Euch nicht gegen das wehren, was jetzt geschieht. Ihr werdet gerade geboren, und Eure Mutter ringt darum, daß dieses Wunder geschieht. Begleitet sie und begebt Euch dorthin, wohin sie Euch schickt. Habt zu ihr ebensoviel Vertrauen wie zu mir.*

Erleichtert nahm Axis wahr, wie der Kleine das Wort »Vertrauen« ergriff, sich daran festhielt und es wieder und wieder vor sich hinsprach.

»Vertrauen«, entfuhr es dann Aschure, und sie umklammerte

die Hand ihres Geliebten, ehe die nächste Wehenwoge über sie hinwegrollte.

Rivkah rieb ihr die Beine. »Er kommt, Aschure. Nun ist der Moment da, in dem ihr anfangen müßt, mit den Schmerzen zu pressen. Jetzt!«

Der Säugling verhielt sich ruhig, und der Krieger konnte Aschures Hände in die seinen nehmen. In seinem verzweifelten Mitgefühl für seine Geliebte dachte er, daß es doch noch einen anderen Weg als unbedingt diesen geben müsse. Doch auch der Ring konnte ihm keine Melodien anzeigen, mit denen ihr Leiden gelindert werden würde. Während Aschure sich an seinen Händen festhielt, als hinge ihr Leben davon ab, erinnerte er sich an seine Zeit als Axtherr. Gelegentlich war ein Axtschwinger mit eingefallenen grauen Zügen zu ihm gekommen, und hatte darum gebeten, sich ein paar Tage freinehmen zu dürfen. Weil er die Beerdigung einer Frau, die im Kindbett gestorben war, und die Zukunft eines Kindes, das nun ohne Mutter aufwachsen müsse, zu regeln habe.

Nein! dachte er. Aschure darf jetzt nicht sterben. Nicht einfach so.

»Und noch einmal«, forderte Rivkah sie auf, »pressen, pressen, pressen!« Aschures Körper bäumte sich wieder gegen seinen auf.

Der Krieger hörte, daß seine Großmutter etwas sagte, aber es klang, als sei sie mehrere tausend Meilen weit entfernt. Er konnte sich nur noch auf Aschures Gesicht konzentrieren. Sie hatte die rauchfarbenen Augen vor Schmerz und Staunen weit aufgerissen, als das Kind sich in ihr und durch sie bewegte.

»Pressen!« drängte Rivkah wie aus weiter Ferne. Axis zog die junge Mutter so fest an sich, wie er es nur wagte. »Aschure, bleibt bei mir. Bitte, bleibt bei mir. Verlaßt mich nicht. Was sollte ich nur ohne Euch anfangen? Geht nicht von mir. Bleibt hier!«

Rivkah sah ihren Sohn kurz an und dann wieder Aschure: »Man kann schon seinen Kopf sehen. Gleich ist er da. Noch zwei Wehen, höchstens drei, und dann wird in Euren Armen Euer Sohn liegen.«

☆ ☆ ☆  61  ☆ ☆ ☆

»Habt Ihr sie gehört, Aschure? Ihr habt es beinahe geschafft. Aller Schmerz ist gleich vorüber.« Wenn das überhaupt möglich war, hielt er sie jetzt noch fester.

Die junge Frau kämpfte noch einmal, zweimal und stieß dann einen gewaltigen Seufzer der Erleichterung aus. »Rivkah?« fragte sie matt und versuchte sich aufzurichten. Axis legte einen Arm um seine Liebste, hob sie an und hielt sie an seine Brust gelehnt. Er blickte genauso angespannt wie Aschure auf das, was Rivkah da tat.

Ein Sonnenstrahl, der erste dieses Tages, wanderte durch die Kammer und fuhr über Aschures Gesicht. Sie blinzelte über seine Helligkeit.

Rivkah wischte dem Neugeborenen mit einem Tuch das Gesicht ab, damit Mund und Nase frei wurden, und legte es dann strahlend auf Aschures Bauch. Caelum war noch über die Nabelschnur mit seiner Mutter verbunden. Er regte sich leicht, riß die Augen auf und formte mit den Lippen ein erstauntes »O«.

»Seht nur, was für einen wunderschönen Sohn wir gemacht haben«, flüsterte Axis. »Vielen Dank, meine Liebe, für dieses Kind.« Er beugte sich vor und küßte sie sanft auf Stirn und Wange.

»Das ›Machen‹ war aber wesentlich angenehmer als die Geburt«, entgegnete sie, lächelte dann aber, als ihr Blick verträumt auf den Jungen fiel, der sich auf ihrem Bauch regte. »Wie winzig er ist.«

Rivkah schnitt die Nabelschnur durch und zog dann Morgenstern sanft vom Bett fort. »Gönnen wir ihnen ein paar Minuten für sich«, flüsterte sie der Ikarierin zu. »Ihr werdet Euren Urenkel noch früh genug wiedersehen.«

Aschure hob das Kind an ihre Brust und lachte voller Glück, als der Kleine zu saugen begann.

»Glaubt Ihr immer noch, daß sich Wolfstern hinter ihr verbirgt?« fragte Rivkah leise.

Morgenstern schwieg eine ganze Zeitlang, in der sie die junge Familie betrachtete. »Schein und Sein passen bei ihr nicht zusammen«, erklärte sie schließlich.

Später saß Axis auf der Bettkante und hielt Caelum in den Armen. Aschure war sichtlich erschöpft, wollte aber auf keinen Fall schon einschlafen und betrachtete Vater und Sohn voller Stolz. Der Krieger hatte den Knaben gehalten und ihm Lieder gesungen, während Rivkah und Morgenstern die ermattete Mutter wuschen und versorgten. Jetzt lag die junge Frau sauber und bequem im Bett. Obwohl sie sich fürchterlich müde fühlte, galt es erst noch Sternenströmer zu empfangen.

»Ihr müßt unbedingt wach bleiben«, riet Rivkah ihr. »Es passiert nämlich sehr selten, daß drei Generationen ikarischer Zauberer das erste Mitglied der vierten willkommen heißen können.«

Sternenströmer zeigte sich von Caelum höchst entzückt. Nachdem er die jungen Eltern darum gebeten hatte, durfte er den Säugling auf seine Arme nehmen, wiegte ihn sanft und sang ihm Lieder. Das Kind war immer noch wach und sah seinen Großvater neugierig an.

»Ikarische Neugeborene können schon nach wenigen Minuten sehen und Gesehenes einordnen«, erklärte Rivkah Aschure. »Er wird sich die neuen Gesichter einprägen und von nun an wiedererkennen.«

Sternenströmer lächelte dem Kleinen zu und hob dann den Kopf, um die Mutter anzustrahlen. »Er ist ein Wunder«, sagte er leise und richtete den Blick wieder auf seinen Enkel. »Wer würde glauben, daß er zur Hälfte Mensch ist. Sein Sonnenfliegerblut singt so stark und kräftig.«

Die Blicke von Axis und Morgenstern kreuzten sich.

»Wie bei Abendlied!« warf Rivkah eine Spur zu fröhlich ein. »Erinnert Ihr Euch noch an Abendlieds Geburt, Morgenstern? Damals hat Sternenströmer genau das gleiche gesagt.«

Aber alle außer Aschure wußten, was der Ikarierin bei den Worten ihres Sohnes durch den Kopf gegangen war: Natürlich würde das Sonnenfliegerblut des Säuglings laut singen, wenn es sich bei seiner Mutter in Wahrheit um Wolfstern handelte.

Sternenströmer wandte sich an seinen Sohn: »Habt Ihr schon einen Namen für ihn gefunden? Wie wollt Ihr ihn nennen, Axis?«

Axis lächelte seine Liebste an. »Aschure hat einen gefunden.« Sternenströmer und seine Mutter tauschten einen raschen Blick.

»Caelum«, verkündete Aschure. »Wir wollen ihn Caelum nennen.«

»Unmöglich!« rief Morgenstern. »Er ist doch ein ikarischer Zauberer. Da muß er einen Sternennamen bekommen.«

»Ich bin auch ein ikarischer Zauberer und trage keinen Sternennamen«, entgegnete Axis. »Aschure möchte ihn Caelum nennen, und Caelum halte ich für einen guten Namen. Und wenn Ihr ein wenig darüber nachdenkt, wird er Euch auch durchaus passend erscheinen. Die Welt verändert sich, Morgenstern, und wir dürfen nicht länger in den Traditionen der Vergangenheit verharren. Und nun heißt Caelum endlich im Hause Sonnenflieger willkommen.«

Die Urgroßmutter senkte den Blick und zeigte damit an, daß sie keine weiteren Einwände vorbringen wolle. Doch ihre starre Körperhaltung bewies deutlich, daß sie noch lange nicht überzeugt war. Sie beugte sich über das Kleine, das Sternenströmer immer noch auf seinen Armen hielt, und küßte es auf die Stirn. »Willkommen im Hause Sonnenflieger, Caelum. Ich bin Morgenstern, Eure Urgroßmutter. Singt wohl und fliegt hoch. Und möge Euer Vater Euch Tencendor gewinnen, damit Ihr darin aufwachsen könnt.«

Nun beugte sich Sternenströmer gleichfalls über den Kleinen. »Auch ich will Euch im Hause Sonnenflieger willkommen heißen, Caelum. Ich bin Sternenströmer, Euer Großvater. Singt wohl und fliegt hoch. Und möget Ihr stets den Rhythmus des Sternentanzes vernehmen.« Er reichte das Kind Rivkah zurück.

Axis' Mutter küßte den Knaben auf die Wange. »Seid uns willkommen, Caelum, in dieser Welt der Unruhen. Ich bin Rivkah, Eure Großmutter und die Mutter Eures Vaters. Vergeßt nie, daß Ihr durch mein Blut auch die Hoffnungen und das Erbe der Wesen in Euch tragt, die niemals ›wohl singen‹ oder ›hoch fliegen‹ werden, die aber um so hingebungsvoller lieben und sich freuen können.«

✰ ✰ ✰ 64 ✰ ✰ ✰

Rivkah gab den Säugling seinem Vater und richtete sich dann gerade und trotzig auf, um Sternenströmer und seiner Mutter begreiflich zu machen, daß sie jede weitere Bemerkung von ihnen kontern würde.

»Willkommen, Caelum Sonnenflieger, Sohn der Aschure«, sprach Axis leise zu ihm. »Ich bin Euer Vater, Axis Sonnenflieger, Sohn der Rivkah, und Ihr sollt wissen, daß ich Euch über alle Maßen liebe. Erinnert Euch stets an die Worte Eurer Großmutter und vergeßt nie den menschlichen Teil Eurer Herkunft, dank derer Ihr besonders starke Leidenschaft empfinden dürft. Beides wird Euch eines Tages wichtiger erscheinen als alle ikarische Zauberkunst.« Er reichte den Knaben seiner Liebsten.

»Willkommen in meinem Herzen, Caelum Sonnenflieger, Sohn der Aschure«, sagte Aschure, »denn Ihr wißt bereits, wie sehr ich Euch liebe. Vergeßt nie, daß Ihr am Ende der Jultidennacht geboren wurdet und Euren ersten Atemzug tatet, als die Sonne über den Horizont stieg. Daher seid Ihr wahrlich ein Kind der Sonne, Caelum. Führt ein langes und sonniges Leben.«

Nach diesen Worten senkte sich tiefes Schweigen über die Anwesenden. Nachdem Aschure die ganze Nacht hindurch in den Wehen gelegen und erst bei Sonnenaufgang ihr Kind zur Welt gebracht hatte, war niemandem in den Sinn gekommen, daß die Ikarier und Awaren eigentlich an diesem Abend Jultide begingen. Sternenströmer schüttelte den Kopf. Wie hatte er dieses Datum nur vergessen können? Hatten die beiden Völker trotz aller Wirren dennoch die heiligen Riten am Erdbaum durchgeführt? Zum ersten Mal seit seinem vierzehnten Geburtstag, als er für alt und reif genug befunden worden war, den langen Flug nach Awarinheim anzutreten, hatte der Zauberer nicht an diesem Fest teilgenommen. Natürlich hatte Sternenströmer vierzehn Tage zuvor eine ausreichend große Anzahl ikarischer Zauberer zu den Waldläufern geschickt, um deren Magier bei den Riten zu unterstützen. Aber danach war das Fest ihm offenbar vollkommen entfallen. Vielleicht hatte Aschure ihnen heute jedoch ein Wunder geschenkt, das mindestens ebensoviel bedeutete. War Caelum nicht gleichsam mit der Wiedergeburt der

Sonne zur Welt gekommen? Hieß das nicht auch, daß es sich bei dem Knaben um ein Kind der Götter handelte?

»Was für ein Sohn!« flüsterte Axis ergriffen. »Empfangen an Beltide und geboren zu Jultide.« Er beugte sich über Aschure und küßte sie auf die Stirn. »Und das von der allerbemerkenswertesten Mutter.«

Als Sternenströmer sah, wie die beiden sich anstrahlten, wurde ihm endgültig bewußt, wie schändlich es wäre, seinem Sohn die Liebste ausspannen zu wollen.

»Aber Eure erste Tochter gehört mir«, murmelte er zu sich selbst. »Denn die wird bestimmt ebenso außergewöhnlich wie ihre Mutter.«

Doch wäre es wirklich dasselbe oder zumindest ein Trost, die Tochter zu gewinnen, nachdem er darin gescheitert war, die Mutter für sich zu erobern?

# 6
## DIE BAUMSCHULE

Faraday war es gelungen, sich die dritte Woche des Schneemonds durchgehend von allen höfischen Verpflichtungen freizu-
halten. Das hatte sich nicht einmal als übermäßig schwierig erwiesen, kam doch alles gesellschaftliche Leben im Königspalast
und in der Hauptstadt unter der bedrückenden Gewißheit, daß
der Krieg im Norden nun tatsächlich ausgebrochen war, weitgehend zum Erliegen. Die meisten Familien hatten einen Sohn,
einen Ehemann oder einen Bruder an der Front, und einem jeden Bürger war nur zu bewußt, was der Winter für sie bereithielt. Jultide wurde im ganzen Land nicht begangen, ja kaum
wahrgenommen. Aber Faraday und Yr hatten eine kleine Feier
in den Gemächern der Königin abgehalten.

Die beiden Frauen hatten in den vergangenen Monaten immer mehr zueinander gefunden, gaben sich gegenseitig Halt
und waren einander die liebste Gesellschaft. Die Katzenfrau und
die Königin fühlten sich beide in Karlon ebenso gefangen wie in
der Prophezeiung. Die Wächterin verbrachte den Großteil des
Tages bei ihrer Freundin, und nachts schliefen sie im selben Bett.
Eine riesige Bettstatt, wohl vier Meter breit, in der sich auch
zwei Personen leicht verlieren konnten. Aber Yr und Faraday
hielten sich aneinander fest, um nie das Gefühl der Einsamkeit
aufkommen zu lassen. Die junge Königin empfand ihre Situation häufig als bedrückend und hoffnungslos, und dann brauchte sie jede Form von Geborgenheit, die sie nur erlangen konnte.
Die Katzenfrau war dafür genau die Richtige.

Faraday trank einen Schluck Wasser aus ihrem Zinnbecher
und dachte an den königlichen Kelch. Bornheld benutzte ihn nie

✩ ✩ ✩ 67 ✩ ✩ ✩

und verkündete jedem, daß solcher Zierrat nichts für einen Mann aus Stahl sei. Faraday vermutete dahinter aber einen anderen Grund, und der hatte sehr viel mit Priams Ermordung zu tun. Daß der neue König diesen Kelch Jayme und Moryson zur Aufbewahrung übergeben hatte, bestätigte ihr auch, wer bei dem Anschlag seine Komplizen gewesen waren. Priam an einem vergifteten Kelch zugrunde gehen zu lassen, nein, das traute sie ihrem Gemahl nicht zu. Dafür war er nicht raffiniert genug. Also mußte jemand anderes diese Untat ausgeheckt und durchgeführt haben.

Zauberei war dabei im Spiel gewesen, daran konnte nicht der geringste Zweifel bestehen. Aber wer verstand sich hier am Hof auf schwarze Magie? Und wie hatten dieser Unbekannte und Bornheld sowie die beiden Kirchenführer zusammenfinden können?

Faraday neigte nachdenklich den Kopf und stellte den Becher ab. »Yr? Könnt Ihr dafür sorgen, daß Timozel uns diesen Nachmittag in Ruhe läßt? Ich möchte noch einmal den Heiligen Hain aufsuchen.«

Die Katzenfrau nickte. »Ich sage ihm einfach, daß Ihr schlaft, Euch für die anstehenden Feierlichkeiten zum Neujahrsfest ausruhen wollt.«

Faraday holte die hölzerne Schale aus der Truhe, in der sie sie versteckt hielt. »Könnt Ihr Euch eigentlich einen Reim darauf machen, warum der Jüngling sich so verändert hat? Wieso ist aus dem charmanten, lebenslustigen und liebenswerten jungen Mann ein unwirscher Finsterling geworden?«

»Darauf weiß ich auch keine Antwort, meine Liebe, obwohl ich lange und gründlich darüber nachgedacht habe. Vielleicht sitzt ihm eine Krebsgeschwulst in der Seele, die alle Fröhlichkeit auffrißt.« Sie zuckte die Achseln. »Tut mir leid, aber da bin ich genauso ratlos wie Ihr.«

»Zu Bornheld hat er mehrfach von irgendwelchen Visionen gesprochen, Yr. Hat er Euch gegenüber jemals etwas davon erwähnt?«

»Nein, nie.« Was für Visionen? Worüber? Und von wem

gesandt? »Euch hat er doch wohl auch nichts darüber gesagt, oder?«

»Aber nein«, seufzte Faraday und bereitete sich und die Schale darauf vor, von der Mutter umfangen zu werden. »Wir stehen uns lange nicht mehr so nahe wie früher einmal. Timozel zieht die Gesellschaft meines Gemahls mittlerweile eindeutig der meinen vor.«

Timozel gab sich immer noch als ihr Ritter aus, doch seit einiger Zeit pflegte er die Partei des Obersten Heerführers zu ergreifen, auch gegen seine schöne Dame. Dennoch schreckte Faraday noch davor zurück, ihn aus ihrem Dienst zu entlassen und seinen Ritterschwur aufzuheben. Vielleicht steckte der Jüngling ja insgeheim in einer Klemme und bedurfte der Hilfe. Gut möglich, daß sie eines Tages Timozel beistehen konnte, so wie er es seinerseits ihr gelobt hatte.

Doch nun waren die Mutter und ihr Hain erst einmal wichtig. So wichtig, daß daneben nichts anderes mehr zählte.

Die Macht der Natur, der Hain und die Gehörnten erwarteten sie bereits. Sobald Faraday alle herzlich begrüßt hatte, schritt sie weiter über die Lichtung und in den Zauberwald. Wieder versetzte es sie in höchste Verzückung, den verschiedenen fremdartigen Waldbewohnern dabei zuzusehen, wie sie zwischen den Bäumen und auf den freien Stellen umherhüpften und -tollten. Doch heute durfte die Edle sich nicht zu lange an diesem Schauspiel ergötzen, denn sie mußte unbedingt die Hütte wieder erreichen, von der sie beim letzten Besuch so jählings und vorschnell hatte lassen müssen.

Der Wald unterstützte ihren Wunsch und führte sie auf die Pfade, die auf kürzestem Weg zu der Behausung der Uralten führten.

Und dann erreichte sie tatsächlich die Lichtung mit der kleinen Hütte. Alles sah noch genau so aus, wie sie es in Erinnerung hatte. Gerade als Faraday wieder die Blumen in dem umzäunten Garten bewunderte, öffnete sich die leuchtend rote Tür und die Alte trat heraus. Wie beim letzten Mal trug sie wieder ihren roten Umhang. Auch heute hatte sie die Kapuze von ihrem blanken Schädel zurückgeschlagen. Doch hatte sie nichts Furchterregendes, denn wiederum leuchteten ihre Augen lebendig wie die eines Kindes, und sie hielt ihrer Besucherin ihre Hände entgegen.

»Seid willkommen, Faraday, Kind der Bäume. Tretet ein in meinen Garten. Werdet Ihr diesmal wohl etwas länger bleiben können?«

»Ja, das möchte ich gern, sehr gern sogar. Vielen Dank, Mutter.«

»Aber nein, nein!« kicherte die Alte, humpelte den Gartenweg hinunter und öffnete ihrem Gast die Tür. »Ich bin nicht die Mutter. Sie hat mir aber dieses hübsche Fleckchen Erde überlassen, damit ich hier meine Setzlinge versorgen kann, und dafür fühle ich mich ihr zutiefst verpflichtet.«

Faraday trat durch das Gartentürchen und schloß es hinter sich. »Wie soll ich Euch denn dann nennen?«

»Einen Namen wollt Ihr? Nun, dann sprecht mich mit Ur an.« Sie rollte das r so lange, bis sie wieder Luft holen mußte. Fast hörte sich »Ur« bei ihr wie ein Lied an.

Die Edle sah sich sorgfältig um und erkannte nach einer Weile, warum dieser Garten sich so sehr von allen unterschied. »Aber das ist ja eine richtige Gärtnerei!« rief sie aus.

»Was für ein kluges Mädchen!« freute sich die Alte. Faraday mußte Ur festhalten, weil sie sonst vor Freude die Balance verloren hätte.

Ur hatte hier nicht einfach Blumen und Sträucher angepflanzt. Tausende von Blumentöpfen waren in den Boden eingelassen, ein jeder mit fetter und feuchter schwarzer Erde gefüllt, und aus allen wuchs ein schlanker Sämling.

»Ich pflege die«, erklärte Ur, und ein Schleier legte sich über ihre violetten Augen, »die sich mir anvertraut haben.«

Faraday spürte gleich, daß es mit diesen Setzlingen etwas Besonderes auf sich haben mußte. »Erzählt es mir«, bat sie, »berichtet mir alles darüber.«

Die Alte deutete auf die Gartenbank, die im warmen Sonnenschein angenehmes Verweilen versprach, und Faraday half ihr dorthin. Nachdem sie sich niedergelassen hatte, schaute Faraday zum Himmel hinauf. Und es kam ihr nicht im mindesten eigenartig vor, daß die Sonne von dort oben so kräftig scheinen konnte, während gleichzeitig die Sterne des Nachthimmels ihre Bahn zogen.

»Die Prophezeiung birgt so viele Geheimnisse«, begann die Gärtnerin, »die wir noch nicht verstehen. Und diese Pflanzen gehören zu den Mysterien. Ich bezweifle, daß selbst der Prophet so genau wußte, was er da zu Papier brachte, als er schrieb: ›Uralte Seelen, längst schlummernd im Grab.‹ Denn meine Setzlinge ruhen zwar in Erde, aber bestimmt nicht, um zu vergehen und zu verfaulen.«

Ur legte eine Pause ein und betrachtete die kleinen Pflanzen, die in dem sanften Wind leicht zu winken schienen. »Aus jedem dieser Pflanzenkinder wird einmal ein stattlicher Baum heranwachsen, Faraday, Baumfreundin. Dann nämlich, wenn Tencendor wieder in voller Waldespracht dastehen wird. Ihr wißt doch sicher, daß Awarinheim zu weiten Teilen vernichtet wurde? Abgeholzt von den Äxten dieser artorfürchtigen Idioten, im Namen des Seneschalls.«

»Ja«, antwortete Faraday und fühlte sich schuldig, weil sie diesem Volk angehörte.

Ur fuhr mit ernster Miene fort. »Das heutige Awarinheim stellt nur einen Bruchteil seiner früheren Größe dar. Ja, wenn Ihr Erfolg habt, werden sich die Wälder dereinst wieder wie ein endloser Ozean bis in den Süden Tencendors erstrecken. Und dann auch wieder dem Zauberwald ähneln, in dem Ihr Euch gerade aufhaltet.«

»Und hier seht Ihr die Setzlinge dieses gewaltigen und zauberischen grünen Meeres, Faraday. Nicht nur wird aus ihnen der alte Wald wiedererstehen, sie sind auch die einzigen Geschöpfe, die Gorgraels Lumpengesindel aus Tencendor für immer vertreiben können. Ihr, mein liebes Kind, seid die Auserwählte, diese Bäumchen zu setzen. Die einzige, die sie aus dem Heiligen Hain holen darf.«

✦ ✧ ✧  71  ✧ ✧ ✦

Tränen traten der Edlen in die Augen. In den zurückliegenden Monaten hatte es Momente gegeben, in denen Faraday mit ihrem Schicksal gehadert hatte. Sie fühlte sich in der Prophezeiung gefangen, und sah sich in einer Rolle, die nur Schmerzen für sie bereithielt, die sie in einer Finsternis umklammerte, in die niemals Licht drang. Doch jetzt war Faraday überwältigt vor Glück und mußte einfach weinen. Sie war auserkoren, die Großartigkeit der alten Wälder wiedererstehen zu lassen, sie sollte diejenige sein, die die verzauberten Schößlinge in ganz Achar einpflanzen durfte. »Seid von Herzen bedankt«, flüsterte sie und drückte die Hand der Alten.

»Genug jetzt«, brummte diese. »Ihr sollt noch mehr erfahren und so viel Schönes sehen.«

Die Alte beugte sich vor, daß ihre Gelenke knackten. Sie hob den nächstliegenden Topf aus dem Boden. Sein Schößling wirkte kleiner und zerbrechlicher als seine Geschwister, so als habe seine Spitze sich gerade erst aus dem Erdreich geschoben. »Nehmt ihn«, sagte die Gärtnerin und reichte Faraday den Topf. »Versucht, die Pflanze zu erspüren, kennenzulernen.«

Der Topf fühlte sich warm an, und Faraday bemerkte ein schwaches Prickeln in ihren Fingern. Der Setzling war noch so zart, daß sie deutlich die Adern in den noch fast durchsichtigen Blättern erkennen konnte. Durch jede pulsierte neues Leben.

»Sie heißt Mirbolt«, erklärte Ur.

»Mirbolt«, wiederholte Faraday leise. »Haben alle Pflänzchen einen Namen?«

»Ja, das haben sie, und Ihr müßt sie alle lernen.«

»Wie bitte?« Die Frau beliebt wohl zu scherzen, sagte sich die Edle. Wie sollte ich mir denn die Namen von mehreren tausend Setzlingen einprägen können?

»Ist Euch nicht aufgefallen, daß sich unter den Gehörnten nur Männer finden?«

»Ja«, antwortete Faraday nachdenklich.

»Dabei haben die Awaren doch männliche wie weibliche Magier«, lächelte die Gärtnerin. »Was glaubt Ihr denn, wohin die weiblichen nach ihrem Tod gehen? Oder in was sie sich verwandeln?«

»Oh!« entfuhr es Faraday. Als ihr klar wurde, daß sie hier das Leben einer awarischen Zauberin in Händen hielt, hätte sie vor Schreck fast den Topf fallen gelassen.

»Mirbolt starb vor einem Jahr während des Angriffs auf den Hain des Erdbaums. Sie hat sich gerade erst verwandelt. Und nun wartet sie hier zusammen mit ihren zweiundvierzigtausend Schwestern darauf, in Achar angepflanzt zu werden.« Ur schloß kurz die Augen, so als wolle sie die Wärme der Sonne genießen. »Nun kennt Ihr ein Geheimnis, von dem nur die weiblichen Magier wissen. Nicht einmal Euer Freund Ramu hat eine Ahnung von der Existenz dieser Setzlinge.«

»Zweiundvierzigtausend?« keuchte Faraday.

»Die Zauberinnen der Waldläufer verwandeln sich schon seit über fünfzehntausend Jahren, Baumfreundin. Genau so wie die männlichen Magier. Ich sollte allerdings erwähnen, daß sie nicht nur als Gehörnte wiedererstehen. Gern verwandeln sie sich in die Fabelwesen, die Ihr auf Eurem Weg durch den Wald gesehen habt. Die Awaren sind das älteste Volk von Tencendor.«

»Und ich muß alle Namen lernen?«

»Ja, Faraday, da bleibt Euch wohl nichts anderes übrig. Man kann sie nicht in die Erde einsetzen, wenn man ihren Namen nicht kennt. Freut Euch doch, einen habt Ihr bereits gelernt, den von Mirbolt nämlich.«

Ramu lag in seinem Lager aus Zweigen und Sträuchern und wand sich vor Qualen. Seine Knochen verschoben und veränderten sich. Er wußte, daß ihm nur noch wenig Zeit blieb, und er sich von seinem Volk verabschieden mußte. Und er wußte auch, daß die Verwandlung nicht so wie erwartet verlief; ganz anders als normalerweise bei männlichen Zauberern. Ein Gefühl sagte Ramu, daß Faraday den Schlüssel für seine erfolgreiche Umwandlung besaß. Er mußte sie unbedingt finden.

»Faraday!« flüsterte er dringlich und schrie wieder, als seine Knochen sich weiter dehnten.

Faraday strich ihr Kleid glatt und sah dann Yr an. »Kann ich mich so zeigen?«

»Doch, sehr gut sogar. Und nun begebt Euch in den Mondsaal und haltet Eure Audienz ab. Die letzte vor dem neuen Jahr.«

»Der Mutter sei dafür gedankt«, murmelte die Königin und fuhr sich ein letztes Mal über die Haare. Audienzen kamen ihr nach dem, was sie gerade von Ur erfahren hatte, so fürchterlich unbedeutend vor.

»Timozel wartet schon vor der Tür, um Euch feierlich hinunterzugeleiten.«

»Und was werdet Ihr währenddessen mit Eurem freien Nachmittag anfangen, Yr?«

»Ach, ich bleibe hier«, sagte die Katzenfrau leichthin, »und sehe vom Balkon aus der Palastwache bei ihren Übungen zu. Das wird mich sicher unterhalten.«

Faraday lachte. Sie wußte genau, was die Wächterin vorhatte. Ohne Zweifel würde sie einen der jungen Männer später in den Stall locken, um dort mit ihm weitere Übungen durchzuführen. Die Edle zwinkerte ihrer Freundin zu, verließ dann ihre Kammer, schritt durch den Vorraum und schloß die Tür sorgfältig hinter sich.

# 7
## SKRÄLINGE UND SKRÄBOLDE

Zwei Nächte nach Jultide schlugen die Geisterkreaturen mit aller Macht bei Jervois zu. Wenn die neugeschaffenen Kanäle nicht gewesen wären, sagte sich Ho'Demi, während er in seinem schlammigen Graben kauerte, wäre Bornheld mitsamt seiner ganzen Armee längst in den Mägen der Skrälinge gelandet.

An seiner Seite hielt Inari, der Älteste, seinen Speer mit beiden Händen. »Sie kommen bald wieder, Häuptling. Der Nebel sieht bereits so aus, als würde er kochen.«

Ho'Demi gab ihm keine Antwort. Er war ein mutiger Kämpfer, aber jeder angreifende Skräling verwandelte seinen Magen in einen Klumpen von Furcht. Sein Blick wanderte durch den Graben. Nach sechs Tagen schwerer Abwehrkämpfe lebte keiner von den Schwächeren oder Unerfahrenen mehr. Viele von den Bauern, die der König in den Soldatendienst gepreßt hatte, waren ihre Ausrüstung nicht wert gewesen. Doch diejenigen, welche bis jetzt überlebt hatten, würden sich bei der nächsten Angriffswelle als harte Nuß für die Feinde erweisen.

Im Frontabschnitt des Häuptlings standen nicht nur Rabenbunder, sondern auch viele Achariten und sogar einige Söldner aus Koroleas. Bornheld hatte Tausende dieser Männer mit den dunklen Augen und dem hellen Haar angeworben, um seine Stellungen bei Jervois zu verstärken. Der Häuptling nickte jetzt dem Führer der Söldner zu. Die Männer aus dem Süden brachten ebenso lautlos wie gründlich jedes Geisterwesen um, das ihnen vor die Waffe kam. Ho'Demi war um diese Verstärkung äußerst dankbar.

Ein leises Geräusch hinter ihm ließ sein Herz stillstehen. Hat-

☆ ☆ ☆ 75 ☆ ☆ ☆

ten die Skrälinge seinen Abschnitt umgangen, um ihm jetzt in den Rücken zu fallen?

Aber es war nur Bornheld gewesen. Er sprang neben dem Häuptling in den Graben und starrte in den Nebel, der sich vor der Front zusammenballte.

»Nicht mehr lange«, murmelte der König mit angespannter Stimme und packte sein Schwert fester.

Ja, jeden Moment, sagte sich der Barbar. Während der vergangenen Woche hatte der Oberste Heerführer sich seine Hochachtung verdient. Bornheld zögerte nicht, an der Spitze seiner Mannen zu kämpfen. Aber er glaubte auch, Mut pflanze man am ehesten mit harten Worten und harter Hand in die Herzen seiner Soldaten, während Ho'Demi die Ansicht vertrat, daß manchmal mehr Zuspruch und weniger Härte mehr bewirkten.

Leutnant Gautier bewies sogar noch mehr Strenge. Viele Achariten fürchteten schon sein unvermitteltes Auftauchen in ihren Gräben.

»Da!« schrie Inari und zeigte nach vorn. Der Häuptling gab seinen Soldaten das Zeichen zum Angriff, als die ersten Reihen der Kreaturen aus dem wabernden Nebel hervorbrachen.

Mit weit aufgerissenen Mäulern, funkelnden Riesenaugen und vor Mordlust geifernd, ergossen sich die Skrälinge über den Grabenrand. Ho'Demi blieb kaum Zeit, den ersten aufzuspießen, da tauchte hinter ihm schon der nächste auf. Und dann sofort ein dritter. Neben ihm ächzte der König vor Anstrengung, packte ein Geisterwesen am strähnigen Haar, drehte ihm das Haupt zur Seite und holte zum tödlichen Schlag aus.

Entlang des ganzen Grabens hörte man das keuchende Atmen der Verteidiger, in das sich das erregte Wispern der Geister mischte, und gelegentlich auch die qualvollen Schreie eines Soldaten, der den hungrigen Mäulern zum Opfer fiel.

Nach ungefähr zwanzig Minuten streckte Ho'Demi den Skräling nieder, der ihm gerade an die Kehle wollte, um beim Hochschauen verblüfft festzustellen, daß niemand mehr vor ihm war.

An seiner Seite wehrte sich Bornheld gerade gegen einen ausgesprochen hünenhaften Feind. Der Häuptling sprang ihm zur Seite, riß den Schädel der Kreatur am langen Haar zurück und gab seinem Waffengefährten so die Gelegenheit, ihm das Schwert ins große silberne Auge zu stoßen.

Blut spritzte die beiden von oben bis unten voll.

Bornheld nickte ihm dankbar zu und sah sich dann um. »Sie weichen zurück!«

Ja, dachte Ho'Demi, der nach einem langen und harten Tag des Kampfes kaum noch den Schwertarm heben konnte, die Skrälinge schienen fürs erste genug zu haben. Viele hatten Bornheld verwünscht, als er sie monatelang gezwungen hatte, Gräben und Kanäle zwischen den Flüssen Azle und Nordra auszuheben. Aber jetzt zeigte die brillante Strategie hinter dieser Maßnahme Wirkung. Die Skrälinge konnten diese Verteidigungsanlage nicht allein aufgrund ihrer Masse überrennen, so wie damals die Stadt Gorken. Die Kanäle zwangen sie, sich in kleinere Gruppen aufzuteilen, und die Gräben zu umgehen oder zwischen sie zu gelangen. Ihre bevorzugte Angriffsweise hatte hier versagt – in ungeheurer Menge als wimmelnde Masse aus tödlichen Zähnen und Klauen heranzustürmen, damit den Gegner in Panik zu versetzen und ihn so zu überrollen. Statt dessen mußten sie sich in mehrere Scharen aufteilen, die dann auch noch oft genug in eine Falle tappten oder in einen Hinterhalt gerieten. Die Verteidiger hatten bis jetzt große Erfolge dadurch erreicht, daß sie die einzelnen Angreifergruppen isoliert voneinander niedergeschlagen hatten.

Aber auch so erwiesen die Geister sich immer noch als tückische und tödliche Gegner. Der Häuptling fragte sich besorgt, wie die königliche Armee es im Süden des Königreiches mit den Massen der Skrälinge aufnehmen wollte, wenn es Gorgrael gelingen sollte, das Kanalsystem großflächig zu durchbrechen.

Einige hundert Schritte weiter westlich war nun der Kampf entbrannt. Der Oberste Heerführer stieg müde aus dem Graben und machte sich auf den Weg dorthin.

Ho'Demi wandte sich an Inari: »Ich muß mich heute nacht mit den Ältesten beraten. Könnt Ihr diesen Abschnitt so lange für mich übernehmen?«

Der Rabenbunder lachte. »Dann bekomme ich also nicht nur meinen Anteil an erschlagenen Skrälingen, sondern auch noch Euren!«

»Sorgt dafür, daß die Männer etwas zu essen bekommen. Sie haben gerade den fünften Angriff heute abwehren müssen.«

Und damit verließ ihn der Häuptling.

Überall stieß er auf Soldaten, die an die Grabenwand gelehnt dasaßen und versuchten, etwas Schlaf zu bekommen. Andere nutzten die Gelegenheit zu einem Gebet: die Rabenbunder beteten zu ihren Eisgöttern, die Koroleaner zu den Bronzegottheiten an ihren Gürteln und die Achariten zu Artor.

Aber Ho'Demi entging nicht, daß einige Menschen nicht den Namen Artors im Munde führten. Noch war die Schar der Männer klein, die alles Vertrauen in Axis setzten, doch ihre Zahl wuchs täglich. Überall tauchten Gerüchte auf, der ehemalige Axtherr sei noch am Leben. Und von den Fünftausend, die mit Bornheld zur Gundealgafurt geritten waren, erzählten viele, daß ein ganz in Gold gewandeter Mann herangeritten gekommen sei, neben dem der Oberste Heerführer sehr glanzlos und wenig majestätisch gewirkt habe. Gewiß, die Unaussprechlichen, die in schwarzer Uniform den Himmel beherrschten, seien schon etwas unheimlich gewesen, aber sie hätten ihnen nichts angetan, obwohl es doch für sie ein Leichtes gewesen wäre, sie mit einem tödlichen Pfeilregen einzudecken.

Und mit den Gerüchten von Axis' Überleben verbreitete sich auch die Botschaft von der Prophezeiung.

Zu besorgt, um schlafen zu können, berief Ho'Demi in dieser Nacht eine Sitzung des Ältestenrats ein. Natürlich in aller Heimlichkeit.

Nachdem Sa'Kuja allen Anwesenden Tekawaitee eingeschenkt hatte, nahm sie neben ihrem Mann Platz.

Der Häuptling eröffnete die Zusammenkunft mit den alten Ritualen, kam dann aber gleich auf das zu sprechen, was ihm auf der Seele lag: »Ihr alle wißt, daß ich bei den Verhandlungen vor vier Wochen an der Furt Gelegenheit erhielt, mit dem Sternenmann zu reden.« Alle Ältesten nickten feierlich. Sie waren mit der Prophezeiung aufs beste vertraut und wußten, welche bedeutende Rolle der Sternenmann darin spielte.

»Seit damals ringe ich in jedem wachen Moment mit mir«, fuhr Ho'Demi fort. »Mein Herz und meine Seele drängen mich, mein Volk an die Seite von Axis Sonnenflieger zu führen. Aber mein Verstand und mein Gewissen gebieten dem Einhalt. Wenn wir die Front jetzt verließen, würden die Verteidiger zu sehr geschwächt. Gorgrael hätte dann leichtes Spiel, sie zu durchbrechen und in den Süden einzufallen.«

»Ich bin froh«, meldete sich nun Tanabata zu Wort, »daß Ihr diese Entscheidung treffen müßt und nicht ich. Aber verratet uns doch, ob Ihr schon zu einem Entschluß gekommen seid.«

Warum sollte er uns sonst herbestellt haben? schienen die Mienen der anderen Ältesten auszudrücken, als sie Ho'Demi dabei zusahen, wie er den letzten Rest Tee aus seiner kleinen Tasse trank, die das Zeichen der blutroten Sonne zierte.

Der Häuptling nickte langsam. »Ich sehne mich danach, auf der Seite des Sternenmanns zu stehen, aber ich habe mich auch verpflichtet, für den König zu kämpfen. Deswegen sage ich, wir bleiben hier, bis die Lage sich so weit geklärt hat, daß Bornheld auch ohne uns zurechtkommt.«

Die Ältesten nickten ebenfalls. Nichts anderes als eine solch weise Entscheidung hatten sie von ihrem Oberhaupt erwartet.

»Aber«, fuhr Ho'Demi mit sorgenumwölkter Stirn fort, »aber ich habe Axis versprochen, daß wir zu ihm kommen, wenn der erste Winterschnee fällt. Seit drei Wochen liegt das Land nun schon unter einem weißen Tuch, und ich frage mich, ob der Sternenmann nicht langsam glaubt, wir hätten ihn im Stich gelassen.«

»Er steht sicher vor ebenso harten Kämpfen wie wir«, bemerkte Hamori.

Der Häuptling bedachte die Worte des Ältesten und verkündete dann: »Sa'Kuja wird mit einer Abordnung nach Sigholt aufbrechen, um Axis zu berichten, wie die Dinge hier stehen.«

Alle nickten. Auch dies war eine weise Entscheidung.

»Während der nächsten Wochen schicken wir kleinere Gruppen, vor allem Frauen und Kinder, zur Festung am Lebenssee. Bornheld und Gautier wird wohl kaum auffallen, daß unsere Frauen und Kinder weniger werden.«

Die Ältesten sorgten sich nur wenig darum, daß ihre Familien den gefährlichen und weiten Weg nach Sigholt antreten sollten, denn die Frauen der Rabenbunder verstanden ebenso grimmig zu kämpfen wie die Männer. Und trotz der Glöckchen, ein Zierrat, den jeder aus ihrem Volk trug, vermochten sich die Rabenbunder auch auf eine geradezu unheimliche Weise vollkommen lautlos zu bewegen. In den Sagen wurde ihnen daher angedichtet, sich unsichtbar machen zu können.

»Wenn die Heftigkeit der Angriffe abnimmt und neue Verstärkungen in Form von weiteren Söldnern aus dem Südkontinent eintreffen, werde ich den allgemeinen und vollkommenen Rückzug der Rabenbunder nach Sigholt anordnen.«

»Der König wird uns niemals einfach so ziehen lassen«, wandte einer der Ältesten ein.

»Das stimmt leider. Bornheld wird das nicht dulden und uns als Verräter ansehen. Dennoch bin ich fest entschlossen, im Frühjahr mit den Rabenbundern neben Axis Sonnenflieger zu kämpfen. Ganz gewiß werde ich nicht länger zu Bornheld halten, wenn er gegen seinen Bruder in den Krieg zieht.«

Alle nickten. So und nicht anders hatten sie es von ihrem Häuptling erwartet.

»Ich breche noch heute nacht auf«, erklärte Sa'Kuja, »und hoffe, Sigholt in längstens zwei Wochen zu erreichen. Welche von Euren Frauen und Kindern sollen mitkommen?«

Axis kehrte vier Tage nach Caelums Geburt in die Wildhundebene zurück. Er zog nur ungern, aber er wurde an der Front gebraucht, und Mutter und Kind waren wohlauf.

Da ihm das Lied der Bewegung nicht dabei helfen konnte, genauso rasch an die Front zurückzukehren, wie er nach Sigholt gelangt war, ritt der Oberste Befehlshaber mit einer kleinen Einheit als Verstärkung. Seit Jahren hatte er kein anderes Pferd als

Belaguez mehr geritten, und der Gaul, der ihn jetzt trug, verdroß ihn sehr, weil er nicht auf jedes seiner Zeichen in der gewünschten Form ansprach. In dieser Zeit hatte sich zwischen ihm und seinem Hengst eine so tiefe Verbundenheit herausgebildet, daß Axis mit anderen Rössern nur schlecht zurechtkam.

Dennoch trieben die Reiter ihre Pferde bis zum Äußersten an und erreichten so nach schon vier Tagen das Feldlager. Belial und Magariz wußten bereits durch einen ikarischen Fernaufklärer, der einen Tag früher hier gelandet war, von der Geburt Caelums. Beide empfingen Axis mit ihren Glückwünschen. Strahlend berichtete der Krieger ihnen, was für eine besonderes und wunderbares Kind er bekommen habe. Er hörte erst damit auf, als er die starren Blicke und die unbewegten Mienen seiner Zuhörer bemerkte, die ihre Langeweile kaum noch zu verbergen wußten.

»Na gut«, gab Axis schließlich nach und erinnerte sich daran, wie überdrüssig er selbst oft genug der ausgedehnten Berichte frischgebackener Väter geworden war. Weitsicht trat nun ins Zelt und zog seine Flügel so eng wie möglich an, um auch noch Platz zu finden. Der Krieger begrüßte ihn, nahm seine Glückwünsche entgegen und wollte dann den Lagebericht hören. »Genug jetzt von Müttern und Kleinkindern. Was gibt es Neues über die Skrälinge zu berichten? Hat der Skräbold sie zu neuen Leistungen anspornen können?«

»Wir haben sie entlang der ganzen Front abwehren können«, erklärte Belial und zog mit einem Finger auf der Karte den momentanen Verlauf ihrer Stellungen nach. »Wie wir bereits feststellen durften, hat Gorgrael seine Truppen in diesem Jahr mit neuer Entschlossenheit versorgt. Und anscheinend mit noch mehr. Unser Skräbold erweist sich nämlich als kluger Kopf. Er konzentriert seine Angriffe auf diese Punkte: hier, hier und hier.« Der Zeigefinger des Leutnants fuhr auf drei Stellen nieder. »Genau dort, wo unsere Stellungen am schwächsten sind. Vor zwei Nächten wäre es den Kreaturen beinahe gelungen, an diesem Punkt durchzubrechen. Der Skräbold lernt mit jeder neuen Erfahrung. Längst vergeudet er seine Kräfte nicht mehr damit, die Front in ihrer ganzen Länge anzugreifen, sondern konzentriert seine Angriffe auf unsere Schwachstellen.«

Axis starrte auf die Karte, und alles Hochgefühl über Caelum war vergessen. Die Skräbolde hatten sich schon im letzten Jahr als nicht zu unterschätzende Gegner erwiesen – einem von ihnen war es sogar fast gelungen, ihn zu töten –, aber damals hatten sie noch keine längerfristigen Strategien entwickeln können und sich leicht von einem Vorhaben ablenken lassen. Die drei Offiziere Gorgraels, die den Angriff auf die Jultidenfeier angeführt hatten, hatten es nicht verstanden, ihren strategischen Vorteil – das Überraschungsmoment und die Überzahl ihrer Truppen – auszunutzen. Am Ende hatten sie dann eine verheerende Niederlage einstecken müssen und viele Skrälinge verloren.

Zwar war es den Skräbolden vor Gorken gelungen, die Stadt zu erobern und bis zur Burg vorzudringen. Aber dann hatten sie sich von Axis' Ausbruch gründlich ablenken lassen, und waren ihm mit fast dem gesamten Heer gefolgt. Als die Kreaturen von der Festung abgezogen waren, hatten Bornheld und seine verbliebenen Streitkräfte Gelegenheit gefunden, Gorken zu verlassen und sich nach Süden zurückzuziehen.

»Hat der Skräbold sich denn etwas gegen die Luftarmada einfallen lassen?« fragte der Krieger jetzt.

»Nun, er ist auf die Idee gekommen«, antwortete Weitsicht, »unsere verschossenen Pfeile an sich zu nehmen, damit sie nicht wieder gegen die Skrälinge eingesetzt werden können. Und er kam auch darauf, seine Wesen in die Luft springen zu lassen, um einen zu tief fliegenden Ikarier herunterzureißen. Aber ihn selbst haben wir noch nicht zu Gesicht bekommen. Vermutlich fürchtet er sich vor unseren Luftkämpfern.«

Axis schüttelte den Kopf. »Das glaube ich eigentlich nicht. Sicher fügt Ihr seinen Verbänden empfindliche Verluste zu, aber er selbst hält sich wohl zurück, um den Überblick nicht zu verlieren und sich als Anführer nicht ablenken zu lassen. Mit seinen Zauberkräften – Gorgrael scheint seinen Skräbolden einiges an Dunkler Magie beigebracht zu haben – würde er vermutlich aus jedem Handgemenge mit ikarischen Luftkämpfern als Sieger hervorgehen, selbst wenn sich unter diesen ebenfalls Zauberer befinden sollten ... Belial, Eure Meinung?«

»Er ist der Kopf hinter diesem Vorstoß der Skrälinge durch die Wildhundebene nach Süden«, erklärte der Leutnant. »Ohne ihn wäre der Angriff der Geisterwesen längst zusammengebrochen, und wir hätten leichtes Spiel, die Ebene von ihnen zu befreien. Ganz gleich, wieviel neuen Elan Gorgrael seinen Skrälingen mit auf den Weg gegeben hat, ich glaube, sie verlassen sich in erster Linie auf ihren Offizier. Der Skräbold gibt ihnen die Richtung an, und er versteht es, sie immer wieder aufs Neue zu ermutigen. Allein sind sie nicht in der Lage, einen geordneten Angriff durchzuführen.«

Der Oberste Befehlshaber klopfte nachdenklich mit einem Finger auf die Karte. »Ich glaube nicht, daß der Zerstörer wirklich vorhat, hier durchzubrechen. Er will uns hier nur ablenken ...«

»... während er den Hauptangriff gegen Jervois richtet«, ergänzte Belial.

»Richtig«, nickte Axis. »Bis jetzt ist es ihm jedenfalls gelungen, unsere Kräfte hier zu binden. Wenn wir so fortfahren wie bisher, sitzen wir hier noch wochenlang fest und bringen dieser Streitmacht mal kleinere und mal größere Verluste bei.« Er warf noch einen prüfenden Blick auf die Karte. »Ich wette, Gorgrael hat sich seine besonderen Überraschungen für Jervois aufgehoben. Und um sie möglichst durchschlagend und ungestört einsetzen zu können, kommt es ihm sehr gelegen, wenn ich und die Luftarmada unsere Zeit damit verschwenden, hier in der Ebene Skrälinge zu jagen.« Axis sah seinen Leutnant nachdenklich an und überlegte. »Ihr habt eine sehr gute Lageeinschätzung abgegeben. Dieser listige Skräbold stellt den Schlüssel zu einem raschen und entscheidenden Sieg dar. Können wir ihn ausschalten, bricht hier die Front der Kreaturen zusammen.«

Der Krieger wandte sich jetzt an alle drei Kommandanten. »Haben wir irgend etwas darüber herausfinden können, wo der Skräbold nächtens sein garstiges Haupt zur Ruhe bettet? Oder

✩ ✩ ✩ 83 ✩ ✩ ✩

von welchem Feldherrenhügel aus er seine Scharen in die Schlacht schickt?«

Weitsicht zeigte auf die Karte und deutete auf einen Punkt. »Dieser Höhenzug hier liegt recht abgeschieden, und von ihm aus hat man einen hervorragenden Überblick auf das gesamte Gebiet, in dem während der letzten Zeit gekämpft wurde. Wenn der Skräbold wirklich ein solch kluger Stratege ist, wird er sein Hauptquartier dort irgendwo aufgeschlagen haben. Soll ich ein paar Aufklärer in das Gebiet schicken?«

Axis schüttelte den Kopf. »Nein. Ich glaube, ich habe da eine bessere Idee.«

Der Adler schwebte über dem weiten Land, und seine scharfen schwarzen Augen suchten den Boden ab.

Derweil hatte sich der Krieger ganz allein in die Ebene zurückgezogen. Der kalte Wind blies ihm ins Gesicht. Er konzentrierte sich ganz auf den Raubvogel und sah durch dessen Augen. Den harten Boden und die Steinchen, auf denen er saß, spürte er nicht, dafür aber den Luftzug bei jedem Flügelschlag. Nach Westen, steuerte er den Adler, und der Vogel drehte in Richtung Urqharthügel ab.

Schon seit Wochen beobachtete das Tier die Kreatur. Sie erschien ihm ausgesprochen häßlich, noch abstoßender als die Aasgeier. Ein ledriges, echsenartiges Wesen mit großen silbernen Augen und scharfen, langen Krallen. Obwohl es ebenfalls Flügel besaß und damit fliegen konnte und auch über einen Schnabel verfügte, spürte der Adler doch keinerlei Wesensverwandtschaft mit ihm. Die Kreatur stieg ebenso wie er in die Lüfte auf, genoß das Fliegen aber nicht.

Aber der Krieger wollte erfahren, wo das Wesen sich aufhielt, und so übernahm der Vogel die Aufgabe, ihn zu dem Skräbold zu führen.

Gorgraels Offizier steckte tatsächlich in dem von Weitsicht als Aufenthalt vermuteten Höhenzug und hatte sich dort gerade auf einem vorspringenden Fels niedergelassen. Die ledernen

☆ ☆ ☆  84  ☆ ☆ ☆

Schwingen bedeckten seinen Körper vom Schnabel an abwärts. Einem zufälligen Blick oder sogar einem suchenden Menschenauge mußte er bloß als weiterer grauer Brocken inmitten der Felsmassen erscheinen. Nichts an ihm bewegte sich. Nur die silbernen Augen drehten sich in diese oder jene Richtung, während er die weite Ebene unter sich überblickte.

Der Skräbold war mit seinen bisherigen Erfolgen durchaus zufrieden. Gorgrael hatte ihn mit dem Befehl in die Wildhundebene geschickt, Axis so beschäftigt wie möglich zu halten. Je weniger Unterstützung Bornheld bei Jervois unterhielt, desto vorteilhafter für den großen Plan. Dem Skräbold unterstanden einige tausend Geister, und er hatte schnell begriffen, daß es besser war, sie in punktuellen Angriffen einzusetzen, als sie über die ganze Breite der Ebene in einer Front anstürmen zu lassen. Wenn die verwünschten ikarischen Flieger nicht eingegriffen hätten, wäre ihm bestimmt auch längst der Durchbruch zum Nordra gelungen. Aber diese Luftkämpfer waren stets zur Stelle, wenn der Offizier seine Soldaten irgendwo zum Angriff sammelte oder an einer Schwachstelle der gegnerischen Front ein Umgehungsmanöver einleitete. Treffsicher fand jeder ihrer Pfeile seinen Weg in das Auge eines Skrälings. Den Skräbold durchzuckte es, als er daran denken mußte, wie viele seiner Geister er auf diese Weise schon verloren hatte. Und dann gab es da ja auch noch die berittenen Bogenschützen, die stets rasch heranpreschten, ihre Salven abfeuerten und sich gleich wieder zurückzogen, um an einer anderen Stelle anzugreifen. Diese verdammten Reiter waren einfach zu schnell für seine Geister.

Trotz seines unbestreitbaren Erfolges, den Krieger und seine Truppe nunmehr seit Wochen hier festzuhalten, spürte der Skräbold, daß er sich irgend etwas für die Schützen zu Pferd und in der Luft einfallen lassen mußte. Er hatte seinen Geistern bereits befohlen, alle abgeschossenen Pfeile einzusammeln und zu ihm zu bringen. Mittlerweile füllten Tausende dieser Geschosse die Felsspalte zu seinen Füßen. Die ließen sich nicht mehr todbringend gegen seine Soldaten einsetzen.

Aber noch eine andere Sorge beschäftigte ihn. Wo befand sich Axis Sonnenflieger? Er hatte ihn seit über einer Woche nicht mehr gesehen. Der Krieger konnte sein Lager nicht verlassen haben, denn das wäre dem Skräbold nicht entgangen. Außerdem befand sich sein grauer Hengst immer noch bei den anderen Pferden. Wieso machte der Mann sich dann plötzlich unsichtbar, da er doch sonst stets in vorderster Front kämpfte?

Er bemerkte kurz den Adler, der hoch über ihm seine Kreise zog, hielt ihn aber keines zweiten Blickes für würdig. Doch zu seiner großen Überraschung trieb der Vogel jetzt heran und landete vor ihm auf dem Felsen – gerade weit genug entfernt von ihm, daß er ihn nicht packen konnte.

»Skräbold«, sprach ihn der Adler dann mit der Stimme des jungen Sonnenfliegers an, »ich grüße Euch. Ihr habt Euch als würdiger Gegner erwiesen.«

Gorgraels Offizier fehlten vor Schreck die Worte.

»Eure Angriffe erfolgen an so unerwarteten Stellen, daß meine Armee sie nicht recht in den Griff bekommt. Uns gehen langsam die Pfeile aus, und bei Eurem letzten nächtlichen Ansturm mußte ich eine schwere Verwundung davontragen.« Die Stimme stockte, als habe der Mann Mühe, zu Atem zu kommen.

Der Skräbold zischte verächtlich, während er seine Gedanken ordnete. Der Sternenmann verwundet? Kein Wunder, daß er ihn seit einiger Zeit nicht mehr gesehen hatte.

»Ich bin dieses ständigen Hin und Hers müde«, fuhr der Adler jetzt fort. »Mal rücken wir an dieser Stelle vor, dann wieder Ihr an jener. Mal weichen wir dort, mal Ihr da. Warum entscheiden wir die Sache nicht in einem Zweikampf?«

Die Kreatur betrachtete den Vogel mit großen Augen.

Der Adler hüpfte sicherheitshalber auf einen anderen Stein. »Deswegen will ich Euch etwas vorschlagen. Wir könnten die Angelegenheit ein für alle Mal regeln. Nur Ihr und ich. Warum treffen wir uns nicht an einem bestimmten Ort und tragen es Mann gegen Mann aus?«

Der Skräbold dachte nach. Gorgrael wurde sehr wütend, wenn seine Befehle mißachtet wurden. Skräfurcht hatte teuer dafür

☆ ☆ ☆ 86 ☆ ☆ ☆

bezahlen müssen, während des Jultidenüberfalls eigenmächtig Sternenströmer angegriffen zu haben.

»Der Sieger erhält alles«, fuhr die Stimme fort. »Und der Verlierer ... nun, der muß das Feld räumen.«

Wenn er dem Zerstörer nun Axis' Haupt präsentieren konnte? dachte das Wesen voll Frohlocken und stellte sich vor, wie er Gorgrael den zerfetzten Leib des Sternenmannes vor die Füße legte.

»Nur wir beide, Mann gegen Mann?« fragte der Skräbold in wachsender Aufregung. »Ohne weitere Unterstützung? Und ohne diese widerlichen Flugwesen?«

»Darauf habt Ihr mein Wort«, versprach der Adler matt, und die Kreatur glaubte, deutlich Axis' Schwäche heraushören zu können. Welch ungeheurer Triumph, wenn er nicht nur zum Nordra durchbräche, sondern auch noch den schlimmsten Feind seines Herrn und Meisters zur Strecke brächte! Die Skräbolde hatten seit dem Desaster bei Gorken einiges von Gorgraels Gunst verloren. Aber ihm könnte es jetzt gelingen, mit einem Schlag das Vertrauen des Zerstörers zu seinen Offizieren wiederherzustellen. Und ihn vielleicht sogar davon überzeugen, daß sie für ihn wertvoller seien als die Greifen.

Der Skräbold sprang auf und warf sich auf den Adler.

Dem Tier gelang es aber trotz seiner Schwäche, ihm auszuweichen. Es breitete die Flügel aus, stieg in den Himmel auf, und der Skräbold folgte ihm, ohne einen Laut von sich zu geben.

Von der Erde starrten Geister wie Menschen hinauf ins Firmament und verfolgten, wie der Skräbold hinter einem Adler herjagte. Die Ikarier wußten, was Axis vorhatte, und hatten sich auf die Klippen der nahen Urqharthügel zurückgezogen. Doch auch sie beobachteten den nun beginnenden Zweikampf.

Der Schneeadler lockte die Kreatur hoch in den Himmel, hielt sich dicht vor ihm, aber immer weit genug entfernt, um nicht von den Krallen erfaßt zu werden. Und wenn der Skräbold zum Angriff ansetzte, tauchte der Vogel rasch weg oder stieg noch weiter auf. Dann verschwanden beide in den Wolken, und für einige nervenaufreibende Momente konnten die Zuschauer unten nichts mehr sehen. Plötzlich stürzte der Adler aus dem Grau,

✩ ✩ ✩ 87 ✩ ✩ ✩

überschlug sich mehrmals und trudelte immer tiefer. Kurz darauf sauste auch die Kreatur aus den Wolken und flog ebenfalls nach unten. Doch ihre Bahn verlief glatt und zielsicher, während man bei dem Vogel den Eindruck gewinnen mußte, er könne seinem Absturz kaum Einhalt gebieten.

Der Adler fiel wie ein Stein vom Himmel, näherte sich dabei aber dem Mann, der ganz allein auf der Ebene stand.

Axis.

Im allerletzten Moment bremste der Raubvogel ab, zog die Schwingen ein, streckte die Krallen aus und landete, wenn auch mit immer noch zu hoher Geschwindigkeit, auf dem langen Arm seines Herrn. Die Wucht des Aufpralls durchfuhr den Mann deutlich, und er trat ein paar Schritte zurück, um nicht das Gleichgewicht zu verlieren. Doch als der Skräbold kreischend auf ihn niederstieß, hatte Axis sich wieder gefangen.

Die Kreatur zögerte nicht. Sie erkannte den Mann sofort wieder und dürstete nach seinem Blut. Die Krallen an Händen und Füßen ausgefahren und mit weit geöffnetem Schnabel, um das Fleisch des Feindes zu zerfetzen, griff sie an ...

... und prallte hart gegen den nackten Boden.

Bei dem Mann hatte es sich um nichts als eine Illusion gehandelt. Um einen Zaubertrick.

Halb betäubt von der schweren Landung rappelte der Skräbold sich auf – wußte er doch, daß er gleich aufgeben könnte, wenn er so liegenbliebe. Als er wieder stand, mußte er feststellen, daß einer seiner Flügel schlaff und gebrochen herabhing.

Axis stand fünf oder sechs Schritte weiter und hielt immer noch den Adler auf seinem Arm. Während der Skräbold noch versuchte, Benommenheit und Schmerz abzuschütteln, stieß der Krieger seinen Vogel in die Lüfte, um dann seinen Gegner auszulachen.

»Hat Euch mein kleines Kunststück gefallen, Skräbold? Er gehört zu meinen neuen magischen Tricks.«

Die Kreatur schüttelte den Kopf, aber nicht als Antwort, sondern um Klarheit in ihren Geist zu zwingen. Dann bemerkte sie den gebrochenen Flügel und schrie vor Wut.

»Habt Ihr Euch etwa weh getan?« höhnte Axis und kam einen Schritt näher.

Der Skräbold wich gefährlich zischend zurück. Der Sternenmann hatte ihn doppelt getäuscht, ihm fehlte nichts! Aber er selbst hatte sich einen Flügel verletzt, und daher stand ihm nun nicht mehr der Sinn danach, mit Axis einen Zweikampf auszutragen. Rasch konzentrierte er sich auf das kleine Stück Zaubermacht, die Gorgrael all seinen Skräbolden verliehen hatte, um sich unsichtbar zu machen.

Aber der Sternenmann war schneller. Er griff mit der Kraft des Sternentanzes an und sang ihm das Lied der Verwirrung. Schatten, Spiegelbilder und falsche Fährten erfüllten den Geist der Kreatur, und sie fand den Zugang zur Macht des Zerstörers nicht mehr. So blieb ihr nichts anderes mehr übrig, als sich mit aller verbliebenen Kraft auf die Ursache all ihres Ungemachs zu stürzen.

Doch sein Geist war inzwischen schon so verwirrt, daß sein Körper ihm nur noch schleppend gehorchte. Axis trat einfach einen Schritt beiseite und entging so mit Leichtigkeit der Attacke. Doch er hielt schon sein Schwert in der Hand, und als der Skräbold an ihm vorbeistolperte, stieß er ihm die Klinge unter den rechten Arm und durchschnitt das weiche Fleisch der Achselhöhle. Sein Gegner kreischte, riß sich los und taumelte davon.

»Er blutet!« stellte der Krieger verblüfft fest. »Er blutet ebenso rot wie die Skrälinge!«

Trotz des verletzten Flügels und der Körperwunde zwang die Kreatur sich dazu, klarer zu denken und eine Kriegslist zu ersinnen. Sie beschloß, sich tödlich verwundet zu stellen, seufzte schwer, hielt sich die blutende Seite, fiel auf die Knie und taumelte, als würde sie gleich sterben.

Aber so leicht ließ Axis sich nicht hinters Licht führen. Er trat näher an das Wesen heran, um es glauben zu machen, er sei auf den Trick hereingefallen, und ließ den Schwertarm sinken, weil er ja offenbar nichts mehr zu befürchten hatte.

Doch kaum war der Krieger nahe genug, sprang die Bestie wieder auf und holte mit dem blutenden Arm aus.

Der Skräbold hatte sich täuschen lassen. Axis bewegte sich viel rascher als die muskulösere, aber angeschlagene Kreatur, tauchte unter dem Schlagarm weg und stieß ihr das Schwert in den Bauch. Im selben Moment schloß sich der Arm um seinen Nacken, doch war der Skräbold jetzt zu sehr verletzt und geschwächt und Axis konnte diesen Angriff abwehren. Und als er ihm die Brust mit seinem scharfen Schnabel aufreißen wollte, riß der Sternenmann die Hand hoch, in der er ein Messer verborgen hatte, und stach ihm damit ins linke Auge.

Der Skräbold erzitterte am ganzen Körper, und Axis spürte, wie die langen Klauen durch den Stoff seiner Uniform und die Haut an seinem Rücken fuhren. Er schloß beide Hände um den Griff des Schwerts, das noch im Bauch der Bestie steckte, und lehnte sich weit zurück. Dabei trat er mit einem Fuß gegen den Oberkörper der Kreatur, um die Klinge freizubekommen. Als sie sich löste, drehte Axis das Schwert einmal herum.

Der Skräbold brach endgültig zusammen und starrte seinen Gegner aus dem gesunden Auge an. »Ihr habt mit falschen Karten gespielt!« Dann rülpste das Wesen diskret und verendete langsam.

Der Krieger stand über den toten Skräbold gebeugt und wunderte sich noch darüber, wie leicht er sich hatte besiegen lassen, als er hinter sich Hufgetrappel hörte.

»Axis!«

Er drehte sich um. Belial kam auf seinem eigenen Pferd herangeprescht und führte Belaguez am Zügel mit. Beim Anblick und Geruch der toten Bestie legten beide Rösser die Ohren an und schüttelten unwillig die langen Köpfe.

»Seht nur!« rief der Leutnant, und der Krieger drehte sich wieder zu dem Skräbold um. Doch er löste sich in eine breiartige Masse auf und – verschwand.

»Vermutlich kehrt er zu seinem Herrn zurück«, murmelte Axis müde, »damit der mit ihm verfahren kann, wie es ihm beliebt.« Der Krieger fühlte sich mit einem Mal so erschöpft, daß er glaubte, sich nicht mehr lange auf den Beinen halten zu können. Mit letzter Kraft schwang er sich auf seinen Hengst, ehe seine Knie nachgeben konnten.

Belial betrachtete ihn besorgt. Die roten Striemen am Rücken verhießen nichts Gutes, aber noch mehr bedrückte ihn die Ermattung seines Freundes.

Am nächsten Morgen hatte sich die Masse des Geisterheeres aus der Wildhundebene zurückgezogen. Die Skrälinge marschierten durch das Eisdach-Ödland und bogen dort ab, um in das südliche Ichtar zu gelangen. Dort hörten sie schon bald ihre Kameraden wispern und leise kreischen. Die zurückkehrenden Geister befolgten nur ihren Befehl. Und der lautete: Wenn sie durch irgendeinen Grund gezwungen sein würden, den Angriff durch die Wildhundebene abzubrechen, sollten sie sich den Truppen des Zerstörers vor Jervois anschließen.

Gorgrael selber sah sich unvermittelt neuem grauen Matsch auf dem kalten Boden seines Gemachs gegenüber. Der Anblick betrübte ihn nicht übermäßig. Wie hätte auch irgendeiner seiner Skräbolde gegen seinen Bruder Axis bestehen sollen? Ganz zu schweigen von dem, was dieser inzwischen gelernt haben mußte. Eigentlich hatte der Krieger ihm sogar einen Gefallen getan, indem er den Zerstörer nämlich mit dem versorgte, was dieser am dringendsten benötigte: Material für seine Schöpfungen. Der erste Wurf der Greifen wurde bald flügge, und sobald sie ihrerseits Junge geworfen hatten, würde Gorgrael sie gegen Bornheld in die Schlacht schicken. Und jetzt besaß er sogar Material, um daraus noch mehr Greifen zu bauen.

Der Sternenmann verließ mit seinen Truppen die Wildhundebene und ließ nur eine bedauernswerte Abteilung zurück, um die zunehmend verschneiteren Weiten zu überwachen. Allerdings versprach er ihnen baldige Ablösung. Eine Staffel der ikarischen Luftarmada würde im Norden der Urqharthügel Ausschau nach Truppenbewegungen der Skrälinge halten. Vielleicht plante Gorgrael ja einen neuen Vorstoß durch die Wildhundebene. Aber der Krieger glaubte nicht recht daran.

Die restlichen Staffeln flogen bereits nach Sigholt zurück. Axis führte den Rest seiner Armee, vornehmlich Reiterei, zum Sperrpaß. Schnüffelnd liefen die Alaunt in vier Paaren voraus. Sie hatten ihm ebenso gute Dienste erwiesen wie Aschures Bogenschützen. Und jetzt kehrten Hunde wie Schützen zu ihrer Herrin zurück.

Genau wie ich, sagte sich der Krieger.

Am Paß angekommen, trafen die Soldaten auf eine kleine Gruppe Flüchtlinge aus Skarabost. Ein zerlumpter Haufen, der sich vor Wochen nach Norden begeben hatte und sich seitdem mit dem verheerenden Winterwetter herumschlug. Sie mußten wirklich großes Vertrauen zu ihm und der Prophezeiung haben, dachte Axis, während er auf sie zuritt. Wenn man sich vorstellte, daß diese Menschen ausgerechnet nach Norden gezogen waren, wo dort doch der Winter am schlimmsten wütete.

Der Anführer der etwa fünfundvierzig Männer, Frauen und Kinder war ein wohlbeleibter und grauhaariger Händler in den mittleren Jahren, der auf den Namen Dru-Beorh hörte. Er war außer sich vor Freude, als er erfuhr, daß es sich bei dem Mann mit den goldenen Haaren und dem prachtvollen Hengst um Axis selbst handelte.

»Großmächtiger Herr!« keuchte der Händler und warf sich vor Belaguez auf den Boden. »Euch plötzlich hier zu begegnen, erscheint mir wie ein Wunder. Ich komme von Nor, um mich Eurer Sache anzuschließen.« Axis, Belial und Magariz sahen sich erstaunt an. Aus Nor kam der Mann? Hatte die Prophezeiung sich denn schon so weit verbreitet? »Und denkt Euch nur, ich bringe ein Geschenk mit, das ich Euch gerne überreichen möchte!« rief der Mann ergriffen und zeigte auf das hintere Ende seines kleinen Zugs.

Dem Krieger stockte der Atem, als er erkannte, worauf Dru-Beorh zeigte. Und sofort wußte Axis, was er damit anfangen würde.

# 8

## »weh uns!«

»Aschure.«

Die junge Frau fuhr beim Klang seiner Stimme herum und wischte sich den Schweiß aus den Augen. Vor zwei Wochen hatte sie ihre Waffenübungen wieder aufgenommen und den heutigen Morgen mit Bogenschießen auf einem kleinen Feld unterhalb der Burg verbracht.

»Was ist denn?« wollte sie wissen und fragte sich, ob etwas mit Caelum nicht stimme. Der Kleine war gerade vier Wochen alt geworden. Die junge Mutter hatte ihn in ihrem Gemach zusammen mit seiner Großmutter und Sicarius zurückgelassen.

»Keine Bange, es ist alles in Ordnung. Ich bin nur hergekommen, weil ich der Offizierin meiner Bogenschützen beim Übungsschießen zusehen wollte. Sagt mir doch, Liebste, fühlt Ihr Euch wieder vollständig bei Kräften? Und bereit für eine neue Aufgabe, die der Sternenmann Euch übertragen will?«

»Ich würde mich wesentlich besser fühlen, wenn ich ein anständiges Pferd hätte«, gab sie etwas schroff zurück. »So wie es aussieht, muß ich auf einem altersschwachen Klepper hinter meiner Truppe herreiten, dem man bereits vor fünf Jahren das Gnadenbrot hätte geben sollen. Da kann ich mir ja gleich einen von Ogdens und Veremunds Eseln nehmen.«

Axis hatte nicht erwartet, daß sie es ihm so leichtmachen würde mit seiner Überraschung.

»Ihr erwartet wohl, daß ich Euch Belaguez wieder überlasse«, antwortete er ihr bewußt im gleichen Tonfall.

Aschure legte einen neuen Pfeil auf und bog den Rücken durch, als sie über die Länge des Geschosses das Ziel anvisierte.

☆ ☆ ☆ 93 ☆ ☆ ☆

Die junge Frau ließ den Pfeil losschnellen und drehte sich in derselben Bewegung zu ihm um. »Wollt Ihr mir jetzt etwa Vorwürfe machen, daß ich damals Euren Hengst geritten habe? Das ist doch schon so lange her. Da hättet Ihr auch wirklich früher etwas sagen können!«

»Nein, nein, Aschure, ich mache Euch keine Vorwürfe. Ihr habt Euch während meiner Abwesenheit sehr gut um Belaguez gekümmert. Wenn ich heute in den Stall gehe und er mich begrüßt, weiß ich nie, ob er seine Nüstern vor Freude an mir reibt oder nur nach Eurem Geruch sucht. Nein, ich bin wirklich nicht ärgerlich deswegen.« Er winkte einem Wächter zu, der im Schatten des Haupttores stand. »Eigentlich bin ich eher beeindruckt ... Und zwar so sehr, daß ich beschlossen habe, Euch ein eigenes Streitroß zu überlassen.«

Ein rundlicher grauhaariger Mann, in dem Aschure einen der Flüchtlinge wiedererkannte, die Axis von seinem Feldzug mitgebracht hatte, trat aus dem Tor und führte einen prächtigen koroleanischen Fuchs mit sich. Einen Hengst, bereits gesattelt und aufgezäumt. Dru-Beorh zuckte zusammen, als das Tier plötzlich unruhig wurde. Doch dann ließ es sich von ihm über die Zugbrücke führen.

Axis nahm Wolfen und Köcher entgegen, die Aschure ihm jetzt in die Hand drückte, und legte sie auf den Boden. »Gefällt er Euch? Der Hengst ist noch sehr jung, aber bereits fertig ausgebildet. Deswegen wird er auf einen neuen Reiter oder eine neue Reiterin bestens ansprechen. Allerdings ist das Tier eine Weile nicht mehr geritten worden und wird sich daher in der ersten Zeit noch etwas widerspenstig verhalten.«

Die schiere Freude, die sich auf Aschures Gesicht spiegelte, war ihm Dank genug. Er führte sie am Arm zu dem Mann aus Nor und seinem Roß. »Ein bescheidenes Geschenk an Euch als Dank für Caelum. Bescheiden deswegen, weil ich in diesem Leben nichts zu tun vermöchte, um meinen Dank auch nur annähernd zum Ausdruck zu bringen. Hier, Ihr könnt ihn streicheln. Gefällt er Euch?«

Aschure fuhr dem Tier über das seidenweiche Fell. Es glänzte kupferrot im Sonnenlicht, und sie fühlte sein Zucken unter ihren Fingern. »Ein wundervolles Geschenk, Axis«, sagte sie leise, und Tränen standen ihr in den Augen.

Dru-Beorh trat ein wenig verlegen von einem Fuß auf den anderen. Selbstredend hatte er überhaupt nichts dagegen, daß es dem Großmächtigen Herrn gefallen hatte, seine Gabe an diese wunderschöne Edle weiterzugeben. Denn er hatte schon von ihrem Mut und ihren besonderen Taten gehört. »Der Hengst heißt Venator, Herrin. In der Sprache der Koroleaner bedeutet das ›Einer, der jagt‹.«

»Venator«, wiederholte Aschure. »Was für ein hübscher Name. Und Ihr habt ihn wirklich Axis geschenkt?«

Der Händler nickte und berichtete ihr dann, wie er den Hengst im Tausch gegen die Schulden eines Edlen aus Nor bekommen habe. Der Herr hatte das Tier gerade von einer koroleanischen Söldnereinheit erworben, die durch Nor zog.

»Koroleanische Söldner ziehen durch Nor?« fragte der Krieger sofort. »Wie viele waren es, und wo wollten sie hin?«

Der Händler merkte seinen Stimmungsumschwung sofort. »Während der letzten Monate sind sehr viele Soldaten aus Korolean durch Nor gekommen. Sie besteigen in der Regel ein Flußschiff und lassen sich dann hinauf nach Jervois bringen. Wie viele es gewesen sind?« Er zuckte die Achseln. »Schwer zu sagen, aber bestimmt einige Kohorten.«

Axis sah Aschure kurz ernst an, und sie wandte sich an Dru-Beorh. »Vielen Dank dafür, uns dieses so schöne Pferd geschenkt zu haben.«

Der Händler wußte, daß er damit entlassen war, verbeugte sich und führte Venator in die Burg zurück.

Die junge Frau sah Axis besorgt an. »Koroleanische Söldner kämpfen für Bornheld?«

Der Krieger wartete, bis Dru-Beorh und der Hengst durch das Tor verschwunden waren. Leider waren seine Sorgen nicht mit ihnen gegangen. »Offenbar. Hat der König mit Koroleas ein Bündnis geschlossen? Eine militärische Allianz?« Er wagte nicht, den Gedanken weiterzuspinnen. Wenn Bornheld die Truppen von Koroleas an seiner Seite hatte, konnte Axis alle Hoffnungen begraben, ihn jemals zu besiegen.

»Schaut nur! Da!« rief Aschure neben ihm.

Alarmiert von ihrem Tonfall, schrak er aus seinen finsteren Überlegungen auf und folgte ihrer ausgestreckten Hand. Sie zeigte auf die Landstraße, die zum Sperrpaß führte. Und von dort näherte sich eine Gruppe von mehreren hundert Frauen und Kindern. Die merkwürdigsten Wesen, die Aschure je gesehen hatte. Alle hatten ihr Gesicht so vollständig tätowiert, daß es aus der Ferne so aussah, als hätten sie eine blaue Haut. Außerdem hatten sie ihr langes schwarzes Haar eingeölt und in winzige Zöpfchen geflochten. Einige ritten auf struppigen gelben Pferden heran, die man ihrer Kleinheit wegen für Ponys halten konnte. Und von diesem Zug war die Luft erfüllt vom Läuten und Geklingel Tausender und Abertausender von Glöckchen.

»Das sind Rabenbunder!« rief Axis, und Aschure fragte sich, warum er darüber so froh war.

Am nächsten Tag, nachdem Sa'Kuja sich vollständig erholt hatte, lud der Krieger sie zu seiner täglichen Lagebesprechung ein, die er mit seinen Kommandanten im Kartenraum abhielt.

Die Häuptlingsgattin hatte drei Wochen gebraucht, um mit ihrer Schar Sigholt zu erreichen. Seit sie Jervois verlassen hatten, waren sie allen Streifen und Posten aus dem Weg gegangen; aber südlich des Nordra hatten sie keine Patrouillen Bornhelds mehr bemerkt.

»Wir haben den Fluß an der Gundealgafurt überschritten«, berichtete die Rabenbunderin, »dort, wo Ihr meinem Mann begegnet seid, Ho'Demi.«

Axis nickte zum Zeichen, daß er sich dessen noch gut erinnerte.

»Von dort sind wir durch den Süden der Urqharthügel gezogen und dann am Sperrpaß nach Sigholt abgebogen.« Sie schüttelte den Kopf, und die Glöckchen und bunten Perlen klingelten fröhlich. »Dort haben wir zwei Eurer berittenen Streifen und auch fünf Eurer Flieger gesehen, die am Himmel kreuzten. Doch wir haben uns ihnen nicht genähert und sind unerkannt weitermarschiert.«

»Dann bin ich aber froh, daß Ihr als Freunde kommt und nicht als Feinde, die uns in der Nacht die Gurgel durchschneiden wollen«, bemerkte der Krieger.

»Wenn wir das vorgehabt hätten, wärt Ihr schon längst tot«, meinte die Rabenbunderin nur.

»Ho'Demi sagte mir, er wollte beim ersten Schneefall mit seinem Volk zu mir kommen«, wechselte Axis eilig das Thema und zeigte zum Fenster. »Obwohl der Lebenssee uns und dem Umland frühlingshafte Temperaturen beschert, liegt der Rest des nördlichen Achar doch schon längst unter einer hüfthohen Schneedecke. Warum ist der Häuptling noch nicht gekommen?«

Und warum konnte er an der Furt mit dem Geist zu mir sprechen? fragte sich Axis im Stillen. Wer ist er wirklich?

Sa'Kuja erklärte ihm, in welchem Dilemma ihr Mann sich befinde. »Wenn es nach seinem Herzen ginge, wäre er lieber heute als morgen bei Euch. Aber sein Verstand und sein Pflichtgefühl verbieten es ihm. Ho'Demi weiß nur zu gut, daß die Front bei Jervois zusammenbrechen würde, wenn er seine Soldaten dort abzöge. Damit könnte Gorgrael die Stellungen überrennen, und das will schließlich keiner von uns.«

Belial meldete sich zu Wort: »Meine Kundschafter haben mir berichtet, daß Euer Mann elftausend Kämpfer nach Jervois geführt hat. Stimmt das?«

Die Häuptlingsgattin nickte. »Elftausend, das stimmt, abzüglich derer, die bereits im Kampf gegen die Skrälinge gefallen sind. Dazu kommen noch einmal zehntausend Frauen und Kinder. Sie alle werden schon bald bei Euch sein.«

Axis und sein Leutnant sahen sich mit großen Augen an. Zwanzigtausend zusätzliche Menschen? Wo sollten die denn alle untergebracht werden?

»Aschure, habt Ihr Euch schon um die Rabenbunder gekümmert, die bereits hier eingetroffen sind?« fragte der Oberste Befehlshaber dann.

Die junge Frau nickte und wußte genau, was ihren Liebsten

gerade bewegte. Elftausend Kämpfer wären sicher hochwillkommen. Aber bei der riesigen Schar Flüchtlinge, die hier bereits lagerten, stellte sich die Frage, wie man sie und auch noch ihre Familien alle unterbringen und vor allem versorgen sollte.

Seufzend wandte Axis sich wieder an Sa'Kuja. »Wir haben erfahren, daß auch koroleanische Söldner auf Bornhelds Seite mitkämpfen. Was wißt Ihr darüber? Hat der König einen Pakt mit dem Kaiser von Koroleas geschlossen?«

»Nein, nein, das ist ihm noch nicht gelungen, obwohl so etwas sicher in seinem Sinne wäre. Er wirbt in größerem Maße Söldner aus Koroleas an. Zur Zeit dürften etwa drei- bis fünftausend von ihnen unter seinem Befehl stehen. Und weitere sollen unterwegs sein.«

Der Krieger ließ entmutigt die Schultern hängen.

»Söldner sind teuer«, bemerkte Magariz. »Für mehrere Tausend von ihnen muß Bornheld die königliche Schatzkammer geplündert haben.«

Axis nickte und wollte dann mehr von der Rabenbunderin erfahren: »Berichtet mir von den Angriffen der Skrälinge auf Jervois. Und von den Verteidigungslinien, die der König dort errichtet hat.«

Sa'Kuja beschrieb ihm den gewaltigen Massenansturm der Geisterwesen. Lediglich Bornhelds Kanäle und Gräben hatten sie aufhalten und zerstreuen können. »Die Skrälinge hassen ja bekanntlich Wasser. Mit dem System der Kanäle kann man sie steuern. Wo immer sie an der Front zwischen dem Azle und dem Nordra anrennen, stoßen sie über kurz oder lang auf einen Wassergraben. Sie können nur versuchen, diese zu umgehen, und notwendigerweise teilen sie ihre Verbände dabei immer mehr auf. Und die lassen sich dann leichter von Bornhelds Soldaten niederringen. Aber Gorgrael hat mehrere Hunderttausend seiner Kreaturen vor Jervois zusammengezogen. Im Moment halten die Verteidigungslinien noch …«

»Und hat er noch keine Eiswürmer eingesetzt?«

»Nein, nur Skrälinge.«

Axis sah seine Befehlshaber an. Warum hatte der Zerstörer

bislang auf den Einsatz von Eiswürmern verzichtet? Die könnten sich leicht über die Kanäle schieben und auf der anderen Seite ihre tödliche Fracht ausspeien ... Er wandte sich wieder an Sa'Kuja: »Wann will Euer Gemahl bei mir sein?«

»Spätestens im Frühling, Großmächtiger Herr.« Die Anrede hatte sie letzte Nacht von Dru-Beorh übernommen. »Der König wird für die Rabenbunder keine Verwendung mehr haben, wenn er gegen Euch marschiert.«

»Und dafür sei den Sternen gedankt«, begann der Krieger, kam aber nicht weiter, weil die Brücke laut aufschrie und alle hochfuhren.

»Auf den Turm! Auf den Turm! Weh uns! Wir sind verloren!«

»Ganz ruhig!« brüllte Axis, als alle zur Tür stürmten. »Belial und Weitsicht, Ihr kommt mit mir. Aschure, ruft Eure Bogenschützen zusammen. Magariz und Arne, Ihr macht die Festung für einen Angriff fertig, wie wir es geplant haben. Speerflügel, schickt die Ikarier in die Luft. Sa'Kuja, Ihr bleibt hier.«

Speerflügel flog der Einfachheit halber zum Fenster hinaus. Axis und seine drei Begleiter verließen als erste den Kartenraum, doch sie durch die Tür, und die anderen folgten ihnen, um ihre jeweiligen Aufgaben zu erledigen. Der Krieger hatte mit seinen Befehlshabern schon vor einiger Zeit Pläne aufgestellt, wie im Fall eines Angriffs auf die Burg vorzugehen sei. Nun sah es ganz so aus, als sollten ihnen ihre vielen Übungseinsätze zugute kommen.

»Weh uns! Weh uns!« schrie die Brücke wieder. »Auf den Turm! Weh!«

»Das hört sich kaum nach einem großen Angriff an«, keuchte Aschure, als sie hinter Axis die Treppe hinaufeilte. Sie hatte bereits den Wolfen von der Schulter genommen und einen Pfeil aufgelegt. »Sonst würde die Brücke uns wohl kaum den Turm hinaufschicken.«

»Das denke ich auch«, entgegnete der Krieger ebenso schweratmend. »Aber sie trommelt uns wohl nicht zusammen, damit wir die schöne Aussicht genießen können. Irgend etwas muß vorgefallen sein, etwas Übles!«

✮ ✩ ✮  99  ✩ ✮ ✩

Dornfeder strebte mehr taumelnd als fliegend auf den Turm zu. Abendlied flog an seiner Seite und versuchte, ihn zu ermutigen, nicht aufzugeben. Doch dabei liefen ihr Tränen über die Wangen, und ein Blick auf den zu Tode ermatteten Staffelführer gab rasch Antwort auf die Frage, was sie zum Weinen brachte. Hinter den beiden, fast gleichzeitig mit ihnen, erschien der Schneeadler.

Und hinter ihm kam niemand mehr. Was war aus der ganzen Staffel geworden?

Die vier auf dem Turm erkannten, in welchen Zustand sich Dornfeder befand, als die drei im Anflug auf ihr Ziel eine Schleife drehten und dabei Blut auf den Boden des Turmdachs tropfte.

Weitsicht erhob sich sofort in die Lüfte.

»Dornfeder und Abendlied«, flüsterte Aschure und senkte ihren Bogen. Die beiden waren ihre engsten Freunde unter den Ikariern.

Eine Gruppe Bogenschützen stürmte jetzt durch die Tür, gefolgt von Sternenströmer und den drei Wächtern.

Dornfeder verlor nur wenige Meter vor dem Turm endgültig das Bewußtsein, und Weitsicht und Abendlied konnten seinen Fall kaum aufhalten. Schließlich entglitt ihnen der Staffelführer und landete mit einem entsetzlich dumpfen Aufprall auf dem Burghof. Leblos lag er da, und Blut rann aus vielen Wunden an seiner Brust und an seinen Flügeln und bildete um ihn herum eine Lache.

Aschure war so unvorsichtig, über die Brüstung nach unten zu schauen. Bei dem Anblick wurde ihr übel. Dornfeders Bauch war aufgerissen, und die im Sonnenlicht glitzernden Eingeweide quollen heraus. Der linke Arm hing nur noch an ein paar Sehnen an der Schulter.

Axis warf sich vor dem Staffelführer auf die Knie. Dornfeder hatte sein ganzes Vertrauen genossen.

Dann landete Abendlied neben ihm, und Aschure rannte sofort zu ihr. Die Ikarierin war offensichtlich von demselben Gegner angegriffen worden. Eine ihrer Wangen war aufgerissen, und Arme und Hände wiesen entsetzliche Wunden auf. Aber wenigstens lag sie nicht im Sterben.

Der Krieger war fest entschlossen, Dornfeder nicht so zu verlieren wie einst Freierfall. Noch einmal würde er nicht versagen. Er nahm den Vogelmenschen in die Arme und breitete dessen Flügel aus.

Sternenströmer hatte jetzt auch den Burghof erreicht und wollte sofort zu den Verletzten, aber Veremund hielt ihn zurück. »Schaut, was Euer Sohn tut.«

Alle drei Wächter verhielten sich inmitten der allgemeinen Aufregung auf dem Burghof erstaunlich ruhig. Sie bewegten sich im Kreis um Axis und drängten jeden zurück, der zu Abendlied oder Dornfeder wollte.

Ogden näherte sich Aschure und legte ihr eine Hand auf die Schulter. »Seht nur zu, junge Mutter«, flüsterte er ihr ins Ohr. »Beobachtet Euren Liebsten, und glaubt an ihn.«

Von allen Anwesenden wußte Sternenströmer das Lied der Genesung am meisten zu schätzen, das sein Sohn jetzt sang. Eine ungeheuer mächtige Weise, so über alle Maßen schwer zu singen. Die Sternentanzenergie, die dafür benötigt wurde, ließ sich nur schwer steuern, und nur wenigen Zauberern war es bislang gelungen, mit diesem Lied segensreich zu wirken.

Während Axis Dornfeder in den Armen hielt, konzentrierte er sich ganz auf das Genesungslied. Eine eigenartige Weise mit nur sehr wenig Melodie, aus gehauchten Tönen und Trillern, und dabei ebenso bezwingend wie herrlich. Seine Hände fuhren dabei sacht über den Körper des Freundes und wischten das viele Blut fort.

Belial und der Fürst sahen sich bedeutungsvoll an. Sie waren Zeuge geworden, wie Faraday dieses Lied für Axis gesungen hatte. Aber ihr Vortrag ließ sich in keiner Weise mit dem machtvollen Gesang des Kriegers vergleichen. Faraday hatte ihre ganze Kraft aufwenden müssen, ihre Hände in Axis' Wunden getaucht und das zerrissene Fleisch sanft überredet, sich wieder zusammenzufügen. Dem Sternenmann hingegen schien alles viel leichter zu fallen, so als wisse er ganz genau, was er tun müsse. Seine Hände schwebten geradezu über die Wunden, und wenn sie weiterwanderten, hatten diese sich bereits geschlossen. Einen Moment verharrten sie über Dornfeders offenem Bauch, und Axis' Gesang schwoll noch mehr an. Als sie sich dann der nächsten Stelle zuwandten, sah der Leib des Ikariers so aus, als sei er höchstens von einem Sonnenstrahl gestreift worden. Und dann hing auch der Arm, der zuvor nur noch von einigen wenigen Sehnen gehalten worden war, wieder fest und ganz an der Schulter.

Der Krieger umfaßte nun behutsam den Kopf des Freundes und bewegte ihn sanft hin und her. Und das Lied verging leise.

Dornfeder öffnete langsam die Augen.

»Willkommen daheim«, sagte Axis nur, und Abendlied brach in hemmungsloses Schluchzen aus. Aschure kniete sich neben die Freundin hin und legte ihr einen Arm um die Schultern.

»Ganz ruhig«, flüsterte sie Abendlied zu und fragte sich, um wen sie am meisten weinte: um Dornfeder, um sich selbst oder um Freierfall?

Axis hob den Kopf und sah seine Schwester an.

Abendlied schluckte die Tränen hinunter und erwiderte seinen Blick.

»Wo ist der Rest der Staffel?« Der Krieger hatte die Einheit vor drei Tagen losgeschickt, um sich ein Bild von der Lage in Hsingard und an der Front bei Jervois verschaffen zu können.

»Tot.«

Nur noch fassungsloses Gemurmel war zu hören.

»Wer hat Euch angegriffen, Abendlied?«

»Ein Greifvogel«, flüsterte sie kaum hörbar, aber laut genug für die Brücke, die wieder ihr »Weh uns!« anstimmte.

»Wir wurden von einem Greifen angegriffen.«

# 9
## ABENDLIEDS ERINNERUNGEN

Als Dornfeder das Bett wieder verlassen durfte, konnte er sich an keine Einzelheiten des Angriffs mehr erinnern. Vage hatte er noch im Gedächtnis, seine Staffel zu einem Aufklärungsflug über den Süden des Herzogtums Ichtar geführt zu haben. Aber was sie dort erkundet hatten oder was seine Einheit östlich von Hsingard praktisch aufgerieben hatte, war ihm vollkommen entfallen. Jetzt stand der junge Ikarier in Rivkahs Gemach und suchte in seiner Erinnerung nach den kleinsten Anhaltspunkten, mit denen er Abendlied helfen konnte.

Rivkah und Axis saßen auf beiden Seiten des Bettes, in dem Abendlied lag. Die Mutter hielt die Hand ihrer Tochter. Nach allen Schicksalsschlägen, die Rivkah in ihrem Leben erlitten hatte, war sie immer davon überzeugt gewesen, daß Abendlied das zufriedene und friedliche Leben führen würde, das ihr selbst verwehrt worden war. Aber dann hatte ihre Tochter nicht nur den Liebsten verloren, sondern lag jetzt auch noch zerschunden und schwerverwundet in ihrem Bett. Sie hatte die Flügel unter dem Rücken zusammengefaltet und die violetten Augen geschlossen. Die Brust hob sich kaum beim Atemholen. Natürlich würde sie die Verletzungen überleben und auch körperlich wieder vollständig genesen, aber auf bislang unbekannte Weise schien ihre Seele weit schwereren Schaden genommen zu haben.

Ein Greif.

Rivkah erschauerte bei der Vorstellung und ließ ihre Blicke durch den Raum schweifen. Aschure stand neben Axis und hatte die Hand auf seine Schulter gelegt, während ihr Blick auf der jungen Ikarierin ruhte. Der Sternenmann hatte seine Schwester nicht heilen können. Vom Sternentanz erhielt er zwar die Macht, Sterbende und Totgeweihte ins Leben zurückzurufen, aber gegen weniger schwere Verwundungen ließ sich mit seiner zauberischen Energie wenig ausrichten.

In einer Ecke des Raums packte die ikarische Heilerin ihre Kräuter und Tinkturen zusammen. Die Frau war weithin für ihre Geduld und Weisheit berühmt. Der gesunde Menschenverstand und die Natur schienen ihre besten Ratgeber zu sein. Die Ikarierin hatte alles für Abendlied getan, was in ihren Kräften stand. Nun lag es an der jungen Vogelfrau, den Mut aufzubringen, ins Leben zurückzukehren.

Magariz lehnte an der Tür. Sein Blick und der von Rivkah trafen sich kurz, und sie erkannte, daß all sein Mitgefühl ihr und ihrer Tochter galt, obwohl sie doch von einem anderen stammte.

Die Prinzessin spürte eine Hand auf ihrer Schulter und mußte sich nicht umdrehen, um zu wissen, daß es Sternenströmers Hand war. Hinter ihrem früheren Mann stand Morgenstern und hinter ihr die drei Wächter. Auch Belial und Weitsicht hatten sich eingefunden. Am Fuß des Betts hatte sich einer der Alaunt zusammengerollt. Um welchen aus dem Rudel es sich bei ihm handelte, konnte Rivkah beim besten Willen nicht erkennen.

Und noch jemand nahm Anteil. Sie hörte den Schrei des Schneeadlers, der draußen seine Kreise zog.

»Abendlied«, begann Axis. Er wollte seine Schwester nicht quälen, aber er mußte unbedingt erfahren, warum eine ganze Staffel Ikarier vernichtet werden konnte. Dornfeders Einheit galt als eine der besten in der Luftarmada. Zwölf erfahrene Flieger ließen sich doch nicht einfach so besiegen und töten. Der Sternenmann hatte jeden einzelnen aus der Staffel persönlich gekannt und hätte jedem von ihnen sein Leben anvertraut. Aber sie waren auf einen Feind gestoßen, dem sie sich in keiner Weise gewachsen gezeigt hatten. Ein mächtiges Wesen, das zehn von ihnen vermutlich zerrissen, Dornfeder beinahe ebenfalls umgebracht und Abendlied so geschwächt hatte, daß sie ihren Freund auf dem fluchtartigen Heimflug kaum stützen konnte.

Was hatte seine Schwester gesagt? Ein Greif? Was hatte er

sich darunter vorzustellen? Die anwesenden Ikarier schienen zu wissen, worum es sich bei einem Greifen handelte, denn ihnen allen stand die Sorge überdeutlich im Gesicht geschrieben. Wovor fürchteten sie sich?

Er ergriff die Hand seiner Schwester und zuckte zusammen, weil sie sich so kalt anfühlte. Er drückte sie behutsam.

»Abendlied, bitte ... ich, wir müssen unbedingt erfahren, was genau geschehen ist.«

Seine Schwester öffnete stöhnend die Augen und starrte die an, die sich um ihr Lager versammelt hatten. »Ihr habt es geschafft, Dornfeder. Die ganze Zeit befürchtete ich, wir würden auch Euch verlieren.«

»Nun, ich hatte noch einiges zu erledigen, und da konnte ich noch nicht einfach so abtreten«, versuchte sich der Staffelführer an einem Witz, der Abendlied zu gefallen und zufriedenzustellen schien. Sie sah jetzt wieder ihren Bruder an, und ihr schönes Gesicht wirkte ebenso zerfurcht wie das von Magariz.

»Dank, Euch, Axis, dank Euch für alles, was Ihr getan habt. Stundenlang habe ich darum gerungen, Dornfeder nach Hause zu schaffen. Wenn ich ihn dann so nah am Ziel doch noch verloren hätte, würde ich mir das wohl nie verzeihen können.«

Der Krieger ließ ihre Hand los und strich ihr über die Stirn. »In Wahrheit habe nicht ich ihn gerettet, sondern Ihr. Denn Ihr habt ihn hierhergebracht.«

Tränen traten Abendlied in die Augen. Niemand würde wohl jemals ermessen können, was sie alles auf sich genommen hatte, um Dornfeder zurück nach Sigholt zu bringen. Die ganze Zeit war sie neben ihm geflogen und hatte ständig auf ihn eingeredet, sich zum Weiterleben zu zwingen, nicht darin nachzulassen, die Flügel zu bewegen, nicht aufzugeben und nicht den Schmerzen, dem Schock und der Erinnerung an die Luftschlacht nachzugeben, bevor sie nicht die Festung erreicht hatten. Und dabei hatte sie die ganze Zeit über mit ansehen müssen, wie immer mehr Blut aus seinen furchtbaren Wunden floß.

»Laßt uns an Euren Erinnerungen teilhaben, Schwester«, bat Axis sie. »Erzählt uns alles.«

✩ ✩ ✩  105  ✩ ✩ ✩

»Wir waren den dritten Tag unterwegs«, begann Abendlied schließlich, schloß die Augen wieder und bezog die Kraft zum Reden aus den Händen ihres Bruders und ihrer Mutter, »und wollten uns auf den Rückflug machen. Gemäß unserem Auftrag hatten wir das ganze Gebiet oberhalb von Jervois erkundet ... Dort tummeln sich wahre Massen von Skrälingen, und alle strömen zu Bornhelds Verteidigungsanlagen. Mehrere Zehntausende, vielleicht sogar Hunderttausende. Bis jetzt halten die Stellungen des Königs, aber wie lange sie einen solchen Ansturm noch abwehren können ...«

»Davon später mehr«, drängte sie der Krieger. »Berichtet uns erst, was Euch angegriffen hat.«

Abendlied seufzte wieder. »Wir befanden uns also auf dem Heimflug und wählten die Route zwischen Hsingard und den westlichen Urqharthügeln. Auf dem Hinflug hatten wir dort nämlich nur wenige Geisterkreaturen ausgemacht und auch keine Bogenschützen von Bornheld. Und dann im Morgengrauen ... war das wirklich erst gestern?«

Axis drückte ihre Hand fester. »Ja, Abendlied, Ihr seid gestern vormittag zurückgekehrt.«

Sie umschloß die Hand ihrer Mutter. »Ja, im ersten Dämmerlicht. Die schönste und auch die gefährlichste Zeit des Tages ...« Wie oft hatte ihr Bruder ihnen gesagt, zur Morgen- wie zur Abenddämmerung besonders auf der Hut zu sein! Aber woher konnte er das wissen, da er doch selbst nicht zu fliegen vermochte? »Die im Osten aufgehende Sonne hat uns geblendet, und dann erfolgte aus Nordosten der Angriff. Ich glaube, sie haben uns kommen gesehen und sind dann hoch aufgestiegen, um uns aus der Sonne attackieren zu können. Ein ganzer Schwarm Greifen sauste heran. Aber das wußte ich zu dieser Zeit noch nicht. Erst auf dem fürchterlichen Heimflug, als das Geschehene mich im Geist verfolgte, wurde mir klar, wem unsere Staffel da zum Opfer gefallen war.«

Aschure sah sich kurz um und fragte sich, warum alle anwesenden Ikarier aschgrau geworden waren. Was sollten das für Wesen sein, wegen denen sogar die Brücke »Weh uns« rief?

✮ ✩ ✩   106   ✩ ✩ ✩

»Sie kamen heran, als würden sie aus der Sonne fallen«, fuhr Abendlied jetzt langsam fort. Sie hatte die Augen wieder geöffnet, sah aber niemand im besonderen an, sondern starrte an die Decke. Ihre Hände lagen schlaff in denen ihres Bruders und ihrer Mutter. »Die Greifen sausten herab und fielen uns in den Rücken. Ich gehörte zu den ersten, die angegriffen wurden, aber ich konnte mich rasch zur Seite drehen, und das Untier fiel von mir ab. Andere hatten nicht solches Glück. Acht dieser Bestien fielen über uns her, vielleicht waren es auch neun ... Als ich mich nach dem ersten Schrecken umschaute, hatten sich die Greifen auf den Rücken meiner Kameraden festgekrallt und ... und ...« Ihre Stimme schien nicht mehr weiterzuwollen, aber dann holte Abendlied tief Luft und fuhr fort: »Sie hingen unseren Kämpfern auf dem Rücken, ritten geradezu auf ihnen, hatten die Beine fest um meine Freunde geschlossen und waren mit Klauen und Krallen dabei ... sie aufzureißen und zu zerfetzen. Sobald eine dieser Bestien einen Ikarier erst einmal richtig im Griff hatte, ließ sie sich durch nichts mehr abschütteln. Diejenigen von uns, die durch irgendeinen Zufall beim ersten Angriff verschont geblieben waren, kamen jetzt an die Reihe. Kaum hatten die Greifen nämlich ihre ersten Opfer erledigt, stürmten sie von neuem heran, und diesmal befanden wir uns in der kläglichen Minderheit.«

»Aber wie konntet Dornfeder und Ihr denn einem so überlegenen Gegner entkommen?« wollte der Krieger wissen.

»Wahrscheinlich hatten wir einfach unglaubliches Glück. Ein Greif landete auf dem Staffelführer, doch bevor er sein Metzelwerk beginnen konnte, riß ich ihn von Dornfeder herunter. Ich stürzte mich einfach auf den Rücken des Untiers und habe ihm mit den Fingern von hinten die Augen eingedrückt.«

Axis schüttelte den Kopf. Was für ein Anblick das gewesen sein mußte! Drei Flugwesen, die hoch in der Luft miteinander rangen, heftig mit den Flügeln schlugen und um ihr Leben kämpften.

»Ich habe rein aus Eingebung heraus gehandelt«, fuhr Abendlied jetzt fort, »denn zum Nachdenken blieb keine Zeit.« Schuldbewußt traten ihr die Tränen in die Augen. »In diesen sich überschlagenden Momenten dachte ich gar nicht an meinen Bogen. Hätte ich einen Pfeil aufgelegt, hätte ich die Bestie damit vielleicht tödlich treffen oder sie sonstwie daran hindern können, Dornfeder so furchtbar zuzurichten. Ich ...«

»Ihr habt dennoch Eurem Staffelführer das Leben gerettet, Abendlied, und das unter Einsatz Eures eigenen. Ganz zu schweigen davon, daß Ihr ihn nach Hause gebracht habt.« Der Krieger sprach mit fester Stimme.

»Nun, der Greifen ließ Dornfeder los, aber ich stürzte beinahe mit ihm auf die Erde. Ich mußte mich unbedingt von ihm befreien, und irgendwie ist mir das dann wohl auch gelungen. Nur wenige Sekunden vor dem Aufschlag lösten wir uns voneinander und flogen beide in verschiedene Richtungen davon.«

»Aber warum wurdet Ihr denn danach nicht gleich noch einmal angegriffen?«

Die junge Ikarierin schüttelte den Kopf. »Na ja, zehn von uns waren tot, Dornfeder schwer angeschlagen, und ich konnte ihnen auch kaum mehr gefährlich werden. Die Greifen haben sich gesammelt und sind Richtung Süden geflogen. Nach Jervois ...« Axis' Schwester zitterte am ganzen Leib. »Sie haben sich wohl gesagt, mit Dornfeder und mir müsse es auch bald vorüber sein.«

Der Krieger ließ ihre Hand los und küßte sie auf die Stirn. »Danke, Abendlied. Ich beneide Euch nicht darum, von nun an mit dieser schrecklichen Erinnerung leben zu müssen. Doch ich fürchte, in den nächsten Wochen, Monaten und Jahren werden noch viele von uns solch unliebsame Erfahrungen machen müssen, wenn nicht sogar wir alle.«

Er drehte sich zu seinem Vater und seiner Großmutter um. Beide sahen aus, als hätten sie gerade ein Gespenst gesehen. »Sternenströmer, was sind diese Greifen für Kreaturen?«

Aber nicht seine Verwandten antworteten ihm, sondern Veremund, der sich während Abendlieds Bericht in die hinterste Ecke des Raums verzogen hatte.

»Seit sechstausend Jahren hat niemand mehr einen Greifen

zu Gesicht bekommen«, sagte der Mönch. »Doch die Ikarier haben diese Ungeheuer bis heute nicht vergessen. Abendlied, beschreibt uns doch die Bestien, die Euch angegriffen haben.«

»Nun, sie haben Flügel und sind ungefähr so groß wie Aschures Hunde. Darüber hinaus haben sie jedoch mit den Alaunt wenig gemein und auch sonst mit keinem Lebewesen. Die Greifen haben einen Adlerkopf mit einem tödlichen Schnabel, besitzen bronzefarbene gefiederte Schwingen und verfügen über den Körper einer Raubkatze, mit ebenso gefährlichen Krallen. Ihr roten Augen glühen richtig.«

»Drachenklauen«, sprach Ogden, als zitiere er aus einer uralten Schrift.

»Augen, die Verderben bringen«, fuhr Jack fort.

»Und sie haben so eigenartig geschrieen«, warf Abendlied ein.

»Mit der Stimme der Verzweiflung«, schloß Veremund. Abendlied nickte und brach erneut in Tränen aus.

»Mit dem Leib eines Riesen und langen Zähnen«, führte der Hagere weiter aus. »Ja, so werden diese Wesen beschrieben. Morgenstern, erzählt Eurem Enkel doch, was aus den Greifen geworden ist und warum.«

Die alte Ikarierin mußte sich erst sammeln. »Die Greifen waren einst der Schrecken allen Hochlandes. So wie wir heute die Höhen beherrschen, taten sie das bereits vor vielen tausend Jahren. Diese Kreaturen waren als Jäger gefürchtet, als sehr geschickte, wendige und listige Räuber. Sie erbeuteten am liebsten lebendes Fleisch ... Und sie haben gehaßt. Vor allem die Ikarier. Wir liebten immer schon das Fliegen, aber wir fürchteten uns auch. Denn wohin unsere Flügel uns auch trugen, überall mußten wir damit rechnen, von Greifen angegriffen zu werden . . . Bis wir dann eines Tages zurückgeschlagen haben.«

An dieser Stelle übernahm Weitsicht: »Aus diesem Grund wurde vor sechseinhalbtausend Jahren die Luftarmada gegründet. Damals waren wir noch mutiger und kriegerischer als heute. In zähen Kämpfen gelang es unseren Fliegern, den Himmel und alles Hochland Tencendors von den Greifen zu befreien. Wir haben sie einen nach dem anderen getötet, ihre Nester zerstört, ihre Jungen erschlagen und die Orte ihrer Zusammenkünfte verwüstet. Nichts von ihnen ließen wir übrig. Seitdem glaubten wir, sie vom Himmel vertrieben und auch aus den Herzen und Gedanken der Ikarier ausgelöscht zu haben ... Aber da haben wir uns wohl geirrt.«

»Gorgrael muß sie neu geschaffen haben«, erklärte Axis und geriet dann ins Nachdenken. Konnte der Zerstörer auf dieselbe Weise etwas erschaffen wie er selbst? Nur eben nichts Gutes, sondern Böses?

»Dann muß unser Feind sehr, sehr mächtig sein«, murmelte Ogden, der jetzt noch grauer wirkte als die Ikarier. »Es gehört schon einiges dazu, einen Greifen zu erschaffen.«

»Dann sagt mir doch, wie man diese Wesen vernichten kann«, forderte der Krieger Weitsicht auf. »Ich möchte nicht, daß die Luftarmada noch mehr solche schweren Verluste erleidet, wie die Staffel von Dornfeder und Abendlied.«

»Na ja«, der oberste Offizier der Ikarier zuckte die Achseln, »das hängt ganz davon ab.«

»Wovon hängt es ab?«

»Wie viele Greifen es inzwischen gibt.«

»Gegen wie viele kann eine Staffel sich denn noch erfolgreich verteidigen?«

»Offensichtlich nicht gegen acht oder neun, wie wir gerade erfahren haben. Aber man muß Dornfeder zugute halten, daß seine Einheit auf einen solchen Angriff nicht gefaßt war. Nun, da wir wissen, daß wir es wieder mit Greifen zu tun bekommen, verringert sich die Gefahr für die Luftkämpfer etwas. Aber wenn ich die Überlieferungen recht im Gedächtnis habe, greifen diese Bestien nie einen überlegenen Feind an. Sie kämpfen nur, wenn sie selbst in der Überzahl sind oder sich einiger Vorteile gewiß sind. Wie zum Beispiel einen Überfall aus der Sonne heraus auf eine einzelne Staffel. Größere Verbände dürften sie in Ruhe lassen. Aber einen einzelnen Ikarier oder auch zwei ...«

»Dann fliegen die Luftkämpfer nur noch in Geschwaderstärke«, entschied Axis. »Zumindest bis wir herausgefunden haben,

✩ ★ ✩   110   ✩ ★ ✩

wie viele Greifen Gorgrael erschaffen hat. Ich werde mit der Brücke sprechen und mich darüber aufklären lassen, ob sie uns und Sigholt vor einem Angriff dieser Wesen schützen kann. Doch bis dahin ergeht an alle Wachen der Befehl, auch den Himmel im Auge zu behalten. Ich möchte nicht eines Morgens aufwachen und eines dieser Untiere auf meinem Rücken hocken haben.«

Aschure schüttelte sich. »Aber was wird aus Jervois? Sollten wir ihnen nicht zu Hilfe kommen?«

Der Krieger ließ sich mit der Antwort Zeit. »Ich fürchte, uns bleibt keine andere Wahl«, erklärte er dann, »wenn uns daran gelegen ist, Gorgrael daran zu hindern, das Reich zu erobern. Wir dürfen nicht tatenlos zusehen, wie Jervois fällt.«

Am Abend saßen Axis und Aschure in ihren Gemächern vor dem Kaminfeuer. Caelum lag nackt und glücklich zwischen ihnen auf einer weichen Decke. Die junge Frau fragte ihren Geliebten, ob es ihm viel ausmache, Bornheld zu helfen.

»Ob mir das etwas ausmacht, wollt Ihr wissen? Bei jedem anderen Feldherrn würde ich keinen Moment zögern, ihn mit all meiner Kraft zu unterstützen. Aber leider befehligt nun einmal mein Bruder die Truppen bei Jervois.« Er beugte sich vor und nahm seinen Sohn hoch. »Aschure, manchmal vergesse ich, daß Bornheld und ich für dieselbe Sache kämpfen – dieses wunderbare Land vor dem Zugriff Gorgraels zu schützen.«

Caelum zappelte in seinen Händen, und Aschure lächelte, als sie die beiden miteinander spielen sah. Der Kleine liebte seinen Vater mit ganzem Herzen und war traurig, wenn Axis nicht jeden Tag etwas Zeit für ihn hatte. Obwohl Caelum auf den ersten Blick seiner Mutter glich – die rabenschwarzen Locken, die hellen Augen und die rauchig blauen Augen – besaß er auch eindeutig ikarische Gesichtszüge, die selbst in seinem pummeligen kleinen Gesicht schon zu erkennen waren. Die junge Frau hoffte sehr, ihrem Sohn noch etwas mehr mitgegeben zu haben als nur die Haar- und die Augenfarbe.

»Nehmt Ihr ihn«, der Krieger reichte den Knaben weiter, »der junge Mann scheint Hunger zu haben.«

✭ ☆ ☆  111  ☆ ☆ ☆

Die innere Verbindung, die zwischen den beiden bestand, verblüffte Aschure immer wieder. Sie nahm den Kleinen und murmelte ihm liebe und beruhigende Worte zu. Dann knöpfte sie ihr Langhemd auf und legte Caelum an die Brust. Nun ja, das zumindest konnte Axis nicht für seinen Sohn tun.

Der Krieger saß nur da und schaute den beiden ruhig zu. Dabei lauschte er der Musik des Sternentanzes, die sich beständig zwischen ihnen und um sie herum befand. Nach einer Weile erklärte er, als seien seit seinen letzten Ausführungen nur ein paar Sekunden vergangen: »Vielleicht streiten Bornheld und ich doch nicht ganz für dieselbe Sache. Er will vor allem Achar erhalten und die Welt bewahren, wie er sie kennt. Ich aber kämpfe für drei Völker. Für die Ikarier, die Awaren und auch die Acharíten. Und für die Wiedererschaffung einer untergegangenen Welt. Nur eines eint uns – unser gemeinsamer Feind Gorgrael.«

Aschure hob den Kopf und sah ihn an. »Wollt Ihr wirklich eine alte Welt wiedererstehen lassen oder eine ganz neue schaffen?«

»Eigentlich eine neue«, gab er nach einigem Zögern zu. »Eine ganz neue Welt. Tencendor war bestimmt nicht das Paradies, als das die Ikarier es heute darstellen. Tencendor soll wieder leben, unbedingt, aber als eine Welt, in der es gerechter zugeht, und zwar zugunsten aller Völker.«

Zur selben Zeit, in der Axis zusah, wie Aschure Caelum die Brust gab, griffen die Greifen die Stellungen bei Jervois an. Der Überfall traf die Verteidiger völlig unvorbereitet. Keine der vorangegangenen Schlachten hatte sie auf einen solchen Feind vorbereiten können.

Bornheld ritt gerade seine Linien ab, als ein Greif auf ihn niederfuhr. Er hatte es nur schierem Glück zu verdanken, daß die tödlichen Krallen Newelon erwischten, der sich just neben ihm befand.

Der König hatte einiges damit zu tun, sein in Panik geratenes Roß zu beruhigen. Hilflos mußte er dann mit ansehen, wie der in höchster Not schreiende Newelon im Nachthimmel ver-

✩ ✩ ✩  112  ✩ ✩ ✩

schwand. Dicke Blutstropfen klatschten auf Bornhelds nach oben gerichtetes Gesicht und den Hals des Pferdes.

»Verflucht!« schrie der Oberste Heerführer außer sich. »Die Unaussprechlichen greifen uns an!«

»Nein!« entgegnete Ho'Demi, der hinter ihm geritten war. Sein zottiges gelbes Roß schien von dem unerwarteten Angriff nicht im mindesten aus der Ruhe gebracht zu sein. »Etwas Schlimmeres. Etwas viel Schlimmeres.«

# 10

## MITTEN IM KALTEN WINTER...

Häuptling Ho'Demi trieb sein Pony zur Eile an. Aber in dem Matsch und Schneeschlamm hinter den Linien kam es über Trab nicht hinaus. So brauchte alles seine Zeit, bis Ho'Demi endlich das Lager der Rabenbunder erreichte. Vor einer Stunde war die Sonne aufgegangen, und die schlimmsten Angriffe schienen nun vorüber zu sein. Der Häuptling brauchte jetzt dringend Schlaf. Seit drei Tagen hatte er keine Gelegenheit mehr gefunden, sich in seine Felle zu wickeln und hinzulegen.

Ho'Demi warf einen Blick zum Himmel. Schwer, grau und niedrig hingen die Wolken, voll Eis und Schnee. In immer neuen Massen trieben sie von Norden heran. Der Frostmond war noch nicht einmal vorüber, und Gorgrael schickte ihnen jetzt schon Graupelregen, der auf der Erde sofort vereiste. Bornhelds Truppen mußten nun die Schlacht um Jervois unter Bedingungen schlagen, die man nicht einmal mehr als miserabel, sondern nur noch als katastrophal bezeichnen konnte. Schnee und Eis verwandelten sich in den Gegenden, über die viele Stiefel und Hufe liefen, in kniehohen Schlamm. Jeden Abend mußte man Stiefel und Hufe vom Matsch befreien, weil er sonst über Nacht gefror. Aber wenn die Skrälinge wieder einmal nächtens angriffen, fanden die Soldaten wenig Gelegenheit dazu. Die Verteidiger verloren inzwischen mindestens ebenso viele Männer durch Frostbeulen oder abgefrorene Gliedmaßen wie durch die Attacken der Kreaturen.

Doch Gorgrael hatte mit dem von ihm gesandten Schnee und Eis noch andere Absichten, als nur den Soldaten das Leben schwer zu machen. Da der Zerstörer es nachts schneien oder regnen ließ, neigten die Kanäle dazu, zuzufrieren. Bornheld mußte Männer, die er viel dringender an der Front benötigte, dazu abkommandieren, die Wassergräben aufzuhacken und die dicke Eisschicht zu zerstören, ehe die Skrälinge dort das Eis überqueren konnten. Dreimal waren die Verteidiger damit nicht schnell genug gewesen und hatten mehrere hundert Mann verloren, ehe das Eis dann doch aufgebrochen werden konnte und dem Geisteransturm der Nachschub an Kämpfern ausblieb.

Ho'Demis Pferd geriet im Matsch ins Rutschen. Er beugte sich vor und gab ihm einen beruhigenden Klaps auf den Hals. Kurz darauf hatte das Tier wieder sichereren Tritt gefaßt und setzte seinen Trab fort.

Ho'Demi vernahm leisen Kampfeslärm. Die Schlacht mußte eine halbe Meile hinter ihm ausgebrochen sein. Aber jetzt fühlte er sich zu müde, um dort einzugreifen. Seit etwa sechs Wochen rangen beide Seiten jetzt unaufhörlich miteinander. Und die ganze Zeit über hatte der Zerstörer immer wieder neue Truppen gegen die Front zur Verteidigung Achars eingesetzt. Seit Herbst sammelten sich die Skrälinge im Süden des Herzogtums Ichtar. Im Schneemond hatten dann die Angriffe begonnen. In den letzten drei Wochen schienen sie aber ihre Anstrengungen und die Wucht ihres Ansturms dramatisch erhöht zu haben, so als wollten sie mit aller Macht in den Süden einfallen. Die Rabenbunder, die an der Front standen, stießen bis zur Stunde ihrer Ablösung mit allem, was ihnen zur Verfügung stand – Schwert, Spieß, Dolch und selbst angespitztes Küchengerät –, in die Augen der Skrälinge, die sich wispernd ihren Gräben näherten.

Die Kreaturen hatten sich seit ihrem Angriff auf Gorken vor einem Jahr ziemlich verändert. Sie wirkten jetzt kaum noch schemenhaft, und ihr Oberkörper hatte deutlich mehr Fleisch und Muskeln angesetzt. Haupt und Glieder waren mit einem Knochenpanzer überzogen. Und je fester ihr Fleisch wurde, desto mehr wuchsen auch ihr Mut, ihre Entschlossenheit und ihr taktisches Geschick.

Ho'Demi konnte nur hoffen, daß Inari sich in der Lage zeigen würde, seine Stellungen gegen die Eiswürmer zu halten. Vor einer Woche waren diese Wesen aufgetaucht, an die sich die Veteranen von Gorken mit Schaudern erinnerten, und hatten sich aus den Nebeln, die ganz Südichtar bedeckten, geschoben. Die Skrälinge hatten diesen unförmigen und gewaltigen Kreaturen bereitwillig Platz gemacht. Denn es waren die Eiswürmer gewesen, die vor einem Jahr die Stadt Gorken bezwungen hatten. Sie hatten ihre Häupter über die Zinnen der Stadtmauern geschoben und dann ihre Lasten ausgespuckt, die aus einigen hundert Skrälingen bestanden. Und auch hier vor Jervois erwiesen diese Monster sich als ernsthafte Gefahr. Die Eiswürmer hatten keine Angst vor Wasser und konnten schwimmen. Trotz ihrer schweren Last durchquerten sie die Kanäle so ungehindert, als bewegten sie sich über Land.

Solche Ungeheuer ließen sich auch nicht einfach durch einen Stich ins Auge erledigen. Wenn sie sich aufrichteten, ragten sie fünfzig, mitunter sechzig Meter hoch auf. Die Spieße und Schwerter reichten dann nicht mehr an die pferdeähnlichen und zahnbewehrten Schädel heran. Dann mußten die Bogenschützen an die Front, und am besten ausgezeichnete Schützen. Denn Eiswürmer ließen sich nur aufhalten, wenn ein Pfeil sie mitten ins silberne Auge traf. Aber Bornhelds Bogenschützen starben genauso wie die Speerträger und Schwertkämpfer. Mittlerweile standen ihm nicht mehr genug Schützen zur Verfügung, um sie gleichmäßig auf der gesamten Frontlänge zu verteilen. Und wo der nächste Eiswurmangriff erfolgen würde, wußte man im vorhinein nicht zu sagen.

Ho'Demi spürte, daß die Stellungen vor Jervois über kurz oder lang zusammenbrechen würden. Die ganze Verteidigung gründete auf dem vorher gegrabenen Kanalsystem. Dadurch wurden die Massen der angreifenden Skrälinge aufgespalten und in enge Gebiete abgedrängt, wo sie leichter angegriffen und getötet werden konnten, als auf offenem Feld.

Aber jetzt setzte Gorgrael Eiswürmer ein. Diese überwanden nicht nur die Kanäle, sondern trugen auch Skrälinge hinüber. Nicht selten gelang es solchen Monstern, sich hinter die Linien der Verteidiger vorzuarbeiten und dort ihre Last auszuspeien.

Die Soldaten sahen sich dann oft überraschend von hinten angegriffen.

Mit jedem Tag schoben sich neue Eiswürmer aus dem Nebel-
land heran.

Bornheld mußte seine Truppen immer weiter auf das System
verteilen, mit der Folge, daß seine Reihen immer dünner wurden. Der nächste größere Durchbruch könnte die ganze Verteidigungsstellung zusammenbrechen lassen.

Ho'Demi wußte, daß der König tapfer focht und mindestens
ebensolange in der Schlacht blieb wie seine Männer. Trotzdem
war ihm nichts anderes übriggeblieben, als die Zeit bis zur
Ablösung immer weiter nach hinten zu verschieben. Mittlerweile durften seine Männer sich nur noch alle fünf Tage ausruhen. Was würde geschehen, wenn die Soldaten im Stehen
einschliefen?

Wenigstens hatte der Häuptling den Großteil der Frauen und
Kinder seines Volks nach Sigholt senden können. Meist brachen
diese Gruppen mitten in der Nacht auf, wenn sich alle Aufmerksamkeit auf die schweren Abwehrkämpfe weiter vorn an den
Kanälen richtete. Wenn seine Männer vorne starben, sagte sich
Ho'Demi, dann sorgten sie mit ihrem Tod wenigstens dafür, daß
ihre Kinder in Sicherheit gelangten. Der Häuptling hatte auch
kleinere Abteilungen von Kämpfern zur Festung geschickt. All
die, welche er nicht unbedingt an der Front brauchte – und das
waren erbärmlich wenige.

Ho'Demi stand vor einem Dilemma. Sein Herz schlug für den
Sternenmann, und er wollte sich ihm unbedingt anschließen.
Aber wenn er jetzt seine ganze Armee von Jervois abzog, wäre
das nicht nur eine Katastrophe für Bornheld, sondern er würde
letztendlich auch Axis sehr schaden. Deswegen beließ er es dabei, nur kleinere Trupps nach Sigholt in Marsch zu setzen. Darüber hinaus blieb ihm lediglich die Hoffnung, daß der Tag nicht
mehr fern war, an dem er sein Lager hier vollkommen abbrechen
und zum Sternenmann ziehen konnte.

Hoch über ihm kreiste ein Schneeadler, der kaum von den
grauen Wolken zu unterscheiden war. Das Tier beobachtete den

einsamen Reiter, der sich auf dem Weg zum Lager der Raben-bunder befand. Als der Häuptling vor Müdigkeit immer weiter nach vorn sackte, schwebte der Adler zu ihm nieder.

*He, Ho'Demi, aufgewacht! Streckt Euren Arm aus.*

Der Häuptling richtete sich so plötzlich auf, daß er beinahe hintenüber gekippt und vom Pony gefallen wäre. *Euer Arm,* drängte die Stimme in seinem Kopf, und ohne nachzudenken streckte er seine Linke aus. Im nächsten Moment hatte sich der Schneeadler auf dem Arm niedergelassen. Das unerwartete Gewicht ließ den Rabenbunder mit seinem Gleichgewicht kämpfen.

»Ich hätte auch ein Greif sein können«, erklärte der Vogel mit Axis' Stimme. »Ihr solltet nicht allein unterwegs sein und dann auch noch auf dem Pferd einschlafen.«

Ho'Demi rutschte im Sattel hin und her, um das Gewicht des Tiers besser verteilen zu können. »Wenn mich statt Eurer ein Greif vom Pferd gepflückt hätte, o Herr, hätte er an mir zähem alten Brocken sicher nicht viel Freude gehabt. Davon abgesehen, scheut sich Gorgrael, sie am Tag auszusenden. Seine Greifen würden sonst zu leicht den Pfeilen zum Opfer fallen.«

Nach ihrem ersten furchtbaren Überraschungsangriff, in des-sen Verlauf die Greifen Newelon und etliche Soldaten gepackt und fortgerissen hatten, behielten die Posten entlang der Front neben den Gräben und Kanälen auch den Himmel im Auge. Das galt in ganz besonderem Maße für die Nächte. Die Greifen erschienen zwar nicht regelmäßig, aber wenn sie zuschlugen, kamen Tod und Vernichtung über die Verteidiger. Schlimmer noch, verlegten sich die Bestien doch immer mehr darauf, Offi-ziere herauszupicken.

»Können die Stellungen noch gehalten werden?« fragte der Krieger aus dem Adler. Der Vogel schlug mehrmals mit den Flügeln, als das Pony wieder ein Stück über den Boden rutschte. Ho'Demi mußte sich weit zurückbeugen, um nicht von den Schwingen im Gesicht getroffen zu werden.

»Mehr oder weniger«, antwortete der Häuptling. »Gorgrael setzt jetzt Eiswürmer ein, und die drohten schon an mehreren

Stellen durchzubrechen. Diese Biester können nicht nur speien, sondern auch schwimmen.«

»Ihr braucht mir nichts über ihre Talente zu erzählen«, beschied Axis ihn. »Diese Ungeheuer kenne ich aus eigener, unguter Erfahrung.«

»Greift der Zerstörer auch oben bei Euch an?« wollte der Barbar wissen.

»Nicht mehr. Er hat einen Skräbold mit einer Streitmacht durch die Wildhundebene geschickt, aber die konnten wir zurückschlagen. Dann haben wir auch noch diesen Skräbold getötet, und seine Armee hat sich danach verzogen. Nein, Sigholt droht keine Gefahr und auch dem Großteil der Urqharthügel nicht. Nur haben die Greifen leider eine meiner ikarischen Flugstaffeln aufgerieben.«

»Uns haben sie Newelon genommen«, entgegnete Ho'Demi und ließ sein Pferd in Schritt fallen. Das Lager tauchte in einiger Entfernung vor ihnen auf.

»Oh!« entfuhr es dem Krieger. »Ich habe den Mann immer geschätzt. Wir haben einige Zeit miteinander verbracht, bevor Gorgraels Winter über uns kam.« Der Adler hielt den Kopf schief und sah den Häuptling mit einem Auge von der Seite an. »Ho'Demi, wie viele Koroleaner kämpfen hier mittlerweile für Bornheld?«

»Etwa sechstausend. Weitere warten in Nordmuth, um auf Flußschiffen herauf in den Norden gebracht zu werden.«

»Handelt es sich bei allen um Söldner? Oder gewährt der koroleanische Kaiser jetzt Achar offiziell militärischen Beistand?«

»Nein, es sind allesamt Söldner. Dem König wäre natürlich sehr an einem Pakt gelegen. Seine Botschafter befinden sich schon in der koroleanischen Residenz und warten darauf, vorgelassen zu werden. Aber der Kaiser zögert noch.«

»Trotz dieser vielen Söldner wanken die hiesigen Verteidigungsstellungen? Bornheld müssen doch mittlerweile an die dreißigtausend Mann zur Verfügung stehen!«

»Die Verteidigungslinien sind lang, Herr, und die Zahl der

Skrälinge schier grenzenlos. So viele wir auch töten, am nächsten Tag rennen noch einmal so viele gegen uns an. Sie scheinen uns durch ihre schiere Masse erdrücken und dann in den Süden einfallen zu wollen.«

Der Adler schwieg, während der Barbar an den Lagerwachen vorbeiritt. Von allen Zeltpfosten und Kochstellen klingelten leise die kleinen Glöckchen, aber nur wenige Rabenbunder waren im Freien zu sehen.

»Ich bin aus einem bestimmten Grund zu Euch gekommen«, nahm Axis nun den Faden wieder auf. »Denn ich will Jervois Hilfe schicken. Aber nicht um Bornhelds willen, sondern um Achar zu retten.«

Ho'Demi lächelte in sich hinein. Der Sternenmann nahm es ja ganz schön genau, aber wenigstens ließ er sich weder vom Haß, noch von der Rivalität gegenüber seinem Bruder davon abhalten, das einzig Richtige zu tun.

»Doch werde ich keine Berittenen aussenden. Dafür traue ich dem Obersten Heerführer zu wenig. Wenn ich Sigholt von seinen Truppen entblößte und sie auf tagelangen Marsch schickte, könnte Bornheld der Versuchung sicher nicht widerstehen. Davon abgesehen, würden bei der gegenwärtigen Lage ein paar tausend Mann Bodentruppen mehr auch keinen großen Unterschied machen.«

»Verstehe«, entgegnete der Häuptling, »Ihr gebt uns die Luftarmada.« Die einzig verbliebene Lösung.

»Ja, richtig, ich sende Euch die Ikarier. Besser gesagt, ich lasse sie den Feind hinter dessen Linien angreifen, von Ichtar her. Und zwar aus zwei Gründen.«

Ho'Demi zügelte sein Pferd, denn sie waren an seinem Zelt angekommen, und stieg vorsichtig ab, um den Vogel nicht aus dem Gleichgewicht zu bringen. »Ich glaube, wenigstens einen davon erraten zu können, Herr. Ihr befürchtet, Euer Bruder würde Befehl geben, auf die Vogelmenschen zu schießen, sobald sie sich über den Stellungen zeigen.«

»Sollte Bornheld denn inzwischen seinem Haß gegen die Unaussprechlichen entsagt haben?«

☆☆☆ 120 ☆☆☆

»Nein, gewiß nicht.« Der Häuptling hatte sich zwischen sein Roß und das Zelt gestellt, um sich vor dem Wind und allzu neugierigen Blicken zu schützen. »Der König glaubt immer noch, daß alle Flugwesen gleichermaßen Dämonengezücht sind. Er unterscheidet weder zwischen Greifen, Skräbolden noch Ikariern. Vielleicht kann er gar nicht anders. Jedenfalls befiehlt er seinen Bogenschützen, sofort zu feuern, wenn etwas heranfliegt. Nach seiner Vorstellung sind sie ja doch alle von gleichem Übel.«

»Wie ich schon sagte, bewegt mich noch ein zweiter Grund, die Luftarmada hinter Gorgraels Linien eingreifen zu lassen. Ich glaube nämlich, daß ich mehr für Euch tun kann, wenn ich die Skrälinge und Eiswürmer schon attackiere, bevor sie sich formiert haben und vor Jervois eingetroffen sind. Und glaubt mir, die Ikarier sind sehr gut. Ohne sie hätte ich in der Wildhundebene vermutlich kaum den Sieg errungen. Ich hoffe, die Vogelmenschen können hier eine ähnliche Verheerung unter den Kreaturen anrichten.« Der Adler drehte den Kopf nach links und nach rechts, ehe er leiser fortfuhr: »Die Ikarier treffen bald ein. Harrt also hier aus, Ho'Demi. Sagt allen, denen Ihr trauen könnt, daß die Luftkämpfer gekommen sind, um für Achar zu streiten, so wie sie das früher viele tausend Jahre lang getan haben. Laßt alle wissen, daß nur die gemeinsame Anstrengung aller Völker Gorgrael besiegen kann. Verbreitet die Prophezeiung und dient Ihr weiterhin, so wie Ihr das immer schon getan habt.«

»Jeder Rabenbunder, gleich ob Mann, Frau oder Kind, lebt nur für die Weissagung. Ich werde alles für Euch tun, was in meiner Macht steht.«

»Je eher sich das Blatt vor Jervois wendet, desto früher könnt Ihr zu mir kommen, Häuptling. Ich brauche Euch nämlich.«

Ohne ein weiteres Wort stieg der Schneeadler auf, und Ho'Demi mußte sich wieder weit zurücklehnen, um nicht von den heftig schlagenden Flügeln getroffen zu werden.

*Lebt wohl, Axis Sonnenflieger.*

*Ihr auch, Ho'Demi.*

☆ ☆ ☆  121  ☆ ☆ ☆

Während der Vogel die Wolken über dem Lager erreichte, nahm der Häuptling seinem Roß den Sattel ab, bürstete es ab und gab ihm Hafer zu fressen. Dann betrat er sein Zelt und war schon eingeschlafen, noch ehe er seine Felle richtig über sich gebreitet hatte.

Bornheld lehnte sich aus dem Fenster der »Müden Möwe« und beobachtete eine Gruppe von Soldaten, die unten auf der Straße erregt fuchtelnd aufeinander einredeten. Stirnrunzelnd befahl er Gautier, einen ihrer Unteroffiziere heraufzuholen, der ihm melden sollte, was der Aufruhr bedeute.

»Ungeheuer!« brachte der Mann dann voller Schrecken hervor. »Fliegende Ungeheuer!« Mehr brachte er vor lauter Angst nicht heraus.

Der König und sein Leutnant ließen sich sofort ihre Pferde bringen und ritten aus der Stadt zu einer Anhöhe, um sich einen eigenen Eindruck zu verschaffen. Dort sahen sie tatsächlich schwarze Flugwesen, die im Norden über den Skrälingen kreisten, sie aber keineswegs unterstützten, sondern angriffen.

»Was ist denn das?« entfuhr es Gautier, während er die Augen abschirmte, um sie vor dem Widerschein des Sonnenlichts auf den Wolken zu schützen. »Was sind das für Kreaturen?«

»Ikarier«, antwortete Ho'Demi, der unvermittelt hinter ihnen auftauchte. Beide drehten sich zu ihm um. »Die Luftarmada der Vogelmenschen vom Krallenturm. Dieselben, die Axis schon zu den Verhandlungen an der Gundealgafurt begleitet haben.«

»Unaussprechliche!« empörte sich Bornheld. »Verwünschte Kreaturen, die Artor verdammt hat. Keinen Deut besser als die Echsen Gorgraels!«

»Mir kommt es eher so vor, als habe Axis sie zu unserer Unterstützung geschickt.« Der Häuptling vermied es wohlweißlich, vor dem König vom Sternenmann zu sprechen. »Seht doch selbst, die Ikarier greifen die Geister an. Wenn mich meine Augen nicht täuschen, müssen es an die fünfhundert sein. Schaut nur, Pfeil um Pfeil fährt in die Reihen der Skrälinge. Die Vogelmenschen sind wirklich ausgezeichnete Schützen.«

Bornheld bedachte den Rabenbunder mit einem finsteren Blick und betrachtete dann wieder das Spektakel. So ungern er es auch zugab, aber die Unaussprechlichen bekämpften tatsächlich die Geister, und das mit sichtbarem Erfolg.

»Und wenn die Kreaturen dort unter den Skrälingen aufgeräumt haben, greifen sie bestimmt uns an, was, Ho'Demi?« fragte Gautier mit höhnischer Miene. »So wird Axis es ihnen doch befohlen haben, oder?«

»Euer Waffenstillstand besteht noch, Leutnant«, erwiderte der Häuptling. »Als Mann von Ehre wird der Krieger diesen Vertrag einhalten, da bin ich mir ganz sicher ... So wie Ihr und Seine Majestät gewiß auch.«

Bornheld wendete sein Roß und trieb es in die Stadt zurück. »Befehlt den Männern, sich von den Unaussprechlichen nicht in ihrem Tun stören zu lassen«, befahl er Gautier im Vorbeireiten. Und als er an dem Häuptling vorbeikam, raunzte er ihn an: »Das gilt auch für Eure Rabenbunder. Niemand hat die Flugechsen zu beobachten. Und niemand redet über ihr Eingreifen. So weit es mich betrifft, sind die Unaussprechlichen nie hier erschienen.«

Aber der König sprach seinen Befehl zu spät aus. Entlang der gesamten Front verrenkten die ausgelaugten und verzagten Soldaten die Hälse und starrten ungläubig in den Himmel.

Inari betrachtete die Lage vor seinem Frontabschnitt. Nicht nur Rabenbunder, sondern auch ein Dutzend Koroleaner und etliche Acharien umstanden ihn. Unerklärlicherweise hatte die Wucht des feindlichen Angriffs seit einer Stunde nachgelassen. Jetzt schienen sie endlich der Grund dafür zu erfahren.

Die Acharien murmelten furchtsam miteinander, doch die Koroleaner schauten neugierig zu.

»Wer ist das?« fragte der Offizier der Koroleaner.

Inari antwortete nicht, weil er nicht wußte, wieviel er preisgeben durfte.

»Verdammt, die Burschen sind gut!« rief der Söldnerführer, und sein Unteroffizier hieb vor lauter Begeisterung gegen die Grabenwand.

»Seht nur, wie rasch sie ihre Pfeile abfeuern!«

Dann wandte der Koroleaner sich wieder an den Ältesten der Rabenbunder. Von allen Soldaten hier zeigten nur die ihren keinerlei Anzeichen von Überraschung.

»Sagt es mir, Ihr scheint diese Wesen zu kennen.«

Inari antwortete ihm endlich: »Die ikarische Luftarmada, ausgesandt vom Sternenmann der Prophezeiung, um uns zu helfen und Achar zu retten.«

»Sprecht Ihr etwa von Axis?« fragten die umstehenden Achariten vorsichtig, aber auch voller Wißbegier.

»Von niemand anderem«, erklärte der Älteste. »Und nun hört mir genau zu.«


Die Skrälinge gerieten unter dem unerwarteten Angriff langsam in Panik. Hilflos mußten ihre Offiziere mitansehen, wie ihr Ansturm auf die Frontgräben zusammenbrach.

Über ihnen schrieen vier Geschwader Luftkämpfer ihre Schlachtrufe, die man seit tausend Jahren nicht mehr gehört hatte. Und mit dieser Anfeuerung schickten sie Salve um Salve in die Scharen von Gorgraels Kreaturen. Nicht ein Pfeil verfehlte sein Ziel.

Die Luftarmada war umgeben von einem Kreis von Aufklärern, die nicht nur mit den Augen, sondern mit allen Sinnen den Himmel nach Greifen absuchten.

Hoch über dem Ganzen schwebte Weitsicht und dirigierte seine Einheiten. Jetzt spähte er mit seinen besonders scharfen Augen nach Norden und blähte vor Aufregung die Nüstern.

»Schwebauge! Scharfauge!« alarmierte er zwei seiner Offiziere. »Begebt Euch mit Euren Geschwadern Richtung Norden! Eiswürmer!«

Minuten später brachen zwei der zwölf Eiswürmer, die sich auf die Kanäle zuwanden, krachend zusammen. Dutzende gefiederter Pfeile ragten aus ihren silbernen Augen.

Auf dem weiteren Vormarsch fiel noch eines der Ungeheuer, und schließlich erreichten nur ihrer sieben die Wassergräben.

Rasend vor Zorn über den ikarischen Angriff und den Verlust

fast der Hälfte der Eiswürmer, trieben die Skräbolde ihre Soldaten mit Schlägen, Drohungen und Verwünschungen zu neuem Mut und hemmungsloser Blutgier an. Und bald hatten sie tatsächlich die Reihen wieder geschlossen und konnten den Angriff von neuem beginnen.

Aber ohne ausreichende Unterstützung durch die Eiswürmer kamen die Geister nur langsam über die Kanäle, und so scheiterte auch der zweite Versuch, Terrain zu gewinnen.

Die Verteidiger errangen an diesem Tag keinen gewaltigen Sieg, nicht einmal einen bedeutsamen. Denn der Zerstörer hatte solche Massen von Skrälingen vor Jervois zusammengezogen, daß die Verluste, die fünfhundert Luftschützen ihnen beibrachten, kaum ins Gewicht fielen. Dafür erfreuten sich Bornhelds Mannen aber eines psychologischen Triumphs. Der Entlastungsangriff der Ikarier war genau in dem Moment erfolgt, als sie schon glaubten, das Ende sei nahe. Nun aber durften sie neuen Mut fassen.

Während der nächsten Tage setzten die Luftschützen ihre Attacken fort, und im gleichen Maße verbreitete sich die Nachricht von ihrer Unterstützung überall an der Front. Viele, sehr viele erfuhren, worum es sich bei diesen Wesen handelte und wer sie gesandt hatte. Bornheld hatte zwar strengen Befehl erlassen, die Unaussprechlichen bei ihrem Tun nicht zu beobachten und erst recht nicht über sie zu reden. Aber kaum waren der Oberste Heerführer und sein Leutnant außer Sicht, sprachen die Soldaten von nichts anderem mehr. Die Koroleaner fanden bald heraus, daß die Rabenbunder eine Menge über die Vogelmenschen wußten, und stellten ihnen Fragen. Und von den Söldnern erfuhren es wiederum die Achariten.

Bald raunte man sich überall in den Gräben Geschichten über die Prophezeiung und den Sternenmann zu. Geschichten über das stolze, schöne und kulturreiche Volk der Ikarier machten die Runde, und man erzählte sich auch von der sagenhaften Kühnheit der Luftarmada. Da letztere von der Erde aus in ihrem Wirken genauestens mitverfolgt werden konnte, neigten alle dazu, auch die anderen Gerüchte zu glauben. Binnen einer Woche hatte ein jeder, der sich durch Schlamm und Gräben kämpfte, alles von der Verworfenheit Wolfsterns, über die ikarischen Zauberer bis hin zu den Wundern des Sternentanzes gehört.

Denn die Rabenbunder sahen es als ihre ausgesprochene Verpflichtung, der Prophezeiung und dem Sternenmann zu dienen.

Axis ließ ständig vier Geschwader über den Skrälingreihen kreisen. Vier weitere lagen in den südwestlichen Urqharthügeln in Reserve, ungefähr fünfzig Meilen von der Front entfernt. Und die restlichen vier Geschwader ruhten sich in Sigholt aus und warteten auf den nächsten Einsatz. Alle fünf bis sechs Tage löste der Krieger die Frontgeschwader durch frische Luftkämpfer ab.

Doch trotz ihrer hervorragenden Ausbildung und wachsenden Kriegserfahrung hatten die Ikarier zunehmend mit Schwierigkeiten zu kämpfen. Ständig lebten sie in der Furcht vor einem Hinterhalt der Greifen. Nach dem Desaster, das Dornfeders Staffel hatte erleben müssen, blieben sie, wann immer es ging, dicht beisammen. Vier Geschwader umfaßten knapp sechshundert Vogelmenschen, und an eine solche Streitmacht wagten die Fabelwesen sich nicht heran; doch ein versprengter Luftkämpfer oder ein Nachzügler lief stets Gefahr, von Gorgraels Bestien gepackt zu werden.

Der Krieger schickte ihnen seinen Schneeadler, der die Aufklärer bei ihrer Arbeit unterstützen sollte. Der Vogel, der so oft hoch über ihnen auftauchte und wachsam seine Runden flog, wurde für die Ikarier, die sich gerade mitten in der Schlacht befanden, zu einem Talisman. Abendlied und Dornfeder, die mit den Greifen bereits unliebsame Erfahrung gemacht hatten, meldeten sich immer wieder freiwillig zum Spähdienst, um ihre Kameraden vor einem Überfall der Bestien zu bewahren.

Doch neben den Greifen stellte sich den Vogelmenschen auch hier wieder das Problem, daß ihnen die Pfeile auszugehen drohten. Vier Geschwader konnten an einem Tag mehrere Zehntausend Pfeile abfeuern, aber dann blieben ihnen für den folgenden Einsatztag kaum noch Geschosse übrig.

☆ ☆ ☆　126　☆ ☆ ☆

Nein, sie mußten zusätzlich die Belastung auf sich nehmen, die verschossenen Pfeile wieder einzusammeln. Und jeder Ikarier, der aufs Schlachtfeld hinabflog, um Geschosse zu bergen, begab sich in tödliche Gefahr.

So verlegten die Luftkämpfer sich darauf, nur bestimmte Abschnitte anzugreifen. Dort erledigten sie so viele Skrälinge, daß der Rest die Flucht ergriff. Sobald sie dann das Weite suchten, landeten die Ikarier auf dem Boden, sammelten alle Pfeile ein, derer sie habhaft werden konnten, und stiegen rasch wieder in die Lüfte, ehe die Geister zurückkehren konnten. Auch dieses Manöver barg seine Gefahren. Denn die Skräbolde und Greifen erkannten rasch die Vorgehensweise der Vogelmenschen. Diese warteten dann ab, bis ausreichend Ikarier gelandet waren und den Blick auf den Boden gerichtet hielten, um dann zu einem flinken Überraschungsangriff anzusetzen. Der Luftarmada blieb schließlich nichts anderes übrig, als nur einen Bruchteil ihrer Schützen auf den Boden zu schicken, während der Rest in der Luft blieb und die Kameraden unten schützte.

Ho'Demi unternahm alles mögliche, um den Ikariern Pfeile zukommen zu lassen. In den Arsenalen von Jervois fanden sich Unmengen solcher Geschosse, die kaum gebraucht wurden, weil Bornhelds Armee fast keine Bogenschützen hatte. So stahlen die Rabenbunder immer häufiger Pfeile aus den Waffenkammern des Königs. Durch den Schneeadler richtete der Häuptling den Vogelmenschen dann aus, wo sie die nächste Ladung abholen konnten. Dann fand meist zwei Meilen östlich von Jervois ein geheimes Treffen statt. Wenn der Oberste Heerführer jemals davon erfahren hätte, wäre das Leben der ertappten Rabenbunder und ihres Häuptlings keinen Pfifferling mehr wert gewesen.

Auch wenn die Ikarier an manchen Tagen nach stundenlangem Ringen glaubten, überhaupt nichts zu bewirken – denn für jeden erschossenen Skräling tauchten drei neue auf –, erkannten die Bodenverteidiger schon nach wenigen Tagen, wie sehr die Luftarmada ihre Lage erleichterte. Nach anderthalb Wochen Luftangriffen konnte auch Bornheld den wertvollen Einsatz der Ikarier nicht mehr als nutzlos abtun. Der Dauerdruck der Kreaturen auf die Verteidigungsstellungen ließ spürbar nach und erlahmte streckenweise sogar. Nur noch die Hälfte der Eiswürmer erreichte die Kanäle. In der zweiten Woche nur noch ein Viertel, und zur großen Überraschung der Verteidiger gelangte in der dritten Woche nur noch einer von zehn sein Ziel. Danach kam meist nur noch einer durch, und der war eher lästig als bedrohlich.

Endlich konnten die Männer an der Fronst häufiger und zahlreicher abgelöst werden. Wer seinen Dienst hinter sich hatte, durfte für einen oder gar zwei Tage in die Stadt. Doch noch hatten die Kämpfe ihr Ende nicht gefunden. Selbst der konstante Einsatz der Luftarmada konnte die Masse des Skrälingheeres nicht aufhalten, die in immer neuen Scharen wispernd aus den Nebeln hervordrangen und mit Schwert und Pike abgewehrt werden mußten. Doch die Soldaten mußten nicht mehr ununterbrochen kämpfen.

Und in den Kampfpausen unterhielten sie sich über die Ikarier, wenn auch immer noch vorsichtig, sobald sich einer der höheren Offiziere zeigte.

So kannten die Acharitern nach einigen Wochen nicht nur viele Geschichten über die Ikarier, sie hatten auch ausreichend Gelegenheit gehabt, diese zu beobachten. Schon fragte sich so mancher, ob die Unaussprechlichen tatsächlich so garstige Ungeheuer seien, wie der Seneschall nicht müde wurde zu verkünden. Und was konnte Artor eigentlich einem Wunder wie dem Sternentanz entgegenhalten? Waren die Axtkriege wirklich so gerecht und notwendig gewesen, in denen man diese Wesen, die jetzt so selbstlos zu Hilfe geeilt waren, erbarmungslos aus dem Land gejagt hatte? Wie kamen die Vogelmenschen eigentlich dazu, ihnen jetzt Entlastung zu verschaffen, da sie doch von den Vorfahren der Acharitern so schändlich behandelt worden waren?

Als der Rabenmond anbrach, setzte sich allmählich die Vorstellung durch, daß Jervois gehalten werden könne. Langsam, sehr langsam wurden die Angriffe der Kreaturen schwächer.

✦✧✧ 128 ✧✧✦

Zu viele von ihnen hatten im Pfeilhagel der Ikarier ihr Leben verloren.

Und die Achariten, die ehrlich zu sich selbst waren, gestanden sich ein, daß sie dem Eingreifen der Luftarmada ihr Leben verdankten.

Nach tausend Jahren verfolgten Ikarier und Achariten wieder ein gemeinsames Ziel, obwohl die Wunden, die man sich in den Axtkriegen zugefügt hatte, noch längst nicht vernarbt waren.

Während der Wochen, in denen die Luftkämpfer fast pausenlos über Jervois im Einsatz waren, war das Leben auf Sigholt vollständig auf die Versorgung und Ausrüstung der Ikarier eingestellt worden. Viele der Flüchtlinge, die aus Skarabost gekommen waren, fanden sich ein, um den Vogelmenschen die Ausrüstung zu reinigen, beschädigte Pfeile zu reparieren und neue herzustellen. Andere kochten für die Flugschützen und erledigten Besorgungen für sie, damit die Ikarier sich ungestört ausruhen und Käfte für den nächsten Kampf sammeln konnten.

Die Vogelmenschen zeigten sich für diese Fürsorge dankbar. Sie spielten mit den Kindern der Achariten, ließen diese ihr Gefieder anfassen und erzählten ihnen ikarische Sagen oder davon, wie es früher in Tencendor ausgesehen hatte. Und wenn die Eltern es, meist bangen Herzens, erlaubten, nahm ein Ikarier auch manchmal ein Kind zu einem Rundflug über die Festung und den See mit.

Bald plapperten auch die Kleinsten über nichts anderes mehr als so wundervolle Orte wie das Sternentor oder die verlorene Insel des Nebels und der Erinnerung. Der Gesang der Ikarier und insbesondere ihre Zauberer faszinierten Groß und Klein. Ein- oder zweimal in der Woche brachte ein ikarischer Magier auf Bitten der Achariten eine Kostprobe seiner Sangeskunst zu Gehör und wurde dafür von einer der Menschenfamilien zum Abendessen eingeladen.

Axis lächelte froh dazu. Er hätte eigentlich nie erwartet, daß die Vogelmenschen sich von einer Acharitenfamilie zum Essen einladen ließen und das dann auch noch genossen. Aber offenbar setzte auch bei den Ikariern ein Gesinnungswandel ein. Ihre Vorurteile den Menschen gegenüber erwiesen sich als genauso falsch, wie die der Acharíten den Unaussprechlichen gegenüber. Den Krieger erfüllte das alles mit großer Hoffnung für das neue Tencendor, das er errichten wollte. Die Musik des Sternentanzes durchzog Sigholt und dessen ganze Umgebung. Manchmal, wenn Axis wach lag, konnte er in dieser Melodie das Echo der vielen tausend Herzschläge von den Bewohnern der Festung und derer hören, die am Seeufer lagerten.

Die Urqharthügel galten inzwischen als mehr oder weniger sicher. In der Wildhundebene hatten sich seit damals keine Skrälinge mehr blicken lassen; die Kreaturen wagten sich nicht einmal an die westlichen Ausläufer der Höhen heran. Aber die Garnison der Festung setzte auch weiterhin ihre Waffenübungen fort und sandte immer wieder Patrouillen aus. Aschure nahm ihren Dienst wieder auf und legte sich noch mehr ins Zeug als vorher. Sie führte mehrere Streifen in die Hügel und war mit ihnen oft Tage unterwegs. Den kleinen Caelum band sie sich in einem Tragetuch auf den Rücken, gleich neben den Köcher, bestieg Venator und ritt zum Festungstor hinaus. Belial hatte sie deswegen tadeln wollen, aber die junge Frau bedachte ihn nur mit einem kühlen Blick, und so schwieg er lieber.

Aschure hatte große Freude an ihrem Pferd. Venator war kleiner als Belaguez, besaß aber einen feineren Knochenbau und erwies sich daher als wendiger und schneller als Axis' Hengst. Außerdem besaß das Tier Intelligenz, Mut und einen kühnen Geist. Die junge Frau konnte ihn ohne größere Schwierigkeiten auf ihre ganz besonderen Bedürfnisse hin trainieren. Bald sprach Venator allein auf den Druck einer Hand oder eines Knies an – ganz so, wie seine Herrin es brauchte, wenn sie mit dem Wolfen in den Kampf zog. Und vor allem hatte das Roß einen leichten und fließenden Gang, der es Aschure ermöglichte, selbst im Galopp treffsicher Pfeile abzuschießen.

Bei ihrer ersten Unternehmung führte Aschure einen Versorgungszug, der zum Feldlager der Ikarier in den südwestlichen Urqharthügeln wollte. Axis stand oben auf dem Turm, sah sie entschwinden und versuchte, sich nicht allzu große Sorgen um seinen Sohn zu machen. Kaum hatte sie die Brücke hinter sich gebracht, trieb sie Venator zu einer schnelleren Gangart an. Das Rudel Alaunt sprang um den Hengst herum, und Caelum und der Wolfen befanden sich sicher auf ihrem Rücken. Trotz seines leisen Unbehagens lächelte der Krieger jetzt. Aschure war nicht nur eine begabte und verläßliche Offizierin, sondern auch eine außergewöhnliche Frau. Vor einem Jahr und ein paar Monaten noch war sie im Dorf Smyrdon die verstoßene Tochter des Pflughüters gewesen, und heute ritt sie mit ihren Hunden und ihrem Bogen zu einer militärischen Unternehmung aus, war die Mutter seines Sohnes und eine seiner fähigsten Befehlshaberinnen …

… nur daß der Bogen und die Hunde einst Wolfstern gehört hatten.

Axis schüttelte sich. Fast hätte er meinen mögen, Morgenstern sei neben ihm aufgetaucht. Nein, Aschure konnte einfach nicht Wolfstern und damit die Verräterin in seinem Lager sein!

Aber die Zweifel nagten weiter an ihm. War es wirklich purer Zufall, daß die Greifen ausgerechnet über Dornfeders und Abendlieds Staffel hergefallen waren? Aschure hatte Kenntnis von den Einsatzplänen und Flugrouten gehabt.

»Verdammt!« fluchte der Krieger und wandte sich von den Zinnen ab. Gut zwei Dutzend Personen gehörten zu seinem Kriegsrat, und jeder von ihnen war über den Auftrag der Staffel unterrichtet gewesen.

Und vielleicht steckte ja wirklich nicht mehr als Zufall dahinter. Die Greifen hatten sich auf dem Weg nach Jervois befunden. Und dabei hatte sich ihre Route mit der der Staffel gekreuzt. Dornfeders Einheit hatte sich gerade auf dem Heimflug befunden und war völlig unvorbereitet dem Überraschungsangriff aus der Sonne erlegen.

Während die Gedanken des Kriegers noch um die Bestien kreisten, erinnerte er sich plötzlich an etwas: Aschure, wie sie lächelnd und tänzelnd über den schmalen Sims außerhalb des Krallenturms geschritten war. Nur jemand mit ikarischem Blut in den Adern konnte sich dort so selbstsicher bewegen, in dem

Bewußtsein, daß es auf der anderen Seite tausend Meter in die Tiefe ging!

Nein, sie konnte nicht die Verräterin sein, durfte es einfach nicht, bei den Sternen! Aschure besaß doch Nacht für Nacht die beste Möglichkeit, ihm die Kehle durchzuschneiden oder ihm einen Dolch in den Rücken zu stoßen, wenn sie es wirklich wollte. Aber sie hatte es nicht gewollt, und allein das bewies doch, daß er sie zu Unrecht verdächtigte. Außerdem besaß sie viel zuviel Liebe und Gefühl, um Wolfstern sein zu können. Ganz zu schweigen davon, daß er ihre Herkunft hatte überprüfen lassen. Aschure war in Smyrdon geboren worden und aufgewachsen. Damit kam sie als diejenige Person, die ihn und Gorgrael in jungen Jahren unterrichtet hatte, nicht in Betracht.

Aber die gute Laune war ihm jetzt gründlich vergangen. Mißmutig starrte er auf die Stadt, die sich am Ufer des Lebenssees ausbreitete. Viele Achariten, die gekommen waren, um sich seiner Sache anzuschließen, hielten sich jetzt schon sieben Monate hier auf. Anfangs wurden sie in Zelten untergebracht, aber vor etlichen Wochen hatten sie Arbeitskolonnen in die nördlichen Hügel geschickt, um dort einen alten Steinbruch wiederzueröffnen. Seitdem tauchten überall am Seeufer festgebaute Steinhäuser auf. Nicht sonderlich phantasiereich hatten die Bewohner ihrer neuen Stadt den Namen »Seeblick« gegeben.

Als der Krieger von den Plänen der Achariten erfuhr, sich Steinhäuser zu errichten, hatte er gründliche Planung verlangt, damit nicht jeder nach Lust und Laune sein Heim irgendwo in die Landschaft stellen konnte. Als er jetzt vom Turm aus hinuntersah, erblickte er wohlgeordnete Häuserreihen. Breite und gerade Straßen zogen sich an schmucken Vorgärten entlang. Axis wurde sich bewußt, daß diese Menschen sich hier ein neues Leben aufbauten. Die meisten Flüchtlinge, mit denen er sich in der letzten Zeit unterhalten hatte, zeigten wenig Neigung, nach Skarabost zurückzukehren. Wenn diese Hügel rings um den See selbst im Winter blühen und gedeihen, erklärten sie ihm, können wir genügend Nahrungsmittel anbauen, um uns und unsere Kinder zu versorgen.

✮✩✩  132  ✩✩✩

Axis fragte sich jetzt, ob sich auch in früheren Zeiten am Fuße Sigholts eine Stadt erstreckt hatte. Viele Baumeister waren bei ihren Ausschachtungsarbeiten auf uralte Fundamente gestoßen. Vielleicht bauten sie ja den Ort wieder auf, der mit dem Austrocknen des Sees untergegangen war.

Die Betrachtung der wachsenden Stadt beruhigte ihn wieder. Er stützte sich auf die Zinnen und konzentrierte sich auf seinen Adler, der weit fort über den Kanälen vor Jervois kreiste. Was mochte Ho'Demi ihm heute mitzuteilen haben?

Als Bornheld schließlich herausfand, wie weit sich das Wissen um die Prophezeiung und die Ikarier bereits in seiner Armee ausgebreitet hatte, bekam er einen Tobsuchtsanfall. Gautier und Roland befürchteten schon, der König würde den Soldaten erwürgen, dessen unbedachte Worte sie gerade vernommen hatten.

»Wer hat Euch von diesen abscheulichen Kreaturen berichtet?« fuhr er den Mann an und schüttelte ihn so heftig, daß ihm der Helm vom Kopf flog.

»Die Koroleaner, Herr!« stammelte der Speerträger.

Bornheld ließ ihn los, und der Mann stolperte, so rasch er konnte, davon.

»Woher wissen diese verdammten Söldner von den elenden Unaussprechlichen?« knurrte der König.

Roland, von den langen Kämpfen übermüdet, krank und nur noch ein Schatten seiner selbst, zuckte lediglich die Achseln. Solche Fragen berührten ihn nicht mehr. Er wollte nur noch ehrenvoll sterben, und das möglichst weit fort von Jervois. An diesem Ort gefiel es ihm nicht. Und vor Bornheld hatte er jegliche Achtung verloren. Dies war kein König, dem er gern sein Leben zu Füßen gelegt hätte. Immer öfter fragte sich der Herzog, ob er nicht besser daran getan hätte, damals in Gorken mit Magariz mitgegangen zu sein. Sicher hatte der Fürst von ihnen beiden die bessere Entscheidung getroffen.

»Ho'Demi scheint sich mit diesen, äh, Wesen auszukennen, Euer Majestät«, sagte Gautier. Seine eigenen ehrgeizigen Pläne banden ihn in Treue fest an Bornheld. »Herr, die Rabenbunder kommen aus einem Land, das an die Eisdachalpen grenzt. Ich wette zehn zu eins, daß all die Gerüchte und Lügen, die sich wie eine Seuche an der Front ausbreiten, auf ihrem Mist gewachsen sind.«

Der Oberste Heerführer starrte seinen Leutnant an. Bei Artor, der Mann hatte recht! »Dann lege ich es in Eure bewährten Hände, für ein Ende dieser Lügenmärchen zu sorgen. Stöbert diese Verräter auf, damit wir uns mit ihnen befassen können, wie es ihnen zusteht. Erstattet mir heute nachmittag Bericht – mit brauchbaren Ergebnissen.«

»Jawohl, Herr.« Gautier verbeugte sich tief, salutierte vor dem König und verschwand in der Menge. Bornheld und Roland sahen ihm hinterher, aber beide hingen völlig unterschiedlichen Gedanken nach.

Gautier hätte es nie ohne eine gehörige Portion Verschlagenheit zu der Stellung gebracht, die er heute bekleidete. Er warf sich einen weiten Umhang um und verbarg sein Gesicht in einen Bauernschal. Derart verkleidet bewegte der Leutnant sich von einem Lagerfeuer zum nächsten und gab vor, auf der Suche nach einem entlaufenen Pferd zu sein. Er mußte nicht lange suchen, um auf Verräter zu stoßen. Schon beim fünften Feuer fielen ihm drei Rabenbunder auf, die staunenden acharitischen und koroleanischen Soldaten recht lebhaft von der Prophezeiung um den Zerstörer und dem Sternenmann berichteten.

Der Leutnant ließ die drei festnehmen, entwaffnen und binden. Und dann in die Stadt schaffen, um sie vor den König zu bringen.

Die Rabenbunder standen nur schweigend da und sahen Bornheld gefaßt an. Man konnte ihnen keine Gemütsbewegung anmerken, und nicht einmal die Fesseln schienen ihnen Unbehagen zu bereiten. Nur ihre schwarzen Augen blickten feindselig in die Runde, Augen in blaugezeichneten Gesichtern mit einer freien Stelle auf der Stirn.

»Sprecht Ihr etwa von meinem Bastardbruder als dem Sternenmann?« fragte der Oberste Heerführer.

Arhat, der älteste im Trio, nickte knapp. »Das tun wir, König Bornheld.«

Dieser holte tief Luft. Diese drei würden für ihre Unverschämtheit und ihren Verrat mit dem Leben bezahlen. »Und Ihr verbreitet auch Lügen über diese Flugteufel, welche die Skrälinge nur bekämpfen, um danach ungestört über die braven Bürger des Königreiches herfallen zu können?«

»Die Ikarier haben den Angriff der Geister zum Stillstand gebracht«, entgegnete Arhat. »Jervois wäre andernfalls längst gefallen und die Skrälinge in Achar eingefallen.«

»Sie sind nichts als Abschaum!« brüllte der König und stapfte durch den Raum. »Wie könnt Ihr es wagen, von diesem Geschmeiß so zu sprechen, als müsse man ihm große Ehren erweisen?«

»Sie haben sich unsere Achtung und Ehrerbietung redlich verdient«, wandte Funado ein, der jüngste der drei, »denn sie haben Euch Euer Königreich gerettet. Wieder einmal, wie schon vor langer Zeit, eilten die Ikarier den Acharíten zu Hilfe. Ganz gleich, ob diese es nun verdient haben oder nicht.«

Allen dreien war klar, daß sie hingerichtet werden würden. Aber sie würden im Dienste der Prophezeiung sterben, und mit diesem Wissen leuchtete der Stolz ihres uralten Volks aus ihren Augen.

Und dieser Glanz erzürnte Bornheld noch viel mehr als Funados dreiste Worte.

»Gautier! Errichtet am Rande der Stadt drei Kreuze und schlagt diese Schurken daran! Und dann schafft mir ihren verräterischen Häuptling herbei. Dann kann er gern feststellen, was ihm seine Freundschaft mit den Unaussprechlichen bringt.«

»Mit Freuden will ich an diesen dreien ein Exempel statuieren!« rief sein Leutnant. »Mit Freuden, Herr!«

Ho'Demi saß vor den drei Kreuzen auf seinem Roß, und sein Antlitz hatte sich in eine steinerne Maske verwandelt.

Man hatte ihn von seinem Frontabschnitt fortgerufen, obwohl er dort gerade die Verteidiger gegen einen besonders tückischen

Angriff der Skrälinge befehligte. Deswegen verwünschte er auch den Boten, der ihm den Befehl Bornhelds überbracht hatte. »Trefft mich am Westrand von Jervois. Unverzüglich!« lautete die Nachricht nur. Ja glaubte Seine Majestät denn, der Häuptling verbringe den Nachmittag mit einem ruhigen Spaziergang an den Kanälen?

Aber er hatte sich auf den Weg gemacht und stand nun vor den Früchten des königlichen Zorns. Drei seiner Kämpfer hingen tot am Kreuz, und man sah ihnen an, daß sie keines leichten oder raschen Todes gestorben waren.

»Sie haben Verrat betrieben«, grollte Bornheld von seinem Streitroß herunter. »Lügen und Falschheiten über die Unaussprechlichen. So etwas dulde ich in meiner Armee nicht!«

»Nein, offensichtlich nicht«, murmelte der Häuptling und wandte den Blick nicht von den Toten ab.

»Widerwärtige Gerüchte verbreiten sich entlang der Front. Bald werden die braven Soldaten noch die Lüge glauben, die Unaussprechlichen seien zu unserer Unterstützung herbeigeflogen. Dabei sind sie doch in Wahrheit nur darauf aus, uns zu vernichten!«

»Nein«, widersprach Ho'Demi noch einmal, aber der Oberste Heerführer hörte ihm gar nicht zu. Gautier lief mit einem Spieß von einem Gekreuzigten zum nächsten und versetzte den nackten Körpern Stöße, um festzustellen, ob noch ein Funken Leben in ihm wäre. Enttäuscht, daß er sie nicht mehr quälen konnte, schlitzte er schließlich dem dritten den Bauch auf.

»Nein«, sagte der Häuptling wieder, auch jetzt noch sehr leise.

»Sie sind alle tot«, verkündete der Leutnant, »und sie haben ganz schön lange dazu gebraucht.« Er stieß den Spieß in den Boden und stieg wieder auf sein Pferd.

Bei der Großen Eisbärin, schwor der Häuptling sich, ich werde Euer Leben nehmen im Tausch für diesen Verrat an der Prophezeiung. Und auch für die Ermordung von drei ehrlichen Männern.

»Ich vermute einen größeren Verrat, Ho'Demi!« fuhr Bornheld ihn schließlich von der Seite an. »Und ich argwöhne auch, daß Ihr hinter den ganzen Gerüchten steckt!«

Der Häuptling drehte sich langsam zu dem König um. »Ich habe keinerlei Verrat begangen, Herr.«

Bornhelds Lippen wurden in dem Maße schmal, wie sich seine Züge röteten. »Ihr habt mir Treue geschworen, rabenbundischer Barbar! Ihr habt es auf Euren Eid genommen, keinen Verrat zu begehen!«

»Und daran habe ich mich auch gehalten, Euer Majestät. Meinen Eid habe ich in keiner Weise gebrochen.« Denn meine ganze Treue gehörte immer nur der Prophezeiung. Euch habe ich nur die Treue gehalten, solange Ihr im Sinne der Prophezeiung gewirkt habt. Aber mit dieser Tat hier habt Ihr Euch selbst als Verräter erwiesen.

Der König konnte nicht glauben, was dieser Barbar gesagt hatte. Wollte er denn nicht einmal jetzt den Lügen abschwören? »Zieht Eure Kämpfer von der Front ab, Ho'Demi. Schickt sie in Euer Lager, denn ich bedarf Eurer ›Hilfe‹ nicht mehr, um mein Reich zu verteidigen.«

Und das entspricht sogar der Wahrheit, dachte der Häuptling, denn die Ikarier haben Euch ja die Arbeit abgenommen. Jetzt vermögt Ihr die Front mit Euren eigenen Männern und den Söldnern zu halten. Da braucht Ihr uns wirklich nicht mehr.

Aber er senkte höflich das Haupt. »Wie Ihr wünscht, Euer Majestät. Die Rabenbunder werden in ihr Lager zurückkehren.«

Ho'Demi warf noch einen Blick auf die drei Gekreuzigten, wendete dann sein Pferd und ritt davon.

Roland, der die ganze Zeit schweigend hinter dem König auf seinem Roß gesessen hatte, setzte sich jetzt ebenfalls in Bewegung und folgte dem Häuptling. »Ich werde überprüfen, ob er auch Wort hält, Herr!« rief er Bornheld zu und war auch schon fort.

Gautier sah den König fragend und nervös an. »Herr, was unternehmen wir wegen der Rabenbunder. Sie haben zwar starke Verluste in den Abwehrschlachten erlitten, aber es sind ihrer noch zu viele, als daß wir sie bewachen oder erschlagen könnten.«

»Spät heute nacht treffen acht Flußschiffe mit koroleanischen Söldnern ein. Und wie lautet ihr erster Befehl? Morgen in aller

Frühe das Lager der Barbaren zu umstellen, anzugreifen und alles niederzumachen. Die Rabenbunder werden vorher bestimmt nicht gegen uns die Waffen erheben. Außerdem werden sie von den Weibern und der Kinderschar in ihrem Lager behindert. Wartet nur ab, bald haben wir uns dieser Last ein für alle Mal entledigt.«

Der König stand noch vor dem Morgengrauen auf, da er den Überfall auf die Rabenbunder und das Gemetzel persönlich inszenieren wollte. Als er aus seinem Bett stieg und sich die Rüstung anlegte, fluchte er, weil sich seine dicken Finger in den Platten verhedderten. Und dann wurde ihm bewußt, daß heute etwas anders war. Etwas Vertrautes fehlte.

Erst halb gerüstet und gegürtet hielt er inne und legte der jungen Schönen eine Hand auf den Mund, die neben ihm im Schlaf murmelte. Lange Zeit stand Bornheld so da, bis ihm zu seinem Schrecken aufging, was diesem Morgen fehlte.

Der Lärm. Die Geräusche. Keine Glöckchen, kein Läuten weit und breit.

Als der Oberste Heerführer eine halbe Stunde später das Lager der Rabenbunder erreichte, traf er dort die neuen Söldner an, die den Ort lückenlos umstellt hatten. Getreu seinem Befehl, aber vollkommen umsonst, denn das Lager war leer. Alles fort. Die Zelte. Die Glöckchen. Die Ponys. Bis auf den letzten Mann und die letzte artorverwünschte Glocke hatten sich alle Barbaren aus dem Staub gemacht! Und wie der König bald entdecken sollte, hatten sie sogar die drei Gekreuzigten mitgenommen.

»Was soll das bedeuten?« fuhr er Gautier an. »Was ist hier passiert?«

Der Leutnant stand nur totenblaß da und schüttelte langsam den Kopf. Mehrere Minuten lang brachte er keinen Ton heraus. »Die Koroleander haben das Lager spät in der Nacht umstellt, Herr. Da schien hier noch alles so wie immer zu sein. Zelte und Rabenbunder waren noch vorhanden ... Aber heute in der Frühe, als wir selbst anrückten ... nichts mehr ...« Er schüttelte

noch einmal den Kopf. Wie hatten die Barbaren so geräusch-
los, so unsichtbar und vor allem so vollständig verschwinden
können?

In Jervois beugte sich Jorge wie jeden Morgen über Rolands
Bett, um festzustellen, ob sein alter Freund noch lebte.

Aber das Bett war leer, der Herzog verschwunden.

# 11
## DAS SKRÄLINGSNEST

»Aber so geht es! Ich weiß, daß ich es kann!« Aschures Augen funkelten vor Aufregung. »Ihr habt doch selbst die Berichte der ikarischen Aufklärer gehört.«

Axis warf einen Blick auf Belial und Magariz. Weitsicht befand sich zur Zeit mit den letzten vier Geschwadern in den südlichen Urqharthügeln und würde nicht vor Ablauf der Woche zurückkehren.

Seit dem Verschwinden der Rabenbunder von Jervois hatte der Krieger auch den Einsatz der Luftarmada dort gekürzt. Die Ikarier hatten genug geleistet. Die Mehrzahl der Eiswürmer war vernichtet und die Skrälinge hatten empfindliche Schläge einstecken müssen. Mit den koroleanischen Söldnern standen Bornheld immer noch achtzehntausend Soldaten zur Verfügung, um seine Stellungen bemannen zu können. Axis glaubte auch, daß Gorgrael bei diesem Winterfeldzug seine Kräfte erschöpft hatte. Der Hungermond war angebrochen, der letzte Wintermonat. In wenigen Wochen würde der Frühling kommen und mit ihm Versprechen, die weiter südlich eingehalten werden wollten.

Doch jetzt schlug Aschure einen Vernichtungsschlag gegen die Geister vor.

»Ich weiß nicht recht«, meinte Belial und mied den brennenden Blick der jungen Frau. »Lohnt diese Anstrengung denn überhaupt noch?«

»Ob sie sich lohnt?« schrie Aschure. »Was soll das denn heißen? Ihr kennt die Berichte der ikarischen Späher genausogut wie ich! Uns bietet sich jetzt die einmalige Gelegenheit, Hsingard zu befreien!«

☆ ☆ ☆   140   ☆ ☆ ☆

In den vergangenen Wochen, in denen die Geschwader der Luftarmada zwischen Jervois und Sigholt hin und her geflogen waren, hatten viele Ikarier die Ruinen von Hsingard aufgesucht, der ehemaligen Hauptstadt des Herzogtums Ichtar. Die einst so stolze Stadt lag mittlerweile in Trümmern da. Geister und Eiswürmer hatten auch noch das letzte Gebäude zerstört. Die Skrälinge hausten jetzt in den Ruinen, nutzten den Ort vielleicht sogar als ihr Hauptlager.

Die junge Frau wandte sich in ihrer Erregung wieder an Axis: »Wir könnten dort sogar auf die Skräbolde stoßen. Oder das Nest der Greifen finden. Allein das müßte doch jede Anstrengung rechtfertigen!«

»Aschure.« Magariz, der bis jetzt geschwiegen hatte, meldete sich jetzt zu Wort. »Hsingard ist eine sehr große Stadt. Unmöglich, mit einer solch kleinen Streitmacht wie der unseren einen Ort von dieser Größe einzunehmen und zu durchsuchen. In dieser Trümmerwüste finden sich unzählige Verstecke. Wer weiß, ob die Geister uns dort nicht in eine Falle locken. Axis, ich beschwöre Euch, denkt an Gorken!«

Die Miene des Kriegers erstarrte. »Aber diesmal wären wir die Angreifer. Und die Skrälinge erwarten uns gewiß nicht. Wir könnten tatsächlich einigen Schaden unter ihnen anrichten.«

»Schon in einem Tag könnten wir die Stadt erreicht haben!« ereiferte sich Aschure. Hsingard begann zwar schon fünf Meilen hinter dem äußersten Ausläufer des Lebenssees, aber sie würden dennoch einen ganzen Tag brauchen, weil sie sich dem Ort nur vorsichtig durch das Land der Urqharthügel nähern konnten. »In einem Tag wären wir dort, und für die Rückkehr würden wir noch weniger benötigen.«

»Außerdem halten sich in Hsingard längst nicht mehr so viele Geister auf wie früher«, sagte der Sternenmann nachdenklich. »Die meisten lagern weiter unten im Süden, zu einem letzten Großangriff auf die Verteidigungsstellungen vor Jervois. Die Späher haben nur wenig Umtriebe in den Ruinen festgestellt. Selbst in der Nacht nicht, wenn die Geister erst so richtig zum Leben erwachen ... Das könnte tatsächlich unsere letzte Gelegenheit sein, den Hauptstützpunkt der Kreaturen in Ichtar anzugreifen, solange Bornheld und ein Großteil von Gorgraels Heer in Jervois miteinander beschäftigt sind. Ich muß gestehen, daß es mich schon ein wenig neugierig macht, mir anzusehen, was die Skrälinge aus der alten Hauptstadt gemacht haben.«

»Schließlich haben wir auch noch die Alaunt«, fügte Aschure hinzu. »Die würden uns vor einem Hinterhalt warnen und könnten auch in den Trümmern suchen. Und wenn dann auch noch die Ikarier am Himmel Wache halten …«

»Axis, das kann doch unmöglich Euer Ernst sein!« drang Belial in seinen Freund. »Hört auf damit!«

Der Krieger blickte von der Karte auf, über die er sich kurz zuvor gebeugt hatte. »Einen ganzen Monat lang habe ich untätig in der Festung gesessen und nur durch die Augen meines Adlers sehen dürfen, wie die Ikarier Jervois gerettet haben. Die ganze Zeit über waren mir die Hände gebunden. Jetzt drängt es mich nach Taten. Und diese Unternehmung wäre eine gute Übung für unsere Berittenen und Schützen, bevor es im Sommer in den Kampf gegen Bornheld geht.«

»Die Männer sind schon ausgebildet und kampferprobt genug«, gab Belial erhitzt zurück. »Da muß man sie nicht erst noch auf eine wahnwitzige Unternehmung nach Hsingard schicken!«

Die junge Frau stand mit offenem Mund da. Wahnwitzig? Die Gelegenheit, das Hauptquartier der Skrälinge einzunehmen, wenn sich dort gerade wenig tat, sollte wahnwitzig sein?

»Aschure, wie viele Soldaten möchtet Ihr mitnehmen?« fragte der Krieger.

Da mußte sie nicht lange nachdenken: »Meine sechs Pelotone Bogenschützen natürlich und zweihundert Berittene. An Bodentruppen also etwa vierhundert Mann. Dazu ein Geschwader Ikarier. Die sollen hauptsächlich die Luftaufklärung übernehmen. Natürlich hört sich das nach viel an für eine Luftüberwachung, aber der Verband soll stark genug sein, um gegen einen Greifenangriff gewappnet zu sein. Und ich nehme die Alaunt mit. Die können in den Trümmern versteckte Geister aufspüren. Ich glaube, mit einer solchen Truppe ließe sich bei den Kreaturen einiger Schaden anrichten. Selbstredend dringen wir am hellichten Tag in die Stadt ein, wenn die Skrälinge sich für die Nacht ausruhen.«

»Gut«, sagte der Sternenmann rasch, ehe sein Leutnant weitere Einwände vorbringen konnte. »Ihr übernehmt das Kommando, Aschure.«

»Was?« riefen Belial und Magariz wie aus einem Mund.

Ein Muskel in Axis' Wange zuckte, sichtbares Anzeichen dafür, daß er sich ärgerte. Er sah an den beiden vorbei die junge Frau an: »Wenn Ihr glaubt, daß Ihr Euch damit zuviel zumutet, kann ich auch selbst das Kommando übernehmen.«

»Nein, das traue ich mir durchaus zu«, entgegnete sie und hielt seinem durchdringenden Blick stand. Aschure hätte nie damit gerechnet, die Hsingardexpedition persönlich anführen zu dürfen. Aber wenn die Dinge sich so entwickelten, wollte sie auch die Verantwortung dafür übernehmen.

»Ihr wißt nicht, worauf Ihr Euch da einlaßt, Aschure!« rief der Leutnant erzürnt.

»Doch, das weiß ich«, beschied sie ihn ruhig. »Macht Euch um mich oder meine Truppe keine Sorgen.«

Der Krieger beobachtete die beiden genau und glaubte zu verstehen, warum Belial so querschoß. Offenbar empfand der junge Offizier für Aschure mehr als nur Freundschaft. Axis fragte sich jetzt, was wohl während seiner langen Abwesenheit in Sigholt vorgefallen sein mochte.

»Belial«, wandte er sich jetzt an seinen Leutnant, »sorgt Euch nicht zu sehr. Ich werde ebenfalls mitreiten. Für Aschure dürfte es eine angenehme neue Erfahrung sein, zur Abwechslung einmal mir Befehle zu erteilen. In der Zwischenzeit habt Ihr hier in der Festung das Kommando. Magariz wird Euch wie gewohnt dabei unterstützen.«

»Ihr müßt den Verstand verloren haben«, erwiderte Belial tonlos, »wenn Ihr wirklich Euer Leben und das Eurer Soldaten für einen so hirnverbrannten Feldzug aufs Spiel zu setzen gedenkt.«

»Belial, ich möchte feststellen, was die Skrälinge aus Hsingard gemacht haben. Und ich brenne natürlich darauf, noch mehr von unseren Feinden in die Hölle zu schicken.«

Der Krieger hatte seinen Adler in den letzten Wochen mehrmals über der alten Hauptstadt Ichtars kreisen lassen und durch dessen Augen erkannt, daß in dem Ort einige merkwürdige Dinge passierten. Er sah Aschure an. Der Einsatz würde sicher deutlich zeigen, wozu die junge Frau in der Lage war.

»Aber diesmal laßt Ihr Caelum hier, Aschure. Wir reiten nicht auf eine gefahrlose Patrouille durch die Urqharthügel. Imibe kann sich um ihn kümmern.« Imibe gehörte zu den Rabenbunderinnen, die zu ihnen gekommen waren. Sie hatte selbst gerade ein Kind bekommen und genug Milch, um auch einen zweiten Säugling zu stillen. Außerdem hatte sie sich bereits mehrfach zusammen mit Rivkah um den Kleinen gekümmert, meist dann, wenn seine Eltern beide beschäftigt gewesen waren.

Die Sonne war schon aufgegangen, aber aufgrund der tiefhängenden, dichten Wolken wirkte der Tag grau und das Licht diffus. »Nun?« fragte Aschure leise. Sie hatte sich das Haar zu einem Zopf gebunden und diesen um ihren Kopf gewunden. Dazu trug sie das graue wollene Langhemd mit der roten Sonne auf der Brust, das sie sich wegen der Kälte bis oben zugeknöpft hatte, und dazu eine weiße Hose. Den Wolfen hatte die Offizierin sich über die Schulter gehängt, und auf dem Rücken befanden sich zwei Köcher voller Pfeile. Axis vermutete, daß sie dazu noch mehrere Messer verborgen am Körper trug.

Der Krieger blinzelte, und dann waren seine Augen wieder klar. »Keine feindliche Bewegung. Der Adler hat jedenfalls nichts dergleichen entdeckt.«

Aschure hielt die Ikarier noch zurück. Wenn die Vogelmenschen über Hsingard geflogen wären, hätten die Skrälinge sicher sofort Verdacht geschöpft.

»Wahrscheinlich haben sie sich in den Trümmern verkrochen, in ihre Nester«, vermutete die junge Frau. Die Alaunt lagen ruhig, aber wachsam zu beiden Seiten neben ihr.

Axis beobachte seine Liebste und wartete darauf, was sie nun befehlen würde. Ihre Soldaten saßen zusammengekauert zwischen den Trümmern der einstigen großen und prächtigen Zuflucht des Seneschalls, die sich am Stadtrand befand.

»An ihrer Stelle hätte ich die Ruinen im Ortskern aufgesucht«, meinte Aschure, »weil man sich dort sicherer fühlen kann.« Sie ließ den Blick über die Trümmer schweifen, die einst die stolze Hauptstadt des Herzogtums gewesen waren. »Axis, setzt bitte Eure Zaubereraugen oder meinetwegen auch den Adler ein. Die große Straße da vorn dürfte die sein, die nach Norden führt. Stellt fest, ob sie blockiert ist oder ob wir ungehindert auf ihr vorrücken können.«

Nur wenige in der Armee des Sternenmannes hatten jemals Hsingard besucht, und auch Aschure mußte sich vor allem auf Karten verlassen, um sich in dem Gewirr zurechtzufinden. Wenn sie sich nicht täuschte, handelte es sich bei dem breiten Weg vor ihr um eine der großen Haupteinfallstraßen in die Stadt.

Der Krieger sandte seinen Schneeadler aus und erstattete ihr Bericht: »Überall liegen Schutt und Steine herum. Je näher man dem Stadtzentrum kommt, desto mehr. Aber zu Fuß sollte man eigentlich durchkommen.«

Die Befehlshaberin nickte. »Ausgezeichnet.« Sie beugte sich zu Sicarius hinab, streichelte ihn und sprach leise mit ihm. Der große Hund erhob sich, mit ihm vier weitere Tiere, und gemeinsam sprangen sie über die Mauerreste der Zuflucht in den Ort hinein.

Axis sah seine Liebste fragend an.

»Sie untersuchen die ersten Häuserzeilen und die Straßen dazwischen. Wenn sich dort nichts Verdächtiges zeigt, marschiere ich mit meiner Truppe ein.«

Bereits kurze Zeit später entdeckte der Krieger den Rudelführer, der aus den Ruinen zurückkehrte und nach fünf oder sechs Schritten stehenblieb. Axis machte Aschure rasch darauf aufmerksam.

»Sehr gut«, flüsterte sie. »Der Weg scheint frei zu sein.«

Aschure gab den Soldaten das Zeichen zum Aufbruch. Nach-

✦ ☆ ☆   145   ☆ ☆ ☆

dem die erste Hundertschaft gut und sicher in den äußeren Ruinen von Hsingard angekommen war, folgte ihr die zweite und so fort.

Aschure führte sie leise und vorsichtig über die große Straße. Die meisten Häuser waren vollkommen zerstört. Hier und da ragte eine einzelne Mauer in den grauen Himmel – wie traurige Zahntrümmer im Mund eines Greises. Steine, Schutt und ganze Mauerstücke lagen kreuz und quer durcheinander, manche sogar mitten auf der Straße, und diese mußten die Soldaten dann übersteigen oder umgehen.

Hsingard wirkte vollkommen verlassen. Während der ersten halben Stunde bekamen sie niemanden zu Gesicht. Trotzdem wollte Aschure kein Wagnis eingehen. Sie hatte die Truppe in zwei Kolonnen aufgeteilt, die links und rechts der Straße vorrückten und jede Deckung in den Trümmern nutzten. In regelmäßigen Abständen hieß sie einzelne Gruppen von Schwertkämpfern und Bogenschützen warten, um einen eventuellen Rückzug der Streitmacht decken zu können.

Die Hunde liefen ihnen voraus, hielten die Schnauze dicht am Boden oder drangen in Höhlen in den Ruinen ein. Zusammen mit dem Schneeadler, der immer noch über ihnen kreiste, bildeten sie die Vorhut.

Axis merkte seiner Liebsten an, wie angespannt sie war, weil sie noch auf keine Skrälinge gestoßen waren. Vielleicht vermutete sie irgendwo einen Hinterhalt. Aber ihre Besorgnis ließ sie nicht zappelig oder ungeduldig werden. Das beeindruckte ihn sehr. Aschure hielt sich bei ihrem ersten größeren eigenen Unternehmen hervorragend. Mit gezogenem Schwert folgte er ihr im Abstand von zehn bis fünfzehn Schritten.

Unvermittelt bellte einer der Alaunt, und im nächsten Augenblick strömten Skrälinge aus den umliegenden Kellern. Ehe Aschure und ihre Truppe sich fassen konnten, sahen sie sich schon von Geistern umringt.

Weil die Kreaturen so unerwartet vor und zwischen ihnen auftauchten, erhielten die Bogenschützen auch keine Möglichkeit, den Ansturm mit einigen Salven abzuwehren. Vom ersten Moment an gab es ein riesiges unübersehbares Handgemenge, so daß die Schützen sowohl Skrälinge als auch eigene Kameraden mit ihren Pfeilen getroffen hätten. Deshalb ließen sie die Waffen sinken. Aber Aschure behielt den Überblick und befahl den Bogenschützen, Kellerausgänge und Bodenlöcher für den Fall im Auge zu halten, daß noch mehr Skrälinge aus ihnen hervorkämen. Und tatsächlich gelang es den Schützen nach anfänglicher Überraschung, die Skrälinge nachhaltig in Schach zu halten.

Dank dieser Taktik vermochten die Soldaten sich in ganz anderer Weise den Angreifern zu stellen. Nur fünfzig oder sechzig Skrälinge erreichten Aschures Truppe, und diese geringe Zahl konnte den Menschen nicht ernstlich gefährlich werden. Mit Hilfe der Hunde war die Sache in wenigen Minuten erledigt. Und schließlich lagen die Angreifer samt und sonders mit durchbohrten Augen da. Aschures Streitmacht hatte keine Verluste zu beklagen, bis auf zwei Verwundete, die zur Nachhut am Stadtrand zurückgeschickt wurden.

»Die hier sehen ganz anders aus«, bemerkte die Befehlshaberin, während sie die Erschlagenen in Augenschein nahm. Tatsächlich wirkten diese Skrälinge überhaupt nicht mehr wie Geister. Von Mannsgröße, wiesen sie überall in ausreichendem Maße Fleisch und Muskeln auf. Eine ledrige Haut bedeckte ihre grauen Körper, die sich an Schultern, Gelenken und Rücken zu einer Art Knochenpanzer verhärtete. Diese Leiber konnte nicht einmal ein Schwerthieb durchdringen. Die Schädel trugen den gleichen Schutz, und die Augen, die einmal so groß und verwundbar dreingeblickt hatten, waren jetzt nur noch schmale Schlitze unter Knochenwülsten. Noch während Aschure von einem zum anderen ging, lösten die Leichen sich in Matsch auf.

»Sie haben sich weiterentwickelt«, sagte Axis. »Gorgrael scheint im wahrsten Sinn des Wortes eine solide Armee aufzubauen.«

Die Befehlshaberin drehte sich zu ihm um. »Diesmal standen wir ihnen in einer Überzahl von sieben zu eins gegenüber. Aber was machen wir, wenn nächsten Winter Hunderttausende gepanzerter Skrälinge gegen uns marschieren, die schier unverwundbar sind, denen unsere Schwerter und Pfeile kaum noch etwas anhaben können?«

Der Krieger schüttelte den Kopf. Die Vorstellung war zu schrecklich.

»Versuchen wir lieber festzustellen, wo diese hier hergekommen sind«, schlug die junge Frau vor. »Ich rufe die Ikarier herbei. Hat ja doch keinen Zweck mehr, sie länger zurückzuhalten. Die Skrälinge sind jetzt vorgewarnt und wissen Bescheid.« Sie rief einen Truppenführer zu sich und befahl ihm: »Sagt Euren Männern, daß sie nach Löchern im Boden oder unterirdischen Eingängen Ausschau halten sollen. Ich will sofort Meldung darüber erhalten.«

Der Offizier salutierte und rief seine Soldaten zusammen.

Auf dem Weg zum Ortskern wurden sie noch dreimal angegriffen. Aber nun wußten die Männer, worauf sie zu achten hatten. Ein jeder suchte nach Höhlen in den Trümmern und Kellern in der Straße. Und so konnten die Kreaturen sie nicht ein weiteres Mal überraschen. Doch war es jedesmal wieder ein mühsamer und anstrengender Kampf.

Noch in den Urqharthügeln hatte die Befehlshaberin angeordnet, daß jeder Soldat sich aus den Stechginsterbüschen Fackeln anfertigen sollte. Nun gebot sie zwei Pelotonen ihrer Schützen, den Bogen über die Schulter zu hängen und die Fackeln anzustecken.

Als die Geister wieder angriffen, führte sie diese Männer, ihre Brände über ihren Häuptern schwingend, neben den Schwertkämpfern in die Schlacht. Die restlichen vier Pelotone richteten ihre Pfeile weiterhin auf die Höhlen und Eingänge, aus denen weitere Skrälinge hervorquollen, um so viele wie möglich an einer Flucht zu hindern.

Aschure fand sich neben Axis wieder. Sie lachte triumphierend, als sie ihre Fackel dem nächsten Geist ins Gesicht stieß, während der Krieger gleichzeitig einem anderen das Schwert in die Lücke zwischen den Augenschlitzen stieß. Er zog die Klinge rasch wieder heraus und erledigte damit Aschures Gegner, der nun zuckend und sich windend am Boden lag.

✰ ✰ ✩  148  ✩ ✰ ✩

»Eine kleine Aufmerksamkeit des Hauses Sonnenflieger!«
rief er seiner Liebsten zu und grinste über ihre Begeisterung.
Dann schien er alles Getümmel um sich herum zu vergessen,
zog sie in seine Arme und küßte sie heftig. Wenig später standen
die beiden Rücken an Rücken, wehrten den Ansturm der Zähne
und Klauen ab, stützten sich aneinander, lachten aus vollem
Hals und waren sich mehr der Nähe des anderen bewußt als der
Schar der Skrälinge. Der Krieger und die Schützin fühlten sich
unverwundbar und unsterblich. Solange sie so dastanden und
sich gegenseitig schützten, konnte ihnen nichts und niemand
etwas anhaben.

Als die letzten Geister sich schließlich zurückzogen, drehte
Axis sich um und nahm sie wieder in die Arme: »Ich liebe Euch«,
flüsterte er, »nie dürft Ihr daran zweifeln.« Dann riß er sich von
ihr los und half den Schwertkämpfern, die restlichen Kreaturen
niederzumachen.

Aschure starrte ihm nach und konnte einfach nicht fassen,
was sie eben gehört hatte. Aber dann senkte sie den Kopf und
starrte die Fackel in ihrer Hand an. Was hatte der Krieger damit
sagen wollen? Warum sollte er sie lieben? Und was war sein
Eingeständnis schon wert? Wenn Faraday wieder auftauchte,
würde er sofort zu ihr gehen. Sie war seine Zukunft, nicht aber
Aschure.

Das anhaltende Gebell eines Alaunt riß sie aus ihren trüben
Gedanken. Sie sah nach dem Hund und entdeckte ihn ein Stück
die Straße hinauf, wo er in einem Schutthaufen scharrte.

»Gebt mir Deckung«, befahl die Schützin ihren Bognern und
näherte sich dem Alaunt. Dort angekommen, ging sie in die
Hocke, legte dem Alaunt eine Hand auf den Rücken und spähte
in den Steinhaufen. Sie sah nur Schwärze in dem schmalen
Loch, in das sich der Hund unbedingt hineinzuquetschen versuchte. Aschure zog den Alaunt zurück und leuchtete mit der
Fackel in die Öffnung. Stufen ließen sich dort erkennen, die
noch bemerkenswert gut erhalten waren.

Aufgeregt rief die Befehlshaberin einige Soldaten herbei und
wies sie an, die Öffnung freizulegen.

✩ ✩ ✩  149  ✩ ✩ ✩

Sie spürte, wie Axis hinter ihr erschien, und drehte sich zu ihm um. »Was haltet Ihr davon?«

»Sieht gefährlich aus. Aber Ihr trefft hier natürlich die Entscheidungen.«

»Dann gehen wir nach unten.« Sie drehte sich zu ihren Männern um. »Ich nehme nur ein Peloton Bogenschützen und dreißig Schwertkämpfer mit. Und natürlich die Hunde. Die nützen mir mehr als hundert Soldaten, wenn es in der Enge dort unten zum Kampf kommen sollte. Ihr anderen bleibt hier. Wenn wir bis«, die Schützin sah in den Himmel, »sagen wir, bis zum Nachmittag nicht wieder zurück sind, verlaßt Ihr ohne uns die Stadt. Aber bis dahin bewacht Ihr den Eingang. Laßt ja nicht zu, daß uns irgendwelche Kreaturen hinterhersteigen! Ich möchte mir nur Gedanken darüber machen müssen, was vor uns liegt, nicht auch noch darum, was sich in unserem Rücken tun könnte.«

»Und was ist mit mir?« fragte Axis.

»Ich habe bei dieser Unternehmung die Befehlsgewalt, und ich will nicht riskieren, daß wir in der Enge dort unten beide in Gefahr geraten. Oben habt Ihr eine deutlich höhere Überlebenschance. Deswegen bleibt Ihr auch dort.«

»Nein«, entgegnete der Krieger, »in diesem besonderen Fall übernehme ich wieder den Oberbefehl. Und ich sage, daß ich mitkomme, denn ich muß wissen, was da unten vor sich geht. Außerdem nutzen Euch meine Zauberkräfte mehr, wenn ich bei Euch bin, als wenn ich hier oben bleibe.«

»Wie Ihr wollt«, gab sie kurz angebunden zurück. »Aber dann macht Euch wenigstens mit einem Licht nützlich.«

So nahm Axis die erste der Stufen in Angriff. Er streckte eine Hand aus, öffnete sie und aus ihr wuchs eine leuchtende Kugel. Als ihr Licht stark genug war, setzte er sie schließlich auf die Treppe, wo sie gleich weiterhüpfte. Der Leuchtball rollte in einen Gang und hielt ein Stück weiter an. In seinem Licht ließen sich Wände, Boden und Decke aus wohlbehauenem Stein erkennen. Aber nichts sonst.

»Gut«, sagte Aschure, schob sich an dem Krieger vorbei und pfiff Sicarius heran. »Sucht für uns, los.«

Der Alaunt sprang die Stufen hinunter und strich dann vorsichtig, mit der Nase am Boden, durch den Gang. Bald hatte ihn die tiefe Dunkelheit verschluckt. Aschure bedeutete den Soldaten, ihm zu folgen.

Langsam tasteten sie sich durch den Gang. Die Schützin führte die Truppe an, dicht gefolgt von Axis. Alle hielten ihre gezogene Waffe in der Hand oder trugen brennende Fackeln. Wenn sie sich der Kugel näherten, setzte diese sich wieder in Bewegung und leuchtete ihnen voraus.

Nach ungefähr fünfzig Schritten bog der Gang nach links ab. Die Befehlshaberin spähte vorsichtig um die Ecke, sah eine weitere Treppe und entdeckte auch Sicarius, der in angespannter Haltung davor stand.

»Kommt!« forderte sie die anderen leise auf und lief hinunter. Dort angekommen, tätschelte Aschure kurz Sicarius' Kopf und sah sich dann um.

Die zweite Treppe hatte sie in einen großen Raum mit niedriger, gewölbter Decke geführt. Diese wurde von steinernen Säulen gehalten, die lange Schatten auf den Boden warfen. Einige zerbrochene Holzkisten und Fässer lagen auf einer Seite, doch darüber hinaus enthielt die Halle nichts. Am anderen Ende war eine schwere, hölzerne Rundbogentür einen Spalt weit geöffnet.

»Wofür haltet Ihr das?« fragte die Schützin Axis, als er neben ihr stand.

»Wir befinden uns sicher unter dem Stadtzentrum. Vermutlich stehen wir gerade im Keller eines der Hauptverwaltungsgebäude.«

»Hier ist es kalt«, klagte sie und schloß den Kragen ihres Hemds.

Es war tatsächlich kalt. Hier herrschten noch eisigere Temperaturen als oben, wo man noch den Winter zu spüren bekam. Wölkchen entstanden vor ihrem Mund, wenn sie ausatmeten, und an den Säulen hatten sich Eisblumen gebildet. Aschure betrachtete die schwere Tür und beugte sich wieder zu dem Alaunt hinab. Sie vergrub ihre Finger in seinem dichten

Kopffell und murmelte etwas. Der Hund sah sie aus seinen goldenen Augen an. Sein Mund stand offen, und er hechelte leicht.

Dann erhob die Schützin sich wieder. »Er ist noch nicht durch die Tür gelaufen. Damit wollte er warten, bis wir zu ihm aufgeschlossen hätten. Sie gefällt ihm nämlich nicht.«

Der Krieger sah erst sie und dann den Hund an. Nach kurzem Zögern streckte er die Hand wieder aus, und die Lichtkugel kehrte auf sie zurück. »Seid vorsichtig.«

Aschure hielt die Fackel hoch und bedeutete dem Trupp, ihr zu folgen. Geradewegs marschierte sie zur Tür, verteilte die Soldaten links und rechts davon und riß sie dann mit einem Ruck ganz auf.

Doch keine Feinde strömten heraus, nur Luft, die sich noch kälter anfühlte als die in dem Raum mit der gewölbten Decke.

Axis und Aschure sahen sich an. Dann schaute sie auf den Leuchtball auf seinem Handteller und nickte in Richtung der Finsternis hinter der Tür. Der Zauberer trat vor, warf die Kugel hinein und summte dazu eine fremdartige Melodie. Der Ball hatte noch kaum den Boden berührt, da flammte er schon auf, worauf ein bestürztes Wispern und Murmeln einsetzte.

Der Krieger erbleichte, als er erkannte, was sich seinen Augen bot, und wich einen Schritt zurück. Aschure schaute ebenfalls hinein, wandte sich ebenfalls entsetzt ab und mußte schließlich noch einmal hinsehen.

Vor ihnen dehnte sich ein riesiger Raum aus, vermutlich einer der früheren Getreidespeicher von Hsingard. Doch hatten ihn die Skrälinge seitdem in eine Brutanstalt umgewandelt. Aschure spürte, wie ihr Liebster ihr einen Arm um die Hüften legte und sie von der Tür zurückzog.

Der ganze Raum war übersät von zerbrochenen Eierschalen, und es wimmelte von Skrälingjungen, die aus diesen Tausenden und Abertausenden von Eiern geschlüpft waren. Die Kleinen waren fast weiß und hatten schleimige, durchsichtige Körper, an denen noch nichts von der Festigkeit, wie man sie bei den Erwachsenen antraf, zu erkennen war. Dafür hatten sie schon deren riesige Augen, und aus ihren kleinen Mündern ragten Reißzähne. Die Geisterkinder wimmerten und greinten, weil sie das grelle Licht nicht vertragen konnten.

»Bei den Sternen«, flüsterte Axis, »wahrscheinlich haben die Skrälinge solche Brutstätten überall unter der Stadt eingerichtet!«

»Mit denen sollen wir es wohl im nächsten Winter zu tun bekommen«, meinte Aschure leise. »Oder sagen wir, sollten.« Sie schleuderte ihre Fackel in die Halle. Dort, wo sie auftraf, entstand eine Stichflamme, und das Gewimmer steigerte sich zu schrillem Gekreisch.

»Rasch«, drängte die Befehlshaberin, »ehe ihre Eltern kommen! Werft alle Brände hinein, und dann aber nichts wie weg von hier!«

Die Flammen erfaßten zunächst die Eierschalen und dann die Gliedmaßen der Kleinen. Schon wanden sich die ersten brennend durch den Raum, krabbelten über andere und setzten diese ebenfalls in Brand. Als das Feuer sich in alle Richtungen ausgebreitet hatte, warf Aschure die Tür ins Schloß. Axis nahm ihre Hand und riß sie mit sich. »Fort von hier. Schnell!«

Waren sie vorher langsam die Treppe hinuntergeschlichen, nahmen sie die Stufen jetzt, so rasch sie konnten, hinauf. Niemand wollte hier unten von den aufgebrachten Eltern erwischt werden.

Der Trupp gelangte sicher an die Oberfläche, aber das Geschrei der brennenden Skrälingkinder mußte inzwischen jeden Skräling in der Stadt alarmiert haben. Wenig später krochen die Kreaturen aus buchstäblich allen Löchern und Spalten beidseits der Straße. Aschure und ihre Streitmacht mußten sich den Weg aus Hsingard freikämpfen, und diesmal kam kaum noch einer ohne Verletzung davon. Die Befehlshaberin erlitt eine häßliche Schnittwunde an der linken Seite. Aber daß sie überhaupt entkommen konnten und nur geringe Verluste zu beklagen hatten, verdankten sie hauptsächlich dem ikarischen Geschwader über sich. Nun, da die Skrälinge sich endlich im Freien zeigten, fanden die Pfeile endlich Ziele.

✩ ✩ ✩  153  ✩ ✩ ✩

Als sie die Pferde erreichten, hob Axis die Befehlshaberin auf Venator. »Könnt Ihr noch reiten?« fragte er besorgt angesichts ihres blutdurchtränkten Hemdes.

»Ja, mir geht es gut«, keuchte sie. »Steigt Ihr endlich auf Belaguez.«

Rings herum versuchten überall Soldaten, hastig auf ihre Rösser zu kommen. Die Luftkämpfer wehrten so lange die verfolgenden Kreaturen ab. Die Befehlshaberin aber hielt Venator zurück, bis alle Männer aufgesessen waren.

»Reitet los!« schrie sie dann, wendete ihr Pferd und trieb es mit den Fersen an. »Reitet endlich los!«

Als sie dann in vollem Galopp auf die Urqharthügel zustrebten und die Skrälinge nicht mehr mithalten konnten, lachte Aschure wieder aus vollem Hals.

Sie hielten erst an, als sie sich mitten im Hügelland befanden. Die Ikarier hielten weiterhin am Himmel Wache.

Axis sprang von seinem Hengst und hob seine Liebste aus dem Sattel.

»Mir fehlt nichts«, keuchte sie und lachte immer noch vor Freude über den gelungenen Anschlag und den wilden Ritt von Hsingard zu den Hügeln. Aber als der Krieger ihr das Langhemd öffnete und das darunter befindliche normale Hemd aus dem Hosenbund zog, fand er auch dieses blutgetränkt. Das Herz zog sich ihm zusammen, als er entdeckte, wie warm und feucht sich der Stoff anfühlte.

Eine Skrälingkralle hatte ihr das Fleisch entlang der unteren Rippen tief aufgerissen. Die junge Frau verlor sehr viel Blut, aber der Knochen hatte das Schlimmste verhindert.

»Die Wunde muß genäht werden«, stellte der Krieger fest und ließ sich von einem Soldaten einen Verband reichen. Er verband ihr die linke Seite und zog dann das Hemd darüber.

»Ach, das ist doch nichts«, meinte Aschure. »Andere haben Schlimmeres erleiden müssen. Laßt mich endlich los. Ich will nach meinen Männern sehen. Schließlich gehört das zu meinen Pflichten als Befehlshaberin.«

✫ ✫ ✫   154   ✫ ✫ ✫

Die junge Frau brachte ihre Kleider wieder in Ordnung und machte sich dann auf den Weg zu ihrer Truppe. Für jeden Verwundeten fand sie ein freundliches, tröstliches Wort und war stolz, weil sie ebenfalls eine Kampfverletzung vorzuweisen hatte. Wie gewohnt trottete Sicarius hinter ihr her. Wie die meisten aus dem Rudel, blutete auch er aus einem Dutzend kleiner Wunden.

Axis stand noch bei den Pferden und schien sie zu beobachten, aber der Schleier hatte sich wieder vor seine Augen geschoben.

Früh am nächsten Morgen ritten sie in Sigholt ein. Die Ikarier waren bereits am Vorabend zurückgekehrt und hatten bereits Bericht erstattet berichtet. Als Aschure mit ihrer Truppe erschien, standen schon Sanitäter und Bedienstete bereit, um die Verwundeten zu versorgen und allen eine warme Mahlzeit vorzusetzen.

»Die Luftkämpfer haben uns bereits gemeldet, was vorgefallen ist!« Belial löste sich aus der Menge und nahm erschrocken Aschures blutige Sachen in Augenschein. »Ist mit Euch wirklich alles in Ordnung?«

Die junge Frau lächelte. »Nur ein Kratzer. So sagen es gute Soldaten doch, wenn sie zu ihrer vor Sorge zitternden Familie heimkehren, nicht wahr?«

Axis trat hinzu und legte ihr einen Arm um die Hüfte. Nun, da sie wieder zuhause waren, war er nicht mehr ihr Leutnant, sondern konnte wieder der zuvorkommende Liebhaber sein. »Sie ist nicht schlimm verwundet, Belial.« Dann sah er sich überrascht auf dem Burghof um. »Rabenbunder?«

»Ja, sie sind gestern vormittag hier eingetroffen. Die meisten lagern am See, aber ihre Anführer habe ich hier in der Festung untergebracht.«

»Wo, um alles in der Welt?« murmelte Aschure, hielt nervös Ausschau und konnte erst wieder befreit aufatmen, als Rivkah mit Caelum auf den Armen auf sie zugeeilt kam. Sie nahm den Kleinen, und in diesem Augenblick trat ein großer schwarzhaariger Mann vor.

☆ ☆ ☆  155  ☆ ☆ ☆

»Ho'Demi«, rief Axis und sah dem Häuptling ins tätowierte Gesicht. Er hatte ihn an der Gundealgafurt gesehen und danach durch die Augen seines Adlers. Doch da hatte der Mann noch eine nichttätowierte kreisrunde Stelle auf der Stirn gehabt.

Nun prangte dort die blutrote Sonne. Und nicht nur bei Ho'Demi. Jeder Rabenbunder hier in Sigholt, Männer, Frauen und Kinder, war nun damit geschmückt.

# 12

## »DIE ZEIT IST GEKOMMEN, TENCENDOR WIEDERERSTEHEN ZU LASSEN!«

Die junge Rabenbunderin steckte die letzte Nadel in Aschures Haar, trat einen Schritt zurück und hielt ihr einen Spiegel hin, damit sie ihre neue Frisur von allen Seiten betrachten konnte.

»Danke, Imibe, das habt Ihr sehr schön gemacht.«

Während der letzten Wochen hatte sich der Aufgabenbereich Imibes deutlich vergrößert – von Caelums Kinderschwester zu Aschures Zofe. Die junge Frau hatte sich zwar immer noch nicht so recht daran gewöhnt, daß ihr jemand stets zu Diensten stand, aber sie hatte in der letzten Zeit so viel zu tun, daß ihr die Hilfe gelegen kam.

Angefangen hatte Sigholt mit dreitausend Soldaten, drei Wächtern, zwei Frauen und einem Koch im Ruhestand. Seitdem war eine Stadt, Seeblick, entstanden, und das Umland hallte von der lärmenden Geschäftigkeit und Lebensfreude von mittlerweile dreißigtausend Personen wider. Nicht nur acharitische Soldaten, ikarische Luftkämpfer und Rabenbunder bevölkerten das Land, auch Städter, ebenso wie Stallburschen, Knechte, Kaufleute, Handwerker und Schreiber. Menschen jeden Standes hatten sich dazugesellt. Vor einer Woche war sogar ein Geschichtsschreiber eingetroffen und hatte verkündet, er wolle fortan die Erlebnisse von Axis Sonnenflieger auf seiner Reise durch die Prophezeiung schriftlich festhalten.

Fiel es Aschure schon schwer, sich an den Diensteifer von Imibe zu gewöhnen, so war ihr erst recht die Ehrerbietung, welche die Bewohner von Sigholt und Seeblick ihr bei jeder Gelegenheit erwiesen, unerträglich. Sie brauchte nur durch die Straßen der Stadt zu gehen, sei es mit oder ohne Caelum, und

☆ ★ ☆ 157 ☆ ★ ☆

schon machten ihr die Bürger überall bereitwillig Platz, lächelten ihr zu und bedachten sie mit einer Verbeugung oder, die Damen, einem Knicks.

»Laßt Euch anschauen«, sagte Axis, der jetzt ihr Gemach betrat, »zeigt mir, wie Ihr Euch herausgeputzt habt.«

Sie ergriff seine ausgestreckte Hand und ließ sich von ihm durch das Zimmer zu dem großen Spiegel an der Wand führen. Als die junge Frau davor stehenblieb, stellte sich der Krieger hinter sie und legte ihr die Hände auf die Schultern. Er selbst trug sein goldenes Langhemd und eine Stoffhose, die im Ton zu dem Rot der Sonne auf seiner Brust paßte. Im Kontrast dazu hatte Aschure ein einfaches schwarzes, strenggeschnittenes Gewand angelegt, das ihre schlanke Figur betonte und die Aufmerksamkeit auf ihr feinknochiges Gesicht und die ungewöhnlichen, rauchblauen Augen lenkte. Das Haar, ebenso schwarz wie das Kleid, hatte sie zu einem komplizierten Knoten auf dem Kopf zusammengefaßt.

Axis lächelte ihrem Spiegelbild zu und griff in seine Tasche. »Dru-Beorh macht mir immer Geschenke, die mehr für Euch geeignet sind.«

Damit legte er ihr ein Paar schwerer Ohrringe aus geflochtenem dunklen Gold an. Zwei wunderschöne Goldtropfen, die den perfekten Rahmen für ihre lieblichen Züge bildeten.

»Wir zwei sind schon ein elegantes Paar«, lächelte der Sternenmann und beugte sich hinunter, um sie zu küssen. Erst da bemerkte er, daß ihr die Tränen in den Augen standen. »Was ist mit Euch? Warum diese Melancholie?«

»Weil ich nicht hierher und an Eure Seite gehöre«, flüsterte die junge Frau. »Bald werdet Ihr Euren Feldzug in den Süden beginnen und bis nach Karlon gelangen. Dort, wo Eure Königin wartet.«

Axis erstarrte sichtlich. Aschure und er waren diesem Thema immer wieder ausgewichen, dabei stand Faraday ständig unsichtbar zwischen ihnen.

»Ich weiß, daß Ihr Euch mit Herzog Roland und mit Ho'Demi über sie unterhalten habt«, fuhr die junge Frau fort, fest entschlossen, weiterzusprechen. »Das, was Ihr hier seht«, sie deutete auf ihrer beider Bild im Spiegel, »ist nichts als Schein. Alles, was wir gemeinsam haben, besitzt soviel Substanz wie ein Spiegelbild im Wasser – und vergeht genauso rasch.«

Der Griff seiner Hände auf ihren Schultern wurde härter, woraus sie erkannte, daß sie ihn verärgert hatte. »Mit dem, was ich Euch in Hsingard gesagt habe«, entgegnete er, »war es mir vollkommen ernst. Ich liebe Euch. Ihr seid kein Ersatz, der mir das Bett wärmt, bis ich Faraday wiederhabe. Liebt Ihr mich denn auch, oder wollt Ihr mir auf diese Weise beibringen, daß Ihr mich verlassen werdet?«

»Ihr wißt genau, daß ich Euch liebe.« Aschure mußte sich sehr zusammenreißen, damit ihr die Stimme nicht versagte. »Aber ich werde Euch wohl verlassen müssen, sobald wir Karlon erreicht haben. Jeden Tag nagen Schuldgefühle wegen Faraday an mir. Und Euch plagt doch sicher auch das Gewissen, oder etwa nicht?«

»Ob mir mein Gewissen zu schaffen macht? Ja, gut möglich. Ob ich an Faraday denke? Sicher, das will ich gar nicht abstreiten. Und in gewisser Weise liebe ich sie auch heute noch. Aber Tag für Tag wächst meine Liebe zu Euch und schwächt meine Gefühle für die Königin ab. Alle drei stecken wir doch nun einmal im gnadenlosen Griff dieser verwünschten Prophezeiung. Sie spielt mit uns, benutzt uns und läßt uns keinen eigenen Willen mehr. Dennoch können Ihr und ich nicht die Magie bestreiten, die in der Beltidennacht über uns kam ... oder der fortgesetzte Zauber jeder neuen Nacht. Und wir können gewiß nicht über das Kind hinwegsehen, das ein Band zwischen uns geknüpft hat.« Seine Stimme nahm einen härteren Klang an. »Komme, was mag, ich werde Euch nicht gehenlassen. Noch verlieren. Noch vergessen.« Seine Hände glitten zu ihrer Taille hinab. Er zog ihren Rücken an seine Brust.

Die junge Frau holte tief Luft. »Trotzdem werdet Ihr Faraday heiraten.«

»Es bleibt mir wohl nichts anderes übrig. So wie die Prophezeiung Faraday gezwungen hat, Bornheld zu ehelichen, gebietet sie auch mir, Faraday zu freien. Steht nicht in der Weissagung geschrieben, daß sie mit dem Mann im Bett liegen wird, der ihren Gemahl ermordete? Davon abgesehen brauche ich ihre Unterstützung, damit mir ihre Bäume gewogen sind.«

»Dann muß ich gehen ...«

»Nein!« rief der Krieger und hielt sie fester. »Ich lasse Euch nicht gehen. Faraday ist eine kultivierte Adlige und kennt sich bei Hof aus. Ohne Zweifel hält Bornheld sich seine Mätressen...«

»Niemals!« schrie Aschure und versuchte, sich von ihm zu befreien. Aber er ließ nicht locker.

»Bleibt bei mir. Tanzt mit mir. Werdet meine Geliebte. Faraday wird das sicher hinnehmen.«

Die junge Frau schloß die Augen. Mätresse, Kurtisane, Konkubine. Nein, es gab keine Möglichkeit, die bittere Wahrheit angenehmer klingen zu lassen. Arme Faraday. Aschure wußte jetzt schon, daß das, was Axis da vorschlug, die Edle tief in ihrem Herzen verletzen würde.

»Könnt Ihr mich denn einfach verlassen?« fragte er. »Ist Euch das überhaupt möglich?«

»Nein«, antwortete Aschure mit geschlossenen Augen. Sie fühlte nichts anderes mehr als seine Wärme an ihrem Rücken. »Nein, das wird mir nie möglich sein.«

»Genausowenig, wie Ihr von mir lassen könnt, vermag ich, von Euch zu lassen. Ich dachte, ich könnte es. Redete mir ein, allein nach Süden reiten und Euch und Caelum hier lassen zu können. Aber es würde mich zerreißen, auch nur von einem von Euch getrennt zu werden. Ihr habt einen solch starken Zauber um meine Seele gelegt, daß ich nie mehr von Euch freikomme. Bleibt bei mir, bitte ... ich flehe Euch an.«

Aber ein erschreckendes Bild drängte sich in ihre Gedanken. Axis und Caelum in dreihundert Jahren, beide noch jung und vital, saßen zusammen auf dem Felsvorsprung am Krallenturm und versuchten sich erfolglos an ihren Namen zu erinnern. Sie lachten und scherzten, zogen sich gegenseitig auf und gaben sich schließlich geschlagen. Die Geliebte und Mutter war schon lange tot und längst aus ihren Gedanken entschwunden.

☆ ☆ ☆  160  ☆ ☆ ☆

»Bitte«, flüsterte der Krieger in ihr Haar.

»Ja«, sagte sie und haßte sich dafür.

»Dann öffnet die Augen wieder.« Seine Hände lösten sich von ihr. »Holt unseren Sohn und kommt. Sigholt erwartet uns schon.«

Aschure nahm Caelum aus seiner Wiege. Sie bettete seinen Kopf nahe an ihren Mund. Dabei flüsterte sie ihm so leise etwas zu, daß Axis kein Wort davon verstehen konnte.

Sie erklärte ihrem Sohn: »Wenn Ihr in Eurem langen, langen Leben eins für mich tun wollt, Caelum, dann vergeßt meinen Namen nicht. Denn ich habe den Namen meiner Mutter vergessen. Ich heiße Aschure, Caelum. Aschure, Aschure, Aschure ...«

Heute, am dreiundzwanzigsten Tag des Hungermonds, hatte Rivkah Namenstag, und Axis hatte für sie in der Großen Halle von Sigholt einen Empfang vorbereitet. Doch sollte auf diesem Fest nicht nur der Ehrentag seiner Mutter begangen werden. Während der vergangenen Wochen waren die Angriffe Gorgraels zum Erliegen gekommen, und sämtliche Truppen des Sternenmanns hatten sich mittlerweile wieder in der Festung eingefunden. Deshalb wollte der Krieger die Gelegenheit nutzen, auch seinen Soldaten für ihren Mut und Einsatzwillen zu danken. Am Abend versammelten sich daher alle Offiziere und Befehlshaber in der Großen Halle. Daneben fanden sich auch die Honoratioren von Seeblick, die Häuptlinge der Rabenbunder, die Wächter, die meisten der anwesenden ikarischen Zauberer und andere illustre Gäste.

Dieser Empfang versammelte erstmals all die Personen, die einmal Axis' königlichen Hofstaat bilden sollten. Für den Sternenmann war es an der Zeit, seinen Anspruch auf den Thron von Achar öffentlich zu machen. Als zukünftiger Regent und designierter Krallenfürst der Ikarier besaß der Krieger zwar bereits ausreichend Macht, doch keinen Hof. Es hatten sich einige Kaufleute aus Tarantaise und Nor eingefunden – auf besondere Einladung Axis' – da er hoffte, über sie die Nachricht von seinem Thronanspruch im Süden zu verbreiten. Wenn Bornheld Achar den Sonnenkönig nicht geben konnte, nach denen sich so viele Untertanen sehnten, dann würde der Sternenmann kommen und ein Sonnenkönigtum errichten.

Die ikarischen Zauberer sorgten mit Freuden für die musikalische Unterhaltung. Sie flogen unter den Deckenbalken dahin und ließen von dort ihre Harfen und ihre herrlichen Stimmen ertönen. Zwischen den Gästen, die sich auf das Vornehmste gewandet hatten, eilten Diener hin und her, um Gläser und Kelche wieder aufzufüllen oder Platten mit erlesenen Köstlichkeiten zu reichen. Reinald, der alte Koch, hatte das geschäftige Treiben in der Küche überwacht und sich mit der Speisenfolge wieder einmal selbst übertroffen. Jetzt saß er oben auf der Galerie in einem bequemen Sessel und sah dem Empfang von dort aus zu, eine Karaffe seines Lieblingsgewürzweins neben sich. Nie zuvor, dachte er, weder unter Searlas' noch unter Bornhelds Herrschaft, hatte es in Sigholt ein so schönes und fröhliches Fest gegeben.

Als Axis und Aschure auf der Haupttreppe erschienen, kehrte augenblicklich Ruhe unter den Gästen ein. Sie waren ein herrliches Paar, beide schön, jung und voller Selbstvertrauen. Er in Gold und Dunkelrot, zog jeden Lichtstrahl im Saal auf sich. Sie, ganz in Schwarz, glitt so vornehm die Stufen hinab, als würde sie schweben. Aschure hielt Caelum auf ihrem Arm, und der Kleine betrachtete die Menge vor sich mit den blauen Augen, die er von seiner Mutter geerbt hatte. Auch wenn dem Knaben bereits Haare wuchsen und kleine schwarze Löckchen sein Gesicht umrahmten, erkannte der alte Reinald doch trotz seiner schwachen Augen die ikarischen Züge, die Caelum von seinem Vater mitbekommen hatte.

Der Sternenmann trat vor den großen Kamin, wo die Flammen seine goldene Aura noch heller erstrahlen ließen, und ließ alle zu sich kommen, die mit ihm zu sprechen wünschten. Rivkah stand neben ihm und lachte und scherzte mit den Gratulanten. Aschure hingegen mischte sich mit dem Kind auf einem Arm und einem Glas Wein in der Hand des anderen unter die Gäste. Sie schien nun heiter und gelöst. Von den Zweifeln und Gefühlsausbrüchen war ihr nichts mehr anzumerken. Als sie

✦ ✧ ✧  162  ✧ ✧ ✦

zusammen mit ihrem Liebsten die Große Halle betreten hatte und oben auf dem Treppenabsatz erschienen war, hatte sie rasch feststellen können, wie sehr alle Anwesenden bewundernd zu ihnen hoch sahen. Viele zollten ihnen Achtung, in manchem Blick waren aber auch Neid oder Eifersucht zu erkennen und in einigen sogar Liebe. An diesem Ort war sie willkommen, beruhigte sich die junge Frau. So sehr sie auch nach höhnischen Mienen oder Spott Ausschau hielt, sie fand nichts davon. Der Krieger hatte kurz zu ihr hinübergesehen und gelächelt, und dann vernahm sie seine Stimme in ihrem Kopf: *Ihr könntet von ihnen verlangen, was Ihr wollt. Sie würden Euch jeden Wunsch erfüllen, wie mir auch. Und ich Euch. Unterschätzt nie Eure Fähigkeiten oder die Macht Eurer Ausstrahlung.*

Die junge Frau spürte in diesem Moment, wie seine Liebe und auch die ihres Sohnes sie durchdrangen. Und als Caelum in ihren Gedanken sprach: *Ihr seid Aschure. Das weiß ich* – da wußte sie, Vater und Sohn verliehen ihr beide Stärke, und in diesem Augenblick erhielt sie die Gewißheit, daß sie immer überleben würde, ganz gleich, was die Zukunft für sie bereithielt. Lächelnd und strahlend schön konnte sie nun der Menge begegnen.

»Roland?« Aschure entdeckte den kranken Herzog von Aldeni und trat zu ihm.

Als der Herzog mit den Rabenbundern hier eingetroffen war, war er dem Tod näher gewesen als dem Leben. Die Krankheit, die ihn von innen auffraß, hatte ihn bereits deutlich geschwächt. Nach dem anstrengenden Ritt zur weiter nördlich gelegenen Burg hatte er gleich das Bett hüten müssen und vier Tage lang nicht verlassen können.

Nachdem es Roland wieder etwas besser ging, wollte Axis von ihm erfahren, warum er Bornheld verlassen hatte, nachdem er ihm so lange die Treue gehalten hatte. Roland antwortete, daß ihm nur noch wenig Zeit bleibe und er mit reinem Herzen und ruhigem Gewissen sterben wolle. »Ich habe sehr lange auf der Seite gestanden, die ich für die richtige hielt«, meinte der Herzog dann, »aber als der König Gautier befahl, die drei Rabenbunder ans Kreuz zu nageln, wurde mir endgültig bewußt, daß ich dem Falschen die Treue hielt. Deswegen möchte ich wenigstens in Ehren aus diesem Leben scheiden. Laßt mich bitte bei Euch bleiben.« Wie hätte der Krieger ihm diesen Wunsch abschlagen können?

Reinald überredete den Herzog schließlich, doch einmal die Anstrengung auf sich zu nehmen und zum See des Lebens zu gehen. »Mir hat das Wasser sehr bei meiner Gelenkentzündung geholfen«, versicherte er ihm. Und tatsächlich, das Bad im See tat Roland außerordentlich gut. Das bösartige Gewächs in seinem Bauch ging zurück, und neues Leben durchströmte ihn.

Dennoch vertraute Axis seiner Liebsten an, daß der Herzog immer noch vom Tod gezeichnet sei. Roland würde zwar nicht mehr in diesem Monat sterben und wahrscheinlich sogar das nächste Jahr erleben. Aber mehr als zwei Jahre habe er sicher nicht mehr vor sich.

Während die beiden sich nun unterhielten, betrachtete der Herzog die junge Frau genau. Man sah ihr deutlich an, daß ihre Mutter aus Nor gestammt hatte, aber da war noch etwas anderes an ihr, das Roland nicht genau bestimmen konnte. Kein Wunder, daß der Krieger Faraday beinahe vergessen hatte, dachte er, während er zu Aschures witzigen Bemerkungen über die ikarischen Musikanten lächelte. Außerdem hatte diese überaus anziehende Frau ihm einen Sohn geschenkt. Der Kleine wirkte für einen Säugling ungewöhnlich wach und aufnahmefähig. Seine blauen Augen schienen alles zu erfassen, was sich um ihn herum tat. Der Herzog fragte sich, ob seine besondere Abstammung für diese ungewöhnlichen Fähigkeiten verantwortlich war. Sein Blick wanderte kurz zu dem Hund an Aschures Seite. Newelon hatte ihm von dieser Frau, ihren Künsten im Bogenschießen und dem Rudel Riesenhunde in ihrer Begleitung berichtet. Vielleicht hatte Caelum sowohl vom Vater als auch von der Mutter seine besonderen Gaben erhalten.

»Mir tut es um Ihren Leutnant Newelon leid«, sagte die junge Frau jetzt und wechselte damit abrupt das Thema. »Ich habe davon gehört, daß ihn ein Greif gepackt haben soll.«

☆ ☆ ☆   164   ☆ ☆ ☆

Verblüfft konnte Roland nur nicken. ›Das Blut von Zauberern muß in ihren Adern fließen‹, dachte er, ›wenn sie mir bis in die Tiefe meiner Seele schauen und dort meinen größten Schmerz entdecken kann.‹

»Wir haben einige unserer besten Freunde an diese Bestien verloren«, fuhr Aschure fort. »Es sind wirklich furchtbare Kreaturen. Verzeiht bitte, daß ich damals Euren Newelon verwunden mußte, Euer Durchlaucht. Magariz sagte mir, daß er stets ein ehrenhafter Mann gewesen sei.«

»Die Umwälzungen der letzten Zeit hatten ihn zutiefst verwirrt, Herrin. Wie so viele andere von uns auch.«

Aschure gefiel es, so angeredet zu werden, aber sie ließ sich nichts davon anmerken und nippte an ihrem Wein. Musik, Licht und das allgemeine Gemurmel umgaben sie und ihren Sohn wie ein Summen.

»Man braucht Mut, um mit all den merkwürdigen Wendungen fertig werden zu können, die das Leben einem beschert«, erklärte sie im Plauderton und wußte, daß diese Weisheit genauso auf sie wie auf den Herzog zutraf. Mut haben und sich fügen, ja, das war ein kluger Ratschlag. Man mußte eben einfach den Weg beschreiten, den das Schicksal einem aufzeigte. Geliebte? Kurtisane? Konkubine? Wenn das Leben nichts Besseres für einen bereithielt. Und wo blieb die Liebe? Die besaß sie reichlich, sogar zweifach.

»Wußtet Ihr eigentlich«, bemerkte Roland jetzt beiläufig, »daß ich Axis vor drei Jahren geraten habe, niemals zu heiraten und sich nicht zu sehr von der Liebe überwältigen zu lassen? Ich erklärte ihm, ein geborener Krieger könne sich niemals Gemahlin und Schwert gleich stark widmen. Eines von beiden bleibe immer auf der Strecke. Und das Schwert würde ihm stets treuer dienen.«

Aschure sah ihn mit großen Augen an. Der Herzog lächelte. »Damit lag ich natürlich falsch, Herrin, und ich bin heute froh, daß Axis nicht auf mein törichtes Geschwätz gehört hat. Ohne Euch an seiner Seite wäre ihm das alles hier sonst nie gelungen.« Er umfaßte mit einer ausholenden Geste die ganze Große Halle.

☆ ☆ ☆  165  ☆ ☆ ☆

»Was ich damit eigentlich sagen will, ist folgendes: So sehr wir auch versuchen mögen, das Leben nach unseren Wünschen umzuformen, am Ende zwingt es doch immer uns seinen Willen auf. Und das oftmals zu unserem besten, auch wenn wir das in der Regel erst viel später begreifen. Axis kann von Glück sagen, daß Ihr in sein Leben getreten seid, Herrin. Hier in Sigholt eilt Euch bereits ein sagenhafter Ruf voraus.«

Aschure wurden die Augen feucht. Caelum regte sich in ihren Armen und wollte offensichtlich zu dem Herzog. Lächelnd nahm Roland ihn entgegen. »Wenn Axis Erfolg beschieden ist, wird dieser Knirps hier eines Tages König sein«, erklärte er, und der Knabe gluckste dazu.

»Aschure, Herzog.« Belial erschien mit Abendlied und begrüßte sie. Die Schwester des Kriegers trug zu diesem gesellschaftlichen Anlaß die Flügel in ihren natürlichen Farben, Gold und Violett, und hatte sich, dazu passend, für ein elfenbeinfarbenes Abendkleid aus Seide entschieden.

Ein Diener tauchte mit einer Karaffe Romstaler Gold auf und füllte die Gläser mit diesem trockenen, fruchtigen Wein.

»Der Sternenmann muß über bessere Verbindungen verfügen als der König«, bemerkte Roland und hielt den Jungen sicher und fest auf dem Arm. »Er kann mit diesem edlen Wein aufwarten, während Bornheld und sein Gefolge sich mit billigem Roten zufriedengeben müssen.«

»Dieser Wein lagert schon seit vielen Jahren in den Kellern der Festung, Euer Durchlaucht«, erklärte der Leutnant. »Selbst diese riesige Gästeschar hier würde sicher drei Jahre brauchen, um die Gewölbe Sigholts leer zu trinken. Und was die Versorgungswege angeht, nun, die waren schon einmal besser«, fügte er mit düsterer Miene hinzu. »Graf Burdel hat Skarabost wirklich verwüstet. Seit einigen Wochen trifft hier nur noch die Hälfte der früheren Nahrungsmittel ein, und es sieht ganz so aus, als käme in der nächsten Zeit noch weniger. Da können wir von Glück sagen, daß die Festung von so vielen fruchtbaren Feldern und Gärten umgeben ist. Und sich in den umliegenden Wäldern ausreichend Wild tummelt.«

☆ ☆ ☆   166   ☆ ☆ ☆

»Ich entnehme Eurem besorgten Tonfall«, entgegnete der Herzog, »daß die Gärten und Wälder aber leider nicht ausreichen, die Garnison und die wachsende Stadt auf Dauer zu ernähren.«

»Ganz recht. Wir werden bald etwas gegen Burdel unternehmen müssen. Er legt ja nicht nur unsere Versorgungswege lahm, er schlachtet ja auch wahllos die Bevölkerung von Skarabost ab. Sagt mir, Herzog, hat Bornheld ihm das befohlen?«

Roland nickte mit finsterem Gesicht. »Ja, das hat er, leider. Er glaubte, damit Axis ärgern, ihm damit neue Lasten aufbürden zu können.«

»Na ja, das ist ihm ja auch gelungen«, meinte der Leutnant. »Der Sternenmann wollte zwar ohnehin nach Süden aufbrechen. Doch aufgrund Burdels Untaten wird es wohl schon sehr bald sein.«

Nach Süden? Dort, wo Faraday sich aufhielt? Aschure nahm Roland unvermittelt das Kind wieder ab. »Ich schaue mal, was Ogden und Veremund machen.«

Damit ließ sie die Gruppe stehen.

Belial sah den Herzog und Abendlied fragend an: »Habe ich etwas Falsches gesagt?«


Am Kamin versuchte Axis krampfhaft, eine aufmerksame Miene aufrechtzuerhalten. Zwei Händler aus Tarantaise standen vor ihm, und der eine versuchte schon seit einer halben Ewigkeit, ihm den Kauf einer Wagenladung feinsten Leinengarns schmackhaft zu machen.

»Rivkah«, brummte der Krieger dringlich, doch ohne die Lippen zu bewegen.

Und seine Mutter kam ihm zu Hilfe. »Meine Herren«, wandte sie sich freundlich an die beiden Händler, »Euer Angebot ehrt uns. Unter anderen Umständen hätte ich meinen Sohn längst bestürmt, diese Garne zu erwerben, aber leider«, sie setzte kunstvoll und übergangslos eine bekümmerte Miene auf, »befinden wir uns mitten im Krieg, und da weigert er sich, für seine Mutter solchen Luxus zu erstehen.«

★ ☆ ☆ 167 ☆ ☆ ☆

Der Krieger warf ihr einen giftigen Blick zu, aber die beiden Kaufmänner verstanden Rivkahs Hinweis. Sie verbeugten sich tief vor der Prinzessin, die zu ihrem Ehrentag wie Aschure Schwarz trug, und verabschiedeten sich. Als die beiden an Axis vorbeikamen, steckte der eine ihm einen Brief zu, murmelte: »Nur für Euch persönlich«, und war schon in der Menge verschwunden.

Dem Sternenmann klopfte das Herz schneller, als er das Siegel auf dem Schreiben erkannte. Das Wappen Priams. Mit anderen Worten, der Brief mußte von Priams Gemahlin Judith stammen.

Er erbrach das Siegel und faltete das Pergament auseinander.

*Axis,*
*uns beide verband nie ein ausgesprochen herzliches Verhältnis,*
*doch dafür trifft allein mich und meinen verstorbenen Gatten*
*die Schuld. Wie Ihr inzwischen erfahren haben dürftet, lebt*
*Priam nicht mehr. Sein Tod erfolgte unter keinesfalls geklärten*
*Umständen. Doch sollt Ihr erfahren, daß der König vor seinem*
*Ende ernsthaft erwog, sich mit Euch zu verbünden. Er hatte von*
*der Prophezeiung gehört und ihre besondere Bedeutung er-*
*kannt.*

Axis hob die Brauen. Priam hatte sich auf seine Seite schlagen wollen? Zusammen mit Achar? Kein Wunder, daß es schließlich ein so rasches Ende mit ihm genommen hatte.

*Axis, in meinen Augen seid Ihr der rechtmäßige Thronerbe von*
*Achar, und ich will Euch mit allem, was in meiner Macht steht,*
*darin unterstützen, diesen Anspruch durchzusetzen. Doch als*
*Königinwitwe sehe ich mich von vielen Dingen und Entschei-*
*dungen ausgeschlossen, und das Herz der Macht bleibt mir ver-*
*schlossen. Dennoch will ich alles tun, was ich noch vermag. Man*
*hat mir eine Zofe gelassen, die sich um meine Bedürfnisse küm-*
*mert: Embeth, die Herrin von Tare. Seit einiger Zeit lebe ich in*
*ihrem Haus, und mir geht es hier wohl. Sollte Euch Euer Weg an*

diesem Haus vorbeiführen, dürft Ihr eines herzlichen Empfangs von uns beiden gewiß sein.

Ich hoffe, Eurer Sache dienlich sein zu können, und stehe deshalb bereits mit zwei Männern in Verbindung, deren Namen ich diesem Schreiben natürlich nicht anzuvertrauen wage. Aber wisset, daß Euer Ruhm und Euer Name sich überall im Land verbreiten. Viele der Menschen, von denen Ihr glauben mußtet, sie würden Euch von oben herab ansehen, denken bereits ernsthaft darüber nach, sich Euch anzuschließen.

Möge Euch nie der Mut verlassen.

J.

Mit einer raschen Handbewegung warf der Krieger das Pergament ins Feuer. Es färbte sich schwarz und ging in Flammen auf. Rivkah sah ihn fragend an, aber er wagte nicht, ihr vom Inhalt des Briefes zu berichten oder ihr auch nur zu verraten, wer der Absender war. Judith hatte eine Menge gewagt, diesen Brief viele hundert Meilen weit in den Norden zu schicken. Er suchte mit seinen Blicken in der Menge, doch waren die beiden Händler spurlos verschwunden. Vermutlich saßen sie längst auf ihren Pferden und ritten auf den Sperrpaß zu.

Ein dunkler Mann humpelte auf die Brücke zu und hielt mit einer Hand fest einen zerschlissenen Umhang vor seiner Brust zusammen.

»Seid Ihr reinen Herzens?« fragte der Steg zögernd, weil er sich von dem Treiben in der Großen Halle hatte ablenken lassen.

»Ja, das bin ich«, antwortete der Fremde.

»Dann überquert mich, auf daß ich feststellen kann, ob Ihr die Wahrheit sprecht.«

»Wie Ihr wünscht«, entgegnete er und setzte sich wieder in Bewegung.

Die ikarischen Zauberer wechselten von leichter Hintergrundmusik zu Liedern und Rhythmen, bei denen einem das Tanzbein zuckte und in deren Takt man sich wiegen mußte. Sieben oder acht Paare hatten sich bereits zum Hey-de-Guy aufgestellt, einem Ländler, bei dem sich Männer und Frauen jeweils in einer Reihe gegenüberstanden. Die anderen Gäste machten ihnen bereitwillig Platz und lachten und klatschten, als die Tänzer sich zu der Musik bewegten, die von der Decke herabströmte.

Rivkah drehte sich um, als jemand seine Hand auf ihre Schulter legte.

»Es ist schon lange her, Prinzessin«, sagte Magariz, »aber ich frage mich, ob Ihr Euch noch erinnern könnt.«

»Alle wichtigen Dinge sind fest in meinem Gedächtnis verankert, Fürst, und der Hey-de-Guy gehört doch wohl zu den wichtigsten Dingen des Lebens, oder?«

Magariz lächelte und reichte ihr galant die Hand. »Dann frage ich mich doch, Prinzessin, ob Ihr mir wohl die Ehre erweisen wollt, Euch ein weiteres Mal meinen ungelenken Füßen auszusetzen und mit mir zu tanzen.«

Rivkah nahm seine Hand. »Es wäre mir ein großes Vergnügen, Fürst.«

Axis trank einen Schluck und sah den beiden beim Tanz zu. Für jemanden mit einem lahmen Bein bewältigte Magariz die teilweise schwierige Schrittfolge doch mit einiger Eleganz und Bravour. Wo mochte sich nur Aschure gerade aufhalten? Er suchte nach ihr und entdeckte sie, wie sie mit Caelum auf dem Arm auf ihn zu kam.

Er küßte sie auf die Wange und entdeckte dann zwei weitere Vertraute. »Oh, da kommen ja auch Belial und Abendlied.« Er lächelte seinen Freund warm und seine Schwester fragend an. Die junge Ikarierin errötete, und Axis und Aschure tauschten einen wissenden Blick aus.

»Sternenmann«, begann der Leutnant, »ich habe eben mit Roland über Burdel gesprochen. Das rief mir ins Gedächtnis zurück, daß wir bald zur Tat schreiten müssen.«

Der Krieger wurde augenblicklich ernst. Ja, ganz recht, höchste Zeit, daß sie aufbrachen. Gorgrael wartete, und die Torwächterin zählte schon an ihren dürren Fingern die Tage ab, die Axis zur Erfüllung seines Teils des Paktes noch blieben, bis das Jahr

✫ ✫ ✫  170  ✫ ✫ ✫

vorbei war. Wie lange hielt er sich schon hier in Sigholt auf? Er rechnete rasch nach. Mindestens fünf Monate.

»Ja, bald«, stimmte er dem Freund zu und verbannte die Torwächterin aus seinen Gedanken. Der Zerstörer bildete jetzt die weit größere Gefahr. »Meine Freunde, mich bedrückt die Vorstellung, Gorgrael könnte wieder losschlagen, während ich in Tarantaise oder Arkness im Schlamm feststecke. Womöglich erreicht er Karlon noch vor mir!«

Axis verstummte plötzlich, als ihm bewußt wurde, was er gesagt hatte. Gorgrael sollte vor ihm die Hauptstadt erreichen? Vor ihm bei Faraday sein? Zum ersten Mal fragte sich der Sternenmann, wer mit der Geliebten gemeint sein könnte, von der die Weissagung in ihrer dritten Strophe sprach. Faraday oder Aschure? Ja, welche von beiden?

»Auch die Nachrichten von Jervois bedeuten nicht viel Gutes«, warf Ho'Demi ein, der eben zu ihnen getreten war. Die anderen vier sahen ihn mit großen Augen an.

»Nein, gewiß nicht«, gab Axis zu.

Seine Späher und ikarischen Fernaufklärer hatten übereinstimmend berichtet, daß Bornheld schon seit Tagen damit beschäftigt sei, seine Truppen zu ordnen und seine Armee zu verstärken. Seit die Angriffe der Skrälinge endgültig zurück geschlagen waren, schien der König zu einem Feldzug gegen Sigholt zu rüsten. Weitere Verstärkungen aus Koroleas seien bei ihm eingetroffen, und der Oberste Heerführer habe jeden kriegstauglichen Mann im Umkreis von hundertfünfzig Meilen um Jervois ausgehoben.

»Wir sollten uns in Marsch setzen, ehe Euer Bruder das tut«, drängte Belial leise.

»Und bevor Gorgrael Gelegenheit gefunden hat, eine Armee von diesen neuen, gepanzerten Skrälingen auszubrüten«, murmelte der Krieger.

Der dunkle Fremde erreichte die Burg. Trotz der milden Luft in Sigholt fror ihn, und er vermißte seine Heimat. Würde er sie je wiedersehen?

Der Wächter am Burgtor beäugte ihn mißtrauisch. Der merkwürdige Gang des Mannes gefiel ihm genausowenig wie die tief ins Gesicht gezogene Kapuze. »Was ist Euer Begehr?« fragte er den Fremden mit strenger Stimme, als dieser ihn erreichte.

Der Mann warf die Kapuze zurück, und der Wächter erstarrte vor Überraschung und Bestürzung.

»Ich bin gekommen, um mich Axis Sonnenflieger und Aschure, der Frau mit dem Wolfen, anzuschließen. Mein Auftrag drängt mich, mit ihnen nach Süden zu reisen.«

Dem Besucher mochte es zwar gelungen sein, über die Brücke zu kommen, aber der Wächter war immer noch vorsichtig. Er wollte ihn schon fortschicken und die Schranke schließen, als plötzlich hinter ihm Schritte zu hören waren.

»Ich bürge für diesen Mann«, erklärte Ogden. »Er ist reinen Herzens und ein Freund von Axis und Aschure.«

»Und ich bürge ebenfalls für ihn«, ließ Veremund sich vernehmen. »Er ist ein guter Mann und unabdingbar für Axis Sonnenflieger und die Prophezeiung.«

Und so wurde eine neue Seite im Buch der Prophezeiung aufgeschlagen.

Der Krieger wartete, bis der Tanz vorüber war und winkte dann seine Mutter zu sich. Sie erschien atemlos und mit geröteten Wangen, aber mit einem Strahlen in den Augen.

»Den Hey-de-Guy habe ich seit über dreißig Jahren nicht mehr getanzt. Ich konnte mich kaum noch an die Schrittfolge erinnern.« Sie lachte froh, als Magariz nun zu ihr trat. »Und meinem edlen Fürsten erging es wohl nicht besser, wenn ich seine tastenden Versuche richtig verstanden habe.«

»Ein Soldat verlernt rasch höfisches Brauchtum, Herrin«, entgegnete Magariz. »Ich will auch gar nicht so weit gehen und allein mein lahmes Bein für meine mangelhafte Darbietung verantwortlich machen.«

Axis betrachtete die beiden amüsiert. Bei den Bemerkungen über ihre jeweiligen Tanzkünste handelte es sich bloß um Frotzeleien. Denn der Fürst war der mit Abstand beste Tänzer heute abend gewesen, und Rivkah hatte sich mit Leichtigkeit aller Schrittfolgen erinnert.

Der Krieger füllte sein Glas und gab den Ikariern ein Zeichen. Sofort verstummte ihre Musik, und mit ihr verging auch das fröhliche Geplauder in der Halle. Alle wußten, daß der Sternenmann sie heute abend zu einer Ansprache eingeladen hatte. Die meisten glaubten zu wissen, was er ihnen verkünden wollte.

Axis trat vor. In seinen prächtigen Gewändern bot er einen beeindruckenden Anblick. Als er auf dem Podium stand, streckte er eine Hand nach Aschure aus. Alle sollten wissen, daß sie ihm gleichgestellt war. Die junge Frau zögerte einen Moment, trat dann aber zu ihm und ergriff seine Hand. Der Krieger lächelte ihr zu, bevor er sich an die Gästeschar wandte.

»Dies ist ein ganz besonderer Abend, und wir sind aus mehreren Anlässen hier zusammengekommen. Zum einen begehen wir den Namenstag meiner Mutter Rivkah, und ich möchte diese Gelegenheit auch gleich wahrnehmen, um die Prinzessin nach so langer Zeit im Exil in ihrer alten Heimat Achar zu begrüßen. Seid uns willkommen, Rivkah.«

Seine Mutter neigte dankend das Haupt.

»Auf die Prinzessin!« riefen die Gäste und hoben ihre Gläser.

»Als nächstes möchte ich Euch, meinen Freunden, für all das danken, was Ihr im zurückliegenden Winter für mich und Achar geleistet habt. Das Land verdankt seine vorläufige Befreiung von Gorgraels Kreaturen nicht zuletzt den Offizieren, die heute hier versammelt sind, ganz besonders aber der ikarischen Luftarmada. Mein Dank Euch allen.«

Der Krieger hielt inne und ließ den Blick über die Menge schweifen. Seine Miene wirkte angespannt und wartend.

An der Tür zögerte der dunkle Fremde, denn in solcher Gesellschaft fühlte er sich nicht wohl. Er spähte vorsichtig nach vorn und entdeckte das Podium, auf dem Axis und Aschure standen. Die beiden wirkten wie Sonne und Mond, Axis golden und durchdrungen von Lebendigkeit und Aschure, dunkel, bleich und gelassen. Tränen traten dem Mann in die Augen, als er das

✧ ✧ ✧  173  ✧ ✧ ✧

Paar so sah. Doch als er dann das Kind auf ihrem Arm bemerkte, erstarrte er.

»Wie jedermann feststellen kann«, fuhr der Krieger jetzt fort, »hat sich hier eine wahrlich ungewöhnliche Gesellschaft zusammengefunden. Neben Achariten stehen Rabenbunder und Rabenbunderinnen, dann haben wir hier Wächter der Prophezeiung und auch Vogelmenschen. Wir befinden uns hier auf Burg Sigholt, der wiederbelebten und wiedergeborenen Festung, die zum Zauber der Vergangenheit zurückgefunden hat. Vielleicht sollte ich nicht länger von diesem Land als Achar sprechen, meine Freunde.«

Die Große Halle schien den Atem anzuhalten. Axis sah Sternenströmer an, der ein paar Schritte vom Podium entfernt stand. Zum ersten Mal ruhte der Blick des Zauberers nicht auf Aschure, sondern auf seinem Sohn.

»Wir haben hier alles getan, was uns aufgetragen war. Nun wird es Zeit, weiterzuziehen.« Wieder ließ er den Blick durch die ganze Halle schweifen. »Laßt uns nach Süden aufbrechen, meine Freunde, um Tencendor wieder auferstehen zu lassen!«

Die Halle schien zu explodieren. Die ohnehin leicht erregbaren Ikarier jauchzten und schrieen jetzt vor Freude. Endlich begann der nächste Schritt zur Wiedererlangung der alten Heimat. Nach Süden! Endlich nach Süden! Heim zu den alten luftigen Höhen und den alten heiligen Stätten, die ihnen so lange verschlossen gewesen waren. *Führe uns heim, Axis, führe uns nach Hause,* betete Sternenströmer inbrünstig.

Der dunkle Mann schob sich nun durch die Menge auf das Podium zu. Dieser merkwürdige Fremde in der abgenutzten Kleidung, der so unerwartet unter ihnen aufgetaucht war, fiel nur wenigen auf.

Die Achariten, vor allem diejenigen, die erst später zu Axis' neuem Standort Sigholt gestoßen waren, stießen keinen allzu lauten Jubel aus. Was würde ihnen die Neue Ordnung bringen? Wie würden sie mit den Ikariern zusammenleben? Die meisten von ihnen waren bestens mit den Luftkämpfern und Zauberern ausgekommen, und viele hatten zusammen mit ihnen gegen die

Skrälinge gekämpft. Aber was würde nach dem Krieg geschehen? Mußten sie ihre Häuser dann an die Vogelmenschen abtreten? Oder würde der große Teil des ikarischen Volkes, der noch im Krallenturm, seinem Hauptsitz, lebte, dem Drang nach Vergeltung nachgeben und sich für tausendjährige Verbannung und unzählige Opfer während der Axtkriege an den Achariten rächen wollen?

»Aber das neue Tencendor wird nicht wie das alte sein!« rief Axis jetzt laut genug, um die Freudenrufe der Ikarier zu übertönen. »Sondern vielmehr ein ganz neues! Ein Land, in dem alle Völker friedlich miteinander leben!«

Aschure bemerkte plötzlich in der Menge eine winzige Bewegung, die zum Podium strebte, und hielt erschrocken die Luft an. Der Krieger wurde darauf aufmerksam und folgte ihrem Blick.

Der Fremde erreichte den Rand des Podiums und starrte sie wild an, fast wie im Fieber.

»Werdet Ihr mich nach Süden mitnehmen? In das Land, in dem Faraday lebt?«

»Ramu?« entfuhr es Aschure. »Was ist um Himmelswillen mit Euch geschehen?«

Eine Woche später, zu Beginn des Taumonds verließ Axis' Armee die Festung und zog zum Sperrpaß. Von dort wandte sie sich dann nach Süden und durchzog die Urqharthügel bis hin zur Gundealgafurt. Der Krieger ging ein großes Wagnis ein, sich auf dieser Route Jervois so weit zu nähern, aber er wollte nicht bei Smyrdon den Nordra überqueren. Die wenigen Fähren dort setzten nur langsam über, und er hätte viel zuviel Zeit verloren, bis alle seine Soldaten das jenseitige Ufer erreicht gehabt hätten. An der Furt würde er sich nur einen Tag aufhalten, und dort konnte er gleich nach Osten abbiegen und wäre der Gefahr eines verfrühten Zusammenstoßes mit Bornheld erst einmal entronnen. Außerdem besaß er eine Waffe, von der sein Stiefbruder nur träumen konnte: Die ikarischen Luftkämpfer vermochten den Marsch nicht nur von oben zu überwachen, sondern die Armee im Falle eines Angriffs auch zu schützen.

☆ ☆ ☆  175  ☆ ☆ ☆

Der Sternenmann konnte noch immer nicht fassen, wie sehr seine Gefolgschaft angewachsen war. Mit dreitausend Soldaten hatte er damals Gorken verlassen, ehe er allein in die Eisdachalpen gezogen war. Und heute, fünfzehn Monate später, marschierten fast siebzehntausend unter seinem Banner.

Hinter der Reiterei rumpelte der Troß dahin. Mehrere tausend Packpferde, Dutzende schwerer Wagen, allerlei Köche, Feldärzte, Knechte und, wie er vermutete, die eine oder andere Dirne. Hier im Troß ritten auch die Rabenbunderinnen, die mit der Armee zogen – die Mehrzahl der Kinder und Frauen war allerdings in Sigholt und der Stadt Seeblick zurückgeblieben.

Auf den Wagen saßen die ikarischen Zauberer, die mit dem Krieger in den Süden wollten, unter ihnen auch Sternenströmer und Morgenstern. Axis machte sich immer noch Sorgen der Greifen wegen. Die Armee wälzte sich endlos lange dahin, und so konnte es vorkommen, daß die Geschwader sich aufteilen mußten, um die ganze Kolonne von oben überwachen zu können. War das der Fall, oder flogen sie voraus, das Terrain vor ihnen zu sondieren, mußten die Zauberer zum Tross überwechseln. Zu dessen besonderem Schutz marschierten hier auch zwei Pelotone von Aschures Bogenschützen und einige Einheiten Berittener mit.

An der Spitze dieser Nachhut ritten die Wächter Ogden und Veremund auf ihren geduldigen weißen Eseln und Jack auf einer ruhigen braunen Stute. Im ersten Wagen fuhr Ramu, der ständig von Fieberanfällen geschüttelt wurde und immer verzweifelter wurde. Die beiden Mönche hatten Axis und Aschure mit der Erklärung beruhigt, daß der awarische Magier sich in einen Gehörnten verwandle und dieser Übergang auf eine noch unerklärliche Weise mit Faraday zusammenhänge. Normalerweise hätte Ramu in diesem Zustand Awarinheim nie verlassen, aber er mußte unbedingt die Baumfreundin erreichen, stellte sie doch den Schlüssel zu seiner erfolgreichen Umwandlung dar.

Der Kopf des Awaren sah aus, als hätte ein Riese ihn mit den Händen zerquetscht und dann notdürftig wieder neu geformt. Seine Stirn wölbte sich an mehreren Stellen vor und war mit hellem Flaum bedeckt. Oberhalb des Haaransatzes schienen Knochen zu wachsen; je nachdem, wie das Licht darauf fiel, glänzten sie. Ramus Nase hatte sich verlängert und war in die Breite gegangen, sein Mund war verzerrt, als würde er immerzu grinsen, und die Zähne hatten sich in gelbe quaderförmige Gebilde verwandelt. Nur die schwarzen Augen, die freundlich unter den dichten Brauen hervorlugten, paßten nicht zu seinem erschreckenden Aussehen. Aschure sagte sich, daß der Magier trotz seines veränderten Äußeren im Wesen immer noch derselbe geblieben war.

Die Offizierin ritt meistens mit ihren Bogenschützen inmitten der Kolonne. Gelegentlich blieb sie aber auch mit Venator zurück, um sich dem Troß anzuschließen. Nur Caelum ließ sie keinen Moment allein; wie gewöhnlich lag er in seinem Tragtuch eng an ihren Rücken geschmiegt. Der Wolfen hing über ihrer Schulter, und die getreuen Alaunt sprangen unablässig um sie herum. Die Hunde freuten sich sehr, aus der Enge der Burg hinaus zu sein und über die Weite der Ebenen jagen zu können.

Der Sternenmann blieb in der Regel an der Spitze seines Heeres. Manchmal hielten sich Belial und Magariz bei ihm auf, ritten aber auch oft in der Mitte der Kolonne, um die Soldaten aufzumuntern. Und sie ritten von Zeit zu Zeit auch ein Stück Wegs mit den Rabenbundern. Alle zehntausend Kämpfer saßen auf kräftigen gelben Ponys, den Pferden der nördlichen Eiswüsten. Trotz der Glöckchen verursachten sie beim Marsch nur wenig Lärm.

Axis hatte fünfhundert Mann zum Schutz der Festung und der Stadt am See zurückgelassen und dem zwar kranken, ansonsten aber doch wieder recht munteren Roland den Oberbefehl übertragen. Der Herzog hatte ihm versprochen, mindestens noch so lange am Leben zu bleiben, bis der Krieger seinen Anspruch auf den Thron durchgesetzt habe.

Einen ganzen Tag und eine ganze Nacht hatte Axis damit verbracht, zusammen mit der Brücke Schutzzauber um Sigholt und das Umland zu weben. Danach war er vor Erschöpfung zusammengebrochen und hatte achtundvierzig Stunden lang durchgeschlafen. Seitdem umgab ein dichter blauer Nebel Sigholt, den See und die Hügel. Doch in seinen Innerem genossen die Bewohner weiterhin die gewohnte klare und warme Frühlingsluft. Zur Erschaffung dieses Nebels hatte der Krieger verschiedene Lieder der Feuchtigkeit und des Wirrwarrs gesungen. Jeder Fremde, der zur Burg wollte, würde stundenlang im Kreis umherirren und sich danach noch weniger auskennen als zuvor. Nur diejenigen, welche der Brücke bekannt waren, würden den Weg durch den blauen Dunst finden.

Nachdem er Sigholt derart gesichert hatte, konnte der Sternenmann beruhigt aufbrechen. Endlich, so dachte er erleichtert, geht es wieder weiter. Wenn Axis nicht bis zum Beinmond, also in einem halben Jahr, Achar in seine Hand bekommen würde, wäre alles verloren.

Hoch über ihm kreiste der Adler. Er freute sich ebenfalls, nicht mehr an einem Ort festsitzen zu müssen, konnte sich aber nicht erklären, was ihn daran so froh stimmte.

Als sie die Gundealgafurt hinter sich gelassen hatten, führte Axis seine Armee erst nach Osten, dann nach Süden durch Skarabost. Smyrdon umgingen sie völlig. Irgendwo im Süden wartete Graf Burdel auf sie mit einer noch unbekannten Anzahl von Soldaten. Axis wandte sich an die hoch über ihm fliegenden Späher. *Findet heraus, wo sich Burdel befindet.* Der Graf hatte monatelang in Bornhelds Namen und Auftrag gebrandschatzt und gemordet. Jetzt wurde es langsam höchste Zeit, daß er damit aufhörte. Burdel würde das erste große Hindernis sein, auf das Axis auf dem Weg zu einem neuen Tencendor stoßen würde.

# 13 SCHLECHTE NEUIGKEITEN

»Was?« fragte Bornheld schreckensbleich. »Was habt Ihr da gerade gesagt?«

Der Söldner fuhr sich unbehaglich über die Lippen. »Herr, die Bauern in den verstreuten Dörfern östlich des Nordra erzählen, daß vor zwei Wochen ein Heer aus den Urqharthügeln gekommen sei und den Strom an der Gundealgafurt durchquert habe. Das Heer sei so groß gewesen, daß es fast einen ganzen Tag dafür gebraucht habe. Und danach sei es in Richtung Skarabost weitergezogen.«

Der Koroleaner wartete nervös auf das Donnerwetter des Königs. Als es aber ausblieb, fuhr er fort: »Die Bauern berichten weiter, Euer Majestät, daß es sich bei den Soldaten nicht um Geister gehandelt habe, sondern um Berittene. Die seien in guter Ordnung, aber schweigend vorbeizogen und rasch vorangekommen. An ihrer Spitze reite ein Mann mit goldenen Haaren auf einem grauen Hengst …«

»Axis!« Bornheld stieß den Namen wie einen Fluch hervor.

»Das Heer setze sich aus Achariten und fremdartigen, dunkelhaarigen Barbaren auf kleinen gelben Pferden zusammen …«

»Die Rabenbunder!« Der König lief vor Zorn dunkelrot an, und Gautier gab dem Soldaten ein Zeichen, rasch zu verschwinden.

»Vor zwei Wochen!« brüllte der Oberste Heerführer und schleuderte einen Stapel Meldungen auf den Boden. »Er könnte inzwischen sonstwo sein!«

Jorge wartete klugerweise darauf, daß Gautier zuerst das Wort ergriff. Bornheld war nach der Desertion der Rabenbunder und

☆ ☆ ☆ 179 ☆ ☆ ☆

Herzog Rolands in solche Raserei verfallen, daß man in seiner Umgebung schon befürchtete, er würde einen Schlaganfall erleiden. Seitdem traute der König bis auf Gautier und Gilbert niemandem mehr, und wenn er nicht gerade an der Front kämpfte oder Pläne schmiedete, murmelte er allerlei über Verrat vor sich hin. Doch der Graf stand immer noch treu zu ihm. Das müßte den König eigentlich erfreuen. Zumindest hatte Jorge noch keinen Wutanfall seines Lehnsherrn über sich ergehen lassen müssen.

Warum bin ich eigentlich überhaupt noch hier? fragte sich der Graf, während er zusah, wie Bornheld in dem Raum wütend auf und ab lief. Warum habe ich nicht einfach in einer dustren Nacht das Bett verlassen, bin auf mein Pferd gestiegen und nach Sigholt geritten? Jorge kannte die Antwort: Weil er glaubte, daß Achar dringend eine Stimme der Vernunft in Bornhelds Umgebung benötigte. Seine Erfahrungen hatten ihn gelehrt, daß Gautier und Gilbert Seiner Majestät nicht immer die vernünftigsten Ratschläge gaben. Der Leutnant hatte dabei zu oft bloß seinen eigenen Vorteil im Auge; und Bruder Gilbert ging es vornehmlich darum, daß Bornhelds Entscheidungen im Einklang mit den Belangen des Seneschalls standen – die sich nicht unbedingt und in jedem Fall mit den Belangen Achars deckten.

Der Graf mochte zwar seine Zweifel an Bornhelds Eignung hegen, Achar zu führen, aber er war sich noch weniger sicher, was von Axis zu erwarten sein würde. Alles, was man Jorge sein Leben lang gelehrt hatte, und all seine sonstigen Überzeugungen ließen sich eben nicht so einfach über Bord werfen. Siebzig Jahre zählte der Graf mittlerweile, und zeit seines Lebens hatte er fest an die Lehre der Kirche geglaubt, daß es sich bei den Unaussprechlichen um verderbte, sündige Wesen handele, deren einziges Ziel darin bestehe, Achar und seine Einwohner zu zerstören. Jorge war mit den alten Sagen über die Zeit unmittelbar vor den Axtkriegen aufgewachsen, als die Unaussprechlichen alles daran gesetzt hatten, den artorfürchtigen Menschen das Leben schwer zu machen. Und nun tauchte diese Prophezeiung auf und verlangte, daß die Achariten die Unaussprechlichen wie-

✩ ✩ ✩　180　✩ ✩ ✩

der in ihre Ländereien einsetzten und sich mit ihnen verbündeten, um gemeinsam die Invasoren aus dem Norden zu schlagen.
Seit Wochen quälte er sich schon mit allen damit zusammen-
hängenden Fragen. Und wenn er morgens aufwachte, kamen
neue Zweifel hinzu. Er wünschte, Roland wäre noch hier, damit
er sich mit ihm beraten könnte.

»Wir jagen ihnen hinterher!« gebot der König jetzt immer
noch aufgebracht.

»Herr, nur das nicht!« riefen Gautier und Jorge wie aus einem
Mund.

Der Leutnant hob beschwörend die Hände. »Euer Majestät, es
wäre viel zu gefährlich für uns, Axis nach Skarabost zu folgen!«

»Glaubt Ihr etwa, ich würde nicht einmal mit ein paar elenden
Bauern fertig? Oder wer sollte sich uns dort Eurer Meinung
nach sonst in den Weg stellen?«

Gautier erbleichte. »Das habe ich nicht gemeint, Herr.«

»Ich glaube«, meldete sich Jorge zu Wort, »daß Euer Leutnant
vielmehr darauf hinweisen wollte, daß der Krieger einen Vorsprung von zwei Wochen hat. Und wir wissen nicht, wo er sich
aufhält. Skarabost ist riesig, und womöglich würden wir Monate
dort umherirren, ohne auf die Rebellen zu stoßen.«

»Dann soll ich also einfach hier Däumchen drehen, während
Axis den ganzen Osten Achars erobert?«

»Herr«, begann Gautier und hatte Mühe, ruhig zu bleiben.
»Burdel steht mit sechstausend Mann im Süden von Skarabost.
Damit vermag er Axis gewiß nicht zu überwältigen, sicher aber
aufzuhalten. Und der Graf könnte den Rebellen schwer zu schaf-
fen machen, wenn sie versuchen sollten, über die Farnberge in
Arkness einzudringen.«

»Wir könnten trotzdem nach Skarabost reiten«, gab Bornheld
scharf zurück. Seine Stimme klang mühsam beherrscht, »und
mit Burdel meinen Bruder in einer gemeinsamen Zangenbewe-
gung stellen.«

»Die Provinz ist ziemlich groß«, gab der Leutnant zu bedenken, »und wir wissen nicht genau, wo der Graf steht. Nur selten
bekommen wir Nachrichten von ihm. Schlimmstenfalls würden

✫ ✫ ✫   181   ✫ ✫ ✫

wir ziellos durch Skarabost reiten und weder den einen noch den anderen antreffen.«

»Und damit das Heer sinnlos ermüden, das doch dringend der Ruhe und Auffrischung bedarf«, fügte der Herzog hinzu.

»Aber wenn es Burdel nun nicht gelingt, Axis aufzuhalten?« murrte der König.

»Dann können wir immer noch auf Baron Greville von Tarantaise und Baron Isgriff von Nor zurückgreifen, Euer Majestät.«

Bornheld sah seinen Leutnant ungnädig an. »Den beiden ist genausowenig zu trauen wie Isgriffs Huren. Und keiner von ihnen hat sich bislang als großer Feldherr hervorgetan. Aber gleichwie, woher wißt Ihr eigentlich, welche Route mein Bruder einschlägt? Hat er Euch vielleicht seinen Reiseplan vorgelegt?«

»Herr«, verteidigte sich Gautier, »im Grunde kann es doch nur ein Ziel für ihn geben – Karlon.«

Diese Worte schlugen wie eine Bombe ein. Todesstille folgten ihnen.

Gilbert erschrak zutiefst. Axis und seine artorverdammte Bande auf dem Weg zur Hauptstadt? Nur eine Kohorte Axtschwinger stand am Turm des Seneschalls. Wer sollte die Kirche vor den Gottlosen schützen? Und wie loyal würden sich diese Axtschwinger erweisen, wenn sie sich ihrem ehemaligen Axtherrn gegenübersahen?

»Karlon also …« Bornheld war vorher noch nie in den Sinn gekommen, daß sein Feind irgendwann auf seine Hauptstadt marschieren würde. Das würde er doch sicher nicht wagen!

»Alles spricht dafür, daß Axis genau dorthin unterwegs ist«, fuhr Gautier fort. »Er geht davon aus, daß Eure Truppen immer noch hier in Jervois gebunden sind. Wenn es dem Krieger gelingt, die Hauptstadt einzunehmen, hat er damit unserer ganzen Sache einen schweren Schlag versetzt. Damit könnte er uns endgültig in die Knie zwingen. Aber er muß ja erst einmal dorthin kommen. Axis kann Karlon nur erreichen, wenn er seinen Weg durch Skarabost, Arkness, Tarantaise und Nor nimmt – also durch den ganzen Osten und Südosten. Bevor die Rebellen sich also daran machen können, die Hauptstadt zu erstürmen, müssen sie erst diese Provinzen erobern. Kein Feldherr, der seinen Titel wert ist, läßt unerledigte Dinge hinter sich, die ihm später schaden könnten.«

Jorge ergänzte eindringlich: »Wenn Ihr aber Axis nach Skarabost folgt und ihn womöglich nicht findet, wird er aller Wahrscheinlichkeit nach die Hauptstadt vor Euch erreichen. Sobald Ihr aber Karlon verloren habt, habt Ihr auch Euer Königreich verloren. Am klügsten wäre es, geradewegs zur Hauptstadt vorzustoßen. Sichert Euch Karlon, statt alles durch eine sinnlose Verfolgungsjagd durch die Weiten Skarabosts aufs Spiel zu setzen.« Verdammt noch mal, Bornheld mußte doch einsehen, daß ihm gar keine andere Möglichkeit blieb. Karlon wäre ein viel zu hoher Preis, bei Artor, die Hauptstadt war ja der Schlüssel zu Achar!

»Beim einen Gott«, flüsterte der König, und sein Gesicht wirkte grau. »Ihr ratet mir zu einer Vorgehensweise, bei der ich den ganzen Osten Achars an meinen Bruder verliere! Was bliebe mir dann von meinem ganzen Reich noch übrig? Habt Ihr etwa vergessen, daß Verrat und Mißgeschick mich bereits mein Herzogtum Ichtar gekostet haben? Ein Drittel des Landes ist von den Geistern erobert, und jetzt erwartet Ihr von mir, daß ich ein weiteres Drittel an Axis abtrete?«

Seine Berater schwiegen. Niemand von ihnen besaß den Mut, Bornheld darauf hinzuweisen, daß er sich strategisch in einer Sackgasse befand. Keiner von ihnen war töricht genug, den König daran zu erinnern, daß Axis sich bereits im Nordosten eine Machtbasis geschaffen und eine starke Armee unter seinem Banner versammelt hatte. Den ganzen Osten an den Rebellen verlieren? Keine angenehme Vorstellung, aber immer noch besser, als ihm Karlon zu überlassen. Allerdings bliebe Bornheld dann nur noch der dritte Teil Achars – und wenn man die Karte genau betrachtete, eigentlich nur ein Viertel.

Gautier und Jorge wünschten sich dringend fort. Oder drei Jahre zurück in der Vergangenheit, als noch geordnete Verhältnisse herrschten und niemand etwas von Gorgrael, Geistern oder einer verwünschten Prophezeiung gehört hatte.

☆ ☆ ☆　183　☆ ☆ ☆

Gilbert trat aus dem Schatten der Ecke, in der er sich bis jetzt aufgehalten hatte. Sein Gesicht wirkte in der Nachmittagssonne unnatürlich bleich. »Euer Majestät, Euch bleibt wirklich keine Wahl. Ich kann mich den Ansichten von Gautier und Jorge nur anschließen. Karlon ist der Dreh- und Angelpunkt Eurer Macht. Wenn die Hauptstadt fällt, kann sich der Seneschall ebensowenig halten wie Ihr. Ich muß Euch wohl nicht erst lange darlegen, was das bedeuten würde.«

Nein, das mußte er wirklich nicht. Die Kirche stellte die Hauptstütze seines Königtums dar. Ohne den Bruderführer wäre Bornheld gar nicht erst König geworden. Ohne das Eingreifen ... und den Plan ... und ...

Er zwang sich, an etwas anderes zu denken, ehe ihn noch Schuldgefühle überkommen konnten. »Und Euch, Gilbert, würde es überhaupt nichts ausmachen, wenn es eines Tages im ganzen Osten des Reiches wimmeln würde von Unaussprechlichen? Was würde Euer Bruderführer dazu sagen?«

»Jayme würde erklären, solange nur König und Kirche fest zusammenstünden, ergebe sich immer eine Möglichkeit, ganz Achar zurückzuerobern, sowohl von Axis als auch von Gorgrael. Oder habt Ihr die Lehren der Axtkriege vergessen? Uns ist es schon einmal gelungen, die Kreaturen aus Achar zu verjagen, also werden wir das auch ein zweites Mal schaffen. Wir leben in schweren Zeiten, Euer Majestät, und niemand hier bestreitet das. Deswegen brauchen wir ja auch einen starken König, der uns aus all diesen Schwierigkeiten hinausführt!«

Gilbert hatte die richtigen Worte gefunden, denn Bornheld fühlte sich von neuer Entschlossenheit durchdrungen. »Ja, wir leben fürwahr in schweren Zeiten, meine Herren, und ich werde derjenige sein, der Achar hindurchhelfen wird.« Er lachte laut, ein hartes Geräusch, das von überall in dem Raum zurückgeworfen wurde. »Stellt Euch nur vor, wenn dieser Weichling Priam noch auf dem Thron säße. Artor muß tatsächlich mit Bedacht Priam in der Blüte seiner Jahre zu sich gerufen haben, um mich an seine Stelle zu setzen. Denn nach Seinem Willen soll ich Achar aus diesem Jammertal zu neuer Größe führen!«

Und genau so hatte es Timozel doch auch in seinen Visionen gesehen! Da war er ganz sicher.

Der König hatte sich entschieden. Die Skrälinge hatten ihre Angriffe auf Jervois aufgegeben und sich zurückgezogen. Sie beschränkten sich jetzt auf Ichtar. Also reichte es vollkommen, hier nur eine kleine Schutzmacht zurückzulassen. Deswegen würde er nun mit der Mehrheit seines Heeres nach Karlon reiten. Und von dort bis in die Ebenen von Tare vorrücken und Axis da erwarten. Bornheld verzog spöttisch den Mund. Er freute sich schon darauf, seinem Bruder endlich auf dem Schlachtfeld gegenüberzustehen. Die beiden warteten schon ihr ganzes Leben auf diesen Zweikampf.

»In einer Woche brechen wir zur Hauptstadt auf, meine Herren. Dort errichten wir unsere neuen Stellungen. Von diesem Stützpunkt aus beginnen wir dann unseren siegreichen Marsch gegen Gorgrael und Axis!«

# 14
## BETRACHTUNGEN ÜBER EINE STOFFPUPPE

In den acht Wochen seit ihrem Aufbruch aus Sigholt waren Axis'
Soldaten erst nach Osten abgebogen und durch das nördliche
Skarabost gezogen. Und dann durch Mittelskarabost in den Süden der Provinz vorgedrungen. Der Krieger mußte seine Ungeduld zügeln, weil er nicht so rasch vorankam wie erhofft. Aber er
durfte seine Armee nicht durch zu harte Märsche ermüden.
Wenn es unvermittelt zu einer Schlacht käme, stünden sie sonst
dem Gegner zu erschöpft und geschwächt gegenüber.

Doch zu seinem Verdruß stellte Burdel sich nicht, sondern zog
sich immer weiter vor ihm zurück. Zwischen Axis' Vorhut und
der Nachhut des Grafen war es zu einigen Scharmützeln gekommen, aber diese hatten nicht gereicht, Burdel zu einer Entscheidungsschlacht zu zwingen. Der Graf von Arkness beabsichtigte
vermutlich, in den Farnbergen eine starke Verteidigungsstellung zu errichten, wo er jedem Angreifer überlegen wäre, oder
aber sich ganz in seine eigene Provinz zurückzuziehen, wo er
neue Truppen ausheben oder sich in seiner stark befestigten
Hauptstadt Arken verschanzen konnte.

Burdel hatte allerdings noch andere Gründe, der Rebellenarme auszuweichen und Skarabost zu verlassen. Während der
letzten sechs Monate hatte er in dieser Provinz eine Strafexpedition durchgeführt. Entschlossen, sowohl der weiteren Verbreitung der Prophezeiung als auch der Flucht der Dorfbewohner
Einhalt zu gebieten, die sich im Norden Axis anschließen wollten, hatte Bornheld seinem Grafen weitgehend freie Hand gelassen. »Unternehmt alles, was Euch nötig erscheint, um diese
Dorftrottel daran zu hindern, zu meinem Bruder überzuwech-

✦ ☆ ✦  186  ✦ ☆ ✦

seln. Außerdem muß die Prophezeiung aufgehalten werden, und dafür sollte Euch kein Mittel zu schade sein. Und darüber hinaus überlasse ich es vollkommen Eurer Phantasie, Axis' Versorgungslinien in Skarabost zu zerstören.«

Fünf Monate lang hatte der Krieger von den Flüchtlingen, die immer noch in Sigholt eintrafen, grauenhafte Geschichten zu hören bekommen. Burdel verbreitete auf seinem Feldzug überall Angst und Schrecken. Als Axis jetzt über die Seegrasebene ritt, wo bereits die ersten zarten Spitzen des Wintergetreides durch die leichte Schneedecke hervorguckten, konnte er sich selbst einen Eindruck vom Zerstörungswerk des Grafen verschaffen. Der Arknesser hatte Dorf um Dorf dem Erdboden gleichgemacht, manchmal nur aufgrund eines vagen Gerüchts, in dem betreffenden Ort habe jemand öffentlich aus der Prophezeiung zitiert.

Andere Ansiedlungen hatte Burdel stehenlassen und auch die Mehrzahl der Bevölkerung geschont, dafür aber an den Einfallstraßen Kreuze zur Abschreckung aufgestellt. An ihnen hingen immer noch die Opfer, inzwischen von Krähenschnäbeln zerhackt. Ein schauderhafter Anblick.

Wann immer sie auf einen Ort stießen, in dem noch Menschen lebten, legte der Sternenmann eine Rast ein. Die Soldaten halfen dann den Bewohnern, ihre Häuser wieder aufzubauen und ihr Leben neu zu ordnen.

Dabei kam ihm zugute, daß den Achariten hier der Name Axis noch aus seiner Zeit als Axtherr in guter Erinnerung war. Nun erschien er zwar mit einer ganz anderen Streitmacht, wurde aber dennoch überall mit großer Achtung empfangen. Nicht nur rückte er mit einem viel größeren Heer an, als die Axtschwinger je auf die Beine hatten stellen können, er hatte auch an herrscherlicher Würde gewonnen. In seinem roten Umhang, auf dessen Rücken die flammende goldene Sonne prangte, wirkte er tatsächlich wie ein König. Wenn Axis dann im Dorf mit den einzelnen Bewohnern sprach, erinnerten sich viele wieder daran, daß er ja der Sohn einer richtigen Prinzessin war. Und wenn nicht der Makel der unehelichen Geburt an ihm haften würde,

✫ ✫ ✫ 187 ✫ ✫ ✫

hätte er durchaus Ansprüche auf den Thron geltend machen können. Auf jeden Fall sah dieser Krieger nicht wie der hinterhältige Anführer einer Rebellenbande oder der skrupellose Schlagetot aus, vor dem man sie gewarnt hatte.

Während Burdels Mannen hemmungslos unter ihnen wüten durften, hatte Axis seine Armee fest im Griff. Seine Soldaten schlugen ihr Lager stets außerhalb des betreffenden Ortes auf, achteten darauf, keine Aussaat zu zertrampeln, und halfen den Dorfbewohnern auch noch dabei, Häuser und Scheunen wieder aufzubauen. Der Krieger konnte den ans Kreuz Genagelten zwar nicht das Leben wiedergeben, aber er konnte sie herunterholen und ordentlich begraben. Eine ebenso traurige wie auch widerwärtige Arbeit.

Wenn dann in einem Dorf das Leben wieder seinen Gang ging, rief Axis Rivkah hinzu, damit sie den Leuten von ihrem Leben unter den Ikariern erzählen konnte. Alle kannten ihren Namen noch, und das Erscheinen einer leibhaftigen Prinzessin löste bei ihnen Ehrfurcht und Schüchternheit aus. Aber Rivkah verstand sich darauf, ihre Sprache zu sprechen, und sie überzeugte sie geduldig davon, daß es sich bei den Ikariern keinesfalls um die grausamen Kreaturen der Sage handelte, sondern um Wesen aus Fleisch und Blut wie auch die acharitischen Bauern. Die Vogelmenschen sähen sich den gleichen alltäglichen Problemen gegenüber und lachten auch über die gleichen Dinge. Je nachdem, wie gut die Bewohner eines Ortes solche Worte aufnahmen, ließ der Krieger dann einige seiner Ikarier einfliegen, damit sie sich den Dorfbewohnern zeigten und mit ihnen redeten.

Doch in jeder Ansiedlung bewirkte die Ankunft der Vogelmenschen bei den Skarabostern immer das gleiche. Wenn die Ikarier auf dem Dorfplatz landeten, wichen die Bewohner zunächst erschrocken zurück. Für gewöhnlich befand sich Abendlied unter den Fliegern, denn sie verstand sich am besten auf den Umgang mit den Bauern dieser Provinz. Wie ein goldenes und violettes Strahlen tauchte sie vor ihnen auf und bezwang sie mit ihrem unwiderstehlichen Lächeln. Meist überwanden dann als erste die Kinder ihre Scheu und baten darum, die Federn der Ikarier anfassen zu dürfen. Wenn die Vogelmenschen dann die Kinder freundlich behandelten und die Kinder ihre Scheu verloren hatten, wagten sich als nächste die alten Frauen des Dorfs vor, die mutiger waren als die meisten Einwohner. Und nach einer Weile umstanden dann alle die Neuankömmlinge. Von ehrfürchtigem Staunen ergriffen, lauschten sie dem Gesang der Ikarier, strichen über das weiche Gefieder und konnten sich an den ebenso fremden wie schönen Gestalten nicht satt sehen.

Langsam, aber nicht immer, gelang es dem Sternenmann, den Skarabostern die Angst vor den Unaussprechlichen zu nehmen. Er traf aber vor allem in den Orten auf Widerstand, in denen noch ein Pflughüter zugegen war, der örtliche Vertreter des Seneschalls, der die Dorfbewohner in ihrer Religion, dem Weg des Pflugs, zu unterweisen hatte. Hier ging die Saat der Kirche noch auf, daß es sich bei den Unaussprechlichen um Ausgeburten der Hölle handele. Und die Priester der Gemeinden schürten die Ängste vor den Ikariern und Axis noch.

Axis sagte sich in diesen Tagen oft, daß die militärische Eroberung Achars noch zu seinen leichtesten Aufgaben bei der Wiederherstellung Tencendors gehören dürfte. Viel schwerer fiel es ihm, die Bauern zu überzeugen, die nur widerstrebend von ihrem Glauben abließen, dem sie von ihrer Geburt an anhingen. Der Seneschall besaß schließlich ihm gegenüber einen tausendjährigen Vorsprung, und in den ländlichen Gebieten hatte die Kirche immer schon ihren stärksten Rückhalt gefunden. So lag der Krieger in mancher Nacht wach und quälte sich mit der Frage, wie er die Achariten dazu bringen könnte, ihre Furcht zuerst vor den Ikariern und dann noch vor den Awaren zu überwinden.

Axis und den Vogelmenschen gefiel es am besten, wenn sie weitab von jedem Ort unter dem klaren Sternenhimmel auf den endlosen Weiten der Seegrasebene lagerten. Da sie nur selten länger als eine Nacht am selben Ort blieben, machten sich die Soldaten nur selten die Mühe, ihre Zelte aufzubauen. Sie schliefen eingehüllt in ihre Decken oder Flügel auf dem nackten Boden. Der Himmel wurde immer klarer, je weiter sie nach Süden gelangten. Sie ritten geradezu in den Frühling hinein. Als sie dann in der Mitte des Blumenmonds den Süden der Provinz erreichten, hatten sie allen Winter endgültig hinter sich gelassen.

Wie in früheren Zeiten, wenn Axis mit den Axtschwingern geritten war, holte er auch jetzt am nächtlichen Lagerfeuer gern seine Reiseharfe hervor. Während seiner Ausbildung zum ikarischen Zauberer hatte seine Stimme noch an Schönheit gewonnen, und jeder empfand es als Bevorzugung, an seinem Feuer sitzen zu dürfen. Aschure hatte dort natürlich ihren Platz. Wenn Axis sang, gab sie Caelum die Brust und lächelte versonnen. Ihre Liebe zu dem Krieger wuchs von Tag zu Tag, und es gelang ihr immer besser, alle Gedanken an das zu verdrängen, was geschehen würde, wenn sie erst einmal das Ziel ihres Feldzugs erreicht hatten. Die junge Mutter konnte natürlich nicht ahnen, daß Faraday auch einmal am Feuer Axis' gesessen und seinem Gesang gelauscht hatte – um ihn dann ebensosehr zu lieben wie Aschure jetzt.

Und dann kam die Nacht, in der der Krieger strikte Anweisung gab, sich von allen Dörfern fernzuhalten. Dies war am ersten Tag des Blumenmonds – dem Beltidenfest. Zum ersten Mal seit tausend Jahren konnte Beltide wieder auf dem Boden Achars gefeiert werden. Die Ikarier, immerhin an die zweitausend Köpfe, errichteten riesige Freudenfeuer, und die Rabenbunder, die dieses Datum ebenfalls feierlich und ausgelassen begingen, kochten den ganzen Tag. Die Acharíten wußten zunächst nicht, was sie davon halten sollten, ließen sich aber bald von der allgemeinen Aufregung der Vogelmenschen und der Rabenbunder anstecken. Gern nahmen sie dann die Einladung Sternenströmers an, an diesem Fest teilzunehmen. Eine lange Nacht voller Schönheit und Musik erwartete die Menschen. Morgenstern führte die Riten durch, und ein paar jüngere Ikarierinnen assistierten ihr dabei. Der sinnliche Tanz der Frauen, mit dem das Wiedererwachen der Erde nach dem Tod des Winters begrüßt wurde, riß Vogelmenschen, Rabenbunder und Acharíten gleichermaßen von ihren Plätzen. Sie schlossen sich den Zauberinnen an und tanzten mit ihnen. Und wer Glück hatte, fand eine Partnerin für die Nacht.

Für Aschure und Axis stellte dies einen ganz besonderen Abend dar. Sie entfernten sich bald von den Feierlichkeiten und zogen sich mit ihrem Sohn und einer Decke an einen verschwiegenen Platz zurück, warteten, bis Caelum schlief und ließen dann die Magie der letzten Beltidenfeier wiedererstehen. Beider Blut sang so laut und stark wie in der Nacht vor Jahresfrist – und wie auch in jeder anderen Nacht, in der sie sich seitdem geliebt hatten. Der Krieger wunderte sich wieder einmal darüber, wie nahe er mit Aschures Liebe dem Sternentanz kam, während er sich mit ihrem Leib wiegte.

Aber er ahnte nicht, daß auch Aschure den Sternentanz hören und fühlen konnte. Aus diesem Grund hatte sie ihm auch nicht zu widerstehen vermocht, als er damals aus der Unterwelt zurückgekehrt war. Genausowenig, wie sie ihn jemals verlassen könnte und bereit war, jede Rolle, und sei sie noch so schwer zu ertragen, in seinem Leben zu spielen, wenn er damit nur immer wieder den Weg zu ihr zurück fand. Diese Musik verschlang sie ganz und gar und ließ ihr Blut so stark rauschen wie das Meer, das von den mondbewegten Gezeiten an die Gestade geworfen wird. Aber sie hatte Axis nie etwas davon gesagt. Da sie vor ihm keinem anderen Mann je beigelegen hatte, glaubte sie, daß alle Frauen so etwas erlebten, wenn sie mit ihrem Liebsten das Lager teilten.

In einer Nacht wie Beltide, wenn die Magie der Erde die Luft erfüllte und die Sterne den Menschen näher kamen als zu jeder anderen Zeit, ertönte ihre Musik so laut und deutlich in Aschures Geist, daß sie sich ganz darin verlor und nur noch in der Ekstase und der Macht des Tanzes und dem Rauschen ferner Fluten existierte. Aschure packte Axis bei den Schultern, sah ihm tief in die Augen und erkannte darin das endlose Meer der Gestirne, das sich bis in alle Ewigkeit erstreckte. Und ihre Ohren nahmen das endlose Rollen der Wellen wahr.

Sie wußte nicht, daß in ihren Augen ebenso viele Sterne zu sehen waren und daß Axis sich darin genauso verloren hatte wie sie.

Und als sie in höchster Verzückung den Namen des Kriegers schrie, ahnte sie nicht im entferntesten, wie die Wellen, die an die Küsten Tencendors schlugen, weinten und ihren Namen riefen.

In jener Nacht entstanden ihr zweites und ihr drittes Kind. Doch der Prophet, der wie stets zusah, lachte diesmal nicht.

In der letzten Woche des Blumenmonds befand sich der Krieger auf Belaguez auf einer kleinen Anhöhe und blickte auf das Anwesen unter sich hinab. Eine schmuckere Residenz hatte er in ganz Skarabost noch nicht zu Gesicht bekommen. Und die wollte er gründlicher in Augenschein nehmen. Seine Armee lagerte ganz in der Nähe.

Das Herrenhaus gehörte Isend, dem Grafen von Skarabost und Faradays Vater, und wies bis auf eine mannshohe Mauer keinerlei Verteidigungseinrichtungen auf. Der Graf war keine Kämpfernatur, und Axis wußte, daß er sich lieber zurückzog, als sein Heim zu verteidigen.

Zehn Schritte hinter dem Krieger saß Aschure auf Venator, ihre Blicke auf seinen Rücken geheftet.

Axis drehte sich zu ihr um und gab ihr und den Offizieren mit einem Zeichen zu verstehen, daß er allein zu dem Anwesen reiten wolle.

Er trieb seinen Hengst den Hang hinunter und ließ ihn dann in Schritt fallen, als er durch den parkartigen Garten ritt. Die Blumen und Sträucher des Frühlings standen in voller Blüte und umringten Bäume, die so beschnitten waren, daß sie Mannshöhe nicht überschritten. Die Kieswege waren sauber gepflegt, so als hätten die Gärtner sie gerade eben noch gerecht. Der Krieger ritt durch ein schwarzes schmiedeeisernes Tor, stieg von Belaguez ab und band ihn an ein Geländer an. Dann ging er zu Fuß weiter, und der Wind ließ den roten Umhang hinter ihm her flattern.

Als er die schattige Veranda erreichte und seine Stiefel laut auf den Terrakottafliesen hallten, schwang die Eingangstür langsam auf. Ein Dame Ende zwanzig erschien, die ruhig wartete, bis er bei ihr war. Sie ähnelte Faraday sehr, besaß deren grüne Augen und auch das kastanienrote Haar.

Axis blieb vor der Tür stehen und suchte nach Worten. Er hatte vorher nicht darüber nachgedacht, was er den Bewohnern eigentlich sagen wollte – oder was ihn überhaupt an diesen Ort zog.

Die junge Frau lächelte ihn an, und er hätte meinen können, Faraday stünde vor ihm. Das Herz des Kriegers machte einen wilden Sprung. Wie hatte er nur ihr Lächeln vergessen können?

»Ich nehme an, Ihr seid Axis«, sagte sie mit leiser kultivierter Stimme. »Früher der Axtherr und jetzt jemand, dessen Stellung ich kaum in Worte zu fassen vermag.« Ihr Blick fiel auf seinen roten Umhang und das goldene Sonnenemblem an seiner Brust. »Und Ihr kleidet Euch viel farbenfroher als früher.«

Nun hielt sie ihm ihre Hand hin. »Willkommen in Ilfrakombe, Axis. Ich bin Annwin, Tochter des Grafen Isend und Gemahlin des Fürsten Osmary. Ich hoffe doch sehr, Ihr seid nicht gekommen, um mein Haus niederzubrennen.«

Der Krieger ergriff ihre Hand und küßte sie. »Dank Euch für den Willkommensgruß, Annwin. Ich versichere Euch, daß ich nicht erschienen bin, um Euch das Heim zu nehmen. Ist Euer Vater zu sprechen?«

Wie merkwürdig, dachte Axis, daß wir beide so tun, als handele es sich lediglich um einen Höflichkeitsbesuch. Beachtet bitte meine Armee nicht, Herrin, ich pflege sie nämlich überall hin mitzunehmen.

Annwin trat beiseite und bat ihn herein. Dann führte sie ihn durch einen kühlen und dunklen Flur in den Empfangssalon, bot ihm Platz an und setzte sich ebenfalls.

»Zu meinem Bedauern muß ich Euch mitteilen, daß mein Vater nicht zugegen ist. Der Graf hält sich zur Zeit in Karlon auf.« Sie sah ihn halb neugierig, halb gelassen an. »Bei meiner Schwester.«

Im Grunde freute sich der Krieger darüber, daß Isend außer Hauses weilte. Er wußte nicht, ob er diesen weinerlichen Gecken jetzt ertragen hätte. Außerdem hatte Isend mit Bornheld die

Vermählung mit Faraday arrangiert und seine Tochter dann dazu gedrängt. Und das alles nur zu seinem eigenen Vorteil.

»Kennt Ihr zufällig meine Schwester?« fragte Annwin, als würde sie Konversation betreiben. »Sie ist die Königin.«

»Ich bin Faraday vor achtzehn Monaten in der Hauptstadt begegnet. Damals begleitete sie mich und meine Axtschwinger bis nach Tarantaise, wo sie uns aber durch widrige Umstände abhanden kam.«

»Da wart Ihr aber sehr unachtsam.« Kälte sprach nun aus ihrem Blick. »Faraday ist wie ein kostbarer Edelstein, geliebt von ihrer ganzen Familie und dem Großteil der Bewohner Skarabosts. Ihr scheint mir wohl kaum der Mann zu sein, von dem die Fama kündet, wenn Ihr meiner Schwester so leicht verlustig geht.«

Nun hielt es auch Axis für geboten, etwas von seiner Höflichkeit als Gast Abstand zu nehmen: »Edle Annwin, außerhalb der friedlichen Mauern dieses Anwesens sind Kräfte am Werk, von denen Ihr vielleicht nicht genug versteht. Faraday wie auch ich gerieten in den Bannkreis der Prophezeiung und sind seitdem nichts als ihre Spielbälle.«

Die junge Frau nickte ihm zu, um gerade soviel Anteilnahme anzudeuten, wie sie die Höflichkeit verlangte.

»Etwas später habe ich Eure Schwester in der Stadt Gorken wiedergetroffen. Ein unwirtlicher Ort, den allein ihre Anwesenheit verschönte. Ein Ort, vor dessen Mauern eine Armee von Skrälingen auf uns lauerte, der wir nur mit ihrer Hilfe entkommen konnten.«

»Ich habe die Geschichte vom Fall Gorkens gehört«, entgegnete Annwin gedehnt. »Darin heißt es, die Festung ging durch Verrat in den eigenen Reihen unter – durch Euren Verrat.«

»Wir alle haben für dasselbe Ziel gekämpft, Edle, nämlich die Geisterkreaturen von Achar fernzuhalten. Aber unsere Kräfte oben im Norden reichten dazu nicht aus. Niemand hätte zu jener Zeit Gorken gegen die Skrälinge halten können, und folglich kam es auch zu keinem Verrat. Unsere Wege haben sich einfach getrennt, als wir aus der Festung entkommen konnten.«

»Ihr seid dann, wenn ich mich nicht irre, zu den Bergen der Unaussprechlichen gezogen?«

»Zum Krallenturm, ja, der Heimstatt der Ikarier. Habt Ihr schon einmal von der Prophezeiung des Zerstörers gehört, meine edle Dame?«

Sie senkte den Blick. »Ja.«

»Nun, ich bin der darin angekündigte Sternenmann, und die Gerüchte darüber dürften sich längst in ganz Skarabost ausgebreitet haben. Ich ziehe mit einer Armee durch Achar, um die drei Völker Tencendors zu vereinen. Denn nur auf diese Weise läßt sich Gorgrael bezwingen.«

Zorn flammte in Annwins Augen auf. »Das sind doch nichts als Ammenmärchen. Ich dulde nicht, daß in meinem Haus ...«

Aber der Krieger ließ sie nicht weiterreden: »Und auch Faraday spielt in der Prophezeiung eine wichtige Rolle. Die Wächter und das Volk der Awaren, das Volk des Horns, halten sie in großen Ehren. Die Gehörnten, die im Heiligen Hain leben, den magischen Lichtungen der Awaren, achten sie als ihre Freundin und verehren sie.«

Sie starrte ihn mit großen Augen an. »Meine Schwester ...« stammelte sie. »Faraday ist in die ganze Geschichte verwickelt?«

»Ja, aber bitte kein Wort davon zu Bornheld. Ich könnte mir vorstellen, daß er so etwas nicht gerne hört.«

Annwin schwieg für eine Weile. Dann sagte sie endlich: »Meine Schwester sitzt als Königin auf ihrem Thron in Karlon. Und ihre Ehe mit Bornheld ist alles andere als glücklich. Marschiert Ihr auf die Hauptstadt zu?«

Axis nickte.

»Und werdet Ihr Faraday von ihrem Gemahl befreien?«

»Ich werde sie heiraten, sobald ich den Thron von Achar bestiegen habe. Faraday ist die Frau, die ich immer haben wollte.« Mögen die Sterne mir diese Lüge verzeihen, dachte er. Aber ich habe ja wirklich viele Monate lang geglaubt, sie sei die einzige und richtige für mich.

»Oh«, sagte Annwin leise und mit leuchtenden Augen. »Ich verstehe.«

»Dürfte ich Euch um einen Gefallen bitten, Annwin? Ich würde mir zu gern einmal Faradays Zimmer ansehen.«

Zunächst wirkte die Edle etwas überrascht, aber dann nickte sie. »Folgt mir, dann zeige ich es Euch.«

Axis saß lange in der einfach eingerichteten Kammer, die Faraday als Kind gehört hatte. Umgeben von ihren Erinnerungen, vermochte er, an sie zu denken, ohne gleich von Schuldgefühlen übermannt zu werden, weil er ihre Liebe betrogen hatte.

Der Krieger summte das Lied der Erinnerung und sah sie als junges Mädchen. In mehreren Bildern tauchte sie kurz vor ihm auf, vom Kleinkind zur erblühenden Schönheit bis zur jungen Frau. Axis mußte lächeln. Als Kind hatte sie es sicher nicht immer leicht gehabt mit ihrem feuerroten Haar, dem zu langen Gesicht und den vielen Sommersprossen. Dennoch war sie immer fröhlich und freigebig gewesen, Eigenschaften, die Faraday nicht verloren hatte, während sie von einem Kind zu einer Frau heranwuchs. Natürlich war auch ihre Jugend nicht frei von Enttäuschungen gewesen: der Verlust der geliebten Katze; ein Sturm, der das Familienpicknick zunichte gemacht hatte; der sanfte Tadel der Mutter, wenn sie sich zu selbstsüchtig aufführte ... Aber die glücklichen Erinnerungen überwogen deutlich. Faraday war in diesem Raum behütet und geborgen zu einer außerordentlich schönen Frau herangewachsen.

Der Krieger hatte durchaus nicht gelogen, als er Annwin sagte, er liebe ihre Schwester. Aber wie stand es mit Aschure? Untergruben seine Gefühle für sie nicht das, was er für Faraday empfand? Oder stand die eine Liebe der anderen nicht im Weg? Hatte er sich gleich in zwei Frauen verliebt? Aber auf so unterschiedliche Weise, daß er beide gleichermaßen lieben konnte, ohne eine Seite zu vernachlässigen?

»Dabei habe ich Faraday noch nie meine Liebe gestanden«, sagte er auf der Suche nach Entschuldigungen für sein Verhalten vor sich hin. »Vielleicht erwartet sie zuviel von mir, wenn sie denkt, daß ich sie tatsächlich liebe.«

Er hatte ihr wirklich nie gesagt, daß er sie liebe. Er hatte ihr viele Sachen gesagt. Er hatte es vielleicht angedeutet, aber die Worte selbst nicht ausgesprochen. »Außerdem war sie es ja, die bei den Alten Grabhügeln einfach davongelaufen war, um Bornheld zu heiraten ... Wie kann Faraday da erwarten, daß ich den Rest meines Lebens keusch und allein verbringe?« hielt er sich laut zugute.

Er saß sehr lange auf ihrem Jungmädchenbett, rechtfertigte sich vor dem Zimmer dafür, sich mit Aschure eingelassen zu haben, und bemerkte plötzlich eine Stoffpuppe, die mit verdrehten Armen und Beinen in einer Ecke lag ... und die rief ihm all das ins Gedächtnis zurück, was Faraday hatte durchmachen müssen. Viele hatten sie herumgestoßen und für ihre Zwecke benutzt: ihr Vater Isend, die Wächter, nicht zu vergessen die Prophezeiung und sogar Ramu. Und natürlich er selbst. Die arme Faraday besaß ja überhaupt keine eigene Entscheidungsmöglichkeit über ihr Leben mehr. Wie die vergessene Stoffpuppe wartete sie darauf, daß irgendjemand wieder in ihr Leben trat, um nach Lust und Laune mit ihr zu verfahren.

»Du Mistkerl«, flüsterte der Krieger. »Wie kannst du es wagen, eine Entschuldigung für deinen Betrug an Faraday zu ersinnen?«

Aber die grimmige Wahrheit blieb, daß er nicht einfach alles wiedergutmachen konnte, indem er Aschure aus seinem Leben verbannte. Denn er liebte beide, wenn auch auf unterschiedliche Weise. Und er wollte beide haben.

Beide würden eben lernen müssen, sich damit abzufinden.

Seufzend erhob Axis sich. Vielleicht war es doch keine so gute Idee gewesen, den Ort ihrer Kindheit aufzusuchen. Damit hatte er sein Gewissen nur noch mehr belastet, und er hatte wirklich genug andere Dinge zu tun, als sich auch noch mit Gewissensbissen herumzuschlagen.

»Faraday«, murmelte er, hob die Puppe auf, entwirrte ihre Glieder und setzte sie gerade und bequem auf einen Stuhl.

## 15  KARLON

Bornheld starrte lieber aus einem Fenster seiner Privatgemächer im Palast von Karlon, als Jayme ins Gesicht zu schauen.

Der Bruderführer war aufs höchste erzürnt und machte daraus auch keinen Hehl. Welchen Sinn hatte es, diesen ... diesen Vollidioten auf dem Thron noch länger zu unterstützen, wenn er beabsichtigte, das halbe Königreich an Axis zu verlieren und nichts dagegen zu unternehmen?

»Er hat jetzt auch noch Skarabost eingenommen!« schäumte der Kirchenfürst. Seine sonst eher beherrschten Züge hatten sich vor Wut verzerrt. »Und jetzt marschiert Euer Bruder auf die Farnberge zu. Arkness und Tarantaise werden ihm als nächstes in die Hände fallen. Wie lange wollt Ihr denn hier herumsitzen und ihn gewähren lassen?«

Der König seufzte tief und beobachtete eine Krähe, die langsam über den höchsten Mauern der Stadt kreiste. Wenn er Jayme nur lange genug nicht beachtete, würde er vielleicht einfach den Raum verlassen. Dieser lästige Oberpriester ging ihm immer mehr auf die Nerven. Seit nunmehr einem Jahr saß Bornheld auf dem Thron, und die dunklen Machenschaften des Seneschalls, die ihm dazu verholfen hatten, schienen ihm in weit entfernter Vergangenheit zu liegen. Seitdem hatte die Welt sich sehr verändert. Die Kirche hatte an Einfluß und Macht verloren. Vielleicht war sich der Kirchenführer dessen noch nicht bewußt.

»Ich sitze hier herum und lasse ihn gewähren«, gab Bornheld jetzt barsch zurück, »weil mir keine andere artorverdammte Wahl bleibt!«

Reichte das als Antwort? Nein, natürlich nicht. »Ich habe länger in Ichtar und nördlich von Aldeni gekämpft, als ich mich erinnern kann und möchte. Währenddessen habt Ihr hier in der Hauptstadt wie eine Spinne im Netz gesessen und den Hofstaat wie Puppen an Euren Fäden tanzen lassen. Habt Ihr überhaupt eine Vorstellung davon, was auf dem Spiel steht? Worum es hier wirklich geht? Verzeiht mir, Bruderführer, aber ich habe Euch nicht auf den Zinnen von Gorken gesehen, als Ichtar rings herum zusammenbrach. Und auch nicht knöcheltief in Matsch und Schlamm in einem Graben vor Jervois, als die Skrälinge in immer neuen Wellen heranbrandeten. Ihr wißt doch überhaupt nicht, was es heißt, eine Armee zu führen, deren Soldaten vor Erschöpfung und Mutlosigkeit schon halb tot sind!«

Jayme zuckte mit keiner Wimper, als der König aufsprang und ihm die letzten Worte ins Gesicht schleuderte. Groß und aufrecht stand der alte Kirchenführer da, eine beeindruckende Erscheinung in seiner langen blauen Amtstracht und mit dem juwelenbesetzten Zeichen des Pflugs an der langen goldenen Halskette. »Nein, ich war nicht dabei, als Ihr Gorken verloren habt«, erwiderte er. »Und ich habe auch nicht zugesehen, wie Ihr Euch von den Unaussprechlichen helfen lassen mußtet, um die Skrälinge vor Jervois zu verjagen. Mir wurde auch nur durch Boten zugetragen, daß Ihr Eure halbe Armee verloren habt, als die Rabenbunder ihre Sachen zusammenpackten und Euch bei Nacht und Nebel verließen. Verzeiht mir, Bornheld, aber wenn ich dort gewesen wäre, hätte ich dafür gesorgt, diese Wilden unter Bewachung zu stellen, damit sie mir nicht auf der Nase herumtanzen!«

Der König ballte empört die Fäuste, und es kostete ihn eine gewaltige Anstrengung, den Bruderführer nicht ins Gesicht zu schlagen. »Die Rabenbunder stellten nur ein Drittel meines Heeres, und ich habe sie bewachen lassen«, entgegnete er mit zusammengebissenen Zähnen. »Aber diese Barbaren leben schon seit zu langer Zeit in unmittelbarer Nachbarschaft der Unaussprechlichen, und wahrscheinlich haben sie von ihnen den einen oder anderen Zaubertrick gelernt. Denn nur auf diese Weise konnten sie meinen Wachen ungesehen entkommen.«

✩ ✩ ✩  199  ✩ ✩ ✩

»Wenn ich recht unterrichtet bin, Euer Majestät, stehen Euch immer noch zwanzigtausend Mann zur Verfügung. Da begreife ich nicht, warum Ihr ein solch gewaltiges Heer in Karlon fett und träge werden laßt, während Axis nach Belieben durch den Osten und den Süden zieht! Oder bereitet es Euch am Ende Freude, dabei zuzusehen, wie die Unaussprechlichen wieder über das Land herfallen, aus dem der Seneschall sie vor tausend Jahren vertrieben hat?«

Auch Jayme konnte sich jetzt kaum noch beherrschen. Was dachte Bornheld sich eigentlich dabei, seinem Bruder kampflos halb Achar zu überlassen? Den Bruderführer scherte es wenig, daß sein eigener Berater, Gilbert, dem König zugeredet hatte, mit seiner Armee nach Karlon zu ziehen. Er wollte, daß Axis aufgehalten wurde. Mit allen Mitteln.

»Ich darf die Hauptstadt nicht entblößen und an die Rebellen verlieren«, entgegnete der König. »Und genau dazu wird es kommen, wenn ich nach Osten marschiere, ohne auch nur eine Vorstellung davon zu haben, wo sich dieser verwünschte Kerl gerade aufhält. Axis wird über kurz oder lang hier auftauchen. Er kann gar nicht anders, wenn er immer noch den Thron erobern will.« Bornheld ließ sich wieder in seinem Sessel nieder. »Und deshalb bleibe ich einfach hier und erwarte ihn. Wenn er dann vor der Hauptstadt erscheint, sind seine Truppen müde und erschöpft, haben Blasen an den Füßen und von den vielen Schlachten, die sie unterwegs schlagen mußten, ein Dutzend Wunden davongetragen. Meine Soldaten hingegen können ihnen frisch und ausgeruht entgegentreten.«

Jayme schüttelte langsam den Kopf und starrte den König enttäuscht an. Moryson und er waren immer der Überzeugung gewesen, mit Bornheld den besten Mann auf den Thron gesetzt zu haben, mit ihm einen König zu haben, der den Seneschall wirksam schützte. Aber wie sollte die Kirche jetzt überleben, wenn Axis mit seiner Armee durch die Ebene von Tare marschierte, um die Hauptstadt anzugreifen?

»Muß ich Euch daran erinnern, Bornheld, daß der Turm des Seneschalls auf der anderen Seite des Gralsees steht? Der Rebell könnte die gesamte Bruderschaft getötet haben, bevor Ihr auch nur mit Eurem Heer zum Stadttor hinaus wärt!«

»Darüber braucht aber nicht Ihr Euch den Kopf zu zerbrechen«, erwiderte der König. »Ihr verbringt doch ohnehin den Großteil Eurer Zeit hier bei mir im Palast. Zusammen mit Euren beiden Beratern. Aber macht Euch keine Sorgen. Ich werde Axis auf der Ebene von Tare entgegenziehen und die Entscheidungsschlacht weit weg von Eurem weißen Turm schlagen.«

Der Bruderführer sammelte seine Gedanken. Seit einiger Zeit lief alles seinen Plänen zuwider. Er erinnerte sich an die Zeit, die nun so fern schien, als die ersten Meldungen aus dem Norden gekommen waren. Von merkwürdigen Geisterwesen, die einen schwerbewaffneten Soldaten in Sekundenschnelle auffraßen. Wie hätte Jayme damals die daraus folgenden Katastrophen erahnen sollen, die heute das Königreich als Ganzes bedrohten? Ichtar, das größte Herzogtum Achars, war an Gorgrael verloren. Und bald würde man auch des ganzen Gebiets östlich des Nordra verlustig gehen, diesmal an die Unaussprechlichen und ihren verräterischen General. Und was blieb ihnen dann noch? Das Stückchen Land westlich des Nordra. Die rosafarbene und goldene Hauptstadt ...

»Nacht höre ich das Wimmern und die Schreie der armen Seelen, die von Axis und seinen Horden Unaussprechlicher überwältigt worden sind. Wißt Ihr, was diese Höllenbrut den Menschen antut? Könnt Ihr Euch ausmalen, was die armen Bürger von Skarabost erdulden mußten, als die Rebellen Dorf für Dorf eroberten? Kinder werden diesen geflügelten Echsen geopfert, die Euer Bruder seine Freunde nennt! Frauen werden gezwungen, diesen Kreaturen zu Willen zu sein, und getötet. Die Männer müssen hilflos mit ansehen, wie man ihre Familien auslöscht. Dann schlitzt man ihnen die Bäuche auf und hängt sie an ihren eigenen Eingeweiden an Pfosten und Türrahmen auf, wo sie elendiglich an Gram und Schmerz zugrunde gehen! Läßt Euch so etwas denn völlig kalt, Bornheld? Wie könnt Ihr nur hier herumsitzen und sagen, Ihr wartet, bis der Krieger kommt? Artor wird Euch dafür zur Verantwortung ziehen!«

☆ ☆ ☆  201  ☆ ☆ ☆

Doch der König war mit seinen Gedanken ganz woanders und begann zu zittern. Seit seiner Rückkehr in die Hauptstadt litt er Nacht für Nacht an Alpträumen. Darin hielten ihm unbekannte bleiche Hände eine verzauberte Schale hin und drängten ihn, daraus zu trinken. Bornheld träumte auch davon, daß er durch die Gänge und Hallen seines Palasts lief und auf Schritt und Tritt vom Getuschel und Gelächter seines Hofstaats verfolgt wurde.

Manchmal erschien ihm auch eine grimmige Frau mit dunklem Haar und rabenschwarzen Augen, die an einem Tisch saß. Darauf standen zwei kleine Gefäße, und hinter ihr erhob sich ein Lichtgeviert. Gegen seinen Willen schritt er auf sie zu, und sie lachte, als sie ihn sah: »Ich habe Euch schon hier erwartet, Herzog von Ichtar.«

Vergeblich wies er sie darauf hin, daß er nicht länger Herzog, sondern König sei.

»Euer Blut verrät Euch als Fürst von Ichtar«, flüsterte die dunkle Frau. »Und damit verdammt es Euch. Euer Tod naht aus dem Osten. Haltet nach ihm Ausschau.«

Bornheld zitterte jetzt am ganzen Körper. Wieder starrte er zum Fenster hinaus und glaubte schon, Axis in den Wolkenbergen zu erkennen, die von Norden heranzogen.

Faraday war schon fast eingenickt, während Yr ihr noch das Haar bürstete. Anders als ihr Gemahl oder der Bruderführer sah sie das langsame, aber unaufhaltsame Näherrücken von Axis und seiner Armee als Segen an, als Gnade der Mutter. Denn Faraday hatte ihren Glauben an Artor und dessen grausame Art schon lange abgelegt. Mit jedem Tag tauchten neue Gerüchte in den Straßen von Karlon auf. Der Krieger habe in den Farnbergen einen Sieg errungen, wie ihn selbst die Götter noch nicht gesehen hätten, und marschiere nun durch Arkness. Andere wollten wissen, daß man Axis und seine Streitmacht auf einer Lichtung in den Farnbergen gestellt und in den dortigen See abgedrängt habe, wo die Rebellen mit Mann und Maus ertrunken seien, darüber konnte Faraday nur lachen. Oder aber der Sternenmann habe in Skarabost ein neues Land für alle Völker ausgerufen.

Hatte er Tencendor jetzt schon wiedererstehen lassen? Die junge Frau hatte immer geglaubt, er wollte damit warten, bis er die Hauptstadt eingenommen hatte und zu ihr zurückgekehrt war.

Yr versorgte sie mit anderen Geschichten. Die ließ sie sich vom Hauptmann der Wache erzählen, einem gutaussehenden und sehr männlichen Offizier. Und dessen Berichte beruhten größtenteils auf der Wahrheit und lauteten, daß Axis durch Skarabost gen Süden zog.

»Und woran denkt Ihr gerade, meine Liebe?« fragte die Katzenfrau, während sie langsam und gleichmäßig das glänzende rotblonde Haar der Königin bürstete.

»Ihr wißt sehr wohl, daß ich an Axis denke. Seit Tagen geht mir ja schon nichts anderes mehr durch den Kopf.«

Der König war vor einem Monat in seine Hauptstadt zurückgekehrt. Gleich nach seiner Ankunft hatte er Faraday zu sich kommen lassen und sie von ihren Regierungspflichten entbunden – ohne auch nur ein Wort des Dankes dafür zu finden, daß sie die Zügel des Königreichs in der Hand gehalten hatte, während er gegen die Skrälinge gekämpft hatte. Dann hatte er sich noch kurz nach ihrem gesundheitlichen Befinden erkundigt und ihr schließlich erlaubt, sich zurückzuziehen. Trotz ihrer langen Trennung schien ihm auch nichts mehr daran zu liegen, Faraday an ihre ehelichen Pflichten zu erinnern. Wie sie bald erfahren sollte, hielt er sich mittlerweile eine Mätresse. Ausgerechnet die tief dekolletierte Frau, mit der sich ihr Vater am Hof gezeigt hatte.

Der ermüdenden Staatspflichten enthoben und auch von unerwünschten Aufmerksamkeiten Bornhelds verschont, stand ihr nun sehr viel freie Zeit zur Verfügung. Und sie wußte sie gar wohl zu nutzen. Faraday verbrachte manchmal halbe Tage im wunderschönen Garten von Ur oder lustwandelte verzaubert durch die magischen Wälder, die sich rings um den Heiligen Hain erstreckten. Bei jedem Besuch stieß sie dort auf etwas Neues: eine ihr bislang unbekannte Lichtung, ein Wesen von noch größerer Schönheit, als ihr bisher begegnet war, einen faszinierenden Berg, der seine ganz eigenen Geheimnisse zu haben schien. Und am Ende fand sie sich immer in Urs Garten wieder. Dann trat die Uralte aus ihrer Hütte oder winkte ihr von der sonnigen Gartenbank zu. Faraday lächelte zurück, begab sich zu ihr und erhielt eine weitere lehrreiche Unterrichtsstunde.

Ur brachte ihr im wesentlichen die Namen und die Geschichten der mehreren Zehntausend awarischen Magierinnen bei, die in ihrem Garten als kleine Baumschößlinge in winzigen Blumentöpfchen steckten. Die alte Frau nahm dann immer einen von seinem Platz, reichte ihn Faraday und berichtete ihr vom Leben der betreffenden Zauberin.

Faraday fand bald heraus, daß sich ein besonderes Band zwischen ihr und der Pflanze entwickelte, deren Topf sie gerade in der Hand hielt und deren Geschichte ihr Ur erzählte. So wurden sie Freundinnen, und Faraday würde sie nie wieder vergessen. Da spielte es auch keine Rolle, daß sie insgesamt zweiundvierzigtausend Namen auswendig lernen mußte.

Die Zeit bei Ur und in ihrem Garten im Zauberwald hatte für Faraday etwas Magisches. Diese Stunden heilten so manche Verletzung, die sie in der Vergangenheit erlitten hatte, und sie verliehen ihr die Kraft, um sich gegen weiteres Ungemach zu wappnen.

Ramu stöhnte und ächzte auf seinem Wagen. Er kauerte sich unter seinen Umhang und mußte an sich halten, um nicht laut zu schreien. Daß er noch nicht vollkommen den Verstand verloren hatte, verdankte er vor allem den drei Wächtern, die oft mit ihm fuhren und ihm halfen. Ein jeder von ihnen trug mit seiner Magie dazu bei, ihm die Pein zu lindern und die Umwandlung voranzubringen. Eigentlich sollte die Transformation nur einige Wochen dauern, sie schien sich in Ramus Fall aber doch Monate hinzuziehen.

Vielleicht rührte das daher, daß der Zauberer sich so weit von Awarinheim entfernt hatte. Was würde wohl geschehen, fragte sich der Aware bang, wenn die Umwandlung hier draußen, fern der Heimat und der schattigen Wege Awarinheims, ihren Abschluß fände? So weit fort von der Mutter und dem Farnbruchsee? Müßte er dann unter der erbarmungslosen Sonne und dem Wind auf der Seegrasebene verdorren und sterben?

»Warum gerade ich?« fragte er sich an einem Tag, als die Schmerzen nachließen, nachdem Faraday den Heiligen Hain gerade verlassen hatte. »Warum bin ich so an die Baumfreundin gekettet? Wieso verwandle ich mich nur dann, wenn sie ihre Kräfte einsetzt?«

Jack wußte darauf eine Antwort: »Weil Ihr derjenige wart, der sie mit der Mutter verband. Und Faraday hat Euren Bund mit der Mutter erneuert. Vielleicht sind eure Schicksale deswegen so eng miteinander verknüpft.«

Ramu zuckte ohnmächtig die Schultern. Sein Gesicht war mittlerweile so entstellt, daß er es ständig unter der Kapuze verbarg. Axis kam abends zu ihm und geleitete ihn mit zauberischem Gesang und Harfenklang in den Schlaf. Aber sonst konnte fast nichts Ramus Leid während dieser furchtbaren Umwandlung lindern.

Faraday war sich Ramus Schmerzen wohl bewußt. Jedes Mal, wenn sie ihre Zauberkraft dazu gebrauchte, in den Heiligen Hain und die magischen Wälder zu gelangen, kam ihr sein Leid zu Bewußtsein.

Manchmal, wenn sie durch den Wald spazierte, fühlte sie Ramus Schmerzen sehr deutlich. Sie wußte, daß er sich verwandelte, und wünschte, sie könnte ihm helfen. Schließlich wandte sie sich sogar an die Gehörnten und fragte, was denn mit dem Ärmsten geschehe und ob sie ihm helfen könne.

»Nein«, antwortete der Silberpelz, »Ihr könnt nichts für ihn tun. Ramus Transformation verläuft anders, weil er so stark an Euch gebunden ist. Und weil Ihr so starken Zugriff auf die Macht der Mutter und dieses Waldes besitzt. Was soll ich Euch nun raten? Wartet, bis der Magier nach Awarinheim zurückfindet ... oder zu einem von seinesgleichen in Achar. Er muß bereit sein, den entscheidenden Schritt in den Heiligen Hain zu tun und die Umwandlung abzuschließen. Dann dürft Ihr ihn gern mit all Eurer Kraft hierher ziehen, ihn mit Eurer gesamten Energie unterstützen. Ramu kann Euch nicht erreichen, solange er sich nicht im Machtfeld der Bäume befindet. Gegenwärtig hält der Aware sich viel zu weit vom Wald entfernt auf, als daß wir ihm beistehen könnten. Deswegen bleibt Euch nur übrig zu warten und nach ihm Ausschau zu halten.«

Faraday wandte sich von den Gehörnten ab, trauerte um ihren Freund und wußte doch, daß ihr die Hände gebunden waren. Sie wußte, daß er auf dem Weg zu ihr war und hoffte um seinetwillen, daß es nicht zu lange dauern würde.

Die junge Frau brauchte seit einiger Zeit die magische Schale nicht mehr, um von ihrer Welt in den Zauberwald zu gelangen. Sie beherrschte die ihr verliehenen Kräfte mittlerweile so gut, daß ihr Wille allein ausreichte, sie in das smaragdgrüne Licht zu versetzen, durch das sie den Heiligen Hain erreichte. Doch sie wußte nicht, was sie nun mit der Schale anfangen sollte. So fragte sie die Gehörnten, ob sie sie ihnen nicht lieber zurückgeben solle.

»Ihr werdet schon eine Verwendung dafür finden«, antwortete ihr der Silberpelz. »Deswegen mögt Ihr sie behalten.«

So bewahrte Faraday die Holzschale weiterhin auf und erfreute sich an ihrem Anblick. Jeder, der einen zufälligen Blick darauf warf, sah in ihr nicht mehr als eine alte Holzschale, wie sie wohl kaum von einer Königin benutzt wurde. Aber Faraday erinnerte sie täglich an die ungeheure Aufgabe, die auf sie wartete. Und an die Freuden und den Trost, den die Mutter ihr durch dieses Geschenk beschert hatte.

Sie lächelte, als Yr die Bürste zur Seite legte. »Axis kommt, liebe Freundin. Ich spüre es. In wenigen Monaten wird er hier sein. Ach, Yr, ich kann es kaum noch erwarten!«

# 16
## AXIS ERTEILT EINE LEKTION

In den dunkelsten Stunden der Nacht, die unmittelbar vor dem Morgengrauen liegen, war die ikarische Luftarmada gestartet. Burdels Soldaten hatten sich auf den steilen und felsigen Pässen der Farnberge eingegraben, und nur ein Angriff aus der Luft konnte ihnen dort noch etwas anhaben.

Dennoch war Axis mit dem Einsatz der Luftkämpfer nicht glücklich. Zu leicht ließen sich mit deren Auftauchen alte Wunden und alter Haß wieder aufreißen. Der Krieger haßte sich dafür, Ikarier gegen Menschen in die Schlacht zu schicken. Deswegen hatte er sie bislang stets weitgehend zurückgehalten und gehofft, die Acchariten würden die Vogelmenschen eher akzeptieren, wenn sie diese nicht als gegnerische Streitmacht erlebten. Deswegen ging Axis mit dieser Schlacht ein ziemliches Wagnis ein. Leider ließ der Feind ihm keine andere Wahl. Die Ikarier stellten seine einzige Waffe dar, mit der sich das Gebirge mit geringen eigenen Verlusten erobern ließ.

Der Krieger lief nun angespannt auf und ab. Er hatte sich fest in seinen roten Mantel gewickelt. Alle drei bis vier Schritte blickte er zu den Bergen. Sie erhoben sich vor ihm in den Himmel, der sich zunehmend hell färbte. Der Sternenmann wußte sehr genau, was sich oben an den Pässen tat, denn sein Schneeadler flog hoch über den Ikariern.

»Nun?« fragte Belial. Er wirkte ebenso fahrig und nervös wie sein General.

Axis blinzelte und mußte erst zu sich selbst zurückfinden, ehe er seinem Leutnant antworten konnte: »Es sieht gut für uns aus. Als die ersten Pfeile Burdels Soldaten erreichten, wußten sie

☆ ☆ ☆  207  ☆ ☆ ☆

nicht, woher die Geschosse kamen, und haben blindlings um sich gefeuert.«

»Haben wir Ausfälle?« fragte Magariz.

»Fünf Ikarier wurden in ihre Flügel getroffen. Sie konnten aber abseits der feindlichen Stellungen landen und kommen jetzt zu Fuß zu uns zurück. Der Graf hat bedeutend schwerere Verluste erlitten. Wenn ich es recht sehe«, sein Blick umwölkte sich wieder, und die beiden wußten, daß er erneut durch die Adleraugen schaute, »zieht er seine Truppen bereits zurück. Bis zum Mittag dürften die Pässe frei vor uns liegen.«

»Wohin will Burdel denn?« wollte Belial wissen. »Schnell nach Arken?«

»Vermutlich.« Axis zuckte die Achseln. »Wir können ihn leider nicht vorher abfangen. Einen Tag brauchen wir mindestens, um mit unserer Armee zum Gebirge zu kommen, und dann noch ein paar mehr, um das Gebirge zu überwinden. Burdels Soldaten sind leichter bewaffnet und damit viel beweglicher als unsere. Der Graf würde schon in seiner Hauptstadt sein und sie zur Verteidigung gerüstet haben, bevor wir auch nur die Berge hier hinter uns gebracht haben.«

Arken war die Hauptstadt der Grafschaft Arkness und lag fünfundzwanzig Meilen südlich des Farngebirges inmitten der ausgedehnten Weideflächen dieser Provinz.

»Also richten wir uns auf eine Belagerung ein«, sagte Magariz. Keine Frage, sondern eine Feststellung.

Der Krieger seufzte. »Ja. Uns bleibt wohl nichts anderes übrig.« Vor zwei Jahren war er auf dem Weg nach Smyrdon schon einmal durch Arken geritten. Die Stadt besaß hohe und dicke Mauern, und ihre Bürgerschaft war sehr waffenerprobt. Burdel stand dort nicht nur sein Heer, sondern auch eine starke Miliz zur Verfügung.

Axis wußte, daß er mit sehr viel Umsicht vorgehen mußte. Belagerungen konnten sich leicht über Monate hinziehen. Er aber war kaum in der Lage, mit seiner Armee ein halbes Jahr lang oder länger die Stadt zu belagern. Andererseits mußte er sich davor hüten, weiter nach Süden vorzudringen und eine solch starke Streitmacht in seinem Rücken zurückzulassen. Bornheld würde es dann ein Leichtes sein, ihn zusammen mit Burdel von zwei Seiten in die Zange zu nehmen. Nein, ihm blieb kein anderer Ausweg, als Arken zu erobern.

Aschure trat zu ihnen. »Könnt Ihr dem Grafen nicht die Luftarmada hinterherschicken, während er über die Ebene flieht?«

Axis sah sie an. Die junge Frau hatte Caelum bei Rivkah im Lager zurückgelassen und war nur mit Sicarius als Begleitung zu ihm gekommen. Ihre grau-weiße Uniform ließ sie noch schlanker und durchtrainierter aussehen. Der Wolfen hing ihr über der Schulter, und das Haar hatte sie zu einem Zopf zusammengebunden, der auf ihren Rücken hinunterhing.

In den zwei Wochen seit er Faradays altes Zuhause besucht hatte, hatte sich die Beziehung zwischen ihm und Aschure zwar nicht unbedingt abgekühlt. Aber sie begegneten sich eher sachlich. Selbst wenn sie sich liebten, in den wenigen Nächten, in denen sie Zeit und Gelegenheit dazu fanden, lachten sie nicht mehr so fröhlich zusammen, sondern waren heftig und ungestüm. Beiden war bewußt, daß sie Faraday täglich näher kamen.

»Nein«, antwortete der Krieger jetzt mit einem Blick auf die Berge. »Die Luftkämpfer haben ihre Ruhe dringend nötig. Fünf Stunden waren sie nun im Einsatz. Außerdem sollen sie lieber die Berggipfel überfliegen und nach Nachzüglern oder Hinterhalten suchen. Wenn ich sie jetzt Burdel auf dessen Flucht zu seiner Hauptstadt hinterherschicke, erschöpfe ich sie nur unnötig.« Und präsentiere sie den Blicken unzähliger Bauern, die dann nichts Besseres zu tun haben, als überall davon zu erzählen, daß die Unaussprechlichen zurückgekehrt seien. Nein, seinen Plänen wäre sicher nicht damit gedient, wenn das Volk von Arkness mit ansah, wie fliegende ›Ungeheuer‹ aus der Luft über das Heer ihres Grafen herfielen. Damit würden ihre alten Ängste nur Bestärkung finden, und die Position des Seneschalls wäre gestärkt.

»Nein«, erklärte der Sternenmann noch einmal und dachte an die bevorstehende Belagerung. »Bis wir dieses Heer hier

✫ ✫✫  209  ✫✫ ✫

endlich in Bewegung gesetzt haben, dürften die Pässe endgültig frei sein.«

Er verdrängte die strategischen Unwägbarkeiten und lächelte Aschure an.

»Kommt«, sagte er und nahm ihre Hand, »uns erwartet ein angenehmer Ausritt durch die Berge.«


»Gute Arbeit, Weitsicht«, lobte Axis und brachte Belaguez neben dem erschöpften Ikarier zum Stehen.

Die meisten Luftkämpfer befanden sich nun am Fuße der Berge. Nur einzelne Staffeln flogen noch Luftpatrouille, um Burdels Rückzug im Auge zu behalten. Die Vogelmenschen hatten nun, am frühen Nachmittag, bereits zwölf Stunden Einsatz hinter sich.

Der Offizier schaute nach oben. Furchen durchzogen sein Gesicht, und Tränensäcke hatten sich unter seinen Augen gebildet. Aber in seinen Zügen war nur Zufriedenheit zu erkennen. Seine Luftarmada hatte wirklich gute Arbeit geleistet. Der schwarze Tag im Krallenturm, als Axis die Fehler, Schwächen und Untauglichkeiten der einzelnen Geschwader schonungslos benannt hatte, lag so weit zurück, als gehöre er zu einem anderen Leben. Weitsicht wußte, daß er nun eine Elitetruppe anführte. »Burdels Nachhut hat nicht allzu tapfer gekämpft, dafür aber mit großer Hartnäckigkeit. Wir haben eine Stunde länger als erwartet darauf verwenden müssen, sie aus allen ihren Felsenverstecken aufzuscheuchen.«

Der Krieger stieg ab und setzte sich neben den Ikarier. »Und wie steht es mit Euren Verwundeten?«

»Zwei von ihnen werden zwar eine ganze Weile nicht mehr fliegen können«, antwortete er, »aber die anderen drei wurden nur leicht verwundet. In einer Woche sind sie wieder vollkommen einsatzfähig.« Seine Stimme klang erleichtert.

»Und wie hat sich Abendlied geschlagen?« Axis' Schwester hatte sich freiwillig zu diesem Einsatz gemeldet.

»Vorbildlich, wie auch Dornfeder. Ich glaube, sobald sich die Gelegenheit dazu ergibt, werde ich ihm ein ganzes Geschwader übertragen. Ihn auf dem Posten eines Staffelführers zu belassen, hieße seine Offiziersfähigkeiten zu vergeuden. Seine Erfahrungen mit den Greifen und seine, äh, etwas ungewöhnliche Heilung scheinen ihn reifer gemacht zu haben. Man sollte ihm mehr Verantwortung übertragen.«

»Axis!«

Der Krieger hob den Kopf. Sein Vater hatte ihn gerufen und war gerade auf einem Felsen gelandet. Aufregung rötete ihm das Gesicht, und seine Flügel flatterten noch. Jetzt sprang er von dem Stein herab und kam zu ihm herüber. »Mein Sohn, ich weiß, daß ich nicht hier sein sollte, aber ich konnte einfach nicht anders. Wißt Ihr eigentlich, wie nahe wir hier dem Farnbruchsee sind? Nur wenige Flugstunden entfernt!«

»Nein«, entgegnete der Sternenmann streng, »wir können nicht zulassen, daß einige Ikarier stundenlang und schutzlos durch dieses Gebirge fliegen. Schließlich wissen wir nicht, welche üblen Überraschungen Burdel in den Bergen zurückgelassen hat. Gut möglich, daß sich hier auch ein bewaffneter Vorposten von Bornheld befindet.«

Das Gesicht Sternenströmers verfärbte sich vor Ärger. »Die Ikarier haben tausend Jahre darauf gewartet, in ihre alte Heimat und zu ihren heiligen Stätten zurückzukehren, die ihnen so lang verwehrt wurden!«

»Dann werden sie sich auch noch ein paar Wochen oder Monate länger gedulden können«, versetzte der Krieger unbeugsam. »Verwünscht sei Euer unbedachtes Wesen, Vater. Versteht doch, daß es viel zu gefährlich für Euch wäre, aus einer Laune heraus einen Abstecher zum Farnbruchsee zu unternehmen. Und ich kann Euch beim besten Willen keinen Geleitschutz mitgeben. Seht Ihr denn nicht, wie erschöpft Weitsicht und seine Luftkämpfer von ihrem letzten Einsatz sind? Sie müssen sich jetzt ausruhen, und in ein paar Tagen haben wir diese Berge längst hinter uns gelassen. Denkt doch bitte erst nach, Sternenströmer, wenn Euch wieder irgendeine Eingebung allzu sehr fasziniert.«

Der ikarische Zauberer starrte seinen Sohn an. Dann fiel sein

Blick auf Weitsicht, und er konnte deutlich sehen, wie dringend der Offizier der Ruhe bedurfte.

»Sternenströmer«, fuhr Axis versöhnlicher fort, »wir ziehen nach Süden und kommen sicher an den Alten Grabhügeln und dem Wald der Schweigenden Frau vorbei. Gebt Euch damit zufrieden. Ihr könnt nicht innerhalb einer Woche alle verlorenen Stätten besuchen. Habt doch Geduld. Euer ganzes Leben habt Ihr noch Zeit, Euch mit Eurem Erbe zu beschäftigen. Aber erst einmal laßt mich bitte dieses Land für Euch zurückerobern.«

Zögernd nickte sein Vater. »Ich muß mich wohl bei Euch entschuldigen. Ihr habt recht, ich habe wirklich nicht richtig nachgedacht. Aber wenn mir einer vor zwei Jahren gesagt hätte, daß ich einmal die Gelegenheit erhalten würde, die verlorenen Orte Tencendors wiederzusehen, hätte ich ihn ausgelacht ... Und jetzt sind wir dem Farnbruchsee so nahe ...« Seine Stimme erstarb.

Axis verstand sehr gut, was Sternenströmer ihm sagen wollte. Er selbst, Morgenstern und alle anderen Zauberer standen nun vor der ungeheuren Aufgabe, die verlorenen heiligen Orte der Ikarier aufzuspüren und wiederzuentdecken: die Alten Grabhügel mit den letzten Ruhestätten der sechsundzwanzig Zauberer-Krallenfürsten, das Sternentor tief unter diesen Gräbern, den Wald der Schweigenden Frau mitsamt seiner Burg und dem Kesselsee, den Narrenturm oder die Insel des Nebels und der Erinnerung. Nach letzterer sehnten sich die Vogelmenschen fast ebensosehr wie nach dem Sternentor, und doch würde sie wahrscheinlich am schwersten für sie wiederzufinden sein. Doch bevor sie überhaupt mit der Suche beginnen konnten, mußte erst ein Krieg geführt werden. Schwere Kämpfe standen ihnen bevor ... Als Sternenströmer wieder davonflog, sah Axis zu, wie die ersten Einheiten seiner Armee sich über den Paß wanden.

Burdel zog sich erfolgreich in seine Hauptstadt zurück, und als der Krieger mit seiner Streitmacht vor Arken auftauchte, fand er sie befestigt und alle Stadttore verriegelt vor.

Axis ließ den Schneeadler zwei Meilen über den Zinnen kreisen. Auf den Stadtmauern eilten Soldaten hin und her und zeigten beunruhigt auf das sich heranwälzende feindliche Heer. Er glaubte, sogar Burdel unter den Männern auf den Wehrgängen zu entdecken: Einen großen und hageren Mann von fast asketischem Äußeren, der ganz ruhig dastand, die Augen gegen die Sonne abschirmte und den schwarzen Wurm betrachtete, der sich über die Ebene näherte. Axis hatte die Ikarier vorerst zurückgelassen. Die Luftarmada erholte sich noch in den Bergen. Sie sollte erst in der Nacht, im Schutz der Dunkelheit, zu ihm stoßen.

Belaguez stampfte ungeduldig mit den Hufen, und die Beißstange in seinem Maul klirrte. Der Krieger lächelte und klopfte dem Hengst auf den Hals, ehe er Belial, Magariz und Ho'Demi zu sich winkte.

»Nun, Ihr Herren«, forderte er sie auf, als sie sich zu ihm gesellt hatten, »wie würdet Ihr dieses Problem lösen?«

»Ich habe nur wenig Erfahrung mit Belagerungen«, antwortete der Häuptling. »Eigentlich habe ich nur einmal darauf gewartet, daß ein Eisbär endlich aus seiner Schneehöhle auftauchen würde. Nun, was würde ich in einer solchen Lage wie hier tun? Ich würde mich mit meinem Speer vor das Tor setzen und warten, daß jemand herauskommt.« Er nickte dem Fürsten zu, damit er sich äußere.

Magariz zuckte die Achseln. »Eine harte Nuß, Axis. Ihr führt nicht einmal Rammböcke mit Euch mit, und Burdel hat sicher die Mauern verstärkt und dort Geschütze in Stellung bringen lassen.«

»Wir könnten Arken einschließen und aushungern«, schlug Belial vor. Als er den Gesichtsausdruck des Kriegers sah, fügte er rasch hinzu: »Und müßten bis dahin warten. Und warten ... könnte Jahre dauern.«

Ihr wißt ja gar nicht, was auf dem Spiel steht, dachte der Sternenmann. Mittlerweile stehen wir weit im Rosenmond, und mir bleiben nur noch dreieinhalb Monate, um meinen Pakt mit der Torwächterin zu erfüllen. Ich kann hier nicht mehr Zeit hineinstecken als ein paar Wochen.

Der Krieger schwieg und betrachtete Burdel wieder durch die

Augen des Adlers. Ich werde mich wohl darauf verlassen müssen, mit ein paar freundlichen Worten die Tore geöffnet zu bekommen. Und vielleicht mit ein wenig Magie.

Er wandte sich wieder an seinen Kriegsrat: »Hört, ich möchte, daß Ihr folgendes tut.«

Am Abend war die ganze Armee, einschließlich des Trosses, vor Arken eingetroffen und hatte außerhalb der Reichweite der Bogenschützen auf den Zinnen einen Ring um die Stadt geschlossen. Die Soldaten schlugen ein befestigtes Lager auf, so als richteten sie sich auf eine lange Wartezeit ein. Axis ließ sein Zelt gegenüber dem Haupttor Arkens errichten. Darüber flatterte sein goldenes Banner mit der blutroten Sonne im Zentrum. Im letzten Tageslicht lief er deutlich sichtbar mit dem goldenen Langhemd unter dem roten Umhang umher, gab sich gelöst, trug keine Waffen, lachte und scherzte mit den Offizieren und ließ sich nur von einem der Alaunt begleiten.

Oben auf den Befestigungen standen die Bürger der Stadt und sahen dem Treiben zu. Dort auf den Zinnen ereiferten sie sich über alle Bewegungen der feindlichen Truppen und ihres Oberbefehlshabers. Viele hatten den Krieger früher bewundert, als er noch der Axtherr gewesen war. Als er sich vor zwei Jahren für eine Weile in Arken aufgehalten hatte, hatte er ihre Achtung und Freundschaft gewonnen. Zwei oder drei Kaufleute aus der Stadt, die mit Axis und seiner Armee in Sigholt Handel getrieben hatten, wurden eindringlich über ihn ausgefragt. In der Stadt hielten sich auch einige der Männer auf, die Belial vor fünfzehn Monaten losgeschickt hatte, um im Land die Botschaft der Prophezeiung zu verbreiten. Seit zwei Monaten wirkten sie in der Provinzhauptstadt und hatten in den Gasthäusern und Schenken das Wort der Weissagung verkündet.

Axis verbrachte einen festlichen und geselligen Abend. Aschure, Rivkah, Ho'Demi und seine Frau Sa'Kuja, Belial und Magariz saßen an seiner Tafel. Die Damen trugen Abendgewänder in herrlichen Farben, und Aschure präsentierte allen ihren lachenden Sohn Caelum. Der Krieger selbst gab sich gelöst und leutselig. Jeder, der ihn sah, mußte zu dem Schluß gelangen, daß die Rebellen sich auf eine lange Belagerung einrichteten und es sich dabei nicht unbedingt schlecht ergehen lassen wollten.

Am nächsten Morgen überraschte er Aschure mit seinem Wunsch, sie möge das schwarze Kleid doch anziehen, das sie beim Empfang zum Namenstag seiner Mutter in Sigholt getragen habe.

»Habt Ihr es aus Sigholt mitgebracht?« drängte er, und die junge Frau nickte verblüfft. »Dann zieht es bitte an. Und tragt Euer Haar wieder offen.«

Damit verließ er das Zelt, und Aschure stand auf, machte sich frisch und legte das gewünschte Gewand an. Während sie den eleganten schwarzen Stoff glattstrich, fuhr sie sich auch kurz über den Bauch. Aschure vermutete, erneut schwanger zu sein. Axis hatte sie aber noch nichts davon gesagt. Freudlos lächelte sie jetzt ihrem Spiegelbild zu. Früher oder später würde sie Faraday gegenübertreten müssen. Aschure hoffte sehr, dann nicht gerade wieder schwanger zu sein von Axis. Faraday würde sicher nicht begeistert sein zu erfahren, daß sie sich den Sternenmann mit einer Geliebten zu teilen habe. Und wenn diese dann gar noch schwanger von ihm wäre ... nicht auszudenken!

Die junge Frau trat schließlich aus dem Zelt und kam sich in dem eleganten Kleid früh morgens albern vor. Dann fiel ihr Blick auf Rivkah. Axis hatte seiner Mutter offenbar ähnliche Anweisungen gegeben, denn sie trug gleichfalls ein prachtvolles Gewand, das sie ganz als Prinzessin von Achar erscheinen ließ.

»Aschure!« rief der Krieger hinter ihr, und sie fuhr zusammen. »Euer Bogen.« Er reichte ihr den Wolfen und den Köcher. Die junge Frau hängte sich beides über die Schulter und glaubte jetzt erst recht, lächerlich auszusehen.

Die Soldaten, Acharíten wie Rabenbunder, standen in den Gräben, die sie rings um Arken ausgehoben hatten. Alle richteten zwar den Blick auf die Stadt, aber kaum jemand hielt seine Waffen bereit. Axis beriet sich noch kurz mit Belial, Magariz und Ho'Demi, dann winkte er die beiden Damen zu sich.

»Wir machen nun einen Spaziergang zum Stadttor«, verkündete er ihnen, »und reden zu den braven Bürgern von Arken. Rivkah, Ihr wendet Euch ebenfalls an sie. Beruft Euch dabei ruhig auf meine Worte.«

Seine Mutter war zwar überrascht, nickte aber.

»Und Ihr, Aschure, legt einen der Pfeile mit den hübschen blauen Federn auf. Versucht auch sonst den Eindruck einer Gestalt aus einem Märchen zu erwecken. In der Stadt wird man kaum jemals eine so wunderschöne Frau gesehen haben, die mit Pfeil und Bogen gegen sie gezogen ist. Und nun auf, gehen wir und sprechen zu ihnen. Fürchtet Euch nicht, ich vermag Euch vor allem zu schützen, was sie von oben auf uns herunterwerfen könnten.«

Über ihnen an den Zinnen entstand einige Bewegung, als das Trio sich zu Fuß der Stadt näherte. Axis wirkte in seinem goldenen Langhemd und roten Umhang wie der Sonnengott selbst. Und an seiner Seite schritten zwei Herrscherinnen, ganz in Schwarz gewandet, schön und königlich. Was hatte das zu bedeuten, was wollten die drei hier?

Burdel stand unweit des geschlossenen Tors auf der Stadtmauer. Seine Ruhe hatte ihn inzwischen verlassen. Mit einer so starken Rebellenarmee hatte er nicht gerechnet, und jetzt tauchten auch noch diese drei unwirklichen Gestalten vor seiner Stadt auf. Aber der Graf ließ sich nichts von seiner zunehmenden Nervosität anmerken. Immerhin führte der Krieger weder Katapulte, noch Rammböcke, noch anderes mit sich, was ihnen gefährlich werden konnte. Und Arken besaß genug Vorräte, um eine einjährige Belagerung durchstehen zu können. Burdel war sich absolut sicher, sich in einer besseren Position als sein Gegner zu befinden.

Fünfzig Schritt vor dem Haupttor blieb Axis stehen und prägte sich mit einem kurzen Blick auf den Himmel ein, wo sein Adler gerade kreiste.

»Seid mir gegrüßt, Graf Burdel«, rief er fröhlich hinauf, und seine Zauberkraft trug die Worte über die gesamte Breite und Höhe der Befestigungsmauern und auch in die Stadt selbst hinein. »Ein wunderbarer Morgen, wie geschaffen zum Plaudern.«

★ ☆ ☆  216  ☆ ☆ ☆

Burdel beugte sich vor, um mit Beleidigungen und Schmähungen zu antworten, aber der Krieger ließ es gar nicht erst dazu kommen: »Und ich grüße auch Euch, Kulperich Fenwicke«, rief er dem Bürgermeister der Stadt zu. »Ich sehe Euch unten hinter dem Tor stehen und würde gern mit Euch sprechen. Seid doch bitte so freundlich, und steigt nach oben, damit wir uns beim Reden sehen können.«

Die Bürger von Arken sahen sich verwundert an. Wie konnte Axis durch ein eisenbeschlagenes Holzbohlentor sehen?

Kulperich Fenwicke, ein kräftiger grauhaariger Mann in den mittleren Jahren, stieg langsam die Leiter hinauf und stellte sich neben den Grafen. Er hatte den Krieger kennengelernt, als er mit seinen Axtschwingern auf dem Weg nach Gorken hier Station gemacht hatte. Damals hatte er gehörigen Respekt vor Axis gewonnen, der sich jetzt noch steigerte. Wie sollte Arken einem solchen Gegner widerstehen? »Ich freue mich, Euch wiederzusehen«, rief er hinunter.

Sein Landesherr murmelte eine Verwünschung. Was dachte sich dieser Tölpel denn eigentlich dabei, so freundlich auf den Feind einzugehen?

Axis antwortete ihm wie jemandem, den er an einem sonnigen Tag auf den Straßen von Arken wiedergetroffen hatte: »Geht mir genau so, Kulperich. Wie geht es der werten Gemahlin? Igren, nicht wahr, so heißt sie doch?«

»Gut, Axis, danke der Nachfrage«, antwortete Fenwicke nicht mehr ganz so leutselig, weil neben ihm Burdels Miene immer grimmiger wurde.

»Das freut mich zu hören. Im vorletzten Jahr hat Eure Gattin die Freundlichkeit besessen, mich und meinen Leutnant Belial, der übrigens weiter hinten wartet, sehr herzlich bei sich aufzunehmen und zu bewirten. Doch nun genug der Höflichkeiten, Kulperich. Dazu fehlt uns leider die Zeit, denn schließlich befinden wir beide uns hier in einer recht delikaten Situation.«

Der Bürgermeister breitete hilflos die Arme aus. Er hätte die Lage nicht unbedingt mit »delikat« umschrieben.

»Kulperich Fenwicke, heute rede ich mit Euch nicht als

★ ☆ ☆    217    ☆ ★ ☆

Freund, sondern als Erstem Bürger der Stadt. So schwer es mir auch fällt, muß ich Euch leider die betrübliche Mitteilung machen, daß Ihr anscheinend gefährliche Verbrecher in Eurem Arken beherbergt.«

Der Bürgermeister fragte mit erstickter Stimme: »Was denn für Verbrecher?«

»Ausgemachte Schurken, Kulperich, die Euch vermutlich eingeredet haben, daß ich und meine Armee eine Bedrohung für Euch darstellen. Aber ganz ehrlich, Bürgermeister, ich habe überhaupt nicht vor, Euch und die Euren zu bedrohen. Ich möchte nur Burdel. Durch ganz Skarabost habe ich ihn verfolgt, und jetzt sitzt er in Eurer Stadt wie in einer Mausefalle. Schützt Eure Stadt, Kulperich, laßt nicht zu, daß sie zerstört wird, bloß um einen Elenden mitsamt seinen Spießgesellen zu schützen.«

Burdel umklammerte mit beiden Händen die Brüstung. »Ihr seid hier in Wahrheit der Erzschurke, Axis!« brüllte er hinab. »Ihr seid der uneheliche Sohn der Unaussprechlichen! Und nach nichts anderem trachtet Ihr, als das Königreich Achar und das friedliche Leben, das wir darin führen, zu zerstören!«

Aber der Krieger ging gar nicht auf diesen Ausbruch ein, sondern wandte sich wieder an Fenwicke: »Bürgermeister und all Ihr friedliebenden Bewohner Arkens, an meiner Seite steht meine Mutter, die Prinzessin Rivkah von Achar. Sie kann sicher einige Mißverständnisse klären.«

Seine Worte riefen noch mehr Staunen in der Stadt hervor. Rivkah lebte noch?

Die Prinzessin trat kühl und ruhig einen Schritt vor. Als sie ihre Stimme erhob, verlieh der Krieger ihr seinen Zauber, damit auch ihre Worte in allen Gassen vernommen werden konnten.

»Kulperich Fenwicke, ich grüße Euch und Eure braven Bürger, und ich werde jetzt über meinen Sohn sprechen, Axis Sonnenflieger. Vielen von Euch sind Geschichten und Gerüchte über seine Geburt zu Ohren gekommen. Und etliche von Euch überrascht es sicher, mich hier zu sehen. Ich bin nicht bei Axis' Geburt gestorben, wie man Euch weiszumachen versuchte. In Wahrheit haben mich Jayme, der Bruderführer des Seneschalls,

☆ ☆ ☆   218   ☆ ☆ ☆

und sein Berater, Bruder Moryson, geschwächt, wie ich war, zu den Ausläufern der Eisdachalpen verschleppt und mich dort liegengelassen, auf daß ich elendig zugrunde ginge. Diese edlen Herren haben mir damals meinen Sohn gestohlen und verbreitet, ich sei nicht mehr am Leben.«

Das verschlug den Bürgern die Sprache. Der Bruderführer des Seneschalls sollte sich die Finger bei einem so feigen Verbrechen schmutzig gemacht haben?

Aber niemandem kam es in den Sinn, an Rivkahs Worten zu zweifeln, denn Axis hatte sie mit dem Lied der Wahrheitserkenntnis unterlegt. Diese Melodie erlaubte den Menschen, genau zwischen falsch und richtig zu unterscheiden. Eine sehr mächtige Weise, die bedeutende Mengen an Sternentanzenergie erforderte und den Krieger erschöpft hatte.

»Mein Sohn Axis ist der Sternenmann, Ihr Bürger von Arken. Vielleicht habt Ihr ja schon von der Prophezeiung des Zerstörers gehört.« Den meisten war diese Weissagung tatsächlich nicht mehr unbekannt, denn dafür hatten Händler aus dem Norden und Belials Soldaten gesorgt. »Er ist mein Sohn und auch der eines mächtigen Fürsten der Ikarier, den Wesen, die mich vor dem sicheren Tod in den Eisdachalpen retteten. Wenn ich heute vor Euch treten kann, dann nur dank der Freundlichkeit der Ikarier. Sie bringen Euch nicht Tod und Vernichtung, sondern Freundschaft und die Hoffnung auf eine bessere Zukunft.

Axis ist gewiß kein Verbrecher, denn er arbeitet nur für die Verbreitung der Wahrheit. Alle Falschheit ist ihm fremd, und er strebt bestimmt nicht danach, Achar zu zerstören oder Euer friedliches Leben zu stören. Vielmehr geht es ihm darum, diejenigen wiederzuvereinen, die einst auseinandergerissen wurden. Und er will ein neues Reich der Einheit und des anhaltenden Friedens gründen. Ein Land, in dem die Wahrheit regiert und nicht mehr die Lügen des Seneschalls. Hört, was er Euch zu sagen hat, denn nur er kann Euch retten!«

Sie verneigte sich vor der Stadt, lächelte ihrem Sohn zu und gesellte sich wieder zu den beiden anderen.

»Bürger von Arken«, fuhr der Krieger nun fort. »Graf Burdel

hat sich des Verbrechens schuldig gemacht, den Frieden Achars zu stören. Mit seiner Armee ritt er durch Skarabost und folterte, erschlug und kreuzigte all jene, welche bereit waren, dem Weg der Wahrheit zu folgen. Diese Menschen wurden und werden überall im ganzen Land verfolgt, aber nirgendwo mit solcher Brutalität wie in Skarabost. Burdel tat dies zwar nicht aus eigenem Antrieb, sondern auf Befehl des neuen Königs Bornheld. Doch es waren die Grausamkeit und Unbarmherzigkeit dieses Grafen, die ihn noch schlimmer in jener Provinz wüten ließen, als Bornheld es ihm aufgetragen hatte. Zweifelt nicht an meinen Worten, Ihr Leute, denn ich spreche zu Euch nichts als die Wahrheit.«

Die Luft zwischen dem Belagerungsring und der Stadt hatte sich verändert. Sie war in Bewegung geraten. Der Bürgermeister und alle, die sich auf den Mauern befanden, stöhnten und schrieen aus Entsetzen vor dem, was plötzlich vor ihnen entstanden war.

Nur Burdel nicht.

Arken war von einem gespenstischen Ring von Kreuzen und hölzernen Galgen umgeben. Von jedem hing der verrenkte oder gemarterte Leib eines der Unglücklichen, die an die Prophezeiung geglaubt hatten. Andere Skaraboster hingen an den Seilen, mit denen man sie gehängt hatte. Ihre Augen traten hervor, und ihre Zunge hing heraus, während sie langsam und jämmerlich erstickten.

»Seht Ihr das?« sagte Axis leise, und man merkte ihm an, daß ihn dieser Anblick nicht unberührt ließ. Sein Flüstern aber drang in die Herzen aller Männer, Frauen und Kinder Arkens. Und so erfuhren auch diejenigen in der Stadt, die nicht von den Mauern die garstigen Bilder sehen konnten, von dem Schrecken, den Burdel unter ihre nördlichen Nachbarn getragen hatte.

Für all dies war Graf Burdel verantwortlich gewesen?

»Nein!« wollte Burdel schreien, doch aus seiner Kehle kam nur ein rauhes Krächzen.

»Und nun vernehmt!« flüsterte der Krieger und rang mit der Energie, die zur Erschaffung dieser Visionen nötig war. Fast drohte sie ihn zu verschlingen.

Die Bürger erwartete jetzt ein Alptraum, der die vorherigen Bilder noch übertraf. Denn nun begannen die Gekreuzigten, Verbrannten, Erhängten zu sprechen über das, was ihnen vor dem erlösenden Tod als Letztes durch den Kopf gegangen war.

Der eine rief den Namen seiner Liebsten, die erst vergewaltigt und dann ans Kreuz neben ihm gebunden worden war. Sie war schon eine Stunde tot, und die Krähen hatten ihr bereits die Augen ausgepickt.

Ein anderer murmelte im Sterben Burdels Namen und verfluchte ihn. Wieder ein anderer beweinte seine Kinder, die mit seiner Hütte zusammen verbrannt waren. Ein vierter schrie den Namen des Grafen und wünschte ihm den gleichen Tod, den er gerade erleiden mußte. Eine Frau fragte sich, was sie in ihrem Leben verbrochen habe, um so furchtbar sterben zu müssen. Ein Kind wimmerte und wunderte sich über das Loch in seiner Brust, wo es der Speer eines rasenden Soldaten getroffen hatte. Ein anderer rief nach Axis, auf daß er ihn von dieser Pein erlöse. Die Frau neben ihm nahm den Ruf auf, und bald schrieen alle rund um die Stadt Arken nach dem Sternenmann, flehten ihn um Erlösung an und darum, ihren Tod zu rächen.

Der Krieger schwankte nicht nur von der Anstrengung, die starke Zauberenergie zu bändigen, sondern auch vor Grauen über diese Szenen. Was die Toten und Sterbenden gedacht oder gerufen hatten, oblag nicht seinem Einfluß. Er vermochte nur den Moment ihres Todes heraufzubeschwören, um alle daran teilhaben zu lassen. Ihn selbst quälten die Schreie und geflüsterten Worte mindestens ebenso sehr wie die Bürger der Stadt. Rivkah und Aschure hielten ihn am Arm, um ihn zu stützen.

»Ich ertrage es nicht mehr!« keuchte Axis und gab den Zauber frei. Im nächsten Augenblick war der Ring der Geschundenen auch schon verschwunden. Nur die Schreie der Sterbenden hallten noch nach und blieben im Gedächtnis der Menschen in der Stadt lebendig.

In den Straßen der Stadt weinten die Menschen, und auf den Mauern stellte so mancher seinen Speer oder Bogen ab, um sich von einem Kameraden trösten zu lassen.

✩ ✩ ✩  221  ✩ ✩ ✩

Der Krieger atmete tief durch und richtete sich wieder gerade auf. »Mir geht es gut«, versicherte er den beiden Frauen, und zögernd ließen sie ihn los. »Aschure«, sagte Axis dann, »jetzt kommt alles auf Euch an. Nehmt den Bogen, ich setze mein ganzes Vertrauen in Euch.«

Die Schützin nickte, und er wandte sich wieder an die Stadt: »Kulperich, wie Ihr feststellen konntet, beherbergt Ihr einen Schwerverbrecher in Euren Mauern. Ich bitte Euch, mir ihn und seine Offiziere auszuhändigen. Ihr habt die Schreie der Ermordeten gehört. Sie verlangten von mir, sie zu rächen. Und nichts anderes kann und will ich tun.«

»Nein!« brüllte der Graf, verwundert darüber, noch eine so starke Stimme zu besitzen. »Fenwicke, ich bin Euer Graf und Landesherr, deswegen seid Ihr mir zu Gehorsam verpflichtet. Ich befehle Euch, mir zuzuhören. Der da«, er zeigte hinunter auf Axis, »vermag gar nichts gegen uns auszurichten. Hinter diesen starken Mauern befinden wir uns in Sicherheit. Irgendwann wird er die Fruchtlosigkeit seiner Bemühungen einsehen und abziehen. Bürgermeister, ich gebiete Euch, seinen Worten kein Gehör mehr zu schenken!«

»Ihr irrt Euch, Graf!« rief der Krieger hinauf. »Ich habe Kulperich und die Bürger von Arken bisher nur gebeten, mir zu helfen, denn mein Gram und meine Rache treffen nicht sie. Im Gegenteil wünsche ich ihnen das Allerbeste, und ich habe nicht vor, gegen sie zu kämpfen. Doch sollte Euch dies gewiß sein, Bürgermeister: Wenn Ihr nicht mit mir zusammenarbeiten wollte, zwingt Ihr mich zum Kampf. Und laßt Euch gesagt sein, daß ich diese Stadt durchaus zu bezwingen vermag!«

Jetzt deutete er auf die andere Frau an seiner Seite. »Ich gebiete über Bogenschützen, wie Ihr sie noch nicht gesehen habt. Sie können jeden Mann, jede Frau und jedes Kind innerhalb der Mauern treffen. Diese Schützen sind nicht auf ungehinderte und ausreichende Sicht angewiesen, um mit tödlicher Sicherheit ihr Ziel zu finden. Nicht weit vom Tor steht ein Karren beladen mit Körben voller Obst. Obenauf liegt eine überreife Melone. Die soll das Ziel sein. Und jetzt gebt gut acht.«

☆ ☆ ☆  222  ☆ ☆ ☆

*Aschure, schaut mit meinen Augen. Seht Ihr, was der Adler erblickt?«*

Ein Bild vom Stadtinneren Arkens entstand vor dem geistigen Auge der jungen Frau.

*Vertraut mir, Liebste, und verlaßt Euch auch auf das, was der Adler erspäht. Der Karren steht dicht hinter dem Haupttor. Habt Ihr ihn schon entdeckt?*

Sie nickte nur.

*Dann zielt wohl.*

Wie in Trance hob Aschure den Bogen. Sie zielte über die Länge des Pfeils, doch was sie vor sich sah, waren nicht die Stadtmauern Arkens, sondern die dicke, überreife Melone hoch oben auf dem Obstkarren.

*Vertraut mir und vor allem Euch selbst.*

Die Schützin ließ den Pfeil von der Sehne schnellen, und alle hinter den Zinnen verfolgten mit ihren Blicken seine Flugbahn. Das Geschoß sauste hoch über die Mauer, fiel dann steil herab und landete mitten in der Melone, die in einem Regen von Saft und rotem Fruchtfleisch zerplatzte.

»So könnte es jedem einzelnen in Arken ergehen, Bürgermeister. Ich will Euch nicht drohen, denn meine Rache richtet sich ja nicht gegen Euch, sondern gegen den Mann, der da neben Euch steht. Gebt ihn heraus.«

*Ich danke Euch, Aschure.*

Burdel wehrte sich und schrie, aber Fenwicke ließ sich nicht erweichen. Viel mehr als der Pfeil hatten ihn die Schreie der Gemarterten überzeugt, die der Graf auf dem Gewissen hatte. Wenn dieser Fürst schon derart bedenkenlos in Skarabost gewütet hatte, wie lange würde es dann dauern, bis er sich auch gegen sein eigenes Volk in Arkness wandte? Nein, da händigte man ihn doch lieber gleich Axis Sonnenflieger aus. Die wenigen Soldaten, die zu Burdels Unterstützung herbeieilten, wurden rasch von der Stadtmiliz überwältigt, gebunden und zusammen mit dem Grafen vor das Tor geschleppt – gemeinsam mit dessen beiden Söhnen und drei noch lebenden Befehlshabern.

Der Krieger schenkte keinem von ihnen das Leben, nicht nach dem, was er eben gesehen hatte. Man enthauptete die Soldaten gleich mit dem Schwert. Burdel aber und seine Söhne, die mit dem Vater in die Nachbarprovinz geritten waren, sollten ebenso wie die Offiziere nicht so leicht davonkommen.

»Kulperich«, rief Axis und wandte sich für einen Moment von dem Grafen ab, »Ihr wißt, was ich nun tun muß.«

Fenwicke nickte. »Ja, und ich bin damit einverstanden.«

»Gut. Belial, laßt sechs Kreuze errichten. Diese Männer sollen den gleichen Tod erleiden wie ihre Opfer in Skarabost.«

Der Leutnant nickte bleich, aber entschlossen, und verließ seinen General. Kurze Zeit später schon hörte man Sägen und Hämmern.

Der Krieger trat vor Burdel. »Ich sollte Euch wohl fragen, ob Ihr noch etwas zu sagen habt.«

Der Graf verzog den Mund. »Ich hoffe, daß Bornheld Euch den Bauch aufschlitzt und Euch dann liegenläßt, auf daß Ihr Tage mit dem Tod ringt, während die Säfte Eurer Eingeweide langsam den Rest Eures Körpers vergiften.«

»Und ich hoffe, daß diese Vorstellung Euch den Tod am Kreuz angenehmer macht«, entgegnete Axis und ließ Burdel stehen.

Axis warf einen Blick auf die beiden Söhne. Sie waren die einzigen Nachkommen des Grafen, und das beruhigte ihn. Im neuen Reich Tencendor gab es keinen Platz für rachsüchtige Söhne, deren Väter im Kampf für Bornhelds Sache gefallen waren. So war er auch erleichtert darüber, daß Isend keine Söhne gezeugt hatte. Er hätte ungern Faradays Bruder erschlagen müssen, im Ernstfall wäre er aber wohl auch davor nicht zurückgeschreckt.

Die sechs Männer wurden nackt an die Kreuze gebunden. Man schlang ihnen die Seile um die Achseln und um den Hals. Zusätzlich beschwerte man ihre Füße mit Bleigewichten. So ließ man sie hängen, und sie hatten nur noch die Schmerzen und ihr Gewissen zur Gesellschaft.

Die Männer starben erst nach Stunden. Das Gewicht ihrer Körper, durch das Blei verstärkt, riß ihnen langsam die Brust

✩ ✩ ✩  224  ✩ ✩ ✩

auseinander, und ihre Lunge füllte sich mit Blut. So fanden sie keinen ruhigen oder schönen Tod. Axis betrachtete sie die ganze Zeit über mit ausdrucksloser Miene. In Gedanken aber fragte er sich, mit welchen Worten die Torwächterin sie wohl empfangen würde. Vielleicht mußten sie, wegen der Schwere ihrer Verbrechen, durch ein anderes Lichttor als das, welches er damals gesehen hatte.

»Möge das eine Lehre für alle gewesen sein«, murmelte der Krieger, als der letzte von ihnen röchelnd sein Leben aushauchte.

# 17  BARON ISGRIFFS ÜBERRASCHUNG

Von Arken marschierten die Rebellen zu den Alten Grabhügeln, die sich an der Grenze zwischen Tarantaise und Arkness erhoben. Obwohl ihn der Einsatz von soviel Zauberenergie sehr erschöpft hatte, wollte Axis keine Zeit verlieren. Die Wochen und Monate zerrannen ihm zwischen den Fingern, und immer öfter versetzte der Krieger sich auf dem Marsch in die Augen des Adlers, um sich von allem anderen abzulenken.

Die Bürger von Arken würden den garstigen Anblick der gemarterten Seelen lange nicht vergessen, die im Sterben Burdel verflucht hatten. Fünftausend Milizionäre hatten den Sternenmann bestürmt, mit ihm ziehen zu dürfen. Sie wollten wiedergutmachen, was die Armee des Grafen angerichtet hatte, und schließlich hatte Axis eingewilligt.

Während der ersten beiden Tage ritt Aschure schweigend neben ihm her. Der Tod Burdels schien ihr so nahegegangen zu sein, daß Axis schon angefangen hatte, sich Sorgen um sie zu machen. Aber Aschure hatte ihn geküßt, versichert, daß mit ihr alles in Ordnung sei, sie aber in seiner Nähe bleiben wolle, weil sie um seine Gesundheit bange. Rivkah und sie hatten aus nächster Nähe mit angesehen, wie die Zauberenergien an ihm zehrten. Der Anblick der sterbenden Skaraboster und wie sie nach ihm gerufen hatten, das alles schien zu viel für ihn gewesen zu sein. Der Krieger fühlte sich offensichtlich für den Tod all dieser Menschen verantwortlich, die wegen ihres Glaubens hingerichtet worden waren. Ständig meldete sich sein Gewissen mit der Frage: Wenn er nur rascher losmarschiert wäre, hätte er dann wenigstens einige von ihnen retten können?

Kein Wunder, daß er Burdel, seinen Söhnen und seinen Offizieren keine Gnade gewährt hatte, sagte sich die junge Frau und hoffte dabei inständig, nicht selbst einmal Opfer seines Ingrimms zu werden.

Einen Tag vor der Ankunft bei den Grabhügeln kehrten zwei Luftaufklärer mit wenig erfreulichen Neuigkeiten zurück.

»Auf der anderen Seite erwartet Euch ein Heer, Axis Sonnenflieger«, meldeten sie und ließen bekümmert die Flügel hängen. »Acht- bis zehntausend Mann, alle bewaffnet«, fügte der erste hinzu.

»Und alle beritten«, ergänzte der zweite. »Selbst ihre Rösser haben sie gepanzert. Sie tragen Lanzen, Piken und Schwerter. Wie eine Mauer aus Stahl stehen sie da. Bereit zum Angriff, wenn Eure Armee gerade aus den Grabhügeln kommt.«

»Wer steht dort?«

Die Ikarier beschrieben ihm die Banner, die über dem Heer wehten, und der Krieger sah Belial und Magariz an.

»Das sind die Farben von Baron Isgriff von Nor und Baron Greville von Tarantaise«, erklärte der Fürst. »Bornheld muß sie dort hinbeordert haben, um uns das Vordringen nach Tarantaise und durch die Ebene von Tare zu verwehren.«

Axis nickte und lehnte sich nachdenklich zurück. Neuntausend Gegner ... Seine eigene Armee umfaßte inzwischen über zweiundzwanzigtausend Mann. Aber neuntausend Schwerbewaffnete und Gepanzerte konnten ihm und den seinen doch ziemlich gefährlich werden. Diesmal blieb ihm wohl keine andere Wahl, als die Luftarmada einzusetzen.

»Die meisten ihrer Soldaten stammen wohl aus Nor«, bemerkte Magariz. »Tarantaise ist so spärlich besiedelt, daß Greville kaum genügend Treiber für eine Jagd zusammenbekommen dürfte. Wie sollte er da eine eigene Armee aufstellen? Nor hingegen ...«

»Gehört zu den am dichtesten besiedelten Gebieten des Landes«, führte Axis den Gedanken des Fürsten aus. »Isgriff hat sich allem Anschein nach dazu entschlossen, fürs erste ohne seine Tanzknaben auszukommen und statt dessen zu den Waffen zu greifen.« Endlich regte sich der Fürst von Nor und kam dem König zu Hilfe, dachte der Krieger. Bornheld hätte dessen Soldaten bedeutend früher gebrauchen können.

Während die Männer beratschlagten, stieß Aschure zu ihnen. Was sie hier zu hören bekam, beschäftigte sie in ganz besonderem Maße. Eine Armee aus Nor stand auf der anderen Seite der Grabhügel? Das Volk, von dem ihre Mutter abstammte und dem sie ihr dunkles Haar und ihr exotisches Aussehen verdankte. Aschure verspürte eine plötzliche Übelkeit.

»Wir schlagen eine Meile vor den Hügeln unser Lager auf«, entschied der Krieger schließlich, »und marschieren ihnen morgen in Schlachtordnung entgegen.«

Als sie am nächsten Morgen in Formation auf die Grabhügel anrückten, erwartete sie eine Überraschung, und Axis gebot den Kolonnen anzuhalten. Ein einzelner Reiter ritt langsam aus den Hügeln heraus. Beim Näherkommen erkannte der Sternenmann, daß es sich nicht einmal um einen Soldaten, sondern um eine Frau handelte, die im Damensitz seitlich auf ihrem Roß saß.

»Bei allen Göttern!« murmelte der Sternenmann verwundert, als er schließlich in ihr Embeth, die Herrin von Tare, erkannte.

Sie ließ ihr Pferd wenige Schritte vor ihm anhalten, und beide betrachteten sich zunächst stumm. Axis und Embeth hatten vor langer Zeit ein Verhältnis miteinander gehabt und waren noch länger gute Freunde. Als er sie jetzt ansah, wurde ihm plötzlich klar, wie bald er Bornheld zur endgültigen Entscheidung gegenübertreten würde. Karlon lag nur noch ein paar Wochen entfernt ... allerdings hinter dem Heer auf der anderen Seite der Grabhügel.

Embeth setzte endlich ein Lächeln auf. Seit zwei Jahren hatten sie sich nicht mehr zu Gesicht bekommen. So lange Zeit, dachte die Edle, und sieh sich einer einmal an, wie zwei Jahre die Menschen verändern können.

Der Hengst, den er ritt, war noch derselbe. Auch die blonde Mähne und der helle Bart waren ihm geblieben. Aber nichts anderes an ihm erinnerte sie nicht mehr an den Geliebten von früher. Seine Augen blickten härter, kälter und reifer drein. Das Schwarz des Axtherrn trug er nicht mehr, ebensowenig wie das Zeichen der gekreuzten Äxte. Stattdessen ritt Axis jetzt in hellbraune Hose und Hemd gewandet. Eine blutrote Sonne prangte auf seiner Brust, und auf den Schultern lag ein Umhang vom gleichen Rot. Er war vor zwei Jahren aus ihrem Leben verschwunden, und nun kehrte er zurück und brachte die Sonne mit.

Das Lächeln verging ihr, als sein Anblick Gefühle in ihr hochbrachte, die sie längst vergraben und abgelegt geglaubt hatte. »Axis, wie schön, Euch zu sehen.«

Der Krieger nickte, und sein Blick drang tief in ihre blauen Augen. »Ebenso, wie Euch wiederzusehen. Aber ich hätte Euch hier nie erwartet.«

»Nor und Tarantaise warten jenseits der Grabhügel auf Euch«, sprach Embeth und dankte dem Schicksal dafür, daß ihre Stimme fest und ruhig klang.

»Ich weiß.«

»Wir haben sie gesehen, Eure …« Wie sollte sie die fremdartigen und unbeschreiblich schönen Wesen nennen, die gestern am Himmel erschienen waren?

»Das waren Ikarier, Embeth. Ihr habt einige ihrer Fernaufklärer erblickt.«

Die Herrin dachte einen Moment nach. Faraday hatte ihr viel über Axis' Herkunft erzählt, aber bis jetzt hatte sie sich nicht allzu viele Gedanken darüber gemacht. »Ja, ganz recht, wir haben gestern einige Eurer ikarischen Fernaufklärer gesehen.«

»Wir?« fragte der Krieger. »Seid Ihr denn mit Nor und Tarantaise geritten, um gegen mich anzutreten?«

Embeth spürte, daß er kurz davorstand, sich gegen sie zu wenden. »Ja, ich bin mit Nor und Tarantaise geritten. Aber wir wollen uns Euch nicht in den Weg stellen, sondern uns Euch anschließen.«

Das traf Axis so unerwartet, daß ihm vor Erstaunen der Mund offen blieb, bis er sich endlich wieder gefaßt hatte und ihn schloß.

☆ ☆ ☆  229  ☆ ☆ ☆

»Selbstverständlich haben die Herren Isgriff und Greville einige Bedingungen zu stellen«, fügte sie mit unüberhörbarem Amüsement hinzu.

»Warum überrascht mich das nur so gar nicht?«, sein Mund verzog sich ironisch.

»Sie haben mich vorausgeschickt, weil sie sich sagten, daß Ihr mir weniger rasch einen Pfeil zwischen die Rippen jagen würdet als ihnen. Werdet Ihr Euch mit den Baronen treffen?«

»Belial, Magariz, was haltet Ihr davon?« rief Axis nach hinten. »Soll ich mit den Herren verhandeln? Oder lieber davon ausgehen, daß sie mir hier eine Falle stellen wollen, und gleich angreifen?«

»Ich würde Euch niemals in eine Falle locken«, entgegnete die Herrin ganz ruhig. »Wir haben einander zuviel bedeutet, als daß ich so etwas über mich brächte.«

In diesem Moment ritt eine schwarzhaarige Frau aus Nor heran – in Begleitung des ungewöhnlichsten Mannes, der Embeth je unter die Augen gekommen war. Sein Gesicht war vollkommen von blauen Linien überzogen, und auf die Stirn war eine flammend rote Sonne tätowiert. Dazu ritt er das häßlichste Pferd, das sich diesseits der Tore zum Nachleben auftreiben ließ.

Die Edle nahm die Frau in Augenschein. Sie trug einen Bogen über der Schulter, und dieser Umstand überzeugte sie davon, daß es sich bei ihr um keine Hure handeln konnte, wie sie oft mit Bewaffneten herumzogen.

»Dann bleibt uns wohl keine andere Wahl«, meinte Belial, der sich fragte, wie diese beiden Frauen wohl einander aufnehmen würden. »Laßt uns mit ihnen verhandeln. Ich will auch gar nicht verhehlen, daß mir eine Verstärkung von neuntausend gepanzerten Reitern sehr gelegen käme.«

»Und Ihr, Fürst?«

»Ich schließe mich dem Leutnant an«, antwortete Magariz. »Schließlich sollten wir uns Nor und Tarantaise dankbar erweisen, daß sie nicht gleich auf uns einstürmen, sondern zuerst reden wollen.« Wie viele in der Rebellenarmee hatte der Fürst eine unruhige Nacht hinter sich, in deren Verlauf er sich immer wieder auf seinem Lager hin und her geworfen hatte. Magariz war ein erfahrener Offizier. Trotzdem gefiel ihm die Vorstellung nicht, gegen Männer kämpfen zu müssen, die einmal seine Freunde gewesen waren. Etliche in Axis' Armee empfanden ähnlich. Sie würden zwar nicht vor der Schlacht zurückgeschreckt haben, wären aber doch entmutigt gewesen.

Der Krieger nickte. »Ho'Demi?«

Embeth betrachtete wieder den Blaugezeichneten. Ob es sich bei ihm um einen Rabenbunder handelte?

»Ich werde selbst den Tekaweitee brühen und reichen«, antwortete der Häuptling. »Dieser heilige Trank ist unabdingbar für den Erfolg jeder Verhandlung.«

»Dann freue ich mich schon darauf, mit Euch und meinen möglichen Verbündeten Tekawei trinken zu können.« Und nun zu Aschure. »Stimmt Ihr mit Euren Mitbefehlshabern überein, mein Herz?«

Daß er sie mit einem Kosenamen angeredet hatte, verblüffte alle Anwesenden. Jeder in der Armee wußte zwar von der Beziehung der beiden, aber vor anderen behandelten sie sich stets wie General und Offizierin. Axis hatte sie jetzt auch nur so genannt, um Embeth klarzumachen, wie es um ihn und die junge Frau stand. Und daß er nicht um eines Vorteiles willen bereit war, seine Liebe zu Aschure geheimzuhalten. Sie würde immer ihren Platz an seiner Seite haben, sowohl als Befehlshaberin als auch als Geliebte.

Der Herrin von Tare fehlten die Worte. Da hatte er also seine Geliebte zu einer Offizierin seiner Armee gemacht …

Der Krieger sah Embeth jetzt wieder an und wartete gespannt, wie sie sich dazu stellte. Als erfahrene Hofdame hatte die Edle aber schon vor langem gelernt, daß man sich gerade in heiklen Situationen nichts anmerken ließ. Diese Erfahrung kam ihr jetzt zunutze, während sie bei sich dachte: Verdammter Kerl! Und was wird aus Faraday?

»Mir steht nicht der Sinn nach Kampf, wenn er sich vermeiden läßt«, erklärte Aschure, die anders als Embeth sehr darum ringen mußte, ihre Verwirrung nicht zu deutlich zu zeigen.

Warum hatte er sie vor dieser fremden Dame und seinen Offizieren »mein Herz« genannt? »Deshalb laßt uns verhandeln.«

»Dann ist es also entschieden«, verkündete der Krieger und wandte sich Embeth zu. »Als Treffpunkt schlage ich den großen freien Platz zwischen den Grabhügeln vor.« Er richtete sich gerade im Sattel auf.

»Sie erwarten Euch bereits dort«, entgegnete Embeth und warf Aschure noch einen Blick zu. Niemals hätte sie vermutet, daß Axis an Frauen der Nor Gefallen finden könnte. Und erst recht nicht in dem Maße, daß er sich auch noch öffentlich zu einer von ihnen bekannte. Aber sie hatte schon so manche Geschichte über die Verführungskünste dieser Frauen gehört. Und vielleicht stellte diese hier sich ja im Bett besonders geschickt an. Ohne ein weiteres Wort wendete die Edle ihr Roß und ritt zurück.

Sie kamen am Nachmittag auf dem großen halbkreisförmigen Platz zwischen den ikarischen Zaubererfürstengräbern zusammen. Die Armee der Barone hatte in der Mitte ein großes Zelt errichtet – mit farbenfrohen Bahnen und allerlei Seidentrоddeln. So wie man es von der Norkultur erwarten durfte, dachte Axis halb spöttisch, als er Belaguez dorthin lenkte. Aber dann hörte er Ho'Demi bewundernd seufzen und sagte lieber nichts. Der Krieger ließ sich von einigen Acharyten und Rabenbundern begleiten. Gerade als er abstieg, landeten Weitsicht, Abendlied und Sternenströmer neben ihm. Die versammelten Soldaten aus Nor und Tarantaise staunten nicht schlecht.

»Wir heben den Tekawai für später auf«, raunte Axis dem Häuptling zu, als sie das Zelt betraten. »Vielleicht können wir das neue Bündnis ja schon heute abend feiern.«

Im Innern des Zeltes war es dämmerig und kühl. Axis mußte mehrmals blinzeln, um seine Augen an das Halbdunkel zu gewöhnen. Der gutaussehende Isgriff, der gut fünfzehn Jahre älter war als er selbst, stand prächtig angetan in Seide und Brokat vor ihm. Nun, wenigstens trägt er keine Rüstung, dachte der Sternenmann, als er sich vor ihm verbeugte. Greville befand sich links von Isgriff, und man sah ihm sein Alter deutlich an. Er war rundlich geworden, und seine Gesichtshaut hing schlaff herab, doch die blauen Augen blickten immer noch sehr munter. Seine Verbeugung fiel ebenso kühl und knapp aus wie die Axis'. Embeth hielt sich im Hintergrund auf und stand dort mit einigen Männern zusammen, die der Krieger für die Befehlshaber der Barone hielt.

Als Axis weiterschritt, löste sich eine Frau aus den Schatten im hinteren Teil des Zelts. Eine zerbrechliche und vergeistigt wirkende Dame mit hellblondem Haar und porzellanweißer Haut. Sie trug ein steifes schwarzes Trauergewand.

»Judith!« rief der Krieger und verbeugte sich sofort vor ihr. Diesmal mit aller gebotenen Achtung. Waren etwa Isgriff und Greville die beiden Unbekannten, von denen die Königinwitwe in ihrem Brief angedeutet hatte, sie würden sich auf seine Seite schlagen?

»Axis«, sagte sie nur und hielt ihm ihre Hand hin.

Isgriff trat zu ihnen. Bei den Göttern, dachte er, der Rebell hat sich ja prächtig herausgeputzt. Mit Kennermiene betrachtete er die Kleider des Kriegers. Sein Blick fuhr auch über die Frau aus Nor in seiner Begleitung. Er lächelte sie an und zwinkerte ihr zu. Nun, dieser Mann hat in mehrfacher Hinsicht Geschmack, sagte sich der Baron. Eine Frau aus seinem Volk. Er betrachtete sie etwas länger und genauer. Warum kam ihm ihr Gesicht nur so bekannt vor? Und wieso riefen ihre Augen ihm so viele fröhliche Kindheitserinnerungen ins Gedächtnis zurück?

»Axis«, lächelte er, wandte den Blick von der Frau ab und beäugte statt dessen neugierig die Vogelmenschen. Nie hätte Isgriff geglaubt, zu seinen Lebzeiten einmal einen Ikarier zu Gesicht zu bekommen; und dazu auch noch einen leibhaftigen Zauberer! »Nehmt doch bitte Platz.« Der Baron zeigte auf eine Kissengruppe, die auf dem Zeltboden arrangiert worden war. Die beiden Verhandlungsparteien benötigten ein paar Minuten, um es sich darauf bequem zu machen.

»Ihr seid also gekommen«, erklärte der Krieger dann, »um Euch meiner Sache anzuschließen.«

»Na ja, vielleicht sollten wir es nicht gleich zu Anfang überstürzen«, entgegnete Isgriff. »Eigentlich sind wir hier, um mit Euch in Verhandlungen zu treten. Laßt mich ganz offen zu Euch sprechen: Greville und mir liegt wenig daran, dem Verlierer in diesem Ringen zwischen Euch und Eurem Bruder den Rücken zu stärken. Judith konnte uns davon überzeugen, daß Eure Sache nicht nur die gerechtere von beiden, sondern auch die sei, welche aller Voraussicht nach den Sieg davontragen wird.«

Und damit wären wir auch schon beim Kern der Sache, sagte sich der Krieger. Den beiden Baronen ging es weniger um die Gerechtigkeit als vielmehr darum, nachher nicht auf der Verliererseite zu stehen.

»Deswegen haben wir uns gefragt«, fuhr Isgriff fort, »was Ihr Greville und mir wohl anbieten könntet, wenn wir uns entschließen sollten, uns Eurem Feldzug anzuschließen.«

Axis sah ihn kalt an. »Abgesehen von Eurem Leben?«

Der Baron fuhr zurück. Was war das? »Unser Leben? Jetzt geht Ihr aber entschieden zu weit, junger Mann!«

»Vielleicht habt Ihr bereits vom Schicksal des Grafen Burdel erfahren, Baron. Er hatte sich darauf versteift, mich zu bekämpfen, und das teuer bezahlt.« Er winkte mit den Fingern, und beschwor das Bild von Burdel, wie er zusammen mit seinen Söhnen vor Arken nackt und sterbend am Kreuz hing.

Isgriff erbleichte, und das nicht nur wegen des Grafen üblem Ende, sondern auch weil er nun Axis' immense Macht kennengelernt hatte.

»Glaubt ja nicht, daß ich Euch etwas vormache, Baron«, erklärte der Krieger. »Mir stehen genügend Zeugen zur Verfügung, die Euch das bestätigen können, was Ihr hier gerade gesehen habt.«

»Ihr habt Arken erobert?« fragte Isgriff, während seine Finger aus Nervosität mit den Quasten an seinem Sitzkissen spielten. Der Mann war ja noch stärker, als er gedacht hatte. Nun, das mußte ja nicht unbedingt ein Nachteil sein. Wie so viele andere hatte auch Isgriff lange darauf gewartet, daß dieser Zeitpunkt und dieser Mann endlich kämen.

»Arken hat sich mir kampflos unterworfen, Baron. Skarabost

und Arkness gehören mir ebenso. Und wenn Ihr mich zwingt, gegen die Schar Eurer wohlgerüsteten Soldaten anzureiten, die hinter den Hügeln aufgestellt sind, so wird mir auch das gelingen. Vielleicht halten Eure Panzerreiter mich ein paar Tage auf, aber mehr können sie nicht bewirken.« Seine Miene verfinsterte sich. »Ich bin nicht gekommen, meine Herren Isgriff und Greville, um mit Euch zu feilschen. Sondern um Eure Hilfe anzunehmen. Euch bleibt nur die Entscheidung, ob Ihr mit mir oder gegen mich reiten wollt.«

Isgriff senkte den Blick, aber Greville starrte ihn wütend an. Die Barone hatten sich ausgerechnet, daß Axis vor Dankbarkeit über ihr Angebot vor ihnen auf die Knie fallen würde. Und dann hätten sie ihm leicht etliche Zugeständnisse abringen können. Vor allem Handelszugeständnisse und auch eine Ausweitung ihrer Länder. Aber einen so selbstbewußt auftretenden jungen Mann hatten sie nicht erwartet. Und seine ungeheure Macht nicht einmal ahnen können. Die Ikarier und die Rabenbunder hatten sich ihm bereits angeschlossen. Und wenn er es vermocht hatte, Arkness und Skarabost an sich zu reißen, würde es ihm sicher auch gelingen, sich Nors und Tarantaises zu bemächtigen.

»Meine Herren«, meldete sich Judith zu Wort, als die Barone nun beide unsicher schwiegen, »ich will Euch etwas zur Kenntnis bringen, das Euch eine Entscheidung leichter macht.« Weder die Witwe noch Embeth hatten jemandem, außer Faraday, etwas von ihrem Verdacht über Priams Tod noch über dessen letzten Wunsch auf dem Totenbett erzählt. »Mir liegen zwar keine eindeutigen Beweise dafür vor, aber ich habe den starken Verdacht, daß mein Gemahl ermordet wurde. Und hinter diesem Anschlag stecken vermutlich Bornheld und der Seneschall.«

Allen stockte der Atem, und jeder starrte die alte Königinwitwe an. Priam sollte ermordet worden sein? Der Krieger zeigte sich hingegen nicht übermäßig überrascht. Schließlich hatte er selbst mit ansehen müssen, wie bedenkenlos sein Bruder Freierfall ermordet hatte.

»Mit seinem letzten Atemzug«, fuhr Judith fort und holte tief Luft, »bestimmte Priam Euch zu seinem Erben, Axis. Damit be-

✫ ✫ ✫ 235 ✫ ✫ ✫

sitzt Ihr einen gültigen Rechtsanspruch auf den Thron, und ich bin gewillt, auf jede Reliquie, die man mir vorlegt, einen heiligen Eid zu schwören, daß Ihr der wahre neue König seid.«

»Axis, Ihr seid der rechtmäßige neue Herrscher des Landes«, erklärte nun auch Embeth, »während Bornheld als Thronräuber dasteht. Doch nicht nur als Thronräuber, sondern auch als Vatermörder. Die gegenwärtige Königin, Faraday, wird ebenfalls beschwören, daß ihr Gemahl in die Ermordung Priams verwickelt war.«

Judith hatte eigentlich erwartet, daß der Krieger sich erfreut und dankbar erweisen würde, von ihrem Gatten zum Nachfolger bestimmt worden zu sein. Doch darin sah sie sich jetzt getäuscht.

»Priam hat sich dreißig Jahre lang geweigert, mich und meine Fähigkeiten in irgendeiner Weise anzuerkennen«, erklärte jetzt der Sternenmann voller Grimm. »Damit hat er sich sehr viel Zeit gelassen und sich erst buchstäblich im letzten Moment besonnen. Dafür hat der König einen hohen Preis gezahlt.«

Die Witwe senkte das Haupt. Der junge Mann hatte ein Recht dazu, verbittert zu sein.

»Dennoch danke ich Euch für Eure Worte«, fuhr er dann versöhnlicher fort, »und auch für die Unterstützung, die Ihr mir heute gewährt. Seid ebenso meines Mitgefühls versichert, daß Ihr Euren Gemahl auf so grausame Weise verlieren mußtet.« Axis wußte sehr wohl, wie innig Priam und Judith sich geliebt hatten. Da erschien es ihm unangebracht, ihr jetzt zu eröffnen, daß er genauso bedenkenlos gegen Priam Krieg geführt hätte, wie in diesen Tagen gegen Bornheld.

Er wandte sich wieder an die Barone: »Nun, meine Herren?«

Isgriff sah Greville mit einem Achselzucken an, ehe er dem Krieger antwortete. Axis fiel auf, daß der Mann die gleichen rauchblauen Augen besaß wie Aschure. »Nun, wir sind hier, um Euch zu unterstützen, Axis.«

»Dann heiße ich Euch unter meinem Banner willkommen, edle Herren«, erklärte der Krieger. »Durch zwei Provinzen bin ich bereits gezogen. Der Graf der einen hatte sein Land verloren, der Graf der anderen durch mich sein Leben. Seid also meiner Freude darüber versichert, daß ich den Fürsten der beiden nächsten Provinzen, durch die ich komme, sowohl ihr Leben als auch ihre Ländereien lassen kann.«

Isgriff und Greville hörten aus seinen Worten durchaus die Drohung heraus. Wenn sie den Sternenmann verraten sollten, würde es ihnen nicht anders ergehen als Burdel.

Axis beobachtete die beiden, um festzustellen, ob seine Worte die gewünschte Wirkung hatten. Ja, sagte er sich dann, die beiden haben verstanden.

»Aber damit sind unsere Verhandlungen noch nicht beendet«, überraschte der Krieger nun die Barone, »denn ich bin durchaus gewillt, Euch einiges Entgegenkommen zu erweisen. Was würdet Ihr, Isgriff, von den alleinigen Handelsrechten mit Koroleas halten?«

Isgriffs Gesicht veränderte sich schlagartig. Es leuchtete. Damit würde unvorstellbarer Reichtum über seine Baronie kommen. »Ich danke Euch, Euer Majestät.«

Axis grinste über die Anrede. Na, wer sagts denn? dachte er lästerlich. Mit der Aussicht auf wohlgefüllte Schatztruhen läßt sich doch immer noch Achtung erkaufen.

»Und Euch, Greville, dürfte es sicher gefallen, die alleinigen Fischereirechte in der Weitwallbucht zu erlangen, nicht wahr? Und dazu noch, sagen wir, das Privileg für den Getreidehandel mit dem östlichen Achar?«

Ein großzügiges Geschenk, das sich durchaus neben dem anderen sehen lassen konnte – auch wenn Tarantaise ihm längst nicht so viele Soldaten und Unterstützung bieten konnte wie Nor. »Das ist außerordentlich großzügig von Euch, Euer Majestät«, antwortete Greville vorsichtig. »Vielleicht sogar zu großzügig. Versteht mich bitte nicht falsch, edler Herr, aber warum erweist Ihr uns solche Gunst, wenn Ihr mich und Isgriff doch, wie Ihr eben ausführtet, ohne großes Federlesen ebenfalls hättet besiegen und hinrichten lassen können?«

Der Krieger nickte. »An Eurer Stelle wäre ich auch mißtrauisch, Baron. Aber Ihr sollt wissen, Ihr Herren, daß ich nicht

✦ ✧ ✦ 237 ✧ ✦ ✧

nur nach dem Thron strebe, sondern alle drei Völker vereinen will – die Achariten, die Ikarier und die Awaren.«

»Davon haben wir schon gehört«, bemerkte Greville noch zurückhaltender. Judith und Embeth, die von Faraday davon erfahren hatten, hatten den beiden Baronen von der Prophezeiung und den damit verbundenen Umwälzungen berichtet.

Isgriff sah den Krieger nur unverwandt an.

»Mir schwebt vor, Tencendor wiedererstehen zu lassen. Das alte Land, in dem alle drei Völker einst in Frieden und Eintracht lebten. Die Ikarier und die Awaren werden in ihre angestammten Gebiete in Achar zurückkehren, und ich fürchte, Ihr Herren, daß sie sich auch in größerer Anzahl in Euren Provinzen niederlassen wollen.«

Beider Augen verengten sich, und Axis fuhr rasch fort: »Deswegen die Handels- und Warenkonzessionen, die ich Euch eingeräumt habe. Damit solltet Ihr und Eure Landeskinder reich werden. Vermögend genug, um den Verlust von etwas Land verschmerzen zu können. Ich darf Euch auch versichern, daß ich Euch nur um die öden und abgelegenen Gebiete bitten werde, für die Ihr noch nie besondere Verwendung hattet.«

Greville beugte sich vor: »Dann sagt uns doch, Herr, in welchem Ausmaß wir Gebiet abtreten müssen und was Ihr damit genau vorhabt.«

»Genau darauf wollte ich jetzt zu sprechen kommen«, entgegnete Axis. »Vielleicht sollte ich Euch zunächst einmal meinen Vater vorstellen, Sternenströmer Sonnenflieger, Zauberer und Prinz des ikarischen Volkes.«

Die Vogelmenschen kannten den Titel »Prinz« eigentlich nicht, aber der Krieger wollte den Baronen damit zu verstehen geben, daß sie es hier mit einem sehr hochstehenden Ikarier zu tun hatten; immerhin war Sternenströmer ja auch der Bruder des noch amtierenden Krallenfürsten.

Isgriff und Greville zogen die Augenbrauen hoch. Das war also der Liebhaber von Rivkah? Derjenige, der Searlas Hörner aufgesetzt und zum Gespött des ganzen Reiches gemacht hatte?

✩ ✩ ✩  238  ✩ ✩ ✩

Dem Zauberer entging die Neugier auf den Mienen der beiden nicht, und er nickte ihnen zu. Dies waren also zwei von den Fürsten, die seit tausend Jahren rücksichtslos über die heiligen Stätten der Ikarier und Awaren trampelten?

»Beide Völker, die Vogelmenschen wie die Waldläufer, standen einst in wichtiger Beziehung zu einigen Teilen des Landes, die Ihr heute Achar nennt«, erklärte Sternenströmer und sah den Baronen fest in die Augen. »Der awarische Wald, Awarinheim, erstreckte sich einst bis zur Weitwallbucht, und wir lebten vornehmlich im Süden und Osten des Landes. Nun erwarten wir natürlich nicht, daß Ihr uns sämtliche Gebiete wieder überlaßt, noch werden wir das von Euch verlangen.«

Axis wußte, daß sein Vater sich lange darüber mit Ramu beraten hatte. Beide hatten zu einer Lösung gefunden, die so mit einigem guten Willen von der Mehrzahl der Achariten angenommen werden konnte.

»Wir möchten von Euch Ostskarabost, Ostarkness und den größten Teil von Tarantaise zurückhaben«, eröffnete ihnen der Zauberer jetzt.

Aha, dachte Greville, der Landesherr von Tarantaise, deswegen also die großzügigen Zugeständnisse Axis'. Na ja, der Krieger hatte davon gesprochen, es drehe sich nur um öde und abgelegene Landstriche. Und das traf beinahe auf die ganze Provinz Tarantaise zu, ein Gebiet, das sich hauptsächlich aus schwer zu bewirtschaftenden Ebenen zusammensetzte. Die in Aussicht gestellten Fischerei- und Getreidehandelrechte stellten gewiß einen zufriedenstellenden Ausgleich für den Verlust dieser Gebiete dar.

»Übrigens verlangen wir auch das Farngebirge, aber das betrifft Euch ja nicht«, lächelte Sternenströmer. Embeth und Judith stockte der Atem, als sie entdeckten, wie unfaßbar männlich schön der Vater Axis' jetzt aussah. Kein Wunder, daß Rivkah ihm nicht hatte widerstehen können.

Der Zauberer lächelte so lange und so ansteckend, daß die beiden Barone sein Lächeln erwiderten. »Genau hier an dieser Stelle sitzen wir auf den Gräbern unserer alten Krallenfürsten, unseren Königen. Diese Stätte möchten wir natürlich zurückerhalten, und zwar bis zu dem Gehölz, das den Namen Wald der Schweigenden Frau trägt. Greville, das wären zwei Drittel Eurer Baronie. Seid Ihr bereit, sie als Preis gegen die Zugeständnisse abzutreten, welche mein Sohn Euch in Aussicht gestellt hat?« Sternenströmer hatte kein Wort über das Sternentor verloren. Die Barone mußten nicht unbedingt von allem erfahren, was sich unter ihren Füßen befand.

Greville dachte nach. Die Kontrolle über den Fischfang in der Weitwallbucht und über den Getreidehandel würde die Verluste mehr als wettmachen, die ihm und seinen Untertanen entstanden, wenn die Ikarier und Awaren die gewünschten Landesteile erhielten. Außerdem wohnten so wenige Menschen in diesen Gebieten, daß keine größeren Umsiedlungsmaßnahmen nötig wurden. Die meisten von Grevilles Untertanen lebten an den Grenzen zu Tare und Nor, da sollten die Vogelmenschen und Waldläufer ruhig Zentraltarantaise haben. Davon abgesehen hätte Axis ihm auch nichts zum Ausgleich geben müssen und ihm die Gebiete einfach abnehmen können. Doch das hatte er nicht getan.

»Ich bin einverstanden und nehme an.« Er beugte sich vor und reichte dem Zauberer die Hand. »Ihr dürft Euch ab sofort auf den gewünschten Gebieten wie zuhause fühlen.«

Sternenströmer schüttelte erleichtert Grevilles Rechte. Wie seinem Sohn auch war ihm mehr daran gelegen, die betreffenden Landstriche von den Achariten freiwillig zu erhalten, statt sie dazu zwingen zu müssen.

»Und zum Lohn für die Handelsrechte mit dem koroleanischen Reich verlangt Ihr dann sicher den Großteil von Nor«, warf Isgriff mit hörbarer Sorge ein. Seine Provinz war wesentlich dichter besiedelt und reicher als die Nachbarbaronie. Der Fürst von Nor wollte selbst zu einem so verlockenden Preis nicht zwei Drittel seiner Besitzungen abtreten.

Der Zauberer lächelte wieder: »Von Euch erbitte ich eigentlich nur ein Gebiet, Baron.«

»Und welches?« Isgriff hielt den Atem an.

»Piratennest.«

Der Baron galt als alter Fuchs, dem man so leicht nichts vormachen konnte; aber jetzt mußte er doch an sich halten, um nicht die Fassung zu verlieren. Der kommende König bot ihm unbezahlbare Handelsrechte für eine felsige Insel, auf der Seeräuber ihr Unwesen trieben? Da stimmte doch etwas nicht. Welche verborgenen Reichtümer vermuteten Axis und sein Vater denn dort? Was wußten sie, das ihm selbst unbekannt war?

»Nein, keine verborgenen Reichtümer«, bemerkte der Krieger leise, und jetzt konnte Isgriff seine Erregung nicht länger verbergen. Der Sternenmann hatte einen neuen Beweis für seine unglaublichen Fähigkeiten gegeben. Bei allen heiligen Göttern! Die Zeit der Wandlungen war wirklich nahe!

»An der Insel ist uns nicht wegen irgendwelcher weltlichen Schätze gelegen, Baron. Bei ihr handelt es sich vielmehr um eine der heiligsten Stätten der Ikarier. Wollt Ihr es ihnen erklären, Vater?«

»Wir kennen diesen Ort als die Insel des Nebels und der Erinnerung. Unser Sternentempel erhob sich dort, und wir glauben, daß er immer noch dort zu finden ist. Trotz aller Verwüstungen, die die Piraten angerichtet haben mögen. Deswegen möchten wir das Eiland zurückerlangen und den Tempel wiederaufbauen.«

Isgriff wich alle Farbe aus dem Gesicht, und er erlitt einen Anfall von Atemnot. Sternenströmer und Axis fragten sich, warum die Nachricht von einem versunkenen ikarischen Tempel ihn so erregt hatte.

Aber das hatte sie ja gar nicht.

Der Baron atmete mehrmals tief durch und straffte seine Schultern. Jetzt nimm allen Mut zusammen, sagte er sich, höchste Zeit, aus dem Schatten zu treten. Tausend Jahre der Geheimhaltung und Täuschung müssen heute ihr Ende finden – denn vor dir sitzt der Mann, der die Zukunft verändern wird.

»Der Tempel steht noch«, erklärte Isgriff den beiden und rief bei ihnen größte Verwunderung hervor.

»Die Seeräuber haben ihn unberührt gelassen.« Wenn Sternenströmer nicht darauf zu sprechen gekommen wäre, hätte der Baron das Schweigegebot nicht gebrochen, mit dem man seit so langer Zeit den Sternentempel schützte. Als kleines Kind hatte er zum ersten Mal von diesem Ort gehört und ihn dann als Junge besucht. Zum ersten Mal sprach er jetzt zu einem Außenstehenden von dieser Stätte.

Tränen traten dem Zauberer in die Augen. Das hatte er in seinen kühnsten Träumen nicht zu hoffen gewagt. Aber Isgriff hatte noch mehr zu verkünden.

»Nor hat die neun Priesterinnen in den vergangenen tausend Jahren versorgt und geschützt. Sie schreiten immer noch unbehelligt über die Wege des Tempelbergs. Auch ihre Bibliothek blieb unbeschädigt und enthält weiterhin alle antiken Schriftrollen und Pergamente. Die Kuppel der Sterne wacht immer noch über die Erste Priesterin ...«

Aschure stand abseits hinter den Männern, und nicht einmal Axis beachtete sie im Moment. Die junge Frau fing an zu zittern, als würden eiskalte Finger ihre Seele berühren. Und sie glaubte, das Donnern der Brandung an hochaufragenden Klippen zu vernehmen.

*Die Kuppel ... die Kuppel!*

*Aschure? Aschure, seid Ihr das?*

Was hatte es mit der Kuppel auf sich? Was war dort geschehen? Tränen schossen ihr in die Augen, und sie verbarg ihr Gesicht.

»– und die schattige Allee führt immer noch geradewegs zum Tempel hinauf. Der Sternentanz erklingt in den Gärten und Hainen, erfüllt die leerstehende Versammlungshalle der Ikarier.«

Sternenströmer glaubte, seinen Ohren nicht zu trauen. Die gesamte Tempelanlage sollte tausend Jahre ohne Schaden überdauert haben? Woher wußte Isgriff davon? Bei den Sternen, der Baron und vielleicht sogar das ganze Volk der Nor besaß vermutlich mehr Kenntnisse über die Ikarier, als der Seneschall je zusammengetragen hatte.

Nicht nur Axis' Vater, auch die anderen anwesenden Ikarier wirkten wie betäubt, nachdem Isgriff ihnen die Tempelanlage so detailgetreu beschrieben hatte und auch von den neun Priesterinnen wußte. Selbst die Vogelmenschen redeten untereinander nur selten über die Neun vom Orden der Sterne. Nicht einmal Axis hatte je von ihnen gehört. Und da redete dieser Baron so offen von ihnen, als sei er bestens mit allen ikarischen Mysterien vertraut.

»Glaubt nicht, daß alle Achariten die alte Zeit vergessen hätten. Meine ältere Schwester hat einige Jahre als eine der neun Priesterinnen gewirkt. Sternenströmer, selbst wenn Ihr die Insel ohne Gegenleistung von mir verlangt hättet, hätte ich sie Euch gern zurückgegeben. Aber so«, grinste er Axis an, »bekomme ich nun dafür die wertvollsten Handelsrechte des ganzen Königreiches.«

Der Krieger lächelte säuerlich. Man sollte seine Feinde eben nie unterschätzen, sagte er sich, genausowenig wie seine Verbündeten.

»Doch jetzt will auch ich mich großzügig erweisen«, verkündete Isgriff, der sich prächtig zu amüsieren schien. »Für die Handelsrechte bin ich bereit, die Piraten darum zu bitten, die Ikarier auf ihre Insel zu lassen.«

Der Baron lächelte in sich hinein, sah Axis an und hoffte, der Mann würde immer noch seine Gedanken lesen: Und selbst dann werde ich derjenige sein, der zuletzt lacht. Denn als die Seeräuber sich auf dem Eiland niederließen, geschah dies mit Wissen, Duldung und Unterstützung der Fürsten von Nor. Auf diese Weise sollte nämlich der Schutz des Sternentempels vor dem Seneschall sichergestellt werden. Kein Bruder oder Kirchenführer hätte es jemals gewagt, einen Fuß an diesen Ort zu setzen, mußte er doch – zu Recht oder zu Unrecht – befürchten, dort im Kochtopf einer grimmigen Piratenbande zu enden.

»Ich schätze, die Ikarier werden nichts dagegen haben, den Seeräubern einen Teil des Eilands zu überlassen«, entgegnete der Krieger. Das Lächeln war ihm inzwischen restlos vergangen. Er hatte diesen Baron erheblich unterschätzt. Und die Verdienste, die Isgriff und seine Vorfahren für diese heilige Stätte der Vogelmenschen geleistet hatten, beschämten ihn. »Wenn man

☆ ☆ ☆  243  ☆ ☆ ☆

sich vorstellt, wie sehr sie den Ikariern heimlich geholfen haben«, murmelte er.

Sternenströmer wandte sich um und schaute seinen Sohn befremdet an.

Der folgende Abend gestaltete sich dann zu einem der angenehmsten auf dem Marsch nach Süden. Man errichtete auf dem großen freien Platz weitere Zelte, kaufte vorbeiziehenden Nomaden ein paar Ochsen ab und briet sie am Spieß. Die Barone und Axis luden zu diesem Festmahl ihre Offiziere und sonstigen Würdenträger ein, auf daß sie Zeugen der Unterzeichnung eines Vertrags wurden, der dafür sorgen sollte, daß den Ikariern und Awaren viele ihrer heiligsten Orte zurückgegeben wurden.

Als der Krieger seine Unterschrift leistete, war er sich der besonderen Bedeutung dieser Stunde durchaus bewußt. Mit diesem Dokument bestätigte sich hier sein Anspruch sowohl auf den acharitischen als auch den ikarischen Thron. Ebenso wurde quasi mit einem Federstrich aller Haß und Schmerz, der von den Axtkriegen heraufbeschworen und von der nachfolgenden tausendjährigen Herrschaft des Seneschalls am Leben erhalten worden war, beendet. Die Ikarier durften endlich zurück in den Süden, und die Awaren würden ihnen, hoffentlich, bald folgen – natürlich erst, wenn die Baumfreundin sie hierherführte.

Nun steht mir nur noch die Aufgabe bevor, seufzte Axis, während er die Feder an den verhüllten Ramu weiterreichte, Bornheld und Gorgrael zu besiegen.

Er hatte den Magier gebeten, den Vertrag im Namen der Awaren zu unterzeichnen. Ramu war vor Freude in Tränen ausgebrochen, als Sternenströmer und der Krieger ihm eröffneten, daß die Awaren nun auf einem großen Gebiet ihre alten Wälder wiedererstehen lassen durften. Awarinheim hatte sich früher einmal bis zum Nordra erstreckt, aber der Magier war vernünftig genug gewesen, von den Acharіten nicht zu erwarten, soviel von ihrem reichen Ackerland aufzugeben. Deswegen hatte Ramu sich mit einem Kompromiß einverstanden erklärt. Die Wälder sollten im Osten bis zur Weitwallbucht reichen und sich nur so weit nach Westen ausdehnen, daß die Farnberge und der Wald der Schweigenden Frau von ihnen umschlossen waren. Das sollte uns reichen, dachte der Aware, als er sein Zeichen als Magier, einen springenden Hirsch, und das Symbol seiner Mitgliedschaft beim Geistbaum-Klan, zwei ineinander verschlungene Zweige, unter das Schriftstück setzte.

Nun traten die Barone vor, ihre Unterschrift zu leisten. Isgriff nahm die Feder von Ramu und unterzeichnete mit einem schwungvollen Namenszug. Danach war Greville an der Reihe, und er zögerte nicht, mit seiner Signatur die Bewohner von Tarantaise mit den neuen Getreide- und Fischereirechten zu einem vermögenden Volk zu machen.

Sobald die Tinte auf dem Original und den Kopien getrocknet war, half Ho'Demi seiner Frau Sa'Kuja dabei, endlich den Tekawai zu reichen.

Als alle versorgt waren, erhob Axis seine Tasse zu einem Trinkspruch: »Auf Tencendor. Mögen alle Auseinandersetzungen, die noch auf unserem Weg liegen, sich so einfach und in so freundschaftlicher Atmosphäre lösen lassen wie dieser Vertragsabschluß heute.«

»Auf Tencendor!« riefen alle und leerten ihre Tasse auf einen Zug, damit sie sich umso rascher den Getränken mit mehr alkoholischem Gehalt widmen konnten.

Der Häuptling und seine Frau lächelten einander zu, als sie die Tassen wieder einsammelten. Unter was für Barbaren waren sie hier doch geraten!

Die beiden zogen sich von den anderen zurück und feierten auf ihre Weise.

Wenn Embeth und Judith nun glaubten, für heute genug Überraschungen erlebt zu haben, so hatten sie sich getäuscht. Die beiden Damen unterhielten sich gerade in einer Ecke des Hauptzeltes, als eine nicht mehr junge Frau mit einem Säugling von sechs oder sieben Monaten auf sie zutrat.

Die alte Königinwitwe betrachtete sie stirnrunzelnd. Irgend etwas an dieser Fremden kam ihr bekannt vor.

»Judith«, lächelte die Frau, und die ehemalige Königin verzog den Mund. Wie konnte die Fremde es wagen, sie so vertraulich anzureden?

»Erinnert Ihr Euch denn nicht mehr an mich?« fragte die Unbekannte jetzt. »Habt Ihr etwa ganz vergessen, wie wir beide als Kinder im Palast von Karlon Pfirsiche aus der Küche gestohlen haben? Oder im Morgengrauen die Tauben auf dem Palasthof aufscheuchten?«

»Rivkah!« entfuhr es der Witwe tonlos. Sie konnte kaum glauben, daß ihre beste Jugendfreundin, die sie doch seit dreißig Jahren für tot hielt, jetzt lebendig vor ihr stand.

Axis' Mutter nickte und umarmte Judith. Danach trat sie einen Schritt zurück und betrachtete ihre alte Freundin genauer. Die ehemalige Königin wirkte überaus zerbrechlich, ihre Haut war so dünn wie Pergament und fast durchsichtig. Judith war immer schon zierlich gewesen, aber jetzt sah sie so aus, als könne der leiseste Windhauch sie umwerfen.

Sie fühlte sich von der Wiederbegegnung so überwältigt, daß sie leise zu weinen begann. Sie streckte Rivkah ihre Hände entgegen, wie um sich zu vergewissern, daß sie wirklich lebe.

»Ganz ruhig«, sagte Rivkah. »Axis hätte es Euch sagen sollen. Er hat wohl nicht daran gedacht. Ach, Judith, Priams Tod erfüllt mich über alle Maßen mit Trauer.«

»Er war nicht nur mein Gemahl, sondern auch Euer Bruder«, flüsterte die Witwe unter Tränen. »Wir beide haben durch seinen Tod einen schweren Verlust erlitten.«

Rivkah schwieg für einen Moment, doch dann sagte sie mit harter Stimme. »Axis sagte mir, daß Ihr Bornheld die Schuld am Tod des Königs gebt.«

Judith umfaßte mit zitternden Händen ihre Schultern. »Ach, meine Liebe, verzeiht, ich vergesse immer wieder, daß Bornheld ja auch Euer Sohn ist ... Ich ... ich wollte damit ... damit wirklich nicht andeuten ...«

Rivkah bereute sofort, so rücksichtslos zu ihr gewesen zu sein: »Judith, ich tadle Euch weiß Gott nicht dafür, Bornheld solche Verbrechen zuzutrauen. Ich habe mich schon in dem Moment von meinem Erstgeborenen losgesagt, als er meinen Körper verließ. Und ich habe gewiß nicht vor, das heute anders zu halten oder mich auf seine Seite zu stellen. Nach allem, was ich mit seinem Vater erlebt habe, erscheint es mir nicht undenkbar, daß Bornheld den König ermordete, um selbst auf den Thron zu kommen. Damit hat er nicht nur Euren Gemahl, sondern auch meinen Bruder gemeuchelt, und das kann ich ihm niemals vergeben. Habt keine Furcht, in meiner Gegenwart einen Verdacht gegen Bornheld auszusprechen.«

Die beiden alten Freundinnen ließen indeß bald dieses Thema ruhen und unterhielten sich lieber darüber, was aus gemeinsamen Bekannten aus früheren Zeiten geworden war. Embeth wollte die beiden nicht stören und ließ den Blick über die Versammelten schweifen. Was für eine eigenartige Völkermischung. Vor Wochen noch wäre eine solche Zusammenkunft undenkbar gewesen. Die Ikarier standen eindeutig im Mittelpunkt. Ihre außerordentliche Schönheit, ihre guten Manieren und ihre Flügel fielen der Herrin von Tare immer wieder auf. Ganz besonders natürlich die männlichen Vogelmenschen. Wenn zum Beispiel Sternenströmer bemerkte, daß sie ihn ansah, erwiderte er darauf mit einem solch fordernden Blick, daß Embeth die Knie weich wurden. An ihm ließ sich leicht feststellen, von wem Axis seine fast magische Anziehungskraft geerbt hatte. Hastig schaute sie in eine andere Richtung. Aber ihre Augen wanderten immer wieder wie von selbst zu der Stelle, an der der Zauberer stand. Sternenströmer sah sie wieder voll Begehren an.

Die Herrin von Tare schloß die Augen und ballte die Fäuste, um den Bann zu brechen, den er über sie verhängt hatte. Bei Artor, flüsterte sie unhörbar, die Ikarier werden eine verheerende Wirkung auf die ohnehin lockeren Sitten bei Hof haben. Als Embeth die Augen wieder öffnete, stellte sie erleichtert fest, daß Axis' Vater woanders hin schaute. Endlich konnte sie wieder etwas leichter atmen.

Als nächsten bemerkte sie Belial, der gerade einer Nor von siebzehn oder achtzehn Jahren zulächelte, die sich lebhaft mit ihm unterhielt. Die junge Schöne trug ein hellrotes Kleid aus feiner Wolle, das ihre helle Haut und ihre dunklen Augen betonte und einen angenehmen Kontrast zu ihrem pechschwarzen Haar bildete. Als Magariz zu dem Leutnant trat, ihn am Arm packte und auf eine Gruppe von Soldaten und ikarischen Offizieren zeigte, schüttelte er den Kopf, befreite sich aus seinem Griff und rückte noch näher an das Mädchen heran. Embeth hob ihre Augenbrauen. Was denn, dieser Leutnant zog die Gesellschaft einer jungen Schönen der seiner Kameraden vor?

Das leise Klingeln von Glöckchen lenkte ihre Aufmerksamkeit in eine andere Richtung. Einige Rabenbunder, manche in Begleitung ihrer Frau, hatten sich ebenfalls hier eingefunden. Die Herrin von Tare betrachtete sie fasziniert. Jeder trug zwar ein anderes Muster von blauen Linien auf seinem Gesicht, doch gemein war ihnen eine tätowierte Sonne auf der Stirn. Wie mußten diese Barbaren Axis doch ergeben sein, wenn sie sogar ihre Haut mit seinem Zeichen verzierten. Ihr schwarzes Haar glänzte im Lampenlicht grünlich oder bläulich. Das rührte von den Glasscherben her, die sie sich in ihre Zöpfe flochten. Und wenn sie sich bewegten, ertönten die vielen kleinen Glöckchen in ihrem Haar und an ihrer Kleidung.

Hinter den Rabenbundern entdeckte sie drei Männer, bei denen es sich, wie jemand ihr anvertraut hatte, um die Wächter der Prophezeiung handelte. Embeth betrachtete sie eingehend, wie sie sich angeregt und wie alte Freunde mit Baron Isgriff unterhielten.

Dann fiel ihr Blick auf den Krieger, und sie beobachtete ihn eine Weile, wie er sich durch die Menge bewegte. Die Nor hielt sich wieder an seiner Seite auf und unterhielt sich wie selbstverständlich mit allen, die er ansprach oder die auf ihn zukamen. Die junge Frau trug ein schwarzes Kleid, dessen Eleganz gerade in seiner Einfachheit lag. Sein tiefer Ausschnitt betonte ihre Figur überaus vorteilhaft. Sie trug ihr langes Haar offen auf den Rücken herabhängend. Eine wahre Nor, stellte Embeth fest, nicht ohne sich einzugestehen, daß sie schrecklich eifersüchtig auf sie war.

Dabei entging ihr, daß Belial auf sie aufmerksam geworden

war. Er wendete sich von seiner jungen Schönen ab und beobachtete die Herrin von Tare mit einiger Sorge. Schließlich entschuldigte er sich bei dem Mädchen und schob sich langsam durch die Menge in Embeths Richtung. Die junge Nor starrte ihm nach, und ihre Züge verloren einiges von ihrer strahlenden Lieblichkeit, als sie ihn entschwinden sah.

In diesem Moment drehte sich Aschure um und entdeckte, daß Embeth sie anstarrte. Lächelnd berührte sie Axis am Arm, flüsterte ihm etwas zu und machte sich dann ebenfalls auf den Weg zu ihr.

»Und nun, Rivkah, müßt Ihr mich unbedingt darüber aufklären, was es mit diesem Knaben auf sich hat, den Ihr auf dem Arm tragt«, verlangte Judith jetzt, und Embeth wandte ihre Aufmerksamkeit wieder den beiden alten Freundinnen zu. Der Säugling war mit seinen runden roten Bäckchen und den dichten schwarzen Locken wirklich hübsch anzuschauen. Aus seinen rauchblauen Augen sah er die drei Frauen abwartend an.

Seine Großmutter strahlte. »Judith und Embeth, ich möchte Euch meinen Enkel Caelum vorstellen.«

Embeth krampfte sich das Herz zusammen. Man mußte kein Hellseher sein, um auf die Mutter dieses Knaben zu schließen.

Ein Rascheln von Seide, und Aschure stand mitten unter ihnen. Rivkah reichte ihr den Kleinen, der beim Anblick seiner Mutter sofort vor Freude zappelte und über das ganze Gesicht lachte. »Und dies hier ist Aschure, die junge Frau, die ich als meine Tochter betrachte.«

Embeth wurde immer niedergeschlagener. Diese Nor hatte es verstanden, sich nicht nur in Axis' Herz, sondern auch in das seiner Mutter einzuschleichen.

»Wie schön, Euch kennenzulernen«, sagte Judith.

»Und Ihr seid Axis' Gemahlin?« fragte Embeth.

»Nein, die bin ich nicht. Aber wir lieben uns.« Aschure wußte sehr wohl, welche Rolle die Herrin von Tare einmal im Leben des Kriegers gespielt hatte. »Axis macht auch in der Öffentlichkeit kein Hehl daraus, daß er sich für mich entschieden hat.«

Embeth war ärgerlich über dieses *mich*, und in ihre Augen

trat ein empörtes Funkeln. Doch bevor sie etwas entgegnen konnte, trat Belial zu der Gruppe und legte ihr eine Hand auf den Arm.

»Aschure, ich glaube, Axis möchte Euch und Caelum an seiner Seite haben, wenn er mit Baron Isgriff spricht.«

Die junge Frau nickte steif. »Tut mir leid, Embeth, meine Bemerkung war einfach ungebührlich.« Damit drehte sie sich um und war verschwunden.

»Laßt Euch nicht von ihrem Äußeren täuschen, Herrin«, sagte Belial leise. »Sie bedeutet Axis mehr, als Ihr ermessen könnt, auch wenn sie eine Nor ist.«

Embeth senkte den Blick, als Aschure den Krieger erreicht hatte. Er lächelte sie mit soviel Liebe an, daß es ihr einen Stich versetzte. Ganelon, ihr verstorbener Gemahl, hatte sie früher so angesehen, Axis jedoch nie. Der damalige Axtherr hatte ihr seine Freundschaft angeboten, aber nicht mehr.

»Ich war wohl eine Närrin, Belial. Kommt, berichtet mir von Eurem wagemutigen Unternehmen während der beiden letzten Jahre.«

Isgriff hielt Aschures Hand, verbeugte sich und lächelte sie an.

»Ihr gehört zu meinen Landeskindern. Das wurde mir gleich bewußt, als Ihr heute nachmittag in das Verhandlungszelt tratet. Und als ich Euch an Axis' Seite sah, wurde mir klar, daß ich ihm nichts würde abschlagen können. Angesichts solcher Schönheit werde ich weich wie Wachs.« Ohne ihre Hand loszulassen, wandte er sich an den Krieger. »Diese Dame stellt Eure gefährlichste Waffe dar. Wenn Ihr es recht versteht, sie einzusetzen, werden Eure Feinde reihenweise vor Euch in die Knie gehen.«

Axis lachte. »Ihr seid mir schon ein Schmeichler, Baron.«

Aschure lächelte liebenswürdig. »Meine Mutter stammte aus Nor, aber ich wurde im Norden, im Dorf Smyrdon geboren und bin dort auch aufgewachsen.«

»Eure Mutter haben wir nach Skarabost verloren?« Isgriff zog eine Braue hoch. »So sagt mir doch bitte ihren Namen. Vielleicht kannte ich sie ja.«

Die junge Frau setzte unerwartet eine bekümmerte Miene auf und entzog ihre Hand der Rechten des Barons. »Sie starb, als ich noch sehr jung war«, stammelte sie zur Antwort. »Ich kann mich an ihren Namen nicht mehr erinnern.«

Axis legte rasch seinen Arm um sie, weil sie so blaß geworden war. Warum behauptete sie auf einmal, ihre Mutter sei gestorben? Hatte sie vielleicht etwas Neues über das Schicksal ihrer Mutter erfahren, nachdem sie mit einem Hausierer durchgebrannt war?

»Aschure, verzeiht bitte, ich wollte Euch mit dieser Frage nicht zu nahe treten«, beruhigte sie Isgriff jetzt rasch. »Darf ich Euch auch verspätet noch mein Beileid aussprechen? Eure Mutter muß eine sehr schöne Frau gewesen sein, wenn die Tochter nach ihr geraten ist.«

Die junge Frau hatte sich wieder etwas beruhigt, und ein wenig Farbe kehrte in ihr Gesicht zurück. »Ja, das war sie.« Ihr Blick wurde leicht verträumt. »Und sie hat mir von vielen Dingen erzählt, auch von wundersamen.«

»Vielleicht von fremden und fernen Ländern? Vom Meer, von den Gezeiten und von langen hellen Stränden?« Die Stimme des Barons klang ein wenig zu drängend.

»Ja, genau. Sie muß viele Wunder geschaut haben.«

»Und was hat sie Euch über diese fernen und fremden Länder erzählt? Welche Wunder hat sie Euch gezeigt?«

»Blumen«, antwortete Aschure mit einer merkwürdig schwerfälligen Stimme. »Viele Blüten. Mondwildblumen ... ja, die hat sie ganz besonders gemocht ... Sie sprach von der Jagd ... vom Mondlicht ... und von ... der Kuppel ...« Ihre Stimme verging zu einem Flüstern. »Ja, ich erinnere mich an die Kuppel.«

Axis sah den Baron verwirrt an und verstärkte den Griff seines Arms. Hatte seine Liebste etwa dem Wein zu reichlich zugesprochen?

Aschure zuckte zusammen, als sein Arm ihre Hüften fester umfing. »Ach, Isgriff, das ist doch schon so lange her. Wie sollte ich da Einzelheiten im Gedächtnis behalten haben. Die Erzählungen meiner Mutter sind im Nebel der Erinnerung verloren ...«

✩ ✩ ✩ 251 ✩ ✩ ✩

Genau so wie ihr Name, dachte der Baron. Genau so wie ihr Name. Alle Priesterinnen legten am Tag ihrer Weihe ihren Namen ab ... Aber was hatte eine der Neun in Skarabost verloren? Welche von ihnen konnte es nur gewesen sein? Bei der nächsten Gelegenheit, die sich ihm bot, wollte Isgriff im Sternentempel Nachforschungen anstellen. Eine leibhaftige Heilige Tochter stand hier vor ihm. Wenn er wenigstens ihr genaues Alter wüßte, das würde ihm die Suche ein gutes Stück erleichtern.

»Nun, Aschure, wenn Euch so vieles an Erinnerung verlorenging, erlaubt Ihr mir vielleicht, Euch etwas über die Heimat Eurer Mutter zu erzählen.«

»Das wäre mir ein besonderes Vergnügen«, antwortete die junge Frau. »Berichtet mir bitte alles von Nor. Ich habe mich oft gefragt, von welchen Menschen meine Mutter abstammte.«

Kein Wunder, dachte der Baron, daß Axis von dieser Frau so hingerissen ist. Ob er überhaupt ahnte, wen er da für sich gewonnen hatte? Welch Geschenk die Götter ihm gemacht hatten?

Offensichtlich nicht, denn sonst hätte er keinen Moment gezögert, sie zu heiraten.

Während er ihr von den Wundern Nors berichtete, fiel sein Blick immer wieder auf das Kind, das sie auf dem Arm trug. Der Knabe faszinierte ihn ebenso sehr wie die Mutter. Was für eine magische Familie!


In Karlon hatte Bornheld Anlaß zur allergrößten Freude. Vor ihm stand der koroleanische Botschafter. Der Mann war fast so dürr wie die Feder, die er in der Hand hielt. Mit dunklen Augen studierte er das Blatt, das vor ihm lag.

»Wo soll ich unterzeichnen, Euer Majestät?«

»Hier bitte.« Der König deutete auf die Stelle. »Und auch hier.«

Der Botschafter seufzte schwer, wohl um auf die Gewichtigkeit der Amtshandlung hinzuweisen, unterschrieb, reichte die Feder an Bornheld weiter. Der König unterschrieb so schnell, daß seine Augen ihm nicht zu folgen vermochten, und er erschien ihm in seiner Hast fast obszön.

Kaum war das Pergament unterschrieben, lehnte Bornheld sich entspannt zurück. Ein Gefühl von Sicherheit und tiefem Frieden überkam ihn. Nun darf Axis ruhig kommen, dachte er. Soll er doch, damit er sehen kann, welche Überraschung ich für ihn vorbereitet habe. »Wann wird Euer Kaiser mir die ersten Truppen schicken, Botschafter?«

»Die meisten Soldaten warten bereits darauf, eingeschifft zu werden«, antwortete der Dürre. »In zwei Wochen dürften sie hier eintreffen.«

Keinen Moment zu früh, dachte Bornheld. Gerade noch rechtzeitig. Er hatte hart darum gerungen, das Abkommen mit dem koroleanischen Botschafter unter Dach und Fach zu bringen. Mit den Truppen aus dem Kaiserreich würde er all sein Land zurückerobern.

»Noch ein Glas Wein?« fragte er höflich, obwohl ihm die Vorstellung wenig behagte, seinen besten Roten an das dürre Gemüse vor sich zu vergeuden. »Ein wirklich ausgezeichneter Tropfen, wie ich Euch versichern darf.«

☆ ☆ ☆ 253 ☆ ☆ ☆

## 18 DER TRAUM DER SCHWEIGENDEN FRAU

Die letzte Woche des Erntemonds war angebrochen, und Axis blieben nur noch acht Wochen, seinen Teil der Abmachung mit der Torwächterin zu erfüllen. Mit jedem Tag, der verging, verschlechterte sich seine Laune, und er konnte kaum noch an etwas anderes denken als daran, wie schnell die Zeit verrann. Seine Armee war zwar bedeutend größer geworden, aber aufgrund ihrer Masse kam sie nun noch langsamer voran. An die Geschwindigkeit, mit der früher die Axtschwinger geritten waren, ließ sich jetzt beim besten Willen nicht mehr denken.

Eines Tages schlugen die Soldaten südlich vom Wald der Schweigenden Frau ihr Nachtlager auf. Axis dachte mit Wehmut daran, daß seine Axtschwinger damals nur drei Tage gebraucht hatten, um von dieser Stätte zu den Alten Grabhügeln zu gelangen. Seine jetzt einunddreißigtausend Soldaten hatten für die gleiche Strecke neun Tage benötigt.

Der Krieger seufzte und betrachtete den Wald. Er hatte keine Einwände erhoben, als sein Vater, seine Großmutter und einige andere ikarische Zauberer am Morgen den Wunsch ausgesprochen hatten, in den Wald der Schweigenden Frau zu fliegen. In diesem Gehölz drohte ihnen gewiß keine Gefahr, dafür gab es aber um so mehr zu sehen und zu entdecken. Dennoch hatte Axis ihnen sicherheitshalber drei Staffeln Luftkämpfer mit auf den Weg gegeben.

Zu seiner Verblüffung hatten Ogden und Veremund aber nur die Achseln gezuckte, als er ihnen vorschlug, doch ebenfalls in den Wald zu reiten. Sie meinten, daß sie eines Tages zur Burg der Schweigenden Frau zurückkehren würden, aber nicht heute.

✫ ☆ ✫    254    ✫ ☆ ✫

Ramu, der neben ihnen stand und sehnsüchtig unter seiner Kapuze zu den Bäumen hinübersah, lehnte ebenfalls ab, als Axis ihn aufforderte, doch die Stätte aufzusuchen. »Später«, antwortete der Aware nur.

Jetzt trat der Krieger langsam und in Gedanken verloren zu seinem Zelt. Seine Beziehung zu Aschure wurde immer angespannter, je näher sie Karlon kamen – und damit zu Faraday. Seit der Abreise von den Alten Grabhügeln rollte sich die junge Frau jede Nacht mit ihrem Sohn in ihren Decken zusammen und kehrte ihrem Geliebten den Rücken zu. Eines Nachts war es ihm zu dumm geworden. Er hatte ihr eine Hand auf die Schulter gelegt und ihr ins Ohr geflüstert: »Sperrt mich nicht aus Eurem Leben aus, Aschure, denn ich bin nicht gewillt, Euch einfach so gehen zu lassen.«

Eine Zeit lang hatte die junge Frau geschwiegen, und Axis vermutete schon, sie stelle sich schlafend. Aber dann meinte sie: »Ihr und ich haben jetzt fast ein Jahr zusammengelebt, und an jedem Tag habe ich mich mehr in Euch verliebt. Verurteilt mich jetzt, da wir uns Faraday nähern, bitte nicht dafür, wenn ich versuche, mich damit vertraut zu machen, Euch zu verlieren.«

»Aber wir bleiben zusammen –« begann der Krieger, doch da drehte sie sich zu ihm um und starrte ihn an.

»Ich verliere Euch in dem Moment, in dem Bornheld stirbt. Mögt Ihr jetzt auch noch so widersprechen und mir Eure Liebe schwören. Ich weiß, daß Ihr mich eines Tages Faradays wegen fallenlassen werdet. Vergebt mir, Sternenmann, wenn ich mir ab und zu ein wenig Selbstmitleid gönne.«

Damit drehte Aschure sich wieder auf die andere Seite, schloß fest ihre Augen und erwiderte nichts mehr auf Axis' sanfte Berührungen oder Liebesworte.

Ach verdammt! fluchte der Krieger jetzt, als er vorsichtig über Spannseile und Zeltstangen stieg. Vielleicht wäre es am besten, mich gleich von ihr zu trennen. Aber selbst, als der Gedanke klar und deutlich vor ihm stand, wußte er, daß ihm das nie möglich sein würde. Dafür war Aschure viel zu tief in seine Seele eingedrungen.

✫ ✫ ✫　255　✫ ✫ ✫

Während die Nacht sich über dem Wald der Schweigenden Frau verdichtete, fing der Kesselsee langsam an zu brodeln. Ein dichter goldener Nebel stieg von der Wasseroberfläche und trieb durch die Bäume hin zum Feldlager der Armee von Axis Sonnenflieger.

Etwas später in dieser Nacht öffnete der Krieger die Augen. Lange blieb er einfach liegen, starrte auf die dunkle Zeltbahn über sich und lauschte Aschures ruhigem Atmen. Sie hatte ihm wieder den Rücken zugekehrt.

Axis wußte nicht, ob er träumte oder wachte.

Schließlich schlug er die Decke zurück und stand auf. Ob er Aschure wecken sollte – schließlich schien sich etwas Merkwürdiges zu ereignen –, aber nein, sollte sie weiterschlafen. Seine Geliebte hatte gestern so müde und erschöpft gewirkt, da brauchte sie jetzt ihre Ruhe.

Gebückt öffnete er das Zelt und blickte nach draußen. Ein eigenartiger goldfarbener Dunst lag über dem Lager. So etwas gab es doch nur im Traum, oder etwa nicht? Axis trat nach draußen und streckte sich. Als er an sich hinunter sah, bemerkte er noch mehr Gold. Wie sonderbar. Er trug das goldene Langhemd mit der flammend roten Sonne auf der Brust, das Aschure ihm vor langer Zeit im Krallenturm genäht hatte. Aber warum trug er es jetzt?

Der Krieger dachte kurz über dieses Rätsel nach und zuckte dann die Achseln. Er befand sich offensichtlich in einem Traum, und da war alles möglich.

Langsam schritt er durch das Lager. Die Feuer waren bis auf ein paar glimmende Kohlen heruntergebrannt, keine Flammen trotzten zuckend dem goldenen Nebel. Die Alaunt lagen schlafend im Kreis um das Zelt, in dem Aschure und er nächtigten. Keiner der Hunde regte sich, als er über sie stieg. Ihre Flanken hoben und senkten sich im ruhigen Atmen ihrer eigenen Träume. Die Wächter, sowohl die im Lager als auch die außen postierten, starrten wie in Trance vor sich hin. Niemand rief Axis an.

Nichts davon konnte den Krieger bekümmern, denn er befand sich ja in einem Traum.

Dennoch entstand in ihm ein leises Unbehagen, und er verlangsamte seine Schritte. Als er Belials Zelt erreichte, warf er einen Blick hinein. Der Leutnant lag in tiefem Schlaf und hielt eine dunkelhaarige Schöne im Arm, die zu Isgriffs Gefolge gehörte. Ein rotes Kleid fand sich achtlos hingeworfen am Fußende der Decken, in die sie sich eingerollt hatten. Axis grinste leicht. Hatte sein alter Freund also endlich jemand gefunden, der ihn über Aschure hinwegtröstete.

Der Krieger begab sich zum nächsten Zelt, dem von Magariz. Auch der Fürst schlief nicht allein. Aber diese Frau kannte Axis besser – Rivkah, seine Mutter.

Er blieb lange am Eingang stehen und betrachtete die Umrisse ihrer verschlungenen Körper unter der Decke. Warum gab der Traum ihm dieses Bild ein? War es nur seine Einbildungskraft? War es eine Vision? Könnte er sie denn beeinflussen? Tief in sich spürte Axis eine Gefahr, die von diesem Bild ausging. Eine Gefahr, die ihn betraf, sich ihm aber nicht enthüllte.

Axis ließ die Zeltklappe los und setzte seinen Weg durch das Lager fort. Nichts regte sich. Alles lag in tiefem Schlummer. Sogar die Zeit schien in diesem Nebel stillzustehen.

Sobald das Lager hinter ihm lag, wandte er sich dem Wald der Schweigenden Frau zu, der etwa hundert Meter entfernt lag. Als Axis damals mit den Axtschwingern hier auf der Reise nach Gorken genächtigt hatte, war es ihm noch dringend geboten erschienen, seine Männer so weit wie möglich von diesem Gehölz fernzuhalten. Zu jener Zeit hatten sie sich noch vor den Bäumen gefürchtet. Doch seitdem hatte sich bei allen, die mit dem jungen Sonnenflieger ritten, die Angst vor den Unaussprechlichen gelegt. Bäume und schattige Plätze lösten bei ihnen jetzt kein Entsetzen, sondern höchstens Neugier aus. Sobald man im Osten des Landes Schonungen angelegt hätte, würden bald auch die anderen Achariten ihre Scheu überwinden und zusammen mit den Ikariern und Awaren auf den Waldwegen spazierengehen. Daran hegte der Sternenmann nicht den geringsten Zweifel.

☆ ☆ ☆ 257 ☆ ☆ ☆

Eine Bewegung im Nebel fiel ihm ins Auge. Wie das? Eine Bewegung in diesem reglosesten aller Träume? Tatsächlich, da schritt eine Gestalt, nur undeutlich hinter den Nebelschwaden erkennbar. Der Krieger versuchte, seine Schritte zu beschleunigen, aber der Dunst hing schwer wie ein Gewicht an seinen Beinen, so als schreite er durch hüfthohes Wasser.

Dennoch kam Axis der Gestalt immer näher, und er erkannte jetzt, daß es sich um Ramu handelte. Er war nackt, und man konnte deutlich sehen, welche grotesken Veränderungen die Umwandlung an seinem Körper vorgenommen hatte. Buckel wuchsen ihm aus Rücken und Brust, und seine Gliedmaßen wirkten verrenkt und mißgebildet. Wenn der Aware sich umdrehte, konnte man seine alten Gesichtszüge kaum noch erkennen. Auch bewegte er sich eigenartig. Er torkelte beim Gehen von einem Bein aufs andere und zog immer ein Bein nach. Sein Gang wirkte so unbeholfen, daß Axis befürchtete, er könne jeden Moment sein Gleichgewicht verlieren. So verdoppelte er seine Anstrengungen, um dem Magier zu Hilfe zu kommen.

Doch bevor der Krieger ihn erreichte, blieb Ramu stehen und bückte sich. Ein Messer blitzte auf, und der Magier hielt einen Hasen in der Hand. Er tauchte die Hand in die offene Wunde, die sein Messer in der Brust des Tiers hinterlassen hatte, und berührte dann sein Gesicht und seinen Oberkörper mit den Fingern.

Endlich hatte Axis Ramu erreicht. Mit dem Blut hatte Ramu kräftige Striche gezeichnet. Drei Längsstreifen im Gesicht. Der mittlere verlief über dem Nasenrücken, die beiden seitlichen über den Wangen. Drei weitere befanden sich auf seiner Brust und endeten auf der Höhe der Brustwarzen. Das dicke Blut verklebte seine Brustbehaarung, und sein warmer, eisenähnlicher Geruch drang Axis in die Nase.

Der Magier sah ihn erstaunt an. »So hat man Euch auch gerufen?«

Bin ich gerufen worden? fragte sich der Krieger benommen, weil er seine Gedanken nicht sammeln konnte. »Ich weiß nicht, warum ich mich hier aufhalte.«

✩ ✩ ✩   258   ✩ ✩ ✩

»Ihr seid gekommen, Sonnenflieger, um zu bezeugen«, sagte eine Stimme hinter ihm. Träge wandte Axis den Blick zurück. Die drei Wächter – Jack, Ogden und Veremund – standen nur wenige Schritte hinter ihm. Jeder von ihnen trug ein bodenlanges weißes Gewand.

»Ob man Euch gerufen hat?« bemerkte nun Ogden. »Höchstwahrscheinlich, denn andernfalls lägt Ihr noch in Eurem Zelt. Achtet darauf, wohin Ihr tretet, Axis, und sagt nichts, was die Gastgeber beleidigen könnte.«

Der Dicke trat nun vor und küßte Ramu vorsichtig auf die Wange, um die rote Linie nicht zu verschmieren. »Alles Gute, Lieber. Findet dort, wohin Ihr geht, Euren Frieden.«

Jack und Veremund kamen nun ebenfalls zu dem Magier, küßten ihn und bedachten ihn mit Ogdens Segen: »Findet Euren Frieden.« Dem Hageren standen dabei Tränen in den Augen, und zu seiner Verblüffung erkannte Axis, daß der Aware gleichfalls weinte. Was ging denn hier vor?

»Ramu findet heute nacht seine Heimstatt und seinen Frieden«, teilte Veremund ihm mit. »Und Euch hat man gerufen, dies zu bezeugen. Ihr seid schon einmal über die heiligen Pfade geschritten und sollt dies heute nacht wieder tun. Doch diesmal seid Ihr dazu eingeladen.«

Der Krieger erinnerte sich an ein Traumbild, das ihm erschienen war, als er das letzte Mal vor dem Wald der Schweigenden Frau geschlafen hatte. Darin hatte er sich auf einer dunklen Lichtung wiedergefunden, und furchtbare und gefährliche Wesen hatten sich ihm genähert ... Die Gehörnten. Leiser Schrecken befiel ihn jetzt, aber er war nicht mehr derselbe wie vor zwei Jahren. Seit damals hatte er an Reife und Wissen gewonnen.

Axis nickte. »Kommt Ihr denn nicht mit uns?«

»Nein«, antwortete Jack. »Nur Ihr und Ramu seid eingeladen. Gehet hin in Frieden.«

Der Magier wurde ungeduldig und setzte sich in Bewegung. »Kommt«, sagte er nur, und der junge Sonnenflieger folgte ihm in den Wald.

☆ ☆ ☆  259  ☆ ☆ ☆

Sie schritten langsam zwischen den dunklen Stämmen dahin, und je tiefer sie in den Wald gerieten, desto mehr löste sich der Nebel auf. Farben umgaben sie, und verwundert beobachtete Axis, wie das Licht zwischen den Bäumen heller und strahlender wurde, bis sie sich durch einen smaragdgrünen Tunnel bewegten. Selbst der Boden unter ihren Füßen verschwand und wurde durch das grüne Licht ersetzt.

»Wir bewegen uns nun durch die Kraft der Mutter selbst«, murmelte Ramu ihm zu, ohne ihn dabei anzusehen. Dafür strahlten seine Augen fast im Fieberglanz.

Der Krieger spürte die Energie, die ihn umgab, und erzitterte darunter. Wie gut, daß er sich in einem Traum befand, denn andernfalls wäre sie ihm bedrohlich vorgekommen. Zum ersten Mal erlebte er nun die Quelle der Kraft, die Faraday angerufen hatte, um ihm und seinen dreitausend Soldaten den Ausbruch aus der Feste Gorken zu ermöglichen. Dieselbe Energie, die dabei auch den Großteil des Skrälingheeres vernichtet hatte. Jetzt fiel ihm auch wieder die grüne Flamme ein, die sie in die Scharen der Geisterwesen geschleudert hatte. Ehrfürchtig dachte er daran, daß die junge Frau über eine gewaltige Macht verfügen mußte, wenn sie solche Kräfte beherrschte.

Sie schritten durch den Smaragdtunnel, bis der Krieger plötzlich unter seinen Füßen wieder Blätter und Zweige spürte. In diesem Moment flackerte das Licht und verging langsam, bis die eng beieinander stehenden Bäume wieder sichtbar wurden. Sterne wirbelten über den samtschwarzen Nachthimmel.

»Der Heilige Hain«, flüsterte der Aware neben ihm. Verblüfft stellte Axis fest, daß Ramu zum ersten Mal seit Monaten wieder mit einer Stimme sprach, die frei von Schmerzen war.

Die Stämme wichen vor ihnen auseinander und öffneten sich zu der Lichtung des Heiligen Hains. Die beiden Männer wagten kaum weiterzugehen. Macht und Energie umringten die freie Fläche, und unsichtbare Augen beobachteten sie. Nein, das kam dem Krieger nun nicht mehr unbedingt wie ein Traum vor. Aller Nebel war längst im smaragdgrünen Licht vergangen, und Axis begriff jetzt, daß er sich wirklich und wahrhaftig im Hain befand.

✫ ✫ ✫　260　✫ ✫ ✫

Sein prachtvolles Hemd kam ihm jetzt fehl am Platz vor. Zum ersten Mal, seit Aschure es ihm überreicht hatte, fühlte er sich in dem rotgoldenen Gewand unwohl.

»Ihr werdet Euch hier nie behaglich fühlen, Axis, mein Lieber«, verkündete eine ruhige Frauenstimme neben ihm, »denn Eure Macht ist an die Sterne gebunden, während diese hier aus der Erde stammt. Von der Mutter.«

Faraday trat langsam auf die Lichtung. Sie trug ein loses Gewand in changierenden Grün-, Rot- und Brauntönen. Das lange helle Haar floß ihr lose über die Schultern bis auf den Rücken herab.

Axis konnte nur flüstern: »Faraday?« Den Awaren, der doch dicht neben ihm stand, hatte er vollkommen vergessen.

Faraday lächelte und legte ihm eine Hand auf den Arm. »Wie lange ist es her, Axis? Zwanzig Monate? Auf jeden Fall viel zu lange, mein Liebster. Aber wartet bitte, ich muß erst Ramu begrüßen.«

Sie verließ ihn und legte die Arme um den Magier. Drückte ihn, murmelte sanfte Worte, strich ihm über das Gesicht, als wolle sie all seine Entstellungen fortwischen und lachte und weinte gleichzeitig.

Der Krieger fand nun Gelegenheit, sie genauer zu betrachten. Seit ihrer letzten Begegnung hatte Faraday sich sehr verändert. Sie wirkte nicht mehr wie das unschuldige, naive Mädchen, das ihm damals im Mondsaal von König Priam ins Auge gefallen war. Auch erinnerte sie nicht mehr an die wunderschöne, aber todtraurige junge Braut an der Seite Bornhelds. Um ihre Augen zeigten sich jetzt Schmerzlinien, an die Axis sich nicht erinnern konnte, genausowenig wie an die Lachfältchen in ihren Mundwinkeln. Erfahrung und Verantwortung hatten ihre Spuren auf dem Gesicht der jungen Königin hinterlassen. Würde auch diese Faraday Aschure als Geliebte hinnehmen?

Der Sternenmann verscheuchte diese Gedanken rasch wieder. Faraday hatte ihm eben noch eindeutig bewiesen, daß sie wie er die Gedanken anderer lesen konnte. Sie mußte jetzt nicht auf diese Weise erfahren, wie es um ihn und Aschure stand. Aber wie sollte er ihr das nur beibringen?

☆ ☆ ☆  261  ☆ ☆ ☆

»Was runzelt Ihr die Stirn, Axis? Zum ersten Mal nach zwei Jahren sehen wir uns wieder, und ich habe Euch zu einem ganz besonderen Anlaß hergebeten. Diese nächtliche Stunde gehört zu den wenigen Gelegenheiten, bei denen die Gehörnten Eure Gegenwart dulden und deswegen meinem Wunsch entsprochen haben. Schließlich fühlt Ihr Euch Ramu fast ebenso verbunden wie ich.«

»Ihr habt mich hergerufen? Ihr habt mich in diesen Traum versetzt?«

Faraday lächelte, hakte sich bei ihm unter, fand seine Hand und verschränkte ihre und seine Finger ineinander. »Dies ist die Wirklichkeit, Axis. Im Traum liegt Euer Körper in seinem Zelt vor dem Wald der Schweigenden Frau. Aber nun schweigt, denn wir beide sollen nur bezeugen. Fürs erste wenigstens.«

Ramu bewegte sich in seiner eigentümlichen Gangart in die Mitte der Lichtung und stöhnte wieder, so als seien die Schmerzen zurückgekehrt. Faraday schloß ihre Finger fester um die des Kriegers. Auf diese Weise wollte sie ihn ermahnen, nur ja keinen Laut von sich zu geben. Der Aware fiel jetzt auf die Knie, drehte den Kopf zur Seite und hob die Hände mit bittender Geste.

Nichts regte sich im Hain – bis auf die Sterne droben am Himmel und die beobachtenden Augen, die zwischen den Stämmen hin und her huschten.

Ramu schrie, und Axis fuhr heftig zusammen. Seid bitte still, flehten die Augen Faradays ihn an, ehe sich ihre Aufmerksamkeit wieder auf den Magier richtete.

Entsetzliche Schmerzen schienen den Awaren zu überkommen, und er wälzte sich im Gras. Ein weiterer Schrei zerriß die Stille des Hains und noch einer. Jetzt erkannte der Krieger einen dunklen Fleck, der sich um den sich windenden, verformten Leib ausbreitete. Blut! Der Krieger schüttelte sich, weil das Leiden des Magiers ihm so nahe ging. Bei den Sternen! dachte er, Aschure hat recht. Die Waldläufer predigten bei jeder Gelegenheit Gewaltlosigkeit, dabei wurden ihr Leben und ihre Kultur vor allem aus der Gewalt geboren.

*Aschure?* fragte eine Stimme in seinem Kopf. Axis fuhr

✧ ✧ ✧  262  ✧ ✧ ✧

schuldbewußt zusammen und verschloß seine Gedanken rasch wieder.

*Das ist eine Frau, die eine Weile bei den Awaren gelebt hat. Heute dient sie als Bogenschützin in meiner Armee.*

Faraday lächelte. Also eine Bogenschützin.

Ramu stieß wieder einen Schrei aus. Dann hatte sie alle Klarheit verloren und klang nur noch wie ein gutturales Gurgeln. Das Blut breitete sich weiter um ihn aus. Axis entdeckte, daß der Lebenssaft aus allen Körperöffnungen floß, auch aus den Stellen, an denen die Haut sich zu straff über die Auswüchse gespannt hatte und zerrissen war.

*Alle Magier, ob männlich oder weiblich, müssen erst sterben, um umgewandelt werden zu können. So sind wir hier Zeuge von beidem: Von Ramus Tod wie von seiner Wiedergeburt. Alles sehen wir mit an. Aber wir dürfen ihm nicht helfen. Ramu muß das ganz allein durchstehen.*

Der Krieger weinte leise. Er hatte den Awaren immer sehr gemocht, und ein besonderes Freundschaftsband hatte sich zwischen ihnen geknüpft. Axis konnte sich noch gut daran erinnern, als sie beide sich im Keller der Bethalle von Smyrdon zum ersten Mal angeblickt hatten. In diesem Augenblick hatten sie sich gegenseitig verstanden. An jenem Ort hatte er nicht nur den Magier kennengelernt, sondern auch … Gerade noch rechtzeitig konnte er seine Gedanken versperren.

*Wen?* fragte Faraday sogleich.

*Schra, ein kleines Awarenmädchen.*

Die Baumfreundin nickte wissend, denn auch sie war der Kleinen schon einmal begegnet – damals am Farnbruchsee, bei der Mutter. Ramu hatte in jener Nacht sie und Schra mit der Mutter zusammengebracht.

Der Aware bekam nicht mehr genug Luft, um weiterschreien zu können. Dabei wurde er immer noch von Schmerzen geschüttelt. Sein Keuchen und Krächzen klang Axis und Faraday gräßlich in den Ohren. Wie erstarrt sahen sie hin, und auch die huschenden Augenpaare bewegten sich nicht mehr.

Nach einigen weiteren Minuten atmete der Magier überhaupt

nicht mehr. Aber sein Körper zuckte weiterhin. Er hatte den Kopf so verdreht, daß seine großen dunklen Augen, die nun blutrote Tränen verströmten, verloren in die von Axis blickten, wie anklagend. Er sah sich auf einmal mit Ramus Augen: Da stand er wie selbstverständlich neben Faraday, obwohl er doch schon seit längerem … Bei den Sternen! Axis stöhnte gequält auf. Beinahe hätte er sich selbst verraten.

*Nur ruhig! Die Umwandlung steht unmittelbar bevor. Schweigt bitte, und fürchtet nicht um ihn.*

Der Krieger wandte den Blick von Ramus starrenden Augen ab, aber die Schuldgefühle wollten ihn nicht verlassen. Deswegen schirmte er seine Gedanken noch mehr vor Faraday ab. Neue Entschlossenheit überkam ihn. Je eher er ihr von Aschure erzählte, desto früher würde sein Leiden ein Ende haben.

Das Mädchen keuchte, als Ramu plötzlich auf entsetzliche Weise zerrissen wurde.

Axis schrie, ohne daß es ihm bewußt wurde, als ein Regen von Blut und Gewebe über der Lichtung niederging.

Faraday schrie zwar nicht, zitterte aber fassungslos. Verwirrung und Entsetzen spiegelten sich auf ihrer Miene wider. »Mutter!« rief sie. Sie hatte zwar gewußt, daß der Magier sich in ein neues Wesen verwandeln würde, aber daß es so schrecklich sein würde, hatte sie nicht erwartet.

Als der Krieger endlich wieder auf die Stelle blicken konnte, wo sich eben noch Ramu gekrümmt hatte, war von all dem Fleisch und Blut nichts mehr zu sehen. Statt dessen lag dort ein herrlicher weißer Hirsch, den Kopf auf den Vorderläufen ruhend und mit der Nase am Boden schnüffelnd.

Axis schaute rasch nach links und nach rechts. Am Waldrand bewegte sich etwas. Ein Wesen – halb Mensch und halb Hirsch – trat heraus und näherte sich dem ehemaligen Ramu. Der Gehörnte mit dem Silberpelz, fuhr es dem Krieger durch den Sinn, der ihm damals im Traum begegnet war! Er beugte sich über den Hirsch und berührte ihn an der Stirn. Das Tier senkte unter der Hand des Gehörnten verehrungsvoll den Blick.

Als der Silberpelz einen Schritt zurücktrat, ertönte ein gewaltiger Schrei aus den Bäumen. Der Gehörnte warf den Kopf in den Nacken und fiel in den Schrei ein, der sich zu einer Woge des Jubels steigerte.

»Ramu«, murmelte Faraday kaum hörbar neben Axis. Der Magier hatte sich nicht in einen Gehörnten verwandelt, sondern in den Heiligen Hirsch des Zauberwalds. »Ach Ramu«, flüsterte sie tonlos, »ich wußte immer, daß du etwas ganz Besonderes bist. Dies mit anschauen zu dürfen, zeichnet mich über alle Maßen aus.«

Sie wußte nicht, daß sie selbst mit Unterstützung der Energie der Mutter und des Heiligen Hains dieses Wunder bewirkt hatte.

»Das verstehe ich nicht«, gestand der Krieger.

Faraday rief sich die Worte der alten Ur ins Gedächtnis, ehe sie ihm antwortete: »Einmal alle hundert Generationen gibt es einen Magier von solcher Reinheit und Güte, daß er bei der Umwandlung nicht zu einem Gehörnten wird, sondern zum Heiligen Hirsch – dem Wesen mit den magischsten und hellseherischsten Kräften des ganzen Heiligen Hains.«

»Die Awaren verehren den Hirsch«, sagte Axis. Das hatte man ihm im Unterricht im Krallenturm beigebracht. »Der Hirsch spielt auch bei den Jultidenriten eine entscheidende Rolle. Eigentlich dreht sich alles um ihn. Wenn er sein eigenes Blut opfert, gibt das der Sonne erst die Kraft zur Wiedergeburt. Alle Magier nehmen sich den Hirsch zum Vorbild.«

Faraday nickte. »Ja, der springende Hirsch ist ihr Symbol.« Ihre Stimme zitterte, weil Freude und Dankbarkeit sie so sehr überkamen. »Es beglückt mich, miterleben zu dürfen, wie Ramus Herzensgüte und Seelenreinheit auf diese Weise belohnt worden sind. Nun wird der Heilige Hirsch wieder durch Awarinheim springen. Mutter, Ihr habt alle Eure Kinder gesegnet.«

Langsam und noch unsicher erhob sich nun der Ramu-Hirsch, weil er sich erst daran gewöhnen mußte, auf vier statt auf zwei Beinen zu stehen. Alsbald lösten sich nun immer mehr Gehörnte aus dem Wald und näherten sich ehrerbietig grüßend dem Heiligen Hirsch.

☆ ☆ ☆  265  ☆ ☆ ☆

Lange Zeit standen Axis und Faraday ergriffen da und erlebten, wie die Gemeinschaft des Hains den Heiligen Hirsch bei sich aufnahm.

Schließlich schloß sich Faradays Hand wieder um Axis' Arm. »Kommt«, flüsterte sie, und der Krieger ließ sich widerstrebend von ihr in die Mitte des Hains führen, wo die Gehörnten sich immer noch um den weißen Hirsch drängten.

Als sie näherkamen, betrachteten die Hainbewohner Axis mit unverhohlener Feindschaft.

Sie mögen mich also immer noch nicht, dachte er. Mit den Bäumen werde ich wohl zeitlebens meine Schwierigkeiten haben.

*Fürchtet Euch nicht, Liebster,* versicherte Faraday ihm. *Mit der Zeit werden sie auch Euch achten.*

»Wer seid Ihr?«, drang ein Flüstern an sein Ohr. »Wie konnten Eure Füße diese Pfade finden? Warum steht Ihr neben der Baumfreundin?«

*Seine Füße folgten den meinen hierher.* Die Gedankenstimme des Hirsches hallte über die Lichtung, als er vor Axis trat und das Geweih zum Gruß senkte.

»Ich bin Axis Sonnenflieger, Rivkahs Sohn«, entgegnete der Krieger, »einstmals der Axtherr ...«

Wütendes Zischen erfüllte den Hain.

»... aber seit einiger Zeit aus dem Lügengewebe befreit, in das ich verstrickt war. Heute bin ich Axis Sonnenflieger, der Sternenmann, der Tencendor wiedervereinen wird, damit es als eine Macht, geeint, gegen Gorgrael aufsteht.«

»Und was wollt Ihr dann hier?« fragte eine Stimme mitten aus der Gruppe der Gehörnten.

»Er ist hier, weil ich ihn hergebeten habe«, erklärte Faraday mit fester Stimme. »Und Ihr solltet ihn willkommen heißen. Axis ist der Sternenmann, und ich habe ihn heute hierhergebracht, damit Ihr ihn kennenlernen könnt. Eines Tages werdet Ihr mit ihm zusammen gegen Gorgrael vorgehen. Meine und seine Bemühungen werden vereint Tencendor erneut unter Wäldern ergrünen lassen.«

Der Silberpelz nickte. »Wir haben Euch beobachtet, Axis Sonnenflieger. Jawohl, wir haben Euch genau beobachtet!« Er sah dem Krieger fest in die Augen. Axis gab die Blicke ebenso zurück, fragte sich aber insgeheim, wieviel der Gehörnte herausgefunden hatte.

Der Silberne fletschte die Zähne, und der Krieger konnte nur hoffen, daß das bei den Gehörnten so etwas wie ein Grinsen darstellte. »Ihr habt bereits für die Baumfreundin das Recht erworben, einen Großteil der alten Wälder neu anzupflanzen.«

Faraday keuchte vor freudiger Überraschung. Denn sie wußte ja auch noch nichts von dem Vertrag mit Isgriff und Greville, von dem der Silberpelz in Axis' Gedanken gelesen hatte.

»Dafür danken wir Euch von Herzen«, erklärte der Anführer der Gehörnten und sah dann die junge Frau an, »aber noch viel Schmerz liegt auf dem Weg.« Für Axis' Geschmack stand zuviel Wissen in den Augen dieses Halbwesens.

»Vergebt uns, wenn wir Euch nicht mit offenen Armen und freudigen Herzens im Hain willkommen heißen«, erklärte er nun wieder dem Krieger. »Vielleicht kann Eure Gemahlin Euch eines Tages wieder hierherbringen. Sie ist hier immer gern gesehen.«

Damit drehte er sich zu dem weißen Hirsch um und legte ihm eine Hand auf die Schulter. »Willkommen in Eurer neuen Gemeinschaft, Heiliger. Folgt uns, wir zeigen Euch die geheimen Waldpfade, nach denen sich Eure Hufe sehnen.«

Axis blinzelte, denn von einem Moment auf den anderen waren die Gehörnten mitsamt dem weißen Hirsch verschwunden.

Faraday lächelte ihn an. Hin und her gerissen von seinem schlechten Gewissen beugte er sich hinab, um sie zu küssen.

»Nein, nein«, wehrte sie ab und wich einen Schritt zurück. »Nicht solange ich noch mit Bornheld verheiratet bin und mein Ehegelöbnis halten muß. Werdet Ihr bald kommen, um mich davon zu befreien?«

»Ja«, flüsterte der Krieger.

Faraday trat wieder zu ihm. »Laßt Euch nicht zuviel Zeit, Axis, denn ich warte schon so lange auf Euch. Viel zu lange.« Ihr

Lächeln erlosch. »Wie habe ich mich in all den Monaten gesehnt, und doch erscheint Ihr mir heute so verändert, seid nicht mehr der Mann, der mich in der Feste Gorken zurückließ. Wie ist es Euch seitdem ergangen, Liebster? Was ist aus Euch geworden? Liebt Ihr mich überhaupt noch?«

Der Krieger öffnete den Mund und suchte verzweifelt nach den rechten Worten. Dann verzichtete er aufs Reden und hielt ihr nur seine Hände hin. Nebel trieb langsam über die Lichtung.

»Wollt Ihr mich immer noch?« flüsterte sie und fragte sich, warum sie so ängstlich klang.

»Ja«, antwortete Axis. Ja, er begehrte sie immer noch. Sie war eine wunderschöne Frau, deren Ausstrahlung er sich nicht entziehen konnte. Aber Begehren allein würde ihr wohl nicht genügen.

»Dann säumt nicht!« drängte sie. »Beeilt Euch!«

Der Nebel wogte immer dichter, und binnen zweier Herzschläge konnte der Krieger Faraday und die Lichtung nicht mehr erkennen.

Er tastete hilflos durch dichten Dunst.


»Faraday!« rief er laut, und das erste, was er sah, als er die Augen öffnete, war Aschure. Sie hatte sich über ihn gebeugt und starrte ihn an, während er mit den Händen immer wieder vergebens in die Decken griff.

»Ihr habt geträumt«, sagte sie nur. »Und mittlerweile haben wir Morgen.«

Sie wandte sich ab, stand auf, zog sich rasch an und hielt ihm die ganze Zeit über den Rücken zugekehrt. Die Narben darauf bewegten sich, als sie sich in ihr Langhemd schlängelte. Axis betrachtete sie, während der Nachhall des Traums seine Gedanken beherrschte. Was sollte er nur tun?

Die junge Mutter nahm ihren Sohn hoch und sagte, ohne den Krieger anzusehen: »Draußen am Feuer gibt es Frühstück. Wenn Ihr zu lange liegenbleibt, wird es noch kalt.«

Damit schob sie sich aus dem Zelt.

»Tut mir leid«, flüsterte er zu spät.


✮ ✩ ✩  268  ✩ ✩ ✮

# 19
## DANN HEISST ES ALSO KRIEG, BRUDER?

Er ließ Belaguez in langsamen Schritt fallen, als er sich seiner Armee näherte. Hinter dem rechten Flügel schimmerte in der Ferne der Gralsee, und jenseits davon glänzten die rosafarbenen Stadtmauern und die goldenen und silbernen Dächer von Karlon wie eine Fata Morgana. Am diesseitigen Ufer erhob sich der Turm des Seneschalls – der Narrenturm.

Die dritte Woche des Unkrautmonds. Während des vergangenen Monats hatte sich seine Armee viel zu langsam vom Wald der Schweigenden Frau über die Ebene von Tare bewegt. Bornheld hatte nichts unternommen, ihn aufzuhalten.

Vor ihm warteten Belial und Magariz geduldig auf ihren Rössern. Ihre Kettenhemden glänzten so hell wie der See. Einen Augenblick lang ruhte Axis' Blick auf dem Fürsten. Das Bild von Rivkah, seiner Mutter, in den Armen von Magariz kehrte immer wieder zur unrechten Zeit in sein Bewußtsein zurück, um ihn zu plagen. In den vergangenen Wochen hatte er die beiden öfter beobachtet. Wenn sie tatsächlich die Nächte miteinander verbringen sollten, so ließen sie sich am Tag wenig davon anmerken.

Der Krieger sah rasch in eine andere Richtung und verscheuchte diese Gedanken. Rivkah konnte ihr Bett teilen, mit wem sie wollte. Warum sollte ihn ausgerechnet ihr Techtelmechtel mit Magariz so stören?

Der Hengst näherte sich jetzt den ersten Reihen. Nun fiel Axis auch Aschure ins Auge. Sie saß rechts vom Fürsten auf ihrem Streitroß und blickte ungerührt geradeaus. Mit dem Bogen und in der Rüstung wirkte sie ebenso schön wie nackt auf seinem Feldlager. Doch in der letzten Zeit hatte der Krieger von

☆ ⋆ ☆  269  ⋆ ☆ ⋆

ihr höchstens den vernarbten nackten Rücken zu sehen bekommen. Seit er mit Faradays Namen auf den Lippen aus dem Traum erwacht war, war Aschure noch ruhiger geworden und sprach kaum noch mit ihm. Nachts ruhte sie zwar noch immer neben ihm, blieb aber abweisend und unnachgiebig.

Der Krieger brannte vor Begierde nach ihr. Noch mehr, als er das je für möglich gehalten hatte. Sie beherrschte unaufhörlich seine Gedanken, und der Abstand, den sie zu ihm hielt, trieb ihn langsam in den Wahnsinn. Keine Frau, die er je begehrt hatte, hatte sich ihm so verweigert. Wenn sie nachts neben ihm atmete, ihm nah und doch so fern war, hielt er es oft genug nicht mehr aus.

Als er jetzt an ihr vorbeiritt, drehte sie den Kopf leicht zur Seite, um ihn nicht ansehen zu müssen.

Axis preßte die Lippen zusammen und hielt Belaguez erst nach vier oder fünf weiteren Schritten an. Er zwang sich, nicht an die junge Frau zu denken, und richtete seine Blicke auf das, was vor ihm lag.

Bornheld stand wie er an der Spitze seines Heeres, das zwischen dem Bedwyr Fort und dem Knie des Nordra Stellung bezogen hatte. Der Fluß bog hier nach Süden ab, um sich schließlich ins Meer von Tyrre zu ergießen.

Heute wollte Axis seinem Bruder die letzte Gelegenheit geben, vom Thron zurückzutreten und sich seinem Kampf gegen Gorgrael anzuschließen. Natürlich hoffte der Krieger im Innersten, daß Bornheld ablehnen und es dann zwischen ihnen zu einem Kampf kommen würde. Denn dieser Mann mußte sterben, und Axis wollte ihn lieber im Zweikampf töten, als ihn zu ermorden ... Aber auf keinen Fall durfte Bornheld hier draußen sterben. Wenn Faraday bei seinem Tod nicht anwesend war, wäre der Pakt mit der Torwächterin nicht erfüllt.

»Folgt mir«, befahl er Belial und Magariz und spornte seinen Hengst an. Hinter ihm ritt Arne, der das goldene Banner trug. Der Wind zog und zerrte an dem Stoff, so daß es aussah, als würde die flammende Sonne darauf wütend Feuer spucken.

Die Reiter trugen weder Helm noch Waffen.

Als Axis und seine drei Kameraden über das offene Feld ritten, das die beiden Armeen voneinander trennte, löste sich eine kleine Gruppe Reiter von Bornhelds Seite, um entschlossen auf sie zuzutraben.

Bevor die beiden Parteien zusammentrafen, setzte Rivkah ihr Pferd in Bewegung und gesellte sich zu Aschure. Beider Blicke bohrten sich geradezu in Axis' Rücken.

»Habt Ihr es ihm schon gesagt?« fragte seine Mutter.

Die junge Frau schüttelte den Kopf. »Nein, noch nicht, Rivkah. Er muß sich im Moment um so viel anderes kümmern, daß ich ihn nicht auch noch damit plagen will.«

»Axis hat aber ein Recht darauf, es zu erfahren, Aschure. Wie könnt Ihr ihm das vorenthalten?«

Sie drehte sich ärgerlich zu Rivkah um: »Ich verstehe Eure Bedenken, aber das ist ganz allein eine Angelegenheit zwischen Axis und mir. Sobald er die Schlacht um Tencendor gewonnen hat, werde ich es ihm sagen.«

Rivkah schüttelte den Kopf, und tiefe Sorgenfalten durchzogen ihr Gesicht. Was hatte ihr Sohn nur vor? Wie wollte er mit beiden, Aschure und Faraday, verfahren? Aber er ließ ja nicht mit sich reden und verhielt sich auf diese Frage hin genauso gereizt wie Aschure wegen ihrer neuen Schwangerschaft.

Langsam bewegten sich die beiden Gruppen aufeinander zu. Wie bei der Gundealgafurt, dachte Belial, als er die Zügel seines Pferdes kürzer faßte. Nur kommen wir hier nicht zusammen, um einen Waffenstillstand zu schließen, sondern um einen aufzuheben. Um den letzten für null und nichtig zu erklären, damit alle Welt erkenne, daß nun bis zum letzten Blutstropfen gekämpft werden wird. Axis' und Bornhelds bittere Fehde soll nun ihr endgültiges Ende finden.

Der Krieger und der König zügelten ihre Pferde, als sie nur noch acht Schritte voneinander getrennt waren, und starrten sich wortlos an. Axis' roter Umhang flatterte um das goldene Langhemd. Bornheld trug die königliche Goldkette über der bronzefarbenen Rüstung. Wie würde die Welt wohl heute aussehen, fragte sich der Leutnant, wenn nur einer von den beiden geboren worden wäre? Axis wie auch Bornheld hatten sich nur durch die lodernde Rivalität zu dem entwickelt, was sie heute waren. Hätte der König seine Feindseligkeit gegenüber den Unaussprechlichen so sehr gepflegt, wenn sein Bruder sie nicht hinter sich geschart hätte? Wären ihm nicht längst Zweifel an seiner Haltung gekommen, wenn nicht die Fehde mit Axis alle anderen Gedanken überschattet hätte? Und hätte der Krieger so bereitwillig das Königreich in einen Bürgerkrieg gestürzt, wenn nicht sein Bruder, sondern ein anderer auf dem Thron gesessen hätte? Hätte Axis so unaufhaltsam versucht, Faraday zu erreichen, wenn sie nicht mit Bornheld verheiratet gewesen wäre?

»Nun, Bruder«, begann der Sternenmann, »wie es scheint, ist die Zeit für Verträge und Waffenstillstände endgültig vorbei.«

»Habt Ihr schon Euren Frieden mit den Göttern der Dunkelheit und der Boshaftigkeit geschlossen, Axis?« höhnte der König. »Denn bald werdet Ihr ihnen von Angesicht zu Angesicht gegenüberstehen.«

Der Krieger zwang sich zu einem Lächeln und sah, daß sich Bornhelds Gesicht vor Zorn verdunkelte. »Bruder, ich habe Euch um dieses letzte Treffen gebeten, weil ich Euch Gelegenheit geben will, Euch unter meine Fahne zu stellen, damit wir gemeinsam den Eindringling zurückschlagen können.«

»Ihr seid hier der Eindringling«, entgegnete der Oberste Kriegsherr zornerfüllt. »Und ich bin erschienen, Euch zurückzuschlagen.«

»Dann heißt es also Krieg, Bruder? Drängt es Euch wirklich danach, nun von meiner Hand die letzte und endgültige Demütigung zu erfahren?« Axis lächelte immer noch. »Bornheld, Euch muß doch aufgefallen sein, daß ich mittlerweile mehr von Achar beherrsche als Ihr.«

»Ich erkenne die Banner von Isgriff und Greville in Euren Reihen, Axis. Womit habt Ihr sie bestochen, daß sie ihrem König und ihrem Gott gegenüber eidbrüchig wurden?« gab der Kriegsherr zurück.

Jeder neue Verrat trieb Bornheld tiefer in den Abgrund der Verzweiflung, und der Abfall von Isgriff und Greville hatte ihn von allen am schwersten getroffen. Warum tat Artor ihm das an? Artor, Artor, hört Ihr mich denn nicht mehr? Wo seid Ihr nur?

In den zurückliegenden Wochen hatten seine Alpträume so zugenommen, daß er sich nachts schon nicht mehr hinzulegen wagte. Die Hexe mit den schwarzen Haaren und tückischen Augen, die am Tor hinter ihrem Zähltisch saß, erschien ihm Nacht für Nacht und winkte ihn mit ihren langen dürren Fingern zu sich.

Manchmal hielt sie ihm auch eine mit Edelsteinen besetzte Schale voll Wasser hin.

Tagsüber bestärkten Jayme und seine Berater den Glauben des Königs an sich selbst und an den einen Gott. Aber der geplagte Bornheld fragte sich, ob die Kirchenmänner nicht insgeheim unter ebensolchen Gewissensnöten litten wie er. Der Bruderführer und seine Schar tun gut daran, wenn sie dafür sorgen, daß ich im Glauben fest bleibe, dachte er zynisch, denn ich bin ihre letzte Hoffnung. Wenn ich falle, erwartet sie eine gewaltige Katastrophe. Mein Heer ist das einzige Bollwerk, das noch zwischen Axis und dem Turm des Seneschalls steht. Verständlich, daß Jayme es angesichts der nahen Feinde aufgegeben hat, ständig an mir herumzunörgeln.

»Isgriff und Greville haben sich mir freiwillig angeschlossen«, entgegnete der Krieger und bemerkte jetzt die dunklen Ringe unter den Augen seines Gegenübers. »So wie jeder einzelne in meiner Armee. Alle, die hinter mir stehen, lieben mich. Könnt Ihr das gleiche auch von Euren Soldaten behaupten? Ich muß jedenfalls keine Söldner mieten, damit überhaupt jemand für mich kämpft.«

Der König triumphierte innerlich. Also hatte sein Bruder noch nicht von dem Militärbündnis erfahren. Eine günstige Gelegenheit, ihm diese wunderbare Neuigkeit mitzuteilen: »Ich habe einen Beistandspakt mit dem koroleanischen Kaiser geschlossen, Axis. Stündlich treffen Schiffe mit neuen Verstärkungen aus dem Südreich ein. Wenn Ihr mich wirklich anzugreifen gedenkt, solltet Ihr Euch sputen, denn mit jedem Tag, der vergeht, wächst mein Heer.«

Der Krieger ließ sich äußerlich nicht mehr anmerken, als die Zügel seines Hengstes kürzer zu nehmen. Sein Bruder hatte sich mit dem Kaiser von Koroleas geeinigt? Axis' schlimmster Alptraum schien sich zu bewahrheiten. Koroleas besaß nicht nur ungeheuer viele waffenfähige Männer, sondern auch unbegrenzte Goldvorräte. Wenn es ihm nicht gelang, Bornheld in einer raschen Schlacht vernichtend zu schlagen, stünde ihm ein verheerender und Monate andauernder Zermürbungskrieg bevor. Damit ließe sich nicht nur der Vertrag mit der Torwächterin nicht erfüllen. Dann stand auch zu befürchten, daß Gorgrael die Zeit nutzen würde, seine Skrälinge zu einer unschlagbaren Waffe zu machen. Jeder Tag, den der Sternenmann hier im Süden Achars verlor, würde die Verluste bei den nächsten Winterschlachten erhöhen.

Axis sah an Bornheld vorbei auf dessen Begleitung. Jorge und Gautier erkannte er dort. Aber wenn die beiden sich hier aufhielten, wen hatte der König dann als Befehlshaber an den Verteidigungsstellungen von Jervois zurückgelassen?

Und was hatte sein Bruder dem koroleanischen Kaiser geboten, daß dieser sich zu einem Militärpakt bereit erklärte?

Bornheld schien die Gedanken des Kriegers zu lesen: »Nor, mein Bruder. Ich habe ihm Nor dafür geboten.«

»Na, da hoffe ich aber, daß der Kaiser sich nicht schon zu sehr darauf freut.« Jetzt hatte er das Lächeln vollständig aus seinem Gesicht verbannt. »Er wird die Provinz nämlich nicht bekommen.«

»Damit genug dieses Geredes. Ich glaube, wir haben uns nichts mehr zu sagen.« Der König wendete sein Roß und trieb es eilig an.

»Wartet!« rief der Krieger ihm nach. »Da hinten steht jemand, der mit Euch reden will.«

Bornheld hielt an und drehte sich im Sattel um. Ein einsamer Reiter löste sich aus der ersten Reihe von Axis' Armee.

»Jemand, den Ihr schon sehr lange wiedersehen wollt«, fügte der Sternenmann hinzu.

Eine silberhaarige Frau näherte sich ihnen und hielt ihr Pferd vor den Brüdern an. Eine nicht mehr ganz junge, aber immer noch einnehmende Dame mit feingeschnittenen Gesichtszügen. Bornheld runzelte die Stirn.

»Rivkah«, stellte Axis sie ihm vor und lächelte ihr zu. Der König zuckte sichtlich zusammen. »Unsere Mutter möchte ein Wort mit Euch wechseln. Und sie möchte Euch gern noch einmal sehen, bevor Ihr Euer Leben lassen müßt.«

Rivkah ritt zu Bornheld hinüber, streckte eine Hand aus und strich ihm mit unbewegter Miene über die Wange.

»Mutter?« Nun, da er sie aus nächster Nähe sah, zweifelte er nicht mehr daran. Rivkah hatte die Augen Priams und wirkte wie eine ältere Version des Portraits, das in seinem Gemach hing. Bornheld hatte seiner Mutter immer ein liebevolles und ehrendes Andenken bewahrt. Das war ihm fast ebenso wichtig wie sein Glaube an Artor. Und jetzt strich sie ihm über das Gesicht, sah ihn aber aus ihren grauen Augen kühl an.

»Bornheld«, sprach sie dann, »ich habe mich immer gefragt, was mein Erstgeborener aus sich und seinem Leben gemacht hat. Und nun steht er plötzlich vor mir.« Er sieht Searlas wie aus dem Gesicht geschnitten aus, dachte sie und fing an zu zittern.

Rivkah mußte daran denken, wie sehr sie seinen Vater gehaßt hatte. Ihre Finger kniffen den Sohn unwillkürlich schmerzhaft in die Wange. Bornheld zuckte erschrocken zurück. Ihre Augen blickten nun nicht mehr kühl, sondern wütend und voller Abscheu, als sie ihm entgegenwarf: »Ihr habt meinen Bruder ermordet, Bornheld.«

»Und Ihr habt mich verlassen und einer grausamen und kalten Kindheit überantwortet«, erwiderte er. Wenn sie glaubte, ihm Vorwürfe machen zu müssen, nun, da konnte er mithalten. »Wie konntet Ihr mir das nur antun?«

»Das fiel mir nicht schwer«, entgegnete Rivkah, »denn ich war gefangen in Grausamkeit und Kälte. Euer Schicksal hat mich wie das Eures Vaters nie gekümmert, und ich genoß es, eine Gelegenheit zu erhalten, mir in einer anderen Umgebung ein neues Leben aufzubauen und eine neue Familie zu gründen.«

»Dann dürft Ihr Euch auch nicht wundern, daß ich mich zu der Persönlichkeit entwickelt habe, als die Ihr mich heute vor

Euch seht«, gab Bornheld hart zurück. »Und die Dinge, die ich im Lauf meines Lebens getan habe, dürften Euch erst recht nicht überraschen.«

Alle, die Zuhörer dieses Wortwechsels waren, erstarrten. Gestand der König etwa den Mord an seinem Vorgänger ein?

Aber Bornheld war noch nicht fertig: »Wenn Euch das, was Ihr vor Euch erblickt, nicht gefallen sollte, so habt Ihr Euch allein die Schuld daran zuzuschreiben. Ich war es jedenfalls nicht, der einfach weggelaufen ist und sein Kind ungeschützt und ungeliebt zurückgelassen hat.«

»Ich habe Euch nicht in der Weise verlassen, wie Ihr mir zu unterstellen scheint«, erklärte ihm Rivkah. »Man zwang mich fort von Euch und sperrte mich in ein kaltes und freudloses Zimmer, um dort Axis zu gebären. Kaum hatte er das Licht der Welt erblickt, entriß man ihn mir und log mir vor, er sei totgeboren. Dann verschleppte man mich, die ich am Ende meiner Kräfte und fast verblutet wäre, zu den Eisdachalpen und ließ mich dort zum Sterben liegen. Bornheld, fragt doch Jayme und Moryson, wie und warum ich dorthin gelangt bin. Und wenn Ihr schon mit ihnen redet, dann richtet den beiden doch bitte auch meinen Wunsch aus, daß ich ihnen gern noch einmal begegnen würde. Jayme und Moryson haben sich zumindest eines versuchten Mordes schuldig gemacht, und der dürfte immer noch schwer auf ihrer Seele lasten. Vielleicht reut es die beiden ja, und sie möchten kurz vor ihrem Ende ihr Gewissen vor mir und ihrem Gott erleichtern.«

»Nein«, entgegnete der König nur. Er wollte nichts mehr von der Lüge hören, die Axis ihm schon an der Gundealgafurt aufgetischt hatte. Die bloße Vorstellung, Jayme und Moryson könnten versucht haben, seine Mutter umzubringen, war ihm geradezu unerträglich. Allerdings waren die beiden nie besonders zimperlich gewesen, und sie waren vermutlich auch für andere Untaten verantwortlich.

»Ich halte diese Männer für fähig, jedes Verbrechen zu begehen«, unterstützte jetzt auch Axis seine Mutter. »Oder könnt Ihr vor ihren Ränken und Komplotten sicher sein?«

✮ ✮ ✩  276  ✩ ✮ ✩

Bornheld gab einen erstickten Schrei von sich und machte Anstalten, sein Pferd herumzureißen und davonzureiten. »Ihr fragtet eben, ob nun Krieg zwischen uns herrsche, Bruder. So laßt Euch sagen, daß der Krieg zwischen uns nie aufgehört hat. Ich kann den Moment kaum erwarten, an dem Euer Tod endlich unserer Rivalität ein Ende setzt.«

Er starrte Rivkah noch kurz kalt an, gab dann seinem Roß die Sporen und ritt zu seinem Heer zurück.

Gautier folgte ihm sofort, aber Jorge zögerte noch einen Moment.

»Prinzessin Rivkah«, sagte er, und verbeugte sich leicht in seinem Sattel, »es freut mich, mich davon überzeugen zu können, daß Ihr überlebt habt und bei bester Gesundheit seid.« Dann sah er Axis an und fragte nur: »Roland?«

»Ihm geht es besser als erwartet. Die Luft in Sigholt bekommt ihm wohl.«

»Gut.« Der Graf senkte den Blick, hatte aber noch etwas auf dem Herzen: »Axis, wenn ich diese Schlacht nicht überleben sollte, dann richtet Roland bitte aus, daß mir seine Freundschaft und unser gemeinsamer Beistand während der letzten Jahre mehr wert gewesen sind als alles andere.«

Der Krieger sah den Herrn von Avonstal lange an: »Jorge, warum wechselt Ihr nicht über zu mir? Ihr habt Bornheld gerade erlebt. Der Mann ist entweder wahnsinnig oder ein Mörder. Wahrscheinlich sogar beides.«

Der Graf dachte an seine Familie, an seine Kinder und seine Kindeskinder. Wenn er sich jetzt auf Axis' Seite stellte, wären sie morgen alle tot.

Axis schien seine Gedanken erraten zu haben: »Nimmt mein Bruder jetzt etwa schon Geiseln, um sich der Treue seiner Befehlshaber zu versichern.«

Große Traurigkeit senkte sich über Jorge. »Ich wünsche Euch alles Gute, Axis. Es mag sich seltsam anhören, dem General der Gegenseite so etwas zu sagen, aber möge es Euch gut ergehen.«

»Euch auch, Graf«, entgegnete der Krieger. »Das wünsche ich Euch auch.«

✫ ☆ ✫ 277 ✫ ☆ ✫

# 20 AM VORABEND DER SCHLACHT

»Das sind nichts als Lügen, Bornheld«, beruhigte Jayme ihn. »Nur Lügen. Axis besitzt mittlerweile so große Zaubermacht, daß er mit Leichtigkeit die Gedanken der Menschen lesen kann. Und es dürfte ihm nicht schwerfallen, Euch ein Trugbild vorzugaukeln, so daß Ihr glauben müßt, Eure Mutter vor Euch zu sehen. Ich bitte Euch, Mann, denkt doch mal in aller Ruhe und besonnen darüber nach.«

Der Bruderführer warf Moryson, der sich geduldig im Hintergrund hielt, einen kurzen Blick zu. Die beiden Männer hatten sich mit der Mehrzahl der Brüder im Palast von Karlon einquartiert. Jayme verdroß es zutiefst, nach Erscheinen von Axis' Armee gezwungen gewesen zu sein, den offiziellen Kirchensitz aufgeben zu müssen. Die letzte Kohorte der Axtschwinger hielt zwar an allen Eingängen zum Turm Wache, aber gegen die Übermacht des Kriegers würde sie sich wohl kaum lange halten können.

Doch im Moment plagte den Kirchenfürsten eine ganz andere Sorge. Bornheld war in einer merkwürdigen Stimmung von seinem närrischen Treffen mit Axis zurückgekehrt. Die ganze Zeit jammerte er schon über eine Frau, die sich als seine Mutter ausgegeben habe.

Jayme betrachtete den König jetzt. Der Mann rang doch tatsächlich mit einem Anflug von schlechtem Gewissen. Sein Leben lang war er ohne so etwas ausgekommen, warum dann jetzt auf einmal damit anfangen, verdammt noch mal? Elender Wurm, dachte der Bruderführer verächtlich.

»Euer Majestät«, versuchte es nun Moryson und trat auf ihn

zu. »Ich kann mich nur den Worten Jaymes anschließen. Warum einem Mann auch nur ein Quentchen Glauben schenken, der doch so offensichtlich mit den Dämonen im Bunde steht? Habt Ihr irgendeinen Grund, Eurem Bruder über den Weg zu trauen? Hat der Mann, der Euch schon in Gorken verraten hat, jemals irgend etwas getan, das Eures Vertrauens würdig wäre? Derselbe Axis, der Euch auch bei Jervois schon mit seinen fliegenden Ungeheuern einzuschüchtern versuchte? Und Euch auch noch mit Zaubertricks einige Eurer wichtigsten Fürsten und Offiziere abspenstig machte? Warum auch nur auf eines seiner giftigen Worte bauen?«

Bornheld blickte den Ersten Berater an. Wie gern hätte er Moryson vertraut. Diesem Mann mit dem so offenen Gesicht und den klaren blauen Augen. Wie oft hatte dieser sanfte Kirchenführer ihn schon mit seiner ruhigen Stimme trösten können.

»Bevor der Morgen graut, sieht es stets am düstersten aus«, fuhr Moryson jetzt fort. »Und diese Stunde scheint nun für Euch angebrochen zu sein. Artor will nur Eure Glaubensfestigkeit prüfen, um festzustellen, ob Ihr dazu geeignet seid, das Königreich und den Seneschall durch diese schwere Zeit zu führen.« Der Erste Berater hatte ihn jetzt erreicht und legte ihm eine Hand auf die Schulter. »Ich danke dem Schicksal auf Knien dafür, in dieser Stunde Euch an meiner Seite zu wissen. Wer, wenn nicht Ihr, könnte für Achar und die Kirche noch alles zum Guten wenden?«

Tja, Bornheld, dachte Jayme, während er zusah, wie sein getreuer Moryson den Mann wiederaufzurichten versuchte, Ihr seid nur noch am Leben, weil wir bislang keinen Ersatz für Euch gefunden haben. So wie die Dinge zur Zeit stehen, sind wir auf Gedeih und Verderb auf Euch angewiesen. Allerdings kann ich nicht verhehlen, daß ich mittlerweile glaube, wir haben einen Riesenfehler damit begangen, Euch auf den Thron zu verhelfen. Ach, Artor, warum haben wir nicht einfach mit Priam weiterregiert? Der Mann war zwar ein Einfaltspinsel gewesen, aber dafür um so leichter lenkbar.

Bornheld hatten derweil innere Ruhe und tiefer Frieden überkommen. Ja, die Kirchenführer hatten recht. Wie hatte er sich nur von Axis ins Bockshorn jagen lassen können? Sein Bruder war doch bis auf den Grund seiner Seele verdorben.

Gautier, der die ganze Zeit über geschwiegen hatte, meldete sich nun zu Wort: »Euer Majestät, ich habe mir einige Gedanken über die Strategie gemacht, zu der wir morgen greifen sollten.«

»Ja und?« fragte Bornheld neugierig. Der Abend war zwar schon fortgeschritten, aber er wollte nicht zu Bett gehen. »Habt Ihr einen Plan ausgearbeitet?«

»Laßt mich ihn Euch darlegen …« begann der Leutnant.

In einem anderen Flügel des Palasts saß Faraday geduldig da und ließ sich von Yr das Haar bürsten.

»Ich kann Ogden, Veremund und Jack schon spüren«, verriet die Katzenfrau ihr. »Sie sind sehr nahe, und bald werden wir wiedervereint sein.« Yr legte die Bürste hin. »Allerdings weiß ich nicht, was wir vier allein ausrichten können. Ohne Zecherach sind wir unvollständig und können nur recht wenig bewirken.«

Die Königin erhob sich, trat ans Fenster und schaute zum Gralsee hinaus. Weit draußen, so weit, daß sie nicht wußte, ob sie einer Sinnestäuschung erlag, funkelten kleine Lichtlein, die Lagerfeuer von Axis' Heerlager.

Seit ihrer Rückkehr aus dem Heiligen Hain machte Faraday sich große Sorgen, ob der Krieger überhaupt noch Gefühle für sie hege. Als sie ihn fragte, ob er sie weiterhin liebe, hatte er gezögert. Und dann hatte er auch nur geantwortet, daß er sie begehre. Tränen schossen ihr wieder in die Augen. Auch Bornheld hatte sie begehrt, und daraus waren nur Haß und Schmerz erwachsen. Dabei wollte sie doch einfach nur geliebt werden.

»Und ich dachte, sein Herz schlägt für mich«, murmelte sie und hielt ihren Blick weiter auf das Lager gerichtet.

Die Wächterin legte ihr beruhigend eine Hand auf die Schulter. »Faraday, mein Herz, er ist lange fort gewesen, und Ihr beide habt Euch in dieser Zeit weiterentwickelt, womöglich sogar in verschiedene Richtungen. Axis ist nicht mehr der Axtherr, in den Ihr Euch damals verliebt habt. Er ist heute ein ikarischer Zauberer. Und auf der anderen Seite seid Ihr nicht mehr das Mädchen, das ihn damals im Mondsaal in aller Naivität so offen angestarrt hat. Ich vermute, als der Krieger Euch im Hain wiedergesehen hat, erstaunte ihn erst einmal, wozu Ihr herangereift seid. Liebste Freundin, wahrscheinlich braucht Ihr beide einfach nur etwas Zeit und Ruhe, um Euch erneut kennenzulernen ... oder überhaupt erst richtig kennenzulernen. Vergeßt nicht, daß Euch beiden nie viel Zeit allein beschieden war. Ihr hattet bislang doch überhaupt keine Gelegenheit, mehr voneinander zu erfahren oder miteinander zu erleben. Wartet nur ab, Faraday, Eure Zeit wird schon noch kommen.«

»Glaubt Ihr wirklich, Yr?« Sie drehte sich zu der Wächterin um, und neue Hoffnung stand hell und klar in ihren grünen Augen. »Seht Ihr das tatsächlich so?« Die Worte der Katzenfrau ergaben durchaus einen Sinn. Axis und sie selbst auch hatten mannigfaltige Wandlungen hinter sich, aber sie konnten immer noch lernen, sich wieder ineinander zu verlieben.

Noch jemand schaute in dieser Nacht nach den fernen Feuern des Rebellenlagers. Timozel stapfte zornig über die Dächer des Palasts. Wut und Enttäuschung hielten ihn gleichermaßen fest in ihren Klauen. Morgen würde dort unten eine Schlacht entbrennen, aber der König hatte ihm befohlen, in der Hauptstadt zu bleiben und seine Gemahlin zu beschützen, damit nicht irgendein geflügelter Teufel sie stehlen konnte.

Ich bin in den Visionen der große Held und Schlachtenlenker, sagte er sich voller Grimm, während er endlos an den Zinnen entlanglief. Mich hat Artor dazu auserwählt, morgen unsere Truppen zum überwältigenden Sieg zu führen!

*... eine gewaltige und ruhmreiche Schlacht ... die Stellungen des Feindes bereits überrannt ... bis auf den letzten Mann wurde der Gegner niedergemacht und mit ihm die abstoßenden Kreaturen, die Seite an Seite mit ihm gefochten hatten ... Timozel verlor bei diesem Ringen nicht einen Mann ...*

✩ ⋆ ✩   281   ⋆ ✩ ⋆

»Ich!« murmelte der Jüngling und blieb unvermittelt stehen. Sein dunkler Umhang umwehte ihn. »Ja, ich!«

*... Unfaßbare Siege erwarten ihn ...*

Aber statt seiner sollte dieser schmalgesichtige Gautier mit dem König reiten.

»Ihr werdet verlieren, wenn Ihr mich nicht für Euch kämpfen laßt!« sprach Timozel in kalter Entschlossenheit. »Untergehen, Bornheld. Bleibt Ihr lieber zurück und laßt mich Euer Heer und Gautier anführen. Ich bin der Mann in den Visionen, der Held, der Euch den Sieg bringt.«

Und wenn er etwas in den Visionen falsch gedeutet hatte? Einem Mißverständnis unterlag? Wenn Bornheld, dieser Narr, nicht der große Fürst sein sollte, für den er diese Siege erringen würde?

*... und sein Name wird fortdauern in den Sagen der Völker ...*

»Ja, ganz recht!« rief der Jüngling, glühend vor Erregung.


Axis saß lächelnd am Feuer und hielt Caelum auf seinen Knien. Mit jedem neuen Tag entwickelte der Knabe neue faszinierende Eigenschaften. Mittlerweile konnte er schon kurze Sätze sprechen und krabbelte auf allen vieren herum, wann immer sich ihm eine Gelegenheit dazu bot. Erst am Morgen hatte sein Vater ihn unter Belaguez hervorziehen müssen. Der Hengst hatte schon nervös mit den Hufen gestampft.

»Caelum«, flüsterte er ihm jetzt ins Ohr und strich ihm die wilde Lockenpracht zurück.

»Vater!« krähte der Kleine und quietschte dann vor Vergnügen, als sein Vater ihn an Bauch und Rücken kitzelte.

Aschure sah den beiden zu und mußte ebenfalls lächeln. Axis ergriff ihre Hand. »Liebste, laßt uns nicht mit dieser Fremdheit zwischen uns in die Schlacht reiten. Oder wollt Ihr es Euch lieber noch einmal überlegen, ob Ihr wirklich bei mir bleiben wollt?«

»Nein«, antwortete sie leise, »ich bleibe bei meiner Entscheidung. Aber ich fürchte mich vor dem, worauf ich mich da eingelassen habe ... und was die Zukunft mir bringen wird.«

»Mutter!« Der Kleine streckte beide Arme nach ihr aus. »Aschure!«

Caelum hatte sie nur einmal in Gedanken, aber nie offen mit ihrem Vornamen angesprochen. Sie lachte voller Freude, löste ihre Hand aus der Axis' und hob ihren Sohn hoch. »Aschure!« rief der Knabe wieder und sprach gleichzeitig in ihrem Kopf: *Ich werde Euren Namen niemals vergessen.*

Sie drückte ihn an sich, und Tränen traten ihr in die Augen.

»Warum hat er das gesagt?« fragte der Krieger, der die Worte Caelums als Gedankenecho vernommen hatte.

Der Knabe drehte sich zu ihm um und sah ihn aus seinen großen blauen Augen feierlich an: *Weil Aschure den Namen ihrer Mutter vergessen hat, fürchtet sie, daß ich eines Tages auch den ihren vergessen könnte. Auch erschreckt sie die Vorstellung, daß wir beide uns eines fernen Tages, wenn ihre Gebeine zu Staub zerfallen sind, nicht mehr an sie erinnern könnten.*

Axis sah ihn mit größter Verwunderung an. Ihn erstaunte nicht nur, wie gut sein Sohn sich bereits in Gedanken ausdrücken konnte, sondern auch, über welch sensible Wahrnehmung er verfügte. Er betrachtete Aschure. Lastete das so schwer auf ihr? Hielt sie deswegen Abstand zu ihm?

»Faraday wird an Eurer Seite leben«, erklärte Aschure jetzt. »Euch beide erwartet ein hohes Alter, und Ihr werdet in den Sagen fortleben. Ebenso wie Caelum. Irgendwann habt Ihr mich vergessen. Werde ich vielleicht in der Prophezeiung erwähnt? Nein, werde ich nicht. Vielmehr ist Faraday die Frau, die ›des Nachts selig umfangen wird den Mann, der den Gatten erschlug‹.«

»Bei allen Göttern, die auf den fernen Pfaden der Sterne wandeln, ich werde Euch niemals vergessen, Aschure. Das schwöre ich bei der Sonne!«

*Und ich werde Euch auch nie vergessen,* fügte Caelum in Gedanken hinzu. *Niemals.*

»Deswegen fürchte ich mich vor der Zukunft mit Euch, Axis«, entgegnete Aschure aber. »Denn am Ende kann ich sie weder mit Euch noch mit meinem Sohn verbringen. Faraday wird dies aber möglich sein.«

Caelum sah seinen Vater vorwurfsvoll an: *Wer ist diese Faraday?*

»Ihr mögt mir jetzt Eure Liebe schwören, Axis, und daß die Königin sich darauf einrichten muß, Euch mit mir zu teilen. Aber das kann sie leicht versprechen, denn in nur wenigen Jahrzehnten wird sie Euch ganz für sich allein haben. Natürlich mag sie mich mehr oder weniger als Nebenfrau akzeptieren, denn Ihr überlebt mich ja um mehrere Jahrhunderte. Und Faraday besitzt fast ebenso große Macht wie Ihr. Wenn ich in den vergangenen zwei Jahren eins gelernt habe, dann dies: Wer sich auf den Umgang mit soviel übernatürlicher Macht versteht, verlängert sein Leben damit weit über das normale Maß hinaus.«

Ein Geräusch ließ alle drei zusammenfahren. Es war Belial, der sich zu ihnen setzte, auch wenn ihm bewußt sein mußte, daß er gerade störte. »Axis, Ho'Demi will mit Euch sprechen. Ebenso Weitsicht. Könnt Ihr bitte gleich kommen? Ihr auch, Aschure. Wir müssen endlich ausführlich die morgige Schlacht besprechen.«

»Geht Ihr schon voraus«, sagte die junge Mutter. »Ich bringe Caelum zu seiner Großmutter und komme dann nach.«

Axis legte ihr eine Hand auf den Arm. »Wir reden später weiter darüber.«

»Ja«, sagte sie und wußte genau, daß es kein »später« geben würde. Nicht am Vorabend einer Schlacht. »Wir reden auf jeden Fall noch darüber.«

Tiefer im Süden erreichten acht schwere koroleanische Transportschiffe mit fast fünftausend Soldaten an Bord die Mündung des Nordra bei Nordmuth.

»Von hier aus können wir im Morgengrauen Bedwyr Fort erreichen«, erklärte der Erste Offizier des Führungsschiffs seinem Kapitän.

»Gut«, nickte der. »Der König hat mir eine fette Prämie versprochen, wenn wir zwei Stunden vor der Morgendämmerung bei ihm eintreffen. Wenn Ihr Euren Anteil daran haben wollt, solltet Ihr jetzt zu den Ruderern hinuntersteigen und ihnen klar machen, daß sie der Tod erwartet, wenn sie sich nicht tüchtig in die Riemen legen.«

Der Erste Offizier grinste, begab sich aufs Unterdeck und klopfte auf dem Weg dorthin dem Steuermann auf den Rücken. »Sorgt dafür, daß wir nicht auf eine Sandbank laufen, mein Freund. Ich muß nämlich noch dringend ein paar Spielschulden eintreiben.«

Der Steuermann lachte. »Ich werde ganz bestimmt den Fluß keinen Moment aus den Augen lassen. Wenn wir nämlich auf Grund liefen, hätte ich nicht nur Euch, sondern auch den Kapitän für längere Zeit zur Gesellschaft, und danach steht mir nicht unbedingt der Sinn.«

Die koroleanischen Transporter hätten aber gut daran getan, jemanden in den Ausguck zu beordern. Denn die Dunkelheit der Nacht hielt in ihrem Rücken einige Überraschungen bereit, auf die die Soldaten aus dem Süden beim besten Willen nicht gefaßt waren.

# 21 DIE SCHLACHT VON BEDWYR FORT

Sie standen in den letzten Nachtstunden um das Lagerfeuer herum und tranken gesüßten Tee, um ihre nervösen Mägen zu beruhigen.

»Wie gefällt Euch die Vorstellung«, fragte Weitsicht Belial und Magariz, »morgen gegen Eure eigenen Landsleute die Waffen ziehen zu müssen?«

»Überhaupt nicht, aber was bleibt uns anderes übrig.« Magariz' finstere Miene lockerte sich ein wenig auf. »Allerdings erleichtert die Tatsache, daß die meisten meiner Landleute hinter Axis und nicht hinter Bornheld stehen, mein Gewissen beträchtlich. Die Hälfte des königlichen Heeres, wenn nicht mehr, besteht aus Koroleanern.«

Der Leutnant nickte und schlürfte seinen Tee. »Den Sternen sei dafür gedankt. Irgendwie beruhigt einen doch das Wissen, daß der Oberste Kriegsherr sich nur noch auf ausländische Truppen stützen kann. Axis, wißt Ihr eigentlich, was aus der verbliebenen Kohorte Axtschwinger geworden ist? Ziehen sie mit Eurem Bruder in den Kampf?«

Davor fürchtete sich Belial am meisten – morgen einem alten Freund gegenüberstehen zu müssen.

»Nein, sie halten sich immer noch im Turm auf«, antwortete der Krieger. Er hatte sich wie alle, die ihn hier umstanden, für den Kampf gewappnet und ein Kettenhemd über das Langhemd gezogen, das bis über die Oberschenkel reichte. Darüber trug er einen eisernen Brustharnisch, den eine flammende rote Sonne zierte. »Der Schneeadler hat gestern abend den Turm überflogen und die Axtschwinger dort gesehen. Ich vermute, Bornheld hat nicht vor, sie einzusetzen. Außerdem wird der Bruderführer sie für seine eigene Verteidigung beanspruchen. Viel bleibt ihm ja sonst nicht mehr.«

Er ließ den Blick über die Runde schweifen. Alle Befehlshaber und wichtigen Offiziere hatten sich hier eingefunden. Sie standen stellvertretend für die verschiedenen Völker, die sich in den letzten zwanzig Monaten unter seinem Banner versammelt und seine Armee aufgebaut hatten: Belial und Magariz, seine beiden wichtigsten Offiziere, die den Kern seiner Streitmacht gebildet hatten. Weitsicht, der Befehlshaber der ikarischen Luftarmada, mit zwei seiner Geschwaderführer, Suchauge und Spreizflügel. Dann Ho'Demi, der der Runde mit seinem tätowierten Gesicht eine fremdartige Note verlieh. Überall an seiner Lederrüstung hingen Dolche und Schwerter. Er hatte sich heute die langen schwarzen Zöpfe hochgesteckt, damit kein Feind sie packen konnte. Doch das bedeutete für ihn noch lange nicht, auf seinen Haarschmuck aus blauem und grünem Glas und die Glöckchen verzichtet zu haben.

Neben dem Häuptling stand Baron Isgriff, der seine Seidengewänder abgelegt und dafür seine komplette Rüstung als Panzerreiter angelegt hatte. Den Helm hatte er noch nicht aufgesetzt, aber von Hals bis Fuß wirkte er wie ein Eisenmann. Das glattpolierte Metall glänzte hell, und auf der Brust prangte das Wappen seiner Familie. Der Baron sah gleichzeitig gefährlich und friedlich aus, er schien sich in seiner Rüstung eigentlich wohlzufühlen.

Aschure hatte sich ein leichtes Kettenhemd übergezogen und das lange Haar unter eine eng anliegende Lederkappe gesteckt. Der Wolfen und der gefüllte Köcher hingen über ihrer Schulter, und zu ihren Füßen lag Sicarius. Die anderen Alaunt ruhten außerhalb des Feuerscheins. Selbst die Hunde trugen Kettenhemden. Axis hoffte, daß sie sich heute als mächtige Waffe erweisen würden. Eine unangenehme Überraschung für Bornheld waren sie allemal.

Der Krieger sah wieder nach seiner Liebsten und versuchte, ihren Blick festzuhalten. Sie hatten noch keine Gelegenheit gefunden, ihr Gespräch fortzusetzen. Er hatte sich fast die ganze Nacht hindurch mit seinen Offizieren beraten, während sie mit ihren Bogenschützen trainierte. Als Axis schließlich doch den Weg zu seinem Lager gefunden hatte, war Aschure längst in tiefen Schlaf gesunken.

Caelum wurde von seiner Großmutter beim Troß umhegt. Die Versorgungswagen befanden sich weit hinter den Schlachtlinien und wurden von einigen Reserveabteilungen geschützt. Wenn das Schlachtenglück sich gegen Axis wenden sollte, hatten sie Befehl, den Troß so rasch wie möglich in den Wald der Schweigenden Frau zu bringen. Die heilige Stätte würde den Rest seiner Familie aufnehmen und jedem Soldaten Bornhelds den Zugang verwehren.

*Aschure, ich liebe Euch.*

Sie drehte sich halb zu ihm um. *Und wie lange noch?*

Er zuckte etwas zusammen. *Paßt heute besonders gut auf Euch auf.*

Sie lächelte traurig. *Und Ihr auch.*

»Der König hat seine Truppen rings um Bedwyr Fort aufgestellt«, teilte der Krieger seinen Offizieren jetzt mit. »Er wird nicht gegen uns vorrücken, sondern darauf warten, daß wir ihn angreifen.«

»Wird Bornheld von der Burg aus den Kampf leiten?« fragte Ho'Demi.

»Das glaube ich kaum«, antwortete Axis. »Die Burg ist alt und fast eine Ruine. Vor langer Zeit besaß sie einige Bedeutung, als sie noch den Zugang zu Karlon und dem Gralsee schützen mußte. Aber dort hat ja schon seit Generationen keine Gefahr mehr gedroht, deswegen hat man sich nicht mehr um die Burg gekümmert. Außerdem ist sie hauptsächlich zur Flußseite hin befestigt. Zur Landseite hin nur schwach. Man erwartete den Feind ja vom Wasser. Damit böte die Festung kaum Schutz gegen einen Angriff der Luftkämpfer. Nein, meine Freunde, mein Bruder wird dort nicht den Ausgang der Schlacht abwarten, sondern sich an die Spitze seines Heeres stellen. Und ich …« Er schwieg für einen Moment, und die anderen sahen ihn erwartungsvoll an.

✫ ✩ ✫     288     ✫ ✩ ✫

»Ich habe eine Bitte an Euch. Nein, eigentlich muß ich es von Euch verlangen.« Ein seltsames Brennen war in seine Augen getreten. »Bornheld darf heute auf dem Schlachtfeld ... nicht sterben.«

»Wie bitte?« rief Isgriff. Axis hatte ihm berichtet, daß der König dem Kaiser von Koroleas Nor in Aussicht gestellt habe. Den Baron empörte diese Vorstellung sehr.

»Ich darf Euch die Gründe dafür nicht nennen, aber bestimmte Verpflichtungen zwingen mich dazu. Diese rühren von der Prophezeiung her ... und von ... von anderen Verbündeten, die mir beigestanden haben. Danach darf Bornheld nur in Anwesenheit seiner Königin den Tod finden.«

Aschure erstarrte. Er wollte Bornheld nur vor den Augen Faradays erschlagen? Was um Himmelswillen ging denn jetzt schon wieder mit ihm vor?

»Ich darf Euch die Gründe wirklich nicht nennen«, erklärte der Krieger noch einmal, nach einem Blick auf Aschures Miene. »Glaubt mir bitte, wenn ich Euch versichere, daß die Angelegenheit nur so und nicht anders geregelt werden darf. Faraday muß sich noch in der Stadt aufhalten. Selbst mein Bruder würde sie niemals hinaus aufs Schlachtfeld zerren. Also werde ich über kurz oder lang meinen Bruder im Palast von Karlon stellen müssen. Verstanden?«

Das war keine Frage, sondern ein Befehl, und alle nickten steif und unbehaglich.

Belial brach schließlich das peinliche Schweigen mit der Feststellung: »Der König hat sich einen schlechten Platz für sein Heer ausgesucht. Wenn er sich mit dem Rücken zum Bedwyr Fort aufstellt, beengen ihn der Fluß und der See. Und vor ihm stehen wir. Er kann also nicht manövrieren, seine Reserven ausspielen oder uns in den Flanken angreifen.«

»Ja, so sieht es aus«, meinte der Krieger. »Vielleicht ist es aber auch eine strategische List. Sobald wir gegen ihn vorrücken, landen womöglich koroleanische Truppen in unserem Rücken. Wenn ich recht unterrichtet bin, waren letzte Nacht acht schwere Transportschiffe nach Nordmuth unterwegs. Wir müssen also auf der Hut sein und die Augen offenhalten. Weitsicht, beobachten Eure Fernaufklärer den Strom?«

»Ja, Oberster Befehlshaber«, nickte der Ikarier. »Sie befinden sich bereits im Einsatz.«

»Dann werden wir heute Nacht Tencendor gründen. Nach der Schlacht wird uns, so hoffe ich, nur noch Gorgrael als Feind gegenüberstehen.«

Und Wolfstern, fügte er in Gedanken hinzu. Wo mochte sein Urahn sich aufhalten? Welche Pläne verfolgte er an einem solchen Tag? Welche Überraschungen waren von ihm zu erwarten?

Weitsicht nickte. »Heute kämpfen wir darum, Tencendor wiedererstehen zu lassen. Oh, es wird ein großartiger Tag, Axis, ein ganz und gar großartiger Tag.«

Der Krieger sah ihn feierlich an. »Dann solltet Ihr Euren Angriff jetzt beginnen, Befehlshaber der Luftarmada. Gebt Bornheld von Achar die ikarischen Pfeile zu kosten.«

Axis wollte die Schlacht mit einem Angriff der Ikarier beginnen. So wie sie in den Farnbergen Burdels Truppen auseinandergejagt hatten, sollten sie auch jetzt Tod und Verwirrung in Bornhelds Reihen bringen. Aber im Heer des Königs standen viele Soldaten, die bereits an den Abwehrschlachten vor Jervois teilgenommen hatten. Dort hatten sie miterlebt, wie die Luftkämpfer über die Skrälinge gekommen waren. Deswegen hatte man nun überall Posten aufgestellt, die nach den Vogelmenschen Ausschau halten sollten. Man entdeckte sie zwar erst, als sie sich bereits im Anflug befanden, aber schon pflanzte sich ein Schrei durch die Reihen: »Achtung! Angriff von oben!« Jeder griff, wie sie es lange in Manövern geübt hatten, nach seinem eisenbeschlagenen Schild und hob ihn über den Kopf. So entstand über den einzelnen Formationen und Kolonnen ein festes Schutzdach.

Einige waren damit nicht schnell genug, und einige andere hielten den Schild nicht gerade, doch alles in allem genommen erzielte der ikarische Angriff nicht die verheerende Wirkung wie damals bei Graf Burdels Truppen.

Bornheld hatte seine Stellungen nach dem Beispiel von Jervois errichtet. Viele Einheiten standen hinter Wällen oder in Gräben. Diese konnten die Angreifer nicht leicht in einer Sturmattacke überwinden und würden deswegen versuchen, solche Hindernisse zu umgehen, um sie hinterrücks oder seitlich zu überwältigen. Auf dem Weg dorthin gerieten sie aber in Gräben, Löcher und in andere Fallen, in die die Rösser stürzen oder in denen sie aufgespießt werden würden. Das sollte Axis' Soldaten das Herz brechen.

Nach dem Abfall von Isgriff und Greville war Bornheld zum ersten Mal Axis unterlegen. Sein Heer zählte sechs- oder siebentausend Mann weniger als die Rebellenarmee. Dies hoffte er aber durch seine festen Stellungen und die Fallen auszugleichen.

Zur Zeit befand er sich in seinem Befehlsstand in leidlicher Sicherheit. Dieser bestand aus einem Zelt, das mit mehreren dicken Bahnen gegen Angriffe aus der Luft geschützt war. Bornheld beugte sich wieder über die Karten seiner Stellungen.

»Was ist mit den Flußtransporten?« fragte er Gautier. Beide Männer, wie auch alle anderen, die sich im Zelt befanden, hatten ihre Rüstung und ihre Waffen angelegt.

»Sie sind letzte Nacht an Nordmuth vorbeigekommen, Herr«, antwortete der Leutnant. Gegenwärtig ankern sie auf halbem Weg hierher, um Eure weiteren Befehle abzuwarten.«

»Und wie sieht es mit den kleineren Schiffen aus?« wollte der Oberste Kriegsherr wissen.

»Können sofort lossegeln«, konnte Gautier ihm mitteilen. »Axis wird heute sterben, zusammen mit seiner Mannschaft von Mißgeburten.«

»Wollen wir es hoffen«, begann Bornheld, hielt plötzlich inne und lauschte aufmerksam. »Was ist denn das?«

Ein Prasseln wie von heftigem Regen war durch die Zeltwand zu hören.

»Das sind die Pfeile der Unaussprechlichen, die nutzlos von den Schilddächern unserer Soldaten abprallen.«

Der König ballte die Hände zu Fäusten und stieß sie in die Luft. »So hat es denn angefangen!« schrie er mit leuchtenden Augen.

☆ ☆ ☆  291  ☆ ☆ ☆

Und er empfand nichts als Erleichterung. Endlich würde es zwischen ihm und seinem Bruder zu der ersehnten Entscheidung kommen.

Die Schlacht von Bedwyr Fort begann mit dem Eröffnungsschlag der Luftarmada und währte den ganzen Tag über. Stundenlang fochten die Soldaten, Männer wie Frauen, gegeneinander, und das Grasland der westlichen Ebenen von Tare rötete sich vom Blut der Gefallenen und der Sterbenden.

Axis zeigte sich nach dem Fehlschlag der Ikarier enttäuscht, aber nicht sehr überrascht. Bornheld war ein fähiger Feldherr und weit erfahrener als Burdel. Außerdem hatte er die Luftkämpfer schon vor Jervois im Einsatz erlebt. Als die Vogelmenschen jetzt über den eigenen Linien zurückflogen – sie hatten nur einen Verlust zu beklagen, ein Ikarier hatte beim Angriff einen Flügelkrampf bekommen und war zwischen den Koroleanern abgestürzt – schickte der Krieger seine Reiterei los. Seine Späher hatten bereits die Gräben und Fallen erkundet. Deswegen achtete der General jetzt darauf, daß seine Abteilungen möglichst dicht zusammenblieben und sich nicht aufteilten. Jeder Verband, der allein zu tief in die gegnerischen Stellungen eindrang, würde unweigerlich von den Feinden niedergemacht werden. Axis behielt Isgriffs Panzerreiter in der Reserve. Wenn er Bornhelds Soldaten durch eine vorgetäuschte Flucht verleiten könnte, die Gräben zu verlassen und vorzustürmen, sollten die Schwergepanzerten eingreifen und sie niederreiten.

Nachdem seine Truppen aber nicht so recht an den Gräben vorankamen, entschloß der Krieger sich zu einem kombinierten Angriff. Die abgestiegenen Fußsoldaten – Speer- und Spießkämpfer – sollten bei ihrem nächsten Ansturm Unterstützung aus der Luft erhalten. Die Feinde in den Gräben konnten nicht gleichzeitig die Schilde gegen die Pfeile von oben hochhalten und die Angreifer abwehren, die unmittelbar vor ihnen auftauchten.

Am Ende entschied sich Axis dann dafür, hier ähnlich zu taktieren wie in der Wildhundebene gegen die Skrälinge. Statt wie bisher auf breiter Front vorzugehen, führte er nur noch Angriffe auf bestimmte Stellen in den gegnerischen Reihen durch, auch die wiederum mit Unterstützung der Vogelmenschen. Der Sternenmann schickte seinen Schneeadler in die Luft und erspähte durch dessen Augen die Gräben, die an strategisch wichtigen Stellen lagen. Ihre Einnahme würde empfindliche Löcher in Bornhelds Verteidigungssystem reißen.

Axis fand neun solcher Schwachstellen. Gegen die schickte er seine berittenen Bogenschützen und gab ihnen die Luftgeschwader mit. Eine Taktik, die Erfolg versprach. Wenn die Ikarier auftauchten, rissen die Verteidiger die Schilde hoch. Dann rückten die Bogenschützen vor, unter ihnen auch Aschures Pelotone und die Rabenbunder, und schossen Bornhelds Soldaten in die ungeschützte Brust. Und wenn diese dann voll Panik die Schilde wieder senkten, trafen die Luftkämpfer um so besser. Sobald die Verteidiger ausreichend geschwächt waren, schickte der General seine Speerkämpfer und Pikeniere vor ... und die Alaunt.

Aschure hatte ihren Hunden eingeschärft, nur Offiziere anzufallen. Meist reichten drei oder vier Alaunt bei einem Angriff. Sie sprangen in die Gräben, fanden gleich ihre Ziele und gingen den Befehlshabern an die Gurgel. Sie stifteten Verwirrung und manchmal Hysterie unter den Soldaten. Das Schnappen und wütende Knurren der Hunde war genau so entsetzlich wie der Anblick der blutüberströmten zerfleischten Offiziere. Viele ließen ihre Schilde fallen, die einen, um davonzurennen, und die Mutigeren, um mit der blanken Waffe auf die Alaunt loszugehen. Und so wurden sie Opfer der Bogenschützen aus der Luft oder am Boden. Nach den Hunden drangen dann die Fußsoldaten in die Gräben ein und hatten leichtes Spiel mit den Kämpfern, die von keinem Offizier mehr zu einem geordneten Vorgehen gesammelt werden konnten.

Bevor Pfeile, Speere und Piken zum Einsatz kamen, verschwanden die Hunde blitzschnell aus den Gräben. Nicht ein einziger kam dabei um. Sie hatten teuflisches Glück.

Eine erfolgreiche, aber auch langwierige Taktik der Angreifer. Am Vormittag beobachtete Bornheld die Front und sah, daß die erste Reihe der Stellungen mehr oder weniger zusammengebrochen war. Sein Bruder würde den ganzen Tag und vermutlich noch den nächsten benötigen, um bis zum Befehlsstand des Königs vorzustoßen.

»Diesen kombinierten Boden-Luft-Angriffen haben wir nichts entgegenzusetzen«, knurrte der Oberste Kriegsherr. »Aber damit erzielen sie nur kleine Geländegewinne. Warum beschränkt sich der Bastard auf solche Nadelstiche? Wieso wirft er nicht seine ganze Armee ins Spiel?«

Axis schien zwar entschlossen, die Schlacht zu gewinnen, aber er ließ sich allem Anschein nach nicht in eine Todesfalle locken.

»Damit bleibt wohl keine andere Wahl«, verkündete der König schließlich. »Wenn Axis nicht zu mir kommen will, dann muß ich wohl zu ihm gehen. Die Sache muß entschieden werden. Noch heute.« Er wandte sich an Gautier. »Gebt Befehl. Alle sollen aufsitzen. Wir werden die Schlacht Mann gegen Mann auf der Ebene ausfechten.«

»Aber die Ikarier?« wandte sein Leutnant erregt ein, der völlig vergessen hatte, sie die Unaussprechlichen zu nennen.

Bornheld setzte sich den Helm auf. »Die werden uns nur gefährlich, solange wir durch die Gräben reiten. Wenn unsere und Axis' Soldaten sich aber im Kampfgetümmel befinden, werden die Dämonen nicht wagen, ihre Pfeile auf uns abzuschießen. Nein, Gautier, nun heißt es Mann gegen Mann. Und wer als letzter übrigbleibt, hat gewonnen.« Bornheld blickte versonnen vor sich hin. »Stehen unsere Reserven bereit?«

»Sie warten nur auf euren Befehl, Herr.«

Ein kalter Ausdruck trat in die Augen des Königs. »Dann wird der Sieg womöglich doch noch unser sein. Schickt eine Nachricht zu den Koroleanern. Sie sollen näher heranfahren, sich aber noch nicht vor dem Fort von Bedwyr blicken lassen. Die Überraschung muß um jeden Preis gelingen – dann, wenn sie hinter Axis' Linien auftauchen.«

Gautier verbeugte sich. »Wie Ihr befehlt, Euer Majestät.«

☆ ☆ ☆　294　☆ ☆ ☆

Wie der Oberste Kriegsherr vorausgesagt hatte, setzte nun ein gewaltiges Hauen und Stechen ein.

Über Stunden rangen die beiden Armeen miteinander. Panzerreiter, Ritter, Schwert- und Speerkämpfer, Pikeniere und Bogenschützen kämpften in einem unübersichtlichen Gewimmel Mann gegen Mann. Die größte Schlacht, die seit Menschengedenken stattgefunden hatte: An die fünfundfünfzigtausend Soldaten standen sich gegenüber, und jeder einzelne focht darum, den Sieg für seine Seite zu erringen. Die Reiter und Fußsoldaten in diesem Getümmel verloren jedes Zeitgefühl. Für sie bestand das Dasein nur noch aus Stich und Hieb, einen Schritt zurück, tief durchatmen, den gegnerischen Streich abwehren, wieder selbst die Waffe zücken, noch einmal einen Schritt zurück, zu Atem gekommen, den Gegner parieren und hoffen, daß der andere schlechter kämpfte oder früher ermüdete.

Axis befand sich dort, wo der Kampf am dichtesten war. Arne stand immer in seiner Nähe und hielt das goldene Banner so hoch, daß jeder auf dem Schlachtfeld es sehen konnte. Manchmal fand der Krieger sich neben einem einfachen Soldaten wieder, dessen Namen er nicht kannte, ein anderes Mal kämpfte er Seite an Seite mit Isgriff und wieder ein anderes Mal mit Ho'Demi. Voller Selbstvertrauen saß er auf Belaguez, und Roß und Reiter schienen miteinander verwachsen zu sein. Auch Belial oder Magariz tauchten neben ihm auf und taten es ihm an Heldenmut und Treffsicherheit gleich. Den grimmigen Mienen war die Last und Härte des Kampfes anzusehen, und kaum einer war dabei, nicht einmal der Sternenmann, der keine Verwundung davontrug.

Der Krieger ließ schließlich die Zügel fahren und lenkte seinen Hengst nur noch durch Druck seiner Beine, mit der Stimme und gelegentlich durch einen Gedankenbefehl. Mit beiden Händen schwang er sein Schwert, hieb nach links und nach rechts und vertraute ganz auf Arne, der ihm den Rücken freihielt. Weitsicht hatte zwei Staffeln Luftkämpfer allein dazu abkommandiert, vom Himmel aus über den Sternenmann zu wachen.

☆ ★ ☆　295　★ ☆ ★

Aschures Bogenschützen kämpften an den Flügeln und waren immer dort zu finden, wo ein gegnerischer Durchbruch drohte. Ihre Pfeile sorgten dann regelmäßig für Verwirrung und Vernichtung unter den Feinden. Axis spürte Aschure, nahm ihre Schlachterregung wahr und versuchte, sich keine zu großen Sorgen um sie zu machen. Die junge Offizierin konnte auch im Kampf sehr gut auf sich selbst aufpassen.

Hin und wieder erhaschte der Krieger einen Blick auf Bornhelds Banner. Aber er versuchte nie, sich bis dorthin vorzukämpfen. Die Entscheidung zwischen ihnen sollte nicht auf diesem Schlachtfeld stattfinden.

Zwei gleichstarke Gegner standen sich hier gegenüber. War Axis mit seiner Übermacht im Vorteil, so waren Bornhelds Kämpfer ihm darin überlegen, daß sie ausgeruhter waren und keinen wochenlangen Marsch hinter sich hatten. Stunde um Stunde ging das Hauen und Stechen hin und her. Und überall starben Männer oder wurden schwer verwundet. Und manche starben voll Grauen unter den Hufen der entfesselten Pferde. Über allem lag eine erstickende Dunstschicht.

Am Nachmittag schmerzte Axis jeder einzelne Muskel seines Körpers. Wie lange währte die Schlacht schon? Er sah rasch zum Himmel, um nach dem Stand der Sonne zu schauen, und hätte diese Unachtsamkeit fast mit seinem Leben bezahlt. Eine Schwertklinge sauste von links auf ihn herab. Kurz bevor sie seinen Hals erreichen konnte, konnte Arne eingreifen. Der Krieger hörte ihn zufrieden grunzen, als er dem Koroleaner den Schwertarm abtrennte. Der Mann schrie und stürzte vom Pferd.

Axis versuchte kurz, zu Atem zu kommen. Er wußte nicht, wie die Schlacht stand, bekam von ihr kaum mehr mit als das, was sich in seiner unmittelbaren Umgebung abspielte. Dabei mußte er als General doch wissen, wie sich seine Seite schlug.

»Arne, wacht über mich!« rief der Krieger nach hinten. Seine Augen verschleierten sich, als er sich wieder darauf konzentrierte, durch die Augen seines Adlers zu schauen, der hoch über dem Schlachtfeld flog.

Was er da zu sehen bekam, entsetzte ihn. Unzählige Tote und

Sterbende bedeckten die Ebene. Wie viele mochten es sein? Ihre Zahl ging sicher in die Tausende, und man konnte nicht feststellen, welche Seite mehr Verluste zu beklagen hatte. Überall irrten reiterlose Pferde umher. Aber auch von ihnen hatte so manches einen tödlichen Streich erhalten. Sie lagen da und traten hilflos mit den Beinen um sich. Andere, die nur verwundet waren, rannten in blindwütiger Panik durch das Chaos. Plötzlich entdeckte der Krieger Aschure. Auf ihrem Streitroß und mit Sicarius an ihrer Seite führte sie am Nordende der Schlacht ein Peloton ihrer Schützen gegen das Gewimmel der Fechtenden. Man konnte ihr die Erschöpfung deutlich ansehen, aber sie schien bislang keine Verwundung erlitten zu haben.

*Bleibt stark*, flüsterte er ihr in Gedanken zu, *und paßt auf Euch auf.*

Die junge Frau zögerte kurz, als seine Botschaft sie erreichte, und Axis verwünschte sich für seine Torheit. In einer solchen Situation durfte sie nicht abgelenkt werden. Jede Unachtsamkeit konnte ihren Tod bedeuten. Doch schon im nächsten Moment schnellte ein Pfeil von des Wolfen Sehne, und der Leithund sprang einem Fußsoldaten an die Kehle, der mit einem Stoß seines Speers die günstige Gelegenheit wahrnehmen wollte.

Je länger Axis das Schlachtgetümmel beobachtete, desto mehr gewann er den Eindruck, daß mehr von seinen Soldaten ihre Waffe schwangen als von denen des Königs. Auch schien Bornhelds Banner langsam in Richtung der Gräben zurückgedrängt zu werden.

Habe ich den Sieg errungen? fragte sich Axis. Wird dieser sinnlose und blutige Bürgerkrieg in spätestens einer oder zwei Stunden ein für alle Mal beendet sein?

Doch als der Adler ein Stück weiterflog, mußte der Krieger etwas entdecken, das ihn über die Maßen entsetzte.

Acht schwere koroleanische Transportschiffe schoben sich immer weiter an das Fort heran. Wie viele Soldaten mochten sie im Inneren bergen? fragte sich Axis verzweifelt. Vielleicht vier- oder fünftausend Kämpfer. Mit einer solchen Verstärkung würde sein Bruder der Schlacht die entscheidende Wendung geben können. Sie kämpften jetzt seit dem frühen Morgen gegeneinander, seit neun Stunden, und viele Männer sanken bereits mehr aus Erschöpfung als von einem tödlichen Streich getroffen in den Staub. Gewiß mangelte es ihnen nicht an Mut oder an Erfahrung, sie waren lediglich an ihre Grenzen gestoßen. Fünftausend frische Kämpfer würden sich da verheerend auf die Sonnenfliegerarmee auswirken.

»Ihr Sterne steht uns bei«, murmelte der Krieger, und Arne sah ihn besorgt an.

Da fiel ihm noch etwas Bedrohliches ins Auge. Kleinere Segler und Barken voller koroleanischer Soldaten trieben oberhalb des Bedwyr-Forts über den Nordra und den Gralsee heran. Sie wollten ohne Zweifel Axis' Armee in den Rücken fallen oder sie in der Flanke packen. Der Krieger schätzte, daß dort weitere zweieinhalbtausend Mann nahten. Damit ließe sich Bornhelds linker Flügel stärken, der bereits zurückwich.

*Aschure! Ho'Demi!* rief Axis die beiden einzigen Befehlshaber, deren Geist er erreichen konnte. *Achtet auf den Fluß im Norden! Haltet die Koroleaner auf, die sich von dort nähern. Sie dürfen nicht Bornhelds Reihen erreichen!*

Der Krieger konnte erkennen, daß die beiden ihre Truppen um sich sammelten, aus der Front lösten und zum Ufer bewegten, wo sich bereits die ersten Soldaten ausschifften. Nun hielt Axis nach den Geschwadern der Luftarmada Ausschau. Den ganzen Tag schon hingen sie über dem Schlachtfeld in der Luft und griffen überall dort ein, wo sie gebraucht wurden. Endlich entdeckte er Weitsicht und schickte den Adler zu ihm.

»Auf nach Norden!« rief der Vogel dem ikarischen Führer im Vorbeifliegen zu. Weitsicht begriff rasch und schickte Aschure und dem Häuptling fünf Geschwader zu Hilfe.

Das dürfte die Koroleaner, die von oben über den Nordra kamen, ausreichend beschäftigen. Aber was sollte er gegen die bauchigen Transportschiffe aus dem Süden unternehmen? Wenn sie unbehelligt ihre Soldaten an Land setzen konnten, blieb dem Sternenmann nur noch der Rückzug!

Obwohl er wieder in ein dichtes Gefecht geraten war, vertraute Axis ganz auf Arne und konzentrierte sich weiterhin auf den Adler. Er mußte einfach feststellen, was die Transporter unternahmen. Denn sie würden all seine Hoffnungen und die Erfüllung der Prophezeiung zunichte machen können.

Bornheld, der bereits aus vielen Wunden blutete und sein Schwert kaum noch halten konnte, beobachtete ebenfalls voller Sorge die Schiffe. Warum kamen sie so nahe an die Bedwyr-Furt heran? Er hatte doch den klaren Befehl gegeben, daß die Koroleaner viel weiter südlich von Bord gehen sollten. Zusammen mit den Verstärkungen aus dem Norden könnte er die Rebellen dann wunderbar in die Zange nehmen, und das auch noch mit frischen Truppen.

»Bei Artor!« fluchte der König. »Man könnte beinahe annehmen, sie stünden nicht auf unserer, sondern auf Axis' Seite!«

Eine furchtbare Vorahnung befiel ihn, und er stieß in entsetztem Flüstern hervor: »So werde ich denn wieder ein Opfer von teuflischem Verrat! Hat der koroleanische Kaiser unseren Pakt gebrochen und sich gegen mich gestellt?«

Fast gleichzeitig legten die koroleanischen Schiffe jetzt an, warfen den Anker und schoben die Rampen an Land. Aus jedem Schiff strömten Dutzende, ja Hunderte Männer, die mit Schlachtgeschrei auf Bornhelds Reihen losstürmten.

Dunkelhäutige Männer mit blitzenden Zähnen und bunten Tüchern um den Kopf, die Krummschwerter schwangen.

Piraten!

»Schändlicher Verrat!« stöhnte der König und zuckte zusammen, als Gautier ihm eine Hand auf die Schulter legte.

»Herr!« keuchte der Leutnant. »Man hat uns hintergangen. Euer Leben ist in höchster Gefahr. Ich habe ein Boot bereitgestellt. Wir müssen unbedingt nach Karlon zurück!«

»Was?« rief der Oberste Kriegsherr. »Ich soll das Schlachtfeld im Stich lassen?«

»Heute haben wir verloren«, entgegnete Jorge, der gerade zu ihm geritten kam. »Wenn Ihr Euch in Sicherheit bringen wollt, dann zögert nicht länger. Ich werde an Eurer Stelle unsere

Truppen führen. Bis zum letzten Blutstropfen, wenn Ihr das befehlt.«

Bornheld starrte die beiden Männer an. Das Geschrei der Seeräuber kam unaufhaltsam näher. Nach einem kurzen Moment des Zögerns gab der König seinem Roß die Sporen und galoppierte vom Schlachtfeld.

All dies verfolgte Axis durch die Augen seines Schneeadlers.

*Aschure! Ho'Demi! Bornheld befindet sich auf der Flucht und will eines der Flußschiffe erreichen, um nach Karlon zu entkommen. Hört mir gut zu: LASST IHN DURCH! Er muß in die Hauptstadt gelangen. Nur dort kann sich alles entscheiden!*

Dann gab der Adler diesen Befehl auch an Weitsicht weiter. »Laßt Bornheld entkommen. Das Schicksal selbst verlangt, daß er nach Karlon zurückgekehrt!«

Als die Piraten in immer größeren Scharen über die Soldaten des Königs herfielen, drehte sich der Krieger zu Isgriff um, der ihn, seines Helmes beraubt, angrinste.

»Gefällt Euch meine kleine Überraschung, Sonnenflieger?« grinste der Baron.

Lachend lenkte der Krieger sein Pferd neben das des Herrn von Nor und packte den Mann am Kragen des Langhemds, das über dem Brustpanzer herausschaute.

»Dafür ernenne ich Euch zum Prinzen von Tencendor!« rief er ihm zu und wandte sich dann an die erschöpften Soldaten in seiner Umgebung.

»Der Sieg ist mein!« schrie er und ließ das Schwert über dem Kopf kreisen. »Tencendor ist mein!«

Eine Stunde später waren alle Kampfhandlungen eingestellt worden. Nach der Flucht ihres Obersten Kriegsherrn hatte das königliche Heer aller Mut verlassen, und Mann für Mann hatten sie die Waffen gesenkt. Als die Sonne hinter dem Nordra unterging, nahm Axis von Jorge, dem verbliebenen Befehlshaber der Gegenseite, die Kapitulation entgegen.

Der Graf ließ seinen Blick über das Schlachtfeld schweifen

✩ ✩ ✩  300  ✩ ✩ ✩

und schaute bekümmert auf die Tausenden Gefallenen und die blutgetränkte Erde. Was für eine sinnlose Verschwendung, dachte Jorge. Hätte dieses Gemetzel vermieden werden können, wenn Roland und ich damals in Gorken den Mut aufgebracht hätten, Axis zu folgen? Hätte unser Abfall Bornheld dann so geschwächt, daß ihm nicht mehr genügend Soldaten zur Verfügung gestanden hätten, um Krieg gegen den Sternenmann zu führen?

»Nein, er hätte mir auch dann noch Widerstand geleistet«, beantwortete Axis ihm die Frage.

Der Graf hob den Kopf. Aller Stolz über den errungenen Sieg war dem Krieger vergangen und hatte Erschöpfung und Trauer Platz gemacht.

»Jorge«, sagte Axis leise, trat zu ihm und legte ihm eine Hand auf die Schulter. Einen solchen Freundschaftsbeweis hätte der Graf jetzt nicht erwartet. Tränen traten ihm in die Augen. »Wo hält Bornheld Eure Familie fest?«

Der Mann nannte eine kleine Stadt nördlich von Karlon, und der Krieger winkte Weitsicht herbei. »Könnt Ihr die beiden Geschwader, die Ihr in Reserve haltet, dorthin schicken, um Jorges Familie zu befreien?«

Der Ikarier nickte und eilte davon.

Axis wandte sich wieder an den Graf: »Willkommen in Tencendor, Jorge.«

Der Geschlagene nickte müde. Er durfte nicht hoffen, in einem neu geordneten Königreich noch eine hohe Stellung zu bekleiden.

# 22 NACH DER SCHLACHT

Die folgenden Stunden brachten Verwirrung und Chaos.

Nachdem Axis mit der Kapitulation Bornhelds Heer und Königreich übernommen hatte, setzte er als erstes so viele Koroleaner wie möglich auf die schweren Transportschiffe und schickte sie nach Hause. Er hatte nicht vor, Tausende von ihnen als Kriegsgefangene zu behalten. Sollte sich der dortige Herrscher um sie kümmern.

»Richtet Eurem Kaiser, Eurem Botschafter oder meinetwegen auch der ersten Hafenhure, der Ihr in Koroleas über den Weg lauft, aus«, erklärte der Krieger müde dem höchsten ihrer Offiziere, den er finden konnte, »daß ich das Militärbündnis zwischen Bornheld und dem Kaiserreich nicht anerkenne, genausowenig, wie alle Zahlungen oder Versprechungen, die mein Vorgänger in Aussicht gestellt hat. Fahrt nach Hause, ich trage Euch nichts nach. Aber ich dulde nicht, daß jetzt und in Zukunft koroleanische Soldaten ungerufen sich in meinem Land aufhalten.«

Mein Land ... Den Krieger überraschte es sehr, wie leicht ihm dieses Wort über die Lippen ging.

Der koroleanische Hauptmann verbeugte sich vor ihm. »Darf ich Seiner kaiserlichen Majestät ausrichten, daß Ihr, sobald alles geregelt ist, bereit seid, seinen Botschafter zu empfangen.«

»Ja, so lange er anerkennt, daß ich in keiner Weise für Bornhelds Schulden aufzukommen gedenke.«

»Ich werde dem Kaiser Eure Worte überbringen«, verabschiedete sich der Hauptmann, salutierte und ging an Bord. Zu viele Koroleaner waren heute für eine Sache gestorben, die eigentlich nicht die ihre war. Er wünschte, er wäre schon wieder zu Hause.

»Belial?« Axis lehnte sich kurz an den Freund. »Könnt Ihr Euch um die Toten kümmern?« Eine undankbare Aufgabe, aber sie mußte getan werden, und sie mußte schnell getan werden.

Danach schnippte der Krieger mit den Fingern, und der Page, der Belaguez hielt, führte den Hengst zu ihm. Axis stieg sofort auf, ritt langsam über das Schlachtfeld und hielt hier und da an, um mit einer Gruppe Soldaten oder einem Verwundeten zu sprechen, der gerade davongetragen wurde. Er erspähte Arne, der am Rand Wachen für die gefangengenommenen Kämpfer einteilte. Tausende hatten die Waffen gestreckt. Was sollte er nur mit ihnen anfangen? Auch bei ihnen handelte es sich um Acharites, meist brave Männer, die eigentlich keine Schuld traf und die nur das Pech gehabt hatten, auf der falschen Seite zu stehen.

Als der Krieger nach Osten ritt, befiel ihn große Niedergeschlagenheit. Seine Männer sammelten die Toten ein und schichteten sie zu Hügeln. Es gab sehr viele solcher Hügel, und sie waren groß. Wie viele Tausend hatten heute ihr Leben gelassen?

Wo steckte eigentlich Aschure? ging es ihm plötzlich durch den Sinn. Sein übermüdeter Geist spürte sie nirgends, und der Adler hatte sich bereits zum Schlafen zurückgezogen. Während er ritt, wurde es langsam dunkel. Dennoch spähte er weiter durch die Dämmerung und fragte jeden, der ihm begegnete, ob er die Schützin nicht gesehen habe. Aber jedes Mal erhielt der Krieger nur ein erschöpftes Kopfschütteln zur Antwort und ritt weiter, bis er die Stelle erreichte, wo seine Armee in der vergangenen Nacht gelagert hatte.

Rivkah hielt sich in seinem Feldherrenzelt auf und trug den schlafenden Caelum auf dem Arm.

»Was ist mit Aschure?« fragte er sofort nervös und ließ sich aus dem Sattel gleiten.

Seine Mutter deutete mit ihrem Kinn auf das Deckenbündel zu ihren Füßen. Axis kniete sich hin und deckte Aschures Gesicht auf. Sie schlief tief und fest, ihre Haut wirkte noch heller als sonst, und unter ihren Augen hatten sich dicke schwarze Ringe gebildet.

✭☆☆ 303 ✩☆☆

»Ihr fehlt doch hoffentlich nichts?« fragte er Rivkah, während er der jungen Frau die Haare aus der Stirn strich.

Seine Mutter dachte nach. Sollte sie ihm von Aschures Schwangerschaft erzählen? Die Bogenschützin war erst vor einer Stunde hier eingetroffen und vor Erschöpfung zu ihren Füßen zusammengebrochen. Rivkah hatte einen Soldaten hinzubitten müssen, um Aschure von dem Kettenhemd zu befreien und sie in die Decken zu packen. Aschure hatte sich die ganze Zeit über nicht einmal geregt. Axis' Mutter wußte, daß diese Schwangerschaft der jungen Frau mehr Mühe bereitete als die erste. Sie fürchtete schon, daß Aschure nach all den Anstrengungen des zurückliegenden Tages eine Fehlgeburt erleiden könnte.

Aber dann zuckte sie lediglich die Achseln. »Sie ist nur vollkommen am Ende ihrer Kräfte. Aber sie wurde nicht verwundet. Wahrscheinlich muß sie sich nur einmal richtig ausschlafen.«

Der Krieger nahm ihr seinen Sohn ab.

»Er war den ganzen Tag wach«, erklärte ihm Rivkah, »und hat nur gezappelt und geschrien. Caelum wußte wohl, daß seine beiden Eltern in der Schlacht standen und wie erbittert um einen Sieg gerungen wurde. Der junge Mann wollte weder etwas zu sich nehmen noch sich trösten lassen, bis seine Mutter hereingestolpert kam.«

Sie zögerte kurz. Durfte sie fragen? »Und was ist mit Magariz? Geht es ihm gut?«

»Ich habe nichts von ihm gehört, Mutter«, antwortete der Krieger einige Zeit später mit tonloser Stimme, »und weiß nicht, ob er tot ist oder noch lebt. Genau genommen weiß ich von den meisten meiner Offiziere nicht, was aus ihnen geworden ist. Ihr werdet Euch wohl noch ein Weilchen gedulden müssen.«

Ein Diener erschien und half Axis dabei, Kettenhemd und Gürtel abzulegen. Er reichte Rivkah das Kind zurück und war froh, als der Diener seine Sachen forttrug. Dann riß er sich buchstäblich das blut- und schweißgetränkte Langhemd vom Leib und schleuderte es in eine Ecke.

Rivkah fielen natürlich sofort die vielen Wunden an seiner

Brust und an seinem Rücken auf. Aber sie sagte nichts dazu. Diese Schnitte und Stiche sahen alle nicht lebensbedrohlich aus und würden rasch verheilen. »Legt Euch jetzt auch schlafen, mein Sohn. Ich werde über Euch wachen. Ehe Ihr nicht etwas geruht habt, könnt Ihr doch nichts mehr unternehmen.«

Axis wickelte sich in eine Decke und legte sich neben Aschure. »Aber nur zwei Stunden, nicht länger«, murmelte er. »Ihr müßt mich nach zwei Stunden wecken.«

Im Palast wie auch in Karlon selbst herrschte die größte Aufregung. Die meisten Bürger hatten bereits vom Ausgang der Schlacht erfahren. Viele hatten schweigend zugesehen, wie der König, Gautier und gut zwanzig Soldaten durch das Stadttor gekommen waren und befohlen hatten, dieses gleich wieder hinter ihnen zu versperren.

Wie? fragten sich die Hauptstädter. Sie sollten lediglich von Bornheld und zwei Dutzend Männern verteidigt werden? Karlon schien ebenso wie Achar verloren zu sein.

Die Höflinge flohen heimlich aus dem Palast und zogen sich in ihre Stadthäuser zurück, die in den verwinkelten Gassen Karlons versteckt lagen. Bornhelds Hof erschien ihnen unter diesen Umständen wenig einladend. Was mochte Axis wohl für ein Mensch sein? Wie würde sein Hof aussehen? Ob sich da auch ein Platz für sie fand? Aber gewiß doch, sagten sie sich. Der König, sei er nun neu, widerrechtlich oder übergangsweise zu seinem Thron gekommen, mußte erst noch geboren werden, der sich nicht gern mit einem Hofstaat voller Schmeichler umgab.

In den Straßen standen die Menschen zusammen und besprachen das Vorgefallene und dessen Folgen. Auch auf den Zinnen drängten sich die Bürger. Sie starrten auf das Schlachtfeld hinaus, wo Fackeln brannten und die Soldaten immer noch ihrer grausigen Beschäftigung nachgingen. Viele der Zuschauer hatten dort auf dem Feld einen Sohn, einen Vater oder einen Ehemann verloren. Die Männer der Stadt hatten auf beiden Seiten gekämpft, ungefähr genauso viele für Axis wie für den König.

Doch nicht Zorn oder Furcht beherrschten jetzt am Abend die

Gefühle der Bürger, viel eher war es Trauer. Wie der Sternenmann, so bedauerten die meisten, daß es zu einem solchen Gemetzel hatte kommen müssen. Warum hatten die Brüder sich nicht auf einen Vergleichsfrieden einigen können? Nun hatte es den Anschein, als habe der Ältere alles verloren – denn Karlon war nicht auf eine Belagerung vorbereitet. Natürlich besaß die Hauptstadt Mauern, aber keine Miliz, die diese hätte bemannen können. Und bislang hatte es auch niemand für nötig erachtet, Vorratsspeicher einzurichten und zu füllen, um eine längere Belagerung durchstehen zu können. Die Hauptstadt war ein Ort des Vergnügens und des Frohsinns. Schnell zu Geld zu kommen und moralische Zügellosigkeit standen hier im Vordergrund. Nie hätte jemand damit gerechnet, daß die grimmige Wirklichkeit des Krieges jemals bis hierher gelangen könnte.

Mochten die Bürger Karlons sich auch in die Niederlage fügen, Jayme raste vor Zorn.

»Ihr habt Euer Königreich verloren und den Untergang des Seneschalls verschuldet!« schrie er Bornheld an. Sein Ornat war voller Schmutz und Flecken.

Der König saß betrunken im Mondsaal auf seinem Thron. Alle seine Träume und Wünsche zerplatzt? Was war bloß schiefgelaufen? Ein leerer Rotweinkrug schwang wie ein Pendel an seiner Hand, die über der Lehne hing. Plötzlich ließen die Finger los, und sie sauste quer durch den Raum auf den Kopf des Kirchenfürsten zu.

Der Bruderführer konnte dem Krug gerade noch ausweichen, und dieser zerplatzte hinter ihm auf dem Boden.

»Alles verloren«, flüsterte Jayme und konnte noch immer nicht fassen, wieviel dieser eine Tag zunichte gemacht hatte. »Das Werk von tausend Jahren dahin!«

»Mir kam zu Ohren, Ihr hättet verloren«, ertönte eine helle Stimme von der Tür. Faraday trat in den Saal. Bornheld wandte den Blick vom Bruderführer ab, hin zu seiner Gemahlin. Sie trug ein prachtvolles dunkelgrünes Samtgewand, hatte sich elegant das Haar hochgesteckt, und ihren Hals und ihre Ohrläppchen zierten Diamanten und Perlen. »Ihr seht schlecht aus, Majestät. Soll ich den Arzt rufen? Vielleicht befiel Euch ja das gleiche Leiden, an dem Priam zugrunde ging.«

Der König kräuselte seine Lippen. Was sonst konnte er schon tun! »Axis hat durch Verrat gewonnen. So wie sich jeder seiner Siege auf Verrat gründet. Er kann wahrscheinlich gar nicht anders. Wenn mein Königreich zerbricht, dann nur deswegen, weil man sich nicht gegen allen Verrat schützen kann. So ist mir denn nichts mehr geblieben.«

»Wenn Euer Königreich zusammengebrochen ist«, entgegnete Faraday, weil sie nur noch Verachtung für diesen Mann empfinden konnte, »dann nur, weil Ihr nie dazu bestimmt wart, sein König zu sein! Wie lange noch, Bornheld, bis Axis seinen rechtmäßigen Platz einnimmt? Bis er auf diesem Thron sitzt?«

Der Oberste Kriegsherr erhob sich etwas zu heftig und wäre beinahe hingefallen. »Elende Hure! Wieviel von dem Verrat, den ich erdulden mußte, habe ich Euch zu verdanken? Wie viele habt Ihr in Euer Bett gelockt und gegen mich aufgewiegelt? Wie oft habt Ihr mich mit meinem Bruder betrogen?«

Faraday sah ihn voll Verachtung an. »Ich bin Euch stets treu geblieben, Gemahl. Ihr mir nicht!«

Ohne seine Entgegnung abzuwarten, fuhr sie herum und starrte Jayme an: »Ihr seid nur noch ein jämmerlicher alter Mann. Ihr und Euer Gott habt heute auf dem Schlachtfeld genausoviel verloren wie Bornheld. Wußtet Ihr, Bruderführer, daß ich einmal mit Inbrunst an Artor geglaubt habe? Doch dann kam ich mit der Prophezeiung in Berührung und lernte neue Götter kennen, mit neuer Macht. Artor bedeutet mir heute nur noch so viel wie mein Gatte, nämlich überhaupt nichts.«

Damit kehrte sie sich auf dem Absatz um und verließ erhobenen Hauptes den Saal.

Jayme zitterte, aber nicht aus Zorn. Wieder sah er sich vergebens nach Moryson um. Aber der Erste Berater und Gilbert hatten sich in dem Moment verzogen, in dem Bornhelds Niederlage offenkundig geworden war.

»Moryson?« murmelte der Bruderführer schwächlich und

spähte in alle Winkel. Ach, Artor, warum konnte sein Freund nicht in dieser schwärzesten Stunde bei ihm sein? »Was sollen wir jetzt nur tun?« Wieso wir? Was wird aus mir? Ich bin jetzt ganz allein, habe nur diesen betrunkenen Esel zur Gesellschaft, der nur noch König sein darf, weil ihn bis jetzt niemand vom Thron gestoßen hat.

Bornheld lächelte weinselig: »Was wir jetzt tun sollen, Jayme? Natürlich noch einen trinken, du weiser Mann Artors. Ich glaube, in dem Schränkchen dahinten an der Wand werdet Ihr noch einen Krug finden.«

Draußen auf dem Gang verließ Faraday aller Mut, den sie vorher gesammelt hatte, um den beiden Männern gegenüberzutreten. Axis würde bald hier auftauchen, in den Mondsaal stürmen und Bornheld zum tödlichen Zweikampf herausfordern. Und wenn dieser Moment gekommen war, würde sich die furchtbare Vision erfüllen, welche die Bäume im Wald der Schweigenden Frau ihr vor langer Zeit offenbart hatten.

Auch wenn die junge Frau noch so sehr hoffte, daß der Krieger siegte, auch wenn sie sich dringend wünschte, die Bäume hätten ihr nur ein unvollkommenes, mißverständliches Zukunftsbild vorgegaukelt, griff sie sich jetzt an den Busen und glaubte, Axis' warmes Blut zu spüren, das über ihre Brüste sprang.

»Gewinnt, Axis«, flüsterte sie. »Ihr müßt ihn besiegen!«

Die Nacht neigte sich ihrem Ende zu, und Rivkah wachte immer noch über Axis, Aschure und Caelum, als ihr die größte Sorge genommen wurde und Magariz unvermittelt in den Feuerschein trat. Sie erhob sich gleich, drückte ihn fest an sich, ließ ihn nicht mehr los und schluchzte hemmungslos.

Der Fürst, der ebenso erschöpft und bekümmert wirkte wie Axis, sank neben der Feuerstelle nieder. Rivkah befreite ihn von seiner Rüstung, während er ihr langsam und stockend den Verlauf der Schlacht schilderte. Irgendwann schlief er mitten im Satz ein. Rivkah bettete ihn sanft etwas bequemer und deckte ihn zu.

✩ ✩ ✩  308  ✩ ✩ ✩

Als sie sich schließlich wieder erhob, bemerkte sie eine große und dunkelhaarige Nor, die am Rand des Feuerscheins stand. Der eng zusammengezogene Umhang bedeckte fast völlig ihr rotes Kleid. »Belial?« flüsterte sie voller Furcht, und ihre blauen Augen blickten groß und verängstigt drein.

Rivkah schüttelte den Kopf. »Ich habe noch nichts von ihm gehört.«

»Ach«, seufzte das Mädchen da und wandte sich ab. Axis' Mutter sah ihr noch lange bekümmert hinterher.

Sie ließ sich wieder am Feuer nieder, wachte über die Schlafenden und fühlte selbst Müdigkeit in sich aufsteigen. Dabei dachte sie über den Verlauf der Schlacht und den Lauf der Welt nach. Die Männer kämpften, und die Frauen warteten und weinten. Rivkah war es unendlich müde, nie das zu bekommen, was sie sich wünschte. In Gedanken schwor sie sich, das Leben und ihre Liebe nicht noch einmal entkommen zu lassen. Sie würde die ihr verbleibenden Jahre unter glücklicheren Umständen verbringen als die bereits hinter sich gebrachten. Diesmal sollte niemand, nicht einmal ihr Sohn, sie daran hindern, sich mit dem Mann zusammenzutun, den sie liebte.

Schließlich rüttelte Rivkah Axis wach. Die zwei Stunden waren längst vorbei. Aber er war noch so benommen, daß er gleich wieder einschlief, und sie beschloß, ihn bis zum Tagesanbruch in Ruhe zu lassen. Was hätte er jetzt, tief in der Nacht, auch tun können?

In der ersten kalten Morgenstunde saßen Axis, Aschure und Magariz schweigend am Feuer. Alle drei hatten von den überstandenen Anstrengungen noch Ringe unter den Augen, doch sie sahen schon etwas besser aus als gestern abend. Rivkah schaute der jungen Frau dabei zu, wie sie Caelum fütterte. Das ungeborene zweite Kind ruhte immer noch sicher in ihrem Leib. Nichts war ihm passiert. Aber was wäre wohl geschehen, wenn Aschure länger in der Schlacht hätte kämpfen müssen?

Der Krieger teilte die Sorge seiner Mutter. »Ihr werdet heute im Lager bleiben, Aschure«, erklärte er ihr ruhig. »So müde, wie

Ihr seid, seid Ihr niemandem von Nutzen, am wenigsten unserem Sohn. Schlaft Euch lieber aus.«

Die übergroße Erschöpfung und die Sorge um ihr heranwachsendes Kind brachten die junge Frau zur Vernunft, und sie nickte nur. Dann zog sie Caelum ganz eng an sich. Während der kritischsten Momente im gestrigen Kampf hatte sie sich immer wieder gefragt, ob sie ihren Sohn jemals wiedersehen würde. Da wollte sie ihn heute natürlich nicht allein lassen.

Der Fürst hob den Kopf, den er bislang auf eine Hand gestützt hatte. »Axis, wo fangen wir an?«

Der Krieger verzog das Gesicht. »Wo wir anfangen? Nun wir erheben uns von diesem Feuer, verlassen das Lager und beginnen mit dem, was uns als erstes begegnet. Los, hoch mit Euch.«

Er trat zu Magariz und half ihm auf die Beine. »Rivkah hat sich letzte Nacht Sorgen um Euch gemacht«, sagte er ihm leise. »Ich freue mich, daß Ihr noch lebt, nicht nur um ihret-, sondern auch um meinetwillen.«

Einfache Worte, doch voll tiefer Bedeutung. Magariz versuchte ein leichtes Grinsen: »Und ich bin um meinetwillen auch froh, daß ich noch lebe«, entgegnete er, und Axis lachte laut.

»Auf denn.« Er zog den Fürsten von den Frauen fort. »Wollen wir nachschauen gehen, welchen Sieg wir errungen haben.«

Einen eher schalen Sieg, mußte der Krieger sich zwei Stunden später eingestehen, nachdem er die Berichte seiner Befehlshaber gehört hatte. Ja, sie hatten gewonnen, aber auch einen hohen Preis dafür gezahlt. Der Luftarmada war es noch am besten ergangen. Sie hatte nur einige Verwundete durch verirrte Pfeile und drei Tote, die durch schieres Pech ihr Leben verloren hatten. Ho'Demi, der unter den blauen Linien alle Farbe verloren hatte, meldete dagegen fast fünfzehnhundert tote Rabenbunder.

Isgriff hatte seine schwere Rüstung abgelegt, war aber immer noch zum Kampf gerüstet. »Tausend Panzerreiter«, erklärte er nur, als Axis ihn ansah, »und über dreitausend ihrer Pferde.«

»Und die Piraten?«

»Keinen einzigen«, grunzte der Baron. »Anscheinend stehen

die Seeräuber unter dem besonderen Schutz der Götter. Aber man darf natürlich nicht vergessen, daß sie erst sehr spät das Schlachtfeld betreten haben und auf einen erschöpften Gegner trafen.«

»Wo lagern sie jetzt?«

Isgriff nickte in Richtung Nordra. »Am Fluß, wo sie auf Schiffe warten, die sie nach Hause bringen.«

»Ich kann Euch nicht genug für die Piraten danken, Baron. Wenn Koroleaner auf den Schiffen gewesen wären ... nicht auszudenken.« Der Krieger schüttelte sich.

»Dann würden wir jetzt auf unsere Hinrichtung warten«, entgegnete Isgriff nur. »Die Piraten werden für die Prophezeiung kämpfen, wenn sie es von ihnen verlangt. So wie die Mehrheit der Bewohner von Nor.«

Axis hob den Kopf und betrachtete die verwüstete Ebene von Tare. Während der Nacht hatte man alle Toten begraben, aber der Boden war immer noch rot von Blut. »Die Weissagung verfügt über Freunde, mit denen ich am wenigsten gerechnet habe«, sagte er langsam. »Nor und die Piraten haben sich als die wertvollsten erwiesen.«

Er seufzte, und Belial gesellte sich mit steifen Gliedern zu ihnen.

»Habt Ihr überhaupt geschlafen, Freund?«

Der Leutnant zuckte die Achseln. »Zwei, vielleicht drei Stunden. Aber das sollte ausreichen.«

»Und wie viele haben wir verloren?«

Belial wußte, was Axis damit meinte. Wie viele der berittenen Soldaten waren gefallen? »Ungefähr elfhundert. Die meisten davon gehörten zu den neuen, den noch unerfahrenen, die sich uns in Sigholt angeschlossen hatten. Aber leider auch einige unserer ältesten Freunde.«

Der Krieger wandte den Blick ab.

»Insgesamt haben wir unter viertausend Leute verloren«, fuhr Belial fort, »Bornheld hingegen doppelt so viele, Koroleaner und Achariten. Erinnert Ihr Euch noch, wie hoch unsere Verluste in Gorken waren? Siebentausend. Davon haben wir uns damals erholt, und deswegen werden wir auch über diese Viertausend hinwegkommen.«

»Natürlich«, entgegnete Axis, »wir werden uns auch von diesem Schlag erholen. Trotzdem halte ich jeden dieser Tode für vollkommen sinnlos. Der Verlust jedes einzelnen Soldaten, gleich, ob er auf unserer oder auf Bornhelds Seite gekämpft hat, tut mir in der Seele weh.«

»Das wissen die Männer, die hinter Eurem Banner stehen«, erklärte der Leutnant. »Und ich glaube, wir haben bereits Ersatz für die viertausend Gefallenen gefunden – von einer eher unerwarteten Seite.«

Der Krieger sah ihn fragend an: »Was meint Ihr damit?«

Belial winkte einen Mann aus der Schar der Gefangenen heran. Der trug einen zerrissenen und blutbefleckten Waffenrock mit dem Wappen Bornhelds und hinkte leicht beim Gehen.

»Herr, ich bin Hauptmann Bradoke«, sprach er Axis mit militärisch klarer, aber achtungsvoller Stimme an, »und der ranghöchste Offizier unter den Gefangenen. Herr, wir haben für Bornheld gekämpft, weil er der König ist und wir ihm den Treueid geleistet hatten. Aber uns hat seine Flucht gestern vom Schlachtfeld sehr mißfallen. Auch reden wir schon seit Wochen an den Lagerfeuern über die Prophezeiung. Und gestern nacht haben wir uns sehr lange und gründlich darüber unterhalten. Großmütiger Herr, wir sind auf Gedeih und Verderb Eurer Gnade ausgeliefert, und wir bitten trotzdem darum, unser Schicksal selbst bestimmen zu dürfen.«

»Und das bedeutet?« fragte der Krieger.

Bradoke holte tief Luft. »Wir möchten uns hinter das Banner der Prophezeiung stellen und uns Eurer Armee anschließen, Herr.« Als er das Wohlwollen in Axis' Blick sah, fuhr er fort: »Ich habe mit ansehen dürfen, wie Ihr um jeden einzelnen Soldaten getrauert habt, der für Eure Sache gefallen ist. So etwas hätte Bornheld nie für uns getan. Deswegen möchten wir, und allen voran ich selbst, fortan für Euch kämpfen.«

Der General sah seinen Leutnant an, und als dieser nickte, musterte er den Hauptmann. Das, was er gerade vorgebracht hatte, schien aufrichtig zu sein, aber durfte Axis ihm trauen? Was bleibt mir anderes übrig?, sagte er sich. Ich muß meine Armee für den nächsten Angriff Gorgraels sammeln und kann es mir nicht leisten, tausend oder mehr Mann für die Bewachung der Kriegsgefangenen abzustellen. Schließlich nickte der Krieger und fragte: »Dann beredet alles mit Belial. Für wie viele Soldaten sprecht Ihr?«

»Siebentausend, Herr.«

»Bei den Sternen!« rief Axis. »Wie sollen wir Euch denn alle verpflegen?«

»Darüber zerbrecht Euch mal nicht den Kopf.« Isgriff schlug ihm herzhaft auf die Schulter. »Karlon wird bald Euer sein, und die Stadt faßt so viele Vorräte, daß wir alle davon satt werden. Ich habe bereits einige Schiffe dorthin in Marsch gesetzt, die Proviant und anderes Notwendige herbeischaffen sollen.«

»Bei den Göttern, Baron«, lachte Axis, »was würde ich nur ohne Euch tun. Eigentlich sollte ich Euch gleich das Königreich übertragen.«

Isgriff zwinkerte. »Meinem häßlichen Kopf würde eine Krone schlecht stehen, da sähe ich lächerlich aus. Davon abgesehen habe ich mich, wie Ho'Demi auch, dem Sternenmann verpflichtet.«

Abgesehen davon, die Armee und die zusätzlichen Truppen zu versorgen und am Gralsee das Hauptlager zu errichten, blieb Axis an diesem Tag nur noch eines zu tun.

Am Nachmittag ritt er mit einer kleinen Eskorte zum Turm des Seneschalls, dem alten Narrenturm.

Zwei Jahre waren vergangen, seit er dieses Bauwerk zum letzten Mal gesehen hatte. Dreißig Jahre lang war der Krieger hier zuhause gewesen, hatte er bei seinem geliebten Ziehvater Jayme gelebt. Drei Jahrzehnte lang hatte er die Lehren des Seneschalls willig befolgt, und ebensolange hatte er geglaubt, daß der Turm als äußere Manifestation für die Liebe Artors und die umfassende Fürsorge Seiner Kirche stand.

Doch heute betrachtete er den weißen Turm mit anderen

Augen. Jetzt standen seine glänzenden Mauern als Symbol für die Lügen und Täuschungen, die der Seneschall dem Volk von Achar aufgezwungen hatte. Und als Sinnbild der Grausamkeit, mit der die Kirche gegen die Awaren und Ikarier vorgegangen war, für all die Verschwörungen und Folterungen, mit denen diese beiden Völker verfolgt worden waren. Mittlerweile wußte Axis auch, daß es sich beim Amtssitz des Seneschalls in Wahrheit um den Narrenturm handelte, eine der zauberkräftigen Burgen des alten Tencendor und magische Versammlungsstätte des uralten Landes.

Der Sternenmann beabsichtigte nun, den Narrenturm endgültig von seinen Henkern und Folterknechten zu befreien.

Wie schon seit Ewigkeiten erhob der Turm sich in makellosem Weiß über einhundert Meter in die Höhe. Seine sieben Seiten schimmerten leicht im Schein der untergehenden Sonne. An seiner Seite funkelte fröhlich das silbrig blaue Wasser des Gralsees – einem der vier magischen Seen Tencendors –, so als wisse er, daß sein jahrtausendelanger Gefährte nach langer Versklavung endlich befreit werden sollte.

Was verbirgt sich hinter deinen Mauern? fragte Axis in Gedanken, als er auf den Turm zuritt. Welche Geheimnisse befinden sich in deinen Kammern und Verliesen? Was werde ich in dir finden, wenn ich den Seneschall schließlich zur Tür hinausgejagt habe?

Doch ein näherliegendes Problem beschäftigte ihn jetzt mehr. Wie würde die Abteilung Axtschwinger ihn empfangen, die sich jetzt in breiter Formation vor dem Turm aufgebaut hatte? Der Krieger gab seiner Bedeckung das Zeichen, zurückzubleiben und ritt langsam auf die Elitesoldaten zu. Zehn Schritt vor ihnen hielt er Belaguez an. Kenricke, ihr Befehlshaber, saß hoch zu Roß vor der letzten Kohorte Axtschwinger.

Ergraut, groß und hager erwartete er seinen alten Axtherrn mit undurchdringlicher Miene. Axis' Blick fiel unwillkürlich auf das Zeichen der gekreuzten Axt auf der Brust des Mannes. Wie lange hatte er dieses Emblem selbst voller Stolz getragen! Heute trug er ein hellgraues Langhemd mit der flammenden Sonne auf der Brust. Die Welt hatte sich ebenso verändert wie der ehemalige General der Axtschwinger.

»Kenricke«, grüßte er den Kohortenführer, »wir haben uns lange nicht mehr gesehen.«

Der Mann sah ihn für einen Moment nur an und tat dann etwas, womit der Krieger wirklich nicht gerechnet hatte. Nach Art der Axtschwinger schlug er sich mit der Faust an die Brust und verbeugte sich tief. »Axis …« begann er, schwieg verlegen und fuhr dann fort: »Herr, ich weiß nicht, mit welchem Titel ich Euch anreden soll.«

»Nennt mich ruhig Axis, das ist immer noch mein Name.«

»Warum erscheint Ihr jetzt hier? Aus welchem Grund seid Ihr zum Turm des Seneschalls zurückgekehrt?«

»Ich will die Welt wiedererstehen lassen, welche der Seneschall so lange zu vernichten und zu unterdrücken suchte. Dieses Gebäude hier, in der alten Welt der Narrenturm, stellt für die neue Ordnung einen wesentlichen Bestandteil dar. Ich bin daher heute hier erschienen, um den Narrenturm vom Seneschall zu befreien.«

»Viele Worte für eine einfache Absicht«, entgegnete Kenricke. »Ihr wollt also nur die Brüder hinauswerfen.«

»Ihr habt es immer schon verstanden, Kohortenführer, Euch sehr deutlich auszudrücken. Wollt Ihr mir also noch Widerstand leisten?«

Kenricke saß lange schweigend da und studierte seinen ehemaligen Axtherrn. Dann gab er unvermittelt seinem Roß die Sporen und zog die Axt aus dem Gürtel. Der Krieger erstarrte, wich aber nicht. Als Axis als Jugendlicher zu den Axtschwingern gekommen war, hatte Kenricke ihn an den Waffen ausgebildet. Damals hatten sie sich angefreundet, und heute glaubte er nicht, daß dieser Mann darauf aus war, ihn zu erschlagen.

Als sein Pferd neben Belaguez stand, hielt der Offizier es an, faßte die Waffe an der Schneide und reichte sie dem Krieger mit dem Griff voran. »Ich überreiche Euch meine Axt, Axis, und damit auch meine Einheit. Seit Ihr uns verlassen habt, stellen wir nur noch eine traurige Erinnerung dar, die darauf wartet, eines

✩ ★ ✩   315   ✩ ★ ✩

Tages von ihrem General erlöst zu werden. Nehmt meine Waffe und mit ihr meine Treue.«

Der Sternenmann war sich der besonderen Bedeutung dieses Augenblicks durchaus bewußt. Mit seiner Übergabe beendete Kenricke die tausendjährige Geschichte der stolzen und traditionsbewußten Axtschwinger.

»Ich nehme sowohl Eure Axt als auch Eure Treue an, Kenricke, und heiße Euch in meiner Streitmacht willkommen. Belial erwartet Euch im Lager«, er nickte in Richtung der Zelte am Ufer des Sees, »und wird Euch unterbringen und einteilen. Aber, Kenricke, Ihr alle werdet die Äxte abgeben müssen. Im neuen Tencendor ist für solche mit düsteren Schicksalen belasteten Waffen kein Platz.«

»Verstehe«, nickte der Offizier.

Nun nickte Axis in Richtung des Turms. »Ist Jayme noch da drinnen?«

Kenricke grinste verächtlich. »Der Bruderführer, seine Berater und die meisten Brüder haben sich schon vor Tagen in die Hauptstadt abgesetzt. Der Turm des ... Der Narrenturm wird nur noch von ein paar Greisen und einigen Novizen bewohnt. Sie erbitten von Euch nicht mehr, als daß Ihr ihnen gnädig ihr Leben laßt.«

Der Krieger dachte einen Moment nach. »Ich möchte mit ihrem Sprecher reden.«

Kenricke drehte sich um und gab einem der Soldaten in der letzten Reihe ein Zeichen. Der Axtschwinger klopfte an eine Tür, die im Turm eingelassen war. Nach einer kurzen Weile öffnete sie sich, und ein älterer Mönch huschte heraus.

»Bruder Boroleas!« Axis erkannte ihn wieder. So wie Kenricke ihn im Gebrauch der Waffen unterwiesen hatte, hatte Boroleas ihm das Lesen und Schreiben beigebracht. »Ich bin gekommen, den Narrenturm zu beanspruchen.«

»Und ich bin gekommen, um das Leben der Insassen zu bitten«, entgegnete der Mönch.

»Das sei Euch gewährt«, erklärte der Sternenmann.

»Und unsere Freiheit?«

✩✩✩  316  ✩✩✩

»Zwanzig Soldaten geleiten Euch nach Nordmuth, wo Ihr das nächste Schiff nach Koroleas besteigen werdet.«

»Und unsere Bücher?« fragte der Mönch noch, obwohl er kaum zu hoffen wagte, daß ihm auch dieser Wunsch gewährt werden würde.

Der Krieger hatte nicht vor, zu viele Zugeständnisse zu machen. »Ich habe Euch das Leben und die Freiheit geschenkt, Boroleas. Bittet nicht auch noch um die Bücher. Ihr brecht sofort auf, und Ihr laßt alles zurück. Kenricke, überwacht Ihr bitte den Auszug der Brüder?«

Der Offizier nickte, und Axis betrachtete lange den Narrenturm. Endlich war er sein.

# 23

## MORGENSTERN

Drei Tage nach der Entscheidungsschlacht hatte Axis' Armee ihr
Lager um die Ostspitze des Gralsees herum aufgeschlagen.
Bunte Banner flatterten am Ufer. Die einen zeigten die Feldzei-
chen des jeweiligen Befehlshabers, die anderen das Wappen des
Herkunftslandes, doch am häufigsten war das goldene Banner
des Sternenmannes zu sehen. Die Soldaten erholten sich in der
noch warmen Frühherbstsonne von den Anstrengungen des
Kampfes. Karlon blieb weiterhin unbehelligt, denn Axis wollte
den Seinen erst etwas Ruhe gönnen. Schiffe aus Nor waren eingetroffen und hatten die Männer mit neuem Proviant versorgt.
Den Hauptstädtern jedoch blieb nichts anderes übrig, als von
den Mauern aus Axis' Soldaten dabei zuzusehen, wie sie frisches
Obst und knuspriges Brot verspeisten. Dann erlebten sie die Rabenbunder bei einem rauhen Ballspiel, das vom Pferderücken
aus ausgetragen wurde. Und die Ikarier, wie sie in die Luft auf-
stiegen und ihre Kunststücke vorführten.

Morgenstern und Sternenströmer bewohnten ein eigenes
Zelt am Nordrand des Lagers. An diesem dritten Tag hatte Axis
sich zu ihnen gesellt und sah mit ihnen die alten Bücher durch,
welche die Ikarier aus dem Narrenturm geborgen hatten. Der
Krieger hatte befohlen, alle Werke der Bruderschaft zu verbrennen, doch zur großen Freude der Zauberer hatten sich etliche
alte ikarische Bände gefunden, die die Brüder sicher in Schrän-
ken und Truhen verschlossen aufbewahrt hatten.

»Was wollte der Seneschall bloß mit diesen Schriften?« fragte
Morgenstern, während sie in den kostbar gebundenen Werken
blätterte. »Gewiß haben die Brüder sie doch nicht gelesen.«

✩✩✩ 318 ✩✩✩

Axis zuckte die Achseln. »Ich habe keine Ahnung, warum diese Bände aufbewahrt wurden. Vielleicht war das Wissen darum, was in diesen Büchern steht, längst verloren gegangen. Vielleicht haben sie die Wälzer auch beim Einzug in den Narrenturm vorgefunden, zur späteren Verwendung irgendwo untergebracht und dann vollkommen vergessen.«

Sein Vater wirkte ebenso aufgeregt wie Morgenstern. »Axis! Dies sind in ihrer Mehrheit Werke, die wir für immer verloren wähnten! Daß sie jetzt wieder vor uns liegen ... Seht nur, Mutter!« Er hielt ihr ein schmales Bändchen hin, das er gerade einer Truhe entnommen hatte. »*Die Geschichte der Seen* – ich dachte immer, das Buch gäbe es nur in der Sage!«

Morgenstern starrte verwundert auf das Werk und nahm es ihm aus der Hand. »Die Geschichte der Seen ... Bei den Göttern, habt Dank, Axis, für alles, was Ihr für unser Volk getan habt.«

Der Krieger lächelte. Seit die heiligen Stätten den Vogelmenschen wieder offenstanden, erlebte er seine Großmutter von einer Seite, die er nie bei ihr vermutet hätte. Erst heute morgen hatte er sie dabei erlebt, wie sie fröhlich mit Aschure lachte und schwatze, während die beiden Frauen einen Spaziergang mit Caelum unternahmen. Offensichtlich hatte Morgenstern ihren Argwohn gegenüber der jungen Frau abgelegt.

Morgenstern legte nun zögernd das Bändchen beiseite. Ihr stand später noch ausreichend Zeit zur Verfügung, alle diese Bücher zu lesen. »Befindet sich sonst noch etwas im Narrenturm?«

Sternenströmer schüttelte den Kopf. »Nein, wir haben alles herausgeholt, was dem Seneschall gehörte, und das meiste davon verbrannt. Unter der Holzverkleidung an den Wänden stießen wir auf die ursprünglichen gemalten Verzierungen. Axis, sie ähneln sehr den Schnitzereien in der Höhle mit dem Brunnen, durch den wir in die Unterwelt gelangten.«

Der Krieger nickte und erinnerte sich an die schönen Wandbilder der Unterwelt. Sie zeigten Frauen und Kinder, die sich an den Händen hielten und tanzten. Er konnte es gar nicht abwarten, diese Malereien zu sehen, sobald sie wieder hergestellt sein würden.

☆ ☆ ☆ 319 ☆ ☆ ☆

»Wann werdet Ihr den alten Turm wieder einweihen, Vater?«

»Morgen nacht, mein Sohn. Dann haben wir Vollmond, und der Narrenturm muß in besonderem Einklang mit dem Mond stehen.«

»Ach!« murmelte Morgenstern hart. »Was treibt das dumme Ding denn da schon wieder?«

Axis und der Sternenströmer sahen sie überrascht an, aber sie blickte weiter angestrengt durch die offene Zelttür nach draußen: »Imibe sollte auf Caelum aufpassen, solange er sein Mittagsschläfchen hält. Aber da läuft sie schon wieder fort, um ihren Mann bei den Reiterspielen zu bewundern. Ich gehe jetzt besser und sehe nach dem Knaben. Aschure besucht heute nachmittag die Verwundeten im Feldlazarett.«

»Nein, laßt mich gehen, Großmutter«, erbot sich Axis. »Ich weiß doch, wie gern Ihr Euch diese Bücher anschauen möchtet, und Ihr wißt auch, wie gern ich etwas Zeit mit meinem Sohn verbringe.«

»Aber Euer Vater will sich mit Euch über die Zeremonie morgen abend unterhalten, und mir stehen noch einige Jahre zu Verfügung, in denen ich mich mit diesen Wälzern beschäftigen kann.« Sie schaute ihm offen ins Gesicht und fügte hinzu: »Und ich verbringe ebenso gern Zeit mit Caelum wie Ihr.«

Der Krieger gab nach. Später sollte ihn diese Entscheidung in seinen Alpträumen verfolgen. Was wäre geschehen, wenn er an diesem sonnigen Nachmittag zu seinem Zelt gegangen wäre, um nach seinem Sohn zu sehen?

Morgenstern lächelte Sohn und Enkel zum Abschied zu – und trat mitten hinein in die Prophezeiung.


Die Zauberin spürte sogleich, als sie in Axis' und Aschures Zelt trat, daß etwas nicht stimmte. Caelums Wiege stand im Dämmerlicht einer entlegenen Ecke ... eine dunkle Gestalt beugte sich gerade darüber und griff nach dem Kind.

»Wer seid Ihr?« fragte Morgenstern den Fremden mit fester Stimme, und dieser fuhr zu ihr herum.

»Oh!« konnte sie nur noch krächzen und sich vor Entsetzen

an die Kehle fassen. Dunkle Energie strömte auf sie zu und hüllte sie ein.

Dunkle Magie. Dunkle Musik. Dagegen vermochte die Zauberin nichts auszurichten.

»Wolfstern«, murmelte sie. »Ich frage mich schon lange, in welcher Verkleidung Ihr auftretet.«

»Morgenstern«, sagte der Zauberer und bewegte sich mit einem kalten Lächeln auf sie zu. Dabei veränderte er sein Aussehen, bis er Wolfstern selbst war.

Wolfstern war von unglaublicher Schönheit. Er besaß die violetten Augen der Sonnenflieger, hatte aber dunkelrotes Haar. Seine ganze Gestalt spiegelte die ungeheure Macht wider, von der er erfüllt war. Morgenstern vermutete, daß er diese Macht aus einem anderen Universum mitgebracht hatte. Wie sollte Axis nur gegen einen solchen Gegner antreten, dachte sie verzweifelt, als Wolfstern vor ihr stehenblieb und mit zwei Fingern ihr Kinn hob. *Wie soll der Sternenmann nur gegen ihn bestehen?*

»Axis wird gegen mich antreten, wenn er mich gefunden hat, mein Täubchen«, sagte Wolfstern leise. »Aber noch wird er mich nicht entdecken. Erst wenn ich es zulasse. Doch bis dorthin habe ich in dieser Verkleidung noch einiges zu erledigen.«

»Ich werde Euch nicht verraten«, flüsterte die alte Frau.

»Ach, herzallerliebste Morgenstern, wie sollte Euch das möglich sein? Euer Wissen wird in Euren Augen stehen, und der Krieger oder der Sternenströmer werden das früher oder später erkennen und aus Euch herauslocken. Mein Täubchen, Ihr habt gesehen, in welcher Tarnung ich auftrete und deswegen habt Ihr Euer Leben verwirkt.«

Die Zauberin wimmerte leise.

»Oh, Ihr habt Angst.« Er legte die Hände links und rechts an ihren Kopf, zog ihn zu sich heran und küßte sie leicht zum Abschied.

Morgenstern stöhnte. Bar jeder Zauberkräfte hingen ihre Hände schlaff herab.

Wolfstern hob den Kopf. »Gehabt Euch wohl, meine Schöne«,

✫ ✫ ✫  321  ✫ ✫ ✫

flüsterte er, preßte seine Hände immer stärker zusammen und zerdrückte ihren Kopf so mühelos wie eine Eierschale.

Als er sie vorsichtig zu Boden sinken ließ, fing Caelum an zu schreien.

Erst jetzt erhoben sich die fünf Alaunt, die bis dahin ruhig im Zelt geschlafen und sich nicht von Wolfsterns Anwesenheit und Unterhaltung mit Morgenstern hatten stören lassen. Sie bildeten einen Ring um die Wiege des Knaben.

»Wie eigenartig«, murmelte Sternenströmer und hob den Blick von dem Buch, das er gerade seinem Sohn zeigte. »Ich spüre einen Verlust, eine Leere, weiß aber nicht warum.«

Der Krieger sah ihn fragend an, aber sein Vater schüttelte nur den Kopf und erklärte ihm weiter, auf welch sensationellen Fund er gerade wieder gestoßen war.

Wolfstern eilte durch die Zeltreihen und ärgerte sich sehr, daß er enttarnt worden war, und auch ein wenig darüber, daß er Morgenstern umgebracht hatte. Schließlich hatte sie zu den Sonnenfliegern gehört, und an der eigenen Familie hatte er sich nicht vergreifen wollen.

In seiner Bestürzung vergaß er sogar für eine Minute, sein Antlitz wieder zu verhüllen.

Ohne darauf zu achten, wohin ihn seine Schritte führten, und verfolgt von Caelums Geschrei, bog er in eine Seitenstraße ab und lief Jack in die Arme.

Der Schweinehirt prallte völlig verblüfft einen Schritt zurück und stammelte: »Meister!«

Wolfstern legte ihm eine Hand auf die Schulter. »Mein Freund, hört mir gut zu. Es hat einige unerfreuliche Vorgänge gegeben. Erwähnt mit keinem Wort, daß Ihr mich gesehen habt.«

Jack starrte ihn immer noch mit großen Augen an und senkte das Haupt. »Wie Ihr wünscht, Meister.«

Einen Augenblick später war von Wolfstern nichts mehr zu sehen.

»Schaut nur!« rief Sternenströmer einige Minuten später und deutete auf eine Buchillustration, »Ihr seht hier eine Darstellung der Vierten Ordnung der ...«

»*AXIS!*«

Die beiden Männer fuhren zusammen. Das war Aschure, und sie brüllte in höchstem Entsetzen.

»*Axis! Axis!*«

Vater und Sohn ließen die Bücher fallen, die sie gerade in den Händen gehalten hatten, und liefen nach draußen.

Die junge Frau kam über die Lagerstraße auf sie zugerannt. Caelum schrie in ihren Armen wie am Spieß, und fünf Alaunt folgten den beiden auf dem Fuße.

»Axis ...« Vor Schreck konnte sie nur stoßweise atmen und brachte kein vernünftiges Wort über die Lippen. Vom ebenfalls entsetzten Caelum konnte der Krieger genausowenig erfahren.

Er schüttelte sie an den Schultern. »Aschure, was ist mit Euch? Was ist geschehen?«

»Morgenstern!« entfuhr es Sternenströmer leise, und er richtete seinen Blick auf das Zelt seines Sohnes, das drei oder vier Reihen von ihnen entfernt stand.

Die junge Frau konnte immer noch nicht sprechen und brach in Tränen aus.

Axis wechselte einen überaus besorgten Blick mit seinem Vater, und schon stürmten die beiden, so schnell sie konnten, zum Zelt.

Die Männer machten einen Schritt in das Zelt hinein und blieben dann so jählings stehen, als wären sie gegen eine Mauer geprallt. Morgenstern lag dort auf dem Boden. Die Arme ruhten an ihren Seiten, so als habe jemand Wert darauf gelegt, sie ordentlich herzurichten. Aber wo einmal ihr Kopf gewesen war, zeigte sich jetzt nur noch eine formlose Masse aus Blut, Knochenstücken und Hirngewebe. Irgend etwas hatte ihr den Schädel vollkommen zerquetscht. Selbst Axis, der auf den Schlachtfeldern schon so manche gräßliche Wunde gesehen hatte, mußte gegen aufsteigende Übelkeit ankämpfen.

Aschure stolperte jetzt ins Zelt und hielt Caelum so, daß er seine Großmutter nicht sehen konnte. Zwischen Schluchzern entrangen sich einzelne Worte ihrer Kehle: »Ich war ... gerade auf dem Rückweg ... als ich ... Caelum schreien hörte ... und da ... und da bin ich gelaufen ... und gelaufen ... und fand ... ich wußte nicht ... was ich tun sollte ... was hätte ich ... ich denn auch tun können ... also nahm ... nahm ich mir Caelum ... und bin ... bin ... bin ... weggerannt ...«

Axis drehte sich zu ihr um und legte seinen Arm um ihre Schulter. In diesem Moment erschienen Belial, Magariz, Rivkah, Isgriff und Embeth. Sie alle drängten ins Zelt und fuhren ebensosehr entsetzt vor Morgensterns Anblick zurück.

Mit harter Miene, der man keine Gefühlsregung ansah, nahm der Krieger Caelum vom Arm seiner Liebsten. Er hielt den Kleinen fest an sich gedrückt und beruhigte ihn mit seinen Liedern und seiner Zauberkraft. Langsam beruhigte sich Caelum wieder.

Der Knabe war der einzige Zeuge dessen, was hier passiert war.

*Mein Sohn, ganz ruhig, Ihr seid in Sicherheit. Sicher, sicher, sicher. Wer hat dies Eurer Großmutter angetan?*

Zuerst erhielt er keinerlei Antwort.

Dann: *Ein dunkler Mann.*

Der Krieger erstarrte: *Kennt Ihr vielleicht seinen Namen?*

Er spürte, wie sein Sohn zögerte ... *Morgenstern hat ihn Wolfstern genannt.*

Axis faßte Caelum unwillkürlich fester. *Habt Ihr sein Gesicht gesehen?*

*Nein, erst hatte er sich die Kapuze tief herabgezogen, und dann hat er mir den Rücken zugekehrt.*

»Wolfstern?« murmelte Sternenströmer. »Wolfstern hat das getan?«

*Er berührte mich mit seinem Geist,* fuhr der Knabe fort. *Das hat sich so sanft angefühlt. Er sagte, daß er mich liebe.*

Als Sternenströmer schließlich gramgebeugt in das Zelt zurückkehrte, das er mit seiner Mutter geteilt hatte, war *Die Geschichte der Seen* nicht mehr aufzufinden. So sehr er und seine

Gefährten in den nächsten Tagen und Wochen auch danach suchten, das Bändchen war und blieb verschwunden.

Sehr viel später, als der volle Mond am Himmel stand, man Morgensterns Leiche hinausgetragen und das Zelt wieder in Ordnung gebracht hatte, saßen Vater und Sohn am sandigen Ufer des Gralsees zusammen. Axis hatte einen Beruhigungszauber über Aschure und Caelum gesungen, und die beiden schliefen nun in Rivkahs Zelt – in dem Zelt, das sie inzwischen ganz offen mit Magariz teilte. Der Krieger hatte angeordnet, sein eigenes Zelt zu verbrennen. Er hätte es nie wieder betreten können.

Lange Zeit saßen die beiden schweigend am Strand und sahen dem Mond zu, wie er über dem dunklen Gewässer seine gemächliche Bahn zog.

Axis hörte seinen Vater tief seufzen und ergriff seine Hand. »Ich weiß, wie nahe Morgenstern und Ihr Euch gestanden habt«, sagte er langsam und hoffte, Sternenströmer so zum Reden zu bringen. Sein Vater und seine Großmutter hatten oft miteinander gestritten, was aber hauptsächlich auf das gleiche Temperament zurückzuführen war. Doch hatte sie auch immer schon ein starkes Band miteinander verbunden, das weit über die normale Liebe zwischen Mutter und Sohn hinausging.

»Ich kann es einfach noch immer nicht fassen, daß sie auf solche Weise sterben mußte«, flüsterte der Zauberer und starrte weiterhin auf die kleinen Wellen, die vor ihren Füßen am Ufer leckten. »Morgenstern hat sich immer von allen die meisten Sorgen um Wolfstern gemacht. Ständig grübelte sie darüber nach, in welcher Maske er auftreten könnte, welche Gestalt er angenommen haben mochte ... Vielleicht entsprang das der unbewußten Vorahnung, eines Tages durch seine Hand ums Leben zu kommen.«

»Wolfstern ...« Axis wollte lieber nicht über den unseligen Vorfahren nachdenken. Und erst recht nicht über Morgensterns Verdacht, hinter wem er sich verbergen könnte. Nicht schon wieder Aschure mißtrauen ...

»Nein, es war nicht Aschure«, sagte sein Vater. »Sie kann es gar nicht gewesen sein.«

☆ ☆ ☆ 325 ☆ ☆ ☆

»Bestimmt nicht«, bekräftigte der Krieger, um ihn und sich selbst zu überzeugen. »Schließlich hatte sie keine Möglichkeit, mich in jungen Jahren zu unterrichten. Während ich in Karlon aufwuchs, wurde sie in Smyrdon geboren und aufgezogen.«

Beiden Zauberern schien dies Beweis genug zu sein. Sie, die sie beide die junge Frau sehr liebten, hätten sich aber auch an jede andere Erklärung geklammert, die Aschure von dem Verdacht freigesprochen hätte.

»Rivkah, Magariz, Belial, Isgriff und Embeth«, zählte der Krieger jetzt auf. »Sie alle erreichten kurz nach uns das Zelt, mußten sich also ganz in der Nähe aufgehalten haben.«

»Nein«, widersprach Sternenströmer, »nicht Rivkah. Auch sie hatte keine Gelegenheit, Euch als kleinem Kind die Zauberlieder beizubringen.«

»Möglicherweise doch, Vater. All die Wochen und Monate, die sie fern von Euch war. Woher wollt Ihr wissen, daß sie sie wirklich bei den Awaren verbracht hat?«

»Axis, das kann doch nicht Euer Ernst sein. Niemals erscheint uns Wolfstern in der Gestalt Eurer Mutter.«

»Also weder Aschure noch Rivkah«, seufzte der Krieger.

»Wie steht es denn mit den anderen?«

»Sie sind alle älter als ich. Als ich noch ein Kind war, hatten sie alle die Möglichkeit, zu mir zu gelangen. Von meinem elften Lebensjahr an lebte ich bei Embeth und Ganelon, aber die Herrin von Tare muß mich schon früher bei Hof gesehen haben. Magariz hat vor einiger Zeit zugegeben, mich zu seiner Zeit als Mitglied der Palastwache und später als ihr Hauptmann als Kleinkind gekannt zu haben. Und über die Feste Gorken hätte der Fürst dann leicht Gelegenheit gehabt, zu Gorgrael zu gelangen ...«

Er schüttelte den Kopf. »Und Belial? Der ist acht Jahre älter als ich. Mit fünfzehn bin ich bei den Axtschwingern eingetreten, und er war mein erster Offizier. Aber wer weiß schon, ob er mich nicht schon früher kennengelernt hat?«

»Und Isgriff?« fragte der Sternenströmer.

»Der trägt von allen wohl die überzeugendste Maske«, antwortete Axis nach einem Augenblick des Nachdenkens. »Vor wenigen Wochen durften wir zu unserer grenzenlosen Überraschung erfahren, daß die Barone von Nor während der letzten tausend Jahre den Tempel der Sterne erhalten und geschützt haben. Isgriff verblüfft auch immer wieder mit Kenntnissen über die ikarische Kultur, die eigentlich nur den Vogelmenschen selbst bekannt sein dürften! Und er hat auch sofort erkannt, daß Ramu sich in einem Umwandlungsprozeß befand.«

»Das wußte er?«

»Damals, in einer Nacht, kurz bevor wir den Wald der Schweigenden Frau erreichten, entdeckte ich den Baron dabei, wie er den Magier versorgte. Er schien in allem genau zu wissen, was nötig war.«

»Welcher Ort wäre wohl besser dafür geeignet gewesen«, sagte Sternenströmer langsam und starrte wieder auf den See hinaus, »um sich Tausende Jahre verborgen zu halten, als der Sitz der Baronsfamilie von Nor? Von dort aus hat man Zugang zu etlichen heiligen Stätten und auch zur Insel des Nebels und der Erinnerung. Ihr müßt zugeben, mein Sohn, daß hinter Isgriff mehr steckt, als es den Anschein hat.«

Der Krieger lachte kurz und hart. »Jetzt hör sich das einer mal an, Vater. Wir wissen beide nicht mehr, als daß keiner von uns Wolfstern sein kann, denn wir sind jeder des anderen Alibi. Andererseits sehen wir uns einer ganzen Schar der unterschiedlichsten Verdächtigen gegenüber. Die meisten hatten Gelegenheit, den Mord zu verüben. Und wer weiß schon, aus welchen Beweggründen Wolfstern zurückgekehrt ist? Was wollte er überhaupt von Caelum? Welche Bedeutung hat mein Sohn denn für ihn?«

Sein Vater schnaubte, weil er darauf auch keine Antwort wußte. »Axis, Ihr habt mir nie verraten, was in der Dritten Strophe der Prophezeiung steht.«

»Weil die nur für meine Ohren bestimmt ist. Und weil jeder andere, der sie zu hören bekommt, nach kurzer Zeit alles wieder vergißt.«

»Sagt es mir trotzdem«, drängte Sternenströmer. »Vielleicht

bleibt mir ja doch etwas davon im Gedächtnis. Und womöglich fällt mir zu dem einen oder anderen Vers eine Bedeutung ein.«

Axis hob die Brauen, rezitierte dann aber doch die dritte Strophe:

> »Sternenmann, hör zu, denn ich weiß,
> Mit diesem Zepter vermagst du
> Gorgrael in die Knie zu zwingen,
> Sein Eis zu zerbrechen.
> Aber selbst mit der Macht in Händen
> Wird dein Weg niemals gefahrlos sein.
> Ein Verräter des eigenen Lagers
> Wird sich wider dich verschwören.
> Verdränge den Schmerz der Liebsten,
> Nur so entgehst du dem Tod.
> Haß heißt die Waffe des Zerstörers.
> Doch hüte dich, es ihm gleichzutun.
> Denn Vergebung ist der einzige Weg,
> Tencendors Seele zu retten.«

Sternenströmer legte die Stirn in Falten. Schon verflüchtigten sich die ersten Worte wieder aus seinem Bewußtsein. »Ich kann es nicht, es geht nicht …« murmelte er verwirrt.

»Die dritte Strophe sagt mir, was ich tun muß, um Gorgrael zu bezwingen«, erklärte Axis ihm. »Aber das hat wohl nur für mich selbst Bedeutung. Außerdem warnt der Text mich davor, daß einer, der anscheinend treu zu meiner Sache steht, mich schließlich an den Zerstörer verraten wird.«

»Wolfstern.«

»Das glaube ich auch. Aber hinter wem verbirgt er sich? Welche Verkleidung hat er gewählt?« Er seufzte, weil sie dieses Rätsel einfach nicht lösen konnten. »Vater, es könnte jeder in diesem Heerlager gewesen sein. Oder auch jemand, der sich aus Karlon herausgeschlichen hat. Wie viele Verdächtige hätten wir damit beisammen? Siebzigtausend? Achtzigtausend?«

*Aber was wollte er bei meinem Sohn? Mußte Morgenstern*

✫✫✫ 328 ✫✫✫

*sterben, damit Caelum leben kann? Oder kam Wolfstern nur, um sich seinen Urururenkel anzusehen?*

Sternenströmer legte ihm einen Arm um die Schultern. »Wir müssen einander vertrauen«, erklärte er, »denn sonst bleibt uns ja niemand.«

»Eine schreckliche Vorstellung, Vater, mit der ich nicht leben möchte.«

»Morgenstern ist auf schreckliche Weise gestorben, das dürft Ihr nie vergessen, mein Sohn.«

## 24
### EINE FRAU AUS NOR GEWINNT, EINE ANDERE VERLIERT

Faraday stand mit ihrem Gemahl auf den Zinnen des Palastes und blickte hinaus auf den Gralsee. Timozel hielt sich düster und brütend in den Schatten hinter ihr auf. Seit Bornhelds Niederlage am Bedwyr Fort hatte der Jüngling kaum ein Wort gesprochen. Seine Achtung vor dem König war nach dieser Katastrophe einer harten Prüfung unterzogen worden. Manchmal hörte Faraday ihn leise und undeutlich von seltsamen Visionen und Verheißungen murmeln. Timozels Haut hatte eine ungesunde Färbung angenommen, so als verbrenne ein langsames Fieber ihn innerlich. Dicke Tränensäcke hingen unter seinen Augen. Mein armer Ritter, dachte sie voller Mitgefühl, Ihr seht der Ankunft von Axis nicht gerade voll Freude entgegen.

Faraday konnte natürlich nicht wissen, daß Timozel sich nicht mehr zum Schlafen hinzulegen wagte, befürchtete er doch, daß ihm dann Gorgrael erscheine und ihn lachend zu sich winke. Der Jüngling schrie nicht mehr im Schlaf, aber er erwachte immer noch voller Entsetzen, die Hände im Laken verkrallt.

Faraday schloß die Augen und hielt ihr Gesicht in die Herbstsonne, um ihre Wärme zu genießen. Der Augenblick stand kurz bevor und sie und Bornheld waren sich dessen bewußt. Beide befanden sich eigentlich nur zwei Schritte voneinander entfernt, doch zwischen ihnen gähnte ein unüberwindlicher Abgrund. Wenn Axis beim Zweikampf der Brüder im Mondsaal sterben sollte, würde Faraday nicht mehr weiterleben wollen. Dann würde die Finsternis aus dem Norden über das Land kommen und die Prophezeiung zunichte machen. Die junge Frau hatte nicht vor, in einer Welt aus Eis und Dunkelheit leben zu müssen, in der es nicht einmal mehr Axis gäbe.

Sie atmete tief ein und genoß den schwachen Duft der letzten Herbstblumen, ehe sie die Augen wieder öffnete. Das jenseitige Ufer des Gralsees ließ sich gerade noch ahnen. Viel klarer war der hohe weiße Turm erkennbar, von dem Yr ihr erklärt hatte, daß er in Wahrheit Narrenturm heiße. Was mochten die Ikarier in seinem Innern anstellen, daß er letzte Nacht so von innen heraus geleuchtet hatte?

Axis' siegreiche Armee lagerte jetzt schon fast eine Woche am Gestade des Sees, um sich von den Anstrengungen der Schlacht zu erholen. Faraday war aufgefallen, wie übrigens den meisten Bürgern der Hauptstadt auch, daß die Soldaten, welche Bornheld bei seiner Flucht ihrem Schicksal überlassen hatte, sich inzwischen der Streitmacht angeschlossen hatten, gegen die sie vorher noch ins Feld gezogen waren. Der Krieger hatte keine Gefangenen gemacht, sondern vielmehr neue Kameraden dazugewonnen.

Faraday lehnte sich gegen die steinerne Brüstung und wünschte, sie hätte ein Fernglas dabei, um sich alles genauer ansehen zu können. Gestern nacht hatte sie auch hier draußen gestanden und das große Feuer betrachtet, das an der Ostspitze des Gewässers brannte. Eine Beerdigung, wie die Katzenfrau ihr später anvertraut hatte. Eine geliebte und geachtete Ikarierin sei verbrannt worden, denn nur die Vornehmsten aus diesem Volk erhielten einen solchen Abschied.

Während die Flammen hoch loderten, hatte Faraday Tausende von Trauergästen sehen können. Nicht nur Ikarier, sondern auch Rabenbunder und Achariten. War Axis ebenfalls bei der Beisetzung zugegen gewesen? Oder seine Eltern, Sternenströmer und Rivkah?

Bornheld hatte ihr erzählt, daß eine Frau, die sich als Rivkah ausgab, vor der Entscheidungsschlacht das Wort an ihn gerichtet habe. Obwohl er das entschieden abstritt, war Faraday doch fest davon überzeugt, daß es sich bei ihr wirklich um die Mutter des Kriegers gehandelt hatte. Sie freute sich für Axis.

☆ ☆ ☆  331  ☆ ☆ ☆

Irgendwann hatten sich Ikarier mit Fackeln in der Hand in die Lüfte erhoben, waren über den Flammen aufgestiegen und am Nachthimmel verschwunden, bis ihre Brände nur noch so winzig wie die fernsten Sterne waren. Sie hatten wohl die befreite Seele auf ihrem Weg zu den Gestirnen begleitet. Ein beeindruckender Anblick von unvergleichlicher Schönheit. Faraday hatte vor Rührung geweint und sich gefragt, wem denn die Ehre einer solchen Zeremonie zuteil geworden war.

Später, als der Scheiterhaufen niedergebrannt war, hatten die Tausende am Ufer ihre Aufmerksamkeit auf den Narrenturm gerichtet, ebenso wie auch die Unzähligen, die sich auf den Stadtmauern Karlons versammelt hatten. Der Wind trug eigenartige Musik und Lieder heran, und Faraday entdeckte eine in Weiß und Silber gewandete Gestalt auf dem Dach des Turms. Sie vermutete, daß es sich bei ihr um Sternenströmer handelte. Manchmal stand er dort, dann wieder flog er ein Stück weit in den Nachthimmel hinauf. Nach einer Weile fing der Narrenturm an zu strahlen. Sanftes Licht drang durch die Mauern und nahm an Helligkeit zu, bis das gesamte Bauwerk strahlte und zu leben schien. Dieses Bild verzauberte Faraday, und noch Stunden später schaute sie hin.

In jener Nacht hatten Yr und sie bis zum Morgengrauen über das geredet, was sich auf der anderen Seite des Sees ereignet haben mochte.

Am Morgen stand sie erfrischt auf und fühlte sich unglaublich lebendig. Jetzt stand sie auf den Zinnen, und nicht einmal die Anwesenheit des Königs vermochte ihre Stimmung zu dämpfen. Faraday glaubte, Axis' Nähe spüren zu können. Bald, dachte sie, sehr bald schon.

Schritte ertönten hinter ihr, und sie drehte sich um.

Gautier näherte sich in leichter Rüstung, und das Schwert klirrte an seiner Seite. Er stellte sich zu seinem Herrn, und die beiden Männer starrten auf das jenseitige Ufer hinüber. In den letzten Tagen hatten sie etwas von ihrem Mut wiedergefunden.

»Wann?« fragte der Leutnant leise.

»Bald«, antwortete Bornheld nach einer Weile ebenso gedämpft.

»Und was gedenkt Ihr zu tun, Euer Majestät?«

»Nichts«, sagte der König und richtete den Blick auf eine winzige Gestalt in Rot und Gold. »Axis wird zu mir kommen. Er kann gar nicht anders. Wir beide wollen der Sache ein Ende bereiten. Nur wir zwei Brüder. Nur darum ging es immer, und das steckte hinter allem.«

Bornheld drehte sich um. Rote Bartstoppeln beschatteten sein Gesicht. Er hatte sich seit Tagen nicht mehr rasiert.

»Unsere Rivalität begann in dem Moment, als er gezeugt wurde«, erklärte der König seiner Gemahlin. »Und seit er als Säugling nach Karlon kam, haben wir gegeneinander gekämpft. Auf die eine oder andere Weise. Glaubt nur nicht, Faraday, daß er allein um seiner Liebe willen zu Euch über den See gefahren kommen könnte. Wird er Euch noch lieben, wenn ich nicht mehr bin?« Bornheld sah sie kalt an. »Nein, das bezweifle ich. Wißt Ihr, wenn er mich erledigt hat, besteht für ihn überhaupt kein Anlaß mehr dazu.«

Damit wandte er sich von ihr ab und verließ mit Gautier im Gefolge die Zinnen. Das Knallen ihrer Stiefel auf den Steinstufen klang wie Totenglocken in ihren Ohren.

Faraday sah ihrem Gemahl hinterher, und kalte Furcht befiel ihr Herz. Bornheld schien schon davon auszugehen, daß er den Zweikampf nicht überleben würde. So als hätte er immer schon gewußt, daß das Schicksal ihm vorherbestimmt habe, von der Hand seines Bruders zu sterben. Dieses und was ihr Gemahl über Axis' Liebe zu ihr gesagt hatte, erschien ihr nun wie die tiefe Erkenntnis aus einer Weissagung.

Axis verfolgte mit seiner Zaubersicht, wie erst Bornheld und später dann auch Faraday die Zinnen des Palastes verließen.

»Wann?« fragte ihn Belial.

»Heute nacht. Ich habe lange genug gewartet. Deswegen soll es heute nacht entschieden werden.«

Sein Leutnant nickte. »Und wie wollt Ihr es angehen?«

»Rivkah kennt einen Weg hinein. Einen Geheimgang. Wir werden über den See dorthin fahren.«

»Und wen nehmt Ihr mit?«

»Euch. Ho'Demi. Magariz. Jorge. Und natürlich Rivkah.«

»Eure Mutter?«

Die Augen des Kriegers wirkten so kalt wie das Wasser. »Sie muß dabei sein. Als Zeugin. Einer ihrer Söhne wird in dieser Nacht sterben. Und sie muß anwesend sein.«

Belial schauderte es.

»Sonst noch jemand?«

»Die Wächter. Oh ja, auch sie müssen dabeisein.«

»Ebenfalls, um das Ende zu bezeugen?«

Axis schüttelte den Kopf und schien mit den Gedanken weit fort zu sein. »Sie können auch Zeugen sein, aber hauptsächlich sollen sie dort warten.«

Der Leutnant runzelte die Stirn. Sein Freund befand sich in einer sehr eigenartigen Stimmung. »Worauf denn warten?«

»Auf eine verlorene Liebe, Belial, auf eine verlorene Liebe.«

»Sind das alle, die Ihr mitzunehmen gedenkt?«

Wieder schüttelte der Krieger den Kopf. »Vielleicht noch Sternenströmer. Er möchte dabeisein. Ich hoffe nur, daß er mir nicht im Weg steht. Abendlied kommt mit. Unbedingt. Sie wird wie die Wächter warten. Arne. Und eine Handvoll Bewaffnete. Ich glaube, ich nehme Rabenbunder.«

»Da braucht Ihr aber schon ein großes Handelsschiff, um mit der ganzen Gesellschaft überzusetzen.«

Axis klopfte ihm auf den Rücken. »Wir sind nur siebzehn oder achtzehn, mein Freund. Da reicht auch ein gutes Ruderboot.«

»Aber Aschure laßt Ihr hier?«

Sein Gesicht wurde hart. »Jemand muß doch während meiner Abwesenheit den Oberbefehl über das Lager haben. Außerdem glaube ich nicht, daß sie mitmöchte.«

»Axis ...« begann der Leutnant zögernd. »Seid vorsichtig damit, wieviel Ihr Aschure in dieser Sache zumutet. Sie liebt Euch zu sehr, um einfach unbesorgt und tatenlos zuzusehen, wie Ihr heute nacht zu einer anderen fahrt.«

Der Krieger atmete tief durch, um nicht die Geduld mit seinem Freund zu verlieren.

✩ ✩ ✩   334   ✩ ✩ ✩

»Seid vorsichtig«, sagte Belial noch einmal und spürte im gleichen Moment, daß er zu weit gegangen war. »Aschure hat in diesem Lager viele Freunde gewonnen. Wenn Ihr sie verletzt, geht das auch vielen anderen nahe.«

»So wie Euch, was?« Axis sah nicht ein, warum er den Leutnant noch länger schonen sollte. »Liebt Ihr sie eigentlich wahrhaftig so sehr?«

Der alte Waffengefährte hielt dem gnadenlosen Blick des Generals stand. »Ich will gar nicht abstreiten, daß ich einmal sehr verliebt in sie gewesen bin. Aber dann kam der Moment, in dem ich eingesehen habe, daß ich meine Gefühle für sie nicht weiter nähren sollte, hatte sie doch nur einen im Sinn – nämlich Euch. Ich spürte, daß mich diese unerfüllte Liebe über kurz oder lang zugrunde richten würde, und ich wollte nicht zugrunde gehen. Aber ich mag sie immer noch sehr. Und das tun auch Magariz, Rivkah, Arne und viele, viele andere, die ich Euch nicht alle aufzählen muß.« Belial holte tief Luft und fuhr dann mit fester Stimme fort: »Uns allen liegt sie zu sehr am Herzen, als daß wir mit ansehen könnten, wie sie langsam an gebrochenem Herzen stirbt, wenn Ihr Faraday heiratet. Ihr müßt Euch für eine von beiden entscheiden. Laßt Aschure gehen, oder verzichtet auf Faraday. Wenn Ihr unbedingt beide haben wollt, werdet ihr beide zerstören.«

»Ich werde weder auf die eine noch auf die andere verzichten!« polterte der Krieger los. »Dazu besteht auch nicht der geringste Anlaß! Beide werden einander dulden lernen. So etwas hat es auch früher schon gegeben.«

»Aber nicht mit zwei solchen Frauen!« erwiderte der Leutnant jetzt ebenfalls erregt. »Beide sind jede auf ihre Weise ganz besondere Frauen, aber beide werden auch vergehen, wenn sie gezwungen werden, sich Euch zu teilen!«

»Ich glaube nicht, daß Euch das etwas –« begann der Krieger, als ein Schrei von den Zelten die Aufmerksamkeit der Männer auf sich zog.

Isgriff schritt wutschnaubend auf die beiden am Ufer zu und schleppte eine schlanke Nor hinter sich her.

✮ ✩ ✩ 335 ✩ ✩ ✩

»Bei den Göttern, nein!« ächzte Belial. »Das ist Kassna!«

Der Zorn entstellte die schönen Züge des Barons so sehr, daß man ihn fast nicht wiedererkennen konnte. Das Mädchen in dem roten Kleid hatte dagegen eine mürrisch trotzige Miene aufgesetzt.

Er blieb vor den beiden stehen und fing an, den Leutnant wüst zu beschimpfen.

»Ist Euch überhaupt bewußt, was Ihr da angerichtet habt, Ihr Niemand, Ihr Taugenichts? Oder hat die Begierde Euren Verstand aussetzen lassen, als Ihr meiner Tochter die Unschuld raubtet?«

»Tochter?« stammelte Belial nur.

»Ja, meine Tochter!« brüllte der Baron. »Hieltet Ihr sie vielleicht für eine Lagerdirne? Sah sie für Euch vielleicht aus wie ein liederliches Frauenzimmer? Oder kommt einem wie Euch gar nicht in den Sinn, welche Folgen es haben könnte, wenn er ein junges Ding in sein Bett lockt?«

»Ich ...«, setzte der Leutnant an, aber Isgriff war noch lange nicht fertig.

»Von welchem Nutzen ist Kassna jetzt noch? Von gar keinem! Was für eine Hochzeit kann ich nun noch für sie arrangieren? Gar keine mehr! Nur noch eine in aller Verschwiegenheit stattfindende Heirat mit einem dummen Bauern, dem man mit Geld das Maul stopft, damit er ihren schwangeren Leib übersieht!«

Wieder versuchte der Leutnant vergeblich, zu Wort zu kommen, was vermutlich auch daran lag, daß er die Neuigkeit erst verdauen mußte, das Mädchen geschwängert zu haben. Dafür setzte sich diesmal Kassna durch.

»Vater!« begann sie leise, aber streng. Axis fiel auf, daß sie nicht nur das gute Aussehen des Barons, sondern auch dessen Art geerbt hatte. »Belial hat nicht mich verführt, sondern ich ihn. In der Nacht, in der Ihr bei den Alten Grabhügeln den Vertrag mit dem Sternenmann unterzeichnet habt, bin ich in sein Zelt gegangen, habe mich in seinen Schlafsack gelegt und auf ihn gewartet.«

Der junge Mann lächelte in sich hinein. Ob er wohl je den

Moment vergessen würde, als er in jener Nacht sein Zelt betrat und sie dort wartend vorfand?

Isgriff starrte seine Tochter voll Entsetzen an. »Welche Natter habe ich an meinem Busen genährt? Wie konntet Ihr mir so etwas antun?«

Belial trat nun vor und nahm Kassnas Hand in die seine. »Euer Gnaden, der Schaden läßt sich leicht beheben.« Als der Baron wieder rot anlief, sprach er rasch weiter. »Ich habe nämlich Eure Tochter bereits gefragt, ob sie mich heiraten will.«

Der Krieger zog eine Braue hoch. Sein alter Freund hatte ihm hier eben heftige Vorwürfe wegen Aschure gemacht und dabei selbst die ganze Zeit schon die Ehre der Baronstochter in größte Gefahr gebracht?

»Heiraten?« krächzte Isgriff. »Glaubt Ihr denn, damit ließen sich der Schmerz und die Schande heilen, die Ihr über meine Familie gebracht habt?« Natürlich war der Baron mit dieser Lösung mehr als einverstanden, aber er mußte die Fassade aufrecht erhalten. Wenn er noch ein wenig überzeugend die Rolle des entsetzten und getäuschten Vaters spielte, konnte er den Heiratswilligen vielleicht dazu bewegen, auf eine Mitgift für Kassna zu verzichten.

»Und ich habe ja gesagt!« fügte das Mädchen hinzu und beobachtete den Baron genau. Ihr schwante bereits, warum Isgriff weiterhin den zu Recht empörten Vater spielte. Entschlossen hielt sie Belials Hand fest.

»Und woher soll ich wissen, daß es ihm auch wirklich ernst damit ist?« brummte Isgriff, wirkte jetzt aber schon etwas besänftigter. »Vielleicht hat er Euch das nur vorgegaukelt, um Euch noch mal in sein Bett zu locken.«

»Ich glaube, da habt Ihr nicht wie ein Ehrenmann gehandelt, mein Freund«, meldete sich Axis jetzt zum ersten Mal zu dem Vorfall zu Wort. »Fast will es mir scheinen, als hättet Ihr kein redliches Spiel mit Kassna getrieben.«

Der Leutnant starrte ihn wütend an. Er wußte genau, daß Axis ihm damit das zurückgeben wollte, was er zuvor ihm an den Kopf geworfen hatte.

☆ ☆ ☆  337  ☆ ☆ ☆

»Findet mir zwei Trauzeugen, Sternenmann!« rief er. »Und ich heirate sie hier und jetzt. Denn ich scheue nicht davor zurück, der Frau meines Herzens zu schwören, sie ein Leben lang zu lieben, sie zu ehren und in Freud und Leid zu ihr zu halten.«

Der Krieger betrachtete seinen Freund grimmig, der da so entschlossen mit der Nor an seiner Seite stand. Einen Moment später machte er auf dem Absatz kehrt und ging davon.

»Ich kann Euch nicht mitnehmen, deswegen übertrage ich Euch während meine Abwesenheit den Befehl über das Lager und die Armee«, erklärte Axis. »Und Weitsicht soll Euer Leutnant sein.«

»Verstehe«, entgegnete Aschure nur, faltete ihren Umhang zum dritten Mal zusammen und schüttelte ihn wieder aus, um von vorn anzufangen.

Die beiden standen in dem Zelt, das sie seit Morgensterns Tod mit Rivkah und Magariz teilten. Zum ersten Mal seit Tagen fand Axis nun Gelegenheit, ungestört mit Aschure zu reden. Caelum war nämlich mit seiner Großmutter zu einem Abendspaziergang unterwegs.

»Verdammt«, fluchte der Krieger, ging zu ihr, riß ihr den Umhang aus der Hand und warf ihn in eine Ecke. »Was stimmt eigentlich nicht mehr mit uns, Aschure? Was steht seit Monaten zwischen uns?« Wie lange war es her, seit er sie zum letzten Mal berührt oder geküßt hatte? Oder gar mit ihr geschlafen? Wohl seit der Nacht nach der Vertragsunterzeichnung mit Isgriff nicht mehr, und die lag schon einige Wochen zurück.

»Was zwischen uns steht? Nun jemand, der in seinem rosafarbenen und goldenen Palast sitzt! Und wenn Ihr es noch genauer wissen wollt: Faraday!«

»Aschure«, sagte er sanft und hob ihr Kinn an, damit sie ihn ansehen mußte, »ich liebe Euch, das wißt Ihr doch. Ihr werdet immer zu mir und meinem Leben gehören.«

Sie riß sich los und wandte sich von ihm ab. »Ihr verlangt sehr viel von mir, Axis. Zu viel.«

»Was denn? Daß Ihr bei mir bleiben sollt? Als meine Geliebte? Aber Ihr liebt mich doch auch. Da könnt Ihr mich nicht verlassen.«

»Ich wünschte, ich hätte längst den Mut gefunden, von Euch fortzugehen.«

»Mich verlassen? Und zu wem wollt Ihr dann? Vielleicht zu Belial?«

Die junge Frau fuhr zu ihm herum und starrte ihn aus großen Augen an.

Der Krieger legte wieder seine Finger an ihr Kinn. »Wenn Ihr mir davonzulaufen versucht, werde ich Euch suchen und finden. Darauf könnt Ihr Euch verlassen. Niemand wird mir Euch wegnehmen!«

Aschure starrte ihn immer noch an. Wie konnte ein Mann, der Fremden gegenüber soviel Mitgefühl aufbrachte, seine eigene Liebste nur so grausam behandeln?

Als er bemerkte, was sein Ausbruch bei ihr auslöste, fragte er ruhiger: »Liebt Ihr mich?«

»Ja«, flüsterte sie, weil sie das niemals abstreiten können würde.

»Dann würdet Ihr getrennt von mir nur unglücklich werden. Aschure, hört mir jetzt bitte gut zu: Die Heirat mit Bornhelds Witwe wird meinen Anspruch auf den Thron von Achar untermauern. Davon abgesehen, bindet die Prophezeiung mich an Faraday. Und ich brauche sie, damit sie mir die Awaren und die Bäume zuführt. Ich kann und will sie also nicht aus meinem Leben verbannen. Nicht nach all dem, was sie bereits für mich getan hat. Und noch für mich tun wird. Mein Herz aber gehört Euch allein. Deshalb macht Euch nicht kleiner als Ihr seid, Aschure, und unterschätzt deshalb auch nicht die starke Anziehungskraft, die Ihr auf mich ausübt.«

Er senkte den Kopf und küßte sie auf die Lippen. »Wenn ich nicht durch einen Eid an Faraday gebunden wäre, würde ich Euch auf der Stelle heiraten. Das könnt Ihr mir glauben.«

»Ja.« Sie glaubte es, wollte es glauben.

»Aschure, ich werde niemals zögern, mich zu Euch oder zu meiner Liebe zu Euch zu bekennen. Und auch nie verschweigen, was Ihr alles geleistet habt, um mich zu dem zu machen, was ich heute bin. Denn ich liebe Euch, und Euer Sohn wird mein Erbe antreten. Deswegen blickt erhobenen Hauptes und voller Stolz in die Zukunft.«

»Geht«, flüsterte sie. »Geht zu Eurer Faraday. Ich vermag nicht, gegen die Prophezeiung selbst zu kämpfen.«

Nachdem der Krieger zum Seeufer gegangen war, wo das Boot lag, das ihn nach Karlon bringen sollte, verließ Aschure das Zelt, holte Caelum bei Rivkah ab und ging langsam durch das Lager. Wenn sie auf einen ihrer Bogenschützen traf, hielt sie mit ihm ein Schwätzchen. Die junge Frau hatte ein überlegenes Lächeln auf ihrem Gesicht und ließ sich nicht das Geringste von dem Schmerz in ihrem Inneren anmerken. Sicarius begleitete sie überall hin, und seine Augen blickten golden und wissend.

Nachdem Aschure sich überzeugt hatte, daß im Lager alles seinen geregelten Gang ging, begab sie sich zu Kassna, speiste mit ihr zu Abend und beneidete die junge Schöne darum, einen Mann für sich gewonnen zu haben, dessen Herz noch nicht vergeben war.

# 25 DER MONDSAAL

Als das Zwielicht der Dämmerung in Nachtfinsternis überging, versammelten sich die Bewohner des Palasts im Mondsaal. Knechte und Mägde, Wächter und Höflinge, Küchenmädchen und Stalljungen – alle getrieben von der Vorahnung, daß sich in dieser Nacht etwas Ungewöhnliches an diesem Ort ereignen würde.

Schweigend erschienen sie und sprachen mit niemanden ein Wort, denn dafür bestand keine Notwendigkeit. Im Lauf der Nacht traten zweihundert Menschen ein und stellten sich still und reglos an den Wänden auf. Nur die Mitte des Saals ließen sie frei.

Bornheld saß mit ausdrucksloser Miene auf seinem Thron. Er hatte sein Schwert gezogen und vor sich auf die Knie gelegt. Am Rand der Empore saß Faraday. Die Röcke ihres grünen Gewands umgaben sie wie ein See. Sie hatte die Hände im Schoß gefaltet und hielt sich gerade und aufrecht. Wie ihr Gemahl blickte sie unentwegt nach dem Eingang. Und wartete.

Vier Personen standen auf der linken Seite des Podiums: Timozel, nur noch ein Schatten seiner selbst, dann Gautier mit einem dünnen Schweißfilm auf dem Gesicht, der seine inneren Ängste verriet, Jayme, bleich und nervös, und Yr, die so erwartungsvoll und gefaßt blickte wie ihre Herrin; denn sie spürte die Anwesenheit der Prophezeiung in dieser Nacht besonders stark.

Rund um die Säulen brannten Fackeln, jedoch erhellte ihr Licht die Halle nur schwach. Die vielen Schatten, die aus dem zuckenden Licht wuchsen, waren das einzige, das sich bewegte.

Denn alle Menschen warteten reglos und stumm.

☆ ★ ☆ 341 ☆ ★ ☆

Auf dem Gralsee bewegte sich das Boot.

Alle, die an Bord waren, hingen ihren eigenen Gedanken nach.

Axis dachte einen Moment lang an Aschure, und dann wieder an Faraday. Aber ihm kam auch sein Bruder in den Sinn, und daß sie heute nacht die Sache zwischen sich zu Ende bringen würden. Ebenso tauchte die noch immer nicht gefundene Zecherach in seinem Bewußtsein auf, und Freierfall und sein Vertrag mit der Torwächterin.

Belial dachte an den bevorstehenden Zweikampf und an seine Frau. Er hatte Kassna heute nachmittag am Ufer des Gralsees geheiratet, und die Entscheidung, die sie mit ihrem Ehegelöbnis besiegelt hatten, kam ihm immer noch richtig vor. Wie würde ihr Leben aussehen, nachdem die Prophezeiung sich endlich erfüllt hatte? Würden sie in seine Heimat Romstal ziehen? Oder in eines der Herrenhäuser, die Kassna geerbt hatte? Mit einem Mal durchzog ihn leise Trauer. Hoffentlich war Kassna auch wirklich die Richtige für ihn.

Rivkah und Magariz dachten an Axis und an den Zweikampf, dessen Zeuge sie in wenigen Stunden werden würden. Axis' Mutter hatte nicht mitfahren wollen, wußte aber, daß ihr nichts anderes übrigblieb. Schließlich hatte sie beide Rivalen zur Welt gebracht, und heute nacht würde sie zusehen müssen, wie einer von ihnen diese wieder verließ. Rivkah hoffte, daß Bornheld dieses Los zufallen würde. Sie war froh, Magariz bei sich zu haben. Endlich mußten sie ihre Liebe nicht länger geheimhalten.

Als das Boot über den ruhigen See glitt, schaute Rivkah ins Wasser. Sie nahm die Hand ihres Liebsten, drückte sie und nickte in Richtung der Fluten. Tief am Grund des Gewässers strahlte eine Doppelreihe Lichter wie Laternen, die eine Straße markierten. Der Kahn bewegte sich senkrecht über diesem Weg. An manchen Stellen bildeten die Lichter Kreise oder Pfeile, die Rivkah an die Tätowierungsmuster in den Gesichtern der Rabenbunder erinnerten. Die Wasserlampen leuchteten so freundlich und traut, daß Rivkah kaum der Versuchung widerstand, ins Wasser zu springen und zu ihnen hinabzutauchen. Als Mädchen war sie oft über den See gerudert oder gesegelt, auch des Nachts, doch nie zuvor hatten diese Lichter geschienen.

Jack, Ogden und Veremund war das unterseeische Leuchten natürlich nicht entgangen, aber das stellte sie nicht wie Rivkah vor ein Rätsel. Da unten liegt es, dachte der Schweinehirt, und die beiden Mönche stimmten ihm in Gedanken zu. Da unten liegt unser Schicksal.

Alle drei wußten, was sie bald zu sehen bekommen würden, und sie hofften, daß in dieser Nacht der letzte Schwertstreich im Kampf zwischen Axis und Bornheld geführt werden würde, damit dieser Krieg, der Achar zerrissen hatte, endlich ein Ende fände.

Aber warum, dachte Veremund, nehmen wir all dies auf uns, wenn der fünfte Wächter immer noch nicht gefunden ist? Ogden drückte die Rechte seines Freundes, und Jack legte ihnen von oben die Hände auf die Schultern. Wir müssen vertrauen, ermahnte er sie. Denn Vertrauen ist alles, was uns bleibt.

Arne dachte an Axis und an Verrat. Daran, wie jemand hinterrücks zustoßen und wie man den Rücken des Kriegers schützen könnte. Manchmal, wenn er einen Blick auf seinen Befehlshaber warf, glaubte er schon, einen Dolch zwischen seinen Schulterblättern zu erkennen. Andere Male war ihm so, als seien Axis' Hände mit Blut bedeckt – doch von wem es stammte, wußte er nicht zu sagen. Der Offizier sah sich immer wieder um. Fuhr der Verräter hier mit ihnen mit? Wer von ihnen könnte ein Mörder sein?

Im Heck des Boots saßen Sternenströmer und Abendlied. Beide fühlten sich alles andere als glücklich. Ihre Flügelspitzen ließen sie im angenehm kühlen Wasser treiben. Der Zauberer dachte an seine Mutter. Wie hatte sie sich darüber gefreut, auf die Geschichte der Seen zu stoßen, und wenig später war sie tot gewesen, noch bevor sie das Bändchen hatte lesen können. Das Bild von Morgensterns zerquetschtem Kopf kam ihm immer wieder in den Sinn. Und er grübelte über Wolfstern nach, der sich in irgendeiner Tarnung zwischen ihnen aufhalten mußte. Aber in welcher?

Abendlied dachte an Freierfall. Ein ganzes Jahr lang hatte sie darum gerungen, ihn aus ihren Gedanken zu verbannen. Dazu hatte sie sogar Belial verführt, in einer Nacht auf Sigholt und bei den letzten Beltidenfeiern. Doch weder das eine noch das andere Mal hatte ihr etwas eingebracht, trotz Belials glühender Leidenschaft. Heute nacht schien ihr die Erinnerung an ihren ermordeten Vetter näher denn je zu sein. Laßt mich allein, Freierfall, bat sie, damit ich ohne Euch weiterleben kann. Gebt mein Herz frei, und kehrt zurück zu den Sternen, wohin Ihr gehört.

Jorge saß Schulter an Schulter mit dem gelassen wirkenden Häuptling und dessen sechs Kämpfern, die Axis begleiteten. Während der zurückliegenden Wochen und Monate hatte der Graf das Nordvolk sehr zu schätzen gelernt, das er früher als wild und barbarisch verachtet hatte. Doch jetzt mußte Jorge daran denken, was Axis für eine bunt zusammengewürfelte Streitmacht um sich geschart hatte. Magie, Zauberkraft und Verbindungen mit unbekannten Mächten schienen seine Auswahl mehr bestimmt zu haben als die Geschicklichkeit im Umgang mit der Waffe. Und was habe ich in dieser Truppe zu suchen? Warum bin ich dabei? Ich bin doch viel zu alt. Und viel zu müde.

Das Boot näherte sich einem kleinen und vergessenen Türchen in der Stadtmauer Karlons. Rivkah war es noch aus ihrer Kindheit in Erinnerung. Vor vielen Generationen hatten Höflinge es gern genutzt, die ungesehen in den Palast hinein oder aus ihm hinaus wollten. Die Prinzessin hatte es als kleines Mädchen entdeckt und sich manchmal hierher geschlichen, um die Füße im kühlen Wasser des Gralsees baumeln zu lassen. War das Türchen immer noch unverschlossen und nicht verriegelt? Es öffnete sich zu einem Gang und einer Treppe, über die man schließlich in die Hauptgänge der königlichen Residenz gelangte. Vielleicht, sagte sich Rivkah jetzt, hatte man es ja vor vielen tausend Jahren in die Mauer eingesetzt, damit es in ferner Zukunft der Prophezeiung diene.

Axis hob den Kopf und pfiff in die Nacht. Wenig später zeigte das Rauschen von Federn an, daß der Schneeadler auf seinem ausgestreckten Arm landete.

Jetzt stieß der Kahn leicht gegen die Mauer. Arne beugte sich hinaus und suchte und fand den Knauf.

Die Tür schwang leise auf, und dahinter zeigte sich ein schwarzes Viereck. Axis mußte unwillkürlich an das Lichtgeviert hinter dem Tisch der Torwächterin denken und überlegte, ob es hier tatsächlich Zusammenhänge gab. Diese Tür führte so sicher in die Prophezeiung wie das Lichttor den Zugang in eine andere Welt darstellte.

Arne befestigte das Boot an einem Ring, der neben dem Türchen angebracht war, und verschwand dann in der Dunkelheit. Die anderen warteten gespannt. Der Krieger strich dem Adler über das Gefieder, um ihn und auch sich selbst zu beruhigen. Vor der Abfahrt hatte Belial sich bei ihm wegen seiner unbedachten Worte entschuldigt. Die beiden hatten sich die Hand geschüttelt, und aller Groll war vergessen gewesen. Axis hatte ihn zu seiner Braut beglückwünscht, und beide waren in ihrem Innern sehr froh gewesen, daß ihre Freundschaft in einer Nacht wie dieser nicht in die Brüche gegangen war.

Arne tauchte jetzt wieder auf. »Keiner hält sich hier unten auf«, meldete er. »Ich bin ziemlich weit hineingegangen, aber da war niemand.«

»Nicht einmal eine Wache?« fragte der Leutnant.

»Die halten sich sicher weiter oben auf, im Mondsaal«, sagte Axis an Arnes Stelle. »Sie warten auf uns. Also kommt.« Er wußte nicht, warum er das hinzugefügt hatte, nur daß es so sein mußte.

Sie bewegten sich rasch und leise durch die unteren Stockwerke des Palasts.

Der Adler wurde immer unruhiger, je tiefer sie in die Residenz eindrangen. Axis mußte ihm immer öfter beruhigend über das Gefieder streichen. Sternenströmer und Abendlied waren ebenso nervös. Sie fühlten sich in diesem dunklen Gang, aus dem sie nicht einfach davonfliegen konnten, ebenso gefangen wie der Vogel. Um so mehr erleichterte es sie, als sie in den bewohnten Teil des Palastes gerieten, wo sie breitere und höhere Flure erwarteten. In den engen Gängen hatten sie sich einige Male am kalten und feuchten Stein die Flügel aufgeschrammt. Das war sehr schmerzhaft gewesen.

Auf ihrem weiteren Weg trafen sie gelegentlich Bedienstete an. Sobald diese der Gruppe mit dem goldenen Mann an der Spitze ansichtig wurden, stellten sie sich gerade an die Wand und betrachteten den Zug ernst und feierlich. Einige verbeugten sich sogar vor Axis, der seinen Weg jedoch ohne zu zögern fortsetzte.

Nirgends stand ein Wächter, und sie kamen, ohne aufgehalten zu werden, voran. Bornheld wollte offensichtlich nun, da die tödliche Auseinandersetzung zwischen ihnen beiden stattfinden sollte, keine Zeit mehr verlieren.

Jetzt erreichten sie auch die großen, breiten Gänge, in denen helles Licht brannte, seidene Banner von der Decke hingen und Wandteppiche Szenen aus den großen Tagen Achars zeigten. Einige darunter stellten auch Schlachten aus den Axtkriegen dar, und als er sie erspähte, verzog Sternenströmer manchmal schmerzlich und manchmal erheitert das Gesicht.

Die Gruppe gelangte endlich in den Teil des Palasts, in dem Axis sich auskannte. Wie oft war er früher über diesen Flur geschritten, weil der König ihn in den Mondsaal bestellt hatte? Und wie oft war er nicht an der Spitze einer Gruppe, sondern drei Schritte hinter dem Bruderführer Jayme gegangen, wenn dieser irgend etwas mit Seiner Majestät zu bereden hatte. Zur Rechten des Kirchenfürsten hatte er dann gestanden, um anzuzeigen, daß er der Schwertarm des Seneschalls war. An diesem Tag nun kehrte der Krieger an diesen Ort zurück, um die Prophezeiung zu erfüllen. Und wenn er die Klinge mit Bornheld kreuzte, kämpfte er nicht nur gegen seinen Bruder, sondern auch gegen die Macht des Seneschalls.

»Halt!« gebot er den anderen plötzlich und streckte einen Arm aus, um sie zurückzuhalten. Sie blieben hinter ihm stehen und konnten nun in einen weiten und langen Gang hineinblicken, an dessen Ende doppelte Flügeltüren offenstanden. Dahinter lag ein Saal, der nur vom zuckenden Licht der Fackeln erleuchtet wurde.

»Der Mondsaal«, flüsterte Jack und stellte sich neben Axis. »Ich spüre Yr. Sie muß sich dort aufhalten.«

»Und Faraday«, sagte der Krieger erleichtert. Er fühlte ihre magische Macht. »Und Faraday.«

Er drehte sich zu den anderen um und lächelte, so als würde er zum ersten Mal gewahr, was für ein bunter Haufen ihn da begleitete. Wächter, Rabenbunder, Edle, eine Prinzessin, ein Waffenkamerad, sein Vater und seine Schwester.

»So laßt uns denn nun voranschreiten, um den letzten Streich für Tencendor zu tun!« forderte er sie leise auf. »Kommt mit mir, auf daß wir auch dieses Kapitel zu Ende bringen!«

Als der Krieger den Mondsaal betrat, hüpfte der Adler auf seinem Arm nervös von einem Bein aufs andere. Der Fackelschein hob Axis' goldenes Langhemd und Haar hervor. Alle, die ihn sahen, waren geblendet und schauderten. Einige vor Staunen, andere vor Furcht und eine vor Liebe.

Er hat sich so verändert, dachte Faraday, wirkt so viel machtvoller, seit ich ihn zum letzten Mal in dieser Halle erblickt habe. Sie erhob sich langsam, als der Krieger durch den Saal schaute und sein Blick schließlich auf sie fiel. Er schreitet einher wie ein goldener Gott, und mein hilfloses Herz liegt ihm immer noch zu Füßen wie in jener Nacht, als mein Auge ihn zum ersten Mal erblickte. Ihr Blick wanderte über seine goldene Tunika mit der blutroten Sonne. Und ihr schauderte abermals.

*Eine blutrote Sonne auf einem goldenen Feld ...*

Sie wollte sich an den Hals greifen, als die Vision sie wieder zu überkommen drohte. Doch die Königin gewann ihre Fassung wieder zurück, ließ die Hand sinken und blickte ihm ruhig entgegen.

Der Krieger blieb einen Augenblick stehen, überflog mit den Augen die versammelte Schar und sah schließlich Faraday an, die schön und stolz vor der Empore stand. Bornheld saß reglos hinter ihr auf dem Thron. Mit einer blitzschnellen Bewegung, die alle im Saal erschrocken aufkeuchen ließ, schickte Axis seinen Adler in die Luft. Die Blicke folgten dem silberweißen Vogel, als er immer höher stieg und sich schließlich auf einem Sims niederließ.

Faraday starrte den Adler an. *Federn?*

*Gefieder ... Sie fühlte sich, als müsse sie an Federn ersticken ...*

Die Königin seufzte und senkte den Blick.

Aller Augen richteten sich nun auf den goldenen Mann, der mittlerweile die Mitte des Saals erreicht hatte und dort stehengeblieben war.

»Die Verräter«, ließ Bornheld sich nun zum ersten Mal vernehmen. Er sprach ruhig und höflich, als wolle er seinen Gästen die Neuankömmlinge vorstellen. »Da kommen sie, Jayme. Nicht einer fehlt. Und ihren Verrat tragen sie offen vor sich her, auf daß jedermann ihn sehen und begutachten kann.«

Der Kirchenfürst stand ein paar Schritte hinter dem Thron, schien sich dort in den Schatten wohler zu fühlen. Er wirkte grau und abgemagert, und eine ständiges Zucken der linken Wange verlieh ihm einen leichten Anflug von Irrsinn.

Die Blicke der beiden Männer trafen sich. Wenn Jayme vielleicht noch die leise Hoffnung gehegt hatte, sein früherer Ziehsohn könne noch so etwas wie Zuneigung zu ihm empfinden, so sah er sich darin nun gründlich getäuscht. Der ehemalige Axtherr brachte nur noch unverhohlenen Haß und Abscheu für ihn auf.

Jayme starrte so gebannt auf den Goldenen, daß er Rivkah gar nicht bemerkte, die hinter ihrem Sohn in die Halle getreten war. Zum ersten Mal seit vierunddreißig Jahren kehrte die Prinzessin an die Stätte ihrer Jugend zurück. Sie holte tief Luft, betrachtete ihre beiden Söhne und sah sich dann in dem Saal um.

Die Prophezeiung. Ihr Leben und das ihrer Söhne war seit jeher von der Weissagung bestimmt und gelenkt worden. Jedes

Mal, wenn sie sich frei wähnte, mußte sie feststellen, daß die Prophezeiung nur Atem schöpfte für den nächsten Zug und sie weiterhin wie eine Schachfigur hin und her schob.

Axis' Begleiter begaben sich schweigend zu den Wächtern, die an den Säulen Aufstellung genommen hatten. Auch Faraday bewegte sich vom Podium fort, um für die beiden Brüder Platz zu schaffen. Sie schenkte dem Krieger ein Lächeln, aber er beantwortete es nur mit einem sehr kurzen Blick. Seine ganze Aufmerksamkeit war auf den König gerichtet.

*Der Saal hallt wider von den wilden Beschuldigungen von Mord und Verrat.*

»Der wahre Verräter sitzt auf dem Thron!« rief Axis jetzt. »Bornheld, ich beschuldige Euch des Mordes an Freierfall Sonnenflieger. Ich beschuldige Euch weiterhin des Mordes an unserem Onkel Priam. Und ich beschuldige Euch der Ermordung Tausender unschuldiger Männer, Frauen und Kinder in Skarabost. Ihr habt genug Blut vergossen, Bruder, und nun sollen die Götter über Eure Untaten richten.«

Der König erhob sich. »Ihr wollt einen Kampf, Bruder, ein Gottesurteil?« rief er. »Und dennoch erscheint Ihr mit Eurer Magie und Eurem Zauber. Ich bin ein artorfürchtiger Mann, Axis, ein einfacher Soldat. Wie könnte ich es mit Eurer Zauberei aufnehmen?«

»Ich stehe hier als Euer Bruder vor Euch, Bornheld, und nicht als ikarischer Zauberer. Nur mit meinem Schwert trete ich Euch gegenüber. So stehen wir als Gleiche unter Gleichen voreinander, auf daß die Götter und die Weissagungen unbeeinflußt darüber entscheiden mögen, wer von uns das Recht erhält, weiterzuleben, und wer verurteilt wird zu sterben.« Mit einer raschen Bewegung zog der Krieger den Zaubererring von seinem Finger und warf ihn seinem Vater zu.

Als Faraday den roten Reif durch die Luft fliegen sah, verließ sie aller Mut, und sie schrie laut: »Nein!« Die Vorstellung, daß Axis nur mit dem Schwert Bornheld gegenübertreten sollte, erschreckte sie zutiefst. Wieder sah sie das Blut, das von seinem Haupt tropfte und langsam über ihre Brüste rann. Sie setzte

☆ ⋆ ☆ 349 ⋆ ☆ ⋆

schon dazu an, zu ihm zu laufen und ihn abzuhalten von seinem Tun, als ein starker Arm sie zurückhielt.

»Laßt ihn«, gebot Jorge. »Die beiden müssen das allein unter sich austragen. Hier und jetzt.«

»Nein, nein«, klagte Faraday laut und wehrte sich gegen den Griff des Grafen. Die Vision der Bäume überwältigte sie jetzt, und sie geriet in Panik. Das, was die Bäume ihr einst gezeigt hatten, führten sie ihr jetzt wieder vor, und sie fürchtete sich, fürchtete sich so schrecklich. Denn die Bilder zeigten ihr die Wirklichkeit. Axis würde hier in dieser Nacht sterben, und sie konnte nichts dagegen tun.

»Nein«, flüsterte Faraday tonlos. »Nein, Axis, tut das nicht!«

*Sie sah Bornheld, wie er von der Empore herunterschritt.*

Der König trat vor den Thron und hob sein Schwert.

Langsam knöpfte der Krieger sein goldenes Langhemd auf, zog es aus und warf es Belial zu. Er wollte nicht, daß es beim Kampf zerrissen oder mit Blut befleckt werde. Danach krempelte er sich die Ärmel des weißen Hemds, das er anhatte, auf und zog dann so schnell, daß man seiner Bewegung kaum folgen konnte, sein Schwert aus der Scheide.

»Bornheld«, sagte er nur, und der König schritt die Empore herunter und bewegte sich auf den Krieger, das Schicksal und die Vision zu.

Die Zeit verrann, und ihr Verrinnen war begleitet vom Klirren des Stahls im Mondsaal.

Unverrückbar, unentrinnbar und ohne eigenen Willen fanden sich die beiden Brüder im Schicksal gefangen, und ihr Kampf verlief genau so, wie die Vision vom Wald der Schweigenden Frau ihn gezeigt hatte. Faraday drohten vor Entsetzen die Knie nachzugeben. Sie kämpfte immer noch gegen Jorges Arm an, um sich von ihm zu befreien und in die Mitte des Saals zu gelangen, aber er erwies sich als zu stark für sie.

In dieser Mitte umkreisten sich die beiden Männer. Beide hatten bereits leichte Verwundungen davongetragen. Ihre Schwerter bewegten sich oder warteten ab, während ihre Gesichter sich vom lange aufgespeicherten Haß in Fratzen des Zorns verwandelten. Wie lange kämpften sie bereits gegeneinander? Wie viele Hiebe und Streiche hatten sie ausgetauscht? Wie oft war schon der eine in die Knie gegangen oder ausgerutscht, während der andere zum tödlichen Stich ausholte, bloß um erleben zu müssen, daß sein Opfer sich in letzter Sekunde zur Seite rollte?

Faraday war sich nicht bewußt, daß sie den Namen des Kriegers wieder und wieder vor sich hin flüsterte, während sie sich weiterhin wie von Sinnen gegen Jorges Griff wehrte. Ihre schlanken Finger drehten den Rubinring von Ichtar so oft und so hart, bis die Haut schließlich aufriß und zu bluten begann.

Abgesehen von Faradays Bewegungen, um frei zu kommen, und Flüstern verhielt sich alles im Saal reglos und schweigend. Die beiden Brüder kämpften, und alle sahen gebannt zu. Magariz stand hinter Rivkah und hatte ihr die Hände auf die Schultern gelegt. Sie brauchte diesen Halt, weil sie miterleben mußte, wie ihre beiden Söhne sich auf Leben und Tod bestürmten. Mochte sie Bornheld auch noch so ablehnen und sich von ihm losgesagt haben, der Fürst wußte genau, daß sein Tod sie mit Schmerzen erfüllen würde.

Rivkah konnte den Blick nicht von dem Schauspiel abwenden. Beide Söhne waren zu erfahrenen Kämpfern herangewachsen. Bornheld kämpfte mit den Muskeln und der Taktik, die er sich in vielen Schlachten erworben hatte, Axis mit der Eleganz und Beweglichkeit, die ihm sein ikarischer Vater vererbt hatte. Bornhelds Körpergröße und der goldene Kronreif auf seinem Haupt verliehen ihm etwas Majestätisches. Axis' weißes Hemd und rote Hose ließen ihn geradezu überirdisch schön erscheinen.

Sternenströmer erkannte, daß das Klirren der Schwerter, der schwere Atem der beiden Kämpfer und das Scharren ihrer Stiefel auf dem grünen Marmorboden zusammen eine Musik erzeugten, wie er sie nie zuvor vernommen hatte. Eine eigenartige Melodie, düster und voll unguter Vorahnungen ...

Der ikarische Zauberer erschrak, als ihm bewußt wurde, daß er den Nachhall des Todestanzes vernahm, der Dunklen Musik der Sterne. Hatte Wolfstern etwa seine Hand im Spiel und vor langem dafür gesorgt, daß es eines Tages zu diesem Zweikampf der beiden Brüder kommen würde? War er sogar zugegen und schaute befriedigt oder belustigt zu? Sternenströmers Blick wanderte besorgt durch den Mondsaal, entdeckte aber nichts außer den im Halbdunkel stehenden Zuschauern. Hatte Wolfstern sich hier im Schutz seiner Tarnung eingeschlichen? Folgte er dem Kampf durch die Augen dieses Höflings dort oder jenes Stalljungen da?

Er konzentrierte sich wieder auf die Brüder. Daß sie zu den Klängen der Dunklen Musik fochten, beunruhigte ihn mehr als alles andere. Warum setzte die Prophezeiung Dunkle Musik ein, um ihren Willen durchzusetzen? Gab es denn hier heute nacht keinen Platz für den Sternentanz?

Weiter verrann die Zeit, und ihr Verrinnen war begleitet vom Klirren des Stahls und dem Stampfen der Stiefel. Unwillkürlich hatte Sternenströmer begonnen, sich zum Takt der Dunklen Musik zu wiegen. Nach links, nach rechts. Nach links, nach rechts.

Axis und Bornheld spürten nun gleichermaßen die Erschöpfung in ihren Gliedern, die sie nach jedem dritten oder vierten Schritt ausrutschen ließ. Ihr Atem ging rasselnd und schwer, ihre Gesichter und Oberkörper glänzten vor Schweiß, und ihre Arme wirkten, als hätte man unsichtbare Bleigewichte daran gebunden. Beide hatten Dutzende Verletzungen empfangen, doch Axis blutete aus mehr Wunden als sein Bruder. Bornheld trug ein dickes Lederwams, und das schützte seine Haut besser als Axis sein weißes Hemd.

Doch zu keiner Zeit ließ der eine den anderen aus den Augen. Sie hatten ihr ganzes Leben lang auf diesen Tag gewartet, und jeder Hieb und Stich trug die Kraft des Hasses und der Verachtung in sich.

Faraday konnte dem Kampf nicht folgen. Sie bekam nur die Ausschnitte zu sehen, die die Vision der Bäume ihr zu zeigen bereit war. Sie glaubte schon, vier Männer rängen dort miteinander. Wann immer Axis sein Schwert hob, schien ein Geist neben ihm die Bewegung nachzuahmen. Und wenn Bornheld zustieß, tat es ihm ein Schemen gleich.

Die Zeit verrann, und die Musik ertönte weiter.

Axis taumelte vor Erschöpfung. Wie lang fochten sie schon miteinander? Bornheld gewährte ihm keine Atempause und deckte ihn so mit Schlägen ein, daß er keinen Moment zur Ruhe kam. Nicht ein einziges Mal wich er so weit zurück, daß der Krieger zum Angriff übergehen und seinen Bruder bis zur Aufgabe bedrängen könnte. Der König schien über die Kraft und Ausdauer eines Stiers zu verfügen. Sein Schwertarm stand keinen Moment still, und in seinen Augen glänzte der Wahnsinn.

Am Ende blieb es dann dem Adler vorbehalten, Bornhelds Ende herbeizuführen. Während des Zweikampfs hockte der Vogel oben auf dem Sims. Er schien schlafen zu wollen, aber der Lärm, der aus dem Saal zu ihm nach oben drang, lenkte ihn immer wieder ab. Schließlich fing der Adler an, sich zu putzen. Sein Kopf verschwand hier und da in seinem Gefieder, so als wolle er sich auch noch vom letzten Stäubchen säubern.

Dabei riß er mit dem Schnabel eine weiche Feder aus der Brust, spuckte sie verwundert aus und wandte sich dann dem linken Flügel zu.

Die weiße Feder schwebte langsam nach unten, trieb hierhin und dorthin und schien sich nicht entscheiden zu können und wurde schließlich vom heftigen Atem der beiden Kämpfenden gepackt und herumgewirbelt.

Schon wollte sie sich auf Axis' Haar niederlassen, aber der schüttelte unwillig den Kopf, als er die ungewohnte Berührung auf der Stirn wahrnahm. Das lenkte den Krieger so ab, daß er erst im letzten Moment einen Hieb nach seiner Brust parieren konnte.

Die Feder geriet also wieder in Bewegung, stieg ein wenig in die Höhe, wurde von einem anderen Luftzug erfaßt und segelte jetzt langsam zu Boden. Bornheld war sie noch nicht aufgefallen, und Axis hatte sie längst vergessen. Die Brüder droschen wieder mit unverminderter Wut aufeinander ein. Sie standen sich unmittelbar gegenüber und wehrten die gegnerische Klinge mit der Parierstange ab. Ihr Handgelenk trug damit die Hauptbelastung, während sie sich mit stark geröteten und schweißglänzenden Gesichtern voller Unnachgiebigkeit und Haß anstarrten.

Die Feder landete auf dem Marmorboden.

In diesem Moment machte Axis einen Ausfall. Darauf war der König nicht gefaßt gewesen und mußte einen Schritt zurück. Sein Stiefel fuhr nach hinten ... und rutschte auf der Feder aus.

Mehr brauchte der Krieger nicht. Als Bornheld mit vollkommen verblüffter Miene um sein Gleichgewicht rang, hob Axis sein Bein, brachte seinen Fuß in die Kniekehle seines Brudes und zog mit aller Kraft dessen Bein weg.

Der König krachte zu Boden und verlor sein Schwert. Rasch trat Axis es noch weiter fort. Mit furchtverzerrtem Gesicht versuchte Bornheld, rückwärts kriechend, weit genug zu entkommen, um sich wieder aufrichten zu können. Er wagte einen kurzen Blick hinter sich. Keine zwei Schritte vor ihm stand Faraday, immer noch von Jorges Armen umschlungen, und starrte ihn voller Entsetzen an. Als der König seine Gemahlin so sah, wußte er, daß alles verloren war. Er richtete den Blick wieder auf seinen Bruder und erwartete gefaßt den tödlichen Hieb.

Aber Faraday hatte sich nicht seinetwegen entsetzt. Sie konnte ja nur das erkennen, was die Vision ihr zeigte. Hinter den Schemen ließen sich die echten Kämpfer nicht mehr eindeutig ausmachen. Deshalb glaubte sie, gerade Axis stürzen gesehen zu haben. Kraftlos lag ihr Liebster nun da und wartete besiegt auf sein Ende.

In Wahrheit stellte der Krieger jetzt seinen Fuß mitten auf Bornhelds breite Brust und hob das Schwert über den Kopf. Doch statt ihm mit einem Hieb die Halsadern zu durchtrennen, drehte Axis die Waffe und versetzte ihm mit dem Griff einen harten Schlag auf den Kopf. Bornheld zuckte noch einmal und verlor dann das Bewußtsein. Der Krieger warf sein Schwert hinter sich.

Alle starrten verwirrt auf die Szene, während Axis' Schwert über den Marmorboden klirrte. Was hatte er nur vor? Warum hatte er seinen Erzfeind nicht mit einem raschen Schlag erledigt?

Axis sank auf die Knie, bis er auf dem Bauch Bornhelds saß. Dann zog er ein Messer aus dem Stiefelschaft, schnitt dem König das Lederwams mittendurch, zog die beiden Hälften auseinander und stieß ihm dann die Klinge tief und hart in die Brust.

Mit beiden Händen umschloß er den Griff und zog das Messer durch den Leib zu sich hin, um Bornheld das Brustbein zu spalten. Er keuchte vor Anstrengung.

Das gräßliche Geräusch von zerreißenden Sehnen und splitternden Knochen erfüllte die Halle. Rivkah krümmte sich vor Entsetzen und würgte. Magariz nahm sie in die Arme und hielt sie fest, um ihr Halt zu geben.

Bornheld rollten die Augen nach hinten und er ballte die Fäuste. Sein ganzer Körper zuckte krampfhaft, als Axis das Messer beiseite schleuderte, mit bloßen Händen an die aufgeschnittenen Ränder griff und seinem Bruder mit einem gewaltigen Ruck den Brustkorb auseinanderriß.

Unter der ungeheuren Kraft des Kriegers platzte Bornhelds Aorta auf. Eine Blutfontäne spritzte hoch auf und regnete auf Faradays Hals und Brust nieder. Kleine, warme Bäche rannen zwischen ihren Brüsten hinunter. Da sie nun das Schlimmste annehmen mußte, schrie sie wie von Sinnen und verdoppelte ihre Anstrengungen, Jorge zu entkommen.

Aber so sehr sie sich auch dagegen wehrte, Faraday konnte dem brechenden Blick ihres Gemahls nicht entkommen. Oder war es Axis, der dort starb? Sie konnte es nicht erkennen. Wessen Augen starrten sie da in stummem Flehen an? War das wirklich der Krieger? O Mutter, bitte, laß es nicht meinen Liebsten sein, der da zu meinen Füßen stirbt!

Die Arme bis zum Ellenbogen von Blut gerötet und das Hemd warm auf seiner Haut klebend, griff Axis in den nun offenen

Brustkorb seines Bruders und suchte nach dem immer noch schlagenden Herzen. Als er es fand, riß er es heraus und bespritzte alle Umstehenden mit Bornhelds Blut.

»Freierfall!« schrie er, lehnte sich auf seinem Bruder zurück und starrte zur Kuppeldecke hinauf. »Freierfall!«

Der Adler stieß sich vom Sims ab, und sein Schrei mischte sich in Axis' Ruf. Er flog zu seinem Herrn hinab.

Als der Vogel sich ihm näherte, warf der Krieger das immer noch zuckende Herz des Königs so hoch, wie er nur konnte. Dunkles Blut klatschte in dicken Tropfen auf sein goldenes Haar und auf den Marmorboden. Als das Herz am höchsten flog, bekam der Adler es mit seinen Krallen zu packen und landete im nächsten Moment mit heftig schlagenden Schwingen auf dem Boden. Er hatte noch nicht richtig aufgesetzt, da begann er schon, mit dem Schnabel an dem Herzfleisch zu reißen.

Alle starrten so entsetzt auf den Adler, der da das Herz des Königs zerfetzte, daß sie sich buchstäblich nicht von der Stelle rühren konnten. Auch Rivkah, die immer noch von Magariz gehalten wurde, mußte wie unter einem hypnotischen Zwang hinsehen, als der Schneeadler das Herz ihres Erstgeborenen fraß. Ein Grauen erfaßte sie.

Axis sprang nun auf und wäre beinahe auf dem vielen Blut ausgerutscht, das Bornheld wie ein See umgab.

Faraday blickte ihn an, als könne sie ihren Augen nicht trauen ... blutüberströmt stand er da. Das Rot tropfte von seinem Körper und verklebte ihm Bart und Haupthaar.

*Jetzt streckte er eine Hand aus —*

und riß sie an sich. Jorge ließ sie los, weil der blutige Anblick von Faraday und Axis ihm Übelkeit bereitete. Die Königin konnte sich kaum noch wehren, als der Krieger sie beim Handgelenk packte. Der Blick in seinen Augen jagte ihr Angst ein, und sie keuchte erschrocken, als seine warmen, klebrigen Finger sich so hart um ihr zartes Handgelenk legten, daß es ihr wehtat.

Bornhelds Blut rann immer noch ihre Brüste hinab, und sie würgte. *Überall Blut. Sie spürte es, roch es, schmeckte es ...*

Axis zerrte Faraday den Rubinring der Herzöge von Ichtar

vom Finger, ohne dabei den Griff zu lockern, mit dem er sie unnachgiebig festhielt.

»ICH HABE MEINEN TEIL DER ABMACHUNG ERFÜLLT, TORWÄCHTERIN!« brüllte er. »NUN ABER LEISTET IHR DEN EUREN!«

Der Krieger warf den Ring in die offene Brust seines Bruders, wo er noch einmal aufblitzte, ehe er in dem Teich von Blut versank, der sich dort gebildet hatte, wo einmal Bornhelds Herz gewesen war.

# 26 UMWANDLUNGEN

Zweitausend Jahre saß sie schon in dem verhaßten Rubin gefangen und hatte sich am Finger von zahllosen Herzoginnen von Ichtar tragen lassen müssen. Seit zweitausend Jahren war sie eingesperrt in diesem Edelstein, hatte zahllosen nichtigen Gesprächen lauschen müssen und durch den rötlichen Schein ihres Gefängnisses verfolgt, wie eine Edle der nächsten im Amt folgte. Sie weinte mit den Damen, die gezwungen wurden, den Reif zu nehmen und den verhaßten Gemahl zu ertragen.

Der Bann, der vor zweitausend Jahren über die Quelle gelegt worden war, hatte Zecherach in diesen Rubin gezwungen. Sie wußte, daß dabei dunklere Formen der Magie zum Einsatz gekommen sein mußten, auch wenn sie davon nichts verstand. Die Wächterin konnte sich ebenfalls nicht daran erinnern, welcher Herzog die Quelle hatte zumauern lassen, um den See auszutrocknen. Weil er sich so darüber geärgert hatte, daß die Brücke ihn nicht passieren lassen wollte. Heute war ihr das egal, denn es spielte keine Rolle mehr. Sie wußte nur noch, daß das Wasser immer weniger geworden war und sie sich mit dem See aufgelöst hatte. Als die Sonne die letzte Pfütze aufgesogen hatte und die Brücke mit einem Seufzer verschwand, hatte der Herzog, der von der anderen Seite des Burggrabens aus zusah, in diesen hineingeschaut und in seinem Schlamm den prächtigen Rubin entdeckt. Begeistert hatte er ihn an sich gebracht, und seitdem sah sich Zecherach dazu verdammt, in diesem Stein festzusitzen.

Die letzten dreißig Jahre hatten sich für sie als besonders enttäuschend erwiesen. Sie hatte am Finger der vorletzten Herzogin von Ichtar gesteckt, als der ikarische Zauberer aus der Sonne

☆ ☆ ☆ 358 ☆ ☆ ☆

herangeflogen gekommen war und ihr den Sternenmann eingepflanzt hatte. Zecherach befand sich immer noch an ihrem Finger, als das prophezeite Kind in ihr heranwuchs und die Wehen einsetzten. Aber dann war Searlas erschienen, der verdammenswerteste aller Herzöge dieses Geschlechtes, und hatte seiner Gemahlin den Ring vom Finger gerissen. Zecherach hatte nicht mehr miterleben können, ob das Kind gesund oder tot zur Welt gekommen war.

Viele Jahre lang hatte sie dann in einem kalten und finsteren Gewölbe des Gemäuers liegen müssen, das vom wunderschönen und außergewöhnlichen Sigholt übriggeblieben war. Zecherach haderte mit dem Schicksal, weil sie in ihrem rubinroten Gefängnis nicht in Erfahrung bringen konnte, wie weit die Prophezeiung sich bereits erfüllt hatte. Was mochten Ogden, Veremund und Yr gerade unternehmen? Wandelten sie schon über die Erde? Und was mochte aus Jack geworden sein? Jack, wo seid Ihr? In ihrem Stein konnte sie nichts von ihren Gefährten spüren, und die federleichte Berührung von Jack vermißte sie am allermeisten. Würde sie ihn je wiedersehen?

Eines Tages war Bornheld in dem Gewölbe erschienen, hatte den Ring gesehen und an sich genommen. Er nahm ihn nach Karlon mit und steckte ihn seiner zukünftigen Gemahlin an den Finger. Und so begab sich Zecherach mit Faraday auf Reisen, erlebte mit ihr die schönen und die gefährlichen Abenteuer, kam durch das ganze Land und erkannte durch die junge Frau, wie die Prophezeiung sich ausbreitete. Durch Faradays Augen hatte Zecherach die vier anderen Wächter gesehen, sich aber nicht mit ihnen in Verbindung setzen können.

Die Gefangene verfolgte, wie Faraday sich mehr und mehr in den Sternenmann verliebte, ein Mann namens Axis – was für ein eigenartiger Name – und sie erduldete es mit ihr zusammen, Bornhelds Gemahlin zu sein. Dann mußte die fünfte Wächterin miterleben, wie die Stadt Gorken fiel. In dieser Zeit betete sie mit Faraday zusammen, daß sie vom Samen ihres Mannes nicht schwanger würde. Bei der Mutter, sie wünschte sich von Herzen, daß die männliche Linie der Herzöge von Ichtar stürbe.

Die Familie, deren Vorfahr sie einst in diesen Stein gezwungen hatte.

Mit Faraday hatte sie auch den Heiligen Hain und den Zauberwald besuchen dürfen, und das tröstete sie für einige Zeit über ihre mißliche Lage hinweg.

Und endlich, endlich, in dieser Nacht durfte sie von ihrem Gefängnis aus zuschauen, wie Bornheld zu Tode kam. Als der Sternenmann dann den Ring ergriff, schluchzte Zecherach vor Erleichterung. Und als das noch warme Blut des letzten Herzogs von Ichtar über dem Rubin zusammenschlug, spürte sie, wie die Fesseln des Banns endlich von ihr abfielen. Der Tod des verfluchten letzten Herzogs gab ihr das Leben zurück.

Er stürzte verwirrt aus der Sonne. Wo war er gewesen? Was war geschehen? Warum fand er sich nicht mehr zurecht? Ungeheure Hitze umfing ihn, und er fiel noch tiefer. Verzweifelt versuchte er, der Glut zu entkommen, von der er glaubte, daß sie von der Sonne stamme. Doch die Wärme nahm weiter zu. Sie umhüllte ihn, verbrannte ihn, kochte ihn, briet ihn und blendete ihn. Sein Gehirn war in diesem Sengen zu keinem klaren Gedanken mehr fähig. Statt nach einer Möglichkeit zu suchen, seinen Sturz aufzuhalten, riß er sich nur die Hände vors Gesicht, um die Augen zu schützen, und schrie unaufhörlich.

Die Hitze schoß mit solcher Macht durch den Mondsaal, daß alle sich abwandten und sich das Gesicht bedeckten. Und dann hörten sie den gellenden Schrei des Adlers. Es war ein Schrei aus höchster Not. Diejenigen, die sehr nahe bei Bornheld standen, sahen ein rotes Feuerlicht, das sich durch seinen Körper fraß. Axis zog Faraday zu sich heran, um sie vor der Hitze und dem Feuerschein zu bewahren. Die Vision fiel von ihr ab, und sie erkannte jetzt endlich, wer sie da hielt. Axis hatte überlebt, während ihr Gemahl ausgestreckt am Boden lag.

Eine weiß-goldene Gestalt löste sich aus seiner aufgerissenen Brust.

»Axis!« schrie Faraday und drückte sich erschrocken an ihn.

☆ ☆ ☆   360   ☆ ☆ ☆

Als Licht und Hitze vergingen, drehten sich die Anwesenden langsam wieder um. Wo eben noch der Adler gestanden hatte, kauerte nun ein nackter Ikarier mit goldenen und silbernen Flügeln und goldenem Haar, dessen violette Augen sich ängstlich und verwirrt umsahen.

»Freierfall!« rief Abendlied. Sie schob sich an ihrem vor Staunen reglosen Vater vorbei und eilte zu dem Jüngling.

»Abendlied?« fragte Freierfall. »Wo sind wir? Was geht hier vor? Wer sind all diese Menschen?«

Sie kniete sich neben ihn, nahm seine Hand und drehte sich zu Axis um, der immer noch Faraday in den Armen hielt. »Danke«, flüsterte sie ihm zu, »tausendmal danke.« Dann schloß sie Arme und Schwingen um den verlorengeglaubten Geliebten, umarmte ihn ganz zart, und ihre Stimme war sanft und zärtlich, als sie ihm sagte, wie sehr sie ihn liebe.

Doch der Krieger achtete nicht so sehr auf die beiden, als vielmehr auf die Frau, die plötzlich vor ihm stand. Ebenso nackt wie Freierfall, strahlte sie weitaus mehr Reife und Würde aus. Er vermutete, daß es sich bei ihr um Zecherach handeln müsse, die fehlende fünfte Wächterin. Hochgewachsen und ruhig stand sie da, keine Schönheit im herkömmlichen Sinn, aber auf ihre Weise sehr verlockend und ihrer Mutter wie aus dem Gesicht geschnitten. Schwarze Augen unter feuerrotem Haar, so rot wie der Rubin, dessen letzte Splitter jetzt von ihr abfielen.

»Danke«, sagte sie nur wie vorhin Abendlied, »tausend Dank von mir.«

Und dann stand schon Jack vor ihr.

Der Krieger wandte sich an Faraday und küßte sie.

»Ich sollte wohl heiraten«, lächelte er, »und da fiel mir gerade ein, daß Ihr ja seit kurzem Witwe seid. Wollt Ihr meine Frau werden, Faraday?«

»Ja!« antwortete sie mit fester Stimme und umarmte ihn, ihr blutbeflecktes Äußeres mißachtend.

Jorge starrte das Paar an. Er konnte noch immer nicht fassen, wie Axis seinen Bruder getötet hatte.

✮ ✩ ✩ 361 ✩ ✩ ✩

»Er hat gemordet, um seine alte Ordnung zu retten«, sagte Axis mit nicht zu lauter Stimme, und der Graf erkannte, daß er ihn ansprach. Der General sah ihn über den Kopf Faradays hinweg an. »Bedenkt die Ermordung von Freierfall, Jorge, deren Zeuge Ihr wart. Erinnert Euch an Priams Erkrankung und baldigen Tod, nachdem er vor allen verkündet hatte, daß er sich mit mir zusammenzuschließen gedenke. Vergeßt auch nicht die Tausende der Gekreuzigten und Erschlagenen in Skarabost, deren einziges Verbrechen darin bestand, einer neuen Ordnung zu folgen, nachdem der König die alte nicht mehr aufrechterhalten konnte.«

Der Graf senkte den Blick.

»Denkt aber auch an das neue Leben, das dem Tod meines Bruders entsprang«, fuhr Axis fort, weil er Jorge davon überzeugen wollte, daß Bornhelds Tod und die damit verbundenen Umstände unvermeidlich gewesen waren. »Freierfall, zurückgeholt aus den Hallen der Unterwelt, zurückgekehrt ins Leben, aus dem er niemals so vorzeitig und so brutal gerissen hätte werden dürfen. Und Zecherach, die von den Herzögen von Ichtar gezwungen wurde, in einem Rubin festzusitzen. Doch nun ist sie endlich frei und kann ihren Platz unter den fünf Wächtern einnehmen.«

»Ich verstehe«, sagte der Graf, und sein Blick glitt noch einmal über die sterblichen Überreste seines früheren Lehnsherrn. »Eure Neue Ordnung verlangt, mit allen Mitteln durchgesetzt zu werden, nicht wahr?«

»Ich tue alles, was erforderlich ist, um ihr zum Erfolg zu verhelfen.«

Jorge sah den Krieger einen Augenblick lang an und wandte sich dann ab. Axis drückte Faraday noch einmal an sich und ließ sie dann los. »Yr, führt sie von hier fort. Kümmert Euch bitte um sie und seht dann zu, daß sie etwas Schlaf findet.«

Die Zuschauer hatten sich von ihrer Erstarrung erholt. Nun standen sie in Gruppen zusammen und redeten leise miteinander. Sternenströmer, der bei seiner Tochter und seinem Neffen saß, drehte sich in diesem Moment zu seinem Sohn um und grinste ihn an.

»Heute abend habt Ihr nachdrücklich bewiesen, welch mächtiger Zauberer Ihr seid.« Er warf Axis seinen ikarischen Ring zu, und dieser fing ihn und steckte ihn sich rasch wieder an.

»Ich hatte Hilfe, Vater, doch davon werde ich Euch erst später berichten. Freierfall?«

Der Vogeljüngling sah vom Boden auf, wo er immer noch saß, gehalten von seiner Liebsten, die an seiner Seite weinte. »Axis, was ist geschehen? Wo bin ich hier?«

»Ihr wart weit fort, Freierfall, doch nun habt Ihr nach Hause zurückgefunden. Ruht Euch heute nacht bei Abendlied aus. Sobald wir etwas mehr Zeit füreinander finden, berichte ich Euch alles.«

»Was denn für eine Nacht?« lachte Sternenströmer. »Seht Ihr denn gar nicht, Axis, wie das erste Tageslicht bereits die Halle durchströmt?«

Der Krieger blickte verblüfft hinauf zu den kleinen Fenstern, die ins Kuppeldach eingelassen waren. Tatsächlich, ein rosafarbener Himmel zeigte sich dahinter. »Bei den Sternen«, flüsterte er, »wie lange haben Bornheld und ich denn gekämpft?«

»Fast die ganze Nacht, mein Freund«, antwortete Belial hinter ihm. »Ich weiß nicht, wo Ihr noch die Kraft hernehmt, auf Euren beiden Beinen zu stehen.«

Axis umarmte den treuen Waffengefährten, nahm sein Schwert, das dieser ihm reichte und schob es in die leere Scheide an seiner Seite. »Belial, ist der Hauptmann der Palastwache unter den Anwesenden?«

Der Leutnant nickte und zeigte auf einen großen, dunkelhaarigen Mann, der recht nervös wirkte.

Axis winkte ihn zu sich: »Wie heißt Ihr, Hauptmann?« Er konnte sich nicht mehr an ihn erinnern.

»Hesketh, Euer … Herr«, murmelte der Mann.

»Hauptmann Hesketh, ich übernehme nun die Hauptstadt, so wie ich vorher ganz Achar übernommen habe. Wollt Ihr Euch mir in den Weg stellen?«

»Nein, Herr.« Hesketh warf Yr einen unsicheren Blick zu, die gerade zusammen mit Faraday den Saal verließ. Sie lächelte ihrem Liebhaber kurz zu und war schon durch die Tür verschwunden.

»Gut, denn Ihr und Eure Wache folgt nun Belial, der Eure Männer einteilen wird. Danach begebt Ihr Euch zu den Stadttoren und laßt sie öffnen. Jedermann innerhalb und außerhalb der Stadt mag kommen und gehen, wie und wohin es ihm beliebt. Ich habe nicht vor, die Palastwache mit irgendwelchen Vergeltungsmaßnahmen zu bestrafen. Genausowenig wie die Soldaten, die von Bornhelds Armee noch übriggeblieben sind. Ich verlange von Euch nicht mehr als Eure Treue.«

»Jawohl, Herr.« Hesketh klang jetzt schon etwas munterer, »meiner Treue dürft Ihr gewiß sein.« So weit es ihn betraf, hatte der Krieger in diesem Saal mit seinem Bruder um die Krone des Königreiches gerungen und sie in gerechtem Zweikampf gewonnen. Wenn all das, dessen Axis den König beschuldigt hatte, der Wahrheit entsprach, dann hatten die Götter selbst eben Bornhelds Verderben herbeigeführt.

»Gut«, sagte Axis wieder. »Belial, macht Euch mit dem Hauptmann jetzt auf den Weg, den Palast zu durchsuchen. Nehmt zwei von den Kämpfern der Rabenbunder mit. Die anderen vier brauche ich hier.«

Sein Leutnant salutierte und entfernte sich.

Der Krieger hatte nun noch eine Sache zu erledigen und sah sich nach Gautier, Timozel und Jayme um. Die drei standen in einer Ecke und wurden von Ho'Demi und seinen verbliebenen vier Männern mit der Waffe bedroht.

Axis schritt auf sie zu. »Timozel«, begann er langsam, weil er nicht so recht wußte, wie er mit dem Jüngling umgehen sollte. Die einst lebensfrohen und gutgelaunten Züge waren unter der finster brütenden Miene nicht wiederzuerkennen. Ein fanatisches Feuer flackerte in seinen Augen. »Ihr habt Faraday geschworen, Ihr stets zu dienen. Gilt dieser Eid noch?«

Der Jüngling sah ihn eigentümlich an. Er hatte den Ausgang des Zweikampfs mit Schrecken verfolgt. Bornheld lag nun erschlagen am Boden, und seine Visionen zerstoben zu reinen Lügengebilden. Wo war die gewaltige Armee, die sich viele Meilen weit in jede Richtung erstreckte? Wo blieben die Zehntausend, die begeistert seinen Namen riefen? Was war mit den ungeheuren Siegen? Was, wann und wie?

Und wie würde sich Faraday verhalten? Ihr Gemahl lag in seinem Blut auf dem Marmorboden. Würde sie sich nun Axis in die Arme werfen?

»Ja, ich bin immer noch der Ritter der Herrin und weiß, daß sie nun meines Rates und meines Beistands mehr denn je bedarf. Vor allem, wenn sie sich zu raschen Entscheidungen hinreißen lassen sollte, die sie später bitterlich bereuen müßte.«

Der Krieger rang darum, seine Fassung zu bewahren. »Dann vergeßt nicht, Timozel, daß Ihr Euch verpflichtet habt, sie bei allem, was sie tut oder vorhat, zu beschützen und zu unterstützen. Faraday trifft ihre Entscheidungen ohne Euch, denn Ihr seid nicht ihr Herr.«

»Und ich schwöre bei allen Göttern, daß ich alles in meiner Macht Stehende tun werde, um dafür zu sorgen, daß Ihr ebenfalls nicht ihr Herr sein werdet.« Damit schob der Jüngling sich an ihm vorbei und marschierte aus der Halle.

»Laßt ihn gehen«, gebot der Krieger dem Häuptling, der ihn aufhalten wollte. »Wir können ihn nicht aufhalten. Außerdem ist er Faradays Ritter. Deswegen will ich ihm nichts zuleide tun.«

»Vom dem jungen Mann geht Gefahr aus«, bemerkte Ho'-Demi. Er hatte gespürt, daß etwas Dunkles Besitz von Timozels Seele ergriffen hatte.

Axis ging nicht weiter darauf ein und wandte sich an Gautier. Das Gesicht des Mannes war eingefallen, und er wirkte sehr erschöpft.

»Ihr seid Bornheld in allem bedenkenlos gefolgt«, sprach der Krieger ihn an, »und das kann und will ich Euch nicht vergeben.« Er tauschte einen kurzen Blick mit dem Häuptling. »Aber mir kommt es nicht als erstem zu, vor Euch zu treten und Anklage gegen Euch zu erheben. Viele Männer in Eurem ehemaligen Heer hassen Euch wegen Eurer Grausamkeit viel mehr als ich. Wie viele Eurer Soldaten habt Ihr hinrichten oder beseitigen lassen, weil sie keinen Schritt mehr weiter konnten? Weil sie bereits alles gegeben hatten und ihre Kräfte vollkommen aufgebraucht waren? Aber Ihr habt noch weit Schlimmeres begangen, Gautier. Was war Eure furchtbarste Tat? Die Kreuzigung dreier braver Rabenbunder, Männer, deren Verbrechen allein darin bestand, nicht schlecht von mir zu sprechen.« Er sah wieder den Häuptling an. »Ho'Demi, ich überlasse ihn Euch, und Ihr dürft mit ihm verfahren, wie Ihr wollt. Ich erbitte nur eines von Euch«, fügte der Krieger mit Blick auf die Fenster im Kuppeldach hinzu, »bis zum Einbruch der Nacht muß er tot sein.«

»Nein!« kreischte Bornhelds Leutnant und wehrte sich heftig, als zwei grimmig aussehende Rabenbunder ihn ergriffen. »Tötet mich auf der Stelle, wenn es schon sein muß! Ein rascher Schwertstoß, mehr erflehe ich nicht von Euch, Axis. Aber händigt mich nicht diesen Wilden aus!«

Doch der Krieger wandte sich nur an Ho'Demi: »Bis Einbruch der Nacht. Dann werft Ihr seinen Leichnam auf den Abfallhaufen vor der Stadt, wo wir alle ihn sehen können.«

»Zumindest das, was dann noch von ihm übrig ist«, bestätigte der Häuptling mit einem Lächeln.

»Laßt mir zwei von Euren Kämpfern da, Ho'Demi«, bat Axis mit Blick auf Gautier, der vor Angst ohnmächtig zu werden drohte. »Ich glaube kaum, daß Ihr alle vier benötigt, um mit diesem Mann fertigzuwerden.«

Der Häuptling salutierte vor ihm. »Dank für diese großzügige Gabe, großmächtiger Herr.« Er gab den beiden Rabenbundern, die den Unglücklichen zwischen sich führten, das Zeichen, ihm zu folgen, und marschierte zur Halle hinaus.

»Nun, Jayme«, wandte sich Axis jetzt an den letzten im Bunde, »Euch scheint der Ruhm zuzufallen, der Bruderführer zu sein, unter dem es mit dem Seneschall nicht nur bergab, sondern buchstäblich zu Ende ging. Die ›Unaussprechlichen‹«, er schleuderte ihm das Wort geradezu ins Gesicht, »kehren heim, sie ziehen bald wieder über die Hügel und Ebenen, von denen die Kirche sie vor so langer Zeit verjagte.«

Er schwieg und betrachtete den Mann. Fast konnte er es nicht glauben, wie sehr Jayme sich verwandelt hatte. Solange Axis zurückdenken konnte, hatte der Kirchenfürst immer Stärke und Lebensmut ausgestrahlt. Ein Herr, der auf sein Äußeres wie auf sein Auftreten immer größten Wert gelegt hatte.

Doch der Jayme, der jetzt vor ihm stand, erinnerte eher an einen alten Bauern, der sich in lebenslanger Plackerei und Armut die Knochen zerschunden hatte. Er brach fast unter Axis' strengem Blick zusammen, sein Ornat war zerrissen und schmutzig, Speichel und Speisereste hingen in seinem weißen Bart, und sein Haar stand wirr vom Kopf.

»Wo sind Moryson und Gilbert?« verlangte der Krieger streng zu wissen.

»Fort«, murmelte der Bruderführer nur.

»Führt ihn in eine ausbruchssichere Kammer«, befahl er den beiden Rabenbundern. Diesen gebrochenen alten Mann in den Kerker zu werfen, brachte er nicht über sich. »Und bindet ihn. Sorgt dafür, daß das Fenster verriegelt ist, damit er sich nicht in die Tiefe stürzen kann. Ich werde mich später mit ihm befassen.«

Nachdem das erledigt war, drehte er sich wieder um und sah Rivkah. Magariz mußte sie immer noch stützen. Sie starrte regungslos auf ihren toten Erstgeborenen.

Seine und Bornhelds Mutter. Er näherte sich ihr zögernd. Was konnte er ihr jetzt sagen? Als er am Leichnam des Königs vorbeikam, schaute er ihn an. Bornhelds graue Augen blickten nun stumpf und voller Blut auf die goldenen und silbernen Monde, die einander inmitten der Gestirne am blauemaillierten Kuppeldach jagten. Axis bückte sich, schloß ihm die Augen und zog etwas Goldenes aus seinem Haar. Der goldene Kronreif. Das Amtszeichen der Könige von Achar. Nach einem Moment des Zögerns streifte er seinem Bruder auch den Amethystring vom Finger, ebenfalls ein Symbol seiner Herrschaft.

Dann säuberte er beide Stücke von dem Blut und betrachtete sie. Vermutlich standen sie nun ihm zu. Reif wie Ring standen für die Macht des Königs.

Aber der Krieger hatte nicht vor, diesen Thron zu besteigen. Er wollte ihn nicht, und in seinem neuen Tencendor sollte dieser Thron auch nicht mehr gebraucht werden. Und was fing er nun mit diesen beiden Insignien an? Langsam setzte er den Weg zu seiner Mutter fort.

Rivkahs Blick fiel sofort auf sein blutverschmiertes Gesicht. So voller Bornhelds Lebenssaft stand er vor ihr. Und wieviel mehr von diesem befleckte den Boden und die Umstehenden? Rivkah mußte an die Umstände denken, unter denen ihre beiden Söhne zur Welt gekommen waren. Wie anders als blutig hätte der Zwist zwischen ihnen enden können?

»Rivkah«, begann der Krieger leise. Er hielt immer noch Kronreif und Ring in der Hand, weil ihm für beides noch keine Lösung eingefallen war.

Seine Mutter streckte eine zitternde Hand nach ihm aus. Der Oberkörper ihres jetzt einzigen Sohnes wies etliche Verwundungen auf, die zwar noch bluteten, aber nicht lebensgefährlich waren. Nur eine der Wunden ging bis auf den Knochen.

»Ihr seid verletzt«, flüsterte Rivkah, und ihre Finger fuhren federleicht über seine Brust.

»Diese Wunden werden rasch verheilen, sobald ich das Zelt des Feldarztes aufgesucht habe und er mich nach den Regeln seiner Kunst zusammengeflickt hat.«

Seine Mutter nickte und senkte den Blick. »Es war schier unerträglich für mich, Euch beide kämpfen zu sehen. Ich habe Bornheld nie geliebt, und für das, was er Priam angetan hat, habe ich ihn regelrecht gehaßt, und dennoch ... und dennoch ...« Tränen füllten ihr die Augen, und sie konnte nicht weitersprechen.

Der Krieger beugte sich vor und umarmte sie ziemlich unbeholfen.

»Wer erträgt es schon«, flüsterte sie an seiner Brust, »Zeuge zu werden, wie die eigenen Söhne sich auf Leben und Tod bekämpfen?«

Aus einer inneren Eingebung heraus reichte er ihr den Reif und den Ring. »Nehmt Ihr die Krone und den Amethyst an Euch. Ich will sie nicht haben. Ihr aber seid die letzte Eurer Linie. Tragt sie, laßt sie einschmelzen oder verkauft sie, mir soll alles recht sein.«

Seine Mutter seufzte und nahm beides an sich. Ihr Vater hatte den Reif auf dem Kopf und den Ring am Finger getragen. Ebenso ihr Bruder und die vielen Könige vor ihm.

Axis wandte sich an den Fürsten, der dunkel und ernst hinter Rivkah stand. »Nehmt Euch ein paar Soldaten, Magariz, oder besser noch, ein paar von den Dienern, die immer noch hier herumstehen, schwatzen und Maulaffen feilhalten. Sie sollen Bornhelds Leichnam forttragen und über die Stadtmauer auf den Abfallhaufen werfen. Nur die Krähen dürften jetzt noch Gefallen an ihm finden.«

Rivkah zuckte zusammen, und ihre Finger schlossen sich fester um die beiden Herrschaftssymbole.

Erst spät am Abend fand Axis etwas Zeit für sich. Er versuchte nachzudenken, während seine Wunden noch vor der Behandlung durch den Feldarzt juckten und brannten. Sie hatten den Palast rasch in ihren Besitz bringen können, denn nirgendwo hatte sich Widerstand gezeigt. Belial und die Wachen hatten die Residenz von den höchsten Turmspitzen bis hinab in die mit Exkrementen verseuchten Kerker durchkämmt. Aber sie stießen nirgends auf Soldaten. Nur auf Diener, die sich sofort unterwürfig nach ihren Wünschen erkundigten, und Höflinge, die sie gleich mit Schmeicheleien überschütteten. Erstere schickte der Leutnant zu ihren Pflichten zurück, letztere in ihre Stadthäuser. Für Speichellecker bestand zur Zeit kein Bedarf. Ziemlich am Ende ihrer Suche stöberten sie ein Dutzend Brüder des Seneschalls auf und den Grafen Isend nebst einer herausgeputzten Dame, die sich in einer Kammer versteckt hatten. Axis, der an diesem Tag genug von Tod und Hinrichtung hatte, befahl, sie auf das nächste Schiff nach Koroleas zu bringen.

Sobald der Palast durchsucht und gesichert war, begab der Krieger sich in die Stadt. Er redete mit den Menschen, beruhigte die Ängstlichen und nahm Karlon offiziell in Besitz. Die Bürger befanden sich größtenteils nicht in Panik. Beinahe gleichgültig nahmen sie auf, daß Axis an die Stelle Bornhelds getreten war. Vielmehr begeisterte sie die Rückkehr der Prinzessin Rivkah. Axis' Mutter mischte sich unter das Volk, unterhielt sich mit dem Bürgermeister und den Zunftmeistern und lieh auch denen ihr Ohr, die etwas verlegen am Rand standen. Faraday begleitete sie, und die beiden Damen konnten die Menschen beruhigen, die nur gerüchteweise von dem erfahren hatten, was sich in der Nacht zuvor im Palast abgespielt hatte. Auch einige Ikarier fanden sich in ihrem Gefolge, und die verwitwete Königin und die Prinzessin konnten den Bürgern einiges von ihrer Scheu vor den Vogelmenschen nehmen. Der Bürgermeister zeigte sich schließlich von Dornfeder so fasziniert, daß er ihn zum Abendessen bei sich zu Hause einlud.

Belial ließ die Stadttore, wie der Krieger es befohlen hatte, weit öffnen, und mit der Zeit mischten sich die Bürger unter die Soldaten von Axis' Armee, genau so, wie diese sich mit den Bürgern, als sie die Hauptstadt anschauten. Man tauschte Neuigkeiten aus, schwatzte und lachte miteinander und Mütter, Ehefrauen und Liebste erfuhren vor allem, ob der ihnen Teure noch am Leben war oder nicht. Am späten Nachmittag zog eine langsame Prozession von Frauen und Kindern zu den frisch ausgehobenen Gräbern rund um das Fort von Bedwyr. Sie brachten den Verstorbenen Blumen und letzte kleine Geschenke, um sich von ihnen zu verabschieden.

Endlich allein in den Gästeräumen des Palast schloß Axis die Augen und ließ die Wärme des Feuers in seine geschundenen Glieder dringen. Er fühlte sich müde, unendlich müde. In wenigen Tagen würde er das neue Tencendor ausrufen und dann nach Norden ziehen, um sich mit Gorgrael auseinanderzusetzen. Vielleicht, dachte der Krieger müde und wurde sich bewußt, daß seine Gedanken immer verschwommener wurden, sollte er schon gleich am nächsten Tag die ersten Verbände in den Norden schicken. Wer konnte schon ahnen, wo der Zerstörer als nächstes zuschlagen würde. Er hatte gewiß von den Unruhen im Süden des Reichs erfahren. Und wenn Axis der Welt verkündete, daß Tencendor wiedererstanden sei ... ja, das würde Gorgrael sicher als die geeignete Stunde für seinen nächsten Angriff ansehen.

Faraday schlüpfte in den Raum. Sie trug einen dunkelblauen Umhang und hatte sich das Haar nicht hochsteckt. Ein besonderer Glanz stand in ihren Augen. Voller Liebe sah sie Axis an, der längst auf dem Sessel vor dem Feuer eingeschlafen war. Er hatte sich gewaschen und der blutgetränkten Hose entledigt. Dennoch waren noch genügend Spuren des Zweikampfes an ihm zu sehen. Brust und Oberarme wiesen blaue Flecken auf, und an einigen Stellen sah man den Katzendarm, mit dem seine Fleischwunden genäht worden waren. Die Glieder seiner Schwerthand waren von dem stundenlangen Fechten geschwollen.

»Axis«, sprach sie ihn leise an. So lange hatte sie auf diesen Moment gewartet. Viel zu lange. Nein, jetzt konnte sie einfach nicht mehr länger warten.

Der Krieger öffnete die Augen und blinzelte einige Male, bis seine Augen Faraday erkannten. »Ihr?«

Sie spielte mit den Quasten des Bandes, das ihren Umhang am Hals zusammenhielt, und dann hatte sich das Band gelöst und der Mantel rauschte zu Boden. Darunter war Faraday vollkommen nackt.

Axis starrte sie an. Bei den Sternen, hatte sie denn keine Ahnung, wie erledigt er war? Seit zwei Tagen hatte er kein Auge mehr zugetan. Und fast die ganze vergangene Nacht hatte er mit seinem Bruder einen mörderischen Zweikampf ausgefochten. Sein ganzer Körper tat ihm weh, und die genähten Stellen schmerzten mehr, als er dem besorgten Arzt gegenüber hatte zugeben wollen.

Aber Faraday war eine berückend schöne Frau. Während er sie immer noch anstarrte, richtete er sich langsam etwas auf.

Die junge Frau lächelte, kniete sich vor ihn hin, zog ihm die Stiefel aus und ließ die Finger über die Innenseiten seiner Oberschenkel wandern. Dann beugte sie sich vor und küßte zart seine Brust. Ein Ruck ging durch Axis, als er spürte, wie heftig sein Körper darauf ansprach.

Oh, Aschure! dachte er und schirmte dann seine Gedanken sorgfältig ab. Wann war es, daß ich Euch zum letzten Mal berühren durfte? Außerdem wußtet Ihr doch, daß es so weit käme.

Je weiter sich Faradays Hände über seine Haut bewegten und je inniger ihre Küsse wurden, desto mehr wuchs seine innere Unruhe. Im ersten Moment fragte er sich voll lodernder Eifersucht, ob Bornheld ihr all diese Tricks beigebracht hatte. So etwas hatte die Jungfrau noch nicht gekannt, die er nur einmal bei den Alten Grabhügeln unter den Sternen geküßt hatte. Und im nächsten Moment schon rang er mit seinem schlechten Gewissen, daß sein Körper Aschure so willig zu betrügen bereit war.

Faraday lachte, als der Krieger sie endlich an sich riß. Doch als er sie dann vor dem Kaminfeuer liebte, ahnte sie nichts davon, daß seine heftige Leidenschaft vor allem sein schlechtes Gewissen Aschure gegenüber betäuben sollte. Axis mußte alle Selbstbeherrschung aufbieten, um nicht in allerhöchster Wonne Aschures Namen auszurufen. Und als es vorüber war und Axis entspannt neben ihr lag, dachte Faraday, er habe vor Lust geschrieen – und nicht um der Liebe willen, die er betrogen hatte.

Niemand, weder Belial noch Rivkah und nicht einmal die Wächter, hatten bislang Faraday gegenüber auch nur ein Sterbenswörtchen über Aschure oder Caelum gesagt. Und als schließlich alles an den Tag kam, nahm sie es ihnen sehr übel, daß sie sie nicht gewarnt hatten. Ihr nichts erzählt hatten.

So wie das Geheimnis um den Erfolg der Prophezeiung, so hielt Faraday auch Axis' Schicksal in ihren Händen.

# 27

## EIN GELÖBNIS ZERBRICHT

Timozel verbrachte die Nacht damit, nach Faraday zu suchen. Mit verkniffener Miene durchstreifte er die Gänge des Palastes zu Karlon. Bornheld war ein guter Mensch gewesen. Ein sehr guter sogar. Und ein mutiger. Ein wahrer Ritter. Daß er auf diese Weise hatte sterben müssen, unterstrich in Timozels Augen noch seine Tapferkeit.

Für ihn spielte es längst keine Rolle mehr, daß der König seinen Visionen nicht hatte zuhören wollen, daß er sich geweigert hatte, ihm den Befehl über sein Heer zu übertragen.

Hin und wieder, während er durch die Gänge schlich, mußte der Jüngling sich flach an die Wand drücken, um nicht einem der Unaussprechlichen über den Weg zu laufen, die sich ganz ungeniert im Palast bewegten. Geschmeiß, flüsterte es in seinen Gedanken, Unrat! Schon besudelten sie die Residenz des Königs, und nicht mehr lange, dann besaßen sie die Vorherrschaft über das ganze Land! Zum Winteranfang würde alles zunichte sein, was der Seneschall in mühevoller Arbeit aufgebaut hatte. Und bevor dieses Jahr sich dem Ende neigte, würden die Unaussprechlichen wieder die braven Bürger Achars versklavt haben.

Alles war dahin, lag in Trümmern. Mit Bornhelds Tod hatte der endgültige Zusammenbruch eingesetzt. Timozels Welt mußte seitdem ohne Licht auskommen.

Er hatte dringend mit Faraday zu sprechen. Um sie daran zu erinnern, das Andenken ihres toten Gemahls zu ehren. Um ihr ins Bewußtsein zu rufen, daß sich für eine Königinwitwe nur noch ein Leben geziemte, das in Abgeschiedenheit und Beschaulichkeit in einer Zuflucht fernab allen Trubels stattfand. Er durfte

☆ ★☆ 373 ☆★ ☆

Faraday jetzt nicht alleinlassen. Seine Pflicht war es, ihr eine moralische Stütze zu sein. Vor allem dann, wenn Axis sich in ihrer Nähe aufhielt.

Der Jüngling stieß schließlich auf Yr – das Flittchen kam jetzt, im ersten Morgenlicht, aus einem Kasernengebäude – und fragte sie, wo Faraday zu finden sei.

Die Katzenfrau sah ihn an, als verstehe sie nicht, wie jemand eine solche Frage stellen konnte. »Natürlich bei Axis, wo denn sonst? Letzte Nacht haben sich so einige verlorene Lieben wiedergefunden: Abendlied und Freierfall, Jack und Zecherach und natürlich Axis und …«

»Nein!« rief Timozel und geriet so außer sich, daß er Yr am liebsten geschlagen hätte. Aber ihre Augen blitzten so gefährlich blau leuchtend auf, daß er vor ihr zurückwich.

»Wagt es ja nicht, die Hand gegen mich zu erheben!« zischte sie ihn an, und der Jüngling zog sich noch einen Schritt weiter von ihr zurück. »Nun, da wir fünf wieder vereint und vollständig sind, hat sich unsere Macht um ein Vielfaches vergrößert. Wir werden die Waffe sein, mit der der Sternenmann Gorgrael bezwingt! Laßt es Euch deshalb nicht im Traum einfallen, mich zu schlagen!«

Gorgrael! Timozels Miene verdunkelte sich vor neu entbrannter Furcht. Er ließ die Katzenfrau einfach stehen und lief eilig ins Haus zurück.

Yr schaute ihm zutiefst verwirrt hinterher.

Der Ritter durchsuchte jetzt die Gästequartiere. In den meisten Gemächern hatte er bereits nachgesehen und Schlafende mit seinem unangemeldeten Eintreten und wortlosen Verschwinden aufgeschreckt. Timozel fühlte sich davon angewidert, so viele Edeldamen anzutreffen, die sich dazu erniedrigt hatten, mit einer von den üblen Kreaturen ins Bett zu steigen, die Axis in den Palast mitgebracht hatte.

Wo steckte bloß Faraday? Wie konnte sie sich noch nicht einmal vierundzwanzig Stunden, nachdem ihr gesetzlich angetrauter Gemahl vor ihren Füßen zerrissen worden war, seinem Mörder hingeben?

✩ ✩ ✩  374  ✩ ✩ ✩

Endlich spürte er die beiden in einer der Räumlichkeiten auf, die normalerweise Diplomaten vorbehalten waren. Die Edle und der Rebell lagen nackt und ineinander verschlungen schlafend vor der Feuerstelle.

»Faraday!« flüsterte der Jüngling entsetzt.

Sie riß die Augen auf. »Timozel?« fragte sie verwirrt und richtete sich auf. Sie errötete, griff hastig nach ihrem Umhang und bedeckte sich.

Der Krieger schlief tief und fest. Nach dem Zweikampf mit Bornheld bedurfte sein Körper dringend der Ruhe, und sein Geist befand sich so tief im Schlummer, daß er zunächst von der Störung nichts merkte.

»Ihr seid eine Hure!« konnte der Jüngling jetzt nicht mehr an sich halten. Er trat auf sie zu und drohte ihr mit der Faust. »Euer Gatte ist noch nicht einen Tag tot und schon erlaubt Ihr seinem Mörder, Euren Körper zu besudeln! Mit Eurer widerlichen Begierde habt Ihr Bornhelds Andenken beschmutzt!«

In diesem Moment wurde Axis hellwach und sprang auf. »Timozel!« knurrte er und griff nach seinem Schwert, das in seiner Scheide am Kamin hing.

»Aufhören!« schrie Faraday und versuchte, ihren Liebsten aufzuhalten.

Axis blieb auf halbem Wege stehen, drehte sich um, stürmte auf den Jüngling zu und packte dessen noch immer gereckte Faust. »Was Faraday tut, geht Euch einen feuchten Kehricht an! Raus mit Euch! Trollt Euch!«

»Ihr gebärdet Euch wie ein streunender Kater!« höhnte der Ritter. »Heute habt Ihr also die Königin genossen! Habt Ihr die Edle mit den schmutzigen Krankheiten angesteckt, die Ihr Euch bei Euren Dirnen geholt habt?«

»Timozel!« schrie Faraday entsetzt, aber die beiden Männer standen sich nun kampfbereit gegenüber, starrten sich an und schienen sie völlig vergessen zu haben.

»Ich habe von den zügellosen Ausschweifungen der Ikarier gehört«, knurrte der Jüngling jetzt. Sein Gesicht befand sich nur wenige Zoll von dem des Kriegers entfernt. »Und auch von ihrem liederlichen Lebenswandel. Mit eigenen Augen mußte ich in den anderen Gästegemächern mit ansehen, wie die Flugechsen edle Damen von vornehmster Herkunft bedrängten. Habt Ihr der Königin den widerlichen Schmutz Eurer Huren eingepflanzt, Ikarier?«

Axis' Züge verzerrten sich in höchstem Zorn. Er knurrte wie ein Raubtier und schloß die freie Hand um Timozels Kehle.

»Aufhören!« schrie Faraday, so laut sie konnte, weil sie befürchtete, daß einer der beiden im nächsten Moment erschlagen am Boden liegen würde. »Sofort!«

Tatsächlich ließen die Männer voneinander ab, ohne den Blick jedoch voneinander zu lösen.

»Timozel, seht mich an«, erklärte die Edle ihm, nun leiser, aber immer noch erregt. »Schaut her zu mir.«

Widerwillig wandte er den Blick zu ihr. Was er dort aber sah, erschreckte ihn so sehr, daß er zurückwich.

»Faraday, nein!« krächzte er in höchster Not.

Sie stand aufrecht und entschlossen da und hielt ein irdenes Gefäß in den Händen. Sie sah dem Jüngling offen ins Gesicht. Der Augenblick war gekommen, diese Farce vom Ritter und der Königin zu beenden.

»Nein!« ächzte Timozel noch einmal und wollte zu ihr, um sie aufzuhalten.

»Bleibt wo Ihr seid«, hielt die Edle ihn mit fester Stimme zurück. Axis trat beiseite und beobachtete, was hier geschah. Faradays grüne Augen strahlten vor Energie, während der Jüngling unnatürlich grau geworden war.

»Vor zwei Jahren nahm ich Euren Ritterschwur an«, erklärte Faraday nun feierlich, »als ich noch jung und unerfahren war, keine Freunde hatte und mich anschickte, eine Ehe einzugehen, die mir keine Freude bescheren würde. Damals dachte ich, Ihr wärt mein Freund, würdet mich unterstützen und bötet mir den Halt, dessen ich in so schwierigen Zeiten dringend bedurft hätte. Leider habt Ihr Euch als das genaue Gegenteil davon erwiesen. Lieber stelltet Ihr Euch auf Bornhelds Seite als auf die meine. Wenn ich Zuneigung brauchte, habt Ihr mich ausgelacht. Und wenn ich mich nach Verständnis sehnte, habt Ihr mir statt dessen Vorhaltungen gemacht.«

»Nein!« Timozel streckte flehend die Hände nach ihr aus. »Ich habe doch immer nur getan, was das Beste für Euch war. Euch das gesagt, was Euch dringend gesagt werden mußte. Manchmal irrtet Ihr vom Weg ab, und es gehört zu den Pflichten eines Ritters, seine Dame auf den rechten Pfad zurückzuführen.«

»Ihr tut mir leid, Timozel, und ich gräme mich um Euch«, entgegnete die Edle. »Es tut mir leid um den Jüngling mit dem zerzausten Haar und den lebenslustigen Augen, den ich in der Ebene von Tare kennenlernte. Wohin ist er entschwunden? Was ist mit Euch geschehen? Warum erlebe ich Euch nur noch als unzugänglichen, finsteren und grüblerischen Mann, Timozel? Ihr seid kein Ritter des Lichts mehr, sondern einer der Finsternis. Von nun an sollt Ihr wandeln durch fremde Grenzwelten, bis Ihr jede Richtung und Eure Seele verloren habt.« Ein Schleier hatte sich vor Faradays Augen gelegt. Sie wirkte, als spräche sie im Traum, im Singsang einer Seherin.

»Ich bin fertig mit Euch, Timozel. Wenn Ihr jemals den Weg zurück ins Licht finden solltet, dann kehrt zu mir zurück. Denn ich würde mich sehr freuen, den Freund wiederzugewinnen, den ich verloren habe. Und so wie dieses Gefäß zerbricht«, fügte sie leise und langsam hinzu, »so zerreißt auch das Band, das uns bislang miteinander verbunden hat.«

Sie ließ das Gefäß fallen, und der Jüngling sprang hinzu, um es aufzufangen. Fast wäre es ihm gelungen, aber nur fast. Seine Fingerspitzen berührten es für den Bruchteil einer Sekunde, dann zerschmetterte die Schale auf dem Boden und zerbrach in tausend Stücke.

»*NEIN!*« heulte Timozel, und Axis wie auch Faraday wichen vor diesem Laut unendlicher Verzweiflung zurück.

»So löst sich das Band zwischen uns, Timozel. Ihr seid nicht länger mein Ritter. Und nun geht mir aus den Augen.«

In seiner Eisfestung im hohen Norden hielt Gorgrael sein Gesicht in den Wind und schrie seine übergroße Freude hinaus. Der Jüngling war sein, sein, sein!

Finsternis drang in den Raum und drohte, Timozel zu überwältigen. Als das Gefäß am Boden zerbrach, da zerbrach auch er. Von dem freundlichen Jüngling, der er einmal gewesen war, war nichts mehr übrig. Niemanden bekümmerte dieser Verlust mehr als Timozel selbst. Und niemand haßte den Mann, zu dem er geworden war, grimmiger als er.

Seine Seele verfinsterte sich immer mehr, und er konnte nichts dagegen tun. Fremde Gedanken drangen in sein Bewußtsein und schoben seine eigenen fort, bis er vor Verzweiflung wie ein Tier heulte. Erinnerungen, die nicht die seinen waren, überschwemmten ihn. Früher, sehr viel früher hatte der Jüngling, ach, wie lange war das her, die Augen aufgeschlagen und sich am Rand eines Brunnens wiedergefunden. Aus dem Schacht drang das Schreien des kleinen Mädchens, das er dort hineingeworfen hatte, um es zu ertränken.

Die Tat wie auch das Schreien hatte ihn für kurze Zeit in den Wahnsinn getrieben.

Was war nur aus ihm geworden?

Welche Kräfte nisteten sich in ihm ein?

Nun, als er den Kopf hob und Faraday mit tränenüberströmtem Gesicht ein letztes Mal ansah, begriff er, daß alle Fragen ein Ende gefunden hatten. Sie hatte den Eid aufgehoben, der ihn an sie gebunden hatte. Damit mußte er sich seinem neuen Herrn unterwerfen – Gorgrael.

»Und nun geh mir aus den Augen«, hörte er sie sagen, und wie um den Ernst ihrer Worte zu unterstreichen, entfernte sie sich ein Stück von ihm.

Der Jüngling stand da und starrte die Edle an, die sich jetzt wieder den Umhang am Hals zuhielt, um ihre Blöße zu verbergen. Sollte er sie denn wirklich schlecht behandelt haben? Er hatte doch nur getan, was ihm richtig und wichtig erschien.

»Tut mir leid«, murmelte Timozel und wußte nicht, wem diese Entschuldigung galt. Faraday, Axis oder allen beiden.

»Verzeiht.« Er drehte sich um, verließ die Kammer und schloß leise die Tür hinter sich.

Der Jüngling lief über den Burghof, bestieg das erstbeste gesattelte Roß, das er fand, und ritt aus dem Palast durch Karlon. Immer noch liefen ihm Tränen über die Wangen.

Jeder, der ihm begegnete, machte ihm bereitwillig Platz.

Sobald er die Hauptstadt hinter sich gelassen hatte, wandte er sich nach Norden. Der Zerstörer hatte ihn bereits in seinen Klauen und zerrte an ihm.

Axis und Faraday sollten Timozel sehr, sehr lange Zeit nicht mehr wiedersehen.

# 28

## TENCENDOR AN DEN GESTADEN DES GRALSEES

Acht Tage nach dem Tod Bornhelds rief Axis in einer großartigen und berührenden Feierstunde am Ufer des Gralsees Tencendor aus. Eigentlich wollte er das schon früher getan haben, hatte aber dabei wohl unterschätzt, wieviel Zeit alle brauchten, um sich von den Wunden zu erholen, die der Krieg zwischen seinem Bruder und ihm ihnen zugefügt hatte. Die gesamte Bevölkerung Karlons strömte zu dem Festakt hinaus auf die Felder am Ostrand des Sees. Unter die Bürger und die Tausende weiterer Achariten, die zu diesem Ereignis in die Hauptstadt gepilgert waren, mischten sich die Soldaten aus der Armee des Sternenmanns: Achariten, Rabenbunder und Ikarier. Die Bewohner Karlons, die nie zu den treuesten Anhängern des Seneschalls gehört hatten, hatten sich den Vogelmenschen rasch angenähert. Und mittlerweile sah man auf den Märkten Achariten und Ikarier bunt gemischt beim Einkaufen und Feilschen. Die Bewohner der ländlichen Gebiete legten ihre Scheu hingegen nicht so rasch ab. Manche von ihnen warfen den Flügelwesen sogar scheele Blicke zu. Aber alles in allem kam es nicht zu den befürchteten Unruhen. Kaum jemand machte noch ein Aufheben von der Anwesenheit der Ikarier.

Embeth fühlte sich, nachdem Judith sich wieder nach Burg Tare zurückgezogen hatte, recht einsam und stand hilflos vor den Umwälzungen, die das Land überkommen hatten. So hatte sie Sternenströmers Blicken und Werben schließlich nachgegeben. Inzwischen teilte sie mit ihm ein Gemach im Palast. Der Herrin von Tare war bewußt, daß ihre Affäre nicht länger als einige Tage oder Wochen halten würde. Aber im Moment brauchte sie ganz dringend jemanden, der ihr Halt gab. Über kurz oder lang bliebe ihr wohl kaum etwas anderes übrig, als wieder ihr Heim in Tare aufzusuchen. Was hielt sie denn hier noch? Ihre beiden jüngsten Kinder waren längst verheiratet und lebten weit im Westen. Und Timozel ... Ihr Ältester war verschwunden.

Embeth wandte jetzt der versammelten Menge den Rücken zu und machte sich auf den Weg zum Palast.


Aschure hatte die ganze Nacht des tödlichen Zweikampfs zwischen Axis und Bornheld damit verbracht, am Ostufer des Sees auf und ab zu laufen, den Himmel zu beobachten, wie sich dort langsam die Dämmerung ausbreitete, und zu warten, zu warten und zu warten. Als dann auf der Spitze des höchsten Turms des Palasts das goldene Sonnenfliegerbanner aufgezogen wurde, brach die junge Frau vor Erleichterung zusammen und weinte hemmungslos. Doch neben der Freude fühlte sie sich auch unendlich elend; denn sie hatte den Krieger nun an Faraday verloren.

Die heutige Zeremonie bereitete ihr einiges Unbehagen. Seit jener Nacht, in der Axis über den See gerudert war, um mit seinem Bruder abzurechnen, hatte sie ihn nicht mehr zu Gesicht bekommen. Belial hatte ihr jedoch alles berichtet, was sich seitdem ereignet hatte. Nun endlich würde sie ihren Liebsten wiedersehen – und auch Faraday. Aschure hatte gehört, daß man die junge Königin nur noch lächelnd antraf. Und warum auch nicht? Immerhin hatte sie die letzten acht Tage mit dem Krieger verbringen dürfen.

Hinzu kam ihre zweite Schwangerschaft. Axis hatte ihr ausrichten lassen, daß sie sich an diesem Tag prächtig gewanden solle – und ihr dafür eigens ein Kleid anfertigen lassen. Aber Aschure befand sich bereits im fünften Monat. Mochten die Ikarierkinder im Mutterleib in der Regel kleiner sein als die der Menschen, so nahm ihr neues Kind doch um einiges mehr Platz ein als seinerzeit Caelum zum gleichen Zeitpunkt. Und jetzt auch noch ein Abendkleid, dachte die junge Frau etwas bitter. Darin konnte sie ihre Schwangerschaft nicht mehr so gut wie unter dem Lang- oder dem Kettenhemd verbergen.

Der dunkelrote Stoff des Gewandes brachte Aschures helle Haut und blaue Augen wundervoll zur Geltung. Imibe flocht ihr kleine Perlen aus Samenkernen ins Haar, die farblich exakt zu den aufgestickten Perlen der Robe paßten. Es war ein Gewand für eine Dame aus dem Hochadel, und Aschure betrachtete sich sehr lange im Spiegel, nachdem ihre Zofe ihre Arbeit beendet hatte.

Sie hörte Schritte: Isgriff erschien, ganz in rosafarbenen und goldenen Brokat gehüllt, um Aschure zu der Feier zu geleiten. Während der letzten acht Tage hatte niemand mit ihr mehr Zeit verbracht als der Baron von Nor. Abends gesellte er sich zu ihr und vertrieb ihr die Zeit; brachte sie trotz ihrer Traurigkeit zum Lachen und erzählte ihr Geschichten darüber, wie es in seiner Hauptstadt Isbadd zuging, oder darüber, wie er in jungen Jahren auf den Seeräuberschiffen der Pirateninsel mitgefahren war. Und in den Stunden, in denen er spürte, daß die junge Schöne jetzt einfach nur seiner Gesellschaft bedurfte, saß er nur still da, lauschte dem Prasseln des Feuers und kraulte gelegentlich einem Alaunt den Kopf.

Isgriff machte Aschure artige Komplimente über ihr Aussehen, bis sein Blick auf ihren vorgewölbten Bauch fiel. »Wenn Ihr etwas braucht, Aschure, ganz gleich was, dann zögert nicht, mich darum zu bitten«, erklärte er und reichte ihr seinen Arm. »Axis muß ein zehnfacher Narr sein, daß er Euch nicht längst gefreit hat.«

»Faraday ist eben eine sehr mächtige und magische Frau«, begann Aschure, aber der Baron legte ihr die Hände auf die Schultern und schüttelte sie. »Niemand kann sich mit Euch vergleichen, Aschure! Der Krieger wird seine Seele verlieren, wenn er Euch leichtfertig gehen läßt.«

Solche Worte hatte sie von Isgriff nicht erwartet und sah ihn so lange verwirrt an, bis er ein heiteres Lächeln aufsetzte und ihr sanft die Wange tätschelte.

»Kommt nun, liebliche Herrin«, forderte er sie frohgemut auf, »große Dinge kündigen sich vor dem Narrenturm an.«

Ein zwanzigminütiger Fußmarsch erwartete sie, und Aschure

bewegte sich mit ihrem Sohn auf dem Arm langsam durch die Menge. Isgriff wich nicht von ihrer Seite. Axis hatte für die beiden Sitzplätze ganz vorne reservieren lassen. Die Bürger freuten und verneigten sich, als das Paar an ihnen vorüberkam. Beiden sah man an, daß sie hochstehende Persönlichkeiten waren, und der kleine Knabe im Arm der Dame strahlte eine solche Aura künftiger Größe aus, daß die Menschen nur noch staunen konnten.

Am Fuß des Turms war ein Podium aufgebaut, und im Halbrund waren Sitzgelegenheiten davor aufgestellt worden. Belial, Kassna, Magariz und Rivkah hatten sich bereits dort eingefunden und erhoben sich jetzt, um Aschure und Isgriff zu begrüßen.

»Ihr seht wirklich großartig aus«, flüsterte Axis' Mutter ihr ins Ohr.

»Ich sehe eher ziemlich schwanger aus«, entgegnete sie auf die gleiche Weise.

Belial küßte sie auf die Wange und bemerkte ebenfalls, daß sie schwanger war. Er sagte zwar nichts, aber der bekümmerte Blick seiner Augen sprach Bände.

Als nächste erschienen Ho'Demi und seine Gemahlin Sa'-Kuja. Beide trugen schneeweiße Eisbärfelle, deren Spitzen sie hellblau gefärbt hatten. Das Haar hatten sie sich frisch geflochten und eingefettet und der Bedeutung des Tages entsprechend, mit noch mehr blauen und grünen Stückchen Glas und hellglänzenden Messingglöckchen verziert. Man konnte meinen, daß sie jede freie Stelle am Kopf mit solchem Schmuck versehen hätten. Im Verein mit den blautätowierten Gesichtern und der roten Sonne mitten auf der Stirn wirkten sie herrlich wild und staunenswert. Sie küßten ihre Freunde und Gefährten überschwenglich, denn alle Rabenbunder hatten sich schon seit sehr langer Zeit auf diesen Tag gefreut.

Die Wächter, nun zu fünft und komplett, hatten links von der Empore Platz genommen. Jack saß natürlich neben Zecherach. Obwohl die beiden einander nie berührten, brauchte man sie nur anzusehen, um zu wissen, daß zwischen ihnen eine tiefere Bindung bestand als zu den anderen Wächtern.

☆ ☆ ☆ 383 ☆ ☆ ☆

»Meine Freunde!« rief eine Stimme von oben, und schon landete Sternenströmer vor ihnen im Gras. Mit ihm kamen Abendlied, Freierfall und Weitsicht aus den Lüften herab. Aschure hatte natürlich erfahren, auf welch wundersame Weise der ikarische Jüngling aus dem Reich der Toten zurückgekehrt und mitten im Mondsaal aufgetaucht war. Abendlied hatte Freierfall eines Abends zu ihr mitgebracht und ihn ihr schüchtern, aber offensichtlich glücklich vorgestellt. Aschure hatte die Gesellschaft des jungen Paars als sehr angenehm empfunden. Der Vogeljüngling redete zwar nicht viel, aber was er zu sagen hatte, klang oft amüsant. Von ihm ging eine Aura von solch berückender Schönheit aus, daß die meisten Achariten und auch Ikarier seine Nähe suchten, und sei es auch nur, um ihn im Stillen zu bewundern. Aschure war da keine Ausnahme gewesen.

Nachdem Freierfall Tod und Wiedergeburt erlebt hatte, wirkte er jetzt noch geheimnisvoller als jeder andere Ikarier. Von diesem Volk ging ja ohnehin etwas Mystisches aus. Er erinnerte sich an nichts mehr aus seiner Zeit in der Halle der Toten, außer daran, als Schneeadler durch die Lüfte geflogen zu sein. Und Axis weigerte sich beharrlich, etwas von den Erlebnissen und Mysterien in der Unterwelt preiszugeben, obwohl ihnen doch offensichtlich das Wiederauftauchen von Freierfall und Zecherach zu verdanken war.

Rabenhorst, der immer noch im Krallenturm saß, hatte vor einigen Tagen die frohe Botschaft von der Rückkehr seines Sohnes erhalten. Doch sah er sich leider nicht in der Lage, den Flug in den Süden anzutreten, um an den Feierlichkeiten zur Wiedergeburt Tencendors teilzunehmen. Aschure hoffte, daß der Krallenfürst so bald wie möglich eine Gelegenheit haben würde, seinen verlorenen Sohn wieder in die Arme zu schließen.

Die junge Frau wandte sich von dem jungen Paar ab, und ihr Blick fiel auf Sternenströmer. Er sah sie an, und der Ausdruck in seinen Augen machte ihr Angst. Doch dann trat er zu ihr und umarmte sie mit den Flügeln. Zu ihrem Schreck spürte sie dabei eine seiner Hände an ihrem Bauch. Ein leiser Stoß Zauberkraft durchfuhr sie. Aschure entfernte sich wortlos von ihm. Sie durfte diesen besonderen Tag nicht durch eine Szene stören. Und sie wollte weder vor den anderen noch vor sich selbst zugeben, welch lustvolle Erregung seine Berührung und Zauberenergie in ihr ausgelöst hatten.

»Aschure«, sagte der Ikarier leise und nur an sie gerichtet, »Ihr seid ein wunderbares Geschenk an unsere Familie; denn Ihr tragt nicht ein, sondern zwei Kinder in Euch. Einen Sohn und eine Tochter, und beide besitzen Anlagen zu magischen Kräften. Ach, Aschure, Ihr müßt selbst über Zauberkräfte verfügen.« In der gesamten Geschichte der Vogelmenschen hatte erst zweimal eine Frau Zwillinge zur Welt gebracht.

Die junge Mutter riß hingegen erschrocken die Augen auf. Zwillinge? »Danke, Sternenströmer«, sagte sie nur und setzte sich auf einen freien Stuhl. Eigentlich war er ihr nähergekommen, als er sich herausnehmen durfte, aber seine Berührung und seine Worte gaben ihr Kraft und Trost; und beides brauchte sie in diesen Tagen sehr dringend.

Nachdem der Zauberer sich neben ihr niedergelassen hatte, beeilte sich der Baron, auf ihrer anderen Seite Platz zu nehmen. Aschure lächelte über die beiden und setzte sich Caelum auf den Schoß. Der Kleine trug einen Anzug aus rotem Samt, der mit ihrem Kleid harmonierte. Mit seinen dichten dunklen Locken und blauen Augen stellte er ohnehin einen ebensolchen Blickfang dar wie seine Mutter. Noch einen Sohn und dazu eine Tochter, dachte sie. Kann *sie* ihn auch mit so etwas beglücken?

*Welche sie?* fragte Caelum sofort in ihren Gedanken. *Wer ist ›sie‹, an die Ihr in letzter Zeit immer häufiger denkt? Meint Ihr damit etwa Faraday?*

Aschure versuchte, ihn abzulenken. *Paßt jetzt lieber auf, mein Sohn. Euer Vater hat gleich seinen großen Auftritt.*

Sternenströmer hatte dem kurzen Austausch dank seiner besonderen Zaubermacht folgen können. Er war so überrascht, daß er beinahe vom Stuhl gefallen wäre. Jetzt starrte der Ikarier Aschure an. Wie war so etwas nur möglich? Nur die mächtigsten Zauberer vermochten sich untereinander mit ihrer Gedankenstimme zu unterhalten. Viele ikarische Zauberer erlangten diese Fähigkeit nie.

»Axis«, sagte die junge Frau jetzt und unterbrach damit seine Gedankengänge.

Ein Boot legte am Ufer an, und gleich darauf stiegen der Krieger und die Königin aus. Aschure holte tief Luft, als sie Faraday sah. Die junge Frau wirkte auch heute so wunderbar wie damals zu Jultide in der Vision ... als Sternenströmer sie gerufen hatte, um ihm zu helfen, den Erdbaum zu wecken. Faraday trug ein cremeweißes Seidengewand mit viel Brokatbesatz, und der viereckige Ausschnitt brachte ihre Brüste und den weißen Hals zu besonderer Geltung. Bei den Sternen, dachte die junge Frau, wie kann jemand nur so schön sein?

Faradays Miene zeigte ebenso wie ihre ganze Haltung tiefempfundenes Glück und große Zufriedenheit. Sie schritt neben Axis heran, hatte seinen Arm genommen, und beim Gehen umspielte das Kleid unglaublich elegant ihre Hüften. Jedes Lächeln, das sie dem Krieger schenkte, ja jeder ihrer Schritte an seiner Seite zeigte überdeutlich, wie sehr sie diesen Mann liebte.

Axis selbst wirkte gelöst und seiner selbst sehr sicher. Er trug das goldene Langhemd mit der blutroten Sonne auf der Brust und die dazu passende Hose. Seine Kleidung war mittlerweile von allen Blutflecken befreit. Ein goldenes Schwert hing an seiner Seite. Haar und Bart schimmerten, als die Strahlen der Nachmittagssonne darauf fielen, so daß sie beinahe ebenso glänzten wie das Gold seines Hemdes.

Das Murmeln der Zehntausende auf dem Platz schwoll zu einem Brausen an, als das Paar auf die Empore zuschritt. Aschure traten die Tränen in die Augen. Faraday war so sehr eine Königin, daß sie selbst sich dagegen klein und unbedeutend vorkam.

Sternenströmer nahm ihre Hand. »Ihr seid ebenso eine Sonnenflieger, wenn nicht sogar mehr, wie Rivkah, und ihr werdet stets bei uns ein Heim finden und uns willkommen sein, wenn Euch danach ist.«

Am Rand des Podiums ließ Faraday Axis' Arm los, damit er

hinaufsteigen konnte. Der Sternenmann begab sich dann zu den Wächtern.

»Warum stellt sie sich nicht neben ihn?« fragte Aschure und hielt Caelum eng an sich gepreßt, damit Axis nicht gleich ihre Schwangerschaft bemerken konnte.

»Bornheld ist erst gut eine Woche tot«, antwortete ihr der Baron, »und die Krähen haben ihre Arbeit noch nicht vollendet.«

Aschure erschauderte. Der Krieger hatte befohlen, den Leichnam seines Bruders über die Mauer auf den Abfallhaufen zu werfen, daß er dort verfaule. Am Abend des folgenden Tages war Gautier seinem Herrn dorthin gefolgt. Bornhelds ehemaliger Leutnant hatte lange und bitter dafür bezahlen müssen, in Jervois drei Rabenbunder gekreuzigt zu haben.

»Deswegen geziemt es sich«, sagte Isgriff jetzt, »daß Faraday sich heute etwas abseits von ihm hinsetzt, statt an seiner Seite Platz zu nehmen. Sonst könnte im Volk leicht schlechtes Gerede aufkommen.«

Faraday lächelte den Wächtern zu, als sie sich bei ihnen niederließ. Dann wanderte ihr Blick die erste Reihe der Sitzplätze entlang. Sie erkannte Rivkah und nickte ihr fröhlich zu. Die junge Frau hatte sich sehr gefreut, Axis' Mutter endlich kennenzulernen. Beide waren Herzogin von Ichtar gewesen und teilten ähnliche Erinnerungen. Dann sah sie Sternenströmer, und dessen wissender Blick hätte jede Frau erröten lassen. Aber wer mochte die schöne Nor neben ihm sein? Sie hielt ein hübsches kleines Kind, einen Knaben, auf dem Schoß und unterhielt sich angeregt mit dem Ikarier und Baron Isgriff. Faraday dachte nach. Sollte das etwa die berühmte Aschure sein, die mutige Schützin, von der sie schon so viel gehört hatte? Niemand hatte aber erwähnt, daß die junge Frau ein Kind hatte, oder daß sie so schön war. Aus ihren Augenwinkeln sah sie etwas golden aufblitzen, und schon hatte sie die junge Mutter mit dem rabenschwarzen Haar vollkommen vergessen.

Der Krieger trat an den Rand der Empore, und die Menge verstummte. Er verbeugte sich auf traditionelle ikarische Art und drehte sich im Kreis, um niemanden zu übergehen. Als Axis sich weit genug gedreht hatte, um die erste Reihe in Augenschein zu nehmen, sah er dort alle seine Freunde und Verbündeten sitzen und lächelte. Sein Blick streifte Aschure, und sie hielt den Atem an und drückte Caelum noch enger an sich.

Nun richtete der Sternenmann sich wieder gerade auf und sah der Menge entgegen. Langsam hob er eine Hand und winkte den Menschen mit lockender Geste zu.

Aschure keuchte und hörte, wie Rivkah ein paar Stühle weiter ebenso scharf Luft holte. Beide Frauen erkannten diese Geste sofort wieder. Sternenströmer hatte sie gebraucht, um die Damen zu verführen. Und Axis ebenso, damals in der Beltidennacht bei Aschure, und später noch einmal nach seiner Rückkehr aus der Unterwelt auf dem Turm von Sigholt.

Aber der Krieger hatte nun offenbar vor, eine ganze Nation zu verführen. Aus dem, wie die Menschen und Ikarier hinter ihr seufzten, schloß Aschure, daß ihm Erfolg beschieden sein würde.

»Mein Volk«, begann er, und seine Stimme erreichte die Menge, die den gesamten Ostausläufer und den Südoststrand des Sees bedeckte. Axis mußte sie mit Zauberkraft verstärkt haben, damit jeder seine Worte vernehmen konnte. Sternenströmer spürte aber, daß sein Sohn nur einen geringen Teil seiner besonderen Kräfte einsetzte. Wie schon damals bei seinem großen Auftritt vor der Ikarierversammlung wollte er allein mit der Macht seiner Persönlichkeit gewinnen.

»Mein Volk. Vor tausend Jahren starb in diesem Land eine ganze Nation. Alle Völker litten seitdem darunter, die Achariten, die Ikarier, die Awaren. Erstere verloren die Schönheit und die Musik, aber auch die schattigen Waldwege, die sie einst auf der Suche nach Geheimnissen oder der Liebe beschritten. Die beiden anderen Völker hingegen verloren ihre Heimat und die Stätten, die ihnen bis auf den heutigen Tag heilig sind. Mein Volk«, und jetzt verstanden alle Anwesenden, daß er damit die Gesamtheit der drei Völker meinte, »laßt mich Euch von dem Land Tencendor erzählen, daß uns allen verloren ging.«

Und er fing an zu singen. Aschure erinnerte sich daran, wie

Sternenströmer damals auf der Großen Versammlung, als sie gerade erst eine Woche im Krallenturm lebte, vor den Vogelmenschen gesungen hatte. Damals hatte sie seine Stimme als unfaßbar schön und magisch empfunden. Die junge Frau hatte auch schon Axis singen hören, aber damals nur leise zur Begleitung seiner Harfe am Lagerfeuer. Aber nichts von dem, was sie jemals aus dem Munde eines Ikariers vernommen hatte, ließ sich mit dem vergleichen, was der Krieger nun sang. Caelum saß ganz ruhig und staunend auf ihrem Schoß. Er konnte den Blick nicht von seinem Vater wenden, und sein kleiner, offenstehender Mund bildete ein rundes »O«. Sogar die beiden heranwachsenden Kinder in ihrem Leib regten sich, als sie zum ersten Mal die Stimme ihres Vaters so machtvoll hörten. Kein Zweifel, sie regten sich daraufhin stark!

Axis sang von Tencendor. Woher er soviel über das alte Land wußte, konnte Aschure sich nicht erklären. Er besang dessen Schönheit und Musik. Die Städte, die seit damals verloren, die Wälder und die Parklandschaften, die vor tausend Jahren dem Erdboden gleichgemacht worden waren. Er beschrieb die Spiele, die einst zwischen den drei Völkern abgehalten worden waren, und die Himmelsrennen, welche die Ikarier zur Freude der Menschen und Awaren durchgeführt hatten.

Er sang von der Wißbegier und der Weisheit, die Tencendor hervorgebracht hatte, von den Schulen und den Akademien, vom Studium der Sterne und der Mysterien. Aber auch von der Lösung der mehr weltlichen Probleme, die dann allen das Leben erleichtert hatten. Axis sang von den Abenteuern, die alle erwarteten, vom Leben, von der Liebe, von der Musik, von der Harmonie, von den Blumen und von den Blättern.

Danach veränderte sich seine Stimme: Traurig berichtete er, wie das Mißtrauen die Eintracht zwischen den Völkern zerstört hatte. Wie die Achariten eines Tages die Ikarier beneidet und die Awaren gefürchtet hatten. Aber auch wie die Ikarier nicht erkennen konnten, daß sie die Mehrzahl der Ämter und Würden im alten Land Tencendor einnahmen und die anderen ausschlossen. Oder daß sie manchmal heimlich oder auch offen über die

Ungeschicklichkeit der Menschen lachten, nicht ungern und allzu selten aber ihre Frauen verführten.

»Die Ikarier beherrschten die alte Gesellschaft!«, rief der Krieger jetzt und beendete sein Lied. Doch auch seine Sprechstimme besaß soviel Melodie, als würde er weitersingen. »Und irgendwann rief das immer mehr Schwierigkeiten hervor. Ich will nun Tencendor wiederbegründen, das ist wahr, doch ein neues Tencendor, in dem die Ikarier nur ein Volk unter anderen darstellen, wo alle drei sich gemeinsam die Herrschaft, den Reichtum und die Freuden der Neuen Welt gerecht teilen.

Mein Volk, ich bin der Sternenmann, und mir obliegt es, dieses neue Land seiner Bestimmung zuzuführen. In mir ist das Blut der Königshäuser von Achar und Ikar vereint.« Der Krieger beschrieb der Menge nun, obwohl die meisten diese Geschichte bereits kannten, wie Mitglieder beider Herrscherhäuser ihn gezeugt und empfangen hatten. »Deswegen bin ich Ikarier und auch Acharite. Ich verbinde die Leidenschaft der Achariten mit den Künsten der Ikarier. Als halber Acharite und halber Ikarier vereint meine Aufgabe beide Völker miteinander.«

Faraday runzelte die Stirn. Vereint? Er meinte doch sicher, daß seine Aufgabe beide Völker vereinen *sollte*.

»Mein Haus wird es sein, das dieses neue Land führen wird. Nicht das Haus Sonnenflieger und nicht das Haus von Achar, sondern ...« er legte eine Kunstpause ein » ... das Haus der Sterne.«

Alle, ob Vogelmensch, Rabenbunder oder Acharit, starrten ihn mit offenem Mund an.

»Meine Freunde«, fuhr Axis jetzt fort, »viele von Euch kennen mich noch nicht, aber sehr viele von Euch haben mich bereits erlebt. Sie sind mit mir in die Schlacht gezogen, sei es damals als Axtschwinger oder später in meiner Armee. Und diejenigen, die mich kennen, wissen, was für ein Mensch ich bin.

Mein Volk«, und er winkte ihnen wieder mit jener lockenden Geste zu, »wollt Ihr Euch hinter mir versammeln und mit mir gemeinsam das neue Tencendor aufbauen? Werdet Ihr mich als Euren Herrscher anerkennen, der Euch zu dem zurückführt, was einmal war und wieder sein soll? Werdet Ihr mit mir reiten, um den Zerstörer zu besiegen? Werdet Ihr mir helfen, Gorgrael aus diesem Land zu vertreiben, damit wir danach gemeinsam das neue Tencendor errichten können? Wollt Ihr hinter dem Haus der Sterne stehen, genau so wie hinter dem Sternenmann? Schenkt Ihr mir Eure Treue? Und mehr noch, Eure Herzen? Und Eure Stimmen?«

Es herrschte vollkommenes Schweigen. Bis jemand ziemlich weit hinten schrie: »Sternenmann!« Einen Herzschlag später hatte der Ruf sich in der ganzen Menge fortgepflanzt: »Sternen-mann! Ster-nen-mann! Ster-nen-mann!«

Aschure saß wie gebannt und atemlos vor Aufregung auf ihrem Stuhl. Der Himmel schien zu erbeben, als die Völker den Namen ihres neuen Herrschers schrieen. Ogden und Veremund klatschten sich gegenseitig im Takt in die Hände und ließen ihren Tränen freien Lauf.

»Ein kluger Schachzug, mein lieber Junge«, flüsterte der Dicke, weil ihm vor Rührung und Begeisterung die Stimme zu versagen drohte. »Eine geniale Rede. Ihr habt dem Volk vorgeführt, wie sich in Eurem Blut die beiden führenden Herrscherhäuser der Ikarier und der Acharaten vereint finden, und im gleichen Atemzug kündigt Ihr ein drittes, ein neues Königshaus an. Das neue Herrscherhaus von Tencendor, dem neuen Land, das aus der Vereinigung der alten Ordnungen eine neue Zukunft jenseits allen Hasses der Vergangenheit verheißt.«

Der Krieger stand nur da und ließ den Jubel über sich ergehen. Nach außen wirkte er ernst, doch in seinem Innern kannte seine Freude keine Grenzen. Er spürte, wie ihn die Prophezeiung berührte. Als Axis das Podium betreten hatte, war kein Zweifel mehr in ihm gewesen. Er warf einen Blick auf Aschure und Caelum. In dem Gewand wirkte sie überaus anziehend. Vor Freude ließ sie den Knaben auf ihrem Schoß auf und ab hüpfen. Wie viele Nächte hatte er neben der schlafenden Faraday wach gelegen und an Aschure gedacht? Und sich nach ihr gesehnt?

Seine Gefühle für Faraday unterschieden sich sehr von seiner Liebe für Aschure. Dankbarkeit und Freundschaft bestimmten

✭ ✩ ✩ 391 ✩ ✩ ✩

seine Haltung Faraday gegenüber. Vielleicht mochte das bei manchen als Liebe durchgehen. Ihm aber erschien das nur wie ein ungenügender Ersatz für die strahlende Liebe und die alles verzehrende Sehnsucht, die er für Aschure empfand.

Ach, meine Liebste, rief ihr sein Herz zu, warum nur darf ich nicht Euch heiraten? Wieso ist mir mit Euch nur so wenig Zeit beschieden?

Doch die paar Jahre, die ihnen vergönnt sein sollten, wollte Axis bis zur Neige auskosten. Wenn Faraday noch nicht vom Hofklatsch von seiner Beziehung erfahren haben sollte, mußte sie noch heute alles erfahren. Sie würde die Feier mit dem Wissen darum verlassen, welche Rolle Aschure in seinem Leben spielte.

Der Krieger hatte mehrmals dazu angesetzt, das Thema zur Sprache zu bringen. Aber dann hatte Faraday ihn stets so verliebt angesehen, daß er die Worte hinuntergeschluckt und sie geküßt hatte. Tja, jetzt ist es wohl zu spät, dachte er, ihr einfach so nebenbei rasch alles zu gestehen. Faraday und Aschure werden sich aneinander gewöhnen müssen.

Wieder warf er einen verstohlenen Blick auf die Mutter seines Sohnes und fragte sich verzweifelt, ob heute abend alles so weit geklärt sei, daß er wieder zu ihr könne.

Der Beifall ebbte nun langsam ab, und der Sternenmann hob wieder die Arme: »Nach einer tausendjährigen Unterbrechung und mit Eurer Zustimmung rufe ich nun das wiedererstandene Land Tencendor aus. Tencendor!«

»TENCENDOR!« antworteten ihm Zehntausende.

Axis ließ die begeisterte Menge kurze Zeit gewähren, und hob dann erneut die Arme, um wieder Ruhe herzustellen: »In diesem neuen Land wird es einige Veränderungen geben, und damit meine ich nicht nur die gefiederten Freunde in Eurer Mitte. Zunächst, kaum ein Acharit soll sein Land verlieren, und die wenigen, die doch davon betroffen sein werden, erwartet eine großzügige Entschädigung. Den Ikariern wie auch den Awaren ist bewußt, daß sie nicht einfach wieder die Grundstücke in Besitz nehmen können, die ihnen früher einmal gehörten. Deswegen haben sie sich bereiterklärt, zu Euren Gunsten auf den Großteil ihrer alten Grundstücke zu verzichten.«

Auch das löste selbstverständlich Begeisterung aus. Die meisten Menschen hatten von den Verträgen gehört, die der Krieger mit den Baronen Isgriff und Greville abgeschlossen hatte. Daher brauchten sie, wie sie sich sagten, die Anwesenheit der Ikarier und die irgendwann anstehende Ankunft der Waldläufer auch nicht als Bedrohung anzusehen.

»Diejenigen unter Euch, die über größeren Landbesitz oder einen erblichen Titel verfügen«, fuhr Axis jetzt ernster fort, »sollen beides behalten. Leider sind in den Kriegen, die der Gründung Tencendors vorausgingen, und in den Abwehrschlachten gegen die Skrälinge auch etliche Fürsten und Großgrundbesitzer gefallen, deren Gebiete und Titel dadurch frei geworden sind. Meine Freunde, in den vergangenen beiden Jahren haben sich viele unter Euch die größten Verdienste erworben. Ohne ihre Unterstützung könnte ich jetzt nicht hier vor Euch stehen, und Tencendor wäre weiterhin ein Mythos, eine Sage. Mein Volk, ich will deshalb fünf Familien in den Stand der Großen Tencendors erheben, deren Mitglieder mit allen Kräften mitgeholfen haben, meiner Sache zum Sieg zu verhelfen.«

Er richtete den Blick auf die erste Reihe der Sitzplätze: »Belial, Ihr sollt unter diesen Fünfen der Erste sein. Kommt bitte zu mir.«

Der Leutnant erklomm das Podium, beugte vor Axis das Knie und reichte ihm beide Hände.

»Belial«, verkündete der Krieger laut genug, daß alle ihn verstehen konnten, »ich schulde Euch öfter als nur einmal mein Leben. Deshalb verleihe ich Euch und Euren Nachkommen von heute an den Titel, den Stand und die Privilegien eines Prinzen des Westens. Ich übertrage Euch damit Karlon und alles Land vom Nordra bis zum Andeismeer und vom Fluß Azle bis zum Meer von Tyrre. In diesen Gebieten dürft ihr Steuern und Zölle erheben und Recht sprechen. Des weiteren überlasse ich Euch die Burgen Kastaleon und Bedwyr. Allerdings«, fügte er mit einem Lächeln hinzu, »erwarte ich von Euch, daß Ihr letzterer wieder zu ihrer früheren Pracht und Größe verhelft.«

Der alte Freund des Kriegers erbleichte. Mit diesem Titel und den damit verbundenen Einfünften und Regalien hatte Axis ihn und seine zukünftigen Kinder, falls ihm und Kassna welche beschieden sein sollten, zu einem der mächtigsten und reichsten Männer Tencendors gemacht.

»Belial, nehmt Ihr diesen Titel, diese Ländereien und die damit verbundenen Rechte und Pflichten an, so schwört mir als dem Sternenmann Eure Treue und Eure Achtung.«

»Herr, es ist mir eine Ehre und ich schwöre Euch meine Treue und Achtung.«

»Dann erhebt Euch, Prinz des Westens, und grüßt das Volk von Tencendor.«

Belial erhob sich. Der Krieger und er reckten die Arme hoch zum Himmel empor, und so grüßten sie die Menge. Das Volk raste vor Freude und gab so seine Zustimmung zu erkennen. Belial war beinahe ebenso beliebt wie der Sternenmann. Jorge, der Graf von Avonstal, und Baron Fulke von Romstal, deren Fürstentümer ebenso wie das des abwesenden Roland, Herzog von Aldeni, nun unter der Oberherrschaft von Prinz Belial standen, sahen sich nur an und zuckten die Achseln. Die Neue Ordnung schien sich nicht allzu sehr von der alten zu unterscheiden. Sie unterstanden nun dem Prinzen des Westens ebenso wie vorher dem Königshaus von Achar. Ein Lehnsherr wurde hier lediglich gegen einen anderen ausgetauscht. Allerdings glaubten die beiden, mit Belial einen deutlich besseren Herrn zu haben als es Bornheld gewesen war.

Belial kehrte zu seinem Platz zurück, und Axis rief den nächsten zu Ehrenden auf: »Magariz, Ihr sollt der Zweite von den Fünfen sein.«

Verblüfft, weil er nie mit einer solchen Auszeichnung gerechnet hatte, begab sich der Fürst zu ihm. Wie sein Vorgänger beugte er ein Knie und reichte dem Sternenmann die Hände.

»Magariz, Ihr habt mir Eure Treue und Unterstützung gewährt, obwohl Ihr damit Euren Kopf aufs Spiel setztet. Zum Dank dafür übertrage ich Euch und Euren Nachkommen den Titel eines Prinzen des Nordens nebst allen damit verbundenen

Titeln, Rechten und Privilegien. Ich überlasse Euch alles Land, das zum ehemaligen Herzogtum Ichtar gehörte, vom Fluß Azle bis zum Fluß Andakilsa, und von den Grenzbergen bis zum Andeismeer. Das ganze Gebiet soll Euch unterstehen bis auf die Festung Sigholt, die ich mir als meine persönliche Residenz vorbehalte. Natürlich ist mir bewußt, daß Euer Herrschaftsgebiet zur Zeit unter der Besetzung durch Gorgraels Heer steht. Ich hoffe aber, das spornt Euch nur zusätzlich an, mir dabei zu helfen, den Zerstörer aus Tencendor zu vertreiben und damit Eure Ländereien zu befreien.«

Magariz entstammte einem der niederen Fürstenhäuser Achars, aber dank des Sternenmanns erwartete ihn nun ungeheurer Reichtum, und er sollte zu einem der wirklich Großen des Landes werden.

»Mein Freund, nehmt Ihr diesen Besitz mitsamt seinen Rechten und Pflichten an, dann schwört mir nun Eure Treue und Achtung.«

»Es ist mir eine große Ehre, ihn anzunehmen, Sternenmann, und ich schwöre Euch Treue und Achtung.«

Wie vorhin mit Belial zeigte Axis sich jetzt mit Magariz dem Volk. Den Offizier empfing ebensogroßer Beifall wie seinen Vorgänger. Die meisten Acharien schätzten Fürst Magariz und seine Familie.

Während der neue Prinz des Nordens zu seinem Platz zurückkehrte, hob der Krieger ein weiteres Mal die Hände und bat um Ruhe: »Die dritte Familie, die ich auszeichnen will, ist meine eigene, die der Sonnenflieger. Freierfall, tretet bitte zu mir, auf daß ich Euch meinen Dank für das erstatten kann, was meine Familie mir gegeben hat.«

Der Ikarier erhob sich, um der Aufforderung Folge zu leisten, und die Menschen staunten über seine Schönheit und die Aura des Friedens, die von ihm ausging. Der Vogeljüngling reichte Axis ebenfalls die Hände, kniete aber nicht vor ihm nieder.

»Freierfall«, lächelte Axis seinen Vetter an, »Ihr habt mehr gegeben als die meisten anderen. Ihr verlort Euer Leben durch einen Mord und habt damit wahrscheinlich das meine gerettet.

Mein lieber Vetter, Euer Haus und Euer Volk haben meiner Mutter, Prinzessin Rivkah, sehr viel Anteilnahme und Mitgefühl bewiesen, nachdem die feigen Verräter des Seneschalls sie für tot liegengelassen hatten. Euer Haus nahm auch mich auf, lehrte mich alles, was ich über meine Herkunft wissen mußte, und stattete mich mit den Fähigkeiten aus, die ich brauche, um Tencendor zu schaffen und Gorgrael zu besiegen. Mit dem Vertrag von den Alten Grabhügeln sind Euch bereits die meisten Eurer heiligen Stätten zurückgegeben worden. Die Ikarier können nun wieder frei über den Himmel Tencendors fliegen. Freierfall, als alle Euch tot und verloren glaubten, hat Euer Vater, Rabenhorst Sonnenflieger, mich zum Erben seines Throns bestimmt. Doch, mein Vetter, dieser Titel eines Krallenfürsten steht von Geburt her eigentlich Euch zu, und deswegen übertrage ich ihn heute Euch.«

Der Ikarier öffnete den Mund, um zu widersprechen, aber der Krieger fuhr schon fort, ehe der Jüngling auch nur ein Wort hatte hervorbringen können: »Freierfall, der Titel und Thron eines Krallenfürsten wird im neuen Tencendor nicht mehr derselbe sein wie früher. Als Krallenfürst herrscht Ihr zwar immer noch über Euer Volk, doch nicht mehr über alle drei Völker Tencendors. Und Ihr müßt mir, dem Sternenmann, und dem Haus der Sterne Euren Treueid leisten. Seid Ihr gewillt dazu?«

Axis sah dem Vogelmenschen in die violetten Augen. Nie zuvor hatte das Haus Sonnenflieger einem anderen Herrscher den Treueid geleistet, genausowenig wie sich einem anderen unterworfen. Der Krieger wußte, daß ein entscheidender Moment gekommen war. Freierfall durfte sich nicht weigern, denn der Sternenmann brauchte die Ikarier dringend für die Umsetzung seiner Vision von einem neuen Tencendor.

Aber der Jüngling beugte nun ein Knie und breitete in der traditionellen ikarischen Geste der Achtung und Anerkennung die Flügel aus: »Als Erbe des ikarischen Throns und im Namen meines Volkes schwöre ich Euch Treue und Achtung, Axis Sonnenflieger Sternenmann; denn Ihr habt uns nach Tencendor zurückgeführt, als wir schon glauben mußten, die Südlande nie mehr wiedersehen zu dürfen. Außerdem habt Ihr uns unsere heiligen Stätten zurückgegeben. Und unseren Stolz wiederaufgerichtet. Dafür wollen wir gern Euer Haus der Sterne als unseren obersten Herrscher anerkennen. Der neue Krallenfürst sieht Euch als seinen Lehnsherrn an.«

Aus einer Eingebung heraus stand Freierfall jetzt auf und umarmte seinen Vetter. Wieder jubelte das Volk.

Nach dem Ikarier kam Ho'Demi an die Reihe. Der Häuptling zögerte nicht, vor Axis zu knien.

»Ho'Demi, wie gerade beim ikarischen Volk nehme ich nun auch gern die Gelegenheit wahr, den Rabenbundern für ihre Hilfe zu danken und dies auch vor aller Welt kundzutun. Euer Volk hat sich schon vor langem der Prophezeiung verpflichtet und ist mir und Tencendor zu Hilfe gekommen. Ho'Demi, dafür will ich Euch und Eure Nachkommen mit den Rechten und Privilegien einer der ersten fünf Familien Tencendors ausstatten. Euch soll alles Land im hohen Norden vom Fluß Andakilsa bis zum Iskruelozean gehören. Mir ist natürlich bewußt, daß es sich dabei um das Gebiet handelt, das Eurem Volk früher schon gehörte und das seitdem an die Skrälinge verlorenging. Doch ich schwöre vor allen, die sich hier zusammengefunden haben, daß ich auch noch den letzten Eisberg im Norden befreien werde, den die Geisterkreaturen besetzt halten, um Euch Euer angestammtes Land zurückzugeben. Wollt Ihr mir dafür im Namen Eurer Familie und Eures Volkes Treue und Achtung schwören?«

Laut und deutlich verpflichtete sich der neue Prinz, dem wiedererstandenen Tencendor immerdar die Treue zu halten und seine Gesetze zu achten.

Als letzten rief der Sternenmann Baron Isgriff zu sich. Der Bund des Barons mit den Piraten hatte Axis in der Schlacht am Bedwyr Fort den Sieg gebracht. So eilte dem Mann aus Nor nun ein sagenhafter Ruf voraus, und niemanden überraschte es, daß er heute die höchsten Weihen empfangen sollte.

»Isgriff«, lächelte der Krieger ihn an und nahm die Hände des Mannes, der vor ihm kniete, »Ihr habt so viel nicht nur für mich und Tencendor, sondern auch für das ikarische Volk geleistet. In der großen Schlacht gegen Bornheld sorgte Eure Politik für die entscheidende Wendung, und allein schon aus diesem Grund bin ich Euch zu allergrößtem Dank verpflichtet. Doch die Art, wie Eure Herrscherfamilie sich seit tausend Jahren um den Sternentempel auf der Insel des Nebels und der Erinnerung gekümmert hat, läßt die Vogelmenschen bis ans Ende aller Zeiten in Eurer Schuld bleiben.

Isgriff, Ihr habt bereits den Lohn für Eure Zugeständnisse an die Ikarier und die Awaren erhalten. Doch will ich Euch und die Euren nun auch in den Rang einer der ersten fünf Familien des Landes erheben. Fortan sollt Ihr den Titel, die Privilegien und die Rechte eines Prinzen von Nor erhalten. Isgriff, wollt Ihr diese Ernennung annehmen und mir dafür Treue und Achtung schwören?«

Der ehemalige Baron grinste. Welch herrliches Theater! »Es ist mir eine große Ehre, Sternenmann, und ich schwöre Euch Treue und Achtung.«

Als Isgriff das Podium verließ, nickten sich Ogden und Veremund zu. Mit der Einsetzung von fünf Ersten Familien hatte Axis eine Einheit zwischen den Achariten, Ikariern und Rabenbundern geschaffen – denn diese drei Völker bildeten das Rückgrat des neuen Tencendor und von Axis' Armee. Die Awaren waren heute nur am Rande erwähnt worden, trugen sie doch keinen Anteil an den Rückeroberung Tencendors und hatten sich sogar geweigert, dafür zu kämpfen.

»Doch was wird mit den Gebieten im Osten?« flüsterte Veremund seinem Mitbruder und Weggefährten zu. »Will der Krieger das Land östlich des Nordra seiner Familie zukommen lassen?«

Genau darauf kam der Sternenmann nun zu sprechen, als er sich wieder an die Menge wandte und mit seiner zauberisch verstärkten Stimme verkündete:

»Mein Volk, eine Neuregelung will ich Euch noch bekanntgeben, ein weiteres Lehen verleihen. Der Ostteil Tencendors wird am meisten von der Rückkehr der Awaren und Ikarier betroffen sein. Deswegen erfordert die Auswahl eines verantwortungsvollen Fürsten für diese Ländereien größtes Fingerspitzengefühl. Obwohl die Landverteilung zwischen den drei Völkern weitgehend geregelt ist, werden im Osten im kleineren Rahmen verschiedene Ansprüche aufeinanderprallen, und das vermutlich jeden Tag aufs neue. In viel stärkerem Maße als anderenorts müssen die Ikarier, Awaren und Achariten sich dort erst an das alltägliche Zusammenleben gewöhnen.«

Faraday nickte. Ihr Liebster hatte da eine besonders heikle Frage berührt. Sie freute sich auch schon auf den Tag, an dem sie damit beginnen konnte, die Schößlinge aus dem Zauberwald im Osten Tencendors anzupflanzen. Sie hatte bereits mit zwölftausend von ihnen Freundschaft geschlossen und sich ihre Namen eingeprägt. Jetzt fragte sie sich, mit welchem Fürsten sie dort zusammenarbeiten könnte.

»Wir brauchen also einen ebenso ausgleichenden wie feinfühligen Herrscher dort«, fuhr Axis jetzt fort. »Doch ich sehe mich in der glücklichen Lage, jemanden zu kennen, der für diese Aufgabe wie geschaffen sein dürfte. Ich möchte dieses Amt einer Person übertragen, die unter allen drei Völkern gelebt und sich mit deren unterschiedlichen Bedürfnissen vertraut gemacht hat.«

Rivkah! schoß es Faraday sofort durch den Kopf. Damit kann er nur seine Mutter meinen.

»Aschure«, verkündete der Krieger aber und streckte ihr beide Hände entgegen.

Die junge Frau erbleichte und starrte Axis an. Er aber lächelte noch mehr und winkte ihr zu.

Die Acharaiten, Vogelmenschen und Barbaren zeigten sich mit dieser Wahl hochzufrieden. Von allen Geschichten über Axis' Aufstieg zur Macht und über seine Feldzüge gegen die Skrälinge und gegen Bornheld, erzählte man sich besonders gern die von der Frau mit dem rabenschwarzen Haar an seiner Seite, die den magischen Bogen der Ikarier trug und von einem Rudel zauberischer Hunde auf Schritt und Tritt begleitet wurde.

»Aschure?« frage Faraday verwirrt Ogden, der neben ihr saß. »Ist das nicht eine seiner Befehlshaberinnen?«

»Äh, ja«, antwortete der Mönch voller Unbehagen. »Aschure

☆ ☆ ☆  399  ☆ ☆ ☆

befehligt die acharitischen Bogenschützen in Axis' Armee. Und so lange der Krieger, Belial und Magariz sich in Karlon aufhalten, gebietet sie stellvertretend über die ganze Streitmacht.«

»Aber ihr gleich das ganze Gebiet im Osten zu übertragen?« schüttelte Faraday den Kopf. »Sicher wäre ich doch besser für diese Stellung geeignet. Schließlich stehe ich doch im Bund mit der Mutter, oder etwa nicht?«

Ogden errötete. »Wie Axis eben ausführte, meine Liebe, hat Aschure unter allen drei Völkern gelebt, und in seiner Armee genießt sie bei allen Verbänden das allergrößte Ansehen. Ich halte sie für eine sehr gute Wahl, Faraday.«

Die Königin lehnte sich stirnrunzelnd auf ihrem Stuhl zurück, während Aschure mit leichenblassem Gesicht ihren Sohn zu Sternenströmer bringen ließ und sich währenddessen erhob. Als die junge Frau ihr Kleid glattstrich, erkannte Faraday, daß sie schwanger war.

Der gewölbte Leib fiel Axis ebenfalls in diesem Moment auf, und er starrte Aschure verwirrt an. Warum? Warum hatte sie ihm noch nichts davon gesagt?

Sie betrat souverän die Empore, nahm seine Hand und sah ihm in die Augen.

»Warum?« flüsterte er.

»Ich wollte Euch nicht hindern, das zu tun, was Ihr unbedingt tun mußtet. Wenn Ihr gewußt hättet, daß ich wieder schwanger bin«, sie warf einen kurzen Seitenblick auf Faraday, »hättet Ihr vielleicht gezögert, der Prophezeiung zu gehorchen.«

Er konnte nur auf ihren Bauch starren. Selbst wenn es Aschure gelungen sein mochte, ihre Schwangerschaft bis jetzt vor ihm verborgen zu halten, warum hörte er dann noch nicht das Blut seines zweiten Kindes? Caelums Ruf hatte der Krieger sofort nach seiner Rückkehr aus der Unterwelt vernommen.

Axis wurde sich bewußt, daß er sie schon seit längerer Zeit anstarrte. »Aschure, ich schulde Euch viel. Während der vergangenen letzten Monate habt Ihr mir soviel an Freundschaft und Unterstützung gegeben, daß ich befürchten muß, mich niemals für alles bei Euch erkenntlich zeigen zu können. Ihr habt mir mein Wappen geschenkt, die blutrote Sonne auf goldenem Grund, und Ihr habt mit größter Tapferkeit mit meinen anderen Offizieren gekämpft. Doch habt Ihr auch unter den Ikariern und Awaren gelebt. Ihr kennt also deren Anschauungen und wißt auch, welche Hindernisse beim engen Zusammenleben der drei Völker entstehen können. Das neue Amt eines Wächters des Ostens bringt also eine besonders große Verantwortung mit sich und ist von enormer Bedeutung. Aschure, seid Ihr bereit, mir diese Last ab- und diesen Posten anzunehmen?«

»Mit Freuden, Sternenmann!«

Isgriff, Belial und Magariz blickten wie eine Reihe anderer fragend nach vorn zur Empore. Sie zweifelten nicht an der Richtigkeit von Axis' Entscheidung – in ihren Augen würde Aschure eine tüchtige Wächterin des Ostens abgeben –, aber er hatte nicht von ihr verlangt, ihm Treue und Achtung zu schwören. So etwas konnte ein Herrscher nur bei jemandem auslassen, der sich ... der sich mit ihm auf gleicher Stufe befand. Aber er hatte doch auch Freierfall, den neuen Thronerben der Ikarier, dazu aufgefordert.

Faraday, in politischen Dingen natürlich genauso versiert, stellte sich ähnliche Fragen wie die hohen Herren. Warum mußte diese junge Frau dem Sternenmann nicht Treue und Achtung schwören?

»Aschure, Wächterin des Ostens, Ihr erhaltet keine Ländereien. Doch will ich Euch mit einem Sitz ausstatten, den Ihr bis zu Eurem Lebensende behalten und bewohnen dürft. Doch nach Eurem Tod wird er an mich zurückfallen. Aschure, ich übertrage Euch den Narrenturm, damit Ihr darin nach eigenem Belieben schalten und walten könnt.«

»Oh«, keuchte sie nur, und der Blick in ihren Augen war ihm Dank genug.

Faraday konnte sie nur anstarren. Diese Frau muß ich unbedingt besser kennenlernen, wenn ich mit ihr zusammen die alten Wälder von Tencendor wieder neu erschaffe.

Aschure kehrte auf ihren Platz zurück. Ihr wurde ein wenig ängstlich zumute, wenn sie daran dachte, welch ungeheure Aufgabe ihr da übertragen worden war, und der handfeste Beweis von Axis' Vertrauen in sie und ihre Fähigkeiten bewegte sie tief. Er hatte sie vor all diesen Menschen und Wesen ungeheuer ausgezeichnet.

Sternenströmer sah seinen Sohn streng an. Für seinen Geschmack hatte Axis noch lange nicht genug getan. Seine Ungeduld zwang ihn, die Flügel auszubreiten und neben dem Krieger auf der Empore zu landen.

Der Zauberer breitete die Arme aus und sprach mit beinahe ebenso schöner und magischer Stimme wie Axis: »Ich bin Sternenströmer Sonnenflieger, der Vater des Sternenmannes. Wir begehen heute einen großen Tag und wurden Zeuge der Wiedererstehung Tencendors. Einem vereinten Tencendor, das stark genug sein wird, Gorgrael zu vernichten und einer glorreichen Zukunft entgegenzusehen.

Aber, meine Freunde, noch viele Prüfungen erwarten uns. Große Schlachten stehen noch bevor, um die Macht des Zerstörers über den Norden zu brechen. Axis wird unsere Völker in diese Schlachten führen. Liebe Freunde und Gefährten, mir liegt es fern, einen Wermutstropfen in diese freudige Feier zu gießen, aber wir dürfen unseren Blick nicht vor der Wirklichkeit verschließen. Was würde aus Tencendor, wenn der Sternenmann eine Verwundung erlitte, oder gar, was die Götter verhindern mögen, getötet würde?« Der Zauberer sah Axis an und hob die Hände zu einer dramatischen Geste. »Axis Sonnenflieger Sternenmann, wollt Ihr daher heute vor allen hier Versammelten Euren Erben benennen, damit niemand mehr einen Zweifel über unsere Zukunft hegen muß?«

Der Krieger starrte seinen Vater wütend an. *Glaubt Ihr vielleicht, ich hätte das vergessen? Ich wollte diese Frage gerade zur Sprache bringen, als Ihr so voreilig auf das Podium gesprungen seid!*

Ogden, Veremund und Jack starrten lieber geradeaus, als jetzt Faraday anzusehen. Yr blickte bekümmert drein. Vor diesem Augenblick hatte sie sich schon seit langem gefürchtet. Voller Schuldgefühle fragte sich die Katzenfrau zum wiederholten

Male, ob sie und die anderen Wächter vielleicht damals falsch gehandelt hatten, als sie Faraday dazu drängten, Bornheld zu heiraten, und sie damit zwei Jahre lang von Axis getrennt hatten?

»Setzt Euch wieder hin, Sternenströmer«, befahl der Krieger ihm leise und streckte wieder die Hände nach Aschure aus.

Sie wollte ihm Caelum einfach nur übergeben und sich dann rasch wieder auf ihren Platz zurückziehen, aber Axis' Rechte schloß sich um ihr Handgelenk, und er zog sie zusammen mit ihrem gemeinsamen Sohn auf die Empore.

Faraday meinte auf der Stelle sterben zu müssen. Sie erkannte sofort, von wem der schwarzhaarige Knabe seine ikarischen Züge hatte. »Mutter, was hat er mir angetan?«

Yr beugte sich vor und legte ihr zur Beruhigung einen Arm um die Schulter.

Axis nahm Aschure lächelnd Caelum ab und hielt den lachenden Jungen hoch über seinen Kopf.

»Ich erkläre Euch, Caelum Sonnenflieger Sternensohn und Sohn der Aschure, zu meinem Erben über das Haus der Sterne und auf dem Thron der Sterne, verbunden mit allen dazugehörigen Titeln, Rechten und Privilegien. Willkommen in meinem Herzen und in meinem Haus, Caelum Sternensohn.«

Die Blicke von Faraday und Aschure trafen sich. Die junge Frau wandte sofort ihren Kopf wieder zur Seite, weil sie den Schmerz nicht ertragen konnte, den sie aus den Augen der Königin empfing.

Die Menge raste. Menschen, Ikarier und Rabenbunder sahen vor sich den goldenen Sternenmann, die wunderschöne Frau an seiner Seite und den Knaben, den er immer noch in die Luft hielt.

»Hört mich!« rief der Krieger laut genug, um den Jubel zu übertönen. »Kein anderes Kind, das mir geboren werden wird, soll jemals Caelum sein Erbe streitig machen. Denn er ist mein Erstgeborener. Und so wie meine uneheliche Geburt keinen Makel auf meiner Seele oder auf meinem Anspruch auf den Thron der Sterne hinterlassen hat, so soll sie auch seine Seele oder seinen Anspruch als mein Erbe nicht beflecken.«

✫ ☆ ☆  403  ☆ ☆ ✫

Faraday saß wie erstarrt da, während sie in ihrem eigenen Alptraum zu ertrinken drohte. Nicht nur hatte Axis sich mit einer anderen Frau eingelassen, und daraus war ein Sohn entstanden und ein weiteres Kind auf dem Weg, er hatte diese Frau auch mit großen Ehren, Macht und Titeln überhäuft. Und dazu auch noch den Bastardsohn zu seinem Erben auserkoren, womit alle Kinder, die sie selbst ihm noch schenken könnte, von vornherein von der Thronfolge ausgeschlossen bleiben würden!

Stück für Stück wurde ihr das ganze Ausmaß seines Betrugs bewußt. Nicht nur Axis hatte sie auf das Schändlichste hintergangen, auch jeder einzelne um sie herum war daran beteiligt gewesen. Jeder hier schien davon gewußt zu haben, aber niemand hatte ihr gegenüber auch nur ein Wort darüber verlauten lassen. Warum nur? Wieso? Warum hatte jeder sie weiterhin an die Lüge glauben lassen, daß der Krieger sie immer noch liebe, sie immer noch zur Frau haben wolle?

Bornhelds letzte Worte oben auf den Zinnen des Palasts von Karlon kamen ihr jetzt wieder in den Sinn. *Wird er Euch noch lieben, wenn ich nicht mehr bin? Nein, das bezweifle ich. Wißt Ihr, wenn er mich erledigt hat, besteht für ihn überhaupt kein Grund mehr dazu.*

# 29

## DEM BETRUG INS AUGE BLICKEND

»Wir müssen miteinander reden, Faraday«, sagte Axis. Faraday drehte sich zu ihm um, und ihre grünen Augen starrten ihn voller Schmerz und Elend an.

»Ja«, entgegnete sie bitter, »das sollten wir wohl. Aber ich glaube kaum, daß dies der geeignete Ort dafür sein dürfte.«

So ließen sie sich zum Palast zurückrudern, stiegen wortlos die Treppen hinauf, und sie folgten den Gängen, bis sie in ihr Gemach gelangten, wo der Krieger die Tür hinter ihnen schloß.

»Wir müssen uns noch bei den Feierlichkeiten zeigen«, sagte er dann.

»Wir? Ich glaube kaum, daß meine Anwesenheit dort noch vonnöten sein wird, oder was meint Ihr?«

Axis zuckte innerlich zusammen, wahrte äußerlich aber die Fassung. Warum hatte er ihr auch nicht früher reinen Wein über Aschure eingeschenkt? Wie erklärt man einer Frau, die zwei lange Jahre auf einen gewartet und dafür gelitten hatte, daß man sich inzwischen in eine andere verliebt hatte – und zwar so sehr, daß man sie nicht mehr aufgeben konnte?

»Faraday«, sagte er leise, trat zu ihr und legte ihr die Hände auf die Schultern.

»Laßt mich los!« fauchte sie und schüttelte ihn ab.

»Faraday, laßt es mich doch erklären.«

»Nein«, beschied sie ihn, und er spürte ihre Wut sehr deutlich. »Ich will Euch aber erklären, wie ich die Sache sehe. Mir ist durchaus bewußt, daß wir über einen Zeitraum von zwei Jahren voneinander ferngehalten wurden. In diesen Monaten blieb uns auch gar nichts anderes übrig, als unsere eigenen Wege zu ge-

☆ ☆ ☆  405  ☆ ☆ ☆

hen. Ich habe auch Verständnis dafür, wenn Ihr in dieser Zeit die eine oder andere Liebschaft pflegtet. Bei der Mutter, das könnte ich wirklich verstehen, Axis, vor allem nach meinen Eheerfahrungen mit Bornheld. Was mir aber völlig unbegreiflich bleibt und was ich Euch niemals vergeben kann, ist die Art und Weise, wie Ihr mich heute behandelt habt.«

»Faraday«, versuchte er mit drängender Stimme, sie zu beruhigen, wollte wieder die Hände nach ihr ausstrecken, um es dann im letzten Moment doch nicht zu tun, »ich will, daß Ihr meine Frau werdet. Einst habe ich versprochen, Euch zu heiraten, und das werde ich auch tun.«

»Eure Gemahlin zu sein, bedeutet mir gar nichts«, schrie Faraday ihn mit wutverzerrtem Gesicht an, »solange die Frau im Narrentum alles andere von Euch besitzt!«

Faraday atmete tief durch, um ihre Beherrschung wiederzuerlangen. »Eure Ehefrau ... Was versteht Ihr eigentlich darunter, Axis. Was zählt für Euch eine Gattin, wenn die Frau auf der anderen Seite des Sees in Wahrheit Eure Königin ist? Wie lange seid Ihr schon mit ihr zusammen? Mindestens ein Jahr, nein, eigentlich noch länger, wenn ich mir den Knaben ansehe, hat sie mit Euch das Leben, die Abenteuer und das Lager geteilt. Und heute habt Ihr sie auch noch mit Macht ausgestattet, habt sie vor allen ausgezeichnet«, Faraday lachte bitter, »Ihr den Narrenturm zu überlassen und ihren Sohn mit der höchsten Ehre zu versehen, die Ihr zu vergeben habt. Und dabei trägt sie schon Euer nächstes Kind im Leib. Versucht gar nicht erst, mir weiszumachen, daß sie nicht weiterhin Euer Herz und Euer Bett regieren wird.«

Axis starrte vor sich hin. Er wußte, daß sie recht hatte.

Faraday sah ihn an, und ein Muskel an ihrem Hals zuckte.

»Sie habt Ihr neben Euch auf das Podium gestellt, nicht mich. Sie war es, die an Eurer Seite den Jubel der ganzen Nation empfangen durfte, nicht ich. Ihr wollt mich heiraten, Sternenmann? Was für ein trauriger Scherz! Selbst als Eure Gemahlin wäre ich nicht mehr als Eure Mätresse. Sie bekommt alles von Euch, ich gar nichts. Ihr habt mich heute über alle

Maßen gedemütigt. Könnt Ihr denn nicht begreifen, was Ihr da angerichtet habt?«

Axis hob den Kopf, um sie anzusehen. »Ich hatte nie vor, Euch zu betrügen, Faraday. Aschure war mir eine Freundin, als ich dringend jemanden brauchte. Und sie verstand auch, daß ich Euch liebte ...«

»Ihr habt sogar mit ihr über mich gesprochen?« ächzte die junge Frau. Welche Grausamkeiten mochte dieser Mann noch für sie bereithalten?

» ... und Aschure hat sich mir auch verweigern wollen. Faraday, Ihr dürft ihr keine Schuld daran geben; denn die trifft ganz allein mich.«

Tränen schossen ihr in die Augen. Jetzt verteidigte er sie auch noch vor ihr. Faraday mußte erkennen, wie tief seine Liebe zu dieser anderen Frau war. »Seltsamerweise mache ich ihr auch gar keine Vorwürfe. Schließlich weiß ich selbst gut genug, wie schwer es einer Frau fällt, sich nicht in Euch zu verlieben. Wenn ich überhaupt jemanden als Schuldigen hinstellen will, dann nur Euch.« Sie wandte sich von ihm ab.

Der Krieger trat hinter sie, umschlang sie und wiegte sie sanft hin und her. Diesmal wehrte Faraday ihn nicht ab.

»Seid Ihr gewillt, sie aufzugeben?« fragte Faraday leise.

»Das kann ich nicht«, murmelte er nach einer Weile.

»Empfindet Ihr überhaupt noch etwas für mich?«

»Faraday.« Er drehte sie zu sich herum, damit er ihr ins Antlitz schauen konnte. Sanft wischte er ihr ein paar Tränen von der Wange. Hatte es nicht genau so vor zwei Jahren zwischen ihnen angefangen? »Wenn ich sagen würde, ich liebe Euch, wäre das nicht gelogen. Aber was ich für Euch empfinde und was für Aschure, unterscheidet sich sehr voneinander. Und mit dem, was ich vorhin erklärte, ist es mir wirklich ernst: Ich möchte, daß Ihr meine Frau werdet.« Er beugte sich vor, um sie auf die Wange, den Hals und den Brustansatz zu küssen.

Lügner, dachte Faraday. Elender Lügner. Ihr wollt Aschure, aber als Mann von Ehre fühlt Ihr Euch natürlich verpflichtet, das Versprechen einzuhalten, das Ihr mir einst gegeben habt. Und natürlich dürft Ihr mich nicht verlieren, weil ich Euch doch die Bäume zuführen soll. Ist das Euer wahrer Beweggrund, Sternenmann? Befürchtet Ihr, wenn Ihr mich nicht zur Frau nehmt und meine Enttäuschung mit ein paar Nettigkeiten beruhigt, daß ich dann meinen Teil der Prophezeiung nicht erfülle? Daß die Weissagung dann selbst scheitern könnte?

Ach, Mutter! rief sie in Gedanken. Ihr seid die einzige, die mich nie hintergangen hat ... Faraday wünschte sich jetzt nichts mehr, als den Frieden im Heiligen Hain, wo sie im warmen Sonnenschein wieder neben Ur auf der Holzbank sitzen und sich von ihr die Geschichten über die einzelnen Schößlinge erzählen lassen könnte.

Aber Axis' Finger waren schon damit beschäftigt, die Verschlüsse auf der Rückseite ihres Kleides zu lösen. Glaubt er, mich mit seinem Körper beschwichtigen zu können? fragte sie sich, ließ ihn aber gewähren. Ein letztes Mal, dachte sie, nur noch ein letztes Mal.

# 30

## IM NARRENTURM

Aschure lag in ihrem Zelt, konnte keinen Schlaf finden und starrte in die Dunkelheit. Die Aufregungen des zurückliegenden Tages hatten dazu geführt, daß sie sich die halbe Nacht unruhig hin und her gewälzt hatte. Axis hatte Caelum über seinen Kopf gehalten und zum Erben ausgerufen ... und ihn Sohn der Aschure genannt! Das Jubelgeschrei der Zehntausenden hatte ihr wie das Donnern des Nordra in den Ohren geklungen, dort, wo er aus dem Verbotenen Tal hervorbricht. Und sie selbst hatte der Krieger zur Wächterin des Ostens ernannt und ihr den Narrenturm gegeben.

Als Aschure die Empore wieder verlassen hatte, war ihr Blick auf Faraday gefallen. Die Königin rutschte auf ihrem Stuhl vor und zurück, ihr Gesicht war weiß wie eine Wand, und sie hatte die grünen Augen weit aufgerissen. Ihr Schmerz traf Aschure fast körperlich.

Der Krieger verbrachte diese Nacht wieder im Palast mit Faraday. Aber Aschure verspürte längst keine Eifersucht mehr. Eine innere Stimme sagte ihr, daß nicht mehr viel Zeit vergehen würde, bis Axis auf diese Seite des Sees zurückkehren und sich zu seiner Liebsten im Narrenturm gesellen würde.

Was für ein magisches Geschenk! Man hatte den Turm von allem befreit, was an den Seneschall erinnerte, und nun wartete er auf seine neue Herrin.

Aschure warf die Decke zurück und schwang die Beine über den Rand des Feldbetts. Gestern hatte sich für sie noch keine Möglichkeit ergeben, den Narrenturm aufzusuchen. Unmittelbar nachdem der Sternenmann den offiziellen Teil der Feststunde beendet hatte, war mit den großen Feiern begonnen worden. Sternenströmer hatte sie sofort auf die Tanzfläche gezogen und sich mit Isgriff abgelöst, mit ihr zu tanzen. Die beiden hatten bis in die späte Nacht darum gewetteifert, ihre Aufmerksamkeit zu erringen. Nach einem kurzen Schlummer hatten ihre Gedanken sie wieder geweckt, seitdem war an Schlaf nicht mehr zu denken, und jetzt stand sie auf, um sich endlich ihr Geschenk anzuschauen.

*Mama?*

Aschure zog sich eine Stola über das Nachthemd und beugte sich über Caelums Wiege. »Ich gehe zum Narrenturm, Lieber. Wollt Ihr mitkommen, oder seid Ihr vom Fest noch so müde, daß Ihr die ganze Zeit jammert und herumzappelt?«

*Ich will ein artiger Junge sein.*

Sie lächelte ihn voll Liebe an, hob ihn aus der Wiege und hielt ihn eng an ihre Brust gedrückt.

Im Lager war schon vor Stunden Ruhe eingekehrt. Alle Feiernden waren auf ihre Bettstatt gefallen oder hatten sich gleich auf die Erde gelegt. Barfuß, mit nicht mehr als einer Stola über dem weißen Nachthemd und mit einer Laterne in der freien Hand suchte Aschure sich ihren Weg durchs Lager, bestieg wenig später die grasbewachsenen Hügel und erreichte schließlich den Narrenturm. Einige Alaunt hatten ihr folgen wollen, aber sie hatte ihnen bedeutet, da zu bleiben. Von dem Turm drohte ihr keine Gefahr, und sie wollte ihren ersten Besuch nur in Gesellschaft ihres Sohnes antreten.

Die Eingangstür war unverriegelt. Aschure schlüpfte hinein und schloß sie leise hinter sich. Einige Zeit stand sie nur da und sah sich andächtig um. Von außen wirkte der Turm schon gewaltig, aber in seinem Innern erwies er sich als noch einmal so groß. Sie stellte sich in die Mitte und ließ den Blick mit der Laterne nach oben wandern. Treppen, Balkone und luftige Simse zogen sich bis in schwindelerregende Höhen hinauf. Kammern, Gemächer oder offene Flächen öffneten sich von den Balkonen, die dieses Atrium umringten. Doch nicht zwei der Balkone und Ebenen schienen sich auf gleicher Höhe zu befinden. Es war ein

Zusammenspiel von Vierecken, Dreiecken oder Kreisen, die in den Raum hineinragten. Ein unbeschreiblicher Anblick, der den Sinn des Betrachters verwirrt hätte, wenn ihm nicht eine unterschwellige Harmonie innegewohnt hätte, die dem Turm seine wahre Schönheit verlieh.

»Bei den Sternen«, staunte die junge Frau, »ich könnte hier tagelang herumwandern und würde mich dann immer noch verirren.«

»Eigentlich findet man sich hier sehr einfach zurecht, wenn man einen kleinen Trick anwendet«, bemerkte eine leise Stimme hinter ihr, und Aschure fuhr erschrocken herum. Die Laterne schwenkte sie dabei in ihrer Hand so heftig hin und her, daß die Schatten wie von Sinnen über die Wände des Atriums sprangen. Sie legte den Arm fester um Caelum, wie um ihn zu schützen, der sofort lautstark protestierte.

Ein Ikarier trat auf sie zu. Er hielt ein aufgeschlagenes Buch in der Hand, hatte wohl gerade darin gelesen, als Aschure hier aufgetaucht war. Einen so beeindruckenden Vogelmenschen hatte Aschure selten zu Gesicht bekommen. Sein Gesicht strahlte noch mehr als das Sternenströmers Macht und Energie aus, und sie sagte sich, daß es sich bei ihm um einen großen Zauberer handeln müsse. Violette Augen lachten sie unter dunkel kupferroten Locken an. Von seinem Rücken standen goldene Flügel ab, die nicht einfach nur so gefärbt sein konnten. Der Anblick verwirrte sie in seiner Schönheit sehr, und sie gewann beinahe den Eindruck, als seien diese Schwingen gar aus purem Gold gehämmert.

»Verzeiht mir bitte«, sagte er und klappte das Buch zu. Aschure konnte einen kurzen Blick auf den Titel werfen ... irgend etwas über die Seen. »Ich scheine Euch erschreckt zu haben.« Tatsächlich sah er ein wenig zerknirscht aus. »Und ich sollte mich hier auch gar nicht aufhalten. Axis hat schließlich Euch den Narrenturm übertragen, und deswegen muß ich mich wohl als Eindringling betrachten.«

»Habt Ihr an der Feier teilgenommen?« fragte die junge Frau und hielt ihren Sohn jetzt nicht mehr ganz so fest.

✩ ✩ ✩  411  ✩ ✩ ✩

»Ja, das habe ich. Allerdings habe ich mich ein gutes Stück von Euch entfernt aufgehalten, wenn ich so sagen darf.«

»Eigenartig«, meinte sie, »ich habe Euch noch nie gesehen. Und ein Gesicht wie das Eure hätte ich ganz bestimmt nicht vergessen.«

»Genau so wie Ihr ein Antlitz besitzt, Herrin Aschure, das wohl kein Mann, sei er nun Acharit oder Ikarier, so leicht vergessen könnte. Ihr seid eine Frau, für die eine eigene Prophezeiung geschrieben werden müßte. Eine Schande eigentlich, daß Ihr sie mit Axis zu teilen habt. Vielleicht verfasse ich eines Tages eine Weissagung für Euch.«

Die junge Frau lachte. Der Mann hatte wirklich Charme und verstand sich darauf, die richtigen Worte zu wählen. Sie teilte die Prophezeiung mit Axis? »Warum sind wir uns noch nie begegnet?«

Das Lächeln des Vogelmenschen verging ein wenig, und ein trauriger Zug trat in seine Augen. »Ach, meine Liebe, ich bin lange fort gewesen. Sehr, sehr weit fort. Erst jüngst konnte ich zurückkehren. Deswegen habt Ihr mich auch nicht früher zu Gesicht bekommen.«

Er trat einen Schritt näher. »Darf ich Euer Kind für einen Moment halten? Ein wirklich wunderschöner Säugling.«

Aschure zögerte und gestattete dann dem Zauberer, Caelum zu nehmen, der sich nicht im geringsten dagegen wehrte. Der Ikarier wiegte den Knaben und flüsterte ihm etwas zu. Caelum reckte neugierig die kleinen Hände, um das Gesicht des Fremden zu berühren. Seine Finger drückten hier und strichen da, bis dieser lachte und ihn Aschure zurückgab. »Alle Kleinkinder sind neugierig, aber er wohl noch etwas mehr als die anderen. Ihr habt einen prachtvollen Sohn, Aschure, so wie er eine wunderbare Mutter.«

Die junge Frau errötete lächelnd. Einen Moment später fiel ihr ein, daß der Fremde sich ihr noch nicht vorgestellt hatte. Sie öffnete den Mund, um ihn nach seinem Namen zu fragen, aber da nahm er sie schon am Arm und führte sie zur ersten Treppe, die sich spiralförmig bis in die höchsten Höhen des Turms hinaufwand und auf ihrem Weg in Galerien, Balkonen und Kammern mündete.

»Ich wollte Euch doch zeigen, mit welchem Trick man sich der Magie des Narrenturms bedienen kann.«

Aschure lächelte. Magie? Wie wunderbar es doch wäre, wenn dieser Zauberer ihr die Geheimnisse aufdeckte, wie man sich in diesem Bauwerk zurechtfand.

»Mein liebes Kind«, begann er, als sie die unterste Stufe erreichten, »der Trick ist ganz einfach. Wenn man einfach aufs Geratewohl hier herumläuft, wird man sich, wie Ihr ganz richtig vermutet, verirren. Deswegen muß man sich entscheiden, wohin man will, bevor man die Treppe besteigt. Dann führen einen die Stufen ganz von selbst ans Ziel.«

Die junge Frau runzelte die Stirn. »Aber woher soll ich denn wissen, wohin ich will, wenn ich überhaupt nicht weiß, was dieser Turm bereithält?«

Der Vogelmann lachte gutgelaunt, und seine Hand rutschte an ihrem Arm ein wenig höher. Seine Haut fühlte sich warm an, und die Berührung seiner Finger und seiner Handfläche war weich wie Seide. Unwillkürlich lehnte Aschure sich an ihn.

»Dazu müßt Ihr noch einiges lernen, meine Liebe«, entgegnete er mit deutlich dunklerer Stimme, »sehr viel sogar.« Er legte ihr einen Arm auf die Schulter, und seine Finger streichelten ihren Hals. »Wo möchtet Ihr denn gerne hin, Aschure? Was würdet Ihr am liebsten sehen?«

Sie lächelte verträumt. Die Berührung seiner Hand beruhigte sie, und sein sanfter Atem, der über ihren Hals strich, schenkte ihr Frieden. »Ich würde gern vom Dach des Turms einen Blick auf die Welt werfen«, flüsterte sie. »Oh ja, ich möchte vom Narrenturm aus sehen, wie die Sonne über Awarinheim aufgeht.«

»Na bitte«, lachte der Mann, und dieses Geräusch brach den Zauber zwischen ihnen, »da habt Ihr ja doch noch ein Ziel gefunden. Und Euch steht noch das ganze Leben zur Verfügung, die Geheimnisse des Narrenturms zu erforschen. Er wurde nämlich eigens für Euch erbaut, Aschure. Ganz allein für Euch. Und bald wird Euch auch wieder einfallen, wohin die Wege führen.«

✩ ✩ ✩   413   ✩ ✩ ✩

Sie lächelte. »Ihr geht mit Euren Schmeicheleien entschieden zu weit, mein Herr. Wie könnte der Turm denn für mich errichtet worden sein? Er steht doch schon seit Tausenden von Jahren hier, und ich bin erst achtundzwanzig.«

»Nur für Euch«, flüsterte er, beugte sich langsam vor und küßte sie auf den Mund. Ein tiefer, alle Sinne betörender Kuß, und Aschure hatte es auch gar nicht eilig damit, ihn abzubrechen. Am Ende löste sich aber der Ikarier als Erster.

Er lachte wieder. »Das hätte ich nicht tun dürfen, Aschure. Das war unrecht. Aber ich habe immer schon gern Regeln und Gesetze gebrochen. Verzeiht mir bitte. Und nun«, forderte er sie auf, »wenn Ihr wirklich den Sonnenaufgang über Awarinheim betrachten wollt, müßt Ihr Euch auf den Weg machen. Denn er ist nicht mehr fern.«

Aschure folgte seiner Unterweisung, dachte an das Dach und betrat die Treppe. Doch nach einigen Stufen hielt sie inne und sah zu ihm hinab. »Wie haben die Brüder des Seneschalls sich denn hier zurechtfinden können?«

Der Zauberer lachte laut. »Für sie war dieses Wunderwerk nur eine leere Hülle. Sie haben ihre eigenen Kammern und Treppen, Ebenen und Bibliotheken hineingebaut. Aber sie erblickten niemals den wahren Turm, so wie Ihr ihn jetzt vor Euch seht. Sie besaßen einfach nicht die Magie, sein wahres Inneres zu schauen. Doch nun sputet Euch, der Sonnenaufgang erwartet Euch.«

Aschure nickte und machte sich wieder an den Aufstieg. Als sie das nächste Mal nach unten blickte, war von dem Ikarier nichts mehr zu sehen.

Wolfstern verschwand durch eine Tür aus Aschures Augen und lauschte noch sehr lange ihren Schritten hinterher. Was für eine bemerkenswerte Frau. Und was für einen wunderbaren Sohn sie geboren hatte.

Als von Aschures Schritten kaum noch etwas zu hören war, war mit einem Mal auch Wolfstern verschwunden.

✩ ★ ✩　414　✩ ★ ✩

Aschure stand auf dem Dach des Turms und sah, wie der Himmel von Awarinheim sich im Osten rötete. Caelum schmiegte sich in ihrem Arm an sie. Die junge Frau trug das Haar lose, und der Wind spielte damit. Droben tanzten die Sterne über den Himmel, und unter ihren bloßen Füßen summte leise der Turm.

Aschure hatte heimgefunden.

# 31 AUS DER AUFGEHENDEN SONNE HERAUS ...

Ebenso wie Aschure keinen Schlaf gefunden hatte, konnte auch Axis nicht schlafen. Stundenlang lag er neben Faraday wach, war ihr sehr nahe, ohne sie zu berühren, und wußte, daß sie ebenfalls kein Auge zutat. Doch beide schwiegen, weil sie einfach nicht miteinander reden konnten. Schließlich schob der Krieger sich aus dem Bett, zog sich Hose und Stiefel an und begab sich zu seinem Vater.

Etwas später standen die beiden auf dem Balkon von Sternenströmers Gemach, atmeten die kühle Frühmorgenluft ein und betrachteten den ruhigen Gralsee.

»Und was habt Ihr jetzt vor?« fragte der Ikarier schließlich seinen Sohn.

»Ich bin an Faraday gebunden und werde sie auch heiraten.«

»Und Aschure?«

»Die lasse ich nicht gehen. Das ist mir einfach unmöglich.«

Beide konnten mit ihrer verstärkten Zaubersicht die junge Frau oben auf dem Narrenturm sehen. Der Wind wehte ihr das Haar aus dem Gesicht und blähte das weiße Nachthemd. Sie lachte mit Caelum und zeigte ihm die rosarot umrahmte Sonne, die gerade über dem fernen Awarinheim aufging.

»Was hat sie nur an sich?« murmelte Sternenströmer, »daß wir beide sie nicht aus unserem Kopf bekommen?«

»Man könnte meinen«, entgegnete Axis, »der Sternentanz selbst wohne in ihr.« Als der Vater den Tonfall seines Sohnes hörte, wandte er den Blick von der Schönen ab. »Durch sie vermag ich die Musik der Sterne stärker zu verspüren als durch jedes Zauberlied«, fuhr der Krieger fort. »Vater, wenn Aschure

☆ ☆ ☆  416  ☆ ☆ ☆

in meinen Armen liegt, kommt es mir so vor, als hielte ich die Sterne selbst ... als würde mich ihre Musik halten. Und jedes Mal, wenn ich ihr beiliege, Vater, wird diese Empfindung überwältigender.«

Erstaunt vernahm Sternenströmer, was der junge Mann ihm da offenbarte. Durch Aschure, durch die Berührung mit ihrem Körper erhielt er Zugang zum Sternentanz? Wer war diese Frau? Was verbarg sich in ihr? Er starrte seinen Sohn mit großen Augen und voll Erstaunen an.


Die Greifin zog hoch am Himmel langsam ihre Kreise. Das Weibchen hatte ein Kommando voller Gefahren und Fallen erhalten, die sich jedoch bei einem so wichtigen Auftrag kaum vermeiden ließen. Er war so bedeutend, daß Gorgrael ihn nicht einem Skräbold hatte erteilen wollen. Der Zerstörer hatte den Greifvogel tief in den Süden geschickt, um in Karlon zu spionieren. Er sollte herausfinden, was Axis als nächstes plane, in welchem Zustand sich seine Truppen befänden, ob sie noch im Lager säßen oder ob er sie bereits in Marsch gesetzt habe. Gorgrael wollte vor allem erfahren, ob er einen neuen Versuch unternehmen durfte, durch die Grabenstellungen vor Jervois zu stoßen, ohne dabei auf die Armee seines Gegenspielers zu treffen.

Die Greifin hatte auf die meisten dieser und anderer Fragen eine Antwort gefunden und sie auch längst ihrem Herrn weitergegeben. Die meisten Truppen lagerten immer noch vor der alten Reichshauptstadt, und der Boden war weiterhin rot vom Blut der Gefallenen. Bornheld lag erschlagen auf dem Abfallhaufen vor der Stadt, und Axis stolzierte in seiner prunkvollen Uniform umher und hielt viele Ansprachen über das neue Tencendor. An seiner Seite schritt die ehemalige Königin Faraday, und die Ikarier und Acharìten verkehrten ohne Vorbehalte miteinander. Und der Narrenturm war wiedererwacht, auf ähnliche Weise wie die Festung Sigholt. Rings um den Sternenmann erstand Tencendor wieder ... Wenn der Zerstörer also zuschlagen wollte, dann möglichst bald.

Die Greifin befand sich auf ihrem letzten Rundflug über Karlon und seine Umgebung und wollte eigentlich nur noch nach Hause. Doch plötzlich fiel ihr eine Frau auf, die mit ihrem Kind oben auf dem Narrenturm stand. Etwas Merkwürdiges ging von der Schönen aus … etwas höchst Sonderbares … aber die Bestie kam nicht recht dahinter, was es war. Am besten flog sie etwas näher heran und besah es sich genauer. Oder sollte sie die Mutter angreifen? Die Frau schien sich dort ganz allein aufzuhalten. Rings um den Turm war niemand sonst. Ein Mißerfolg schien ausgeschlossen. Nur eine Menschenfrau. Ganz allein. Und ohne Waffen. Der Greifin lief schon so recht das Wasser im Schnabel zusammen.

Ganz zu schweigen von dem unschätzbaren Vorteil, geradewegs aus der aufgehenden Sonne heraus niederjagen zu können.

Sie meldete sich mit ihrer Gedankenstimme beim Zerstörer und bat ihn um Erlaubnis zum Angriff.

Gorgrael hatte nichts dagegen.


Aschure stand oben auf dem Turm und lachte ihren Sohn an. Caelum streckte die kleinen Hände nach der Sonne aus, die auf so magische Weise nahe schien, und staunte und freute sich mit großen Augen.

Die junge Frau blinzelte ebenfalls in den flammenden Himmelsstern … und stutzte. Ein dunkler Fleck löste sich aus dem roten Glühen. Verwirrt sah sie genauer hin … und schrie schon, ehe ihr Verstand erfaßt hatte, was sich von dort näherte. Aschure ließ sich auf den Boden fallen, um wenigstens den Kleinen mit ihrem Körper schützen zu können.


Axis und Sternenströmer hörten, wie die junge Frau entsetzt schrie.

»Ein Greif!« rief der Krieger dann und erbleichte. »Aschure!« brüllte er und war von einem Moment auf den anderen verschwunden.

Sein Vater starrte kurz auf die Stelle, an der sich eben noch sein Sohn befunden hatte, und dann wieder auf die Turmspitze. Es war nun deutlich zu erkennen, wie der Greif auf den Turm

✯ ✩ ✩  418  ✩ ✩ ✩

zustürzte. Aschures Leben wäre keinen Pfifferling mehr wert, wenn der Zauberer nicht bald etwas unternahm. Sehr bald!

Ohne an seine eigene Sicherheit zu denken, stellte Sternenströmer sich aufs Geländer und stieß sich ab.

Axis geriet mitten in ein Chaos von Blut, Knochen, Federn und dickem Nebel. Er schaute sich rasch um. Welchen Zauber konnte man gegen eine angreifende Bestie einsetzen?

Ein Schrei drang wie ein Pfeil in sein Bewußtsein, und das half ihm, klarer zu sehen. Der helle Laut stammte von seinem Sohn, und aus ihm war seine Urangst herauszuhören.

»Caelum!« rief er und kämpfte sich zu der Stelle vor, von der der Schrei gekommen sein mußte. »Wo seid Ihr?«

Während der Krieger sich durch den Nebel tastete, spürte er die Anwesenheit von Energie. Von Dunkler Macht. Von der Musik des Todestanzes. Dagegen hatte er noch nie angekämpft. Waren Aschure und der Kleine überhaupt noch am Leben? Er hörte nichts – bis auf ein Splittern und Reißen. Bei den Göttern, fraß der Greifvogel die beiden schon auf?

Er gelangte an eine Stelle, die noch nicht vom Nebel verhüllt war, und gewahrte seine Liebste. Caelum hing verzweifelt an ihr, und sie lehnte an den Zinnen. Ein häßlicher langer Schnitt ging durch ihren Arm, so als habe sie ihn beim Angriff der Bestie hochgerissen, um sich und ihr Kind zu schützen. Doch mehr Wunden ließen sich auf den ersten Blick noch nicht an ihr feststellen.

Fünf Schritte von ihr entfernt lag die Greifin und wand und krümmte sich. Im ersten Moment glaubte Axis, ein unsichtbares Wesen attackiere die Bestie, doch dann erkannte er, daß sie sich im Griff eines Zauberbanns befand. Und der bewirkte nicht weniger, als die Kreatur buchstäblich auseinanderzureißen!

Der Krieger erschrak zutiefst, als er begriff, daß dieser Bann sich aus Dunkler Musik speiste!

Axis war davon so entsetzt, daß er nur am Rande seines Bewußtseins bemerkte, daß Sternenströmer hinter ihm landete und seinen Namen rief. Er konnte nur noch auf den Greifen

✩ ☆ ✩  419  ☆ ✩ ☆

starren und fassungslos zusehen, wie der Dunkle Zauber ihn der Länge nach zerriß.

Langsam, sehr langsam, gelang es ihm, den Kopf zu drehen und nach Aschure zu sehen. Sie hatte ebenfalls nur Augen für die Bestie und was mit ihr geschah. Nicht einmal die Schreie Caelums schienen ihr ins Bewußtsein zu dringen.

Und nun offenbarte sich Axis die Wahrheit: Der Zauberbann entsprang ihrem Geist! Sie setzte die Dunkle Musik ein, bediente sich der Musik des Todestanzes, um die Bestie zu vernichten!

»Aschure, Aschure, was tut Ihr da?« konnte er nur mit einer Stimme ächzen, die vor Furcht ganz schrill klang. Die Hand Sternenströmers legte sich auf seine Schulter.

Als die junge Frau ihm antwortete, sprach sie wie aus einer großen Leere, die den Krieger an die ungeheuren Weiten zwischen den Sternen erinnerte – so wie er sie durch das Sternentor erblickt hatte.

»Was ich da tue? Ich setze die gleiche Energie ein, aus der dieses Ungeheuer geschaffen wurde, um es in seinen ursprünglichen Zustand zurückzuverwandeln. Mit der gleichen Macht hebe ich die Zaubersprüche auf, die bei seiner Schöpfung gesungen wurden ...« Erst jetzt sah sie Axis an, und er erkannte in ihren Augen Sterne, die durch eine große Leere rasten.

»Wolfstern!« entfuhr es seinem Vater, und der Krieger rief: »Nein! *Nein!* NEIN!«

Aber die beiden Zauberer waren ja jetzt selbst Zeuge dessen, was Aschure hier bewirkte. Den Greifen hatte es nicht nur zerrissen, er löste sich unter ihrem Zauber auch in seine Bestandteile auf ...

... und sie erinnerten sich an alle Beweise, die gegen die junge Frau vorgebracht worden waren:

Aschure, wie sie anmutig und selbstsicher über den Felssims am Außenrand des Krallenturms geschritten war – kein normaler Mensch hätte das vermocht und wäre schon nach wenigen Schritten abgestürzt ... Aschure, wie sie als einzige den Wolfen zu beherrschen wußte ... die Alaunt, die einst Wolfstern gehört hatten und nun nur noch ihrem Wort gehorchten ... der Ruf

☆ ☆ ☆   420   ☆ ☆ ☆

ihres Blutes, dem sowohl Axis als auch Sternenströmer nicht zu widerstehen vermochten und bei dem es sich folglich um Sonnenfliegerblut handeln mußte ... die uralten ikarischen Schriftzeichen, mit denen Aschure die Ärmel von Axis' goldenem Langhemd bestickt hatte, und die bis auf die Zauberer kaum noch jemand entziffern konnte ... ihre verblüffende Fähigkeit, Gedankenstimmen zu vernehmen und sich selbst auf diese Weise zu äußern ... die Sternenmusik, die Axis hörte, wenn sie beide sich liebten ... das überwiegend ikarische Blut in Caelums Adern, so als habe Aschure auch ihr Scherflein dazu beigetragen ... die Narben auf ihrem Rücken, so als habe man ihr dort einstige Ikarierflügel herausgerissen ... und hatte Aschure nicht als erste die tote Morgenstern entdeckt – das konnte doch wohl auch heißen, daß sie selbst den Mord begangen hatte, oder ... und jetzt als letzter Beweis Aschures offenkundig meisterhafte Beherrschung der Dunklen Musik ... Kein ikarischer Zauberer, ganz zu schweigen von einem einfachen Bauernmädchen, verstand sich darauf!

»Wolfstern«, flüsterte jetzt auch der Sternenmann. Weißglühender Zorn explodierte in ihm und fegte alle Furcht und alles Entsetzen beiseite. Habe ich meine Nächte damit zugebracht, Wolfstern beizuliegen?

Als der Greif in einer Wolke von Blut und Körperteilchen endgültig verging, blinzelte Aschure, und die Sterne in ihren Augen verblaßten. Sie zitterte am ganzen Körper und schien sich erst jetzt ihrer Umgebung bewußt zu werden.

»Axis?« flüsterte die junge Frau. Wo kam all das Blut her? Und warum sah der Krieger sie so merkwürdig an?

Der Greif! schoß es ihr durch den Sinn. Als ihr der Angriff der Bestie wieder einfiel, schüttelte sie sich und preßte Caelum an sich. Wo war der Greif abgeblieben? Sie erinnerte sich an Schmerz, an einen eigenartigen Druck in ihrem Kopf und ... und dann war um sie herum alles schwarz geworden. Was war mit dem Untier geschehen?

»Es ist tot«, schnarrte Axis. Die Augen Sternenströmers, der hinter ihm stand, starrten ebenso kalt auf sie wie die seines

Sohnes. »Genauso tot, wie Ihr es gleich sein werdet, Wolf-stern!«

Aschure erschrak weniger über seine Worte, obwohl sie schon furchtbar genug klangen, als vielmehr über seinen eisigen Ton-fall. Warum haßte der Krieger sie plötzlich? Die junge Frau glaubte, es zerrisse ihr das Herz. Was hatte sie ihm denn getan?

Als der Krieger ihr den Knaben aus den Armen riß, ließ Aschure sich in die segensreiche Dunkelheit der Ohnmacht hin-einfallen, in die sie sich schon in ihrer Kindheit immer dann geflüchtet hatte, wenn Hagen zu ihr kam, um sie zu bestrafen.

Kurz bevor sie das Bewußtsein verlor, kam ihr der schreckliche Gedanke, daß ihr schlimmster Alptraum wahr geworden war. Hagen war nicht tot, er hatte nur die Gestalt des Kriegers ange-nommen ...

»Bei allen Sternen des Universums!« wütete der Dunkle Mann. »Was habt Ihr Euch nur dabei gedacht?«

Gorgrael hielt sich an der Lehne seines Sessels fest, weil er sonst vor Schreck über ihn gefallen wäre. Vor einem kurzen Moment, gerade als er spürte, wie seine Greifin ihr Leben aus-hauchte, war der Liebe Mann unvermittelt hier in seinem Ge-mach inmitten der Eisfestung aufgetaucht. Und das mit einer Miene, die nichts Gutes verhieß. So wütend hatte er ihn noch nie erlebt.

Der Zerstörer stand an den Sessel gelehnt und gelangte zu der Erkenntnis, daß ein vor Zorn rasender Lieber Mann ihm ganz und gar nicht behagte.

»War doch nur eine Frau mit ihrem Säugling«, murmelte er und kämpfte um sein Gleichgewicht, weil der Sessel wegzurut-schen begann. »Nur eine Mutter mit ihrem Kind, was ist denn schon dabei?«

»Was schon dabei ist?« brüllte der Dunkle. »Ich werde Euch sagen, was dabei ist!«

Gorgrael glaubte, in den Tiefen unter der Kapuze seines Gegenübers Feuer lodern zu sehen, oder war es funkelndes Eis? Vor Furcht rollte die lange Zunge aus seinem Mund.

»Ihr hättet sie töten können!« zürnte der Liebe Mann. »Ihr hättet die Frau umbringen können!« Er trat zwei oder drei Schritte auf seinen Zauberlehrling zu, so rasch, daß sein Umhang sich bauschte. Aber auch jetzt ließ sich nichts von dem Mann darunter erkennen.

»Warum regt Ihr Euch über den Tod irgendeiner Frau und ihres Kindes auf, Dunkler Mann?« entgegnete der Zerstörer empört, weil er sich ungerecht behandelt fühlte. »Was scheren Euch die beiden?«

»Ihr Schicksal bekümmert mich sehr, sogar über alle Maßen!« gab der Liebe Mann hart zurück.

»Was denn, eine einfache Menschenfrau?« entgegnete Gorgrael. Da mußte doch mehr dahinterstecken. Diesmal trat er auf den Dunklen zu, und dieser wich vor ihm zurück.

»Ihr Narr!« schimpfte sein Gegenüber jetzt mit gewöhnlicher Stimme. »Damit hättet Ihr beinahe alles zunichte gemacht. Von allen Personen, gegen die Ihr Euren Greifen hättet schicken können, mußtet Ihr Euch ausgerechnet sie aussuchen! Ausgerechnet sie!«

»Aber die Frau lebt doch noch«, erwiderte der Zerstörer, während er versuchte, einen Blick unter die Kapuze zu werfen. »Sie lebt und hat den Greifen zerstört. Das ist doch eigentlich recht ungewöhnlich für eine einfache Menschenfrau, nicht wahr? Dunkle Musik hat sie eingesetzt, um meine Kleine zu zerstören. Meine liebe kleine Greifin. Dunkler Mann, wer ist sie? Was bedeutet sie Euch, wenn Ihr hier so unvermittelt hereingeplatzt kommt und mich mit Eurem Zorn überschüttet? Sagte es mir, wer ist sie?«

Aber Lieber Mann starrte ihn nur an. »Ihr habt sie damit bloßgestellt, Gorgrael. Und weil Ihr ihr Geheimnis aufgedeckt habt, hängt ihr Leben nur noch an einem seidenen Faden!«

# 32  aschure

»Bei allen Mächten der Schöpfung!« schrie Belial, als Axis sein Schwert zum tödlichen Stoß hob. »Haltet ein! Was habt Ihr denn vor?«

»Sie ist eine Verräterin!« brüllte der Krieger ebenso laut zurück. »SIE IST WOLFSTERN!«

Der frühere Leutnant und jetzige Prinz des Westens wich entsetzt zurück, abgestoßen von dieser Szene und den wilden Augen Axis'.

Sie befanden sich im unteren Teil des Palastes, in einem Raum, in dem früher Verhöre durchgeführt worden waren. Und nun schien die Kammer wieder diesem Zweck zu dienen.

Aschure wimmerte nur vor sich hin. Man hatte sie an eine Steinsäule gebunden. Ihr Kopf hing vornüber, und sie schien kaum noch bei Bewußtsein zu sein. Blut befleckte ihr Nachthemd, und Belial erkannte an ihren nackten Beinen dunkle Flecke. Die Mutter allein mag wissen, sagte er sich, welche weiteren Mißhandlungen unter dem Stoff verborgen liegen.

»Verdammt sollt Ihr sein, Axis!« schrie Belial. »Beweist mir, daß sie es ist. Ich will Beweise!«

Der Krieger starrte ihn an und atmete schwer vor Anstrengung und Zorn. Er wandte sich mit eisigem Blick an seinen Vater und fragte kalt: »Sollen wir der Hexe erst die Maske vom Gesicht reißen?«

»Nein, erschlagt sie lieber gleich.«

»Niemals!« brüllte Belial und fiel Axis in den Arm. »Beweist mir, daß sie die Verräterin ist, oder bei Gott, ich bringe die ganze Armee gegen Euch auf!«

Der Sternenmann fluchte laut, schleuderte dann aber das Schwert quer durch den Raum. Es prallte von der Wand ab und schepperte über den Boden. Abgesehen von der Gefangenen hielten sich nur die drei Männer in der Zelle auf. Belial hatte dafür gesorgt, daß niemand sonst hineingelangte.

»Wollt Ihr wissen, wer sich in Wahrheit hinter dieser schönen Fassade verbirgt, Freund? Wollt Ihr das wirklich?« Die beiden starrten sich einen Moment lang mit funkelnden Augen an, dann wandte Axis sich ab, betrachtete seinen Zauberring und drehte ihn langsam. Sternenströmer runzelte die Stirn. Was tat sein Sohn denn da?

Als der Krieger wieder aufblickte, lag ein anderer Ausdruck in seinen Augen. Er trat zu Aschure, griff in ihr Haar und zog ihren Kopf hoch, damit er sie ansehen konnte.

Die junge Frau stöhnte wieder, und Furcht flackerte in ihren Augen.

»Ich werde nun den Geist des Verräters öffnen«, erklärte Axis mit so kalter Stimme, daß es Belial fröstelte.

Musik entstand in dem Raum. Harte, rauhe Töne, die Sternenströmer zuerst für Dunkle Magie hielt, bis er begriff, daß sie eine Kombination von Feuer- und Luftmusik darstellten. Doch klang sie dissonant. Der Zauberer erkannte durchaus, daß diese Weise einen Geist öffnete und seine Geheimnisse offenlegte – aber er hatte sie noch nie zuvor gehört. Ein Lied, das den Ikariern bislang unbekannt gewesen war.

»Jetzt werden wir ja sehen, welche finsteren Rätsel in ihrer schwarzen Seele wohnen«, knurrte der Krieger mit zusammengebissenen Zähnen. »Damit beweise ich Euch, Belial, daß diese … diese Kreatur den Mord an Morgenstern begangen hat. Daß sie die Betrügerin ist, die mich an Gorgrael verraten wollte.«

Einen Moment später fing Aschure an, furchtbar zu schreien. Ihr Körper wand sich, als wolle er die Fesseln sprengen, und sie kreischte immer lauter, je tiefer der Sternenmann in ihren Geist eindrang.

»Bei den Göttern«, murmelte Belial entsetzt. Er konnte nicht länger hinsehen und mußte sich abwenden. Wenn er sich doch nur auch die Ohren zustopfen könnte! Wenn er doch nur den Mut aufbrächte, Axis anzugreifen, um ihn daran zu hindern, Aschure umzubringen.

»Er durchstöbert ihren Geist«, erklärte Sternenströmer mit ruhiger Stimme. »Durchsucht auch ihre Erinnerungen ... Sucht nach dem Schlüssel, mit dem sich das Geheimnis um ihr wahres Wesen aufschließen läßt.«

Es verging einige Zeit, und das Schreien der jungen Frau hatte, wenn das überhaupt möglich war, noch an Verzweiflung zugenommen. Sie zerrte mit aller Kraft an den Fesseln, bis die Stricke heiß wurden und ihr die Haut verbrannten. Als Belial einmal wagte, doch wieder hinzusehen, bemerkte er überall dort Blutflecken, wo die Seile in den weißen Stoff gedrückt hatten.

»Ja!« rief der Krieger befriedigt. »Da haben wir es!«

»Was denn?« fragte der Zauberer und trat einen Schritt näher.

»Eine Blockierung. Ein verschlossenes Tor, eine verriegelte Tür. Dahinter liegt das wahre Wesen Aschures. Soll ich die nun aufsperren?«

»Ja, vermögt Ihr das denn?« fragte sein Vater voller Staunen. »Aber dürfen wir das überhaupt tun?« Wenn nun Wolfstern sprungbereit hinter dieser Tür lauerte, um sich sofort auf sie zu stürzen? »Vielleicht sollten wir sie doch lieber erschlagen. Das Wissen um das versperrte Verlies in ihrem Geist reicht uns doch, oder nicht?«

»Nein«, entgegnete Axis hart. »Freund Belial will doch einen Beweis. Nun, den soll er haben. Einen Moment, gleich hab ich's.«

Sein Gesicht verzog sich vor Anstrengung, und die Musik nahm an Stärke zu. Aschures Schreien brach im selben Moment ab, und sie sah dem Krieger in die Augen, die sich so nahe vor den ihren befanden.

»Jetzt ... «, flüsterte Axis rauh. Seine Hand griff ihr immer noch ins Haar. »Nun, komm schon ... gleich ... gleich ... Da, bitte, die Blockade ist gelöst!«

Doch nun weiteten sich seine Augen. Entsetzt und zu Tode

erschrocken starrte er auf etwas, das Sternenströmer und Belial nicht sehen konnten.

»Ihr Götter!« flüsterte er unhörbar, und im nächsten Moment waren er und Aschure fort.

Er war in ihrer Macht gefangen. In der reinen Energie der Sterne. Und dank eines letzten Funkens Mitgefühl mit ihm ließ sie ihn nicht auf der Stelle davon zermalmen. Doch sie sah sich gleichfalls immer noch von seinem Zauberbann umhüllt. Und der zwang sie dazu, ihm ihre Geheimnisse zu offenbaren. Allesamt. Selbst die, welche sie in das Dunkel des Vergessens weggeschlossen hatte; wären sie frei, hätte sie längst den Verstand verloren.

Aschure öffnete die Augen und begann durch die Augen eines fünfjährigen Mädchens zu schauen.

Und was sie erblickte, erblickte auch Axis.

Ihre Augen blinzelten und öffneten sich. Blinzelten noch einmal und taten sich weiter auf. Vor ihr breitete sich das Innere des Pflughüterhauses in Smyrdon aus. Ein gepflegtes Heim mit schönen Holzmöbeln. Hagen, dem Pflughüter, ging es offenkundig nicht schlecht.

Es war früh am Abend, die Lampen brannten bereits, und im Kamin prasselte ein Feuer. Jemand hatte den Abendbrottisch gedeckt, doch das Essen lag unberührt auf schweren weißen Platten. Die Augen, die all dies sahen, gehörten einem kleinen Mädchen, das sich in die hinterste Ecke der Stube verkrochen hatte. Möglichst weit weg von der Feuerstelle, die sie nicht mochte.

Denn dort war Hagen gerade damit beschäftigt, seine Frau zu ermorden. Sie lag hingestreckt auf dem Boden, den Kopf schon fast in den Flammen. Der Pflughüter hielt sie an den Boden gepreßt und würgte sie mit beiden Händen.

»Hure!« fuhr der Gottesmann sie an. »Ich habe nicht dieses widernatürliche Geschöpf gezeugt, das jetzt dort hinten in der Ecke kauert, oder? ODER? Wer war es, Weib? Sagt es mir, wer war es?« Und er schob das wunderschöne Antlitz seiner Frau noch ein Stückchen näher ans Feuer.

Sie hatte blauschwarze dichte Locken, und der Axis-Teil, der hier zusah, erkannte trotz der von Schlägen und Todesangst verzerrten Gesichtszüge ihre Schönheit. Ihre Augen waren von einem rätselhaften dunklen Blau und sie hatte eine zarte weiße Haut, wenn sie nun auch an einigen Stellen rußgeschwärzt und an anderen verbrannt war. Bald würde ihr Haar in Flammen stehen.

»Wer?« brüllte Hagen erneut und erhob sich, um sie tiefer in die glimmenden Kohlen zu schieben. Axis befiel ein furchtbarer Schrecken. Wurde er da nur Zeuge, wie der Pflughüter seine Frau ermordete, oder trieb er nicht selbst Aschure in den Tod, indem er ihr diese Bilder noch einmal zumutete.

»Aschure, hört mich!« schrie die Frau im Bewußtsein ihres nahen Endes. »Hört meine Worte! Dieser Mann ist nicht Euer Vater!«

»Das habe ich inzwischen auch schon herausgefunden!« brüllte der Pflughüter sie nieder. »Das weiß ich schon längst. Seit ich heute nachmittag die Federn gesehen habe, die dem Mädchen auf dem Rücken wachsen. Das Gefieder, das Ihr bereits seit Wochen unter Verbänden zu verdecken sucht, damit ich nichts davon merke. Seitdem weiß ich, daß dieses Balg nicht meine Tochter sein kann. Deswegen gesteht mir, wer sie gezeugt hat! Wer?«

»Aschure!« schrie die Mutter jetzt wieder, und ein Knistern verriet, daß die Flammen auf ihre Locken übergriffen. »Aschure!« schrie sie noch einmal, jetzt umrahmt von einem Flammenkranz. »Aschure, Ihr seid ein Kind der Götter. Sucht die Antwort im Tempelberg ... !« Hilflos schlug sie mit den Fäusten gegen Hagens Hände an ihrer Kehle, um der Marter zu entkommen, die sie nun umklammert hielt.

»Aschure!« Ihre Stimme wurde fast von dem Knacken des Feuers übertönt, das ihren Kopf ergriffen hatte. »Ihr müßt leben! Hört Ihr, Ihr müßt weiterleben! Euer Vater ... Aschure, Euer Vater ist ... !«

✩ ✩ ✩  428  ✩ ✩ ✩

Was immer sie noch sagen wollte, ging in einer Explosion verloren. Der Priester prallte zurück, weil die Flammen ihm die Hände versengten. Die Fäuste der Mutter fuhren aus dem Brand und versuchten, das Feuer auf ihrem Kragen zu ersticken. Einen Moment später stand ihr Hemd in Flammen, und ein wenig danach, brannten auch ihre Röcke lichterloh.

Minutenlang – oder stundenlang? – starrten Aschure und Axis auf den sich windenden, verkohlenden Körper im Kamin. Immer noch kamen Geräusche von ihm. Doch ob es die nach Luft kämpfenden Lungen waren oder das Zerplatzen des Körpers, wußten die beiden nicht zu sagen.

Der Geruch war schauderhaft.

Als der verkohlte Leichnam sich nicht mehr rührte, drehte der Priester sich zu dem Mädchen um.

»Und jetzt zu Euch«, verkündete er leise. »Nun seid Ihr an der Reihe.«

Er nahm das Bratenmesser mit dem Beingriff vom Tisch und beugte sich über das zusammengekauerte Mädchen.

Hagen riß ihr das Kleid auf, griff ihr ins Haar und suchte mit dem Messer nach der richtigen Stelle.

Als das Mädchen spürte, wie die Spitze in ihr Fleisch drang, erlebte es der Krieger am eigenen Leibe mit.

Ebenso als Hagen das Messer tiefer und tiefer hineinbohrte und in der Wunde drehte.

Und auch als der Pflughüter die freigelegten Knoten mit den Fingern packte, herumdrehte und herausriß, spürte es Axis wie an seinem eigenen Rücken.

Als die Klinge auf Knochen traf, wand der Krieger sich und flehte um Gnade.

Genau wie damals das Mädchen.

Dann fiel das Messer zu Boden, und Hagen suchte auch noch nach den letzten Resten von Flügelknochen und Flugmuskeln und riß und zerrte alles heraus. Axis wimmerte, bettelte, schrie, weinte und verzweifelte.

Ganz wie damals Aschure.

☆ ☆ ☆  429  ☆ ☆ ☆

Als der Priester dann wieder die Klinge zur Hand nahm, um damit unter die Haut zu fahren und letzte verborgene Federn aufzuspüren, versank der Krieger in der Schwärze der Verzweiflung.

So war es dem Mädchen damals ebenfalls ergangen.

Wie Aschure in jener Zeit durchlebte Axis dann auch jede einzelne Sekunde der folgenden sechs Wochen. Der Zeit, in der die Flügelknötchen sich wieder neu bilden wollten. Den Tagen, an denen Hagen morgens ihre blut- und eiterverkrusteten Verbände aufriß, über das fluchte, was er darunter zu sehen bekam, und wieder das Messer zu Hilfe nahm. Um ein weiteres Mal zu stechen, zu bohren, zu suchen, zu reißen, zu zerren, zu verwünschen, zu schaben, zu drehen und abzuschneiden ...

*Ich verstehe jetzt*, rief Axis in die Dunkelheit, die ihn umgab. Aschure und er hatten sich an einen Ort zurückgezogen, der ihnen die einzige Möglichkeit zu überleben zu bieten schien.

*Ich verstehe jetzt.*

*Wirklich?* fragte sie leise zurück. *Tut Ihr das wirklich?*

Danach verband Hagen sie wieder aufs neue und legte das bleiche und schmächtige Mädchen mit dem wunden und eiternden Rücken aufs Bett. Derweil vergrub er die verkohlten Überreste ihrer untreuen Mutter. Am nächsten Morgen untersuchte er sie wieder, fluchte, besorgte sich das Messer, schnitt in die Knoten, suchte und entfernte alles, verband sie ein weiteres Mal, brachte sie wieder ins Bett und verließ sie, um die Messe zu lesen, um in der Bethalle den großmächtigen und gütigen Artor zu preisen, um die Seelen der braven Bürger von Smyrdon auf ihrer Reise ins Nachleben zu geleiten ... und kehrte dann zu Aschure zurück, hob ihren Kopf und flößte dem Mund Wasser ein.

»Warum laßt Ihr mich überhaupt leben?«

Der Pflughüter lächelte. »Um Euch leiden zu sehen«, antwortete er. »Das gefällt mir. Soll ich noch einmal nach Eurem Verband sehen?«

☆ ☆ ☆  430  ☆ ☆ ☆

*Ich verstehe jetzt,* flüsterte der Krieger, erhielt diesmal aber keine Antwort. Statt dessen hörte er das Schluchzen eines kleinen Mädchens, das von den Schmerzen, dem Haß und dem Verlust den Verstand zu verlieren drohte. Überleben konnte sie nur, wenn es ihr gelang, alle Erinnerungen und alle in ihr aufkeimenden Zauberkräfte in einen Kerker zu sperren, ihn mit einer Tür zu verschließen und mit Riegeln zu versehen. Und alles, was damit zusammenhing, zu verdrängen, unterdrücken, weit von sich weg zu schieben ... sich nur noch darauf zu konzentrieren, »normal« zu sein. Denn nur so konnte sie überleben.

Eine andere Möglichkeit gab es für sie nicht.


Er befand sich an einem pechschwarzen Ort, und er wußte nicht, wie er ihn verlassen konnte. Aschures fremdartige Macht, die sie so lange verborgen und weggesperrt hatte, hatte ihn hierher geführt, und er besaß keine Möglichkeit, sich daraus zu befreien.

»Aschure?« flüsterte er wieder in die Schwärze. »Aschure!«

Keine Antwort.

»Aschure?« Axis kroch langsam und ohne Orientierung durch das Dunkel.

Wieder nichts.

Er kauerte sich hin, lauschte und dachte nach. Wenn er sie wäre, würde er dann antworten?

Nein; denn die Finsternis war ihr ganzer Schutz.

Was konnte er ihr sagen. Was könnte er ihr nur sagen?

»Verzeiht mir. Bitte, vergebt mir.«

Kein Laut.

»Verzeiht mir den Tod Eurer Mutter.«

Stille.

»Vergebt mir Euren Schmerz und Eure furchtbare Angst.«

Schweigen.

»Verzeiht mir, daß Euch die Kindheit genommen, die Unschuld geraubt wurde.«

Schweigen.

»Vergebt mir, was die grausame Welt Euch angetan hat.«

Nichts.

✫ ✫ ✫ 431 ✫ ✫ ✫

»Verzeiht mir, daß ich Euch nicht vertraut habe, daß ich Euch keinen Glauben schenkte.«

Immer noch Schweigen, aber jetzt spürte er, daß sie sich hier irgendwo aufhielt.

»Helft mir, Aschure, denn ich fühle mich verloren. Ich habe Angst, und ohne Euch bin ich so einsam. Helft mir!«

»Verzeiht mir«, drang ein leises Flüstern an sein Ohr. Der Krieger brach in Tränen aus, weil ihn ihr dringender Wunsch nach Vergebung so sehr anrührte. »Verzeiht mir, Mama, daß ich mich nicht an Euren Namen erinnern kann.«

Dann lag sie in seinen Armen, das kleine Mädchen und die erwachsene Frau zusammen. Der Krieger, das Mädchen und die Frau weinten gemeinsam, suchten nach Vergebung und Erlösung, nach Liebe, Trost und einem Ort, an dem sie sich von den Schmerzen und der Ungerechtigkeit der Welt erholen konnten.

Belial und Sternenströmer standen wie angewurzelt da. Und warteten, während die Zeit unmeßbar an ihnen vorbeifloß.

Irgendwann wurden sie von ihrer Starre erlöst. Die Luft schimmerte und aus ihrem Schimmern trat der Sternenmann zu ihnen. Er hielt eine Aschure in den Armen, in der kaum noch Leben war. Die Haut hing in Fetzen von ihrem Rücken, das Fleisch darunter war zerrissen, und das Blut rann in Strömen über Axis' Hose und Stiefel auf den Boden.

»Helft mir«, krächzte er.

# 33

## ASCHURE UND FARADAY

Faraday lief mit gerafften Röcken und keuchend durch die Gänge des Palastes. Irgendwann, nachdem Axis sie verlassen hatte, war sie eingeschlafen und erst wieder aufgewacht, als die Sonne schon hoch am Himmel stand. Erst nachdem sie sich gewaschen und angekleidet hatte, teilte ihr ihre neue Zofe beim Frühstück etwas über die Aufregungen im Palast mit.

Was hat er nur getan?

Die Dienerin hatte aber nur vage Gerüchte gehört. Irgendwann hielt es die Königin nicht mehr länger in ihren Gemächern, und sie fragte den erstbesten Wächter, wo Axis sich aufhalte und wohin er Aschure gebracht habe.

In dem Raum, in dem das Verhör stattgefunden hatte, fand sie jedoch nur noch Blutspuren und das Entsetzen und die Furcht, die immer noch spürbar waren.

Was hatte der Krieger getan?

Faraday folgte der Spur des Blutes und der Angst, die aus der Zelle hinausführte, und gelangte schließlich auf einen der Hauptgänge.

Und wohin nun?

Aha, in eine der Fluchten mit den Gästeunterkünften für Gesandte. Hierher hatte Axis die junge Frau gebracht.

Faraday stürmte in das Vorzimmer und blieb plötzlich stehen. Hier herrschte bereits größerer Andrang: Belial, Freierfall, Abendlied, Magariz, Rivkah und Ho'Demi. Keiner von ihnen sprach ein Wort. Alle wirkten schockiert und waren blaß. Zwischen ihnen liefen nervöse Alaunt hin und her. Auch sie gaben keinen Laut von sich, wirkten aber ebenfalls unruhig. Einer der

☆ ☆ ☆ 433 ☆ ☆ ☆

Hunde kratzte mit der Vorderpfote an der verschlossenen Tür zum Hauptraum.

Rasche Schritte ertönten hinter ihr auf dem Flur, und im nächsten Moment rannte jemand in die Königin hinein.

Isgriff. Er war so wütend und erregt, daß nicht mehr viel fehlte, daß er explodierte. »Wo steckt er?« grollte der Herr von Nor. »Wo? Was hat er ihr angetan?«

Bevor ihm jemand antworten konnte, fing ein kleines Kind an zu schreien. Faraday schaute dorthin und sah Rivkah, die Aschures Sohn hielt und erfolglos versuchte, den wimmernden Kleinen zu beruhigen, der sich in ihren Armen wand.

Die Königin trat zu ihr. »Gebt mir das Kind«, sagte sie sanft und streckte die Hände aus. Axis' Mutter zuckte die Achseln und gab ihr den Knaben.

*Hallo, Caelum, ich bin Faraday.*

Der kleine Junge drehte den Kopf, um sie ansehen zu können.

*Werdet Ihr meiner Mama helfen? Sie heißt Aschure.*

Die Königin lächelte freundlich und strich dem Jungen über die Wange.

*Aschure, was für ein schöner Name. Ist sie mit Eurem Vater zusammen?*

Verwirrung legte sich über den Geist Caelums, und dann sagte er: *Er fürchtete sich vor Aschure. Warum sollte er vor meiner Mama Angst haben? Werdet Ihr ihr helfen?*

Faraday streichelte ihn weiter, und er beruhigte sich. Offensichtlich gefiel es ihm sogar bei ihr. Caelum spürte die Wärme und die Liebe der Macht, mit der sie verbunden war, und das tröstete ihn.

*Ich tue alles, was ich kann, Caelum. Seid Ihr nun ruhig, während ich mit den anderen rede.*

Die Königin wandte sich an Sternenströmer. »Was, bei der Mutter, ist geschehen?«

Der Zauberer hielt seinen Blick angstvoll auf sie gerichtet. »Axis und ich ... ich trage genauso viel Schuld daran ... aber ... aber der Krieger glaubte, Aschure sei Wolfstern ...«

»WAS?« entfuhr es Isgriff.

»Sie hat Dunkle Musik eingesetzt«, fuhr Sternenströmer hilflos fort. »Da mußten wir doch glauben … Die Sache schien eindeutig zu sein … wir glaubten wirklich, Wolfstern enttarnt zu haben.«

»Isgriff, nein«, sagte Faraday dringlich und eilte an seine Seite, um ihre Hand beruhigend auf seinen Arm zu legen. »Sternenströmer, keiner von uns hier versteht so recht, wovon Ihr redet. Wer soll denn dieser Wolfstern sein? Und warum glaubet Ihr, Aschure und er könnten ein und dieselbe Person sein?«

Langsam und stockend berichtete Axis' Vater ihnen nun von dem verbrecherischen ikarischen Krallenfürsten. Von seinen Untaten und von seiner Rückkehr durch das Sternentor. Sternenströmer führte weiter aus, wie Morgenstern, Axis und er zu dem Schluß gelangt waren, daß Wolfstern sich in den engsten Vertrautenkreis des Sternenmanns eingeschlichen habe und es sich bei ihm um denjenigen handeln müsse, der ihn laut der dritten Strophe der Prophezeiung an Gorgrael verraten werde.

»Morgenstern hatte immer schon Aschure in Verdacht«, schloß der Zauberer. »Axis und ich wollten das natürlich nicht glauben. Doch dann häuften sich merkwürdige und seltsame Vorfälle, und die junge Frau kam uns immer eigenartiger vor. Ihr Sohn Caelum«, er zeigte auf den Kleinen, »hat einen höheren ikarischen Anteil im Blut, als zu erwarten war. Einen viel höheren Anteil … und heute morgen setzte Aschure Dunkle Magie, die Dunkle Musik der Sterne ein, um einen Greifen zu vernichten … da mußten wir doch annehmen … Was hätten wir denn sonst glauben sollen?« Sternenströmer war noch bleicher geworden.

Faraday hielt den Säugling und konnte deshalb nicht rasch genug einschreiten, als Isgriffs Rechte vorschnellte und er den sitzenden Ikarier am Nackengefieder hochzog. »Wenn Euer Sohn sie ermordet hat, Sternenströmer, werde ich Euch beide vernichten! Das schwöre ich bei allen Göttern im Tempel der Sterne!«

Gerade als Belial eingreifen wollte, stieß der Herr von Nor den Zauberer wieder auf seinen Sitz zurück. »Wißt Ihr, was ich Euch wünschte?«, knurrte Isgriff, »daß Wolfstern wirklich eines Ta-

☆ ☆ ☆ 435 ☆ ☆ ☆

ges hier auftaucht und Euch beide bei einem weiteren seiner
verrückten Experimente durchs Sternentor stößt! Denn nichts
Besseres habt Ihr dafür verdient, daß Ihr diese Frau so mißhan-
delt habt.«

»Isgriff, bitte«, bat Faraday ihn. »Haltet Euch zurück. Belial,
könnt Ihr mir sagen, was sich unten in der Zelle abgespielt hat?«

Axis' alter Freund berichtete ihr, was er dort mit hatte ansehen müssen. »Mehr weiß ich leider auch nicht, denn dann sind
die beiden verschwunden. Aschure hat den Krieger irgendwo
hin mitgenommen und muß ihm dort etwas gezeigt haben.
Worum es sich dabei allerdings handelte, vermag ich Euch nicht
zu sagen. Als die beiden zurückkehrten, hing ihr die Haut in
Fetzen vom Rücken. Axis selbst schien dem Wahnsinn nahe zu
sein. Er hat sie hierher getragen und bisher niemandem erlaubt,
das Gemach zu betreten. Ich glaube, er bringt sich um, wenn
Aschure nicht durchkommt. Und selbst wenn sie wieder gesun-
det, wird er sich für das in sein Schwert stürzen wollen, was er
ihr angetan hat.«

»Isgriff, Ihr wartet bitte hier«, beschied Faraday den Herrn
von Nor, »denn ich habe so ein Gefühl, als könntet Ihr mehr
zur Lösung dieses Rätsels beitragen als jeder andere hier in diesem Raum.«

Damit schritt sie entschlossen zu der Tür des Hauptraums.

»Faraday«, mahnte Rivkah besorgt. Der letzte, der versucht
hatte, in das Gemach zu gelangen, hatte dort einen so wilden
und wütenden Axis angetroffen, daß er fluchtartig wieder her-
ausgelaufen kam und hastig die Tür hinter sich geschlossen
hatte.

»Nein«, lächelte sie und legte die Hand auf den Knauf. »Der
Sternenmann wird weder mir noch Caelum die Tür weisen. Beruhigt Euch und wartet.«

Damit drehte Faraday entschlossen den Knauf, trat ein und
schloß die Tür wieder hinter sich.

Halbdunkel herrschte in dem Gemach, und jemand hatte die Lä-
den der Fenster geschlossen. Faraday blieb still stehen, bis ihre

Augen sich an das trübe Licht gewöhnt hatten. Dann fiel ihr eine Bewegung auf.

Axis hatte sich gerade erhoben. Er hatte neben dem Bett an der gegenüberliegenden Wand gekniet und hielt einen blutigen Lappen in der Hand. Der Krieger sprach kein Wort und sah Faraday, die auf ihn zuschritt, aus eingesunkenen und gehetzten Augen an.

Die Königin erreichte die andere Seite des Bettes, zögerte einen Moment, setzte sich dann auf die Kante und betrachtete die Frau, die dort zusammengerollt auf der Seite lag.

»Hallo, Aschure«, sagte sie mit einem freundlichen Lächeln. »Ich bin Faraday. Wie schön wäre es gewesen, wenn wir uns unter glücklicheren Umständen kennengelernt hätten.«

Die junge Frau war bei Bewußtsein. Ihre blauen Augen standen weit auf, und dunkler Schmerz zeigte sich darin. Sie starrte die Königin an, und dann fiel ihr Blick auf den Knaben.

»Caelum geht es gut, Aschure, aber er sorgt sich um Euch.«

Aschure streckte eine zitternde Hand aus und berührte ihren Sohn. Faraday bemerkte mit Sorge, wie entkräftet die Frau wirkte, wie bleich ihre Haut war, wo sie nicht in Fetzen hing. Ihre Hand sank müde aufs Bett zurück. Aschure fühlte sich so matt und zerschunden, daß nicht einmal der Anblick ihres Sohnes sie wiederbeleben konnte.

»Etwas Schlimmeres hättet Ihr wohl nicht tun können, nicht wahr, Axis?«, bemerkte Faraday und wandte sich um zu ihm.

Der Krieger sank auf der anderen Seite des Lagers wieder auf die Knie. Er hatte Aschures Rücken mit dem Lappen und warmem Wasser abgewaschen, um die Blutungen zum Stillstand zu bringen. Aber das Wasser in der Schüssel hatte sich nun ebenfalls rot gefärbt, und Haut und Fleisch hingen immer noch in Fetzen vom Rücken der Frau. An einigen Stellen war sogar der Knochen zu sehen.

»Ich kann ihr nicht helfen«, sagte Axis tonlos, »vermag sie nicht zu heilen. Eines der wenigen Dinge, für die ich kein Lied habe. Faraday, muß ich erst warten, bis sie auf der Schwelle zum Tod steht, ehe ich ihr helfen kann?«

✯ ☆ ☆   437   ☆ ☆ ✯

»Axis«, erklärte sie mit so fester Stimme, wie sie nur konnte, »nehmt Euren Sohn, und setzt Euch mit ihm in eine Ecke. Ich möchte einige Zeit allein mit Aschure sein.«

Er erhob sich, ließ das Tuch in die Schüssel fallen und griff über das Bett nach Caelum. Der Kleine wollte aber zunächst nicht aus Faradays Armen.

*Geht zu Eurem Vater, Caelum, er braucht Euren Beistand.*

Als sie den Knaben weiterreichte, sah sie dem Krieger ernst ins Gesicht. »Euer Sohn möchte erfahren, was vorgefallen ist. Wenn Ihr es ihm nicht sagt, wird er Euch nie mehr vertrauen. Und nun zieht Euch mit ihm zurück. Redet mit dem Jungen, und stört Aschure und mich nicht.«

Axis nickte, drückte Caelum an sich und schritt langsam zu einem Stuhl in der am weitesten entfernten Ecke. Dort ließ er sich nieder und unterhielt sich leise mit dem Jungen.

Faraday nahm eine von Aschures Händen in ihre beiden und rieb beruhigend mit den Daumen darüber. »Also« begann sie dann lächelnd, »ich möchte gern erfahren, was vorgefallen ist. Erzählt mir alles, denn glaubt mir, ich kann Euch helfen, sobald ich alles weiß.«

Ihre Berührung beruhigte Aschure tatsächlich. Langsam, sehr langsam und mit schwerer Zunge berichtete sie der Königin, was sich seit dem frühen Morgen ereignet hatte.

»Wartet bitte«, unterbrach Faraday sie. »Hattet Ihr eine Vorstellung davon, was Ihr mit dem Greifen anstelltet?« Ihre Daumen fingen wieder damit an, die Hand der Frau zu streicheln.

Aschure schüttelte den Kopf. »Nein. Die Bestie hat angegriffen, und ich hatte furchtbare Angst. Der Greif hätte Caelum und mich bestimmt zerrissen. Und ich hatte nicht einmal eine Waffe dabei, um uns zu verteidigen. Das Ungeheuer fuhr auf uns nieder, und ich riß den Arm hoch, um uns wenigstens ein bißchen zu schützen ...« Sie hob ihn matt hoch, um der Königin den langen Schnitt im Unterarm zu zeigen, » ... und der Greif hackte mit seinem Schnabel danach. Das tat furchtbar weh ... Der Schmerz, der Schreck, ich weiß auch nicht was ... jedenfalls brach irgend etwas in mir auf ... irgend etwas gelangte an die

✫ ✫ ✫  438  ✫ ✫ ✫

Oberfläche, Faraday!« Sie starrte die andere mit großen Augen an, so als hoffe sie dringend, daß diese ihr glaube. »Ich weiß auch nicht, was dann geschehen ist ... oder was ich getan haben soll ... Ich bin nicht Wolfstern! Wie konnte Axis das nur von mir denken?«

»Beruhigt Euch wieder, meine Liebe.« Faraday strich ihr ein paar Strähnen aus der Stirn und berichtete ihr, was Sternenströmer ihr draußen erzählt hatte. Aschure sah sie fassungslos an.

»Oh«, machte sie dann nur, als sie von Faraday erfuhr, was alles gegen sie gesprochen hatte. So lange vermuteten die anderen also schon, daß mit ihr etwas nicht stimmte?

»Aschure, was geschah dann? Unten im Verhörraum? Ich möchte auch das gern erfahren, und es tut Euch gut, wenn Ihr Euch alles von der Seele redet.«

Die junge Frau schwieg sehr lange, aber Faraday verstand sich darauf, geduldig zu warten. Die ganze Zeit über hielt sie Aschures Hand in der Linken, während sie ihr mit der Rechten übers Haar strich. Faraday beruhigte sie so lange, bis die Kranke weitersprechen konnte.

Aschure beschrieb Axis' gewaltigen Zorn, seine plötzliche Abscheu vor ihr und wie er ihr gegenüber gewalttätig geworden war. Damit habe er sie sehr an den Mann erinnert, den sie immer für ihren Vater gehalten habe – Hagen. So redete sich die junge Frau alles von Seele, was oben auf dem Narrenturm begonnen und in der Zelle geendet hatte. Die Schmerzen, die Furcht und wie sie sich furchtbar allein gefühlt hatte, als der Krieger ihren Geist auseinandergerissen hatte, um Wolfsterns Versteck zu finden.

Und dabei sei dann das gleiche geschehen wie in dem Moment, als der Greif sie angegriffen habe. Irgend etwas in ihrem Kopf öffnete sich ... und drängte nach oben ...

»Diese fremde Kraft ist noch nicht wieder verschwunden, Faraday. Ich spüre sie immer noch aus der Dunkelheit. Sie ruft nach mir.«

»Darüber unterhalten wir uns später«, sagte Faraday sanft. »Erzählt mir lieber erst alles zu Ende.«

☆ ☆ ☆  439  ☆ ☆ ☆

Aschure berichtete nun von der Vision, die sie sich mit Axis geteilt hatte ... wie Hagen auf entsetzliche Weise seine Frau zu Tode brachte, um von ihr den Namen von Aschures Vater zu erfahren.

»Ich kann mich jetzt an so viele Dinge erinnern. Wie zum Beispiel, daß sich die ersten Flügelansätze fünf oder sechs Wochen zuvor an meinem Rücken gezeigt hatten. Meine Mutter entdeckte sie, als sie mich badete, und sie lachte und freute sich. Sie meinte, die Schwingen seien ein Geschenk meines Vaters, aber dann bemühte sie sich immer, diese Knoten vor Hagen geheimzuhalten. Als diese zu Knospen heranwuchsen, verbarg sie alles unter einer leinernen Bandage, damit mein Rücken weiterhin flach erschiene. Aber dann kam es, wie es kommen mußte. Hagen kehrte eines Tages früher als erwartet heim und überraschte uns dabei, wie ich mit entblößtem Rücken auf dem Schoß meiner Mutter saß ...«

Furcht und Beklemmung ließen sie für einen Moment nicht weiterreden. »Ach, Faraday, alles war meine Schuld. Ich hatte mich bei ihr beklagt, daß es unter dem Verband so jucke. Mama nahm ihn also ab, ...«

Faraday standen nun ebenfalls Tränen in den Augen. »Fahrt bitte fort.«

Zögernd erzählte Aschure, wie Hagen das große Messer geholt und von da an jeden Tag ihren Rücken aufgeschnitten habe, um die Flügelansätze bis auf den letzten Rest zu entfernen. »Wochenlang ging das so«, flüsterte die junge Frau so leise, daß Faraday sich vorbeugen mußte, um etwas zu verstehen. »Endlose Wochen lang. Jeden Morgen hat Hagen meinen Rücken untersucht. Und er hat immer etwas entdeckt ... oder so lange gesucht, bis er etwas zu finden geglaubt hatte. Wenn etwas irgendwie an ein Flügelteil erinnerte, hat er es sofort herausgeschnitten ...«

Faraday war so entsetzt, daß sie es kaum glauben konnte. »Haben die Nachbarn denn nichts gesagt? Die müssen doch Eure Schreie gehört oder nach Eurer Mutter gefragt haben.«

Aschure schüttelte den Kopf. »Hagen erzählte ihnen, seine Frau sei fortgelaufen. Mit einem Hausierer. Dabei hatte er sie nachts hinter dem Haus vergraben. Und ich hätte ein leichtes Fieber, erklärte er allen Neugierigen. Manchmal kam eine von den Bauersfrauen und hat uns etwas zu essen gebracht. Aber selbst wenn sie den blutigen Verband an meinem Rücken gesehen haben sollten, gesagt hat nie eine von ihnen etwas. Schließlich war mein Ziehvater ja der Pflughüter von Smyrdon. Sie haben ihm alles geglaubt, und er konnte wirklich sehr überzeugend auftreten ... Nach einer Weile war ja sogar ich der Ansicht, daß meine Mutter uns bei Nacht und Nebel verlassen habe ... Das zu glauben, erwies sich als weniger schmerzlich und gefährlich, als mich mit der Wahrheit herumzuplagen, die ich ja mit eigenen Augen gesehen hatte.«

Faraday war immer zorniger geworden. Verdammte Dorfbewohner! Keiner wollte gemerkt haben, daß es im Haus des Kirchenmanns nicht mit rechten Dingen zuging. Wie hatte Aschure sich nur davor bewahren können, den Verstand zu verlieren?

»Seitdem habe ich alles gemacht, was Hagen von mir wollte«, fuhr sie jetzt fort. »Ich machte mir die Lüge zu eigen, und ich bemühte mich mit aller Kraft, so zu sein wie die anderen. Nur so konnte ich das alles durchstehen ... und überleben. Wenn der Gottesmann den Eindruck gewann, ich hätte mich ... fremd oder eigenartig benommen, hat er mich so lange übers Knie gelegt, bis ich um Vergebung schrie. Und so lernte ich schon sehr früh ... sie ... sie nicht zu ...«

»Weiter, Aschure«, drängte die Königin. »Zwingt Euch, es auszusprechen.« Sie spürte, daß sie an einer entscheidenden Stelle angekommen waren. Die junge Frau stand kurz davor, sich selbst vor Zeugen einzugestehen, um wen oder was es sich bei ihr handelte.

» ... sie nicht zu benutzen ... meine besonderen Kräfte ...« Kaum war es heraus, konnte sie die Königin wieder ansehen. »Faraday, meine Mutter hatte gesagt, ich sei ein Kind der Götter. Ich müsse zum Tempelberg, um dort mehr über meine Herkunft zu erfahren.«

»Und das werden wir auch tun«, erklärte Faraday. »Aber ich habe das Gefühl, daß Ihr einige Antworten auch schon vorher finden könnt, noch ehe Ihr den Tempel betreten habt. Doch davon später mehr. Jetzt will ich mir erst einmal Euren Rücken ansehen. Sind die alten Wunden während der Vision wieder aufgebrochen?«

Die junge Frau nickte. »Ja. Als ich diese schrecklichen Wochen mit Hagen noch einmal durchlebte, als er mir wieder und wieder die Flügelansätze aus dem Rücken riß oder schnitt ... Ach, Faraday, die Knoten und Knospen waren so entschlossen, zu wachsen und zu gedeihen ... wahrscheinlich hat sich mein Rücken während der Vision daran erinnert ... vielleicht sind die Narben deswegen aufgebrochen ...«

»Nun gut«, sagte die Königin. »Euer geliebter Zaubererkrieger ist mit seinem Latein am Ende und kann nichts gegen Eure Schmerzen unternehmen. Aber ich glaube, die Mutter kennt vielleicht einen Weg.«

Faraday erhob sich und lief um das Bett herum auf die andere Seite. Dabei fiel ihr Blick kurz auf den Vater und seinen kleinen Sohn. Beide waren eingeschlafen.

»Laßt mich Euch von der Mutter berichten«, sagte sie, während sie die Notverbände löste, die der Sternenmann in aller Hast an einigen Stellen angelegt hatte. Sie begutachtete die aufgeplatzten Narben und erzählte dabei von der Personifizierung der Natur.

Aschure schloß die Augen und lauschte gern, denn sie erfuhr wundersame Dinge. Heilige Haine, Zauberwälder und Feenwesen. Faraday sprach ihr von uralten Frauen und magischen Gärten. Aber auch von der Mutter selbst und ihrer übergroßen Liebe zur Natur und zur Erde. Ramu hatte der jungen Frau nicht sehr viel über den Heiligen Hain berichtet, und was sie von Axis darüber erfahren hatte, hatte sie eher abgeschreckt. Aber nach den Worten, die die Königin dafür fand, glaubte Aschure bald, daß es sich um einen der allerschönsten Orte handeln mußte.

Während ihrer Beschreibung fingen Faradays Augen an zu leuchten, und langsam und sacht grub sie ihre Hände in den Rücken der Verletzten.

✫ ✩ ✫　442　✫ ✫ ✩

Aschure erstarrte und hätte am liebsten laut geschrieen, weil Faradays tastende Finger ihr große Schmerzen bereiteten. Aber sie erzählte einfach weiter, und ihre Worte klangen so schön, daß die junge Frau sich daran festhalten konnte und alles Schlimme um sich herum vergaß. Ja, sie dienten ihr wie ein Anker. Wenn die Schmerzen zu unerträglich wurden, klammerte Aschure sich daran. Einmal drohte sie unter der Pein in Ohnmacht zu verfallen, und alles begann sich vor ihren Augen zu drehen. Aber da verlieh Faraday ihren Worten neue Kraft, und so konnte sich die junge Frau an sie klammern.

Allmählich ließ der Schmerz dann nach, und Wärme breitete sich auf Aschures Rücken aus. Sie entkrampfte sich und spürte sich von neuer Energie durchflutet. Wie angenehm sich Faradays Hände doch anfühlten. Lange lag Aschure nur so da, ließ sich von Faraday behandeln und von ihrer Stimme verzaubern.

»Eure Flügel sind leider unwiederbringlich verloren«, bemerkte sie plötzlich und unterbrach damit ihre Geschichte vom Zauberwald der Mutter. »Hagen hat wirklich gründliche Arbeit geleistet. Ich kann sie leider nicht wieder zum Leben erwecken.«

Das störte Aschure wenig. Die Schwingen hatten ihr soviel Ungemach bereitet, daß sie über ihren Verlust kaum traurig war.

Faraday schwieg jetzt, aber ihre Finger zogen langsam lange Striche über ihren gesamten Rücken, von den Schultern bis zu den Hüften. Das rief bei Aschure größtes Wohlbehagen hervor, und sie schloß die Augen und gab ihren Leib ganz in Faradays Hände.

»Und nun«, sagte die Königin, während sie die junge Frau auf den Rücken drehte, »wollen wir Euch von dem befreien, was von Eurem Nachthemd noch übrig ist, und Euch gründlich waschen. Ihr seid ja überall mit Blut beschmiert.«

Aschure setzte sich auf. Als sie sich auszog, stellten ihre Finger fest, daß der Rücken vollkommen verheilt war. Sie spürte nicht einmal mehr das Ziehen und Zerren der Narben, das sie so viele Jahre lang begleitet hatte.

Faraday fand einen Topf beim Feuer mit sauberem warmen Wasser. Damit reinigte sie die junge Frau von Kopf bis Fuß und

☆ ☆ ☆  443  ☆ ☆ ☆

lächelte sie dabei so warmherzig und freundlich an, daß Aschure auch lächeln mußte.

»Danke«, sagte sie und ergriff Faradays Hände. »Danke für all Eure Hilfe.«

»Ich habe immer geglaubt, in den letzten beiden Jahren ein ebenso turbulentes wie unglückliches Dasein geführt zu haben«, sagte Faraday jetzt. »Doch jetzt muß ich feststellen, daß meine eigenen Schmerzen nichts im Vergleich zu denen waren, die Ihr Euer ganzes Leben lang ertragen mußtet. Aschure, wir treffen uns heute zum ersten Mal und wir hätten uns noch so viel zu sagen. Doch leider sind wir gezwungen, uns zu trennen, unseren eigenen Weg weiterzugehen. Ich glaube fest daran, daß Euch nach allen Schmerzen eine freudige und glückliche Zukunft verheißen ist, während ich ...« Die Königin senkte den Blick. »Ich glaube, mich erwartet noch weitere Pein, ehe mir endlich wieder etwas Glück beschieden ist.«

»Faraday!« erschrak Aschure. »Es tut mir so leid, was ich Euch angetan habe. Ich würde alles darum geben, nicht hier zu sein und zwischen Euch und Axis zu stehen.«

»Seid still«, sagte diese sanft. »Wir alle sehen uns in dieser verwünschten und grausamen Prophezeiung gefangen. Wir können niemals entkommen. Deswegen kann ich Euch auch keine Vorwürfe machen ...« In ihrem Blick und ihrer Stimme war etwas Bitteres. »Ich nehme dem Krieger aber übel, wie er sich verhalten hat. Er hat uns beide schlecht behandelt. Axis ist ein Mann von raschem Entschluß, und diese Eigenschaft sieht man in der Regel gern. Aber nicht, wenn sie wie bei ihm mit einem leicht aufbrausenden Temperament und einem Hang zur Grausamkeit einhergeht.«

Sie strich Aschure über die Wange. »Ich hätte gern, daß wir Freundinnen werden könnten; denn ich habe die Not gesehen, die Ihr aushalten mußtet, und deswegen weiß ich, daß Ihr Verständnis für das aufbringen werdet, was mir noch an Ungemach bevorsteht.«

»Ich wäre sehr stolz, mich Eure Freundin nennen zu dürfen«, flüsterte die junge Frau.

»Aber, aber«, lächelte Faraday, »zwischen Freundinnen darf es keine Tränen geben. Genausowenig wie gegenseitige Beschuldigungen. Daß wir beide Axis lieben, ist unser Unglück. Ebenso wie der Umstand, daß er sich nicht zwischen uns entscheiden kann ...« Die Königin seufzte. »Aschure, ich werde fortgehen. Nein, bitte, laßt mich ausreden. Ich hätte ohnehin nicht bleiben können. Die Aufgabe, welche die Prophezeiung mir zugedacht hat, zwingt mich, zu weit entfernten Orten zu reisen. Deshalb überlasse ich Euch Euren Liebsten, auch wenn ich Euch um ihn beneide. Eine Woche gehörte er ganz mir, und diese Woche werde ich mein Leben lang als eine sehr glückliche in Erinnerung behalten.«

Das Mädchen warf einen Blick auf Aschures hohen Leib. »Ihr und Axis bekommt so wunderbare Kinder.«

Die junge Frau legte die Hände schützend über den Bauch. Hatten ihre Zwillinge möglicherweise bei den jüngsten Ereignissen Schaden genommen?

»Nein«, beruhigte Faraday sie mit leiser Stimme. »Beide sind wohlauf, aber sie haben natürlich miterlitten, was Axis und Ihr heute in der Vision gesehen habt. Welche Auswirkungen das auf ihre Entwicklung haben wird, vermag ich natürlich nicht zu sagen ...« Sie schwieg einen Moment und schien mit sich zu ringen, ob sie fortfahren sollte oder nicht. Dann schüttelte sie leicht den Kopf und schloß ihren Mund wieder.

Aschure sah sehr erleichtert aus. »Einen Jungen und ein Mädchen, das hat Sternenströmer mir verraten«, lächelte sie. »Axis muß sie wecken und ihnen vorsingen, was sie wissen sollten.«

»Aber, Ihr könnt sie doch genausogut unterrichten wie er«, entgegnete Faraday. »Schließlich seid Ihr ebenso eine ikarische Zauberin wie der Krieger.«

Die junge Frau starrte sie sprachlos an.

Die Königin tätschelte ihr die Wange. »Denkt einmal darüber nach. In ein paar Tagen, nachdem der Sternenmann sie geweckt hat und Ihr etwas Ruhe findet, werdet Ihr feststellen, daß Ihr ihnen genausoviel beibringen könnt wie ihr Vater. Jetzt schaue ich mal im Kleiderschrank nach. Ich bin sicher, daß ich etwas Passendes für Euch finden werde.«

Eine ikarische Zauberin, dachte Aschure wie betäubt. Nein, nein und nochmals nein. Das will ich nicht sein! Ich will Aschure bleiben. Nicht mehr. Und ganz bestimmt keine ikarische Zauberin.

»Die Auswahl ist leider nicht besonders groß«, erklärte Faraday, als sie mit einem Leinennachthemd und einem burgunderroten Morgenmantel zurückkehrte. »Ihr seid eben das, wozu Euer Vater Euch gemacht hat.«

»Mein Vater?«

»Einer der Götter, das hat Eure Mutter doch gesagt, nicht wahr?« Faraday zog eine Braue hoch. »Was muß das für eine Nacht gewesen sein, als ein Gott vom Himmel stieg, um bei Eurer Mutter zu liegen.«

»Ach, ich habe noch so viel zu lernen«, meinte Aschure leise.

»Und ein sehr langes Leben mit viel Zeit dazu vor Euch.«

Die junge Frau brauchte einen Moment, bis sie die Bedeutung dieser Worte erfaßt hatte. »Oh!« rief sie dann, als sie begriffen hatte. Aschure starrte die Königin aus weit aufgerissenen blauen Augen an.

»Sehr, sehr viele Jahre«, lächelte Faraday, »in denen Ihr und Euer Liebster Eure Liebe genießen dürft. Und in denen Ihr Euren Kindern beim Wachsen zusehen könnt.« Sie setzte sich zu ihr aufs Bett. »Ich möchte, daß Ihr etwas für mich tut.«

»Alles!« rief Aschure sofort.

»Liebt Axis für mich. Zieht seine Kinder für mich groß. Sie alle.« Bei den letzten Worten hatte sich ihre Stimme unmerklich verändert, was Aschure aber entging. »Haltet mich im Andenken Eurer Kinder wach. Erzählt ihnen von Faraday, die einmal ihren Vater liebte und die Freundin ihrer Mutter ist. Und berichtet ihnen von der Mutter Natur. Aschure, ich muß nun bald fort, um meine Aufgabe in der Prophezeiung zu erfüllen.«

»Faraday ...«

»Ein sonderbarer und unbekannter Weg liegt vor mir. Aber auf dem möchte ich nicht die Freundschaft verlieren, die ich

✫ ✫ ✫  446  ✫ ✫ ✫

heute gewonnen habe. Aschure, im Lauf einiger Monate werden wir uns wiedersehen.«

Die junge Frau zog die Stirn in krause Falten. »Wie meint –« begann sie, aber Faraday legte ihr einen Finger auf die Lippen.

»Wir beide werden schon eine Möglichkeit finden. Und wenn sich eine Gelegenheit dazu bieten sollte, nehme ich Euch auch einmal zum Heiligen Hain mit. Ikarische Zauberer heißt man dort zwar nicht unbedingt willkommen, aber in Eurem Fall werden die Mutter, die Gehörnten und auch Ramu sicher gern eine Ausnahme machen. Dort erwarten Euch Wunder, Aschure, wie Ihr sie Euch einfach nicht vorstellen könnt. Und die möchte ich Euch zeigen. Wenn es uns möglich sein sollte, uns hin und wieder zu sehen, könntet Ihr doch auch Eure Kinder dorthin mitnehmen.«

Aschure starrte die wunderschöne Frau an, die neben ihr saß und fühlte sich in ihrer Gegenwart vollkommen unbedeutend. »Danke, Faraday, vielen Dank.«

Die Königin strich ihr wieder über die Wange. »Ich bin froh, daß wir beide Freundinnen geworden sind. Doch nun legt Euch wieder hin und schlaft. Während der nächsten Wochen und Monate werdet Ihr viel Ruhe benötigen. Vielleicht sogar, bis Eure Zwillinge zur Welt gekommen sind. Deshalb schlaft jetzt.«

Die junge Frau ließ sich in die Kissen zurücksinken und schloß die Augen.

Faraday blieb noch lange bei ihr sitzen und betrachtete sie in ihrem Schlaf. Gelegentlich strich sie ihr sanft über das Haar.

Euch erwartet eine lange und erstaunliche Reise, dachte sie, genauso wie Axis, genauso wie mich. Betet darum, daß nach all den Schmerzen, die hinter uns liegen und uns noch erwarten, wenigstens einige von uns lebend das Ziel erreichen.

Nach sehr langer Zeit erst erhob sich Faraday und strich ihr Gewand über den Knien glatt. Auf dem Weg nach draußen blieb sie vor dem Stuhl stehen, in dem Vater und Sohn schliefen.

»Axis«, sagte sie leise und kniete sich neben ihn hin.

Er erwachte sofort, mit dem Namen Aschures auf den Lippen, und seine Blicke fuhren zum Bett.

☆ ☆ ☆ 447 ☆ ☆ ☆

»Sie schläft und ist wohlauf.« Nun richtete der Krieger seinen Blick auf sie. »Ich glaube, ich werde Euch Eurer Liebsten überlassen.«

»Faraday ...«, murmelte er schlaftrunken und streckte eine Hand aus, um sie an der Wange zu berühren.

»Axis«, lächelte sie, aber er sah in ihren Augen die Tränen und den Schmerz, »wir haben uns vor langer Zeit beide ineinander verliebt. Damals war ich die Tochter des Grafen Isend von Skarabost und Ihr der Axtherr des Seneschalls. Doch heute sind wir zwei völlig andere Menschen. Das, was einmal zwischen uns war, kann heute nicht mehr sein. Und vielleicht bedurften wir wirklich eines Bornhelds, um uns lieben zu können ...« Sie schwieg, und Axis sah ihr deutlich den Schmerz des Verzichts an. »Wir hätten niemandem geglaubt, der uns damals gesagt hätte, daß der Tod Eures Bruders das Ende unserer Liebe sein würde.«

»Faraday«, begann er wieder, aber sie bedeckte seinen Mund mit ihrer Hand.

»Nein, Axis, es ist zu spät für Euch, Ihr könnt mich nicht mehr umstimmen. Nichts, was Ihr vorbringen könntet, würde die Schmerzen lindern, die Ihr mir zugefügt habt. Ich liebe Euch immer noch, aber ich gehe, damit Aschure Eure Frau werden kann. Und laßt Euch nicht zu lange Zeit damit, sie zu heiraten. Die junge Frau ist ein wertvoller Juwel, den zu verlieren Ihr Euch nicht leisten könnt.«

Sie lächelte immer noch, aber in ihrem Blick stand alle Bitterkeit, die sie nicht mehr zurückhalten konnte. »Ich werde die mir zugedachte Rolle in der Prophezeiung erfüllen. Macht Euch darum also keine Sorgen. Doch jetzt hört mir gut zu: Ich nehme hiermit mein Versprechen zurück, Euch zu heiraten, das ich Euch zu Gorken gab. Dies tue ich allein für Aschure, nicht für Euch.« Ihre Stimme klang härter. »Was zwischen uns gewesen ist, ist nicht mehr. Wird niemals mehr sein. Ihr seid frei.« Aber was ist mit mir? dachte sie, bin ich auch frei?

Faraday sah ihn noch einen Augenblick an, um sich seine Züge tief einzuprägen. Dann beugte sie sich vor und küßte ihn auf den Mund.

☆ ☆ ☆  448  ☆ ☆ ☆

»Alles Gute, Axis.«

Die Königin erhob sich und eilte zur Tür. Der Krieger wollte ihr folgen, aber in diesem Moment erwachte Caelum und fing an zu schreien. Als Axis seinen Sohn endlich wieder beruhigt hatte, war sie schon lange fort.


Faraday blieb nur so lange in der geöffneten Tür stehen, bis der größte Alaunt hineingefunden hatte, dann schloß sie sie rasch hinter sich.

Noch mehr Personen hatten sich in der Zwischenzeit im Vorraum eingefunden, alle von angstvoller Anteilnahme erfüllt. Sie sahen die Königin besorgt an.

Sie zwang sich zu einem Lächeln, obwohl sie das Gefühl hatte, ihr Gesicht müsse zerspringen. »Allen geht es gut. Gebt ihnen noch eine oder besser zwei Stunden, dann geht hinein. Sie möchten bestimmt mit Euch reden, ebensosehr wie Ihr mit ihnen.« Faraday nickte kurz Isgriff zu und brachte sogar noch ein aufmunterndes Lächeln für Axis' Mutter fertig. Magariz saß hinter ihr und hielt ihre Hand. »Rivkah, dürfte ich Euch kurz sprechen?«

Diese nickte, und die beiden begaben sich nach draußen auf den Flur, um ungestört miteinander reden zu können.

»Rivkah, ich gehe. Ich will und kann mich nicht zwischen diese beiden stellen ... Ach, liebe Freundin, die Prophezeiung kann so grausam zu uns sein ...« Die Stimme brach ihr.

Axis' Mutter nahm sie in die Arme, wiegte sie leicht und spendete ihr Trost. Endlich richtete Faraday sich wieder auf und wischte sich die Tränen aus dem Gesicht. »Rivkah, ich muß mit den Wächtern sprechen. Doch danach trete ich meine Reise an. Ich weiß nicht, ob wir uns je wiedersehen werden.«

Nun füllten sich auch Rivkahs Augen mit Tränen. Faraday hatte recht, die Weissagung verstand sich darauf, sie zu quälen. Aschure hatte sie wie eine Tochter ins Herz geschlossen, und ähnlich betrachtete sie auch Faraday. Vor allem verband die beiden Frauen jedoch, daß sie beide einmal Herzogin von Ichtar gewesen waren. Arme Faraday, sie verdiente es ebenso wie Aschure, ihr Glück zu finden.

»Ach, das werde ich schon«, lächelte die Königin. »Irgendwann ... irgendwo. Aber eines müßt Ihr mir noch verraten. Habe ich vorhin richtig gesehen? Hielt Fürst Magariz wirklich Eure Hand? Soll das etwa bedeuten, daß ...«

Rivkah wurde tatsächlich rot, und Faraday lachte. »Rivkah«, sagte sie dann, »ich möchte Euch zum Abschied ein Geschenk geben.«

Unvermittelt beugte sie sich vor und küßte die Freundin fest auf den Mund. Rivkah erschauderte, als Energie sie wie ein Blitz durchfuhr. Sprachlos starrte sie Faraday dann an und fühlte sich ... wie wiederbelebt. Lebendig und voller Wärme.

»Eine Gabe der Mutter«, lächelte Faraday. »Nutzt sie gut.«

Damit wandte sie sich ab und schritt davon. Sie hinterließ ein Abschiedsgeschenk, das Axis in einigen Jahren mehr Kopfschmerzen bereiten sollte als Gorgrael.

Denn dabei handelte es sich um Faradays Rache an dem Mann, der sie betrogen hatte.

# 34 ZAUBERIN

Drei Stunden später rief der Krieger eine Versammlung seiner Befehlshaber, der Wächter und seiner engsten Freunde ein. Einige Dinge mußten endlich zur Sprache kommen, und Axis war es müde, vor seinen Vertrauten Geheimnisse zu haben. Und auch wenn sich unter den Personen in seinem Gemach Wolfstern befinden sollte, um finstere Pläne zu schmieden, konnte er das eben auch nicht ändern. Seine Eltern, Morgenstern und er hatten das Rätsel um Wolfstern für sich behalten, dafür aber jeden in ihrer Nähe verdächtigt. Damit mußte jetzt ein Ende gemacht werden. Ihre Geheimnistuerei hätte Aschure beinahe das Leben gekostet.

Axis konnte noch immer nicht so recht fassen, daß die junge Frau ihm nach ihrem Erwachen gleich lächelnd alles vergeben hatte. Dabei hätte er sich auch damit abgefunden, wenn er für den Rest seines Lebens all das hätte wiedergutmachen müssen, was er ihr angetan hatte.

Nun saß Aschure in einem Sessel neben dem Feuer, und die Gruppe, die draußen gewartet hatte, trat nun langsam ein. Die junge Frau sah noch sehr blaß und mitgenommen aus, aber sie lächelte ihren Freunden zu und schien sich zu freuen, sie zu sehen: Rivkah, anteilnehmend und ausgeglichen, und Magariz; Belial mit einer blassen und schweigsamen Kassna an seiner Seite; die Wächter, die etwas bekümmert wirkten; Ho'Demi und Sa'Kuja; Freierfall und Abendlied; Sternenströmer, der sofort zu ihr eilte, sich vor ihr auf die Knie warf und sie unter Tränen um Verzeihung bat; Isgriff, in seiner Sorge um sie immer noch von Grimm erfüllt, strich ihr leicht über den Kopf, warf Sternenströ-

☆ ☆ ☆ 451 ☆ ☆ ☆

mer einen vernichtenden Blick zu und setzte sich neben Rivkah und den Fürsten; Weitsicht mit einigen seiner Geschwaderführer, unter ihnen auch Dornfeder; Arne, heute wieder so schweigsam und unnahbar wie früher; die Offiziere ihrer Bogenschützeneinheiten; Hauptleute aus Axis' Armee; schließlich die übrigen vierzehn Alaunt, die es sich zwischen Stühlen und Beinen bequem machten und den eigentlich großzügigen Raum merkwürdig zusammengeschrumpft aussehen ließen.

»Ich will Euch etwas zeigen«, begann der Krieger, als alle saßen, sei es auf einem Stuhl, einer Bank oder dem Boden. »Erlebt mit, wessen ich heute morgen gewahr wurde. Ihr sollt erfahren, woher Aschure stammt.«

Sein Lied der Erinnerung erfüllte nun den Raum, und so wie damals vor der Stadt Arken die gekreuzigten Skaraboster erschienen waren, bekam die Versammlung nun die Wohnstube des Pflughüters Hagen in Smyrdon zu sehen.

So erfuhren die Anwesenden von Aschures furchtbarer Kindheit, erlebten den gräßliche Tod ihrer Mutter mit – Isgriff schrie vor Entsetzen, als er das Gesicht der Frau erkannte – und mußten ertragen, daß der Priester mit seinen eigenen Händen das Mädchen verstümmelte. Sie litten mit Aschure, als sie zusehen mußten, wie Hagen seine Stieftochter auch in den folgenden Jahren körperlich wie seelisch mißhandelte. Und sie erkannten, wie Aschure ihre Herkunft immer tiefer in sich vergraben hatte, bis sie selbst sich nicht mehr daran erinnern konnte. Denn sie wußte, daß sie einen ebenso furchtbaren Tod wie ihre Mutter würde erleiden müssen, wenn sie die Wahrheit wieder zum Vorschein kommen ließe.

Sternenströmer mußte sich abwenden von diesen Bildern, und dabei traf sich sein Blick mit dem seines Sohnes. *Das arme Kind hätte lieber weggesehen und geweint, statt eine der uralten Künste zu verraten.*

Axis nickte unmerklich. *Ja, Vater. Aber welche Rolle nimmt sie in der Prophezeiung ein. Wo finden wir einen Hinweis auf sie?*

»Am meisten schmerzt mich«, gestand Aschure leise, als die

Bilder endlich vergingen, »daß ich unter all den wiedergefundenen Erinnerungen den Namen meiner Mutter nicht wiedergefunden habe. Den vergessen zu haben, hat mich in all den Jahren seit ihrem Tod am meisten gequält.«

»Eure Mutter hieß Niah, Aschure.«

Alle sahen jetzt Isgriff an. Sogar einige der Hunde drehten den Kopf in seine Richtung.

Die junge Frau konnte ihn nur wie betäubt anstarren.

Der Herr von Nor trat zu ihr und nahm ihre Hand.

»Aschure, ich war mir nicht sicher, bis ich das Gesicht Eurer Mutter gesehen habe. Davor hatte ich nur eine bestimmte Vermutung.«

»Isgriff, Ihr müßt mir alles berichten!« bat sie ihn inständig und sah ihn flehend an.

»Niah war meine älteste Schwester und acht Jahre älter als ich. Wie viele Frauen des Hauses Nor entschied sie sich dafür, nicht zu heiraten und lieber Priesterin im Tempel der Sterne zu werden. Mit vierzehn trat sie in den Orden ein und wurde schon mit einundzwanzig eine der Oberpriesterinnen. Aschure, der Grund dafür, warum Ihr Euch nicht an ihren Namen erinnern könnt, liegt womöglich darin begründet, daß sie ihn Euch nie genannt hat. Wenn eine Priesterin nämlich ihren heiligen Eid ablegt, legt sie auch ihren Namen ab. Meine Schwester hatte sich danach wohl nicht mehr als Niah gesehen, auch dann nicht, als sie den Tempelberg verließ.«

»Niah«, flüsterte Aschure. »Vielen Dank, Isgriff ... Onkel.«

»Ich ziehe Isgriff vor.« Er führte ihre Hand an seine Lippen und küßte sie sanft, »aber ich heiße Euch im Hause Nor willkommen. Später, wenn wir etwas mehr Zeit füreinander haben, will ich Euch gern mehr von Eurer Mutter erzählen.«

»Isgriff?« fragte der Krieger rasch. »Wißt Ihr vielleicht irgend etwas über das Geheimnis um Aschures Zeugung? Etwa gar, wer ihr Vater ist?«

Isgriff schüttelte den Kopf. »Nein, oder besser nicht viel. Irgendjemand teilte uns eines Tages mit, daß Niah den Tempel verlassen habe. Meine Schwester war nicht die erste, die dem

Orden der Sterne den Rücken kehrte, obwohl so etwas recht selten vorkommt. Wir wunderten uns jedoch sehr darüber, da Niah so glücklich dort gewesen war. Ich begab mich wenig später zum Tempelberg, um mich nach den näheren Umständen zu erkundigen. Aber die Schwestern konnten oder wollten mir nichts sagen. Sie teilten mir lediglich mit, daß Niah einfach eines Tages weggegangen sei.«

»Um nach Smyrdon zu wandern und dort Hagen zu heiraten?« entfuhr es Aschure. »Warum? Das verstehe ich nicht.« Genausowenig wie seine Gründe dafür, mich am Leben zu lassen, da er mich doch so haßte.

Axis wandte sich an die Wächter. »Ihr wißt doch bestimmt etwas mehr darüber. Heraus mit der Sprache«, forderte er mit harter Stimme. »Ich dulde ab sofort keine Geheimnisse mehr zwischen uns.«

Aber Jack, der soviel mehr Kenntnisse besaß als die anderen und auch wußte, daß die Prophezeiung immer Aschure für den Sternenmann vorgesehen hatte und nicht Faraday, schwieg jetzt.

Veremund breitete hilflos die Arme aus. »Axis, Ihr müßt mir glauben, wenn ich Euch sage, daß wir heute ebenso wie Ihr zum ersten Mal von Niah erfahren haben. Wie könnten wir da auch nur eine Ahnung haben, warum sie nach Smyrdon gegangen ist und dort ausgerechnet Hagen geheiratet hat.«

»Als wenn es Euch so fremd wäre, Personen zu einer Vermählung zu zwingen, die sie eigentlich gar nicht wollen«, fuhr der Krieger sie an.

Veremund ließ schuldbewußt den Kopf hängen. »Axis, ich vermag Euch einfach nichts zu sagen. Aschure ist uns Wächtern immer ein Rätsel gewesen.«

Sternenströmer erhob sich nun: »Wir können nicht ergründen, warum Niah in den Norden floh. Schließlich wissen wir so gut wie gar nichts über sie. Noch nicht einmal, warum sie den Tempel und den Orden verlassen hat. Aschure, Eure Mutter hat Euch doch gesagt, Ihr sollt zum Tempelberg gehen, um dort Antworten auf Eure Fragen zu bekommen. Womöglich sind die Schwestern bereitwilliger, der Tochter einer der ihren Auskunft

☆ ★ ☆   454   ★ ☆ ☆

zu geben als dem Bruder.« Er holte tief Luft und sah dabei seinen Sohn an: »Aber ich kann nicht glauben, was sie Euch noch sagte, daß Ihr nämlich ein Kind der Götter seid ... Vielleicht hat sie das nur geglaubt, weil man es ihr so erzählte. Womöglich hielt man es für besser, sie in diesem Glauben zu lassen.«

Der Zauberer sah ihr jetzt offen ins Gesicht: »Aschure, ich glaube zu wissen, wer Euer Vater ist. Wenn es stimmt, was ich vermute, würde es eine Menge erklären und wenigstens zum Teil Axis' und mein Verhalten entschuldigen, als wir Euch heute morgen für Wolfstern hielten ...« Sternenströmer holte noch einmal tief Luft. »Aschure, ich glaube, fürchte, Ihr seid die Tochter Wolfsterns!«

Jack, der still und unauffällig in einer Ecke saß, zog verwundert die Brauen hoch. Soviel Scharfsinn hätte er diesem Ikarier nicht zugetraut.

»Was sagt Ihr da?« rief Aschure. Aber der Krieger, der an ihrer Seite stand, nickte zu den Ausführungen seines Vaters.

»Meine Liebste, mein Herz«, redete er beruhigend auf sie ein, »das würde doch so viel auf einmal erklären ... den Wolfen, die Alaunt ...« Lächelnd fügte er hinzu: »Und natürlich Euer Sonnenfliegerblut.«

Er nahm ihre Hand. »Aschure, Ihr wißt, daß Sternenströmer und ich Euch nicht widerstehen können. Erinnert Euch nur an die Beltiden-Nacht, als Euer Blut uns beiden zusang, meinem Blut wie dem Sternenströmers.«

Axis warf seinem Vater einen kurzen Blick zu, ehe er fortfuhr: »Wenn Ihr die Tochter Wolfsterns seid, erklärt das auch, warum Ihr in der Lage seid, Dunkle Musik einzusetzen. Jenseits des Sternentors muß er gelernt haben, sie zu gebrauchen und diese Fähigkeit Euch vererbt haben.«

Die junge Frau lehnte sich zurück und dachte lange darüber nach. Was sie eben erfahren hatte, ergab durchaus einen Sinn. Und warf auch ein neues Licht auf die seltsame Begegnung im Narrenturm.

»Ich habe meinen Vater letzte Nacht getroffen«, entfuhr es ihr dann.

☆ ☆ ☆  455  ☆ ☆ ☆

»Was?« rief der Krieger und wurde dann von der lauten Erregung aller Anwesenden im Raum übertönt.

»Ich wußte nicht, wer er war, aber wenn ich es recht bedenke, kann es sich nur um Wolfstern gehandelt haben.« Sie berichtete den Anwesenden nun, wie ein Fremder auf sie zugetreten sei und wie er sie geküßt habe, um gleich darauf zu bemerken, daß das eigentlich unziemlich sei. »So wie bei den Sonnenfliegern Intimitäten zwischen Eltern und Kind oder zwischen Bruder und Schwester.«

Ein verträumter Zug trat in ihren Blick. »Er sah wunderbar aus, und ungeheure Macht strahlte von ihm aus. Wenn er sich so meiner Mutter Niah gezeigt hat, kann ich mir sehr gut vorstellen, daß sie sich ihm hingab und ihn für einen der Götter hielt.«

Sternenströmer sah Aschure ungnädig an, weil sie ihren Vater so offenkundig bewunderte. »Aber er hat auch Morgenstern ermordet. Und Gorgrael ausgebildet.«

Die junge Frau drehte sich zu ihm um: »Und doch hat er mich und Caelum sehr freundlich behandelt. Ich will seine Verbrechen gar nicht beschönigen, aber ich glaube, er ist ein Mann, der in vielerlei Gestalt aufzutreten vermag.«

»Genug jetzt damit, Onkel«, sagte Freierfall und erhob sich von seinem Platz. »Uns stehen noch viele Tage zur Verfügung, in denen wir dieses Rätsel zu lösen versuchen können. Jetzt erwartet uns eine wichtigere Aufgabe.« Er schob sich durch die Menge, stieg über die Alaunt hinweg, die zu Füßen der jungen Frau lagen, und küßte sie auf die Wange. »Aschure, willkommen im Hause Sonnenflieger. Ich bin Freierfall, Euer Vetter. Singt wohl und fliegt hoch, und mögen alle Jahre Eures Lebens Euch nur noch Freude und Glück bescheren, als Wiedergutmachung für all die Finsternis, die Eure Jugend umgab.«

Tränen schossen ihr in die Augen.

Abendlied stand schon hinter ihrem Liebsten und küßte jetzt das neue Familienmitglied. »Willkommen im Hause Sonnenflieger, Aschure. Ich bin Abendlied, Eure Base. Möge Euch immer Wind im Rücken wehen, und mögen Eure Pfeile weit und treffsicher fliegen.«

Nun war Sternenströmer an der Reihe, und die junge Frau errötete ein wenig, als sie den Blick in seinen Augen sah.

»Auch ich heiße Euch willkommen im Hause Sonnenflieger. Ich bin Sternenströmer und Euer, ach, als was immer Ihr mich haben wollt.« Grinsend fügte er hinzu: »Aber ich bin weder Euer Vater noch Euer Bruder.« *Und kann deswegen nichts Unziemliches tun*, hörte sie ihn in Gedanken sagen. »Möget Ihr Eure Schönheit und Eure Anziehungskraft der Tochter weitervererben, die in Euch heranwächst.«

*Willkommen im Hause Sonnenflieger, Aschure. Ich bin Caelum Sonnenflieger und Euer Sohn. Ihr sollt wissen, daß ich Euch liebe, und wenn ich ein Kind der Sonne bin, dann habe ich das vor allem Euch zu verdanken.*

*Ich danke Euch, Caelum, aus ganzem Herzen für Eure Liebe.*

Als nächstes trat Rivkah vor und küßte die junge Frau auf die Stirn. »Willkommen, Aschure, im mitunter turbulenten und manchmal zerstrittenen Hause Sonnenflieger. Möge Euer Mitgefühl und Euer Mut diese Familie in Notzeiten immer an ihre eigenen Fehler erinnern.«

»Danke«, sagte sie, als Rivkah sich wieder neben Magariz setzte. Dann sah die junge Frau zu Axis hinüber und erwartete, daß er nun ebenfalls vor sie träte und sie im Hause Sonnenflieger willkommen heiße. Aber er lächelte ihr nur kurz zu.

»Meine Freunde«, wandte der Krieger sich nun an alle. »Ein ganz besonderer Grund hat mich dazu veranlaßt, Euch heute in großer Zahl hierher zu bitten! Ich möchte etwas tun, und bedarf dafür der Zeugen.«

Nun beugte er vor Aschure die Knie, nahm eine ihrer Hände zwischen die seinen, verschränkte die Finger ineinander und blickte ihr so entschlossen wie verzagt in die Augen.

»Ich, Axis, Sternenmann von Tencendor, Sohn Sternenströmers, Zauberer aus dem Hause Sonnenflieger, und der Rivkah, Prinzessin des Königshauses von Achar, bitte Euch, Aschure, Tochter der Niah von Nor und Wolfstern Sonnenfliegers, um Eure Hand. Im Angesicht aller Anwesenden und aus freiem Willen will ich Euch zu meiner Frau nehmen und verspreche

Euch stets einen geehrten Platz an meiner Seite und in meinem Nest. Vor diesen Zeugen schwöre ich, Euch zu achten und Euch treu zu sein. Ich biete Euch meine Wertschätzung, all meinen Besitz und meinen Leib für alle Jahre, bis daß der Tod uns scheidet. Ich gelobe, Euch niemals irgendwo anders hin als in ruhige Luft, hellen Sonnenschein und aufsteigende Winde zu führen. Meine Schwingen sollen die Euren sein, und mein Herz und meine Seele gehören Euch. Ihr habt nun mein Gelöbnis gehört, Liebste. Mögen es alle Götter und Sterne der Schöpfung mit ihrer Heiligkeit bezeugen. Mögen unsere Jahre von der Musik des Sternentanzes begleitet werden und wir selbst schließlich am Himmelszelt unseren ewigen Frieden finden.«

Axis' Eheversprechen setzte sich in einer exotischen Mischung aus den acharitischen und den ikarischen Hochzeitsversprechen zusammen – und spielte damit auf die ungewöhnliche Herkunft an, die beide in ihre Ehe mitbrachten.

Lange fehlten Aschure die Worte. Sie konnte nur seine Hände ergreifen und seinen Augen den Blick erwidern. Nichts sonst mehr nahm sie wahr. Doch dann lächelte sie.

»Ich, Aschure, Tochter der Niah aus dem Hause Nor und Wolfstern Sonnenfliegers«, begann sie leise, dann aber wurde ihre Stimme kräftiger, als sie das Gelöbnis wiederholte.

»Meine Schwingen sind Eure Schwingen, Axis«, schloß sie schließlich, »und mein Herz und meine Seele gehören Euch. Ihr habt mein Versprechen gehört, und dies sollen alle Götter und Sterne der Schöpfung mit ihrer Heiligkeit bezeugen. Mögen unsere Jahre von der Musik des Sternentanzes begleitet sein, und wir selbst schließlich am Himmelszelt unseren ewigen Frieden finden.«

Der Krieger beugte sich vor und küßte sie. Während er sein Eheversprechen abgelegt hatte, war die innere Notwendigkeit in ihm immer stärker geworden, so wie der Charonite es ihm vorausgesagt hatte, den Ring der ersten großen Zauberin weiterzugeben. Dies schien der rechte Moment und dies die rechte Frau.

Er ließ ihre Hände los und griff in die kleine Geheimtasche seiner Hose, um den Ring herauszuholen. Dann hielt er den Reif hoch, auf daß jeder ihn sehen konnte. Der Saphir darauf und die goldenen Sterne auf seinem Rund funkelten im Licht des Feuers. Die Ikarier wie auch die Wächter hielten vor Überraschung die Luft an. Aber selbst sie erfaßten nicht die ganze Schwere der Bedeutung, als Axis jetzt Aschure diesen Ring an den Finger steckte. Er saß wie angegossen, so als sei er nur für sie und genau diesen Ringfinger geschaffen worden.

»Willkommen im Haus der Sterne, an meiner Seite, Zauberin. Mögen wir von nun an alle Wege gemeinsam gehen.«

Der Kreis hatte sich geschlossen.

# PERSONEN- UND SACHREGISTER

– ABENDLIED: Tochter Sternenströmers und seiner acharitischen Gemahlin Rivkah und Axis' Schwester.

– ACHAR: Königreich, das sich über den Großteil des Kontinents erstreckt und das im Norden von den Eisdachalpen, im Osten vom Schattenland (Awarinheim) und vom Witwenmachermeer, im Süden vom Meer von Tyrre und dem Kaiserreich Koroleas und im Westen vom Andeismeer begrenzt wird.

– ACHARITEN: Die Bevölkerung Achars.

– ADAMON: Ein ikarischer Sternengott. Adamon ist der Gott des Himmels und präsidiert zusammen mit seiner Gemahlin Xanon über die Götterschar.

– ALAUNT: Sagenumwobenes Rudel von riesigen Jagdhunden, die einst Wolfstern Sonnenflieger gehörten.

– ALAYNE: Ein Schmied aus Skarabost.

– ALDENI: Kleineres Herzogtum im Westen Achars, in dem vorwiegend Getreide angebaut wird. Es wird zur Zeit der Geschichte von Herzog Roland verwaltet.

– ALTE GRABHÜGEL: Die Begräbnisstätten der alten zauberischen ikarischen Krallenfürsten. Sie erheben sich im südlichen Arkness.

– ANDAKILSA: Nördlicher Grenzfluß, der das Herzogtum Ichtar von der Provinz Rabenbund trennt. Ganzjährig eisfrei, ergießt er sich ins Andeismeer.

– ANDEISMEER: Unberechenbare See, die an die Westküste Achars spült.

– ANNWIN: Älteste Tochter von Graf Isend von Skarabost, Faradays Schwester, verheiratet mit Osmary.

– ARKEN: Hauptstadt von Arkness.

– ARKNESS: Größere Provinz im Osten Achars, in der hauptsächlich Schweinezucht betrieben wird. Zur Zeit der Geschichte von Graf Burdel verwaltet.

– ARHAT: Krieger der Rabenbunder.

– ARNE: Kohortenführer bei den Axtschwingern.

– ARTOR DER PFLÜGER: Der einzig wahre Gott, wie es die Bruderschaft Seneschalls lehrt. Nach dem Buch von Feld und Furche, der heiligen Textsammlung des Seneschalls, machte Artor einst der Menschheit das Geschenk des Pflugs, dem Werkzeug, das es den Menschen erst ermöglichte, das Leben von Jägern und Sammlern aufzugeben und sich dauerhaft niederzulassen, um den Boden zu bebauen und so die Grundlagen der Zivilisation zu schaffen.

– ASCHURE: Tochter des Bruders Hagen in Smyrdon. Ihre Mutter stammt aus der Provinz Nor.

– AVONSTAL: Provinz im Westen Achars, in der hauptsächlich Gemüse, Obst und Blumen angebaut werden. Zur Zeit der Geschichte regiert hier Graf Jorge.

– AWAREN: Eines der Völker der Unaussprechlichen, die in den Wäldern des Schattenlands leben, das von ihnen Awarinheim genannt wird. Die Awaren werden auch Volk des Horns, Waldläufer oder Ebenenläufer genannt.

– AWARINHEIM: Die Heimat der Awaren, die von den Achariten Schattenland genannt wird.

– AXIS: Sohn der Herzogin Rivkah und des ikarischen Zauberers Sternenströmer Sonnenflieger. In früheren Jahren Axtherr, General der Axtschwinger, hat er nun seine Rolle in der Prophezeiung angenommen und ist der Sternenmann geworden.

– AXTHERR: Anführer der Axtschwinger. Untersteht direkt dem Bruderführer des Seneschalls und wird von diesem aufgrund seiner Treue zum Seneschall, seiner Hingabe an Artor den Pflüger wie auch seiner strategischen und organisatorischen Fähigkeiten ernannt. Axis war der letzte Axtherr.

– AXTKRIEGE: Die jahrzehntelang dauernden sehr grausamen und blutigen Kriege vor tausend Jahren, in deren Verlauf die Achariten unter der Führerschaft des Seneschalls und dessen Axtschwingern Awaren und Ikarier aus Tencendor vertrieben und sie hinter die Grenzberge zurückdrängten.

– AXTSCHWINGER: Militärischer Arm des Seneschalls. Seine Soldaten haben zwar kein Gelübde abgelegt, kämpfen aber dennoch zur Verbreitung des rechten Glaubens des Seneschalls. Die überwiegende Mehrheit der Axtschwinger hat sich in der Zwischenzeit jedoch dem Rebellenführer Axis angeschlossen, um Axis und die mit ihm verbündeten Ikarier zu unterstützen.

– AZLE: Einer der Hauptströme Achars, der die Provinzen Ichtar und Aldeni voneinander trennt und ins Andeismeer mündet.

– BARSARBE: Zaubererpriesterin der Awaren.

– BAUMFREUNDIN: Nach der awarischen Sage diejenige, die die Awaren in ihre alten Gebiete südlich der Grenzberge führen wird. Die Baumfreundin wird außerdem Awarinheim an die Seite des Sternenmanns stellen.

– BAUMLIED: Der Gesang der Bäume, der manchmal die Zukunft, manchmal aber auch den Tod zeigt. Der Gesang der Bäume kann aber auch Liebe und Schutz gewähren.

– BEDWYR FORT: Altes Fort am Unterlauf des Nordra, das den Zugang zum Gralsee vom Meer aus bewacht.

– BELAGUEZ: Streitroß von Axis.

– BELIAL: Leutnant und damit Stellvertreter des Axtherrn. Langjähriger Freund Axis' aus seiner Zeit als Axtherr und nun als Sternenmann.

– BELTIDE: Siehe Feste.

– BETHALLE: Gebetshaus in jedem Ort des Reiches, in dem sich die Bewohner an jedem siebten Tag der Woche zur Anhörung der Worte Artors des Pflügers versammeln. Auch Hochzeiten, Beerdigungen und Taufen werden hier abgehalten. Es ist für gewöhnlich das am solidesten gebaute Haus eines Ortes.

– BORNHELD: Herzog von Ichtar und damit der mächtigste Fürst Achars. Sohn der Herzogin Rivkah und ihres Gemahls, des Herzogs Searlas.

– BOROLEAS: Älterer Bruder des Seneschalls, einst Axis' Lehrer.

– BRACKEN: Fluß, der in den Farnbergen entspringt und die Grenze zwischen Skarabost und Arkness bildet, bis er in das Witwenmachermeer mündet.

☆ ☆ ☆  464  ☆ ☆ ☆

– BRADOKE: Acharitischer hoher Offizier in Bornhelds Streitkräften.

– BRODE: Ein Aware, Häuptling des Klans der Sanftgeher.

– BRUDERFÜHRER: Oberster Führer der Bruderschaft des Seneschalls. Der Bruderführer wird von den obersten Brüdern auf
Lebenszeit gewählt. Nach dem König der mächtigste Mann, kon-
trolliert er nicht nur die Bruderschaft mit all ihren Besitzungen,
sondern auch die Elitetruppe der Axtschwinger. Zur Zeit der Geschichte hat Jayme dieses Amt inne.

– BRUDERSCHAFT: Siehe Seneschall.

– BUCH VON FELD UND FURCHE: Die heilige Textsammlung des
Seneschalls, in der geschrieben steht, daß Artor selbst sie verfaßt
und der Menschheit übergeben habe.

– BURDEL: Graf von Arkness und Verbündeter Bornhelds, dem
Herzog von Ichtar.

– BURG DER SCHWEIGENDEN FRAU: Diese Burg liegt inmitten des
Waldes der Schweigenden Frau. Sie ist eine der magischen Burgen Tencendors.

– BURGEN: Drei große magische Burgen haben die Axtkriege
überlebt und stehen in Achar. Sie wurden vor vielen tausend
Jahren von den Ikariern erbaut: Narrenturm, Sigholt und Burg
der Schweigenden Frau.

– CAELUM: Name eines kleinen Kindes. Er bedeutet »Die Himmel« oder »Sterne am Himmel«.

– CHARONITEN: Ein Volk, das in der Unterwelt lebt und mit den
Ikariern verwandt ist.

– DEVERA: Tochter des Herzogs Roland von Aldeni.

– DOBO: Krieger der Rabenbunder.

– DORNFEDER: Ein ikarischer Geschwaderführer.

– DUNKLER MANN: Der Name, den Gorgrael seinem Lehrer und Meister gibt; er nennt ihn auch Lieber Mann. Gorgrael hat trotz aller Bemühungen das Geheimnis um die Identität dieses Mannes noch nicht lüften können.

– EBENEN VON TARE: Die weiten Ebenen, die sich zwischen Tare und dem Gralsee erstrecken.

– DREIBRÜDER SEEN: Drei kleine Seen im südlichen Aldeni.

– EDOWES: Soldat aus Arnes Einheit in Axis' Truppe.

– EGERLEY: Ein junger Mann aus Smyrdon.

– EILWOLKE SONNENFLIEGER: Vater von Rabenhorst und Sternenströmer. Ehemaliger Herrscher der Ikarier.

– EISDACHALPEN: Hochgebirge, das sich über fast den ganzen Norden Achars hinzieht.

– EISDACH-ÖDNIS: Trostloser Landstrich im Norden Ichtars zwischen den Eisdachalpen und den Urqharthügeln.

– EISWÜRMER: Mächtige Waffe Gorgraels, geschaffen, um Stadt und Feste Gorken zu bezwingen. Der Zerstörer setzt sie aus Eis und Schnee zusammen und versieht sie mit seinen Zaubersprüchen. Die Kreaturen sehen aus wie Riesenwürmer und tragen in ihren Leibern viele Skrälinge. Sie können sich an einer Festungsmauer aufrichten und diese sogar überragen, um ihre Soldatenfracht über die Zinnen zu spucken.

☆ ☆ ☆  466  ☆ ☆ ☆

– EMBETH: Herrin der Provinz Tare, Witwe des Ganelon, gute Freundin und einstige Geliebte von Axis.

– ERDBAUM: Uralter Baum und Heiligtum der Awaren und Ikarier.

– FÄHRMANN: Der Charonite, der die Fähre der Unterwelt steuert.

– FARADAY: Tochter des Grafen Isend von Skarabost und seiner Gemahlin Merlion. Gemahlin Bornhelds.

– FARNBERGE: Niedriges Gebirge, das Arkness von Skarabost trennt.

– FARNBRUCHSEE: Großer See inmitten der Farnberge.

– FENWICKE, KULPERICH: Bürgermeister der Stadt Arken in Arkness.

– FENWICKE, IGREN: Gemahlin des Bürgermeisters der Stadt Arken, Kulperich Fenwicke.

– FESTE der Awaren und Ikarier:
  – Jultide: Wintersonnenwende, in der letzten Woche des Schneemonds.
  – Beltide: Frühlingserwachen, am ersten Tag des Blumenmonds.
  – Feuernacht: Sommersonnenwende, in der letzten Woche des Rosenmonds.

– FEUERNACHT: Obwohl das Fest der Feuernacht in Awarinheim heutzutage keine große Rolle mehr spielt, berichten die ikarischen und awarischen Legenden von ihr als der großen Nacht, in der vor zehntausenden von Jahren die uralten Sternengöttinnen und -götter, ältere und viel mächtigere als die heutigen, als Feuersturm über das Land kamen und viele Tage und Nächte wüteten. Und daß diese alten Götter bis zum heutigen Tage noch in den Tiefen der heiligen oder Zauberseen schlafen, den Seen von Tencendor, die der Feuersturm erschaffen hat. Die Zaubermacht dieser Seen stammt von den uralten Sternengöttinnen und -göttern.

— FINGUS: Ein verstorbener Axtherr.

— FLEAT: Eine Awarin.

— FLEURIAN: Baronin von Tarantaise, Gemahlin von Greville. Sie ist seine zweite Frau und viel jünger als er.

— FLULIA: Eine ikarische Sternengöttin. Sie ist die Göttin des Wassers.

— FLURIA: Kleiner Fluß, der durch Aldeni fließt und in den Strom Nordra mündet.

— FRANZ: Älterer Bruder in der Zuflucht von Gorken.

— FREIERFALL SONNENFLIEGER: Männlicher Ikarier, Geliebter Abendlieds, Sohn des Rabenhorst und damit Thronfolger. Doch er wird von Bornheld auf der Feste Gorken erstochen.

— FULBRIGHT: Ein acharitischer Ingenieur in Axis' Streitkräften.

— FULKE: Baron der Provinz Romstal.

— FUNADO: Krieger der Rabenbunder.

— »FURCHE WEIT, FURCHE TIEF«: Weitverbreiteter acharitischer Gruß oder Segen, der auch zur Abwehr des Bösen dient.

— GANELON: Fürst von Tare, einst Gemahl von Herrin Embeth, lebt nicht mehr.

– GARLAND: Mann aus Smyrdon.

– GARTEN: Der Garten der Mutter.

– GAUTIER: Leutnant Bornhelds, des Herzogs von Ichtar.

– GEHEIMER RAT: Ratgeber des Königs von Achar, meist die Herrscher der Hauptprovinzen Achars.

– GEHÖRNTE: Die Gottgleichsten und Heiligsten unter den Awaren, die im Heiligen Hain leben.

– GEISTBAUM-KLAN: Einer der awarischen Klans, der von Häuptling Grindel geführt wird.

– GEISTER, GEISTMENSCHEN: Andere Bezeichnungen für die Skrälinge.

– GENESUNGSLIED: Eines der am stärksten wirkenden Zauberlieder der Ikarier, das Leben im Sterben zurückholen kann – doch Tote kann es nicht wieder lebendig machen. Nur die allermächtigsten Zauberer beherrschen dieses Lied.

– GESCHWADER: Einheit der ikarischen Luftarmada, die zwölf Staffeln umfaßt.

– GESCHWADERFÜHRER: Befehlshaber eines ikarischen Geschwaders.

– GILBERT: Bruder des Seneschalls und Berater und Gehilfe des Bruderführers.

– GOLDFEDER: Rivkahs Name aus der Zeit, als sie bei den Ikariern lebte. Sie legte jedoch auf Wunsch des charonitischen Fährmanns den angenommenen Namen Goldfeder wieder ab und kehrte zurück zu ihrem früheren Namen.

✩ ✩ ✩ 469 ✩ ✩ ✩

– GORGRAEL: Der Zerstörer der Prophezeiung, der teuflische Herr des Nordens, der ganz Achar bedroht. Wie sich herausstellt, hat er ebenfalls Sternenströmer zum Vater und ist folglich Axis' Halbbruder.

– GORKEN: Bedeutende Festung am Gorkenpaß in Nord-Ichtar. Angeschmiegt an die Festung liegt die gleichnamige Stadt.

– GORKENPASS: Schmaler Paß zwischen Eisdachgebirge und dem Fluß Andakilsa und einzige Verbindung von Ichtar nach Rabenbund.

– GRALSEE: Großes Gewässer am unteren Lauf des Nordra. An seinem Ufer liegen die Hauptstadt Karlon und der Turm des Seneschalls.

– GREIF: Sagenhaftes Flugungeheuer, intelligent, boshaft und mutig. Früher sahen sie die Ikarier als ihre Todfeinde an. Diese schufen zu deren Vernichtung die Luftarmada und brauchten hundert Jahre, um die Greife auszurotten. Doch seit kurzem tauchen diese Bestien wieder auf.

– GRENZBERGE: Gebirge, das sich im Osten Achars von den Eisdachalpen bis zum Witwenmachermeer erstreckt. Die Unaussprechlichen sind seit den Axtkriegen hinter die Grenzberge verbannt.

– GREVILLE, BARON: Herr von Tarantaise.

– GRINDEL: Aware, Häuptling des Geistbaum-Klans.

– GUNDEALGAFURT: Breite, seichte Furt durch den Nordra.

– HAGEN: Pflughüter von Smyrdon.

– HANORI: Älterer Rabenbunder.

– HEILIGER HAIN: Heiligster Ort der Awaren, der nur von den Zaubererpriestern aufgesucht werden kann.

– HELLEFEDER: Gemahlin von Rabenhorst, Krallenfürst der Ikarier.

– HELM: Awarischer Jugendlicher.

– HESKETH: Hauptmann der Palastwache von Karlon und Geliebter der Yr.

– HO'DEMI: Häuptling der Rabenbunder.

– HOGNI: Awarische Jugendliche.

– HORDLEY: Einwohner von Smyrdon.

– HSINGARD: Große Stadt in Mittelichtar und Residenz der Herzöge von Ichtar.

– ICHTAR: (1) Größtes und reichstes Herzogtum Achars. Die Provinz bezieht ihren Reichtum aus riesigen Viehherden und Bergbau (Erze und Edelsteinminen). (2) Kleinerer Fluß, der durch Ichtar fließt und in den Azle mündet. (3) Herrscher von, zur Zeit der Geschichte Bornheld.

– IKARIER: Eines der beiden alten Völker von Tencendor, auch bekannt als Volk des Flügels oder Vogelmenschen.

– ILFRACOMBE: Herrenhaus des Herzogs von Skarabost, hier wuchs Faraday auf.

– IMIBE: Rabenbunderin, Caelums Kindermädchen

– INARI: Ein Krieger der Rabenbunder.

– INSEL DES NEBELS UND DER ERINNERUNG: Eine der heiligen Stätten der Ikarier, ging ihnen jedoch im Verlauf der Axtkriege verloren. Siehe auch Tempel der Sterne und Tempelberg.

– ISBADD: Hauptstadt der Provinz Nor.

– ISEND: Graf von Skarabost, ein gutaussehender, doch ein wenig stutzerhafter Herr. Vater von Faraday.

– ISGRIFF: Baron: Herr von Nor, ein wilder, impulsiver Mann wie alle Männer von Nor.

– IZANAGI: Krieger der Rabenbunder.

– JACK DER SCHWEINEHIRT: Ältester der Wächter.

– JAYME: Zur Zeit der Geschichte Bruderführer des Seneschalls.

– JERVOIS: Stadt am Tailem-Knie des Flußes Nordra. Tor nach Ichtar.

– JORGE: Graf von Avonstal und einer der erfahrendsten Kämpen Achars.

– JUDITH: Königin von Achar und Gemahlin Priams.

– JULTIDE: Siehe Feste.

– KAREL: Vorgänger von König Priam, Vater von Priam und Rivkah. Lebt nicht mehr.

– KARLON: Hauptstadt von Achar und Regierungssitz seiner Könige, gelegen am Gralsee.

– KASSNA: Tochter von Baron Isgriff von Nor.

✩ ✩ ✩　472　✩ ✩ ✩

– Kastaleon: Große Burg aus neuerer Zeit in Achar, gelegen in Mittelachar am Nordra.

– Kenricke: Befehlshaber der letzten im Dienst des Seneschalls stehenden Kohorte von Axtschwingern, der von Axis zur Bewachung des Turms des Seneschalls zurückgelassen wurde.

– Kesselsee: Gewässer in der Mitte des Waldes der Schweigenden Frau. Siehe auch: Magische Seen.

– Klan: Die Awaren leben in Klans zusammen, ungefähr vergleichbar mit Familienverbänden.

– Kohorte: Siehe militärische Fachausdrücke.

– Koroleas: Großes Kaiserreich südlich von Achar, das zu diesem traditionell freundschaftliche Kontakte pflegt.

– Krallenfürsten: Die in Erbfolge regierenden Herrscher der Ikarier (einst ganz Tencendors). Seit den letzten sechstausend Jahren haben die Mitglieder des Hauses Sonnenflieger dieses Amt inne.

– Krallenturm: Höchster Berg der Eisdachalpen und Heimstatt der Ikarier. Siehe auch Kummerkrak.

– Kronrat: Rat des Königs, der sich aus den herrschenden Fürsten des Reiches und/oder deren obersten Beratern zusammensetzt.

– Kummerkrak: Höchster Gipfel der Eisdachalpen (auch Krallenturm genannt), laut acharitischer Sage der Sitz des Königs der Unaussprechlichen, dem Herrn des Kummers.

– Länder der Unaussprechlichen: Hauptsächlich Schattenland (Awaren) und die Eisdachalpen (Ikarier).

✩ ✩ ✩ 473 ✩ ✩ ✩

– LIEBER MANN: Siehe Dunkler Mann.

– LUFTARMADA: Streitmacht der Ikarier, bestehend aus zwölf Geschwadern zu je zwölf Staffeln.

– MAGARIZ, FÜRST: Einstmals Festungskommandant von Gorken, ist er inzwischen einer von Axis' ranghöchsten Befehlshabern. Er entstammt einem alten acharitischen Adelsgeschlecht.

– MAGISCHE SEEN: Das alte Tencendor hatte viele Seen, deren zauberische Kräfte mittlerweile jedoch in Vergessenheit geraten sind. Bekannt als Heilige oder Magische Seen sind heute noch der Gralsee, Farnsee, Kesselsee und der Lebenssee. Siehe auch unter »Feuernacht« zu ihrer Entstehungsgeschichte.

– MALFARI: Knollenfrucht, die die Awaren zur Brotherstellung verwenden.

– MASCHKEN, Baron: Herrscher von Rhätien.

– MERLION: Gemahlin des Grafen Isend von Skarabost und Mutter von Faraday. Lebt nicht mehr.

– MILITÄRISCHE FACHAUSDRÜCKE: Vornehmlich Achars, sowohl für die regulären Truppen als auch für die Axtschwinger im Gebrauch:
  – Peloton: kleinste Einheit, sechsunddreißig Bogenschützen.
  – Abteilung: Einheit von einhundert Fußsoldaten, Spießträgern oder Reitern.
  – Kohorte: Fünf Abteilungen oder fünfhundert Mann.

– MIRBOLT: Zaubererpriester der Awaren.

– MONATE:
  – Januar    =    Wolfmond
  – Februar   =    Rabenmond

☆ ☆ ☆  474  ☆ ☆ ☆

| – März | = | Hungermond |
| – April | = | Taumond |
| – Mai | = | Blumenmond |
| – Juni | = | Rosenmond |
| – Juli | = | Erntemond |
| – August | = | Heumond |
| – September | = | Totlaubmond |
| – Oktober | = | Knochenmond, auch Beinmond |
| – November | = | Frostmond |
| – Dezember | = | Schneemond |

– MONDSAAL ODER MONDKAMMER: Audienz- und Bankettraum im königlichen Palast zu Karlon.

– MORGENSTERN SONNENFLIEGER: Sternenströmers Mutter, Witwe des ehemaligen Krallenfürsten und selbst eine mächtige Zauberin. Morgenstern ist die Witwe von Eilwolke, dem ehemaligen Herrscher des Hauses Sonnenflieger.

– MOOR: Großes und unwirtliches Sumpfgebiet im Osten von Arkness; hier sollen eigenartige Wesen zu leben.

– MORYSON: Bruder des Seneschalls; oberster Berater und Freund des Bruderführers.

– MUTTER: (1) awarischer Name für den Farnbruchsee.
(2) Bezeichnung für die Natur, die als eine unsterbliche Frau personifiziert wird.

– NACHLEBEN: Alle drei Völker, die Achariten, die Ikarier und die Awaren glauben an ein Leben nach dem Tod, dem sogenannten Nachleben. Was sie jedoch darunter verstehen, hängt von ihren jeweiligen religiös-kulturellen Überlieferungen ab.

– NARKIS: Ein ikarischer Sternengott. Narkis ist der Gott der Sonne.

– NARRENTURM: Eine der magischen Burgen Tencendors.

– NEVELON: Leutnant des Herzog Roland von Aldeni.

– NIAH: Eine Frau aus Nor.

– NOR: Südlichste Provinz Achars; ihre Bewohner haben eine dunklere Haut als die übrigen Acharíten und unterscheiden sich von ihnen außerdem durch ein exotisches Äußeres. Regent von Nor ist zur Zeit der Geschichte Baron Isgriff.

– NORDMUTH: Hafen an der Mündung des Nordra.

– NORDRA: Größter Strom und Hauptlebensader des Reichs. Entspringt in den Eisdachalpen, fließt durch Awarinheim/Schattenland, durchquert schließlich Nord- und Mittelachar und mündet in das Meer von Tyrre. Der Fluß wird zur Bewässerung, zum Transport und zum Fischfang genutzt.

– OBERSTER HEERFÜHRER ODER OBERSTER KRIEGSHERR: Titel, der Bornheld, Herzog von Ichtar, von König Priam verliehen wurde und der ihn zum Oberbefehlshaber aller regulären Streitkräfte Achars macht.

– OGDEN: Einer der Wächter. Ein »Mitbruder« Veremunds.

– ORDEN DER STERNE: Priesterinnenorden, die Hüterinnen des Tempels der Sterne. Wenn eine solche Priesterin ihren Ordenseid leistet, legt sie damit ihren Namen ab.

– ORR: der Fährmann der Charoniten.

– OSMARY: Gemahl Annwins, der Schwester Faradays.

– PEASE: Eine awarische Frau, die im Erdbaumhain während des Angriffs beim Jultidenfest starb.

✩ ✩ ✩　476　✩ ✩ ✩

– PFLUG: Jede Ortschaft in Achar verfügt über einen Pflug, der nicht nur der Feldarbeit dient, sondern auch den Mittelpunkt der religiösen Verehrung der Ortsansässigen darstellt. Artor der Pflüger soll den Menschen den Pflug geschenkt haben, damit diese aus der Barbarei in die Zivilisation aufsteigen konnten. Der Gebrauch des Pflugs unterscheidet die Achariten von den Unaussprechlichen; denn weder Awaren noch Ikarier betreiben Ackerbau.

– PFLUGHÜTER: Der Seneschall weist jedem Ort in Achar aus den Reihen seiner Bruderschaft einen Priester zu, den sogenannten Pflughüter. Ihrem Namen entsprechend, hüten sie den Pflug des entsprechenden Ortes, unterweisen aber auch die Bewohner in den Schriften Artors des Pflügers, dem Weg des Pflugs, und sorgen für ihr Seelenheil.

– PIRATENNEST: Große Insel vor Nor und Unterschlupf von Piraten, die angeblich heimlich von Baron Isgriff unterstützt werden.

– PORS: Ein ikarischer Sternengott. Pors ist der Gott der Luft.

– PRIAM: Zur Zeit der Geschichte König von Achar und Onkel von Bornheld, Bruder Rivkahs.

– PROPHEZEIUNG DES ZERSTÖRERS: Uralte Weissagung, die von der Erhebung des Gorgrael im Norden und dem Auftauchen des Sternenmanns kündet, der ihn als einziger aufhalten kann. Entstehung und Ursprung der Prophezeiung sind unbekannt.
   Die Prophezeiung beginnt wirksam zu werden oder zu erwachen mit der Geburt des Zerstörers und des Sternenmanns und ist erfüllt, wenn einer den anderen zerstört.

– RABENBUND: Nördlichste Provinz von Achar, die diesem aber nur dem Namen nach untersteht. Die sich selbst regierenden Stämme der Rabenbunder oder Rabenbundmenschen werden von den Achariten als barbarisch und grausam angesehen.

– RABENHORST SONNENFLIEGER: Zur Zeit der Geschichte der Krallenfürst der Ikarier.

– RAMU: Zaubererpriester der Awaren.

– RATSSAAL: Der große Saal im königlichen Palast in Karlon, in dem des Königs Geheimer Rat zusammentritt.

– REINALD: Chefkoch der Garnison Sigholt im Ruhestand. Als Rivkah sich dort aufhielt, war er Hilfskoch.

– RHÄTIEN: Kleine Provinz an den westlichen Ausläufern der Farnberge. Zur Zeit der Geschichte herrscht hier Baron Maschken.

– RENKIN: Bauersleute aus dem Norden Achars.

– RING DER ZAUBERIN: Die erste Zauberin bediente sich eines uralten Rings als Symbol ihrer Zaubermacht und begründete damit die erste Generation der ikarischen Zauberer. Der Ring war ihr jedoch nur auf Lebenszeit verliehen und ging dann auf die nächste Generation über. Der Ring hat nur geringe Zauberkräfte, doch ist er ein machtvolles Symbol.

– RITTER: Edler, der sich einer vornehmen Dame verpflichtet, ihr als Ritter zu dienen und sie zu beschützen. Dieser Dienst ist rein platonisch und endet mit dem Tod des Ritters oder auf ausdrücklichen Wunsch seiner Dame.

– RIVKAH: Prinzessin von Achar, Schwester König Priams und Mutter von Bornheld, Axis und Abendlied. Siehe auch Goldfeder.

– ROLAND: Herzog von Aldeni und einer der herausragenden militärischen Führer Achars. Trägt den Beinamen »Der Geher«, weil er aufgrund seiner Leibesfülle kein Pferd besteigen kann.

☆ ☆ ☆  478  ☆ ☆ ☆

– ROMSTAL: Provinz südwestlich von Karlon; berühmt für ihren Weinanbau. Zur Zeit der Geschichte herrscht hier Baron Fulke.

– ROTKAMM: Männlicher Ikarier.

– SA'KUJA: Gemahlin von Ho'Demi.

– SCHATTENLAND: Der acharitische Name für Awarinheim.

– SCHÖPFUNGSLIED ODER ERWECKUNGSLIED: Ein Lied, das ikarischen und awarischen Legenden zufolge tatsächlich selbst Leben erschaffen kann. Als er sich um Unterstützung für Axis in der Schlacht um Gorken an die Große Versammlung der Ikarier gewandt hatte, hatte Sternenströmer behauptet, daß er Axis das Lied habe im Mutterleib singen hören.

– SCHARFAUGE: Staffelführer der Luftarmada der Ikarier.

– SCHRA: Ein kleines awarisches Kind. Die Tochter von Pease und Grindel.

– SCHWEBSTERN SONNENFLIEGER: Zauberin und Gemahlin des Krallenfürsten, die Mutter von Morgenstern und Großmutter von Sternenströmer, starb dreihundert Jahre vor Beginn des Buches.

– SEARLAS: Früherer Herzog von Ichtar und Gemahl Rivkahs; Vater Bornhelds. Lebt nicht mehr.

– SEEGRASEBENE: Riesige Ebene, die nahezu die gesamte Fläche der Provinz Skarabost ausmacht.

– SENESCHALL: Religiöse Institution Achars; eigentlich: Die Heilige Bruderschaft des Seneschalls. Die Brüder organisieren und leiten das religiöse Leben der Achariten. Der Seneschall hat in Achar eine außerordentliche Machtposition inne und spielt nicht nur im alltäglichen Leben der Menschen, sondern auch in allen politischen Belangen eine bedeutende Rolle. Er lehrt vor allem Gehorsam gegenüber dem einen Gott, Artor dem Pflüger, und den heiligen Worten, dem Buch von Feld und Furche.

– SICARIUS: Rudelführer der Alaunt. Sein Name bedeutet »Mörder«.

– SIGHOLT: Eine der bedeutenden acharitischen Festungen in den südlichen Urqharthügeln Ichtars. Eine der Residenzen der Herzöge von Ichtar.

– SILTON: Ein ikarischer Sternengott. Silton ist der Gott des Feuers.

– SKALI: Junge Awarin, Tochter von Fleat und Grindel. Sie starb beim Angriff der Skrälinge während des Jultidenfestes im Erdbaumhain.

– SKARABOST: Große Provinz im Osten Achars; Hauptgetreidelieferantin Achars. Zur Zeit der Geschichte herrscht hier Graf Isend.

– SKRÄBOLDE: Anführer der Skrälinge.

– SKRÄFURCHT: Oberster der Skräbolde.

– SKRÄLINGE: Auch Geister, Geistmenschen o. ä. genannt; substanzlose Kreaturen in den nördlichen Ödlanden, die sich von Furcht und Fleisch nähren.

– SMYRDON: Großes Dorf im Norden von Skarabost, dem Verbotenen Tal vorgelagert.

– SONNENFLIEGER: Herrscherhaus der Ikarier seit vielen tausend Jahren.

– Spreizschwinge: Staffelführer der ikarischen Luftarmada.

– Staffel: Kleinste Einheit der ikarischen Luftarmada. Sie setzt sich aus zwölf weiblichen und männlichen Ikariern zusammen; zwölf Staffeln bilden ein Geschwader.

– Sternengöttinnen und Sternengötter: Neun an der Zahl, doch sind den Ikariern erst sieben offenbart worden. Siehe auch Adamon, Flulia, Narkis, Pors, Silton, Xanon und Zest.

– Sternenmann: Derjenige, der der Prophezeiung des Zerstörers gemäß als einziger Gorgrael zu besiegen vermag – Axis Sonnenflieger.

– Sternenströmer Sonnenflieger: Ein ikarischer Zauberer, Vater von Gorgrael, Axis und Abendlied.

– Sternentanz: Die mystische Quelle, aus der die ikarischen Zauberer ihre Kräfte beziehen.

– Sternentor: Eine der heiligen Stätten der Ikarier.

– Straum: Große Insel vor Ichtar, vornehmlich von Robbenfängern bewohnt.

– Suchauge: Ikarischer Geschwaderführer.

– Tailem-Knie: Die große Biegung des Stroms Nordra, wo er aus dem Westen kommend nach Süden abbiegt und schließlich bei Nordmuth ins Meer von Tyrre einmündet.

– Tanabata: einer der Ältesten der Rabenbunder.

– Tarantaise: Eine ziemlich arme Provinz im Süden Achars, die vom Handel lebt. Sie wird von Baron Greville verwaltet.

☆ ☆ ☆  481  ☆ ☆ ☆

– Tare: Kleine Handelsstadt im Norden von Tarantaise. Heimstatt von Embeth, Herrin von Tare.

– Tekawai: Der bevorzugte Tee der Rabenbunder. Er wird stets mit großer Feierlichkeit aufgegossen und serviert und aus kleinen Keramiktassen getrunken, die das Wappen mit der blutroten Sonne tragen.

– Tempelberg: Hochplateau, auf dessen höchster Erhebung sich einst die Tempelanlage befand, die die Insel des Nebels und der Erinnerung beherrschte.

– Tempel der Sterne: Eine der verschwundenen heiligen Stätten der Ikarier. Er stand auf dem Tempelberg der Insel des Nebels und der Erinnerung.

– Tencendor: Der alte Name des geeinten Achar vor den Axtkriegen.

– Timozel: Sohn von Embeth und Ganelon von Tare und Axtschwinger. Ritter Faradays.

– Torwächterin: Die Wächterin am Tor des Todes, dem Zugang zur Unterwelt. Sie führt Buch über die eintretenden Seelen.

– Turm des Seneschalls: Hauptsitz der Bruderschaft; ein siebenseitiger Turm mit massiven Mauern in reinem Weiß, der sich gegenüber der Hauptstadt Karlon am Gralsee erhebt.

– Tyrre, Meer von: Der Ozean an der Südwestküste Achars.

– Unaussprechliche: Die beiden Völker der Awaren und Ikarier. Der Seneschall lehrt, daß die Unaussprechlichen grausame Wesen seien, die sich der Magie bedienten, um die Menschen zu versklaven. Während der Axtkriege vor tausend Jahren drängten die Achariten die Awaren und Ikarier hinter die Grenzberge ins Schattenland (Awarinheim) und die Eisdachalpen zurück.

– UR: Eine sehr alte Frau, die im Zauberwald lebt.

– URQHARTHÜGEL: Halbkreisförmige niedrige Bergkette in Mittelachar.

– VENATOR: Ein Schlachtroß, dessen Name so viel wie »Jäger« bedeutet.

– VERBOTENES TAL: Einzig bekannter Zugang von Achar nach Schattenland (Awarinheim); die Stelle, an der der Nordra Schattenland verläßt.

– VEREMUND: Einer der Wächter, ein »Mitbruder« Ogdens.

– WÄCHTERINNEN UND WÄCHTER: Mystische Geschöpfe der Prophezeiung des Zerstörers.

– WALD: Der Seneschall lehrt, daß alle Wälder von Übel seien, weil in ihnen finstere Dämonen hausen, die die Menschen unterwerfen wollen. Deshalb fürchten sich die meisten Achariten vor dem Wald und dem Dunkel, das in ihm lauert, und es wurden nahezu alle alten Wälder abgeholzt, die einst weite Flächen Achars bedeckten. Die einzigen Bäume, die in Achar angepflanzt werden, sind Obstbäume und Bäume in Schonungen, die für die Holzverarbeitung benötigt werden.

– WALD DER SCHWEIGENDEN FRAU: Dunkler und undurchdringlicher Wald im südlichen Arkness und Sitz der Burg der Schweigenden Frau.

– WEG DES FLÜGELS: Allgemeiner Ausdruck, der zur Beschreibung der Kultur der Ikarier benutzt wird.

☆ ☆ ☆ 483 ☆ ☆ ☆

– WEG DES HORNS: Allgemeiner Ausdruck, der manchmal zur Beschreibung der Kultur der Awaren benutzt wird.

– WEG DES PFLUGS: Religiöse Pflicht, Sitten und Gebräuche, wie sie vom Seneschall gemäß den Glaubenssätzen des Buches von Feld und Furche gelehrt werden. Im Zentrum der Lehre steht die Urbarmachung des Landes durch den Pflug. Und wie die Furchen frisch und geradlinig gepflügt, so sind Herz und Verstand gleichermaßen von allem Unglauben und Bösen befreit und das Wahre, Gute kann gesät werden. Natur und unbezwungenes Land sind wie das Böse selbst; Wälder und Berge sind daher von übel, sie stellen die unbezähmte Natur dar und entziehen sich der menschlichen Kontrolle. Gemäß dem Weg des Pflugs müssen Berge und Wälder entweder zerstört oder den Menschen untertan gemacht werden, und wenn das nicht möglich ist, müssen sie gemieden werden, denn sie sind der Lebensraum böser Wesen/des Bösen. Nur Land, das durch den Pflug in Menschenhand gebracht wurde, bestelltes und bebautes Land, ist gut. Der Weg des Pflugs lehrt alles über die Ordnung, der ein jeder Mensch und ein jedes Ding auf der Welt unterworfen ist.

– WEITSICHT STECHDORN: Dienstältester Geschwaderführer der ikarischen Luftarmada.

– WEITWALLBUCHT: Große Meeresbucht zwischen Achar und Koroleas. Ihre geschützte Lage und ihr ruhiges Gewässer sind ausgezeichnet zum Fischfang geeignet.

– WESTBERGE: Zentrales acharitisches Bergmassiv, das sich vom Nordra bis zum Andeismeer erstreckt.

– WILDHUNDEBENE: Ebene, die sich vom nördlichen Ichtar bis zum Fluß Nordra erstreckt und von den Grenzbergen und Urqharthügeln begrenzt wird. Ihren Namen erhielt diese Ebene von den Wildhundrudeln, die sie durchstreifen.

– WITWENMACHERMEER: Riesiger Ozean im Osten von Achar. Von den vielen unerforschten Inseln und Ländern jenseits dieses Meeres kommen Seeräuber, die Koroleas und manchmal auch Achar heimsuchen.

– WOLFSTERN SONNENFLIEGER: neunter und mächtigster aller Krallenfürsten, der in den Alten Grabhügeln beigesetzt wurde. Er wurde schon bald nach Regierungsantritt ermordet.

– WOLKENBRUCH SONNENFLIEGER: Jüngerer Bruder und Mörder von Wolfstern Sonnenflieger.

– WOLFEN: Bogen, der einst Wolfstern gehörte.

– XANON: Eine ikarische Sternengöttin. Xanon ist die Göttin des Himmels und teilt ihre hohe Stellung mit ihrem Gemahl Adamon.

– YR: Eine Wächterin.

– ZAUBEREI: Der Seneschall lehrt, daß alle Magie, alle Zauberei und alle sonstigen Schwarzkünste von Übel seien. Die Unaussprechlichen bedienten sich sämtlicher Zauberkünste, um die Achariten zu versklaven. Deswegen fürchten alle artorfürchtigen Achariten die Zauberei und verabscheuen sie.

– ZAUBERER: Die Zauberer der Ikarier, von denen die meisten mächtige magische Fähigkeiten besitzen. Alle ikarischen Zauberer führen das Wort »Stern« in ihrem Namen.

– ZAUBERERPRIESTER: Die religiösen Führer der Awaren. Sie verstehen sich auf Magie, wenn auch nur in bescheidenem Maße.

– ZAUBERIN, DIE: Die erste aller ikarischen Zauberinnen und Zauberer und gleichzeitig die erste, die den Weg zur Beherrschung der Energie des Sternentanzes entdeckte. Von ihr stammen die Ikarier und die Charoniten ab.

– ZAUBERWALD: Der mystische Wald um den Heiligen Hain.

– ZECHERACH: Die fünfte und lange verschwundene Wächterin.

– ZEPTER DES REGENBOGENS: Das Zepter aus der Prophezeiung des Zerstörers.

– ZERSTÖRER: Ein anderer Name für Gorgrael.

– ZEST: Eine ikarische Sternengöttin. Sie ist die Göttin der Erde.

– ZUFLUCHT: Viele Brüder des Seneschalls ziehen dem aktiven Bruderdienst ein kontemplatives Leben vor, das sie dem Studium der Mysterien Artors widmen. Für sie hat der Seneschall an mehreren Orten Achars Zufluchten eingerichtet.

# INHALT

Was bisher geschah . . . . . . . . . . . . . . . . . . . . . . . . . . . . . . . . . . 7

1 Vergessene Schwüre . . . . . . . . . . . . . . . . . . . . . . . . . . . . . 11
2 Verhandlungen . . . . . . . . . . . . . . . . . . . . . . . . . . . . . . . . . 20
3 In Karlon und weit darüber hinaus . . . . . . . . . . . . . . . . 25
4 An der Gundealgafurt . . . . . . . . . . . . . . . . . . . . . . . . . . . 34
5 Jultide . . . . . . . . . . . . . . . . . . . . . . . . . . . . . . . . . . . . . . . . 50
6 Die Baumschule . . . . . . . . . . . . . . . . . . . . . . . . . . . . . . . 67
7 Skrälinge und Skräbolde . . . . . . . . . . . . . . . . . . . . . . . . 75
8 »Weh uns!« . . . . . . . . . . . . . . . . . . . . . . . . . . . . . . . . . . . 93
9 Abendlieds Erinnerungen . . . . . . . . . . . . . . . . . . . . . . . 103
10 Mitten im kalten Winter . . . . . . . . . . . . . . . . . . . . . . . . . 114
11 Das Skrälingsnest . . . . . . . . . . . . . . . . . . . . . . . . . . . . . . 140
12 »Die Zeit ist gekommen,
   Tencendor wiedererstehen zu lassen!« . . . . . . . . . . . . . 157
13 Schlechte Neuigkeiten . . . . . . . . . . . . . . . . . . . . . . . . . . 179
14 Betrachtungen über eine Stoffpuppe . . . . . . . . . . . . . . . 186
15 Karlon . . . . . . . . . . . . . . . . . . . . . . . . . . . . . . . . . . . . . . . 198
16 Axis erteilt eine Lektion . . . . . . . . . . . . . . . . . . . . . . . . . 207
17 Baron Isgriffs Überraschung . . . . . . . . . . . . . . . . . . . . . 226
18 Der Traum der Schweigenden Frau . . . . . . . . . . . . . . . . 254
19 Dann heißt es also Krieg, Bruder? . . . . . . . . . . . . . . . . . 269
20 Am Vorabend der Schlacht . . . . . . . . . . . . . . . . . . . . . . . 278
21 Die Schlacht von Bedwyr Fort . . . . . . . . . . . . . . . . . . . . 286
22 Nach der Schlacht . . . . . . . . . . . . . . . . . . . . . . . . . . . . . . 302
23 Morgenstern . . . . . . . . . . . . . . . . . . . . . . . . . . . . . . . . . . 318
24 Eine Frau aus Nor gewinnt, eine andere verliert . . . . . . 330

| 25 | Der Mondsaal | 341 |
| 26 | Umwandlungen | 358 |
| 27 | Ein Gelöbnis zerbricht | 373 |
| 28 | Tecendor an den Gestaden des Gralsees | 380 |
| 29 | Dem Betrug ins Auge blickend | 405 |
| 30 | Im Narrenturm | 409 |
| 31 | Aus der aufgehenden Sonne heraus | 416 |
| 32 | Aschure | 424 |
| 33 | Aschure und Faraday | 433 |
| 34 | Zauberin | 451 |

Personen- und Sachregister .......................... 461

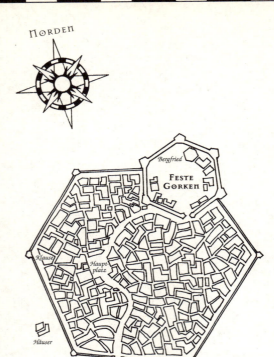

# Sara Douglass
# Unter dem Weltenbaum

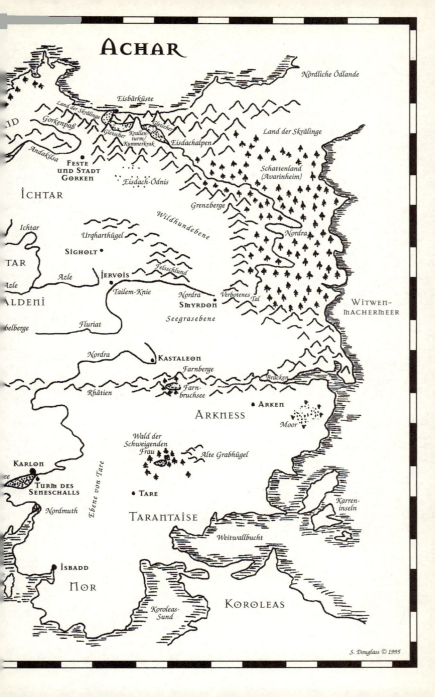

**PIPER**

**Monika Felten**
*Die Nebelsängerin*

Das Erbe der Runen
Roman. 459 Seiten mit CD zum Buch. Gebunden

Finstere Mächte, Unheil und Verrat haben die Magie der
Nebel gebrochen, welche die Elben einst woben. Die junge
Nebelsängerin Ajana ist eine Grenzgängerin zwischen der
realen Welt und dem Volk der Elben. Als Erbin eines ural-
ten Amuletts gerät sie in den Bann verzauberter Runen und
wird hineingerissen in einen mächtigen Strudel geheimnis-
voller Abenteuer.
Erfolgsautorin Monika Felten hat die junge Sängerin Anna
Kristina dafür gewonnen, ihren Roman durch stimmungs-
volle Songs zu bereichern. Mit der CD zum Buch erhält Monika
Feltens phantastischer Kosmos neben dem geschriebenen
Wort noch eine zweite Dimension – die der Musik. Ein
bisher einmaliges Projekt in der deutschen Fantasy: der
Zusammenklang von unerhörter Spannung und einzigartigem
Hörgenuß.

01/1392/01/R

## Sara Douglass
### *Die Sternenbraut*

*Erster Roman des Zyklus*
Unter dem Weltenbaum.
*Aus dem australischen
Englisch von Marcel Bieger.*
*388 Seiten. Serie Piper*

In unversöhnlichem Haß stehen sich zwei Brüder gegenüber: Bornheld, der Thronerbe von Achar, und Axis, königlicher Bastard und Anführer der legendären Axtschwinger. Da erhält Axis den Auftrag, Bornhelds Braut auf einer gefahrvollen Reise zu begleiten. Schon bald fühlen sich die junge Faraday und der Axtherr magisch zueinander hingezogen. Doch eine uralte Prophezeiung zwingt die Liebenden zum Verzicht auf ihr Glück und drängt sie zur Erfüllung eines schicksalhaften Auftrags.

»Die australische Fantasy-Saga entfaltet neue Dimensionen und wurde schon in eine Reihe mit den Büchern von Tolkien gestellt.«
Für Sie

## Sara Douglass
### *Sternenströmers Lied*

*Zweiter Roman des Zyklus*
Unter dem Weltenbaum.
*Aus dem australischen Englisch von
Marcel Bieger. 379 Seiten.*
*Serie Piper*

Im Bann einer uralten Weissagung tritt Axis, charismatischer Anführer der Axtschwinger, den schauerlichen Geschöpfen des dämonischen Widersachers Gorgrael entgegen. Als er tödlich verwundet wird, eilt seine Geliebte Faraday mutig an seine Seite und heilt ihn mittels ihrer zauberischen Gabe. Obwohl sie Axis liebt, fügt auch sie sich der Forderung der Weissagung und heiratet seinen verhaßten Halbbruder Bornheld. Der Axtherr erkennt indes seine wahre Bestimmung. Doch wird es ihm auch gelingen, das Geheimnis um seine Herkunft zu lüften?

## Ursula K. Le Guin
### *Erdsee*
*4 Romane in einem Band. Aus dem Amerikanischen von Margot Paronis und Hilde Linnert. 925 Seiten. Serie Piper*

Der junge Zauberschüler Ged ist einer der größten Magier von Erdsee. Eines Tages schafft er eine Verbindung zum Totenreich. Dabei jedoch erkennt er, daß die Welt der Lebenden durch einen Riß im Jenseits bedroht wird. Gemeinsam mit der Hohepriesterin Tenar und Tehanu, der Tochter der Drachen, stellt sich Ged den dunklen Mächten, die Erdsee ins Verderben stoßen wollen ...
Dieser Band vereint 4 Romane eines der erfolgreichsten Fantasy-Zyklen überhaupt.

»Ursula K. Le Guin ist eine überaus weise Geschichtenerzählerin!«
John Clute

## Ursula K. Le Guin
### *Rückkehr nach Erdsee*
*Roman. Aus dem Amerikanischen von Joachim Pente. 283 Seiten. Serie Piper*

Nacht für Nacht hat der junge Zauberer Erle den gleichen entsetzlichen Traum: Die Steinmauer, die die Toten von den Lebenden trennt, bricht ein und droht, den Inselkontinent zu verschlingen. Verzweifelt wendet sich Erle an den Erzmagier Ged, der zurückgezogen auf der Insel Rok lebt. Doch Geds Magie ist schwach. Erle muss zum Hof Lebannens reisen, um Hilfe bei Tenar und Tehanu zu suchen. Dort erfährt er von einer weiteren Gefahr: Drachen planen eine Invasion – und der Schlüssel zur Rettung seiner Welt liegt in Erles Traum verborgen ...

»Dieser Zyklus zählt unbestritten zu den größten Werken der Fantasy überhaupt.«
The Observer

**SERIE PIPER**